El traficante

El traficante

Graham Hurley

Traducción de Ersi Samará

Rocaeditorial

Título original: *Cut to Black*
© Graham Hurley, 2005

Primera edición: octubre de 2005

© de la traducción: Ersi Samará
© de esta edición: Roca Editorial de Libros, S.L.
Marquès de l'Argentera, 17. Pral. 1.ª
08003 Barcelona.
correo@rocaeditorial.com
www.rocaeditorial.com

Impreso por Industria Gráfica Domingo, S.A.
Industria, 1
Sant Joan Despí (Barcelona)

ISBN: 84-96284-90-5
Depósito legal: B. 33.647-2005

A Bob y Di Franklin.
Con amor

—La riqueza no es algo de lo que avergonzarse, querida.

—Desde luego, pero ¿no depende de cómo se utilice?

Jane Austen,
Mansfield Park

Prólogo

Martes, 18 de marzo de 2003, 20:13 h

*D*esaceleró en la oscuridad, con el aliento raspándole los pulmones, y trató de pensar en mil razones que le permitieran no sacar la conclusión que resultaba obvia. El coche parecía ser un Vauxhall, tal vez modelo Cavalier. Las dos siluetas inclinadas sobre la puerta del conductor tenían la angulosa delgadez de los muchachos. Y la música que salía de la ventanilla abierta del coche era perfecta, como si aquello formara parte de una película: rap de pandilla, con un bajo contundente que latía en la noche, ahogando el murmullo cercano del mar.

Al final se detuvo, molesto por haber perdido el ritmo de su ejercicio vespertino, sintiendo el beso gélido del viento, que enfriaba el sudor de su cuerpo. Once arduos kilómetros habían acabado con la fuerza de sus piernas, aunque ya unas gotitas de adrenalina venían a paliar su agotamiento. Después de meses interminables de papeleo —auditorías e informes de gastos, cálculos de bienes y preparativos para el confinamiento—, habían llegado a esto: el sórdido drama que se interpreta en docenas de ciudades, en centenares de urbanizaciones, en miles de parcelas similares de desolación urbana. El Cavalier, pensó deprimido, había sustituido al furgón de los helados. Párame y cómprame. Mañana por la noche a la misma hora. Y la noche siguiente. Y la otra. Hasta que tu nuevo amigo del Vauxhall destartalado te tiene llamándolo cada cuatro horas, suplicándole por tu vida.

Empezó a rodear el coche por el lado opuesto del conductor, todavía a una distancia de cincuenta metros, avanzando lentamente sobre los metatarsos, pisando con cuidado la maraña de maleza y hierbajos. En una situación como ésta, cualquiera con dos dedos de frente calcularía los riesgos. ¿Cómo pillar al hombre detrás del volante? ¿Cómo retenerlo después? ¿Qué posibilidades había de herir a los chicos? Éstas eran preguntas importantes. Necesitaba un plan y una solución alternativa, pero esta pequeña escena —tan descarada, tan jodidamente ofensiva— le sacaba de sus casillas. De pronto, se le presentaba la oportunidad de hacer algo. No mucho, pero algo, a fin de cuentas.

Ya se había adelantado al coche y vislumbraba la hilera de farolas urbanas a media milla de distancia. Con su silueta recortada contra el resplandor anaranjado, cualquier movimiento lo delataría. Empezó a girar en busca de algo que lo ocultara, con la intención de acercarse al coche por el lado del copiloto, cuando el conductor puso el motor en marcha, obligándole a detenerse en seco. La música cesó de repente. En su lugar, se oyeron los ladridos guturales de un perro y la risa brusca de uno de los chicos. Un niño, apenas un adolescente. Aún no había mudado la voz. ¿Qué bestia vendía droga a chicos de trece años?

Echó a correr, olvidándose de golpe de la necesidad de protegerse. Cualquier cosa con tal de interponerse entre el Cavalier y los semáforos distantes, entre el conductor y la siguiente venta. Uno de los muchachos lo vio y advirtió a su compañero. Las dos siluetas se fundieron en la oscuridad al tiempo que el coche se ponía en marcha. Ya a su altura, siguió corriendo, moviendo las piernas con rapidez. Alcanzó la puerta del copiloto y la abrió de un tirón. Había alguien más en el coche, con la cabeza apoyada en el cabecero, el asiento medio inclinado. La delgada figura saltó hacia delante. Una mano se lanzó contra él, un puño lo golpeó en la tráquea, un dolor sofocante le nubló la vista. Perdió pie de repente, cayó de cabeza, sintió la gravilla que le arañaba la cara, oyó el chirrido de los frenos y de nuevo el perro, que ladraba con toda su alma. El coche estaba más adelante, a unos pocos metros de él, inmóvil por un momento. La puerta del copiloto seguía abierta. De ella asomó una cara, distorsionada por una sonrisa. Y luego se oyó una voz, un acento cerrado, de un *scouser*:*

12

* *Scouser* es el nombre que en argot inglés se da a la gente de Liverpool. (*N. de la T.*)

—Atropéllalo, al muy hijo de puta.

El motor se aceleró. Las luces de los frenos se apagaron, y por un brevísimo instante, mientras trataba de ordenar a su cuerpo que se moviera, tuvo una visión perfecta del Cavalier avanzando marcha atrás hacia él, así como del dibujo zigzagueante de los neumáticos, a escasos centímetros de distancia. Instantes después, una rueda le aplastó el tobillo; chilló cuando volvió a pasar —la otra rueda, su pantorrilla— y debió de perder la conciencia durante un par de segundos, porque lo siguiente fue un momento de terror surrealista cuando la luz deslumbrante de los faros y el rugido del motor se abalanzaron sobre él. Esta vez consiguió extender una mano para tratar de protegerse; manoteó contra el monstruo que le embestía (la carne contra el metal), y luego supo que su cuerpo se arqueaba hacia atrás en un gesto de derrota antes de que el dolor cuajara y regresara la oscuridad, insondable, más allá de toda comprensión.

13

1

El avión apareció bien pasada la medianoche. Llegó del oeste, zumbando sobre los suburbios que se extendían alrededor de Gosport, y bajó dando bandazos por las ráfagas del viento que soplaba del mar, mientras la masa negra del puerto de Portsmouth desaparecía debajo de su morro.

Más allá del puerto y de las sombras lúgubres del astillero se expandía la ciudad, y un collar de farolas contorneaba la forma de la isla. Lejos, hacia el sur, una cola de taxis esperaba a los clientes que salían de los clubes nocturnos del muelle de South Parade. Más hacia el interior, el parpadeo frío y azulado de una ambulancia se abría camino a través del laberinto de las calles terraplenadas.

Cuando alcanzó los mil pies de altura, el avión se niveló, se ladeó y empezó a trazar amplios círculos, tomándose su tiempo, superponiendo cada nuevo círculo al anterior. Los hogares bajo su camino se inquietaron; los sueños quedaron interrumpidos por el latido constante de los motores en lo alto. Incluso medio dormidos y esforzándose por recobrar la vigilia, aquél era un sonido que todos reconocían al instante, familiar para toda la ciudad. Un Boxer One. El orgullo de la Unidad de Apoyo Aéreo de Hantspol. El ojo celestial que todo lo veía.

El avión siguió sobrevolando la ciudad durante casi una hora. Pasado un rato los círculos se estrecharon, y en un par de ocasiones el piloto bajó tanto, que los sorprendidos insomnes de Fratton sintieron la corriente del aire sobre las alas. Luego, de pronto, el sonido de los motores cambió de tono, y el avión ganó altura y se alejó hacia el oeste, devolviendo el silencio a la ciudad.

Despierto en la quietud de la casa del capitán de barcazas, también Faraday lo había oído. Y empezó a preguntarse qué pasaba.

Le tocó al subcomisario Paul Winter poner lo obvio en palabras:

—Esto es un desastre. Hemos metido la pata.

—¿Y los cúters? ¿Y ese trozo de cuerda para tender la ropa? ¿Y la sangre en el linóleo allí, en la esquina? ¿Y la sangre en el sofá? ¿Te has hecho viejo, Paul? ¿La violencia ya no te estimula?

—Creí que éste era un caso de drogas.

—Lo era. Lo es. Te apuesto diez dólares a que haremos diana con el ADN.

—¿Y adónde nos llevará? ¿A algún tipejo que ataron y metieron en una película de Tarantino? ¿Qué nos podrá decir que no sepamos ya? Estos tipos están chiflados, Cath, pero no podemos arrestarlos por eso.

Que Winter la llamara por su nombre de pila hizo que la detective inspectora Cathy Lamb le dirigiera una mirada de recelo. El resto del equipo —tres subcomisarios y un adiestrador de perros— todavía no podían oírlos, pues estaban registrando el caos de los dormitorios del primer piso; pero aun así, Lamb prefería no permitir que Winter se acercara demasiado. El equipo de la BCP —la Brigada contra el Crimen de Portsmouth— apenas contaba con una semana de vida. Lo último que necesitaba en estos momentos era el tipo de libertades que a los detectives como Winter les encantaba tomar.

—No tuvimos suerte —dijo secamente—. Tomamos todas las precauciones razonables, pero a veces... simplemente no dan resultado.

—¿Me lo dices a mí, jefa? ¿O estás ensayando tu discurso de mañana?

—¿Mañana?

—La autopsia. Secretan estará encantado. Tantas horas extra. Tanta movida. Y nos quedamos con un par de cúters y un millón de cajas de pizza. —Removió el montón de cartones grasientos con la punta del zapato—. ¿Qué les pasa a los chicos de hoy? ¿No conocen la comida de verdad?

Un golpe sordo resonó en el piso de arriba cuando alguien tropezó, pero Lamb no hizo caso. Estudiaba de nuevo el detallado análisis del objetivo que la Unidad de Apoyo Aéreo les había proporcionado el fin de semana anterior, como resultado de un vuelo informal. La foto en color, perfectamente enfocada, mostraba la casa central de una manzana de Pennington Road, una de las calles laberínticas del corazón de Fratton. Todos los elementos relevantes estaban convenientemente señalados: las ventanas tapiadas de la planta baja, la antena de televisión que se apoyaba en la chimenea, la nevera abandonada en el diminuto patio trasero. No había puerta trasera, sino únicamente una delantera. En teoría, como se había atrevido a asegurar en la reunión previa a la detención de esta tarde, la operación tendría que haber ido como la seda.

Y sin embargo, los dos tipos que habían venido a detener se habían dado el piro. Un coche patrulla seguía recorriendo las calles vecinas, pero el Islander de la UAA —el Boxer One— había tirado la toalla y había vuelto a casa. Las dos manchas blancas de la cámara térmica se separaron en cuanto el avión pudo localizarlas. Los de la unidad siguieron a uno de ellos mientras saltaba, una tras otra, las tapias de los jardines, antes de aparecer al final de la manzana. Corriendo a lo largo de la calle adyacente, buscó refugio en un garaje. Después de eso, según el seco comentario del observador del Boxer One, perdieron el contacto.

El coche patrulla había registrado el garaje: un Ford Escort polvoriento con dos ruedas pinchadas, una colección de botes de pintura que lleva media vida reunir y una papelera de plástico llena de aparejos de pesca. Ni rastro del camello de dieciocho años con inclinación a la violencia extrema.

El más joven de los subcomisarios bajó cojeando las escaleras. Se llamaba Jimmy Suttle. Llevaba el traje sucio y la cara manchada de mugre, pero su evidente regocijo trajo una levísima sonrisa a la boca de Lamb. Más esperanzas que expectativas.

—¿Y bien?

—Ya encontramos su vía de escape, jefa. —Le faltaba el aliento—. Hay una puerta trampilla bajo el tejado. Esos bastardos pasaron a la casa de al lado. Y de allí a la otra. Debieron de salir por el jardín de atrás. Del número 34, diría yo. Es la casa vacía al final de la calle. —Calló, confundido por la reacción de Lamb—. ¿Jefa?

—¿Me estás diciendo que tuvieron tiempo para hacer todo eso? Entramos en cuestión de segundos. Sabes que fue así.

Winter asintió. La puerta principal había sucumbido sin resistencia al equipo de asaltos. No había manera de que los sospechosos se hubieran fugado por el tejado, adelantándose a la caballería.

Suttle defendió su historia. Arrastrándose por el desván de la casa vecina, llegó al número 34. Plenamente amueblada, la casa esperaba un inquilino o el regreso de los propietarios. Tenía moquetas, cuadros bonitos, televisor de pantalla ancha, utensilios de pesca.

—¿Y?

—Es evidente que la estaban usando. O alguien lo hacía. Estaba llena de mierda. Las camas estaban deshechas. Había botellas vacías. La tele estaba puesta. Había comida pasada…

—¿Pizzas? —inquirió Winter secamente.

—Por todas partes. En la cocina. En el salón. Pepperoni, trozos de cebolla, salsa HP. Esos tipos son unos animales.

—Ya…, como si no lo supiéramos.

—¿Drogas? —De nuevo la voz de Lamb, casi lastimera.

—Me temo que no, jefe. —El joven detective se frotaba la rodilla—. Algo de coca, un poco de caballo, aunque para uso personal, no para vender. Han debido de llevársela. Ni idea. —Frunció el entrecejo—. Se me ocurre que debían de dormir en el 34, que lo usaban como hotel. Es muchísimo mejor que este zulo.

—¿Por qué no lo sabíamos nosotros? —Lamb miraba a Winter—. Lo del número 34.

—Ni idea. —Winter se volvió con una mueca—. ¿A qué huele?

—A mierda de perro, colega. —Suttle levantó un zapato y señaló con un ademán de la cabeza los dormitorios de arriba—. Hasta la rodilla. Por todas partes.

17

Υ

La llamada telefónica llegó pocos minutos más tarde. Winter fue el primero en alcanzar el móvil, que estaba medio escondido bajo una pila de cartas sin abrir. Lo cogió con su pañuelo y dio la espalda a las caras que lo observaban, gruñendo de vez en cuando.

—¿Y quién eres tú? —preguntó al final.

La conversación llegó a un fin repentino. Winter envolvió el móvil en el pañuelo y lo depositó con cuidado sobre el cartón de leche que hacía las veces de mesa ocasional.

Cathy Lamb arqueó una ceja inquisidora.

—Nuestros amigos ausentes —gruñó Winter—. Decididamente, *scousers*. Tienen una dirección para nosotros. Bystock Road, número 93. Creen que tendríamos que hacerles una visita.

Hubo un breve silencio. Cathy Lamb parecía más resignada que nunca. Algunas faenas te hacen sentir peor que inútil, y ésta era una de ellas, sin lugar a dudas.

—Se están cachondeando. —Suspiró—. ¿No te parece?

18

Bystock Road estaba a tres minutos en coche, otra de esas interminables calles terraplenadas que habían convertido este rincón de la ciudad en pasto de los vendedores de ventanas de doble cristal, de los techadores de poca confianza y de los representantes de las agencias de crédito menos escrupulosas.

Ante la insistencia de Lamb, Winter se llevó consigo a Suttle y a otros dos subcomisarios. Al enfilar Bystock Road, casi chocó con un coche patrulla. Winter bajó y cruzó la calzada a pie. El número 93 se encontraba en el otro extremo de la calle, aunque ya podía oír la música.

—Un vecino se ha quejado. Nos llamó hace un par de minutos. —El joven agente al volante era de origen asiático—. El tipo dice que abrirá la casa con un martillo si no hacemos nada.

—¿Su dirección?

—El 91.

Pusieron en marcha los dos coches y aparcaron en doble fila delante del número 93. La ventana del piso superior estaba abierta, aunque la casa estaba a oscuras y no había señales de una juerga. Los conocimientos musicales de Winter no iban mucho más allá de Elton John, pero Suttle le echó una mano.

—Dr. Dre —dijo lacónicamente—. Tiene suerte de ser tan viejo.

El agente ya estaba hablando con el vecino que había llamado para quejarse. Era un hombre gigantesco ya entrado en los cuarenta, con el cabello rapado y una barba de dos días, y Winter no podía apartar los ojos del lío de tatuajes que asomaban debajo de su chaleco de hilo. Dijo que no tenía idea de quién vivía en la casa de al lado, que siempre había tipos que entraban y salían, y que hablaba en serio de coger un martillo.

—¿Qué le parece? —El agente asiático se dirigió a Winter.

—¿A mí? —Winter seguía observando al vecino—. Yo abriría a patadas y le dejaría hacer.

—¿Habla en serio?

—Siempre. Aunque el papeleo sería una pesadilla.

El agente dedicó a Winter una sonrisa dubitativa. Aquí había algo —quizá drogas, quizás armas—, y el jefe de guardia nocturna era un maníaco del cumplimiento de las normas. Tal vez debieran pensar en una evaluación de riesgos.

Winter fue caminando hasta la puerta principal. Dos veces gritó hacia la ventana abierta del primer piso, pero su desafío se perdió en el bramido de la música. Finalmente, golpeó la puerta. Cuando el segundo golpe no surtió efecto, dio un paso atrás e hizo un ademán hacia Suttle.

—Eres más feo que yo. —Señaló la puerta con un gesto de la cabeza—. Ábrela.

El joven subcomisario no necesitaba que le alentaran. Con la tercera patada astilló la madera alrededor de la cerradura y, embistiendo con el hombro, entró en la casa. Winter lo siguió, tanteando la pared en busca de un interruptor. El tufo de algo rancio y podrido le obligó a contener el aliento. Cuando por fin encontró el interruptor, descubrió que no funcionaba.

—Aquí.

Era el vecino de al lado, con una antorcha potente. Winter cogió la antorcha y le dijo que volviera a salir.

—Ni lo sueñes.

19

Winter movió el haz de luz a lo largo del estrecho pasillo, hasta iluminar la cara del vecino.

—Fuera, he dicho.

El hombretón vaciló por un momento, luego se encogió de hombros y retrocedió hasta la acera. Winter ya había entrado en el pequeño salón. La antorcha encontró un colchón individual en el suelo, rodeado en un extremo por jarras de cerveza vacías, cartones de leche medio aplastados y una pequeña montaña de colillas. Había un charco de vómito debajo de la ventana y más vómito seco en el hogar. «Son las dos de la madrugada —pensó Winter—, y tiene que haber cosas mejores que hacer a estas horas.»

La cocina ocupaba la parte posterior de la casa. Un grifo goteaba en la oscuridad, y se oía el zumbido apagado de lo que podría ser una nevera. Una pasada de la antorcha reveló una mesa, dos bicicletas y una lata de Nescafé en el fregadero, lo bastante grande para abastecer a un hotel.

Ya resultaba evidente que la música venía del piso de arriba y la casa entera se estremecía al son profundo del bajo. Un par de horas más, y el número 93 estallaría en pedazos.

Winter subió las escaleras, con Suttle pisándole los talones. Tres puertas daban al estrecho rellano de la primera planta, y dos de ellas estaban entreabiertas. Winter registró rápidamente el interior de las dos habitaciones y luego se dirigió a la tercera. Esta habitación daba a la fachada de la casa.

—¿Otra vez? —Suttle señaló la puerta con un ademán de la cabeza y fingió dar una patada.

—No. —Winter negó con la cabeza y dio unas palmaditas al brazo del joven subcomisario.

Con la pesada antorcha preparada, Winter giró el paño y sintió que la puerta cedía. La música le envolvió como una ola, como un muro de ruido. Dio un paso dentro de la habitación, consciente en seguida de un panel de luces que brillaban en la oscuridad. Encendió la antorcha y se encontró frente al equipo estereofónico puesto en la esquina, un amplificador flanqueado de dos enormes altavoces. Dirigió el haz de luz hacia la ventana, casi esperando que alguien saltara de las tinieblas; pero no vio nada más que el armazón de una cama de hierro sobre las tablas desnudas de la madera del suelo, a un par de pies de la ventana abierta. Una mujer yacía sobre los muelles de la cama, desnuda, con excepción de la funda de almohada que le cubría la cabeza.

Winter se acercó a la cama, luego cambió de opinión y se dirigió al equipo estereofónico. Un cable llegaba hasta un punto determinado del zócalo. Cuando quitó el enchufe, el silencio inundó la habitación con una presencia casi física. Desde la calle llegó la voz del vecino.

—¿Qué está pasando?

Winter no le hizo caso. La mujer estaba viva, tiritaba en la corriente que entraba por la ventana abierta. Winter podía percibir las subidas y bajadas de su pecho, podía oír el sonido imperceptible que surgía de debajo de la funda de almohada. Tenía los tobillos atados al armazón de la cama con alambres, y otros alambres se le habían clavado en las muñecas al luchar por liberarse. Winter se la quedó mirando por un momento, tratando de adivinar su edad. Desde luego, blanca como una gallina, con los pechos grandes, el vientre plano y unas levísimas marcas de bikini de su último encuentro con el sol. Hematomas recientes ennegrecían el costado izquierdo de su caja torácica, pero no había señal de otras heridas.

Winter se agachó, le dijo que todo iría muy bien, que ya estaba a salvo, y retiró la funda de almohada que le cubría la cabeza. Descubrió una cara pálida de forma almendrada; una mordaza de color escarlata en la boca; unos ojos que empezaron a inundarse de lágrimas.

Winter sintió una descarga de reconocimiento. Por un instante, el haz de la antorcha vaciló. «No es posible —pensó—. Aquí no. Así no.»

—Te has adelgazado un poco, cariño. —Sonrió en la oscuridad—. Te queda bien.

2

Miércoles, 19 de marzo de 2003, 07:00 h

$\mathcal{L}$a segunda pasada de Faraday con sus Leica Red Spots reveló un destello de color blanco entre la maleza y las aulagas que rodeaban los charcos de agua dulce, a tiro de piedra de la casa del capitán de barcazas. Regulando el enfoque de los prismáticos, volvió lentamente hacia la izquierda, convencido ya de haber encontrado el primer culiblanco de la temporada. Segundos más tarde, la pequeña ave volvió a salir de su escondite y, avanzando a tramos cortos a ras del suelo, subió finalmente de un salto al respaldo de uno de los viejos bancos de madera que flanqueaban el charco.

Un par de meses atrás, esa diminuta criatura pasaba el invierno al sur del Sáhara. A finales de enero, se encontraba en Marruecos. Dedicaba los días a la búsqueda de alimento. Por las noches, generalmente a solas, reanudaba el vuelo hacia el norte. Sólo ahora, a mediados de marzo, había alcanzado finalmente la tierra donde construirse el nido, trayendo consigo la promesa —la garantía— de la primavera. Faraday volvió a ajustar un poco el enfoque de los prismáticos. Grabado en la madera del banco, bajo la garra abierta del ave, aparecía otro mensaje que había sobrevivido al invierno. «Deano es un capullo», decía. Bienvenidos a Pompey.*

Faraday se demoró en las cercanías del charco, con la esperanza de poder vislumbrar los verderones barbudos que, según se rumoreaba, iban camino del sur desde los bajíos de los pan-

---

* Pompey (se pronuncia Pompi) es el apodo popular de la ciudad de Portsmouth. (*N. de la T.*)

tanos de Farlington. Apenas eran las siete de la mañana; el aire estaba quieto, y el cielo, despejado; apenas había un temblor en el espejo azul del puerto cercano. Dentro de un par de horas, después de tomarse un desayuno tranquilo, conduciría hasta el trabajo, donde lo esperaba la resolución del reciente asesinato de un personaje célebre.

Un psicópata de cuarenta y pico años había descargado sus frustraciones de toda la vida contra una estudiante de idiomas, una rubia finlandesa que tuvo la mala fortuna de cruzarse en su camino. Se supone que los asesinatos de extranjeros nunca son fáciles de resolver, pero el equipo de Crímenes Mayores había rastreado como un rayo los callejones de Fareham, donde se había encontrado la cabeza de la joven dentro de una bolsa de Londis, y obtuvo resultados en menos de setenta y dos horas.

Acosado por las pruebas, especialmente del ADN, el sospechoso tiró la toalla tras apenas una hora de interrogatorio. La transcripción de lo sucedido, aunque sumamente confusa, había puesto una sonrisa de satisfacción en la cara de Willard. «Ésta —gruñó— es una clásica investigación policial, la prueba concluyente de la relación existente entre los medios, el esfuerzo, la dedicación y la justicia.» Hacía tan sólo un par de años, les habría costado meses alcanzar algún resultado. Ahora, gracias a una reorganización a gran escala, habían podido redefinir los parámetros del tiempo. Faraday, que desconfiaba seriamente de los triunfalismos y del parloteo ejecutivo, sencillamente estaba contento de haber podido encerrar al bastardo.

El culiblanco se había ido. Faraday había empezado a registrar las malezas circundantes, preguntándose si sería aún demasiado temprano para ver una curruca, cuando la paz de la mañana quedó perturbada por el rugido de un avión que se acercaba. Faraday se volvió con los prismáticos, justo a tiempo para ver la sombra borrosa del reactor militar, que pasó por encima de la masa distante de la colina de Portsdown. Segundos después, lo tenía casi encima, rugiendo sobre el puerto en dirección al sur, con un ruido tan desgarrador que lo sintió en los propios huesos. Luego el avión desapareció, dejando atrás nubes de gaviotas cabezas negras que graznaban enfurecidas y varios grupos de gansos que hacían lo que podían para echar a

23

volar. «Otra jugarreta como ésta —pensó Faraday—, y el culiblanco volverá al norte de África.»

El móvil de Faraday empezó a sonar. Era Eadie Sykes quien llamaba. El avión la había despertado, y quería saber qué demonios estaba pasando.

—¿Crees que ya ha empezado? ¿Los iraquíes contraatacan tan pronto?

Faraday no pudo reprimir la risa. Eadie fingió indignación.

—¿De qué te ríes? ¿Crees que tendríamos que casarnos? ¿Antes de que sea demasiado tarde?

—Creo que tendrías que volver a la cama.

—¿Después de esto? Oye, ¿te acuerdas de los sesenta, de Cuba? ¿Qué haces con los últimos cuatro minutos?

—Sigo pensando que tendrías que volver a la cama.

—Sí…, aunque es más divertido si somos dos, ¿no? Llámame luego.

La comunicación se interrumpió. Faraday volvió a guardar el móvil en el bolsillo de su anorak y quiso buscar de nuevo al culiblanco, aunque sin demasiadas ganas. Había estado con Eadie la noche pasada, acurrucados en el sofá con *Newsnight* y una botella de Rioja. Habían pasado el último par de meses observando cómo el Gobierno —Blair, en particular— conducía a la nación hacia la guerra. Devolver a Irak a la edad de piedra a fuerza de bombardeos no tenía ningún sentido; sin embargo, allí estaban, sintonizados con los americanos, gastando las últimas horas antes de soltar la primera descarga de misiles de crucero.

Eadie, del lado de los críticos mordaces, estaba llena de ira. Bush era un retrasado mental. Blair era un lacayo lameculos. Los británicos deberían avergonzarse de sí mismos. Sólo el hecho de que su propio primer ministro pareciera tan inclinado al Armagedón como los otros la había disuadido de hacer las maletas y llamar a Qantas para comprar un billete de vuelta a Australia.

En febrero, gracias a la insistencia de Eadie, habían tomado el primer tren a Waterloo y se habían sumado al millón y medio de personas que no estaban tan convencidas de la necesidad de matar a las mujeres y los niños iraquíes. La riada de manifestantes se prolongaba a lo largo de millas, deteniendo el tráfico, colmando los puentes, atestando el muro de contención, y Faraday, que en su vida se había encontrado de este lado de las barricadas, encontró la experiencia extrañamente reconfortante. Estudiantes, mamás, niños, pensionistas, solicitantes de asilo, enfermeras, funcionarios, una enorme tajada de la Inglaterra central arrastraba lentamente los pies hacia Hyde Park, bajo la mirada atenta de un par de miles de policías.

Para Faraday, aquélla fue la más extraña de las experiencias. No el hecho de encontrarse bajo vigilancia, de ser un poli vigilado, sino el de encontrar aquel extraordinario acto de protesta tan natural, tan necesario desde hacía tiempo. Ex votantes del Partido Laborista en contra de la guerra, rezaba una pancarta. Y tenían toda la razón.

Le sobresaltó el sonido del móvil. Pensó que sería Eadie, pero se encontró con una voz demasiado familiar. Willard.

—¿Joe? Ha ocurrido algo. ¿Dónde estás?

Faraday miró su reloj. Las siete y veintidós.

—Todavía en casa, señor. Puedo estar allí a las ocho, quizás un poco antes.

—No te molestes.

—¿Por qué no?

—Sigo sin poder hablar con los médicos del Queen Alexandra. Llama y pregunta por la unidad de cuidados intensivos.

El hospital Queen Alexandra se encontraba en las faldas inferiores de la colina de Portsdown; era un goliat de mil trescientas camas, con vistas sobre la ciudad y hacia la isla de Wight. La unidad de cuidados intensivos estaba en la tercera planta y consistía en dos pabellones grandes, con habitaciones adyacentes para ocupación individual. Fuera, en el corredor, Faraday vio la alta y fornida silueta de Willard, que estaba inmerso en una conversación con una enfermera joven.

Faraday se detuvo para echar un vistazo al interior del pabellón más cercano. La mayoría de las camas estaban ocupadas: formas humanas comatosas, apoyadas en almohadas, ancladas en aparatos de soporte vital, a equipos monitores y a un gran surtido de gota a gotas. Desde esta distancia, parecía una audición para candidatos a un entierro. Nadie le resultó familiar.

—Nick Hayder. —Faraday descubrió que Willard estaba a su lado—. Tercera cama a la izquierda.

Sorprendido, Faraday volvió a mirar. Sólo hacía un par de días desde la última vez que había visto a Nick. Como detectives inspectores, compañeros de equipo en Crímenes Mayores, habían tenido que asistir a una reunión en Jefatura sobre unos cambios recientes en los protocolos del Servicio Fiscal de la Corona. Luego fueron a tomar una pinta en el pub Winchester, al final de la calle. Y ahora, esto.

—¿Qué ha pasado?

—Buena pregunta. ¿Conoces ese terreno de malezas cerca del fuerte Cumberland? Lo encontraron allí anoche. Inconsciente.

Faraday seguía mirando la silueta vendada que Willard le había señalado. El fuerte Cumberland era un terreno del Ministerio de Defensa situado en el extremo sudoccidental de la isla: acres enteros de grama y zarzales; el lugar más solitario que se puede encontrar en una ciudad tan densamente poblada como Portsmouth.

—¿Y qué pasó? —repitió Faraday.

—Nadie lo sabe a ciencia cierta. Llevaba chándal de correr. Era de noche.

—¿Algún testigo?

—Un tipo viejo, sesentón, que paseaba su perro. Dice que vio una especie de pelea, pero estaba bastante lejos. Cree que hubo un coche involucrado, pero no hemos podido sacarle más.

—¿La marca? ¿El color?

—No lo sabe. Esta mañana empezaremos con los vídeos de vigilancia, pero no te hagas ilusiones. La cámara más cercana está en el otro extremo de Henderson Road. —Willard estaba observando a un médico en bata verde, que se había detenido junto a la cama de Hayder—. Tuvo que haber un coche, porque dicen que fue atropellado. Tiene fracturas múltiples en ambas piernas, la cadera rota, el bazo reventado y posibles lesiones cerebrales. Le extirparon el bazo en el quirófano, aunque es la herida de la cabeza lo que les preocupa.

—¿Es muy grave?

—No hay un pronóstico, aunque le calculan un tres en la escala de probabilidades de entrar en coma.

—¿Cuánto es lo normal?

—Quince.

—¿Está inconsciente?

—Del todo. Lo trajeron a eso de las nueve y media de anoche. Todavía no ha vuelto en sí. Él...

Willard se interrumpió. La enfermera había vuelto y señalaba una puerta abierta al final del corredor. El especialista, dijo, se pondría en contacto con él en cuanto tuviera un momento libre. Willard consultó ostensiblemente su reloj y condujo a Faraday a un pequeño despacho sin adornos. En la pared había un póster que anunciaba vacaciones en yate por el Peloponeso, y en el tablón de anuncios, una lista de nombres y números de buscas. Una planta en el pretil de la ventana seguía librando una batalla perdida contra la calefacción central.

Willard cerró la puerta y observó a Faraday por un momento antes de sentarse en la silla de detrás del escritorio. Tres niños sonreían dentro de un marco apoyado junto al ordenador.

—Erais colegas, ¿no es cierto? ¿Tú y Hayder?

Faraday asintió. «Colegas» no era un término que hubiera aplicado a muchos hombres en su vida; pero, en el caso de Nick Hayder, le gustaba pensar que se acercaba a la verdad.

—Bastante —admitió.

—¿Tenía problemas personales que tú conocieras?

Faraday vaciló. El uso del pretérito de parte de Willard empezaba a irritarle. En cuidados intensivos disponían de la última tecnología. En cuidados intensivos te traían de vuelta del más allá. ¿Por qué tanta prisa para mandar a Hayder a la papelera de reciclaje?

—Nick tiene una compañera —dijo, midiendo sus palabras.

—No ha sido ésta mi pregunta.

—Lo sé, pero ésta es la situación. Puedo darte su número de teléfono. ¿Por qué no...?

—No me jodas, Joe. Te estoy preguntando por su vida sentimental. Alguien intentó matarlo. Es muy posible que lo haya conseguido. ¿Te dice algo la palabra «móvil»? ¿O crees que le estarías haciendo un favor? Toda esa mierda de colegas...

Faraday sostuvo la mirada enfurecida de Willard. El detective superintendente era tan duro como cualquier detective cuando se trataba de las consecuencias físicas de un acto de extrema violencia, pero eso tenía que ver con la familia, y la familia es otra historia.

27

—Hace un tiempo que Nick vive solo —dijo al fin—. En un pequeño apartamento junto a Albert Road.

—¿Y eso por qué?

—Problemas entre él y Maggie. Intentaban solucionarlos… Intentan solucionarlos.

—¿Estaba desbordado?

—No.

—¿Y ella?

—No, que yo sepa.

—¿Estás seguro?

Era lógico que lo preguntara, y Faraday no sabía hasta dónde debería llegar. La copa del mediodía del lunes en el Winchester se había convertido en dos pintas y un café, esencialmente porque la vida en el apartamento de Southsea estaba volviendo loco a Nick Hayder. Faraday nunca había conocido a otro detective tan firme, tan centrado, tan seguro de su propio juicio. Y allí estaba, totalmente perdido.

—Hay un problema con el hijo de Maggie —dijo—. Nick sería el primero en reconocer que no lo ha sabido manejar muy bien.

—Esperemos que se le dé otra oportunidad. —Willard aún estaba enfadado—. ¿Cuál es el problema?

—Nick creía… cree que el chico está metido en drogas. Nada importante, aunque suficiente para preocuparle.

—¿Qué tipo de drogas?

—Canabis, sobre todo. *Speed* y éxtasis los fines de semana.

—¿Cuántos años tiene el chico?

—Catorce.

—¿Y su madre? ¿Qué dice ella?

—Maggie prefiere afrontarlo a su manera. Es maestra de secundaria en uno de los institutos locales. Esas cosas son el pan de cada día en escuelas como la suya. Ella cree que la ofensiva es el último recurso.

—¿Y Hayder no podía con eso?

—Exacto.

Willard asintió sin decir nada. No tenía hijos, aunque se rumoreaba que su compañera de hacía años, una psicóloga de Bristol, estaba considerando la posibilidad de una fecundación in vitro.

—¿Nadie más, entonces? —musitó Willard al final.

—Que yo sepa, no. He ido a verla un par de veces. Es una mujer fuerte.

—¿Y atractiva?

—A Nick se lo parece.

—¿Y le da vueltas? ¿Tantas noches durmiendo solo? No me extraña que saliera a correr.

—Lo viene haciendo desde hace años. Cogió el gustillo de Brian Imber, y menos mal que fue así. Si quiere mi opinión, correr era lo mejor…

Faraday calló al oír una suave llamada a la puerta. Brian Imber era el detective sargento de la Unidad de Inteligencia del cuerpo.

La enfermera que abrió la puerta se deshizo en disculpas. La directora del departamento necesitaba su despacho. La enfermera iba a sugerirles un lugar de espera alternativo cuando Willard negó con la cabeza y se puso de pie.

—Hemos terminado, guapa. —Se volvió hacia Faraday y consultó su reloj—. ¿De vuelta a la base? ¿A las diez en Crímenes Mayores?

29

El corazón operativo de la Unidad Básica de Mando de Portsmouth ocupaba un conjunto de oficinas en la planta baja de la comisaría de policía de Kingston Crescent, a tiro de piedra de la terminal continental de transbordadores. Estas oficinas, que ocupaban todo lo largo del corredor, albergaban el equipo de dirección superior, incluido el superintendente en jefe uniformado que dirigía la Unidad Básica de Mando. Sobre estos hombres y estas mujeres caía la responsabilidad diaria de vigilar la ciudad de Portsmouth.

Durante varios años, el policía principal de Pompey había sido el superintendente en jefe Dennis Hartigan, un diminuto hombre autoritario que no ocultaba su determinación de terminar su carrera en un puesto de la ACPO. En este sentido, la vacante de comisario adjunto en la policía de Cleveland había sido la respuesta a sus plegarias, y había abandonado rápidamente la policía de Portsmouth, tras una avalancha de correos electrónicos y la fiesta de despedida menos alegre que se recordaba en el cuerpo. Pocos lamentaron su promoción, y un par de docenas de supervivientes de las putadas rutinarias de Hartigan organizaron una celebración improvisada en el bar del último piso el día siguiente a su partida. Lucky Middlesbrough hizo el primer brindis.

El sucesor de Hartigan era un poli de voz baja del oeste, un hombre de cuarenta y cinco bien cumplidos que se llamaba Andy Secretan. Más alto que Hartigan, con una cara cincelada en la intemperie y una obvia falta de paciencia ante los rituales endomingados del comando superior, Secretan pronto se ganó el respeto de la Unidad Básica de Mando por su disposición a anteponer el sentido común a la cháchara eficientista del Partido del Nuevo Laborismo. A diferencia de su predecesor, no hacía alarde de genuflexiones ante las arremetidas del dictador de turno del Ministerio del Interior. Tampoco mostraba el menor interés en autopromocionarse ni en menospreciar a su equipo. En consecuencia, la moral había cambiado en la planta baja. El corredor de la muerte no era más que un recuerdo.

A la detect ve inspectora Cathy Lamb, a quien habían sacado esta misma mañana de su despacho en el mismo edificio, el nuevo jefe le caía bastante bien. Después de la manía de Hartigan con las redacciones meticulosas de las valoraciones de riesgos y el uso correcto de los apóstrofes, resultaba refrescante trabajar a las órdenes de alguien que contemplaba todo papeleo con profunda desconfianza y estaba dispuesto a abrir los problemas importantes a algo parecido a un auténtico debate. Y no es que Secretan no tuviera sus propias opiniones.

—¿Barmy, verdad? ¿No sabía nada de la casa al final de la calle?

Cathy había pasado buena parte de la noche haciéndose la misma pregunta. La recién fundada Brigada contra el Crimen de Portsmouth había sido una de las primeras iniciativas de la Unidad Básica de Mando en ganarse el apoyo de Secretan. Ella había luchado duro para el puesto de detective inspectora en la brigada, y la operación de la noche pasada tendría que haber sido la primera de sus medallas de guerra. Y sin embargo, aquí estaba, con el rabo entre las piernas.

—Fue mi responsabilidad —respondió en seguida—. Y mi error.

—Muy noble. ¿Qué falló?

—No tengo la menor idea, señor. Le informaré en cuanto lo descubra.

—¿Estaba satisfecha con las informaciones de las que disponía? ¿Y con los datos de la vigilancia?

—Ningún problema.

—¿Y se informó correctamente a todos los chicos?

—Por supuesto.

—Entonces —Secretan levantó los brazos—, ¿qué demonios pasó?

Cathy echó una mirada al único folio de notas que se había traído, por precaución. Un puñado de jóvenes camellos *scousers* había aparecido después de Navidad, aburridos de la vida en Bournemouth. En cuestión de pocas semanas, consiguieron perturbar la paz y la tranquilidad del mundillo de la droga de Portsmouth. Había informes sobre camellos rivales —chicos de Pompey— que habían sido secuestrados y torturados. Se hablaba de cúters y taladros. Por las urbanizaciones corría la voz, no desprovista de cierta admiración, acerca de la «violencia ultra».

Secretan, alertado por uno de sus oficiales de inteligencia en narcóticos, había percibido el repentino aumento de la temperatura y se imaginó en seguida las probables consecuencias. Lo último que quería era una guerra abierta entre bandas, una gran pesadilla en una ciudad ya plagada de crímenes relacionados con la droga. De ahí la claridad de la tarea que había encomendado a Cathy Lamb. «Atrapa a esos tipos —le dijo—. Quiero verlos encerrados antes de que la cosa se nos vaya de las manos.»

Cathy, buena conocedora de las dificultades de conseguir resultados de cualquier tipo en los tribunales, había sido muy meticulosa en sus preparativos. La detective inspectora había dedicado incontables horas de trabajo al establecimiento de las vías de suministro. El equipo de vigilancia había instalado una cámara en una finca del otro lado de la calle, estableciendo vigilancia las veinticuatro horas del día. Y sin embargo, ni una vez habían sospechado de la casa que los *scousers* usaban como anexo. De ahí el desastre de la noche anterior.

En teoría, la detective inspectora Lamb ya tendría que tener

31

detenidos en las celdas de Bridewell y un considerable alijo de narcóticos clase A de Merseyside —básicamente, heroína y cocaína— en el depósito. En la práctica, en el momento en que los chicos de la Unidad de Asalto hacían su trabajo, los *scousers* dejaban a medias la sesión de noche dos casas más allá y conseguían huir.

Secretan quería saber los detalles del incidente posterior, en la casa de Bystock Road. ¿Quién era el propietario?

—El subcomisario Winter habló en seguida con los del registro —respondió Cathy de inmediato.

—¿Y?

—Pertenece a Dave Pullen.

—¿Lo conocemos?

—Muy bien. Acaba de cumplir dos años por suministro de drogas. Salió a finales del año pasado.

—¿Hace mucho que compró la casa?

—No, señor. Winter dice que firmó el contrato hace tan sólo un par de meses. La usaba como almacén.

—¿Y de dónde sacó el dinero? ¿Pretendes decirme que lo tenía guardado? ¿Unos ahorrillos para el futuro?

—No, señor. Pullen es muy amigo de Mackenzie.

—¿Y eso qué quiere decir?

—Mackenzie lo avaló cuando sacaron la propiedad en subasta. O, cuanto menos, le convenció que pujara. En cualquier caso, esto relaciona a Pullen con Bazza.

—¿Nuestros amigos del norte lo sabían?

—Debían de saberlo.

—¿Porque querían tocarle las narices a Mackenzie?

—Sí.

—Ah... —Secretan alcanzó un trozo de papel y anotó algo para sí—. Justo lo que no queríamos.

Calló por un momento mientras leía los nombres anotados. Entonces Cathy emitió una tos de disculpa.

—Me temo que es peor que esto, señor.

—¿De veras? —Secretan alzó la vista—. ¿Cómo es eso?

—La chica que encontramos en la cama, la que llevamos al hospital. Su nombre es Trudy Gallagher. Según Winter, es hija de una mujer llamada Misty Gallagher.

—¿Y Misty?

—Es la fulana de Mackenzie. O, desde luego, lo era.

Se produjo un largo silencio. Luego Secretan, en un imperceptible gesto de enojo que pilló a Cathy por sorpresa, hizo una bola del trozo de papel y la tiró a la papelera.

—Te dije que los *scousers* nos traerían problemas —dijo con voz queda—. ¿O no te lo dije?

La Brigada de Crímenes Mayores del detective superintendente Willard operaba también desde Kingston Crescent, un arreglo entre vecinos que acercaba más —en la práctica, aunque no en la forma— la Unidad Básica de Mando y el MCT. Mientras que la jurisdicción de Secretan cubría la llamada «delincuencia de bulto», la letra pequeña de la vigilancia de una ciudad difícil y a menudo violenta, correspondía a la brigada de Willard encargarse de los crímenes que merecían una tajada más generosa de los recursos de auxilio del MCT, que quedaban fuera del alcance de oficiales como Secretan. El grueso de asesinatos, violaciones de extranjeras y conspiraciones complicadas se derivaba a la protegida suite de oficinas del MCT, que ocupaban una planta entera de un bloque nuevo, construido en la parte de atrás del edificio de Kingston Crescent. La mayor de esas oficinas, un despacho orientado al sur en el que predominaba una larga mesa de reuniones, pertenecía, lógicamente, a Willard.

Faraday lo encontró en mangas de camisa, con su cuerpo macizo inclinado sobre el teléfono. La mención de parámetros de puerta a puerta y de una búsqueda POLSA sugirió que una gran operación ya se estaba llevando a cabo en el fuerte Cumberland.

Willard señaló la mesa de reuniones con un gesto de la cabeza, y Faraday tomó asiento. Durante el trayecto de vuelta del hospital, había conseguido contactar con la compañera de Hayder en su móvil. Maggie había pasado casi toda la noche en el hospital, esperando en cuidados intensivos un atisbo de retorno de Hayder a la conciencia, y ahora estaba en casa, dispensada de dar clase hasta que se sintiera capaz de enfrentarse de nuevo al mundo real. La conversación había sido breve; Faraday se ofreció a ayudar en todo lo que pudiera, pero antes de interrumpir la comunicación, Maggie le dijo que lo ocurrido no era ninguna sorpresa.

—Se lo estaba buscando —dijo—. Actuaba como un poseso.

Qué relación guardaba esto, exactamente, con los hechos del caso —algún tipo de enfrentamiento, heridas resultantes de un atropello— no estaba claro en absoluto, aunque Faraday entendió en seguida a qué se refería ella. En todas las ocasiones en que los dos hombres se habían encontrado a lo largo del último par de semanas, Hayder le había dado la impresión de una reticencia rayana en la obsesión. En un momento dado, había reconocido sentirse «acosado», estado de ánimo que no parecía tener nada que ver con su situación doméstica.

Willard terminó de hablar por teléfono. Salió del despacho sin decir palabra y volvió pocos minutos después con tres tazones de café.

Faraday señaló el teléfono con un gesto de la cabeza.

—¿Cómo va?

—No va. Todavía no. Los de investigación científica hablan de huellas múltiples de neumáticos, y ni siquiera sabemos con exactitud dónde ocurrió el atropello. El lugar es famoso por la prostitución. Media ciudad lo utiliza.

Faraday quiso saber quién coordinaba la investigación.

—Dave Michaels está a cargo.

—¿Y el oficial al mando?

—Yo mismo.

Faraday asintió con la cabeza, aunque no acababa de comprender. Dave Michaels era un detective sargento. En casos como éste, el oficial al mando solía ser un detective inspector. Había tres detectives inspectores en la Brigada de Crímenes Mayores. Con Hayder fuera de combate y el otro detective inspector hasta el cuello en un caso doméstico de Waterlooville, sólo quedaba Faraday. No estaba ocupado en nada importante. Conocía bien a Nick Hayder. ¿Por qué no estaba en el fuerte Cumberland, al mando de las tropas?

Alguien llamó a la puerta, y Faraday se dio la vuelta en el momento en que Brian Imber entraba en el despacho. «Debe de venir de la Unidad de Inteligencia —pensó Faraday—. Y deben de estar esperándolo.»

—¿Sin leche? ¿Medio terrón de azúcar? —Willard señaló con la cabeza el tercer tazón de café.

Imber se sentó, aparcando su maletín junto a la silla. Hombre delgado y combativo de cincuenta y cuatro años cumplidos, apasionado corredor de fondo, había pasado un par de años polémicos redoblando tambores a favor de una nueva y más agresiva aproximación al problema de la droga, y por primera vez Faraday empezó a sospechar qué podía ocultar la llamada matutina de Willard. Aquí había un plan subsidiario, algo más complejo que resolver una agresión grave.

Willard abrió su carpeta. Repasó rápidamente un par de páginas de anotaciones y dijo a Imber que empezara.

Imber miró a Faraday por encima de la mesa.

—Has visto a Nick. —Era una afirmación, no una pregunta.

—Sí.

—Pinta mal, ¿no es cierto?

—Sí.

—De acuerdo, éste es nuestro problema. —Se agachó y sacó una gruesa carpeta de su propio maletín—. Nick ha estado trabajando en un caso. Seguramente, el jefe te hablará de los cómos y de los porqués dentro de un momento, pero la cuestión es ésta: Nick estará fuera de combate por un tiempo. No puede ayudarnos.

—¿Y?

—Y el jefe busca un sustituto.

El dedo de Willard estaba clavado en una página a mitad de su carpeta. Alzó la vista a Faraday.

—Estamos hablando de una operación muy encubierta. No habrás oído hablar de ella, ni tampoco nadie más; no si Hayder ha hecho bien su trabajo. —Willard hizo una pausa—. La llamamos Operación Volquete.

Faraday sólo podía asentir. En su vida había oído hablar de Volquete.

—¿De qué se trata?

—Para empezar, es una operación a largo plazo. ¿Hará ya un año? —Willard miró a Imber.

—Catorce meses, señor.

—Catorce meses. Esto requiere muchos recursos, créeme, y hay días en que me arrepiento de haber soñado siquiera con poder llevar algo así adelante. Volquete es como el hijo bastardo que, en realidad, nadie quiere tener. Puedo nombrar a una docena de personas de esta organización que quisieron ahogarlo al nacer, y la mayoría de ellos siguen dando coces. Si quieres saber lo que es un problema de verdad —dio unos golpecitos con el dedo a la carpeta—, adelante.

—Pero ¿qué es? —preguntó de nuevo Faraday—. Ese Volquete.

Willard dejó la carpeta y se arrellanó en su silla, saboreando por un momento esta pequeña escena dramática. Generalmente el menos expresivo de los hombres, hasta se permitió un amago de sonrisa.

—Es Bazza Mackenzie —dijo suavemente.

—¿Él es el objetivo?

—Sí. Tal como lo hemos organizado, hay otros nombres implicados, nombres que traerían lágrimas a los ojos; pero, fundamentalmente, sí, estamos hablando de Bazza.

—¿Por fin decidieron ir a por él?

—A la fuerza. El SNIC hablaba de un nivel tres completo si nos ocupábamos de los preparativos. Ni siquiera nosotros podíamos rechazarlo.

El Servicio Nacional de Inteligencia sobre el Crimen era el cuerpo encargado de clasificar a los peores criminales del Reino Unido. Que Faraday supiera, sólo había 147 niveles tres completos en todo el país. Con la financiación extra que acompañaba los esfuerzos por alcanzar tal notoriedad, Willard tenía razón: una investigación a fondo resultaba irresistible.

Faraday miró a Imber y empezó a preguntarse cuántos informes tipo Volquete llevaba en su maletín.

—¿No llegamos un poco tarde? Mackenzie ya se hizo una fortuna y ahora va de legal. Ahora no es más que otro hombre de negocios… ¿O no?

—Para nada —dijo Willard con énfasis—. Esto es lo que pensamos al principio, pero no es cierto. Lo que nadie jamás tiene en cuenta es la naturaleza de esos tipos, la pasta de la que están hechos. Tienes razón en lo que al dinero se refiere. Mackenzie tiene millones, trillones, pero lo cierto es que no puede evitarlo. Está programado para infringir la ley. Y esto es lo que hace. Es lo que se le da mejor. Es uno de los chicos del barrio,

Pompey de pies a cabeza. Lo ha hecho a su manera desde el principio, y la verdad es que le importa un pepino. Si no es la droga dura, será otra cosa. Y por eso vamos a joderle.

Esto, viniendo de Willard, era toda una conferencia. En términos de estilo investigador, el detective superintendente tenía la más baja presión sanguínea que Faraday había visto en su vida y, sin embargo, la mera mención del nombre de Bazza Mackenzie bastaba para subirle los colores a la cara.

Faraday iba a preguntar acerca de anoche, si existía alguna relación con la Operación Volquete, pero Willard ya había devuelto la batuta a Imber. Según el detective sargento, podían utilizar la legislación contra el blanqueo de dinero. Habían empleado a un contable forense. Habían reunido montañas de documentos de distintas fuentes y pasado meses enteros analizando minuciosamente diversas transacciones, tratando de desenmarañar la red de negocios tras los cuales Mackenzie escondía la fuente de sus beneficios. Nada de todo aquello resultaba fácil y, para ser sinceros, era un grano en el culo, pero las piezas del rompecabezas se iban juntando poco a poco, y eso era lo que importaba.

Mientras Imber se iba apasionando con el tema y se demoraba en determinadas páginas de su informe para explicar mejor ciertos detalles, Faraday dejó que la información le resbalara. Pronto habría tiempo para estudiar el tema. En estos momentos, aquí, en el despacho de Willard, prefería pensar un poco en Mackenzie.

Todos conocían este nombre en Pompey. Bazza fue el primero en traer grandes cantidades de cocaína en la ciudad. Bazza fue el ex *hooligan* de fútbol que introdujo kilos de coca peruana del 95 por ciento de pureza en los bares y los centros de bronceado, y en innumerables negocios legítimos de todo tipo. Bazza era el tipo al volante del último modelo de SUV, en las inauguraciones de los nuevos restaurantes temáticos, en los mejores asientos del South Stand, en Fratton Park. Bazza, en pocas palabras, era la prueba viviente de que el crimen —el crimen de verdad— es rentable.

Faraday, a diferencia de muchos otros detectives locales, nunca había tenido tratos directos con ese hombre; pero su control del mercado de la coca y el éxtasis de la ciudad era tan

37

completo, tan cuidadosamente defendido, que a veces parecía imposible investigar un crimen relacionado con la droga que, al final, no apuntara a Bazza Mackenzie. Con el paso de los años, ese hombre se había convertido en una leyenda. Se deleitaba en su notoriedad, en su reputación, y cuanto más aumentaba su éxito público, más pensaban algunos que las fuerzas de la ley y el orden habían tirado la toalla. Bazza, como dijo en cierta ocasión un subcomisario, era un poco como el tiempo: un eterno tema de conversación.

Mientras observaba a Imber, Faraday se sentía más alentado por su repentino descubrimiento de lo que pudiera expresar. Como a otros en el cuerpo, le confundía la aparente inmunidad de Mackenzie, no lograba comprender por qué nunca habían ido a por él. Poco a poco, la perplejidad se había convertido en frustración, ésta en ira y, por último y para su inconfesable vergüenza, la ira había cedido su lugar a la resignación. Finalmente, había llegado a la conclusión de que para la policía contemporánea ciertas batallas no merecían ser libradas. Tal vez fuera un problema de recursos. O quizá la presión del millón de otras cosas de las que había que ocuparse. Sea como fuere, Bazza parecía haber alcanzado sin problemas una próspera mediana edad; era un hombre bien relacionado, un hombre intocable, un modelo para todos los pequeños maleantes de la ciudad.

Hasta ahora, según parecía.

Imber hablaba de un viaje reciente a Gibraltar. Faraday le tocó levemente en el brazo, presa de una repentina ocurrencia.

—¿Cómo pudo Nick mantener todo esto en secreto?

—No te entiendo.

—Su despacho está junto al mío. Ya sé que siempre cierra la puerta, pero hay límites. ¿No cree que…?

Imber miró a Willard. Willard no le había quitado el ojo a Faraday. Hubo un largo silencio.

—¿Me están diciendo que Volquete se dirige desde otro lado?

—Exacto.

—¿Otra prisión?

—No.

—¿Por qué no? —Faraday miró a los dos hombres alternativamente—. ¿Hablan en serio?

3

Miércoles, 19 de marzo de 2003, 09:45 h

Winter odiaba los hospitales. Desde que era niño, para él representaban la autoridad. Gente que te decía qué hacer. Gente que te quitaba la ropa, te dejaba medio desnudo y se tomaba libertades asombrosas contigo. Gente que te hacía daño. Hacía un par de años, había perdido a su mujer en manos de los hombres de bata blanca. Más recientemente, tras una persecución en coche que había salido mal, había pasado un par de días dolorosos en cuidados intensivos, fantaseando con botellas de whisky Bell's y con la posibilidad de una comida bien hecha. Muestra a Paul Winter un hospital, y ya lo tienes buscando la salida.

Para ser la mañana de un miércoles, el departamento de urgencias ya estaba demasiado ajetreado. Winter enseñó su tarjeta de autorización a la mujer que atendía el mostrador de recepción.

—Es por lo de anoche —le dijo—. La joven Trudy Gallagher.

—¿Qué hay de ella?

—La trajeron en ambulancia. A las tres o las tres y media de la madrugada, más o menos. Víctima de un incidente.

—¿Y?

—Necesito hablar con ella.

La mujer tecleó una orden al ordenador. En el otro extremo de la sala de espera, Jimmy Suttle juntaba monedas para la máquina del café.

—Me consta que se ha ido —dijo la recepcionista sin apartar los ojos de la pantalla de su ordenador.

—¿Se ha ido? ¿Estamos hablando de la misma chica?

—Mire. —La mujer giró la pantalla hacia Winter. Habían ingresado a Trudy Gallagher a las 03:48, aquejada de dolor de cabeza y de calambres menstruales, y la enfermera jefe la registró como de prioridad baja. Ya se había atendido la mayoría de las urgencias previas a la medianoche; pero, con media docena de pacientes precediéndola en la cola, aún tendría que esperar un par de horas. Como mínimo.

—Tenía contusiones. Aquí y aquí. —Winter tocó su caja torácica—. Estuvo atada la mitad de la noche, estaba aterrorizada. La encontramos en estado de choque. ¿Me está diciendo que, simplemente, se fue?

—Sólo podemos atender los síntomas que nos describen. Es su cuerpo, no el nuestro.

—Sí, pero… —Winter meneó la cabeza. La noche pasada sabía que debía acompañar a Trudy al Queen Alexandra, pero con sólo mirarla, llegó a la conclusión de que no tenía sentido. La chica no era capaz de hablar, no podía decirle nada siquiera remotamente útil. La ingresarían en el hospital, no tenían más remedio. Por la mañana se sentiría mejor. Entonces tendría algo que contarle.

—Toma… —Suttle había llegado con el café. Winter no le hizo caso.

—¿Adónde ha ido? —preguntó a la recepcionista.

—Ni idea.

—¿Le dio su dirección?

—Sí. —La mujer miraba un recuadro en la pantalla.

—¿Y?

—Ni hablar. —Fulminó a Winter con la mirada—. ¿Piensan alguna vez en la protección de datos?

Winter le dedicó una sonrisa.

—Nunca —respondió.

Se inclinó sobre el mostrador, tratando de leer la pantalla, pero la mujer la giró hacia el otro lado. Al final, se dio por vencido.

—¿Esto es todo, entonces? —Guardó su bloc de notas en el bolsillo—. Ella llegó en una ambulancia, esperó aquí una hora y luego se marchó.

—Eso parece.

—¿Y los que la atendieron? ¿La enfermera que usted ha mencionado? ¿Dónde puedo encontrarla?

—En su casa, señor Winter. —La mujer ya estaba preparando la pantalla para el siguiente paciente—. Dormida.

Winter telefoneó a Cathy Lamb desde el área de aparcamiento. Una vez terminada su entrevista con Secretan, le había enviado un mensaje al móvil. Secretan estaba buscando un plan de acción, alguna pista sobre dónde les podría conducir la investigación, y la detective inspectora quería saber las novedades sobre Trudy Gallagher.

—Va bien, jefa. ¿Me haría un favor?

—¿Qué significa «bien»?

—Estamos a punto de tomarle declaración. ¿Podría hacer una comprobación SIC para mí? ¿Sobre Dave Pullen?

—¿Qué quieres saber?

—Necesito su dirección actual.

—Bystock Road 93. —La paciencia de Cathy tenía límites—. Estuviste allí anoche.

—Ésa es la propiedad que alquila. Tiene otra residencia. Ha de tenerla.

Hubo una pausa mientras Lamb accedía al sistema de inteligencia criminal. Las comprobaciones fáciles como ésta tardaban menos de un minuto.

—Aquí dice Ashburton Road 183, en Southsea —dijo al final—. Apartamento 11.

Mientras conducían de vuelta al centro, Winter no conseguía apartar de la mente la imagen de Trudy Gallagher acurrucada en el dormitorio, minutos después de que Suttle llevara su navaja a la cuerda de tender la ropa. La última vez que la había visto, hacía un par de años, era una colegiala regordeta con pasión por los Big Macs y las películas de Leonardo di Caprio. Su mamá, que tenía más dinero que sentido común, le daba una paga generosa y dejaba que la naturaleza siguiera su curso.

Ahora, seis kilos más delgada y un par de pulgadas más alta, la joven Trudy había alcanzado la madurez en la peor compañía imaginable. En primer lugar, según una fuente local fidedigna, mantuvo una relación de convivencia con un vendedor de coches de Farlington que le doblaba la edad. Después, por razones que la fuente no alcanzaba a comprender, Trudy se había liado con Dave Pullen. «Si te metes en la cama con un inútil como ése —pensó Winter—, no te pueden sorprender las consecuencias.»

La noche pasada, aquel vecino había traído un par de mantas, mientras Trudy se acurrucaba en la esquina del dormitorio, pálida y tiritando de pies a cabeza de frío. Cuando Winter le preguntó qué había pasado, le dijo que no quería hablar de ello. No le habían hecho daño. No la habían agredido sexualmente. Todo el asunto había sido una broma, y lo último que necesitaba era que un médico de la policía la examinara. Al final, cuando Suttle consiguió localizar sus ropas, accedió a que una ambulancia la llevara al hospital para un chequeo, aunque lo que realmente quería era que se fueran todos y la dejaran en paz.

—Tú la viste, hijo. ¿Estaba hecha polvo o no?

—Sí, una birria. —Suttle iba al volante, rozando los 130 kilómetros por hora a lo largo de la gran curva que conducía el tráfico hacia la ciudad.

Winter seguía dándole vueltas a lo ocurrido, seguía preguntándose cómo pudo abandonar a una testigo principal para ganarse un par de horas en el catre.

—Cuanto menos, se la quedarían bajo observación. ¿No fue eso lo que pensamos? ¿Que se la quedarían un par de días en uno de los pabellones? Es increíble. —Meneó la cabeza mientras miraba por encima de la bahía la pálida masa del castillo de Portchester—. Da que pensar, ¿eh?

—¿Cree que nos mintió?

—Creo que me estoy jugando el culo. —Winter buscó el paquete de Werther's Originals que había en el salpicadero—. Otra vez.

Suttle sonrió. Siendo un joven subcomisario de apenas veinticuatro años, era nuevo en Portsmouth. Había crecido en New Forest, en el seno de una familia numerosísima y, hasta el momento, el servicio policial le había llevado a ocupar puestos en Andover y en Alton, ninguno de los cuales lo había preparado para personas como Paul Winter. Para su gran satisfacción, el mes que ya habían pasado juntos representaba la más empinada curva en su gráfico de aprendizaje, y todavía se esforzaba por distinguir la verdad de la leyenda.

—Estaba con la detective inspectora Lamb, ¿no? ¿Cuando destrozó el Skoda?

—Sí, estaba con ella.

—Menos mal que ahora me tiene a mí para conducirle, ¿no?

Winter le echó una rápida mirada. Aunque era cierto que había perdido el gusto por conducir, había salido del incidente con el Skoda con su permiso intacto. Mejor aún, cuando Tráfico al fin decidió no acusarle de conducción temeraria, se había ganado su reincorporación en el Departamento Central de Inteligencia. Los dos largos meses que había pasado en uniforme esperando la sentencia habían sido un infierno. Según confesara a Suttle recientemente, nada podía preparar a un hombre para las emociones que los húmedos días de invierno reservaban para los que patrullaban a pie el corazón de Fratton. Una bicicleta robada más, un terrier escapado más, y estaría listo para el pabellón de locos de Saint James.

Suttle miró el retrovisor y cambió al carril central para dejar pasar a un motociclista.

—¿Qué piensa, entonces? —Miró de soslayo a Winter—. Sobre la chica.

—Pienso que tenemos que encontrarla.

—¿Y luego qué? —De nuevo la sonrisa—. ¿La atamos?

Ashburton Road era una de las calles que conducían hacia el norte desde el corazón comercial de Southsea. En el siglo XIX, estas imponentes casas de tres plantas habían sido las residencias de familias navales y de ricos comerciantes, los cimientos sociales de la vida elegante a orillas del mar, pero oleadas sucesivas de gente habían inundado la ciudad desde entonces, con consecuencias que resultaban demasiado obvias. No quedaba ni una casa en la ciudad que no sufriera los efectos de la sobreocupación. Las propiedades que se habían salvado de los bombardeos de la Luftwaffe habían caído en manos de tres generaciones de propietarios de Pompey.

Dave Pullen vivía en la última planta de una casa cercana al final de la calle. Cuando los dos intentos de contactar con él a través del interfono fracasaron, Winter mandó a Suttle por la escalera de incendios que estaba en la parte posterior del edificio. Segundos más tarde, lo vio agacharse sobre la balaustrada herrumbrosa.

—Hay una nota —gritó—. Volverá dentro de media hora.

—¿Para quién es la nota?

—No lo dice.

Esperaron en el coche, que aparcaron en la doble línea amarilla del final de la calle. Curioso como siempre, Suttle quería saber acerca de Pullen y de Bazza Mackenzie.

—Pullen es un inútil —respondió Winter en seguida—. No se merece el espacio que ocupa. Pudo ser un buen futbolista, pero la cagó.

—¿Le interesa el fútbol? —Esto era una novedad para Suttle, que era hincha de los Saints.

—Dios me libre, hijo, aunque ayuda a dar la cara en esta ciudad. Los que tienen cabeza no son problema, pero el resto sólo puede pensar en el fútbol. Triste pero cierto.

—¿Y era bueno este tipo?

—¿Pullen? Bastante, sin duda. Solía jugar con Waterlooville antes de que se fusionara con Havant.

—Es la liga de Doc Martens —dijo Suttle, impresionado—. ¿En qué posición?

—¿Qué dices?

—¿Dónde jugaba? En el campo.

—Ah… —Winter frunció el entrecejo—. Delante, supongo. Sé que siempre metía goles. Así se ganó el apodo. En parte, al menos.

—*Pull 'em?**

—Exacto. En el campo, perdía el control. Demasiados canutos. Demasiada bebida. Demasiado polvo en la nariz. Aunque a las mujeres les molaba. Dave Pullen. Joder por Inglaterra. La joven Trudy debió pensárselo mejor.

—Tal vez tenga mucha labia.

—Lo dudo. No sé qué pasa con el resto de su cuerpo, pero entre orejas no tiene nada. No es que Trudy sea ninguna intelectual, pero quién lo es a los dieciocho. ¿No te parece?

Suttle observaba a un hombre de edad indeterminada que

* Juego intraducible de palabras. *Pull 'em* vendría a significar «mételos». (*N. de la T.*)

se les acercaba zigzagueando por la acera. Llevaba una bolsa de Londis en una mano y una lata de Special Brew en la otra. Con la cara enrojecida y los ojos vidriosos, se detuvo junto al coche en actitud de pacífico saludo; Suttle le dijo que se esfumara.

—Y hablando de Bazza… —Subió la ventanilla.

—¿Bazza? —Winter le echó una mirada y se arrellanó en el asiento del copiloto con una sonrisa en la cara, la pose de un hombre que saborea el plato de sus sueños—. Bazza Mackenzie es nuestro hombre —dijo en tono suave—. Bazza Mackenzie es quien más acerca la ciudad al crimen de verdad. Es por los tipos como Bazza por los que es un auténtico placer levantarse cada mañana. ¿De cuánta gente podrías decir lo mismo? Con la mano en el corazón.

—¿Es de por aquí?

—Un chico de la ciudad de cabo a rabo. El auténtico caldo de Pompey.

—¿Lo han pillado alguna vez?

—Dos veces, en sus principios. —Winter asintió con la cabeza—. Por exceso de alcohol en ambas ocasiones, una en el puerto a plena luz del día. Se había tomado demasiadas cervezas. La otra, tarde por la noche en un club de Palmerston Road, ciego de Stella y bourbon. Bazza no podía ver una pelea sin meterse en ella. Si estábamos nosotros, tanto mejor.

—Mucha bebida, ¿eh?

—Un lunático. Un lunático total. Yo conocía a la mujer con la que se casó, una muchacha guapa, lista también, y que no se podía creer en qué se había metido. Está loco de atar, solía decirme. No sabe lo que es el miedo.

—¿Es un tipo grande? ¿Corpulento?

—Pequeño —Winter negó con la cabeza—, pequeño y siempre dispuesto. Aunque siempre es así, ¿no te parece? ¿Te has fijado alguna vez en que, si te enfrentas a un montón de esos tipos, que se mueren por pelear contigo, son siempre los pequeños a los que tienes que vigilar? Quizá tengan cosas que demostrar. Dios sabrá.

Suttle tenía la mirada puesta en el espejo retrovisor. El borracho iba a dar la vuelta a la esquina y se tambaleaba suavemente mientras trataba de decidir si cruzar la calle.

—¿Y Pullen y Bazza son buenos amigos?

—Amigos, sí. Desde siempre. Es así como funcionan las cosas en esta ciudad. Los mismos colegios, los mismos pubs, las mismas mujeres. Los dos andaban con la pandilla del 6:57. Ésa fue la movida más importante de la carrera de Bazza, la que le abrió el camino a la cumbre.

El 6:57 era un grupo de *hooligans*, el más selecto de Pompey, que tomaban el primer tren del sábado cada quince días y exportaban una marca muy especial de violencia futbolística a los campos rivales de todo el país. Según Winter, fue el 6:57 el que introdujo los primeros alijos importantes de droga en la ciudad.

—El ochenta y nueve. —Sonrió—. El verano del amor. Esos tipos llevaban Dios sabe cuánto tiempo moliéndose a palos unos a otros y, de repente, empiezan a darse besos y a bailar juntos en los clubes nocturnos, y nosotros, a preguntarnos qué mierda está pasando.

—¿Qué estaba pasando?

—El éxtasis. Introducían camiones enteros, marcándose un tanto con respecto a los grupos rivales de Londres. Aquel verano organizaron algunas juergas impresionantes. Miles de chicos desvariando. La ley y el orden no tenían nada que hacer; aunque te sentías orgulloso sólo por estar allí. La chica con la que se casó daba el pego. Fueron los tipos como Bazza, que se jugaban el todo por el todo, los que pusieron la ciudad en los mapas.

—Muy bonito.

—Sí. Pero no duró mucho. Luego empezaron con la coca, y la cosa se puso fea.

—¿Se quedó en la coca? ¿Nada de caballo?

—Coca y drogas de *rave*, además de anfetaminas, si te venían de gusto. Bazza movió heroína algunas veces, aunque mucho menos de lo que creímos al principio. Es una cuestión de imagen. El caballo es para los perdedores.

Suttle seguía observando el retrovisor. Tocó a Winter suavemente en el brazo.

—¿Un tipo alto? ¿Delgado?

Winter miró por encima del hombro y asintió.

—Dejemos que llegue a la puerta —murmuró—, y luego vamos a saludarle.

Pero Pullen no fue a la puerta. En cambio, pasó junto al coche y empezó a subir el primer tramo de las escaleras de incendio. Winter lo siguió con la mirada durante un momento, preguntándose por qué estaría cojeando, y después salió del coche. Cuando Pullen se dio cuenta de que lo seguían, ya casi había llegado arriba.

—Dave. Ha pasado mucho tiempo. —Winter se había quedado sin aliento—. Te presento al subcomisario Suttle. Nos gustaría hablar contigo.

—Claro. ¿Por qué no? —Pullen quiso volver a bajar. Winter le bloqueó el paso.

—Arriba —le dijo—. En tu casa.

—¿Por qué no aquí? ¿O abajo?

—Porque preferiría un poco de intimidad. Y porque estoy hecho polvo.

De pronto, Pullen pareció preocupado. Tenía la cara estrecha y huesuda, el cabello ralo y necesitado de un corte urgente, y los dientes amarillentos. Sus ojos, hundidos, estaban inyectados de sangre, y cuando quiso consultar su reloj, le costó mantener la mano firme. Si este tipo servía de modelo en el negocio de la droga, pensó Suttle, tenía que haber mejores maneras de ganarse la vida. Dale un par de años y una lata de Special Brew, y acabaría siendo otro elemento más del mobiliario urbano.

—Bueno, hijito… —Winter seguía interpretando el papel del poli bueno.

—Ni hablar. —Pullen negó con la cabeza—. No tienen derecho.

—¿No? ¿Prefieres que vaya un momentito a buscar una orden de registro? ¿Dejo aquí a Jimmy para que te vigile?

—No puede hacerlo.

—Ponme a prueba.

—¿Qué quiere saber?

—Quiero saber qué pasó con Trudy Gallagher. Y qué pasó anoche. Dave, ya sabes cómo es esto. Cuanto antes nos lo cuentes, antes acabaremos. —Señaló con la cabeza la puerta principal de la casa de Pullen, con la pintura desconchada—. Media hora como mucho y nos iremos.

Pullen hacía grandes esfuerzos por idear alguna respuesta.

El hecho de haber trasnochado y de haber tomado cantidades incalculables de sustancias ilegales, desde luego, no le ayudaba. Al final, negó de nuevo con la cabeza. Winter tendió una mano y sacudió la caspa de los hombros de su chaqueta. La humillación siempre resulta más convincente que las amenazas.

—Bonito cuero, Dave. —Asintió de nuevo hacia la puerta—. Tú primero.

El piso consistía en tres habitaciones y una cocina diminuta, encajada en la parte posterior del salón. El lugar tenía muchas posibilidades —miraba al sur y hasta tenía un poco de vistas—, pero estaba claro que Dave Pullen prefería vivir a oscuras. Winter tenía ganas de descorrer las cortinas y abrir las ventanas. Le hubiera gustado invertir un par de libras en un buen ambientador y un ramo de flores. En cambio, se hundió en el único sillón disponible, preguntándose cuántos canutos había que enrollar hasta recrear el auténtico hedor de la vida en la cárcel. Tal vez ese apartamento fuera un ejercicio de nostalgia. Tal vez Pullen no consiguiera sobrevivir sin el recuerdo del ala B.

—¿Dónde está la chica?

—No tengo ni idea.

—Mientes, Dave. Estaba en tu pocilga, hecha unos zorros. Tenías que saberlo. Te lo habrían dicho.

—¿Quién lo dice?

—Yo lo digo. Esos *scousers* se encargan de liquidar asuntos. Envían pequeños mensajes. Eso es lo que fue la chica, Dave: un mensaje.

Evitando la mirada de Winter, Pullen se dirigió cojeando a la cocina y abrió un cajón. Sacó dos gruesas tabletas, que requirieron medio vaso de agua del grifo.

—¿Dolor de cabeza?

—Migraña.

—Es lo mismo. —Winter esperó a que Pullen se tragara las tabletas—. Vamos, háblame de los *scousers*. No fueron amables, ¿sabes? ¿Ya te lo ha contado ella?

Pullen no respondió. Suttle estaba en las sombras, inspeccionando un titular pegado en la pared con celo. Era la última página de *The News*, el diario de la ciudad.

—¿Eres de los Super Blues? —preguntó Suttle.

Pullen se volvió hacia él, una presencia espectral en la oscuridad.

—¿Tienes algún problema con esto?

—Sí.

—¿Como qué?

—Como que los de Pompey son unos mierdas. La mitad del jodido equipo viaja con pases de autobús.

Observándolo desde el sillón, Winter se echó a reír. Ese muchacho le gustaba, le gustaba mucho. Casi siempre hacía locuras. Como el propio Winter, presionaba y presionaba hasta que algo petaba.

—¿Mierdas? —Pullen estaba indignado—. ¿En el primer puesto de la nacional? ¿Durante toda la jodida temporada? ¿Cómo funciona la cosa, entonces?

—Ya lo descubrirás, colega. Si llegáis alguna vez a la final.

—¿Y de qué equipo eres tú?

—De los Saints.

—¿Un escoria? —Pullen echó a reír—. No me jodas. Por eso acabáis siempre en la basura.

Winter se puso de pie. Una pila de cajas de veinticuatro latas de Stella sujetaba la puerta abierta, cual trofeos de una juerga etílica. Evitando cuidadosamente las latas, desapareció por un par de segundos. Momentos después, reapareció con algo negro en la mano, algo que tenía aspecto de pequeña caja. Cuando encendió la luz del techo, Suttle vio que se trataba de una radio de coche.

—El último grito, Dave. —Winter examinó el reverso—. Y con dispositivo de seguridad.

—Es legal.

—Seguro que sí. ¿Y el resto? —Winter miró a Suttle y le señaló la puerta con un gesto de la cabeza—. Verás, es que tenemos este problema con los robos de equipos. Las cifras se salen de los gráficos. No te creerías cuánto deprime esto a nuestro gerente de resultados.

Suttle volvió con una caja de cartón. Después de los cinco primeros equipos de coche, dejó de contar.

—Valen lo suyo, ¿verdad, Dave? —dijo Winter—. No me extraña que no quisieras invitarnos a entrar.

—Ella no ha estado aquí.

49

—No te creo.

—Es la verdad. No, desde hace un par de días.

—¿Dónde está, pues?

—Qué sé yo.

—¿Tienes su número de móvil?

—Nunca contesta.

—¿Os peleasteis? ¿Una pequeña discusión?

Silencio.

Winter consultó su reloj y volvió a acomodarse en el sillón; cruzó los dedos sobre el bulto de su barriga y cerró los ojos.

Pullen estaba inquieto.

—Fue su jodida culpa —masculló—. La cabrona.

—¿Qué te hizo, Dave? —Winter siguió con los ojos cerrados—. ¿Pidió una conversación decente?

—Y una mierda —repuso Pullen, acalorado—. Ya sabe largar por la boca cuando quiere. No hace falta convencerla. Un par de Smirnoffs en Forty Below, y es barra libre.

Forty Below era un complejo de cafés y bares nocturnos en los muelles de Gunwharf, un lugar de encuentro inmensamente popular.

—¿Fue así cómo lo hicieron?

—¿Quiénes?

—Tus amiguitos *scousers*. ¿Diez libras sobre el mostrador y una vuelta en coche cuando la chica está dispuesta? ¿Una visita al garito de Dave? ¿Escuchar un poco de música? ¿Fue así cómo pasó?

—No tengo la menor idea.

—¿No estás preocupado? ¿Ni un poquito? Se están riendo de ti, Dave. Te están diciendo que ya no das la talla. Toman lo que es tuyo. Y si crees que todo empieza y acaba con la pequeña Trudy, eres aún más estúpido de lo que parece.

—No sé de qué me estás hablando.

—Y una mierda. No se trata de su culo bonito, ya sabes que no. Esto es un negocio, Dave, y no estamos hablando de robar jodidas radios de los coches. No sé cuánta coca te confía Bazza estos días, pero algo me dice que tus tiempos de camello han terminado. Trudy ha sido una segunda advertencia, Dave. Los chicos te están diciendo que estás acabado. ¿Me sigues? ¿O voy demasiado deprisa?

—Has perdido la chaveta.

—¿Eso crees? —Winter volvió a ponerse de pie. Hizo a Pullen un ademán para que se acercara—. Anoche hicimos una visita a esos chicos, Dave. No te aburriré con los detalles, pero nos fuimos con más cuchillos Stanley de los que puedes imaginar. ¿Has oído los rumores de camellos locales que reciben palizas? ¿Que son secuestrados? Son ciertos, Dave, todos y cada uno de ellos.

Pullen retrocedió hacia la cocina. No quería oír nada de eso. Winter, que ya iba entrando en calor, lo arrinconó en la esquina.

—Tenéis una elección, Dave, tú y tus colegas. Mi jefe quiere que esos chicos se vayan de la ciudad. Me atrevería a decir que también Bazza quiere que se vayan. Podemos seguir la vía oficial, en cuyo caso, prestarás declaración y me dirás todo lo que sabes. O puedes intentar buscar una solución por tus propios medios. De un modo u otro, mi amigo Jimmy y yo nos quedamos con esto. —Winter cogió una de las radios—. Tenemos una brigada entera dedicada a este asunto de los robos. Operación Cobra. Puede que lo hayas leído en los periódicos. ¿Hago correr la voz? ¿Digo a mis colegas que colaboras?

Winter dejó que su propuesta fuera calando y dijo a Suttle que volviera a guardar las radios en la caja de cartón. Una visita al cuchitril que Pullen hacía servir de dormitorio reveló un nuevo botín, suficiente para llenar una funda de almohada. Camino al aire libre, a la luz del sol que bañaba el último escalón de la salida de incendios, Winter hizo que Pullen le escribiera el número del teléfono móvil de Trudy Gallagher. Lo estudió por un momento y luego lo dobló y se lo guardó en el bolsillo.

—Mis respetos a Bazza. ¿De acuerdo? —Dio a Pullen un puñetazo amistoso en el hombro, recogió la funda de la almohada y siguió a Suttle escaleras abajo, a la calle.

A media mañana, finalizada la reunión con Willard, Faraday siguió el Volvo de Brian Imber que salía del área de aparcamiento detrás de la comisaría de policía de Kingston Crescent. Al principio de la autopista, Imber puso el intermitente a la izquierda y salió del cinturón, dirección a la terminal continental de transbordadores. Al norte del complejo portuario se expandía un conjunto de establecimientos navales, conocidos localmente como la Isla de las Ballenas. En el otro extremo de la carretera elevada que comunicaba la isla con tierra firme, Imber detuvo el coche delante de la barrera roja y blanca. Un brigadista se acercó a ambos coches, con un rifle de asalto colgado del cuello.

Faraday bajó la ventanilla. Imber ya le había entregado un pase, aunque aún tenía que abrir el sobre. Al hacerlo, se encontró ante una reciente instantánea de su cabeza y hombros, tomada para una investigación fuera de los límites del condado. Mostraba a un varón blanco entrecano, de cuarenta y tantos, con una mata de cabello rizado que empezaba a grisear. A primera vista, la expresión de su rostro no delataba ningún sentimiento, aunque a las pocas personas que lo conocían bien les llamarían la atención las pequeñas arrugas que rodeaban sus ojos. Ése era un hombre que trataba de calibrar qué le esperaba, exactamente, en el futuro inmediato. Y no era de extrañar.

El brigadista echó una mirada al pase, comprobó la fotografía e hizo ademán para que Faraday pasara.

Imber lo esperaba en el aparcamiento cercano. Faraday detuvo el Mondeo a su lado y guardó el pase en el bolsillo. Imber señaló con la cabeza un edificio bajo de ladrillo, que se encontraba a unos doscientos metros de distancia. Detrás se abrían el puerto y el astillero naval.

—Bienvenido a Volquete. —Imber disfrutaba del momento—. Me temo que no sobra espacio, pero lo hicimos lo mejor que pudimos.

El edificio era propiedad de la Escuela Reguladora, la institución encargada de la formación de los agentes de la policía naval. Un acuerdo temporal con el almirantazgo, financiado con el presupuesto asignado a Volquete, permitía pagar un despacho en el lado sur del edificio, normalmente utilizado como sala de conferencias. Había otra sala de reuniones anexa, más pequeña, que ahora albergaba los archivos en expansión de la investigación entre manos. Carpetas cuidadosamente etiquetadas atestaban los estantes que cubrían toda una pared. Allí había también tres archivadores maltrechos, todos provistos de candados resistentes.

Imber le estaba explicando el resto de las medidas de seguridad. La puerta principal disponía de doble cerradura, para cuya abertura se requerían un código y una tarjeta magnética, además de la cerca de alambre de espino, que medía ocho pies de altura y rodeaba totalmente el recinto. Ante la insistencia de Nick Hayder, la oficina se registraba regularmente en busca de dispositivos de escucha, el examinador había pasado controles de seguridad y todos los miembros de ese equipo de cinco habían firmado una declaración, jurando no hablar nunca de la operación con nadie ajeno a ella. Faraday pensó que, en términos de paranoia, esta operación constituía una categoría por sí misma.

—¿Crees que nos hemos pasado? —Imber lo observaba atentamente.

—Sólo un poquito.

—¿Viste a Nick esta mañana? ¿Inconsciente? ¿Con las piernas hechas papilla, y la cadera rota?

—¿Me estás diciendo que aquello tuvo algo que ver?

—Te estoy diciendo que tomamos todas las precauciones posibles y, aun así, alguien logró apagarle las luces. ¿Quién sabe si fue una mera coincidencia? Lo único que queríamos era tener un poco de intimidad.

Del despacho adyacente llegó el sonido de una puerta que se abría, seguido de los golpes de unos pies pesados. Instantes después, Faraday se encontró delante de una figura familiar: vestido escotado, pechos enormes, una espesa capa de carmín brillante, largas uñas de color púrpura moteadas de oro y —bajo el cuerpo voluminoso— un par de piernas bien torneadas que nunca dejaban de pillarle por sorpresa.

—Joyce.

—Sheriff.

—¿Estás metida en esto? —Faraday señaló con un gesto el entorno.

—Y tanto que sí. Archivadora, suministradora de dónuts, curas de resaca y servicio de mantenimiento ligero. Además de responder a las llamadas menos amables. Si no me tratas bien, te doy unos azotes. —Le sonrió—. ¿Has dicho que querías un café?

Sin esperar respuesta, volvió a entrar en el despacho. Imber alzó la mirada al cielo.

53

—¿Os conocéis?

—Y muy bien. Joyce sustituyó a Vanessa en Highland Road hace un par de años, cuando la mataron.

—¿Y pudiste sobrevivir?

—Mejor aún. Joyce demostró ser insustituible. ¿Todavía tiene la agencia de chicas Beanie?

—Me temo que sí.

—¿Y el porno alemán?

—A sacos. Una gran bolsa viene de Hamburgo cada quince días. Tenemos a los reclutas haciendo cola en la puerta. La consideran una fuera de serie.

—Tienen razón. Lo es.

A través de la puerta abierta, Faraday la oía cantar mientras preparaba los tazones de café. Peggy Lee había sido siempre una de sus favoritas; el arrepentimiento cosido a puntazos con una valentía de seda.

Cuando Imber contestó una llamada telefónica, Faraday se sentó en el borde de uno de los escritorios. Joyce se había borrado de Highland Road después de que le diagnosticaran cáncer. Faraday la había llamado un par de veces para preguntar cómo progresaba la radioterapia, pero ella siempre trivializaba el asunto, como si se tratara de un simple dolor de cabeza. Bueno, tenía un pequeño bulto. Todo el mundo los tiene. Nada importante.

Faraday nunca supo a ciencia cierta si ese optimismo suyo era una característica americana o si, sencillamente, la chica era valiente; pero, en cualquier caso —y para su eterna vergüenza—, Joyce había desaparecido de su vida, olvidada tras el torrente cotidiano de crímenes que invadía Highland Road.

—Así que lo venciste.

—Claro. Acabé con los pequeños bastardos.

—¿Bastardos? ¿En plural?

—Pecho, nódulos linfáticos, un par en el cuello. —Las uñas púrpura siguieron el recorrido de los tumores—. La cosa se puso muy interesante cuando empezaron a hablar de una mastectomía.

Faraday se la quedó mirando. Sus pechos le parecían auténticos.

—¿Y qué pasó?

—Les dije que ni hablar. Podían intentar cualquier otra cosa, no importaba qué, pero si caía, caía con todo el equipo. Y fue bastante bien. La quimioterapia fue increíble. Un par de semanas de aquella mierda, y los pequeños bastardos salieron con las manos en alto. Purrum, pum, pum. Un entierro militar a toda pompa, aunque el suyo, no el mío. —Alzó la vista—. ¿Todavía lo tomas con azúcar?

Faraday asintió con la cabeza. Por primera vez, se fijó en las fotos expuestas en la pared de enfrente. Imber seguía con la conversación telefónica.

—Toma. —Joyce le dio un tazón de café—. Permíteme que te enseñe las dependencias.

Faraday la siguió a través del despacho. La más grande de las fotografías era una toma aérea de una finca bastante extensa, con tejado de tejas rojas, dos grandes ventanas cenitales y altos ventanales de guillotina. En el camino de ladrillos que formaban dibujos, delante del garaje de dos plazas, había un Mercedes descapotable y una autocaravana, y una piscina con aspecto de nueva ocupaba parte del jardín de delante. Se habían identificado y etiquetado determinados elementos —las cámaras de seguridad, los arbustos espinosos a prueba de intrusos, la doble verja de control remoto—, y un círculo rodeaba una pequeña caseta de madera junto a un columpio infantil.

—Es una caseta de perro. El tipo adora a sus perros. —Joyce devoraba su segunda galleta de chocolate—. Dos ridgebacks, *Clancy* y *Spud*.

—¿La propiedad es de Mackenzie?

—Claro. Es el número trece de Sandown Road. Bonita, ¿eh? ¿Y no te gustaría saber cómo le dieron el permiso de construcción? ¿En un área tan guapa como ésa?

Faraday miró donde señalaba el dedo de Joyce. Sobre los dormitorios de la primera planta, un balcón enorme se abría en el tejado. Una mampara de cromo y vidrio ahumado ocultaba el balcón de las miradas, aunque el ángulo de la fotografía revelaba cuatro tumbonas y un par de mesas entre ellas. Faraday asintió con la cabeza. Sandown Road se encontraba en el corazón del Craneswater Park. Craneswater era el área más selecta de Southsea: calle tras calle de villas eduardianas de dimensiones generosas, con grandes jardines y vistas sobre el Solent.

55

Los que conseguían llegar a ese enclave de la clase media se aferraban a sus posesiones con pasión feroz. Faraday pensó que Joyce tenía razón. ¿Cómo permitieron que Bazza Mackenzie tuviera ese atisbo inesperado de la lejana Florida?

—Y mira aquí: los chicos de la Unidad de Apoyo Aéreo nos hicieron sentir orgullosos. —Joyce le estaba indicando un objeto en el jardín—. ¿Sabes qué es esto?

Faraday se acercó un poco más.

—¿Una especie de foco?

—¡Estrella de oro para el sheriff! —Joyce estaba radiante—. Tiene cinco. Por las noches empieza el espectáculo, y créeme, estamos hablando de potencia. Malva para los lunes, verde vómito para los martes, y para los miércoles… mi favorito…

—¿Púrpura?

—Cereza. Acabaremos con una lista de cargos más larga que tu brazo, pero el buen gusto no figurará entre ellos.

Imber, finalizada su llamada telefónica, volvió junto a ellos. Faraday señaló la casa con un gesto de la cabeza.

—¿Ya lo ha ido a visitar?

—Todavía no. —Imber negó con la cabeza—. Tenemos la fotografía en caso de que tengamos que entrar a corto aviso, pero la Unidad de Apoyo Aéreo nos prometió otra, actualizada, si les avisamos con tiempo.

—¿De dónde viene nuestra documentación? —Faraday miró hacia atrás, a la estancia más pequeña que albergaba los archivos.

—Órdenes de producción. Utilizamos el Acta sobre Narcotráfico. Hasta el momento nos hemos centrado en los acuerdos y transacciones inmobiliarias que entran y salen de Gibraltar. Si nos queremos remontar diez años atrás, es mucho papeleo.

El Acta sobre Narcotráfico ofrecía a una investigación como ésta el poder de obtener órdenes de producción de un juez de guardia. Éstas, a su vez, hubieran permitido a Hayder requisar una enorme cantidad de documentación, desde archivos bancarios hasta créditos hipotecarios. En teoría, el objetivo no debería darse cuenta de aquella red que lo envolvía. Como si eso fuera posible.

—Lo sabrá… ¿No es cierto?

—Claro que lo sabrá. Su contable se lo dirá. O su banco. O sus informadores. Tratándose de Bazza, probablemente se sentirá halagado. No hay mucho que podamos hacer para ponerlo nervioso. Todavía no.

—¿Por qué no fue Nick a por la mercancía?

—Porque Mackenzie ya no se ensucia las manos ahora, no se acerca a la droga. Si quisiéramos colgarle un cargo de narcotráfico, tendríamos que haber hecho esto años atrás.

—Pero ¿sigue controlándolo todo?

—Claro que sí. Es así como funciona este negocio. Él financia la operación y se queda con un gran porcentaje. Cuanto más rico eres, más se encargan los demás de hacerte el trabajo sucio. No se ensucia las manos, se ríe de nosotros.

Faraday observaba las otras fotografías. Una de ellas mostraba a Mackenzie saliendo de su reluciente descapotable: una silueta pequeña, cuadrada y jovial, con una gran sonrisa en la cara. Otra fotografía recogía la imagen de un crucero a motor bastante grande, en maniobra de atracar en la marina. Ambas llevaban el sello de una operación de vigilancia, de un fotógrafo que trabajaba desde lejos, con la ayuda de un potente teleobjetivo.

—¿Son de él?

—En realidad, sí. Lo registra todo a nombre de otras personas porque no es estúpido, pero sí, son de él. Son las cosas que nos permiten seguir adelante. Tenemos muchas más en el cajón. Propiedades en el extranjero, negocios locales, de todo. Joyce marca los cambios con un círculo cada lunes. Por si nos sentimos desmotivados.

—¿No es envidia?

—Por supuesto. Y también frustración. Si llevaras un año entero encerrado en este despacho, te sentirías igual.

—¿Quién se encarga de patear la calle, de reunir cifras?

—Un tipo que se llama Martin Prebble. Es un contable forense. Nos cuesta una fortuna, pero es un genio. Dale tres trillones de documentos, y sabrá cuáles interesan. Sin él, todavía estaríamos en el campamento base.

—¿Y dónde está?

—En Londres. Trabaja para una de las grandes empresas de la City. Lo tenemos dos días por semana. —Echó una mirada a su alrededor. Joyce había vuelto a sentarse tras su escritorio. Imber se inclinó hacia Faraday—. Sé lo que piensas, Joe, pero créeme, no hay otra manera. Ya lo intentamos todo: operaciones encubiertas, vigilancia, informadores, intervenir la cadena de suministros; pero, como te digo, Mackenzie está más allá de todo esto. Es inteligente, más listo de lo que puedes imaginar. Le han aconsejado bien, e hizo caso de los consejos. Se ha apartado del camino peligroso. Lo único que nos queda es el dinero. Y es allí donde podemos hacerle daño. Siguiendo el rastro del dinero.

Faraday trataba de conciliar ese estallido con algo que había dicho Willard y que seguía rondándole en la cabeza: «Mackenzie está programado para infringir la ley. Esto es lo que hace. Y por esto vamos a joderle».

—¿Realmente cree que el papeleo es la única manera?

—Eso creo.

—¿No tiene sentido tenderle una trampa?

—Ninguno. Ya te he dicho que está muy bien protegido. Al menos, de esta forma tenemos una oportunidad. Mientras no perdamos la fe.

—¿Quiénes?

—¿Quiénes crees? Es una cuestión de medios y de objetivos, Joe. Y para ser honesto, hemos contado con buenos recursos.

—¿Me está diciendo que hay presiones para obtener resultados?

—Claro que las hay. Siempre hay presiones para obtener resultados.

Por eso Nick estaba a punto de estallar.

—Una operación como ésta requiere tiempo, varios años. Nunca antes habíamos pensado así, porque nunca antes fue necesario. La cosa se reduce a los tipos como Bazza. Este hombre es un letrero luminoso. Está allí arriba, rodeado de brillo. Está diciendo a los chicos de esta ciudad que no tiene sentido ir al colegio, que no tiene sentido obedecer a la ley, bajar la cabeza e intentar llevar una vida medio decente. Si dejamos a Bazza en paz, si lo metemos en la cesta de «tareas demasiado difíciles», si tiramos la toalla, ya podemos despedirnos.

Faraday asintió. Ya había escuchado este discurso de boca

de Imber, casi palabra por palabra. Por razones que el detective sargento nunca había revelado, se había ganado la reputación de un cruzado en el tema de las drogas. Desde mediados de los años ochenta venía advirtiendo del apocalipsis inminente, no solamente porque le preocupaban sus propios hijos, sino porque sus tareas en inteligencia le habían enseñado muy pronto que los narcóticos de clase A acabarían sosteniendo la economía entera algún día. «Si no prestamos atención al tema de las drogas —decía—, las consecuencias serán catastróficas.»

Los jefes de Imber en todos los niveles, acosados por la presión de la delincuencia masiva, habían apoyado de palabra su infatigable campaña. Leían los informes que él redactaba. Hasta hacían circular sus evaluaciones más comedidas de los acontecimientos previsibles. Pero hizo falta un personaje como Bazza Mackenzie para persuadirlos a concederle lo que pedía. ¿Por qué? Porque el dinero de Mackenzie empezaba a ensuciar todas las esquinas de la ciudad. Y esto, en palabras de Willard, era ya ir demasiado lejos.

Faraday observaba a Imber, que se servía un vaso de zumo de la nevera. Su entrenamiento para la maratón obviamente le prohibía todo tipo de cafeína. Finalmente, alzó la mirada.

—Willard se ha jugado el cuello —dijo Imber—. Y le admiro por ello.

—¿Fue fácil?

—¿Bromeas? No son sólo los recursos, son los otros polis. Todos piensan que pisamos terreno ajeno.

—Se supone que somos invisibles.

—Ya lo sé. Y gracias a Nick, lo somos en gran medida. Pero los tíos saben que algo pasa, y eso los pone frenéticos.

—¿Como a quién?

—No importa. Podría darte toda una lista de nombres, pero no tendría sentido. Sólo pretendo decir que esto no es fácil. Estamos aquí solos y tenemos que escalar una montaña descomunal. Enfréntate a alguien como Bazza y no te creerás cuánta gente se siente molesta.

—¿Esto le preocupa?

—En lo más mínimo. Mientras consigamos resultados.

Faraday lo observó por un momento, percatándose de que Joyce había dejado de aporrear el teclado.

—¿Y cree que conseguiremos resultados? —preguntó al final.

—Creo que tenemos que conseguirlos.

—¿A pesar de tanto —Faraday frunció el ceño— descontento?

—Por supuesto. —Imber le dirigió una larga mirada inquisidora—. Estás con nosotros, ¿no es cierto?

4

Miércoles, 19 de marzo de 2003, 11:50 h

Winter dejó su Subaru en el aparcamiento subterráneo de los muelles de Gunwharf y condujo a Suttle por las escaleras mecánicas hacia el centro comercial. Habían hecho falta dos conversaciones telefónicas a través del móvil para convencer a Trudy Gallagher de que se reuniera con ellos; al oír el grazni-do de las gaviotas al fondo, Winter se sintió muy incómodo por darse cuenta de lo que era evidente. Misty Gallagher vivía en uno de los apartamentos del muelle que daban al mar. Trudy había vuelto con mamá.

El salón Gumbo acababa de abrir. Una camarera con expre-sión hostigada se encontraba en la parte de atrás, sacando bri-llo a los vasos. Winter escogió una mesa junto a la ventana y se sentó en la silla que tenía las vistas más amplias.

Más allá de la pasarela, en el extremo mismo del puerto, unos contratistas trabajaban en las primeras etapas de edifica-ción de la torre Spinnaker, una extravagancia de 170 metros de altura que, según esperaba el Ayuntamiento, colocaría por fin a Pompey en el mapa nacional. Winter observó cómo des-plazaban lentamente otro cubo más de cemento armado y se preguntó qué sentido tenía realmente una construcción como aquélla. Los partidarios de la torre machacaban con la osadía del proyecto, cómo denotaba confianza y significaba un nuevo comienzo para la ciudad; pero Winter prefería el otro Ports-mouth, deslucido, descuidado y perfectamente feliz de ir ti-rando.

Suttle ya estaba leyendo los platos en el menú. «*Moules à l'Americaine*; no suena mal», pensó.

—Sólo tomaremos café —dijo Winter—, salvo que quieras invitar tú.

Se arrellanó en su asiento y se dedicó a observar un bote neumático, que luchaba por quitarse del camino de un enorme transbordador que entraba en el puerto. Trudy había prometido reunirse con ellos al mediodía, y todavía faltaban diez minutos.

—Deberías conocer a su madre —dijo a Suttle—. De hecho, es muy probable que la conozcas.

—¿Es una promesa?

—Una advertencia sanitaria. Cualquier cosa que lleva pantalones y tiene menos de treinta años representa un grave riesgo para la salud.

Con el paso del tiempo, Misty Gallagher se había convertido en una leyenda. Winter había asistido a fiestas de donde Misty se había llevado tres hombres a la cama, dos del Departamento Central de Inteligencia y un ladrón de bancos convicto, acabando todos ellos como amigos del alma. Bazza Mackenzie, impresionado con sus contactos tanto como con su aspecto, se la tiraba desde mediados de los noventa, colocándola en una serie de propiedades que había comprado para edificarlas. Más recientemente, la había instalado en un apartamento de tres plantas en el muelle de Gunwharf, detrás del centro comercial; un gesto de 600.000 libras esterlinas para demostrar que ella todavía le importaba. Últimamente, sin embargo, según explicó Winter, la relación parecía atravesar unos momentos de tensión.

—¿Por qué? —Suttle seguía consultando el menú.

—Una pájara italiana, mucho más joven que Mist. Tiene clase, tiene estilo, no hace falta cubrirle la cabeza con una bolsa.

—¿Misty es fea?

—Para nada, tiene un cuerpo que te mueres, incluso ahora, pero también una boca grande, que no sabe mantener cerrada. Es una chica de Pompey… —Winter llamó a la camarera—. La incontinencia verbal va con el territorio.

La camarera anotó su pedido. Dos capuchinos. Suttle la siguió con la mirada mientras se alejaba hacia la máquina de café.

—¿Dónde está el padre?

—¿El padre de Trudy? Dios sabe dónde. Se llama Gallagher,

pero no recuerdo haberlo visto nunca. El verdadero nombre de Mist es Marlene, dicho sea de paso, y algunos tipos del mundillo siguen llamándola así. La saca de sus casillas.

—¿Y por qué la llaman Misty?

—Mejor que no lo sepas.

—Vamos.

Winter negó con la cabeza, le dijo que no tenía importancia, pero Suttle insistió y, al final, Winter cedió y le contó otro de los trucos que Misty solía gastar en las fiestas. La historia iba de los pechos de Misty, de los que estaba extremadamente orgullosa, y Winter había llegado al punto donde Misty se quitaba la blusa cuando se dio cuenta de la presencia de una chica alta y llamativa, que llevaba una ceñida falda roja y altas botas de cuero.

—Realmente, das pena, Paul Winter. —Se dejó caer en la silla vacía—. ¿Lo sabías?

Trudy estaba irreconocible. La última vez que Winter la había visto, subía tropezando a una ambulancia en medio de la noche y parecía salida de un póster del ejército de salvación. Ahora, apenas doce horas después, podría ocupar la portada de una revista de modas. Suttle no podía quitarle los ojos de encima.

—¿Un café? ¿Algo para comer? —Ya se había puesto de pie.

—Un café con leche. Con toneladas de azúcar. Y uno de esos pastelitos daneses. No... —empezó a rebuscar en su bolso para encontrar un cigarrillo—, que sean dos.

Cuando Suttle se alejó, Winter se inclinó sobre la mesa. No le incomodaba en absoluto que Trudy lo hubiera pillado en mitad de la historia, sino todo lo contrario.

—¿Cómo está, pues, esa mamá tuya?

—Chiflada. Como siempre.

—La ves mucho, ¿no es cierto?

—No, si puedo evitarlo. Estoy cabreada con ella, si quieres que te diga la verdad. Realmente, muy cabreada.

—¿Y eso por qué?

Trudy no respondió. Encendió el pitillo, y Winter la miró echar la cabeza hacia atrás y expulsar una larga columna de humo azul.

Los ojos de Trudy habían seguido a Suttle hasta la barra.

—¿Cómo se llama tu colega?

GRAHAM HURLEY

—Jimmy. —Winter miraba la mano derecha de Trudy—. ¿Qué les pasó a tus uñas?

—¿Cómo?

—Tus uñas. Aquí y aquí. —Tendió la mano. Las uñas de los dedos índice y anular de la chica estaban cortadas a lo salvaje—. Fueron tus nuevos amiguitos *scousers*, ¿verdad? Cuando luchaste contra ellos.

—¿De qué me estás hablando? —Trudy alzó la vista al cielo. Había venido para hacerle un favor. Más mierda de ésta y se largaba.

—Intento averiguar qué pasó, guapita. Estamos de tu parte.

—Ah, ¿sí? —De nuevo observaba a Suttle, que se abría paso entre las mesas con un café y un plato de pastas en las manos—. ¿Es de por aquí tu colega?

Winter no hizo caso a la pregunta. Quería saber qué había pasado la noche anterior. Trudy había sido víctima de una agresión. A él correspondía descubrir el cómo y el porqué. Podían hacerlo mientras tomaban algo. Pero también había otras maneras.

—Me estás amenazando. —La chica apartó su bolso para dejar espacio para los pasteles—. No me van las amenazas.

—No te estoy amenazando. Sólo te explico cómo funciona esto.

—¿Es cosa mía, sí o no?

—Te equivocas, guapa. Lo de anoche la hizo cosa nuestra.

Trudy no le hizo caso. Le dedicó una sonrisa a Suttle.

—El señor Mala Leche me dice que eres de por aquí. ¿Es cierto?

—Sí. —Suttle hizo un gesto de asentimiento—. ¿Azúcar?

—Tres. —Empujó la taza hacia él—. ¿Y dónde vives? ¿En algún lugar bonito?

—En Petersfield —gruñó Winter—. Y está casado.

—Y una mierda. —Suttle sonrió a la chica—. ¿Ya te ha preguntado por lo de anoche?

—Sí, y le he dicho que se vaya al cuerno, así que no empieces.

—Pero tuvo que ser muy desagradable. El Dr. Dre ya es bastante malo cuando estás vestida. Desnuda y atada como un pavo, tuvo que dejarte hecha polvo.

Trudy se echó a reír, a pesar de sí misma.

—Esa mierda es para los niños blancos que quisieran ser negros. Son más tristes que él.

—¿Que quién?

—Éste. El tío Paul. —Señaló a Winter con la cabeza—. Solía venir a husmear cerca de mi madre. Todavía lo hace, cuando está desesperado.

—Nunca me lo dijiste, jefe. —Suttle arqueó una ceja.

—Nunca me preguntaste. —Winter mostraba un gran interés por el transbordador de Gosport—. Y no te apresures en sacar conclusiones. ¿Misty y yo? Nunca hemos sido más que...

—¿Buenos amigos? —Trudy se echó a reír de nuevo—. Así se llama la frustración en chino. Eso dice mi mamá. Ella no tiene tiempo para este rollo de los buenos amigos.

—¿Qué significa esto?

—Significa que se tirará a cualquiera si piensa que hay pasta de por medio. Y créeme, sé de qué estoy hablando.

Se produjo un silencio repentino mientras Trudy tomaba un bocado de pastel. Suttle miró a Winter y luego ofreció a la chica una servilleta de papel del servilletero que había en el centro de la mesa.

—Oye —empezó a decir—. Lo de anoche...

Trudy negó con la cabeza y se limpió la boca con el reverso de la mano.

—No hay forma de hacerme hablar de eso —murmuró—. Ni lo intentéis siquiera.

Winter pasó por alto la advertencia.

—¿Y qué nos dices de Dave Pullen?

—Dave Pullen es un capullo.

—Dice que no te ha visto desde hace un par de días.

—Es verdad, y tampoco me verá. No, si puedo evitarlo.

—¿Y eso por qué?

—No es asunto tuyo.

Winter la observó por un momento, luego se inclinó sobre la mesa y cogió el segundo pastelito. Cuando Trudy intentó recuperarlo, le ordenó que se sentara.

—Escucha, Trude, estamos intentando ayudarte. Puede que te toparas con los *scousers* aquí, en Gunwharf, en el Forty Below. O en Southsea, en Guildhall Walk, en cualquier club de por allí. Cuéntame la verdad, no tiene importancia. Lo único que has de saber es que no iban a por ti, a por la bella Trudy. Aunque es muy probable que ya te lo imagines.

—Ah, ¿sí? —Por primera vez, no parecía muy segura de sí misma.

Winter se inclinó de nuevo hacia ella. El pastelito seguía intacto.

—Has de comprender una cosa, Trude. Allá fuera hay una guerra. La empezaron los *scousers*. Fueron ellos quienes...

—Pero si fueron muy majos. Muy divertidos.

—Seguro que sí. Y luego te ataron y te dejaron tirada. ¿No irás a decirme que lo has olvidado? —Calló, dejando que la pregunta fuera calando. Había conseguido atraer su atención y lo sabía.

—No —respondió ella al fin—. No lo he olvidado.

—¿Y lo demás?

—¿Qué es lo demás?

—Las magulladuras. —Winter tocó la parte inferior de su propio torso—. Aquí y aquí. Donde te golpearon. Recuerda que teníamos una antorcha. ¿Quieres contarnos qué pasó?

—No.

—¿Ni siquiera si existe la posibilidad de que vuelvan a por más?

—No volverán.

—¿Cómo lo sabes?

—Lo sé y punto.

—¿Estás segura al ciento por ciento?

—Sí. —La chica asintió con amargura—. Al jodido ciento por ciento.

Winter la miró durante un largo momento. Luego devolvió el segundo pastelito al plato.

—Toma. —Trató de animarla con una sonrisa—. Gentileza de la casa.

—No, gracias. —Negó con la cabeza y empezó a ponerse de pie—. Cómetelo tú.

Faraday encontró a Eadie Sykes devorando un bocadillo en su despacho. Su oficina consistía en tres pequeñas habitaciones sobre el bufete de un abogado en Hampshire Terrace. La llamada de Faraday desde la Isla de las Ballenas había dado lugar a una invitación a compartir la comida, aunque resultaba obvio a primera vista que Faraday había llegado demasiado tarde.

Se quedó mirando los envases desparramados por el escritorio junto al ordenador, dándose cuenta de pronto del hambre que tenía. Dos potes de judías. Una ensalada. Algo que contenía arroz y trozos pequeños de chorizo. Todo acabado.

—Tu chico —dijo Eadie con la boca llena de queso y tomate—. Deberías darle de comer por la mañana.

—Lo haría, si lo viera.

Faraday encontró un lugar donde sentarse en una esquina del escritorio. J.J. llevaba más de un año trabajando a media jornada para Eadie, primero haciendo las fotos fijas de una película sobre el aniversario de Dunkerke, y ahora como investigador y operador de cámara de su última producción. Había semanas en que Faraday veía más a la jefa de J.J. que a su propio hijo.

—¿Dónde está?

—Fuera. —Eadie consultó su reloj—. Ha ido en busca de más yonquis.

—Eso lo hizo la semana pasada. Y la anterior.

—Ya, y la de antes. Una cosa es encontrarlos, y otra muy distinta, hacer algo que tenga sentido con ellos. Son desesperantes, todos ellos. Nunca se levantan de la cama. Nunca acuden a sus citas. Nunca hacen lo que han prometido hacer. Aun así, si no hubiera un problema, no estaríamos haciendo un vídeo, de manera que ha de haber un lado bueno del asunto.

Era una mujer alta de constitución regia, con la gracia y la elegancia de una atleta nata. El fuerte sol australiano había arruinado su complexión, aunque a ella la importaba tan poco el maquillaje como los dictados de la moda. La mayoría de las veces, llevaba tejanos y un jersey de chándal. El de esta mañana era un recuerdo de un viaje económico a Fuerteventura.

Faraday cambió el escritorio por una silla en el rincón y esperó a que ella terminara de recoger los deshechos que había dejado J.J. en una bolsa de plástico negra. Después de Marta, Faraday se había prometido no volver nunca a hacerse ilusiones con una mujer y, sin embargo, aquí estaba, metido en otra relación que sabía a verdadera. En parte, pensaba que se trataba de una simple admiración. Nunca antes había conocido a nadie, hombre o mujer, que tuviera las cosas tan claras, que fuera tan valiente, tan resistente a los problemas que le presentaba la vida. Hasta el propio Nick Hayder no era más que una pálida imitación de Eadie Sykes.

—¿Cómo va eso? —Faraday señaló la pantalla del ordenador con un gesto de la cabeza, pero Eadie había vuelto su atención a un pequeño televisor en el otro extremo del despacho.

—La ONU ha abandonado la frontera, y Reuters informa de que ha habido explosiones en Basora. —Eadie meneó la cabeza, indignada—. Lo van a hacer, Joe. Mañana por la mañana como muy tarde.

—Me refería a tu vídeo.

—Ah... —Por un momento, Eadie pareció confusa—. En ese caso, debería responder que «poco a poco».

—¿Por culpa de los yonquis?

—Por culpa de la falta de yonquis. —Por fin, apartó la mirada del televisor y se volvió hacia él—. Ésta es una ciudad preciosa, amor mío: caballo, coca, lo que tú quieras, allá fuera hay de todo. Búscame un yonqui, uno solo en quien pueda confiar, y te firmaré un cheque.

Faraday sintió que venía librando la misma batalla desde hacía un año entero. Eadie había decidido grabar el vídeo sobre el abuso de drogas duras. Quería investigar, de la manera más cruda posible, los efectos de los narcóticos sobre la gente joven. Nada de trucos. Nada de tomas sensacionalistas. Nada de discursitos. Únicamente un relato sincero para una generación que —en opinión de Eadie— se merecía un atisbo de la verdad al desnudo.

Para ello, y con paciencia infinita, había conseguido una serie de donativos para financiar su proyecto. Había torcido brazos y tironeado orejas. Había llamado a diversas puertas, negándose a aceptar el no como respuesta. Y poco a poco, cheque a cheque, a pura fuerza de convicción, consiguió que empezara a entrar dinero.

Contribuciones de prominentes empresas de Portsmouth. Una donación de las autoridades de la policía de Hampshire. La Sociedad contra el Crimen y el Desorden del Ayuntamiento local había ofrecido su apoyo. Otros dineros aparecieron de

dios sabe dónde, hasta que al final le tocó a un organismo gubernamental —la Sociedad de Caminos de Portsmouth— con-
tribuir con el resto. Con casi treinta mil libras esterlinas en el
banco, Eadie Sykes estaba lista para rodar el documental que la
haría famosa. Ahora, lo único que le faltaba eran los yonquis.

—¿Dónde está el chico?

—En el Portsmouth Viejo. Conoció a alguien de la Unión
de Estudiantes que cree tener la respuesta perfecta. Ocurre a
diario. No puedes negarte.

—¿Y J.J. tiene esperanzas?

—J.J. siempre tiene esperanzas. ¡Caramba!, ya deberías saberlo. La culpa es tuya.

Era lo más cercano a un cumplido viniendo de boca de Eadie, y así lo aceptó Faraday. La sordera de J.J. era de nacimiento, y Faraday había pasado la mayor parte de las dos últimas
décadas tratando de convencer a su hijo de que no importaba.
Si fuera ciego, tendría más problemas. Si fuera inválido, dependería de los demás para poder moverse. Siendo sordo, bastaba con encontrar otras maneras de entender lo que se le decía. La presencia de una madre habría facilitado las cosas, pero,
por desgracia, nunca contaron con ella.

—¿Cuándo volverá?

—Cuando vuelva. Ya conoces a J.J. Si le das la oportunidad,
hablará hasta dejarte K.O.

Ambos se rieron. J.J. había enriquecido el lenguaje de signos estándar británico con todo un repertorio de gestos de cosecha propia, en ocasiones, demasiado numerosos para poder
contarlos, y Faraday le había visto transformar encuentros po-
tencialmente embarazosos en un frenesí de expresión corporal
acompañada de risas. Por razones que no acababa de comprender, su hijo tenía el don de saber comunicarse, de conseguir que
sus ojos y su sonrisa y aquellos miembros suyos, tan extraordinariamente desgarbados, hicieran el trabajo que no podía hacer su pobre lengua muda. Si no tuviera esta minusvalía, el
chico ganaría probablemente una fortuna como agente inmobiliario o como vendedor de ventanas de cristal doble. «Gracias
a dios por la sordera», pensaba Faraday a menudo.

—¿Quién es su contacto?

—Se llama Sarah. Ella conoce a un tipo que se llama Daniel

69

Kelly. Muy colgado del caballo. —Eadie volvió a sentarse delante del televisor.

—¿Quién?

—Daniel Kelly. J.J. cree que debe de ser otro estudiante.

¿Daniel Kelly? Faraday intentó recordar de qué le sonaba el nombre, pero no lo consiguió. Eadie seguía mirando la diminuta pantalla.

—Blair vuelve a machacar con lo de la guerra justa. —La mujer meneó la cabeza—. ¿Te lo puedes creer?

J.J. había anotado la dirección. El Chantry Court era un bloque de pisos muy codiciados, con vistas a la catedral. El aparcamiento del edificio resultaba visible desde la calle, y pocos de los residentes se habían conformado con menos que un BMW. Tras semanas de husmear en casas de ocupas, pensiones de mala muerte y caóticas habitaciones de estudiantes, a J.J. le costaba creer que su contacto de la universidad lo hubiera mandado a un sitio como éste.

El interfono junto a la puerta principal, que estaba cerrada, controlaba el acceso a los apartamentos. J.J. volvió a consultar el trozo de papel y pulsó el timbre del número ocho. Contó hasta cinco y acercó su diminuta grabadora Sony al micrófono, debajo de la hilera de botones. La grabación reproducía un mensaje de Eadie Sykes, que explicaba que el joven a la puerta era sordomudo y que agradecería que le permitieran entrar para reunirse con el inquilino. Ese mensaje, que se repetía cuatro veces, había sido idea de Eadie, uno de los tantísimos puentes que había tendido entre J.J. y las realidades del mundo de la producción de vídeos.

J.J. tenía la mano puesta en la puerta. Una pequeña vibración le dijo que se había ganado el acceso. El número ocho estaba en la primera planta. La puerta ya estaba abierta al final del pasillo, y una silueta encorvada se dibujaba contra la luz que salía del interior. El joven parecía mayor del estudiante medio, debía de andar por los veinticinco, quizá más.

—Sarah me dijo que vendrías. —Dio un paso atrás—. Pasa.

El apartamento, aunque más pequeño de lo que se había imaginado J.J., tenía muebles caros, sillones mullidos cubiertos con fundas de zaraza, un gran televisor de pantalla ancha y pilas de libros por todas partes, algunos totalmente nuevos. J.J. se detuvo delante de una acuarela que decoraba la pared del fondo. Una puesta de sol lívida se cernía sobre la silueta de una población que él ya conocía: el campanario chato de la pequeña iglesia, los tejados a dos aguas de las casas vecinas, el resplandor de la cala adyacente, el recuerdo de los zarapitos que merodeaban por los bancos de lodo cuando bajaba la marea.

J.J. miró por encima del hombro. Daniel llevaba pantalones de pana manchados y una camisa de color rosa que no había visto una plancha desde hacía semanas. Tenía la cabeza excepcionalmente grande, una cabeza de caricatura demasiado grande para su cuerpo, y la cara extrañamente hinchada. Descontando la ausencia de moratones, podría haber salido recientemente de una pelea.

Era evidente que Daniel no tenía la menor idea de qué esperar de este encuentro.

J.J. señaló el cuadro con un ademán de la cabeza, imitó el gesto de tomar una fotografía y posó brevemente la mano sobre el pecho para indicar su autoría antes de tocar palmas. El entusiasmo que mostraba por la acuarela resultaba tanto más convincente por ser auténtico.

Daniel miró al chico y al cuadro y empezó a esbozar una sonrisa.

—¿Conoces Bosham?

J.J. asintió con la cabeza en seguida. Leer los labios fue una de las primeras cosas que aprendió, la clave que descifraba conversaciones como ésta.

Desde el fondo de su cazadora tejana sacó un folio impreso, que había escrito y fotocopiado hacía semanas. Tres párrafos escuetos exponían los planteamientos en los que se basaba el vídeo.

Producciones Ambrym deseaba investigar las realidades del mundo de la droga. Quería saber los cómos, los porqués y lo que vendría después. Quería meterse en las cabezas de la gente que se drogaba, para darles la oportunidad de contar su experiencia.

El vídeo sería repartido por los colegios de todo el país. Los chicos lo verían y sacarían sus propias conclusiones acerca de los pros y los contras del consumo de drogas. El paquete incluiría material impreso: pósteres y anotaciones para los maestros.

Decirle sí a J.J. significaba prestarse a una entrevista grabada en vídeo, de una hora de duración como máximo. Las preguntas serían directas. Las respuestas ocuparían la mayor parte del tiempo. Nadie pretendía marcarse un tanto, ni soltar un sermón, ni incurrir en forma alguna de sensacionalismo. ¿Era demasiado pedir para un vídeo tan beneficioso como éste?

Daniel se dejó caer en el sofá, junto al equipo estereofónico, y estudió el folio impreso. Cuando al fin levantó la vista, sus ojos estaban inundados de lágrimas detrás de las gafas de montura gruesa.

—¿Conoces bien a Sarah?

J.J. negó con la cabeza.

—Pero ¿te cayó bien?

J.J. asintió con la cabeza. Cuando sus manos dibujaron la forma de un reloj de arena, Daniel por fin consiguió sonreír.

—Solíamos salir juntos. —Volvió a coger el folio de J.J.—. ¿Cómo sé que todo esto es verdad?

La mano de J.J. buscó de nuevo en la cazadora. Eadie le había entregado un fajo de tarjetas de visita. Ofreció una a Daniel, al tiempo que imitaba el gesto de llamar por teléfono.

Daniel examinó la tarjeta.

—¿Puedo quedármela?

J.J. asintió.

—¿Cuándo quieres una respuesta?

J.J. tocó su reloj y levantó las manos, con las palmas hacia arriba y los pulgares hacia fuera. No lo sabía.

—¿Pronto?

J.J. abarcó con un gesto del brazo la habitación entera. Después imitó la presencia de la cámara, del micrófono, de toda la parafernalia que acompañaría la grabación del vídeo. Daniel lo miraba, observaba su actuación y no decía nada. Finalmente, J.J. volvió a tocar su reloj y juntó las palmas de las manos en un gesto suplicatorio, que el estudiante pareció comprender muy bien.

—¿Muy pronto? —Devolvió la mirada al folio. Lo leyó por

segunda vez y lo dejó a un lado. La tarjeta de Eadie seguía sobre el brazo del sofá.

—Tengo que pensármelo. —Cogió la tarjeta—. ¿De acuerdo?

Fue necesario que Cathy Lamb explicara lo que Suttle trataba de decir. La detective inspectora había convocado la reunión inmediatamente después de la comida, en su despacho de Kingston Crescent. Otros miembros de la Brigada contra el Crimen estaban todavía fuera, peinando la ciudad en busca de los *scousers*.

—Estamos de acuerdo en que la chica no nos dirá nada acerca de anoche. —Miraba a Suttle—. ¿Qué más no quiere decirnos?

—No lo sé, jefa. Aunque tiene usted razón, aquí están pasando muchas cosas. Y ella está cabreada.

—También tú lo estarías —dijo Winter—. Como la trataron esos animales…

—No estoy seguro de que fueran ellos.

—Nos llamaron por teléfono —le recordó Winter—. Nos dieron la dirección. ¿Cómo sabían dónde encontrarla? ¿Por pura coincidencia? ¿Pasaban por allí?

—Claro que no. Pero ¿y si hubieran salido en busca de Pullen? ¿Si piensan que fue él quien dio el soplo?

—Él vive en Ashburton Road.

—Ya, pero también es suya la casa de Bystock Road. Puede que confundieran los dos sitios. No sería difícil.

Lamb no le quitaba el ojo a Suttle.

—Sigue —dijo.

—De acuerdo. —Suttle se inclinó hacia delante y se hizo un espacio sobre la mesilla baja que Lamb reservaba para sus revistas de dietética—. Vamos a la puerta de Pennington Road. Ellos se largan por el 34. Poco después, aparecen en Bystock Road. Quieren hablar con Pullen. Llaman a la puerta. Alguien les abre. Entran y encuentran a la chica atada a la cama, arriba.

—¿Quién les abre?

—Dios sabe. Pullen deja entrar a medio mundo. Buscadores de asilo, tíos en paro. Ya sabe cómo funciona eso: los cheques del subsidio a nombre del propietario y centenares de libras a la semana por hacer la vista gorda.

73

—¿Y por qué estaba la casa vacía cuando llegasteis vosotros?

—Porque los niños *scousers* les metieron el miedo en el cuerpo. Medianoche. Amenazas e intimidaciones. Si tienes dos dedos de frente, te piras. ¿O no?

—¿Y la música?

—No fue hasta después. ¿Se acuerda de la declaración del vecino de al lado? Dijo que lo despertó a eso de las dos de la madrugada. La música fue gentileza de los *scousers*. Encontraron a la chica en la cama, pusieron la música, se largaron y nos llamaron. El resto —Suttle se encogió de hombros— ya lo conocemos.

Lamb seguía hilvanando la cadena de acontecimientos, probándola eslabón por eslabón.

—¿Quién ató a la chica?

—Pullen. —Por fin hablaba Winter—. El chico tiene razón. Probablemente fue también Pullen quien le dio la paliza. Me estoy volviendo viejo.

—¿Por qué querría darle una paliza?

—Porque dejó que los *scousers* le hablaran. Coincidió con ellos antes en algún barucho. Los *scousers* se le acercaron. A ella le cayeron bien. Se notó cuando le hablamos, hace un rato. Piensa que son enrollados. La hicieron reír. ¿Tengo razón, Jimmy?

—La pregunta de Winter suscitó un asentimiento de parte de Suttle. Winter se volvió de nuevo hacia Cathy Lamb—. A partir de allí, la cosa se pone en marcha. Un par de pintas y Pullen está listo. Ha visto lo que está pasando y se lo toma como algo personal, de manera que, zas, se la lleva de allí. Se arma una gorda. La mete en el coche. La lleva a Bystock Road, le da una paliza, la ata a la cama, por si se le ocurriera escapar, y se larga. La quiere de verdad, claro que sí, pero hay ciertas cosas que un hombre no puede tolerar. ¿Quién sabe? Quizá pensaba volver más tarde. Para arreglarlo todo con un ramo de flores y una bonita taza de té, aunque nunca lo sabremos, porque los *scousers* se le adelantaron. Como es un capullo…

—¿Podemos demostrarlo?

—Imposible, salvo que alguno de ellos cante. Pullen no, eso es seguro. A los *scousers* no los podemos encontrar. Eso nos limita a Trudy.

—¿No hay posibilidad de que ella hable?

—Ninguna. Los chicos de esta ciudad, los chicos que han

vivido como ella, antes caminarían sobre vidrios rotos que hablar con nosotros. En todo caso, ¿qué intentamos demostrar? ¿Secuestro? ¿Agresión? Ocurre todo el tiempo: tipos que se marcan un par de puntos.

—Dices que la ató, Paul. Me estás diciendo que le dio una paliza.

—Claro. Más fácil eso que hablar, ¿no?

Se produjo un largo silencio. Winter tenía razón, y lo sabían. Averiguar la verdad del caso de Trudy Gallagher podría suponer centenares de horas de trabajo para el Departamento Central de Inteligencia sin la menor posibilidad de conseguir una condena.

—De acuerdo. —Lamb se puso de pie—. Esto es lo que haremos de aquí en adelante. Secretan es un tipo realista. Quiere que los *scousers* se vayan de la ciudad. No le preocupa llevarlos a juicio, sólo quiere que se vayan. No importa dónde, aunque tiene que ser pronto.

—Un tipo cabal. —Winter parecía realmente contento—. ¿Cuál es el plan?

—En lenguaje llano, les obligamos a mover el culo. La expresión no es mía, es de Secretan. De ahora en adelante, quiere un coche en la calle. Quiere que los vigilen, muy ostensiblemente. Quiere que los acosen. Que se les peguen como una lapa. Quiere que se acojonen tanto que decidan largarse.

—¿Un coche dónde, jefa? —preguntó Suttle.

—En Pennington Road. Volverán allí, tienen que hacerlo. Saben que no tenemos nada contra ellos. Los dos estuvisteis allí. Encontramos envases de plástico, un par de balanzas, bicarbonato, azúcar en polvo y nada más. Debieron de llevar la mercancía encima.

—¿La policía científica? —preguntó Winter.

—Trajeron los resultados hace una hora. Toneladas de ADN de la sangre, pero que no nos lleva a ninguna parte. Ésta es una guerra, Paul, y ninguno de los dos bandos está interesado en hablar con nosotros.

—Bien. —Winter asintió con la cabeza—. ¿Qué hacemos, pues?

—Vosotros estaréis en el coche. —Lamb le dirigió una sonrisa—. En la calle.

Y

J.J. estaba ya de vuelta al despacho de Hampshire Terrace cuando la chica de la universidad asomó la cabeza por la puerta de Producciones Ambrym. La reconoció en seguida. Menuda, guapa, con una camiseta de Prada y grandes pendientes de plata. Sarah.

Eadie Sykes estaba viendo pruebas de vídeo en la pantalla de su ordenador, disfrutando de la intimidad necesaria gracias al par de auriculares que llevaba puestos. J.J. la tocó suavemente en el hombro. Había encontrado una silla para Sarah.

—¿Café? —indicó con gestos.

Cuando volvió de la pequeña cocina que estaba al final del pasillo, Eadie y la estudiante ya estaban inmersas en una conversación. La acababa de llamar su amigo Dan. Desde el principio se había sentido un poco culpable de facilitar su nombre a J.J., y ahora quería estar absolutamente segura de que ese vídeo suyo, ese proyecto, iba en serio.

—Absolutamente en serio.

Eadie le enumeró sus fuentes de financiación, le mostró las cartas de apoyo de distintas personalidades de la ciudad y perfiló los planes de distribución hechos para cuando el producto estuviera terminado. Ella misma y J.J. no eran más que mediadores, repetía. Por un lado, había un territorio inundado de narcóticos. Por otro, millones de niños del país entero, en peligro potencial de caer en la droga. Lo único que pretendía Ambrym era allanar el terreno entre ambos. Allí no había pretensiones de lucimiento personal. Ni de explotación. Sólo la búsqueda de la verdad.

La chica asentía con la cabeza. Quería que la convencieran, J.J. se daba cuenta de ello. También ella seguía un curso en medios de comunicación, comprendía el proceso del trabajo documental, estaría más que contenta de echarles una mano; pero, aun así, algo la retenía.

Eadie la presionaba para que les hablara de Daniel. ¿Cómo llegó a meterse tanto en la droga?

—Es un hombre extraño. Resulta difícil… —La chica meneó la cabeza.

—¿Qué quieres decir con «difícil»?

—Es como… —Frunció el entrecejo, buscando la expresión adecuada—. Es como si estuviera realmente desequilibrado. ¿Sabes a qué me refiero? Lo conozco desde hace un par de años y he visto cómo ha venido deteriorándose. En parte, es su edad, y en parte, el hecho de tener tanto dinero. Esto lo convierte en un elemento extraño en la universidad. No debería ser así, pero lo es.

Daniel, explicó, llegó tarde a la educación superior. Su padre era un abogado mediático de Manchester, increíblemente célebre, increíblemente ocupado. Sus padres se habían divorciado cuando Daniel tenía diez años, y éste había pasado la adolescencia con unos tíos mayores, en Chester. Después de terminar el bachillerato, en un desesperado intento de ser libre, se fue a Australia, donde su madre contemplaba el naufragio de su tercer matrimonio. La última persona que tenía ganas de ver era a su hijo, y después de pasar un par de años deambulando por el mundo gracias a la pensión generosa que le daba su padre, Daniel regresó al Reino Unido, más introvertido que nunca. Siguió un largo período de desorientación, sin objetivo alguno, hasta que una mañana se despertó y decidió ir a la universidad.

—¿Aquí?

—En Bristol. Portsmouth era su tercera opción.

—¿Qué quería estudiar?

—Literatura rusa. Quería ser novelista. Creía que el ruso podría serle útil.

Sarah se topó con él una noche, en la celebración del veintiún cumpleaños de un amigo. Dan estaba sentado solo en un pub, el Still and West. Y estaba llorando.

—¿Por qué? —Eadie ni había probado su café.

—No tengo la menor idea, ni zorra. Hablé con él un rato, incluso acepté que me invitara a una copa.

—¿No crees que fue una treta? El llanto.

—En absoluto. Dan no es capaz de tretas. Sencillamente, no es tan… —Calló de nuevo y se miró las manos.

—¿Listo?

—No, sí que es listo, demasiado, probablemente. No, es que no se dedica a manipular a la gente. Puede que esto sea la mitad del problema.

GRAHAM HURLEY

Empezaron a verse más y más. Gracias al dinero de su padre, Daniel tenía el apartamento del Portsmouth Viejo desde el principio, y ella solía visitarlo para tomar café y charlar.

Él nunca le pidió nada, ninguna relación física, ninguna súplica angustiada de pasar la noche juntos; pero cuando, a principios del siguiente curso académico, Sarah se encontró sin alojamiento, Daniel le ofreció el dormitorio de invitados, y ella aceptó.

—Me sentí agradecida. Todavía lo estoy. El año pasado me salvó la vida. Encontrar un alojamiento decente en esta ciudad puede ser una pesadilla.

—¿E intimasteis?

—Éramos amigos. Buenos amigos, pero eso es todo.

—¿Y ahora?

—Seguimos siendo buenos amigos.

—¿Todavía vives allí?

—No. —La chica negó con la cabeza—. Se hizo imposible cuando se metió de lleno en la droga. No lo pude soportar. Se está matando. Ya nada le importa. No es fácil de sobrellevar.

—¿Alguna vez compraste por él?

La pregunta la pilló por sorpresa. Tan directa.

—Sí —respondió al fin—. Un par de veces llamé por teléfono, si a eso lo llamas comprar. En realidad, es como encargar una pizza. Llamas por teléfono, y alguien te trae la mercancía.

—¿Hace poco de eso?

—No. Fue el año pasado, antes de irme del apartamento. En ambas ocasiones, él estaba desesperado, incapaz de coordinar. En realidad, es patético. Lo detestaba, odiaba tener que hacerlo, pero le hacía sentirse mejor por un rato, de modo que…, supongo…, no lo sé. —Se encogió de hombros.

—¿Alguna vez intentaste apartarlo de la droga?

—En todo momento. Él ya sabe qué pienso de las drogas.

—¿Qué tomaba?

—Heroína. A veces, también cocaína; pero, sobre todo, caballo.

—¿Con regularidad?

—Cada cuatro horas. Solía contarlas. Él decía que era la mejor amiga que había tenido nunca. La heroína. Una amiga. ¿Te lo imaginas?

—¿Y ahora? ¿Sigue tomando?

—Sí. Como te he dicho, tiene que hacerlo...; es la única manera de seguir funcionando. —Hizo una pausa—. Tiene dinero. Sabe cómo usar el teléfono. ¿Qué más necesita?

Eadie acercó un bloc de notas y escribió algo. De repente, Sarah pareció alarmada.

—¿No irás a...? —Señaló el bloc con la cabeza.

—No, claro que no. Es que mi cabeza es un saco roto. —Eadie levantó la vista—. ¿Qué hay de su padre?

—Dan no lo ve nunca. Su padre le envía dinero cada mes, pero eso es todo.

—¿No has pensado nunca en ponerte en contacto con él?

—Lo hice una vez. Vino en su coche de Manchester, me invitó a comer, me dijo que estaba muy preocupado. Aquello fue después de irme del apartamento.

—¿Fue a ver a Daniel?

—No.

—¿Cómo lo sabes?

—Se lo pregunté más tarde. Su padre ni siquiera lo llamó por teléfono.

Eadie por fin buscó el café. J.J. estaba de pie detrás de ella, preguntándose adónde podría conducirlos esa historia, empezando a darse cuenta del lío en que se había metido Daniel Kelly.

Sarah no apartaba los ojos del bloc de notas.

—Nunca habría mencionado a Dan en primer lugar —murmuró—, si no fuera tan inteligente. Sería perfecto para lo que queréis hacer. Perfecto.

—¿Por eso te pusiste en contacto con nosotros?

—Sí, en parte. Aunque es más que esto. Algo tiene que ocurrir en la vida de Dan. Algo tiene que sacudirlo. Resultaría bien en el vídeo. Sería excelente. Quizá sea esto lo que necesita.

—¿Un poco de autorrespeto?

—Exacto.

La idea suscitó un lento asentimiento de la cabeza de parte de Eadie. Dejó el bloc a un lado.

—Tengo la impresión de que la decisión depende, en parte, de ti.

—¿Qué decisión?

79

—Que Daniel acepte ser entrevistado o no. ¿Tengo razón?

—Sí, supongo que sí. Tiene que ser él quien lo diga. En última instancia, tiene que salir de él. Pero sí, desde luego, me pidió consejo.

—¿Y qué opinas?

—¿Yo? —Sarah dirigió la mirada a los delgados estantes que había en el rincón, a la pequeña cámara digital Sony que descansaba en el estuche abierto—. Creo que J.J. tendría que volver al apartamento. Pero antes tengo que hacer una llamada.

J.J. volvió al Portsmouth Viejo antes de terminar la hora. No tuvo que entretenerse con el interfono, porque Daniel estaba en la ventana de su apartamento, vigilando la calle. J.J. sintió que el pomo cedía bajo sus dedos y empujó la gran puerta de entrada al edificio. Daniel lo esperaba arriba, pálido y nervioso. Su palma estaba húmeda cuando estrechó la mano que le tendió J.J.

—Sarah me ha llamado —dijo en seguida—. Y la respuesta es que sí.

J.J. le dio unas palmaditas en el hombro; un gesto de felicitación ante el que Daniel retrocedió de inmediato para refugiarse en la seguridad de su apartamento. J.J. observó sus manos, cómo se aferraban a sus brazos desnudos. La cara interior de ambos estaba amoratada por los pinchazos.

Daniel tenía algo más que decir, algo importante. Fijó sus grandes ojos amarillos en el rostro de J.J. Habló con mucha lentitud, exagerando los movimientos de los labios, silabeando las palabras.

—Necesito que me hagas un favor.

J.J. arqueó una ceja. ¿Qué favor?

—Tengo que hacer una llamada, pero nadie contesta. —Hizo una torpe imitación de los gestos de telefonear—. ¿Me entiendes?

Un nuevo asentimiento de J.J., esta vez más cauteloso.

—Tengo una dirección. Llamaré a un taxi. Lo único que tienes que hacer es llamar a la puerta y preguntar por Terry. Dale mi nombre. Dile que vas de parte de Daniel, del Portsmouth Viejo. Es lo único que tienes que decir. Terry. Daniel, del Portsmouth Viejo. Después podemos tener la entrevista. ¿De acuerdo?

J.J. bajó los ojos y se encontró delante de un billete de cincuenta libras.

—Es difícil —indicó.

—¿Qué?

—Duro.

—No entiendo. —Daniel hundió la mano en su bolsillo y sacó dos billetes más, de veinte libras cada uno.

—Por favor... —J.J. trató de evitarle.

—Coge el dinero. Vamos, cógelo. Terry. Daniel, del Portsmouth Viejo. Luego podemos tener la entrevista. ¿Es demasiado pedir?

Sacó un teléfono móvil. J.J. supuso que llamaba a un taxi.

Daniel se guardó el móvil en el bolsillo. Manchas de sudor teñían su camisa.

—¿Por qué no esperas en la calle? —Dio unos golpecitos con el dedo a su reloj y levantó cinco dedos—. El taxi llegará en seguida.

5

*L*a tercera reunión de Faraday con Willard tuvo lugar a media tarde. Uno de los ayudantes de dirección del equipo de Crímenes Mayores había localizado a Faraday a través del móvil y le dijo que el detective superintendente estaría en Grand Parade para una breve reunión a las 15:15. No parecía dejarle demasiado margen de negociación.

Grand Parade era una de las fortificaciones del Portsmouth Viejo que había sido recientemente rehabilitada, un antiguo centro de la bulliciosa vida de guarnición. Unos dineros ganados en la lotería habían pagado los asientos de diseño y una flamante rampa nueva, que pronto adoptaron los patinadores del barrio. La rampa conducía a Saluting Base, un área sobre los muros fortificados con vistas a los estrechos portuarios.

Faraday llegó pronto, con la cremallera del anorak cerrada hasta el cuello para protegerse de la mordedura del viento, y se detuvo un par de minutos para observar el cambio de la marea. Un cormorán solitario pasó volando a gran velocidad a apenas unos pies del agua, y Faraday lo siguió con la mirada hasta que la pequeña mancha negra fue engullida por la luz grisácea.

Los cormoranes siempre habían sido unas de las aves favoritas de J.J. Los dibujaba desde que era niño, páginas y más páginas de esas extrañas formas prehistóricas, y a menudo incordiaba a su padre para que lo llevara en expediciones de observación en vivo. Al chico siempre le había fascinado esa manera de los pájaros de balancearse sobre el océano, sumergiéndose de improviso en busca de alimento, y una de las primeras ocasiones en que Faraday había identificado el extraño cacareo de J.J. como una risa fue cuando un cormorán hambriento volvió a emerger del agua a unos setenta metros de donde se había sumergido, meneando la cabeza con impaciencia. «No entiende —le indicó J.J. con señas—. Allá abajo, en la oscuridad, no puede ver nada.» «Completamente cierto», pensó Faraday, y se puso la capucha del anorak porque empezaban a caer las primeras gotas de una lluvia helada.

Willard lo pilló por sorpresa al llegar en un flamante Jaguar nuevo serie S. Faraday entró en el coche, curioso por saber por qué se habían citado allí. En Kingston Crescent había una suite de oficinas realmente buenas. ¿Qué hay de malo en la calefacción central y las provisiones ilimitadas de café?

Willard no hizo caso a la pregunta. Había pasado casi toda la hora de la comida en el fuerte Cumberland, con Dave Michaels. El equipo de inquisiciones puerta a puerta asignado por el detective sargento estaba trabajando en las propiedades colindantes, y los primeros informes empezaban a arrojar luz a la investigación de lo ocurrido a Nick Hayder. Varias familias —especialmente las madres jóvenes con niños pequeños— habían hablado de cierta actividad nocturna en la carretera solitaria que conducía al transbordador de Hayling. Algunos de los coches que salían de la calzada y aparcaban entre las malezas que se extendían hasta la playa eran de parejas que buscaban un lugar para tener sexo. Estaba claro, porque después tiraban los deshechos por la ventanilla y ensuciaban el lugar con sus condones usados, aunque recientemente había habido visitas de otro tipo, incluso menos deseables.

Según las madres, algunos de los chicos mayores del vecindario hablaban abiertamente de la posibilidad de comprar droga barata de camellos que venían de otras partes de la ciudad. Por menos de diez libras, podías escoger lo que quisieras, cualquier cosa, desde éxtasis hasta caballo, y el negocio había llegado a ser tan descarado que los chicos empezaron a llamar a uno de los camellos señor Latigazo. «Lo único que le falta —afirmó una madre angustiada— es una de esas campanadas pregrabadas y una nevera portátil para los niños más pequeños que prefieran acompañar su compra con un helado de chocolate.»

Faraday observaba el puente y la chimenea de un buque de

guerra, que pasaba detrás de las almenas más cercanas. No tenía sentido negar lo evidente.

—¿Está pensando en Mackenzie?

—Para nada. Mackenzie utiliza camellos, por supuesto que sí, siempre lo ha hecho, pero la mayoría son de por aquí. Y lo que es más importante: ya no trafica con caballo.

—¿Y esos tipos?

—No son de la ciudad. Decididamente, no. Y te venderán cualquier cosa.

—¿Quién lo dice?

—Es lo que cuentan los chicos a sus madres. Uno afirma haber comprado una bola de nieve, una mezcla de caballo y crack. A otro le pareció que hablaban todos como Steve Gerrard. A mí esto me suena a Merseyside. Son *scousers*.

Una noche de la semana pasada, enfurecidas por lo que estaba ocurriendo debajo de sus propias narices, un par de madres decidieron tomar cartas en el asunto.

Marcharon en la oscuridad, resueltas a verse las caras con los intrusos, pero los camellos llevaban un perro en el coche, un bastardo enorme y realmente agresivo, y antes de darse cuenta estaban luchando por defenderse del maldito animal. Su retirada a tiempo fue lo único que las salvó de lesiones graves y, cuando los camellos llamaron a su perro y pusieron el coche en marcha, no se olvidaron de bajar la ventanilla y reírseles a la cara.

—¿Pudieron ver la matrícula? —Faraday se imaginaba la escena.

—Registro M. Una XB o algo parecido. Y quizás un siete.

—¿Marca?

—Un Cavalier.

—¿Lo denunciaron?

—Sí. La comisaría de Highland Road mandó a un par de subcomisarios por la mañana. Tomaron declaraciones y dejaron un número de teléfono donde ponerse en contacto con ellos. Una de aquellas mujeres jura por su vida que anoche reapareció el mismo coche, con un par de jóvenes dentro.

—¿Pudo verlos bien?

—Sí.

—¿Por qué no nos llamó, entonces, después de lo que pasó?

—Ella no habla, pero Dave supone que su hijo puede estar implicado, que tal vez estuviera allí anoche mismo.

—¿Comprando?

—Sí. Dave tiene una lista de visitas repetidas cuando los chicos salen del colegio. De los que conseguimos convencer que comparezcan, claro.

—¿En casa?

—En el cole.

Willard sacó un palillo y empezó a hurgar entre sus molares posteriores. Casi una década al servicio de la policía de la ciudad lo había dejado con muy poca fe en la educación secundaria.

—La comisaría de Highland Road comprobó la matrícula. Tenemos veintiséis posibilidades, incluidas cuatro de Liverpool, dos de Birkenhead y una de Runcorn. Dave está organizando una batida basándose en los vídeos de anoche.

—¿Todos?

—Todos y cada uno de ellos.

Había más de cien cámaras de videovigilancia en las calles de Portsmouth, con decenas de horas de grabación por cada cámara. Si alguien necesitaba una prueba de la importancia que atribuía Willard a la agresión de la noche pasada, allí la tenía.

—¿Y cree que no son de la ciudad?

—Creo que tenemos que encontrar el coche. Si podemos relacionarlo con los *scousers*, meteremos a Cathy Lamb en el asunto. Darle la oportunidad de enmendar su ficha.

Informó brevemente a Faraday de la redada fracasada de la noche anterior en Pennington Road. Como oficial superior del Departamento Central de Inteligencia de la ciudad, había recibido un informe completo y estaba de acuerdo con Secretan en que la nueva Brigada contra el Crimen necesitaba reaccionar, y deprisa. Más desastres como ése, y la ciudad acabaría siendo pasto de cada escoria que estuviera de paso.

—¿Qué te ha parecido Volquete? ¿Imber te enseñó las dependencias?

El cambio brusco de tema pilló a Faraday por sorpresa. Quiso esbozar una respuesta, pero se lo pensó mejor. En una situación como ésta, más vale saber dónde pones los pies.

—Brian Imber parece opinar que ustedes ya se han marcado algunos tantos —respondió, midiendo sus palabras.

—Es cierto. Lo hemos hecho. —Willard casi sonrió.

—¿Con quién?

—Con Harry Wayte, para empezar. Se cree el amo del maldito problema de drogas de esta ciudad.

—Creía que esto dependía de Brian.

—Y así es. Siempre lo ha sido. Harry llegó el último a la fiesta. De hecho, recuerdo un tiempo en que decía a todo el mundo que Imber había perdido la chaveta. Sólo ahora, cuando la cosa se ha puesto en marcha, empieza a ver el panorama completo.

Hasta una reciente reorganización, Harry Wayte había sido el jefe de Imber, el detective inspector al mando de la Unidad Táctica contra el Crimen, una docena aproximada de detectives que operaban desde un recinto seguro en Fareham, un viejo centro de comercio ahora ya engullido por la conurbación que se expandía hacia Southampton. La Unidad Táctica contra el Crimen se había ganado sus honores de batalla a principios de los años noventa, cuando se encargó de luchar contra la explosión de crímenes relacionados con la droga, y desde entonces se había convertido en feudo de una larga sucesión de detectives inspectores dinámicos, que aprovechaban al máximo el alcance y la independencia de la unidad. Harry Wayte era el detective inspector con mayor antigüedad en el puesto, un ex jefe de suboficiales mordaz y deslenguado, a tan sólo un año de su jubilación.

—¿No pensará que pondrá el grito al cielo? —preguntó Faraday.

—Nunca. Es más, él lo sabe. La única manera de conseguir una promoción a su edad es quitándole a Imber algo realmente sabroso y reclamándolo para sí. Hace lo que puede, he de reconocérselo.

—Pero Imber ya no está en la Unidad Táctica.

—No, aunque esto no sería obstáculo para Harry.

—¿Pretende decirme que él conoce la existencia de Volquete?

—Pretendo decirte que ha estado desgañitándose para averiguar algo. Y también quiero decirte otra cosa. Son los tipos como Harry los que hacen correr la voz. Este trabajo ya es bastante difícil tal como están las cosas. No necesitamos que la mitad del cuerpo empiece a comportarse como niños, pensando que les hemos quitado la delantera.

—¿Nosotros?

—Nick Hayder, Imber y ahora también tú.

Calló, y Faraday asintió. La mayoría de los policías poseen un maldito sentido agudo de la territorialidad, y estaba claro que Harry Wayte no era ninguna excepción. En sus raros momentos de ocio, el detective inspector satisfacía su pasión por la historia naval construyendo modelos de buques de guerra exquisitamente diseñados. Faraday se lo había encontrado varias veces, agazapado a orillas del lago de Craneswater para botar su más reciente fragata teledirigida en el fragor de la batalla. Faraday había envidiado su evidente paz de espíritu dentro su burbuja particular.

—¿Qué haces esta tarde? —Willard consultó su reloj—. ¿Tienes planes?

—Ninguno, que yo sepa.

—Bien. Hay alguien que quiero que conozcas. ¿Conoces el muelle delante del *Warrior*?

El *Warrior* había sido el primer buque acorazado a vapor de la marina británica. Plenamente restaurado, dominaba las vistas desde la comandancia. El muelle adyacente pertenecía a la parte histórica del puerto. Faraday tenía que estar allí a las seis. Con un poco de suerte, estarían de vuelta antes de las nueve.

—¿De vuelta de dónde?

—Ya te lo diré. Ponte algo abrigado. —Willard señaló con la cabeza la fila de coches aparcados cerca de High Street—. De momento, quiero que vayas al hotel Sally Port. Habitación número seis. Allí te espera un tipo, Graham Wallace. Es un topo. Le he autorizado para que te ponga al día. ¿De acuerdo?

Faraday se volvió para mirar a Willard. Las operaciones como ésta se caracterizaban por lo que la Unidad de Prensa del cuerpo llamaba «una variedad de técnicas investigadoras especializadas». Imber ya había conseguido vigilancia encubierta, interceptores de teléfonos y contables forenses. ¿Por qué no le había hablado nadie de agentes secretos?

—¿Es una pregunta directa? —Willard acariciaba con el dedo el volante forrado de cuero.

—Sí, señor. Lo es.

—Aquí tienes tu respuesta: Imber no lo sabe.

—¿No lo sabe? ¿Por qué demonios no?

—Porque Hayder quiso mantenerlo en secreto. —La sonrisa volvió a la cara de Willard—. Decisión con la que estuve completamente de acuerdo.

El taxi dejó a J.J. en el corazón mismo de Fratton. Bajó del coche y se inclinó delante de la ventanilla para recibir el cambio. Cuando el conductor volvió a comprobar la dirección en su ordenador de a bordo y le dijo que se cuidara las espaldas, J.J. fingió no entenderle. Lo único que pretendía, se dijo a sí mismo, era hacer un recado para un amigo.

Echó a caminar Pennington Road abajo, con el corazón desbocado debajo del delgado algodón de su camiseta Madness. Le gustara o no, de repente se había visto abocado a lo que a Eadie Sykes le gustaba llamar «lado peliagudo». Las estadísticas que había memorizado de mil artículos de revistas, las transcripciones que había leído de los proyectos de investigación de otra gente, las confesiones sinceras que había intentado arrancar de entrevistado tras entrevistado en potencia: toda aquella información cuidadosamente archivada apuntaba a una única dirección, el número 30 de Pennington Road. Si tenías ganas de fastidiarte la vida, si querías terminar como Daniel, es por allí por donde tenías que empezar.

Había coches aparcados en ambos lados de la calle. Caminando a lo largo de sus hileras, J.J. contó las casas hasta llegar al número 30. Alguien, pensó, había dado a la puerta una buena patada. Los paneles de madera astillada habían sido reforzados con torpeza, y una vieja plancha de aglomerado estaba clavada sobre lo que tuvo que ser una ventanilla de vidrio. La puerta no tenía número, y tuvo que parar un momento para volver a contar las casas antes de aventurarse a llamar.

Siendo sordo, no podía saber cuánto sonaban los golpes. Generalmente, esto no importaba. La gente se muestra asombrosamente comprensiva cuando se trata de personas con minusvalías, pero en esta ocasión su intuición le decía que tenía que afinar el volumen. Si llamaba con demasiada suavidad, no le oiría nadie. Si llamaba con demasiada fuerza, muy agresivamente, sabe dios lo que podría ocurrir.

J.J. cerró los ojos por un momento y tragó saliva, preguntándose si no estaría aún a tiempo de batirse en retirada. Daniel, del Portsmouth Viejo, le había advertido sobre los tipos del número 30. Había empleado la palabra «rudos». «Rudos —dijo—, pero legales.» Legales significaba que cumplían con su parte del trato. Rudos, como le indicó el taxista, significaba que había que tener cuidado.

Nada ocurrió tras la primera llamada. Ya temblando, J.J. volvió a tender la mano y se detuvo en seco cuando alguien abrió la puerta. Una cara apareció en el vano. Sin afeitar. Con *piercings* en las cejas. Con un tachón en la nariz. Y joven, más joven que el propio J.J.

—¿Qué hay?

J.J. se quedó clavado en la acera, olvidándose de pronto de la lluvia. Por primera vez en su vida, no sabía qué hacer, qué mensaje transmitir, qué expresión adoptar. Entonces vio el perro. Un buldog negro que emergió de las penumbras del interior. Un trozo de cuerda lo sujetaba a uno de los primeros balaustres de la escalera, y cada vez que se lanzaba hacia delante, el balaustre se combaba.

A J.J. le aterrorizaban los perros, como legado de un viejo encuentro con el pastor alemán de un vecino, y supo que éste tenía unas ganas enormes de cortarlo en pedazos. Su instinto le decía que se diera la vuelta y saliera corriendo. No había vídeo, no había créditos que valieran este trance.

—¿Vas a decir algo o no?

J.J. no podía apartar los ojos del perro. Ahora ya podía olerlo: el espeso y acre olor del miedo. El pastor alemán le había mandado al hospital por una noche. Éste probablemente lo mataría.

—¿Estás sordo o qué? ¿Has perdido la lengua?

Por fin, J.J. consiguió dar una respuesta. Había pedido a Daniel que escribiera su nombre y dirección en un trozo de papel. Lo desdobló. Una mano se adelantó como un rayo y se lo quitó. Las uñas, mordidas. Gruesos anillos. Una especie de tatuaje en los nudillos, una serie de puntos azules. La cabeza se alzó, los ojos registraron la calle detrás de J.J.

89

—Si ésta es una jodida trampa…

J.J. meneó la cabeza con tanta violencia que él mismo se sorprendió. Ninguna trampa. Lo prometía.

—¿Sabes de qué te estoy hablando?

J.J. señaló con la cabeza el trozo de papel. Confía en mí. Por favor.

—¿Él te dijo dónde encontrarnos?

Sí.

—¿Sois colegas?

Sí.

—¿Te ha dado la pasta?

Sí.

La puerta se abrió más, y J.J. pasó al interior. El olor a perro era insoportable; el animal se enfureció más que nunca ante esta intrusión inesperada, y J.J. mantuvo sus distancias, caminando con la espalda pegada a la pared y rezando porque la balaustrada aguantara los tirones.

Otro tipo emergió de una habitación en el fondo; llevaba calzoncillos bóxer, un tatuaje en el cuello y una camiseta roja de fútbol, con el número nueve y con CARLING escrito en el pecho. Hubo una breve conversación, un intercambio de sonrisas, un asentimiento de la cabeza. El rostro de la puerta dio una patada al perro y se volvió hacia J.J. con la mano tendida palma arriba. La pasta. J.J. le dio el billete de 50 libras. El rostro quería más. Aparecieron los dos de veinte. Aún más. J.J. negó con la cabeza, gesticuló con impotencia, no le quedaba nada, luego sintió un golpe brusco cuando su cabeza dio contra la pared. Unas manos se hundieron en los bolsillos de sus tejanos buscando el resto del dinero, y él cerró los ojos y se obligó a someterse, a no reaccionar, rezando porque la pesadilla terminara pronto.

Al final, después de hacerse con un puñado de monedas, lo dejaron en paz. J.J. retrocedió hacia la puerta de entrada, lejos del perro, sin saber qué podría ocurrir después. La venta en las calles de Portsmouth nunca había sido más barata. Todo el mundo se lo decía. Noventa libras de mercancía deberían de cubrir a Daniel por un par de días, nueve dosis como mínimo. ¿Dónde estaban?

El rostro pasó delante de él y abrió la puerta de entrada. Por un par de segundos, J.J. sintió la tentación de plantarse, de protestar, de exigir que cumplieran su parte del trato; pero entonces sintió el dulce frescor de la calle y se encontró de vuelta bajo la lluvia, más contento de lo que pudiera imaginar. El rostro se metió dentro de la casa, con la boca silabeando un mensaje para su rico amigo. «Más tarde —le decía—. Dile que pasaremos más tarde.»

Aparcado tres coches más arriba, el subcomisario Paul Winter intentaba calcular cuántas instantáneas habían tomado.

—Seis. —Jimmy Suttle estudiaba la pantalla en el respaldo de la cámara—. Cuatro en el momento en que llegó. Y ahora, dos más.

—¿Se le ve bien la cara?

—En dos de ellas, como mínimo. Deberíamos detenerlo ahora. Tiene que llevarla encima. Seguro que sí.

—Déjalo.

Winter observaba la alta y desgarbada silueta que se apresuraba calle abajo. La última vez que había visto al hijo de Faraday, el chico estaba liado con una pandilla de lunáticos de Somerstown. Transcurridos un par de años, estaba claro que había ascendido al mundo de narcóticos de clase A.

—¿No? —Suttle ya había empezado a abrir la puerta del coche—. El tipo acaba de comprar. Ésta no ha sido una visita de cortesía.

—Tienes razón, hijo. Dame la cámara.

—¿Por qué?

—Porque uno de nosotros ha de quedarse aquí.

—¿Y yo?

—En tu lugar, ya me habría puesto en marcha. —Winter señaló con la cabeza el final de la calle—. Síguelo y llámame.

—¿Seguirlo? Creía que íbamos a por todas. A la yugular.

—Y así es. —Winter examinaba la cámara—. ¿Sabes de quién es ese chico?

Faraday se dirigió al hotel Sally Port, resistiéndose a la tentación de preguntar por Graham Wallace en el diminuto mos-

91

trador de recepción. ¿Llevaba mucho tiempo alojado en el hotel este conejo que Willard acababa de sacarse de la chistera? ¿Acaso Volquete ocupaba la habitación número seis de forma permanente?

Mientras subía los escalones enmoquetados hacia la primera planta, Faraday no podía deshacerse de la imagen de Nick Hayder, inconsciente en la cama del hospital, impotente en su nidito, enchufado a monitores y tubos de transfusión. Llevar una investigación tan compleja, tratar de no olvidar quién sabía qué, sería más que suficiente para sacar a cualquier detective de sus casillas. No era de extrañar que se sintiera acosado.

La suave llamada a la puerta del número seis suscitó una respuesta inmediata. Faraday se encontró delante de un hombre alto y de buena traza, que debía de rondar los treinta. Llevaba una camisa cara, metida holgadamente en un par de pantalones negros de corte elegante. La corbata de seda, aflojada en el cuello, era un remolino de rojos ribeteados de turquesas intensos. A pesar de las arrugas de risa que rodeaban sus ojos y el pequeño aro dorado en una oreja, parecía estar tenso.

—¿Quién eres?

—John Faraday.

—Pasa. Me llamo Graham Wallace. —Su apretón de manos fue fugaz.

Faraday entró en la habitación y cerró la puerta a sus espaldas. El escritorio situado debajo de la ventana estaba atestado de papeles, y una americana de lino colgaba del respaldo de la silla. Junto a la cama, había un par de mocasines marca Gucci.

—¿Té? Aún queda una bolsa.

—No, gracias. —Faraday miró el paquete de galletas vacío junto al fogón—. Aunque un bocadillo no estaría mal.

—Llama al servicio de habitaciones. Te subirán algo. —Wallace cruzó la habitación, descolgó el teléfono, marcó un número y pasó el auricular a Faraday. Éste encargó dos bocadillos de atún y lechuga, especificando que los pagaría antes de marchar.

Cuando colgó el auricular, Wallace señaló la silla vacía.

—Siento lo de Nick. —Tenía el acento plano de Londres—. Tu jefe me ha dicho que erais amigos.

—Así es. —Faraday asintió con la cabeza—. Y todavía lo somos.

Hubo un momento de silencio cuando las miradas de los dos hombres se cruzaron, y después Faraday se dejó caer en la silla. Los agentes en misiones encubiertas eran notorios por su desconfianza, y con frecuencia se mostraban más paranoicos que los sujetos a los que tenían que vigilar. Su propia supervivencia dependía a menudo del menor contacto posible con otros agentes.

—¿Hasta qué punto Nick mantenía todo esto en secreto? —Faraday señaló el escritorio con un gesto de la mano—. Sería útil saberlo.

—Mantenía un secreto total. Los únicos tíos con los que entro en contacto son el propio Nick y Terry McNaughton, un instructor de Operaciones Especiales.

—¿Qué hay de Willard?

—¿Tu jefe? —Wallace dirigió la mirada a la puerta—. Nunca lo había visto hasta hace un momento. Dice que sustituye a Nick.

—Creí que éste era mi trabajo.

—Lo es. Eso vino a decirme.

—¿Por qué no te avisaron de Operaciones Especiales?

—Buena pregunta.

—¿Se lo has preguntado a Willard?

—Claro que sí.

—¿Y?

—Me ha dicho que es el oficial al mando de la operación y a la fuerza tenía que conocer mi existencia. Se le ocurrió que un encuentro cara a cara era mejor que una llamada desde Operaciones Especiales.

—¿Y tú qué piensas?

—¿Yo? —Dedicó una parca sonrisa a Faraday—. Una llamada desde Operaciones Especiales sería más que suficiente.

Faraday asintió con la cabeza. Operaciones Especiales era un pequeño departamento del imperio de la inteligencia de Hantspol que supervisaba la asignación de agentes en misiones encubiertas. Terry McNaughton tenía que ser el instructor a cargo de Wallace, el que compartiría la información con Nick Hayder después de cada nueva entrega de la historia de Volquete.

—Podrías echarme una mano —dijo Faraday lentamente.

93

—¿Cómo?

—Contándome cómo han ido las cosas exactamente hasta ahora. No tendría sentido dármelas de enterado. Hasta hace veinticuatro horas, estaba sentado tras un escritorio vacío. Y ahora, esto.

—¿No te han puesto al día?

—Willard me dio la carpeta. He hablado con el equipo. Pero la historia no empezó hace tres días.

—Tienes razón. —Por un momento, pareció que Wallace estaba a punto de añadir algo más, pero se encogió de hombros y encendió un puro pequeño y delgado, cortado por ambos extremos, antes de estirarse, cuan largo era, en la cama—. ¿Por dónde quieres que empiece?

Faraday vaciló. En casos como éste, tanto Nick Hayder como Terry McNaughton restringirían deliberadamente la información que compartirían con el topo.

Lo último que querrían era que Wallace, hablando con el sujeto bajo vigilancia, revelara sin darse cuenta más de lo que debía saber.

—Nick y tu instructor habrán concertado un primer encuentro.

—Correcto. Nos encontramos en Londres.

—¿Cuándo fue eso?

—Antes de Navidad. La segunda semana de diciembre.

—¿Qué te dijeron?

—Que estaban organizando una operación a largo plazo contra un blanco relacionado con la droga, un importante traficante. Un nivel tres, contra un tipo llamado Mackenzie. Por lo que Nick me contó, el tal Mackenzie tiene montado un buen negocio. Nick dijo que ha estado metiendo dinero blanqueado en todo tipo de inversiones locales: bares, restaurantes, inmuebles, hoteles, todas las tapaderas habituales. Todo iba viento en popa, como un reloj, y había muchos beneficios menores, aunque le faltaba algo. Nick lo llamó «perfil».

Faraday asintió. Había oído la misma palabra de boca de Imber. A Mackenzie, le había explicado secamente, no le interesaba sólo ser propietario de media Pompey. Quería algo más. Quería ser el señor Portsmouth, ver su nombre escrito en letras de neón. Ser el rey de la ciudad.

—¿Y?

—Mi trabajo consiste en hacerle difícil la tarea de conseguir ese perfil. Nick dijo que iba detrás de una propiedad en concreto, que estaba obcecado con conseguirla, un lugar que le aportaría todo lo que ha deseado en la vida. Yo soy el tipo que interviene con una contraoferta.

—¿Y la propiedad?

—¿No te lo han dicho?

—No. Por eso te lo pregunto.

—Bien. —Wallace estudió la punta de su cigarro—. Es el fuerte Spit Bank.

—¿Hablas en serio?

—Absolutamente.

—¿Está habitado?

—Sí. Ya fui hasta allí. Hay una encargada alemana, Gisela Mendel. Dirige una especie de escuela de idiomas.

—¿Está implicada con Mackenzie? ¿O el lugar está realmente en venta?

—Ni idea.

—Esto significa que no.

—Significa que no tengo la menor idea.

Alguien llamó a la puerta. Faraday se puso de pie. Una mujer le entregó un plato de gruesos bocadillos de atún y le dijo que había dejado la factura en recepción. De vuelta a su silla y mientras atacaba los bocadillos, Faraday trató de procesar los últimos datos.

El Spit Bank era uno de los tres fuertes victorianos que guardaban las entradas al puerto de Portsmouth. Construido media milla marina adentro desde la playa de Southsea, tenía la misión de mantener a raya a los franceses. Si Nick hablaba en serio de la avidez de Mackenzie por adquirir un perfil, aquélla era la opción perfecta: una fortificación chata de granito, del tamaño de un castillo mediano. Nadie que caminara a lo largo de la costa podría dejar de verla.

—¿Y tú apareces como pujador rival?

—Exacto. Si lo entendí bien, Mackenzie empezó las negociaciones después de Navidad.

—¿Cuál fue su oferta?

—No tengo la menor idea. El precio de salida era de un millón doscientas cincuenta mil libras, y ella ha estado negociando al alza, pero no sé cuál es la oferta actual.

—¿Y tú?

—Yo aparecí hace un par de semanas. Novecientas mil libras esterlinas, previa inspección completa de la propiedad. —Sonrió—. Mackenzie no se lo puede creer.

—¿Cómo lo sabe?

—Gisela se lo dijo.

—¿Has hablado con Mackenzie?

—Dos veces. Ambas por teléfono.

—¿Él te llamó a ti?

—Desde luego, justo después de hostigar a Gisela para que le diera mi número. —Wallace se levantó de la cama un momento para buscar un cenicero y volvió a tenderse en ella—. Creía haberla convencido, que había sido un paseíto. Créeme, soy lo último que necesita. «¿Novecientas mil libras? Tú has perdido la chaveta.»

Wallace hizo una imitación perfecta del acento de Pompey de Mackenzie, y Faraday se encontró sonriendo. Por fin, empezaban a dibujarse los pálidos perfiles de la operación de Nick Hayder.

—¿Crees que intentará acabar contigo?

—De una manera u otra, sí —asintió Wallace—, sí.

—¿Cómo?

—Ni idea. El final perfecto sería colocarme un par de kilos de coca, aunque yo no me haría ilusiones.

—¿Cómo sería eso?

—¿No te han contado la leyenda?

—No.

Faraday volvió a negar con la cabeza.

Cada agente secreto tiene una leyenda, una identidad falsa que debe asumir por completo. A los mejores agentes secretos no se los podía distinguir de su falsa personalidad; Faraday lo sabía. Vivían, comían y dormían como el ser en que se habían convertido.

Graham Wallace interpretaba el papel de un promotor inmobiliario de veintinueve años. Se había ganado una fortuna gracias a su suculenta comisión de un centro comercial de 98 millones de libras esterlinas construido en Omán, y había vuelto al Reino Unido para disfrutar del botín. Tenía un despacho en Putney con vistas al río y un Porsche Carrera para sus expediciones fuera de la ciudad. Ya le habían llamado la atención un par de inversiones. La primera, una mansión de la época Tudor en Gloucestershire, que planeaba convertir en balneario. La segunda, el fuerte Spit Bank.

—En lo que se refiere a Mackenzie, estoy pensando en un hotel de cinco estrellas: cocina de gourmet, alojamiento de lujo y un helipuerto en el tejado para las idas y venidas de Heathrow.

—Estamos hablando de mucha pasta.

—Y tanto. Pero de eso se trata. También le hablé de la propiedad en Cotswold. Tiene quince acres. Piden tres millones y medio.

—¿Por qué los detalles?

—Nick quería darle la oportunidad de que me investigue. La propiedad de Cotswold es parte de la leyenda. El propietario es de los nuestros. Nick le dijo que esperara una llamada de Mackenzie.

—¿Y?

—Mackenzie lo llamó hace un par de días. Tuvieron una larga conversación, y el tío al final admitió que había rechazado mi oferta. Dijo que había hecho averiguaciones por su cuenta y que la historia de Omán era falsa. Dijo que le parecía que mi dinero era sucio.

—¿Dinero de la droga?

—A la fuerza. No lo dijo en estos términos, pero Mackenzie sacará sus propias conclusiones.

—¿Pensará que estás metido en lo mismo que él?

—Con un poco de suerte, sí —asintió Wallace.

Faraday había echado el ojo al último bocadillo. Una leyenda con una leyenda. Estupendo

—¿De modo que Mackenzie realmente necesita que desaparezcas?

—Exacto. Por un lado, voy detrás de su codiciado fuerte. Por otro, soy un competidor en potencia. Si lo entiendo bien, ya es casi el dueño de la ciudad. A mí no me necesita.

—¿Y crees que hará algo comprometido?

—Claro, ésta era la apuesta de Nick. Yo sólo sigo el juego.

Faraday cogió el bocadillo, impresionado por lo lejos que

había llegado Nick Hayder. Para una operación encubierta como ésta —identidad falsa, tarjetas de crédito, el Porsche, el despacho de Londres, el apartamento que lo acompaña—, hace falta un presupuesto de seis cifras. Encerrar a Mackenzie y confiscar todas sus propiedades compensaría con creces, pero no existía garantía alguna de que lo consiguieran. No era extraño que Nick no pudiera dormir por las noches.

—¿Se ha hecho ya la inspección que has mencionado?

—No.

—Pero ¿estará bien montada? ¿Lo tienes todo organizado?

—Oh, sí. Un ingeniero de estructuras, un arquitecto... La última vez que hablé con Mackenzie, me dijo que lo olvidara. «¿Por qué gastar tanta pasta, colega? —De nuevo el acento de Pompey—. ¿Por qué meterte en este lío?»

—¿Tú qué dijiste?

—Me reí.

—¿Cuándo se hará la inspección?

—A finales de la semana que viene. —Wallace se incorporó sobre un codo, señaló el teléfono con un gesto de la cabeza y dirigió una sonrisa a Faraday—. Razón por la que nuestro amigo querrá conocerme en persona.

Hicieron falta tres intentos de llamada al móvil antes de que el subcomisario Jimmy Suttle consiguiera hablar con Paul Winter.

—¿Dónde estás? —El hombre mayor sonaba medio dormido.

—En Hampshire Terrace.

—¿Qué está pasando?

—Llueve a cántaros. —Suttle se esforzaba por encontrar refugio bajo las ramas goteantes de un tilo, en la acera de enfrente del despacho de Eadie. El tráfico de la hora punta empezaba a acumularse en dirección a la rotonda más cercana y le obstruía la vista del bloque—. El chico entró en una oficina. En el número sesenta y ocho. Un bufete de abogados ocupa las dos primeras plantas, y algo que se llama Producciones Ambrym, la última. No lo he vuelto a ver.

—Ambrym es de una mujer que se llama Eadie Sykes. —Winter reprimió un bostezo—. Hace vídeos.

—¿Tendría que conocerla?

—Sólo si eres amigo de Faraday.

—¿El detective inspector? ¿De Crímenes Mayores?

—Sí. Es su amiguita. Una mujer alta. De Australia.

—¿Y el chaval?

—Es el hijo de Faraday. Podrías intentar hablar con él, pero no te hagas ilusiones.

—¿Por qué no?

—Es sordomudo. Sólo conoce el lenguaje de los signos.

Suttle aún intentaba descifrar por qué el hijo de un detective inspector —de Crímenes Mayores, por el amor de dios— tenía amigos tan poco recomendables, cuando Winter se le adelantó.

—El chico tiene reputación de meterse en líos. Tenías que haber estado aquí hace un par de años.

—¿Y qué hago ahora? ¿Qué me sugieres?

—Quédate allí. Cathy me ha enviado un relevo. Iré a buscarte.

—¿Cuándo será eso?

—Pronto. —Suttle oyó la risa de Winter—. La cosa pinta fea allí fuera.

J.J. esperó casi media hora hasta que Eadie terminó su conversación telefónica. Con señas le había indicado que uno de los promotores del vídeo, la Sociedad de Caminos de Portsmouth, exigía una puesta al día de la evolución del proyecto. Era el dinero de los contribuyentes que los financiaba, y Ambrym llevaba un mes de retraso en el envío de su informe trimestral. Si las casillas apropiadas no estaban marcadas, habría problemas a la hora de librar la siguiente partida de dinero. Y si esto llegaba a ocurrir, de acuerdo con los libros de contabilidad que Ambrym había tenido que mostrar a la agencia, sus ingresos quedarían reducidos a nada.

Eadie repasó por segunda vez las metas previamente acordadas. Sí, habían completado la investigación inicial. Sí, habían establecido contacto con cada una de las organizaciones civiles dedicadas al abuso de drogas. Sí, habían enviado todos los detalles del proyecto a otras mil y una organizaciones interesadas, incluidas todas las escuelas de la ciudad, todos los colegios mayores, todas las agrupaciones de juventud, todas las asociaciones de vecinos. Y sí, incluso había podido cumplir con los requisitos de la discriminación positiva contratando a alguien con una discapacidad reconocida.

—Ah, eres tú —señaló cuando al fin colgó el teléfono—. ¿Cómo te ha ido?

J.J. había pasado buena parte de la última media hora preguntándose qué contarle exactamente de lo ocurrido en Pennington Road. Al final, decidió que no tenía sentido mencionarlo siquiera. Había terminado con las manos vacías. Con un poco de suerte, jamás volvería a ver a los tipos con el perro.

—Daniel está enfermo —indicó.

—¿Qué quiere decir «enfermo»?

—Tirado. Colgado.

—¿Lo suficiente para anular la entrevista?

J.J. vaciló. Noventa libras de heroína era el precio de la entrevista. No sabía qué pasaría si las papelinas aparecían sin los envoltorios correspondientes.

—No lo sé. A mí me parece que está muy mal. —Se encogió de hombros débilmente e imitó un estado de colapso inminente.

Eadie lo observaba, oliéndose la oportunidad.

—¿Quieres decir que está hecho polvo? ¿Con el mono? ¿El sudor? ¿Los tiritones?

J.J. asintió con énfasis.

—¿Crees que puede tener algo guardado? ¿Una dosis de emergencia?

Negación con la cabeza.

—¿Cuándo ha sido esto? —Eadie consultó su reloj—. ¿Hace una hora?

Otro asentimiento, muy vacilante.

—Excelente. —Eadie se puso de pie—. Te ayudaré con los focos y el trípode. El coche está en la parte de atrás.

6

Miércoles, 19 de marzo de 2003, 17:00 h

$\mathcal{F}$araday, solo en el apartamento de Eadie Sykes con vistas al mar, contemplaba la lluvia por la ventana. Hacía diez minutos que por fin había terminado la sesión con el agente encubierto. Dentro de una hora, más o menos, tendría que ir al puerto histórico para una nueva entrevista con Willard. De momento, sin embargo, necesitaba una pausa para reflexionar.

Eadie alquilaba el piso a su ex marido, un contable con mucho éxito, y el edificio se encontraba en primera línea del mar. Desde allí se podía divisar el muelle de South Parade. En el pasado había sido un hotel, aunque los turistas que alquilan habitaciones por una o dos semanas hacía tiempo que huyeron a España, y el edificio, como tantos otros en el área, se convirtió en bloque de apartamentos.

El de Eadie se encontraba en la última planta, un gran espacio abierto donde había instalado suelos de madera de arce y al que había amueblado con lo mínimo imprescindible. A lo largo del último año, Faraday había planteado en ocasiones la necesidad de un par de sillas más, sólo para hacer el espacio más hogareño; pero Eadie siempre insistía en que la gran ventaja de este piso era la vista, y Faraday sabía que en esto, como en tantas otras cosas, la mujer tenía razón.

Situado en la cuarta planta y a tiro de piedra de la playa, el piso era como una butaca en el palco principal. Al fondo a la izquierda, la línea herrumbrosa del malecón. Mar adentro, las ajetreadas idas y venidas de un sinfín de transbordadores, buques de guerra, barcos pesqueros y yates, con el recorrido acotado por la hilera de boyas que se adentraban en el canal de la

Mancha. En el fondo, la silueta baja y oscura de la isla de Wight.

Faraday había perdido la cuenta de las veces que había estado allí, de pie, admirando los juegos de luz, la sensación de movimiento incesante, la manera en que las lluvias borrascosas avanzaban por el Solent, arrastrando a su paso miles de variaciones de sol y sombra. Éste, sin embargo, era un día distinto. Hoy sólo había un grueso telón de fría llovizna y la solemne forma chata del fuerte Spit Bank.

Eadie colgaba los prismáticos de un gancho junto a las grandes correderas de cristal que se abrían al pequeño balcón techado. Habían sido regalo de Navidad de Faraday, un frustrado adelanto cara a futuras expediciones conjuntas de observación de pájaros, y ahora él descorrió una de las altas balconeras y se llevó los prismáticos a los ojos. La óptica era excelente, incluso para un día como éste.

La falda de algas verdes que rodeaba las estribaciones del fuerte indicó a Faraday que estaban en marea baja. Por encima de la línea de algas, un embarcadero de hierro tenía aspecto de haber sido recién pintado. Un gran bote inflable colgaba de un par de pescantes, y una escalera conducía arriba, hacia una puerta de doble batiente tallada en la pared de granito. Una de las hojas estaba abierta (un rectángulo de oscuridad), y todavía más arriba los binoculares de Faraday localizaron una estructura blanca del tamaño de una autocaravana que anidaba sobre el tejado del fuerte.

Se entretuvo un momento contemplándola, preguntándose cómo debía de ser vivir en un lugar como aquél, despertarse cada mañana a la vista de las costas de Southsea por encima de la marea cambiadiza, y luego volvió a bajar los prismáticos hasta encontrar la fila de cañoneras abiertas. El fuerte Spit Bank, pensó, ofrecía el aspecto exacto que uno podría imaginar: falto de gracia, cargado de determinación, miles de toneladas de hierro y granito dedicadas a la protección de la ciudad a la que daba la espalda.

Faraday se permitió una sonrisa. A lo largo de los años, había tenido ocasión de conversar en los pubs de Milton con hombres viejos, que recordaban la última guerra. Entonces hubo baterías antiaéreas en Southsea Common, barreras de globos aerostáticos en torno a los astilleros, y el fuerte Spit Bank tuvo que desempeñar, sin duda alguna, un papel propio en la defensa de la ciudad de los enjambres de bombarderos de la Luftwaffe. Por eso ahora resultaba extraño que una alemana estuviera a cargo de aquel lugar. Y más extraño todavía que Bazza Mackenzie, salido de las entrañas de Pompey, hubiera elegido ese robusto emplazamiento de historia militar para escenificar su coronación. El rey de la ciudad, desde luego.

Las dos conversaciones telefónicas que Wallace había mantenido con Mackenzie estaban grabadas, y tanto las cintas como las transcripciones se guardaban en la caja fuerte del despacho de Willard. Según Wallace, Mackenzie se había mostrado desenvuelto, amigable incluso, como un hombre de negocios hablando con otro. Quería sondear la magnitud del interés de Wallace, y había llegado al extremo de preguntarle si sabía en qué se estaba metiendo.

Mackenzie le dijo que había visitado el fuerte en tres o cuatro ocasiones, husmeando por las dependencias. Ese lugar, le advirtió, estaba jodidamente húmedo. Necesitaba un tejado nuevo, y —si hablabas con las personas adecuadas— te enteras de que hay días en que los cubos no dan abasto para recoger el agua de las goteras. Los inspectores sanitarios y de seguridad se fijarían bien en los elementos exteriores de hierro, y no le sorprendería en absoluto si mostraran tarjeta roja al conjunto de la construcción. Por añadidura, había problemas con el pozo que suministraba agua dulce al fuerte y, para ser honesto, haría falta renovar la instalación eléctrica en su totalidad, además de tener que comprar un nuevo generador. Por eso él había pujado tan bajo. Pagar 1.250.000 libras, como pedía la tipa, significaba añadir fácilmente otro 50 por ciento para la restauración.

Wallace capeó las advertencias y cuando, en la conversación más reciente, Mackenzie empezó a presionar para sonsacarle información sobre sus fuentes de financiación, se mostró deliberadamente vago en sus respuestas. Dijo que había tenido suerte con un centro comercial en Omán. Las fluctuaciones de las divisas habían operado a su favor. Una importante inversión en euros le había dado una pequeña fortuna, y había otros detallitos que mantenían a su director de banco más que contento. Esta última frase le paró los pies a Mackenzie, quien poco después bajó la guardia y ofreció lo que a Wallace le pareció un precio de compra.

—¿Qué haría falta para que te retirases? —preguntó Mackenzie.

Wallace rechazó la oferta con una risa reprimida. Lo último que necesitaba, le dijo a Mackenzie, era más dinero. Tampoco le interesaba una parte compensatoria en el negocio que Mackenzie pensaba montar en el fuerte. No, su interés estaba muy claro. Tras varios viajes al extranjero, había visto lo que un buen arquitecto puede hacer con un lugar como aquél. Quería convertir el Spit Bank en uno de los más extraordinarios hoteles de cinco estrellas de Europa. Siguiendo una sugerencia de Nick Hayder, añadió que hasta podría considerar la posibilidad de incluir una sala de juego.

Esta última conversación llegó a su fin poco después, aunque una frase en particular quedó grabada en la memoria de Wallace.

—Ésta es una ciudad curiosa —dijo Mackenzie—, aunque no te darás cuenta hasta que hayas pasado un poquito de tiempo aquí. —La observación le pareció una advertencia, y presionó a Mackenzie para que le dijera de cuánto tiempo estaba hablando. ¿Qué significaba «un poquito»? Mackenzie se rió.

—Toda una vida —respondió—. Menos que eso sería una tomadura de pelo.

El encuentro de Faraday con Wallace había concluido con un apretón de manos y el intercambio de sus números de teléfono móvil. Resultó que el agente encubierto mantenía bajo mínimos sus visitas a Portsmouth. Faraday se quedó con la impresión de que Wallace tenía a otro topo en el asunto, otro agente, con una leyenda distinta; aunque, desde luego, él ya tenía bastante para mantenerse ocupado. Wallace había informado del interés de Mackenzie en un encuentro cara a cara, y esperaba que Nick Hayder tomara una decisión al respecto. Con Hayder en el hospital, era de suponer que esta decisión dependía ya de Faraday.

Faraday retrocedió al interior de la amplia sala de estar y cerró la balconera tras de sí. Su experiencia anterior de operaciones encubiertas en absoluto le había dado la confianza propia de Nick Hayder, y ya había oído bastante sobre Bazza Mackenzie para temer que fuera un blanco extremadamente difícil de seguir. El problema con las operaciones como Volquete era el propio aislamiento del que precisaban. Apartado de la vida real, uno podría convencerse fácilmente de la posibilidad de obtener resultados.

Faraday cogió un plátano del frutero que había en la cocina. El control remoto de la televisión estaba junto al recipiente, y lo apuntó hacia el televisor de pantalla ancha que estaba en el otro extremo del salón.

El aparato estaba sintonizado a BBCNews 24. Según el presentador, en París el presidente Chirac expresaba su sorpresa y consternación ante la acumulación de tropas norteamericanas en la frontera de Irak. La Resolución 1.441 de la ONU no era una autorización para empezar una guerra e, incluso a esta hora tan avanzada, le parecía inconcebible que el presidente Bush pusiera en riesgo los parámetros del orden internacional. «Gracias a dios que existen los franceses», pensó Faraday. Sacó el teléfono móvil y marcó el número de Eadie, mientras veía otro reportaje sobre el avance de los tanques británicos. Para su gran sorpresa, Eadie no contestó.

Para alivio de J.J., volver a entrar en el apartamento del Portsmouth Viejo no les supuso problema alguno. Daniel Kelly estaba en su ventana del primer piso, visiblemente ansioso, y la puerta de entrada cedió de inmediato al empuje de Eadie Sykes. Ella abrió el camino hasta la primera planta, cargada con la cámara y un trípode ligero. J.J. la siguió con dos focos en sus soportes y un grueso rollo de cables eléctricos.

Daniel salió a encontrarlos a mitad del rellano. Pálido y sudoroso, bloqueó el paso a su apartamento y no hizo caso a Eadie. J.J. miró la mano que le tendía.

—¿Qué pasa? —preguntó Eadie—. ¿Alguien tendría la amabilidad de explicármelo?

J.J. se escurrió junto a Daniel, interponiendo los focos para mantenerlo a cierta distancia. Cuando el estudiante corrió tras él por el rellano, se lanzó con torpeza hacia la puerta abierta al final. El apartamento olía a tostadas quemadas, y el aire estaba cargado de humo azul. J.J. dejó caer los focos y los cables sobre el sofá y llegó a la cocina a tiempo para salvar la sartén. Dos rebanadas de Mighty White echaban llamas, y las apagó con el trapo de la cocina. Daniel se quedó de pie en la puerta, ajeno al pequeño drama doméstico.

—¿Dónde está? —no dejaba de repetir—. ¿Dónde está la mercancía?

J.J. tiró los restos de las tostadas en el fregadero. La sartén siseó bajo el grifo de agua fría. Se volvió hacia Daniel y empezó a hacerle señas, dando golpecitos a su reloj. Dentro de una hora, quizá dos, pero pronto, te lo prometo. Entonces hubo un movimiento en el salón de al lado, y Eadie hizo su aparición junto a Daniel. Miraba fijamente una jeringa de plástico y una vieja cuchara que estaban dispuestas en una mesa. Daniel seguía exigiendo una respuesta. No resultó difícil relacionar ambos hechos.

—¿Fuiste a comprar por él?

J.J. meneó la cabeza.

—¿Entonces cómo…? —Vio la correa que Daniel necesitaría para encontrar una vena—. ¿Has perdido la cabeza?

El estudiante se volvió hacia ella, ahora ya enfadado. No sabía quién era, pero estaba en su apartamento, en su propiedad. No tenía ningún derecho de irrumpir dentro ni de hacer juicios de valor. Creía que a J.J. le interesaba la verdad, lo que significaba tomar ciertas decisiones y hacer determinadas elecciones. Si todavía era así, no había problema. Si no, ya podía ir a meter su cámara en la vida de otras personas.

Eadie parpadeó. Pocas personas le habían hablado así nunca.

—Hemos venido porque entendí que nos habías invitado —dijo—. Y la cámara es mía. Para la grabación.

Fulminó a J.J. con la mirada y volvió a entrar en la sala de estar. A través de la puerta abierta, J.J. la observó mientras sacaba la Digicam Sony de su estuche. Daniel no le hizo caso. Exigía saber qué habían dicho los tipos de Pennington Road. Preguntó si valdría la pena intentar localizarlos en el móvil. «Curiosamente —pensó J.J.—, ni ha mencionado el dinero.»

—¿Listos, muchachos?

De nuevo era Eadie. Ya más calmada, quería saber dónde le gustaría sentarse a Daniel, en qué lugar se encontraría más cómodo.

—¿Cómodo? —La palabra suscitó una sonrisa de amargura—. Tú no te enteras de nada, ¿verdad?

—Tienes razón. Por eso estamos aquí. ¿Te va la silla junto al televisor?

Daniel se encogió de hombros y le dio la espalda, meneando la cabeza. Luego empezó a rodearse con los brazos, meciéndose hacia delante y hacia atrás, con el cuerpo encorvado y los ojos cerrados, cual hombre desnudo en medio de un vendaval.

—La traen en coche —musitaba—. Llaman al timbre tres veces, y yo bajo, eso es todo. —Daniel miró a J.J. con sus grandes ojos húmedos y amarillentos—. ¿Te quedarás conmigo? ¿Me ayudarás?

J.J. asintió y condujo suavemente a Daniel fuera de la cocina. Quizás un par de horas en la cama le sentaran bien.

En la sala de estar, Eadie ya había montado el trípode y la cámara. Los focos rodeaban el sillón junto al televisor, y ahora ella disponía unos libros en el estante que había detrás del asiento.

—Daniel —dijo animada—, creo que casi ya estamos. ¿De acuerdo?

El estudiante se detuvo y contempló sin verlo el escenario preparado.

—Vale. —Empezó a temblar otra vez—. Me da lo mismo.

De acuerdo con el código horario que fijó la cámara digital, la entrevista empezó a las 17:34. Tras el bache inicial en el camino, Eadie Sykes estaba resuelta a allanar cualquier diferencia entre ella y el entrevistado. Agradecía la confianza que depositaba en ellos Daniel. Lo que se proponían hacer tenía una importancia enorme en todos los sentidos, y ella deseaba repetir lo que, sin duda, J.J. ya le había contado: este vídeo era de Daniel, de las opiniones de Daniel, de la vida de Daniel, y de nadie más.

—¿Lo entiendes, Daniel?

A través del objetivo de la cámara, J.J. la vio tender su ancha mano cubierta de pecas. El estudiante se estremeció cuando lo tocó. Se movía tanto en su asiento, que J.J. tuvo que optar por una toma más amplia de lo que le hubiera gustado;

107

aunque, en el estado en que se encontraba Daniel, no dejaba de ser un acto de compasión ahorrarle los primeros planos habituales.

—¿Te gustaría empezar contándome cómo empezó todo?

—Eadie podría estar hablando con un niño.

Daniel la miraba fijamente y sin comprender. Hacía calor a la luz de los focos, y su ancha cara acerada estaba bañada en sudor. Eadie le instó de nuevo, esta vez con cierta impaciencia, y él empezó a regresar poco a poco a su pasado, recogiendo fragmentos aquí y allá, tratando de encontrar un sentido, una lógica, en las decisiones que había tomado. Curiosamente, pensó J.J., el esfuerzo que eso le suponía parecía aliviar un poco su sufrimiento.

Probó el caballo por primera vez en Australia. Estaba alojado en un albergue de juventud de Queensland, un lugar grande y popular entre los estudiantes. Tenía dinero de sobras, pero había elegido el albergue porque se sentía solo. Un mochilero de Dublín había comprado heroína en Brisbane y le vendió la suficiente para una pipa de introducción.

Para sorpresa de Daniel, no pasó nada. Sintió una somnolencia agradable, quizás un poco de mareo después. Desde luego, no tenía un especial deseo de repetir la experiencia, y recordaba haber dicho a su nuevo amigo irlandés que la cosa no era para tanto. Si pudiera elegir entre el caballo y una buena botella de Chardonnay Hunter Valley, no se lo pensaría dos veces.

Un par de años después, más o menos, volvió a probar. Ya había regresado al Reino Unido, y esta vez fue muy diferente. Se había enamorado de una estudiante que había abandonado sus estudios en Godalming, una chica que se llamaba Jane. Ella ya se estaba colgando seriamente de la heroína y mostraba una auténtica desconfianza, casi un odio, hacia los no consumidores. Poder estar a su lado, hablar con ella, hacer cosas con ella, significaba tomar caballo. A Daniel le había parecido que valía la pena.

En menos de dos meses, Jane lo dejó por un músico de rock fracasado. A Daniel sólo le quedaron un corazón partido y una necesidad de cuatro dosis diarias de heroína. Curiosamente, el caballo le ayudó. Fue en esa época cuando dejó de fumar y empezó a inyectársela. Los chutes eran geniales. Toda la vida había tenido miedo de las agujas; pero ahora, para su gran satisfacción, no veía la hora de usarlas. Había que tener arte, había una manera correcta y una manera equivocada de hacerlo. Siempre utilizaba un equipo esterilizado. Siempre lavaba la cuchara en agua hirviendo. Era casi un acto sacramental.

Apartó la cara de la cámara y se enjugó la frente con el revés de la mano. Eadie se había relajado visiblemente. Llevaba semanas a la caza de un yonqui, de cualquier yonqui que estuviera dispuesto a conceder una entrevista. Encontrar a alguien tan coherente y desengañado como éste era maná caído del cielo.

—¿Sacramental en qué sentido?

A Daniel pareció sorprenderle aquella voz de detrás de los focos, aquella repentina intrusión. Volvió a removerse en el sillón y empezó a rascarse.

—Merecía mi respeto —dijo al fin—. Me ofrecía un apoyo en la vida. Podía confiar en ella. Era mi amiga.

—¿La heroína era tu amiga?

—Mi única amiga. —Cerró los ojos—. La gente no lo entiende. Si la tratas bien, ella cuida de ti. Es de fiar. ¿Sabes a qué me refiero?

—Sí, creo que sí. —Eadie escogía cuidadosamente sus palabras—. Dime cómo te sientes ahora.

—Horrible. Tengo calambres. Dolores. Me duele todo. —Seguía sin abrir los ojos.

—¿Y la heroína?

—La heroína me quitará el dolor. Es lo que hace. Podré volver a ser yo mismo. Me da la paz. Una paz —miraba hacia un horizonte perdido; su cara era una máscara— tan enorme que es como despertarse en una especie de catedral. Es enorme. Es tuya. No pertenece a nadie más. Si no has estado nunca allí, si nunca has sentido algo parecido, resulta imposible describirlo. Como te he dicho, un sacramento. —Tocó el pecho con la barbilla, y su cuerpo entero empezó a temblar.

Eadie miró a J.J., quien se apartó de la cámara con la intención de ofrecer a Daniel un momento de intimidad, pero ella lo cogió del brazo.

«No hemos terminado», le indicó con señas. Se volvió de nuevo hacia el estudiante.

—¿Daniel? ¿Puedes seguir con esto?

Él asintió lentamente con la cabeza. Parecía estar confuso.

—¿Ya es hora?

—¿Hora para qué?

—Para que los tíos… Ya sabes… —Señaló la calle con un gesto suplicante de la cabeza.

—No, aún falta un poco. Será pronto, Daniel, pero todavía no. ¿Realmente crees que la heroína es tu amiga? ¿Tal como te sientes ahora?

—Esto no es por el caballo. El caballo me hace sentir mejor.

—¿Cuánto mejor?

—Ésa es una pregunta estúpida. Pasa por lo que yo estoy pasando y lo sabrás.

—Pero no puedo pasar por lo que estás pasando, Daniel. Por eso quiero que me hables de ello.

El chico se la quedó mirando, aferrándose a los brazos del sillón.

—Esto es muy duro —masculló al fin—. No te creerías lo duro que es.

—Lo entiendo, Daniel. Tú sólo inténtalo.

—No sé qué quieres de mí.

—Quiero que me hables de estos momentos, del estado en que te encuentras, de cómo te sientes. ¿Puedes hacerlo por mí? —Eadie se había inclinado hacia delante—. ¿Daniel?

Sus ojos se habían vuelto de nuevo hacia la ventana, y de pronto, J.J. supo adónde los conduciría esta entrevista. La heroína era realmente una amiga para Daniel. Con la vida acosándolo, tomándolo como rehén, la droga era la única cosa, la única sensación, la única constante en la que podía confiar. Si le quitabas la heroína, no le quedaba nada.

—Solía pensar que podía dejarlo. —La voz era apenas un susurro—. Pero no puedo.

—¿Por qué no?

—Porque no quiero. Sarah dice que estoy loco. Quizá tenga razón, pero no se trata de eso, ¿no te parece? Tal vez me guste estar loco.

—¿Y estar hecho una mierda?

—Sí, la mierda es parte de ello, todo el mundo lo sabe. Quedas hecho una mierda, y luego todo se arregla. ¿Sabes por qué?

Porque me chuto. Ahora mismo, es lo único que deseo. Ir a la cocina y chutarme.

—¿Y la próxima vez?

—Lo volveré a hacer. Y la vez siguiente. Lo haré siempre, hasta que muera. Oye... —Esbozó una sonrisa forzada—. No es mala idea.

—¿Morir?

—Hacerlo siempre.

Se llevó la mano a la boca. Se quedó completamente inmóvil por un par de momentos, luego se dobló bruscamente en dos y empezó a vomitar. Instintivamente, J.J. dirigió lentamente el objetivo hacia abajo, siguiendo el delgado hilo verde del vómito que caía sobre los dibujos de la alfombra. Con los ojos vidriosos, Daniel se limpió la boca e intentó disculparse. Eadie localizó una caja de pañuelos de papel. Se agachó para limpiar el vómito, echando una mirada furtiva hacia la cámara para asegurarse de que J.J. seguía grabando.

Del interfono que había en la pared junto a la puerta llegó el sonido de un solo timbrazo, seguido de dos más. Daniel ya estaba de pie y salía de la estancia. Segundos después, Eadie oyó la puerta que se abría y los pasos de Daniel, que corría hacia las escaleras.

—¿Lo tienes todo? —preguntó con señas.

J.J. asintió. Sabía exactamente qué iba a ocurrir después, y también sabía que no quería tener nada que ver con ello. Haber sido testigo de un sufrimiento como ése ya le resultaba repugnante.

—¿Listo? —Eadie le indicó que bajara la cámara del trípode. Llevándola al hombro, J.J. podría seguir la acción hasta donde lo condujera.

J.J. negó con la cabeza. Hazlo tú.

—¿Hablas en serio? —Eadie se lo quedó mirando por un momento, luego dejó el pañuelo sucio y empezó a soltar la cámara. Cuando Daniel volvió a aparecer, ella ya estaba apostada en una esquina de la sala de estar, con el objetivo vuelto hacia la puerta abierta. J.J. retrocedió hasta la ventana. En la calle, un Cavalier rojo desaparecía en dirección a Southsea. Lo siguió con la mirada hasta que dobló una esquina lejana. Por una vez, se sintió contento de ser sordo.

—Olvídate de mí, Daniel. Haz como si no estuviera aquí.

Eadie había seguido a Daniel en la cocina. El estudiante manoseaba una de las bolsas. En el fondo, aparecía el hervidor eléctrico que acababa de enchufar. Daniel tiró de la cinta de celo y empezó a vaciar el contenido de la bolsa en la cuchara ya dispuesta para recibirlo. A través del objetivo, la heroína aparecía de un color pardo sucio, el color del barro seco. De un pote de plástico marca Jiffy salieron un par de chorritos de zumo de limón, que empezaron a disolver el polvo.

Daniel comprobó la temperatura del hervidor con el revés de la mano y luego vertió un poco de agua en el cuenco de la cuchara, antes de apoyar el mango en una caja de cerillas. Después vino un primer plano de la correa. Rodeó su brazo con ella y la ató sin apretar, mientras removía la mezcla con la punta de una cerilla. Momentos más tarde, quitó la funda de la aguja con los dientes y succionó el líquido pastoso en la jeringa. Junto a la cuchara había un bolígrafo. Lo deslizó debajo de la correa con la que se había rodeado el brazo y empezó a darle vueltas. Apareció una vena, una pequeña serpiente azul entre los moratones amarillentos del brazo justo debajo del codo. Sujetando el torniquete entre el brazo y las costillas, dio unos golpecitos a la vena con la yema del pulgar, cogió la jeringa y apoyó la aguja en la piel, antes de empezar a introducirla lentamente.

Se formó una sola gota de sangre. Hubo un breve momento de silencio absoluto, y luego, mientras Eadie dirigía lentamente el objetivo hacia la cara de Daniel, se escuchó un sonido que ella no pudo olvidar en varios días. Empezó como un jadeo ahogado y terminó como un suspiro. Denotaba sorpresa, placer, alivio, una satisfacción inmensa, e Eadie grabó el ruido del bolígrafo que caía, al tiempo que daba la vuelta para seguir a Daniel fuera de la cocina. Llevaba aún la jeringa clavada en el brazo, ya vacía, y echó a andar hacia la cama tambaleándose y tropezando.

Su dormitorio estaba junto al cuarto de baño. La cama individual estaba sin hacer, la colcha de dibujos florales formaba un bulto en el suelo; Eadie se detuvo en la puerta abierta, un encuadre perfecto de Daniel que, aún totalmente vestido, se metía en la cama. Parecía estar borracho, realizaba todos los mo-

112

vimientos a cámara lenta, como un hombre que se abriera paso a través de un océano de dulzura. Se esforzó un momento por incorporarse y se agachó hacia el suelo, intentando alcanzar la colcha; falló, volvió a intentarlo y, al final, consiguió subir la mitad encima de la cama. Se tendió otra vez de espaldas y cerró los ojos. El dedo de Eadie buscó el mando del zum y cerró lentamente el campo de visión. Cuando el rostro de Daniel Kelly llenó el objetivo, el chico estaba sonriendo.

Faraday estaba sentado en un noray del muelle, mirando el puerto, esperando la llegada del Jaguar de Willard. Ya había dejado de llover, y el cielo empezaba a aclararse en el oeste. Las tardes de mediados de marzo como ésta podían ser realmente espectaculares, con haces de luz plomiza bajando del cielo, y se imaginó a Eadie Sykes en su pequeño balcón, brindando por la vista con su primera copa de Côtes du Rhône.

Últimamente, observando su relación con J.J., había llegado a la conclusión de que esta mujer se había convertido en la madre que su hijo nunca había tenido. Tenía verdadera afinidad con el chico. Se había convertido en su mentora, en su guía, en la que encarrilaba sus pasos. Le estaba enseñando todo lo que sabía. Estaba a su lado en los momentos difíciles. Todo eso, en opinión de Faraday, reunía las virtudes de la maternidad. Janna había muerto cuando J.J. apenas tenía dos meses de edad. Y sólo ahora, veintitrés años después, había descubierto a otra mujer en la que podía confiar.

¿Confiar? Faraday meneó la cabeza. Las relaciones de pareja, como sabía por dolorosa experiencia, podían resultar brutales. Una mujer llamada Marta lo había hecho más feliz de lo que había sido en toda su vida. Perderla lo llevó por caminos tan negros que se estremecía con sólo recordarlos.

También J.J. había conocido ese tipo de desesperación. Su cándida pasión por la vida y la confianza incondicional que depositaba en gente prácticamente desconocida lo exponían a todo tipo de peligros, y un año de relación con una asistente social francesa casi acabó por partirle el corazón. Su hijo, sin embargo, había salido más o menos ileso de aquella aventura y todavía ansiaba la siguiente de las pequeñas pruebas a las que

113

GRAHAM HURLEY

nos somete la vida, mientras que Faraday estaba cada vez más consciente de su propia vulnerabilidad.

Eadie Sykes había irrumpido en su vida con la fuerza de un vendaval. Adoraba sus agallas, su candidez, su negación rotunda a transigir. Le sorprendía constantemente, y esto también lo adoraba. A diferencia de J.J., sin embargo, siempre estaba alerta a los giros imprevisibles. De un modo que le avergonzaría admitir, casi esperaba ser traicionado.

Willard había dejado el Jaguar fuera del astillero. Llevaba un grueso anorak marinero y un impermeable amarillo a juego. Se acercó a Faraday sigilosamente y se plantó a su lado mientras él seguía contemplando la extensión del puerto.

—El bote llegará de un momento a otro. Acabo de llamarlos.

Faraday alzó la vista, un poco sorprendido con la interrupción.

—¿El bote?

—Un neumático grande. Lo utilizan para transportar material del barco a tierra y viceversa. ¿Ya te habló Wallace del fuerte?

—Sí.

—Chulo, ¿no?

—Esperemos que sí.

—¿Y de las conversaciones con Mackenzie? ¿También te habló de todo eso?

—Me dijo que han hablado un par de veces por teléfono. —Faraday se puso de pie—. Mackenzie quiere eliminarlo de la puja. Hasta ahí, nada inesperado.

Willard empezó a mostrar signos de irritación, y Faraday se obligó a regresar al mundo de la Operación Volquete. Según Wallace, la idea original de la trampa había sido de Nick Hayder, aunque Willard supo reconocer en seguida los beneficios potenciales. A los detectives superintendentes les interesaba recoger cabelleras, y la de Mackenzie representaría un importante honor de batalla. En Crímenes Mayores se rumoreaba que Willard tenía el ojo puesto en una promoción —hasta podía codiciar el puesto de jefe del Departamento Central de Inteligencia—, y el despliegue de una operación de nivel tres no lo perjudicaría en absoluto.

Willard estaba observando la entrada del puerto, con los ojos entrecerrados contra el resplandor del sol. Cuando Faraday le preguntó cuánto sabía de la operación la alemana, la propietaria del fuerte, Willard sonrió. El Ministerio de Defensa, respondió, puso a la venta Spit Bank en los años ochenta. El comprador, ex propietario de un astillero, gastó una fortuna tratando de adecentar el lugar. Quince años después lo volvió a vender a un hombre de negocios muy rico y ansioso por hallar un proyecto para su mujer.

—¿La alemana?

—Gisela Mendel. La conocerás dentro de un momento. Peter Mendel está en el negocio de las armas, cubre los huecos entre los vendedores del Ministerio de Defensa y los gobiernos extranjeros más esquivos. La operación sale, en parte, de Whitehall. El hombre está acreditado por los servicios de seguridad, tiene un RP completo.

Este Reconocimiento Positivo, prosiguió Willard, lo convertía en el socio perfecto para la operación contra Mackenzie. Dadas sus relaciones con el Ministerio de Defensa, no había posibilidad de que pusiera en peligro la maniobra.

—¿Y su mujer?

—Dirige una serie de aulas de idiomas para el fuerte Monkton. Cursos intensivos de cuatro semanas en el fuerte Spit Bank, libre elección de idioma. Cobra una fortuna.

—Monkton es del M16.

—Exacto. Por eso ella también tiene un RP completo. Hayder no se podía creer este golpe de suerte. Lo único que tenía que hacer era escribir el guión de la película.

Faraday pudo imaginarse la satisfacción de Nick Hayder. El fuerte Monkton era un centro de entrenamiento administrado por el Gobierno y ubicado en el frondoso Alverstoke, al otro lado del puerto. Protegido por una pantalla de árboles y una cerca de alambre de espino de ocho pies de altura, entrenaba espías para el M16. Para los agentes destinados al extranjero, los idiomas eran condición indispensable de su formación. De ahí, pensó Faraday, el éxito de la pequeña empresa de Gisela Mendel.

—¿Cómo empezó la jugada?

—Gisela hizo correr la voz en un par de agencias inmobiliarias locales, fingiendo que quería poner el fuerte a la venta, como le indicamos. Mackenzie se enteró el mismo día.

115

—¿Sabe ella quién es Mackenzie? ¿A qué se dedica?

—No, cree que es un jugador, un tipo que hizo una fortuna y ahora quiere darse el gran lujo.

—¿Y usted cree que se lo traga?

—Nunca me ha dicho lo contrario. —Willard se permitió una de sus raras sonrisas—. ¿Sabes lo del club de fútbol?

—No.

—Mackenzie quiso comprar una parte. El once por ciento de las acciones. Con esta cantidad, acabaría siendo dueño de Pompey.

—¿Y?

—Lo vieron venir y no hubo trato. Después de aquello, Mackenzie puso el ojo en el muelle.

—¿South Parade?

—Bingo. El problema fue que hizo una oferta ridícula e intentó acosarlos con todo tipo de presiones. Al final, les tocó tanto las narices que lo denunciaron. No los puedes culpar. Mackenzie está tan acostumbrado a tratar con los bajos fondos que se olvida de sus modales. Dale al tipo un precio de salida, y él lo divide al instante por diez. ¡Por diez! Esto no es una negociación, es un robo. Los del muelle se largaron con todo el equipo, y al final uno de ellos acabó hablando con Nick.

Aquella conversación, según Willard, sembró una semilla en la mente fértil de Nick Hayder. Para entonces, Volquete había abandonado toda idea de cebar las habituales trampas de una investigación. Mackenzie nunca se acercaba siquiera a sus sistemas de distribución y, por lo tanto, no había posibilidad alguna de pillarlo con medio kilo de droga peruana pura encima. La otra estrategia —seguir el rastro del dinero— podría dar el mismo resultado al final, por medio de una condena por blanqueo de dinero; pero el flamante contable de Volquete hablaba de tres meses más como mínimo con la calculadora y los libros de contabilidad, y tanto Hayder como el propio Willard temían que la paciencia de Jefatura no llegara tan lejos. De un modo u otro, tenían que encontrar otra forma de pillarlo.

—¿Y? —A Faraday, la conversación empezaba a interesarle de veras. Pensó que por fin las piezas parecían encajar.

—Y Hayder estudió bien la jugada de Mackenzie en el muelle. En primer lugar, el tipo ha decidido ver su nombre es-

116

crito con grandes letras de neón. Se lo debe a sí mismo y a sus compinches. Quiere que el mundo sepa que no hay nada que Mackenzie no pueda comprar. En segundo lugar, está empeñado en abrir un casino.

—¿Un casino?

—Claro. Si ganas la pasta que gana Mackenzie, tu mayor problema es cómo blanquearla. Puedes sacarla del país y meterla en cuentas extranjeras. Puedes regalarte un par de Picassos. Puedes comprar acciones de negocios legítimos, materiales de construcción, lo que sea. Si tienes paciencia, hasta puedes blanquear el dinero a través de las oficinas de cambio. Brian Imber te hará un informe completo mañana, pero lo cierto es que estamos descartando todas estas posibilidades. Créeme, blanquear dinero negro se está volviendo cada vez más difícil. Un casino resolvería gran parte del problema. Aparte —sonrió— de la cuestión del perfil social.

Un casino en el muelle habría significado la materialización de todos los sueños de Mackenzie. Los jugadores acudirían a bandadas; las mesas de juego convertirían el dinero negro en ganancia legítima; y todos en Pompey sabrían que, por fin, Bazza Mackenzie había alcanzado la cumbre.

—Entonces Nick empezó a buscar otro inmueble, una nueva propuesta. ¿Sabes que le gustaba salir a correr?

—Aún saldrá, cuando mejore.

—Claro. Pues allí estaba un fin de semana, corriendo a lo largo de la costa cuando, joder, miró mar adentro y, de repente, encontró la respuesta. El fuerte Spit Bank. Son sus palabras, no las mías.

Faraday sabía que era cierto. Podía oír la voz de Nick Hayder, se lo imaginaba inclinándose hacia su interlocutor, con la cabeza gacha y las manos cortando el aire. Así había procedido siempre ese hombre, con total y absoluta convicción, convirtiendo la intuición inicial en una serie de enjuiciamientos condenatorios. Esto último llevaba su tiempo; pero, sin el ingenio y las pelotas necesarias para hacer una jugarreta realmente original, los malos volvían a casa libres de cargos.

—¿Y Mackenzie pujó?

—En seguida. Doscientas mil libras esterlinas. Dijo que era su última oferta, porque los trabajos de restauración costarían una fortuna. Gisela no quiso aceptar ni un penique menos del precio de salida. Un millón doscientas cincuenta mil.

Poco a poco, semana tras semana, Mackenzie fue subiendo hasta las 550.000 libras esterlinas; cada nueva visita al fuerte le confirmaba esa visión que ya empezaba a obsesionarle. Una cúpula de cristal, dijo a Gisela, protegería el interior del viento y la lluvia. Los jugadores podrían contemplar la sala de juegos desde la terraza superior. Los crupieres lucirían los trajes azules de la artillería de la época Tudor. Chicas semivestidas con traviesas prendas francesas servirían las bebidas y los canapés. Y cada noche, una vez concluida la velada, habría más botín guardado en las cajas fuertes reforzadas que anidarían en las entrañas del fuerte. El Spit Bank, para gran regocijo de Hayder, se convirtió en la fantasía más entrañable de Mackenzie, en la prueba incontestable de que el chico de Copnor había dado en el blanco.

—Por eso la aparición de Wallace le conmovió. Fue como un timbrazo del despertador.

Faraday intentaba ponerse en el lugar de Mackenzie. Después de todos los planes hechos, de todas las llamadas triunfales a sus colegas, viene la inesperada noticia de que un total desconocido acaba de llegar a la ciudad para doblar prácticamente la oferta de Mackenzie. Como jugada, era indudablemente buena. Como condena en potencia, aún le quedaba camino por delante.

—Mackenzie quiere un encuentro. Antes de que Wallace mande a los inspectores.

—Lo sé —asintió Willard—. Teníamos que poner a Mackenzie contra las cuerdas, hacerle sudar un poco. Por eso Wallace ha concertado la visita de los inspectores para el viernes de la semana que viene. Yo calculo que la reunión tendrá lugar el miércoles o el jueves.

Faraday sonrió. Recordó a Wallace en su habitación del hotel hacía un rato. La corbata chillona, el aro en la oreja, los pequeños toques vulgares. Un joven triunfador en ciernes. Muy inteligente.

—¿Cree realmente que Mackenzie lo considera un traficante? ¿Un competidor en el negocio?

—Éste es el plan.

—¿Y le parece que se lo ha tragado?

—Me sentiría decepcionado si no fuera así.

Faraday reflexionó sobre el tema. El territorio es importante, estés en el negocio que estés. Lo último que necesitaba Mackenzie era un competidor serio, y en una ciudad como Portsmouth, las cosas se complicaban aún más. Pompey pertenecía a los suyos. Había que recordárselo a los intrusos como Wallace.

—¿Cuál sería la jugada de Mackenzie? ¿Recurriría a la violencia? ¿Apostaría media docena de matones a la vuelta de la esquina?

—Puede. —Willard se encogió de hombros—. O tal vez sólo intente disuadirle con dinero. Si es tan estúpido para hablar de drogas o para ofrecerle alguna parte de las ganancias de distribución, el tipo es nuestro. Si es una agresión directa, también se habrá puesto en evidencia. En ambos casos, tendremos pruebas. Y no demasiado pronto, ¿eh?

Willard calló. Acababa de percibir el zumbido distante de un gran bote neumático y se volvió a tiempo para ver la embarcación, que remontaba a toda velocidad el puerto. La manejaba una delgada silueta solitaria, enfundada en un anorak azul. Pocos minutos después, Willard hizo las presentaciones.

—Gisela Mendel. —Señaló a Faraday con un ademán de la cabeza—. Joe Faraday. Mencioné su nombre por teléfono.

Faraday sonrió a modo de saludo. El apretón de manos de la mujer fue formal. Los grandes fuerabordas esperaban ociosos en el agua. Ella tenía que volver al fuerte lo antes posible.

—No hay problema.

Willard tomó el mando, se agachó para soltar el cabo que ella había atado a un noray, y Faraday intuyó en seguida que había algo entre ellos dos. Raras veces había visto a Willard tan animado, tan bien dispuesto. Parecía haberse quitado unos cuantos años de encima.

Faraday entró en el bote neumático y subió la cremallera de su anorak. Oculta tras sus gafas de cristales oscuros, Gisela esperaba que Willard desamarrara el bote. Tenía la mano dispuesta sobre la palanca de mando, y las uñas perfectas, pintadas de color rojo sangre. Cuando se dio la vuelta para comprobar que tenían el camino abierto, los últimos rayos del sol cincelaron con sombras los volúmenes de su cara. «Andará por los cuarenta y pico —pensó Faraday—. Tal vez menos.»

En cuanto Willard subió a bordo, el bote se alejó del atracadero y se adentró en el puerto. El viento soplaba aquí con más fuerza, y las drizas resonaban al golpear los mástiles de una fila de yates amarrados. Una vez traspasada la entrada del puerto, la mujer abrió las válvulas a tope y aceleró a toda máquina.

El bote neumático respondió al instante y se lanzó mar adentro, y Faraday se sujetó, contento de haberse traído una bufanda de lana del Mondeo. Willard estaba sentado a su lado, indiferente al rocío de agua helada. En dos ocasiones gritó algo a Gisela, aunque el viento y el rugido del motor se llevaron sus palabras. Observándola al timón, Faraday supo que la mujer tenía que haber hecho este viaje muchas veces. Manejaba el bote como si fuera un caballo, con grandísima destreza, conduciéndolo de cabeza hacia las olas que viajaban en dirección contraria y luego fintando a la derecha o a la izquierda, en busca de las corrientes de la marea alta. Mar adentro, en dirección a Ryde, Faraday pudo distinguir el bulto de un barco carguero que abandonaba el puerto de Southampton y, al mirar atrás, hacia la costa, creyó vislumbrar apenas la fila de apartamentos junto al muelle de South Parade, blancos en el crepúsculo creciente.

La corriente que formaba la marea alrededor del fuerte, un río de aguas espumosas, hacía peligrosa la maniobra de amarre. Faraday pudo oler la humedad de aquel lugar, intuir la historia oculta tras los bloques de granito. Willard jugaba a ser marinero otra vez, se esforzaba por agarrar un candelero mientras el bote cabeceaba, y Faraday vio la expresión en la cara de Gisela, que conducía el bote hacia el par de manos que esperaban por encima de ellos, en el embarcadero. Parecía estar divirtiéndose.

Una escalera de cuerda daba acceso a la plataforma. A Willard lo pilló una ola por demorarse un segundo de más, y ya estaba calado hasta los huesos cuando Faraday tiró de él hacia arriba. Gisela fue la última en bajar del bote, que quedaría bien amarrado hasta el viaje de vuelta.

La siguieron en el interior del fuerte. Ya casi era de noche, y el pasaje abovedado que conducía al patio de armas estaba cálidamente iluminado por lámparas encajadas con habilidad en

los muros de granito. En el propio patio había más toques fe-
meninos de la misma índole —cajas con plantas que florecen
todo el año, una pequeña y robusta palmera, mesas y sillas ca-
lentadas por una pantalla de estufas para espacios abiertos—,
aunque nada conseguiría disimular la esencia de ese lugar. Una
sensación de determinación militar se cernía sobre todo. Estaba allí, en las casamatas revestidas de ladrillo que rodeaban el
patio de armas, en la escalera de hierro que se hundía en espiral en las entrañas del fuerte, en los rótulos escritos a mano,
que Gisela había conservado con gran cuidado. «Almacén de
hamacas Nº 14», rezaba uno de ellos. «Atención: ascensor para
proyectiles», advertía otro.

—Utilizamos estas dos como aulas. El resto son alojamien-
tos. —Gisela se había detenido delante de una de las casamatas.

Faraday echó un vistazo al interior. Aproximadamente una
docena de siluetas ocupaban pupitres individuales. Un tutor se
encontraba de pie delante de ellos, con un mapa de los Balcanes
sobre la pizarra que tenía a sus espaldas. Una de las mujeres de
la clase levantó la mano.

—¿Le apetece escuchar?

—No —respondió. La empapada de la escalera había ahogado su sentido del humor. Quería una toalla y una bebida caliente.

—Bien, pues. —El inglés de Gisela poseía un rastro imperceptible de inflexión extranjera—. Subamos.

Los condujo a través del patio y a lo alto de un nuevo tramo de escaleras. Arriba, Faraday reconoció la estructura blanca que había vislumbrado desde el apartamento de Eadie. Una
puerta recién pintada daba acceso a un pequeño vestíbulo. De
pronto, percibieron el calor del interior y un aroma a flores
recién cortadas. Evidentemente, éste era el alojamiento de Gisela.

—Ya sabes dónde está el baño. Prepararé el té.

Willard desapareció, y Faraday siguió a Gisela a la sala de
estar. Los anchos ventanales tenían vistas al norte;, del otro lado del canal de navegación de gran calado, Faraday pudo distinguir la fila de luces de color que corría a lo largo del paseo de
Southsea. Más allá, envuelto en las tinieblas, el campanario negro de la iglesia de Saint Jude.

—¿Toma té? —La voz de la mujer llegó a través de una abertura en la cocina.

—Sí, por favor. Dos terrones de azúcar.

Faraday miró a su alrededor. La estancia había sido amueblada con cierto cuidado y resultaba cómoda más que hogareña. Un sofá compacto de dos plazas miraba hacia la ventana. En una de las esquinas había un televisor, y en la otra, una mesa abatible. Un ordenador portátil estaba abierto encima de la mesa, y el salvapantallas mostraba vistas de un valle alpino. Llamó la atención de Faraday una fotografía enmarcada, que se apoyaba en una hilera de libros en rústica, dispuestos por encima de la mesa. En la foto aparecía Gisela con un llamativo sombrero de color amarillo, junto a un hombre fornido de unos cincuenta y cinco años. El hombre hacía una reverencia. Gisela ejecutaba una elegante genuflexión. El tercer personaje de la fotografía era la reina.

—Fiesta en el jardín del palacio de Buckingham. —Willard había salido del baño—. A Hubby le concedieron el título de comandante del Imperio británico.

—¿Por?

—Por servicios prestados al país. Mercader de la muerte.

—¿Él también vive aquí?

—A veces viene de visita. Tienen una casa en Henley, a orillas del río, con potreros para los caballos, y la pesca. Kingston Crescent entero cabría en el jardín amurallado, y sobraría espacio.

Por fin, Faraday se dio la vuelta. Willard había sacado un jersey de alguna parte, un polo de lana de cachemira negro, evidentemente caro, que le encajaba casi a la perfección. «El hombre de la foto —pensó Faraday—. Tienen constituciones parecidas.»

Gisela reapareció con una bandeja de té. Apagó el portátil e hizo espacio encima de la mesa. Willard trajo un par de sillas más de la habitación contigua y puso manos a la obra. Para información de Faraday, quería que Gisela describiera sus tratos con Bazza Mackenzie.

Gisela parecía estar divirtiéndose otra vez, tenía aquella misma expresión, y Faraday se preguntó en qué punto la relación entre ambos se diferenciaba de la Operación Volquete. Willard jamás había permitido que nadie del trabajo se acercara siquiera a su vida privada, aunque siempre se había rumoreado que la compañera de Bristol no le bastaba del todo.

—Primero me llamó, muy amigable. Aquello fue hace un par de meses. Justo después de Navidad. Había oído que el fuerte estaba en venta y quería venir a echar un vistazo. Apareció al día siguiente.

—¿Solo?

—No. Vino con un par de amigos, ambos mayores. ¿Tommy? —Mirando a Willard—. ¿Ja?

—Tommy Cross —asintió Willard—. Solía trabajar en los astilleros. Bazza lo utiliza como ingeniero estructural con descuento; se ocupa de las reformas cada vez que a Mackenzie se le antoja comprar otro café-bar. Se quedó casi todo el día, ¿no es cierto? Te volvió loca. —Dirigió una sonrisa a Gisela.

—Correcto. Comió y cenó aquí. Ya era de noche cuando se fueron.

En menos de veinticuatro horas, prosiguió, Mackenzie volvió a llamar. Había redactado un contrato. Había fijado un precio. Lo único que tenía que hacer Gisela era firmar.

—¿Y ya está? —Ahora le tocaba a Faraday sonreír. De allí debía de derivar la larga lista de problemas que tenía Mackenzie. Puede que dar mano libre a Tommy Cross en una construcción como el fuerte Spit Bank fuera la mejor de las inversiones que había hecho Mackenzie en su vida. Pero Gisela no colaboraba.

—Rechacé su oferta. Doscientas mil libras era un precio ridículo, y se lo dije. A mí ya me había costado trescientas ochenta y cinco mil libras antes de hacer obras.

—¿Qué respondió él?

—Se rió. Dijo que no me podía culpar. Y también dijo otra cosa.

—¿Qué?

—Que, como interlocutora, soy una pesadilla.

—¿Por qué?

—Porque, además de inteligente, soy sabrosa.

—¿Eso dijo? ¿Sabrosa? ¿Fue ésa la palabra que empleó?

—Sí. Creo que me lo dijo como un cumplido. Para ser sincera, me dio igual. Él es así. Te dice las cosas en la cara. En las

123

mismísimas narices. —Levantó una mano y la sostuvo delante de su nariz—. Después de algunos de los clientes de mi marido, créeme, es un alivio.

—¿Le cayó bien?

—Sí, me cae bien. No le asustan las mujeres. Y va directo al grano. ¿Una ridícula oferta de doscientas mil libras? No tengo más que negarme. Puedo vivir con esto.

Antes de transcurrir una semana, Mackenzie volvió a llamar por teléfono. Se lo había pensado un poco. Podía llegar a doscientas cincuenta mil libras. De nuevo, Gisela se limitó a reír.

—Y la cosa siguió —dijo—: diez mil libras más, y luego otras diez mil más. Al final, le dije que hay maneras más fáciles de ligar con una mujer. Estuvo de acuerdo.

—¿Y qué pasó?

—Me invitó a salir. Fuimos a Gunwharf, al Forty Below. ¿Lo conoce?

Faraday asintió. El Forty Below aparecía en las denuncias por perturbación de la paz casi todos los fines de semana. Las tripulaciones de las ambulancias ajustaban sus relojes con la primera llamada de auxilio a las refriegas de los viernes noche. Esta mujer podía elegir entre los mejores restaurantes de Europa. Sólo Bazza Mackenzie la llevaría al Forty Below.

—¿Cómo se llevaron?

—Bien. Me hizo reír. Eso me gustó.

—¿Y el fuerte? ¿El negocio?

—Dijo que tenía que ser suyo. Me contó sus planes con todo detalle: el casino, la decoración, el tipo de comida que pensaba servir, las suites especiales para los recién casados. Era como un niño con zapatos nuevos. En realidad, resultaba tierno.

—¿Y el precio?

—Llegó a cuatrocientas mil libras.

—¿Qué le respondió?

—Que no. Dijo que no podía ofrecer ni un penique más, aunque se ofreció a ir a la cama conmigo. Esto nos llevaría al medio millón.

—¿Acostarse con Mackenzie vale cien mil libras? —Faraday se echó a reír.

—Puedes oírlo en las cintas. —Willard contemplaba las luces de Southsea—. ¿Te lo puedes creer? Mackenzie.

—Es un bromista —intervino Gisela—. Creo que bromeaba.

Willard pasó por alto la leve reprobación. Lo importante ahora mismo era la presencia de Wallace en la puja. Subiendo la oferta a novecientas mil libras, explicó a Gisela, Volquete puso a Mackenzie contra las cuerdas.

—En el fondo, el tipo es un desequilibrado. Todo el mundo lo sabe. Necesitamos una fecha límite. Aquí entran los inspectores. Casi apostaría que acordaremos un encuentro antes del viernes. Puede que se comprometa, en su esfuerzo por hacerse con las riendas. Si no, esperaremos un par de semanas. Wallace recibe el visto bueno de los inspectores y decide tirar adelante. Llegados a eso, Mackenzie tiene que hacer algo. U ofrece una suma mayor, o se deshace de la oposición.

—¿De verdad crees que pagaría medio millón más? —Gisela miraba la oscuridad de afuera.

—Sinceramente, no.

—Lástima…

—¿Cómo? —Por primera vez, Willard se encontró pisando terreno desconocido—. ¿Por qué es una lástima?

Gisela estudió su expresión por un momento, de la manera que se calibra la capacidad de un niño de recibir malas noticias, y luego le tocó suavemente la mano.

—Me temo que el escenario ha cambiado. Ahora, realmente tengo que vender. —Sonrió—. Y novecientas mil libras esterlinas en metálico serían más que bienvenidas.

—¿Hablas en serio?

—Absolutamente.

—¿Puedo preguntar por qué?

—Desde luego. —La sonrisa se borró—. Peter y yo vamos a divorciarnos.

Misty Gallagher ya estaba borracha cuando el taxi la dejó delante del Indian Palace. Paul Winter la había llamado hacía un rato con la intención de bajar a Gunwharf y hacerle una visita social, pero Misty declaró que ya estaba harta de aquel apartamento. Ella y Trude llevaban toda la tarde discutiendo. Una hora más de esa barbaridad y atacaría a su deslenguada heredera con el cuchillo de trinchar.

Winter ocupaba su mesa habitual en el fondo del restaurante. Venía a cenar aquí desde hacía meses, y le gustaba la gente que llevaba el local. Les contaba todo tipo de mentiras, pero ellos comprendían que se sentía solo y lo trataban bien. A los cuarenta y cinco años, después de perder a una esposa cuya presencia dabas por sentada, ese tipo de cortesías se aprecian mucho.

—Misty. Cuánto tiempo.

Se puso de pie y retiró para ella la otra silla. La mujer llevaba un top negro transparente y unos tejanos ceñidos. Si Winter no andaba con muchísimo cuidado, los camareros acabarían vendiendo entradas en la puerta.

—Paul... —Lo miró con ojos vidriosos—. ¿Sirven vino aquí?

—Claro. ¿Blanco?

—Rosado.

—Por supuesto. ¿Un Mateus te vale? —Hizo una seña hacia la barra, sin esperar respuesta. Cuando el camarero se acercó, le indicó el número siete de la carta de vinos—. Y otra Stella para mí, hijo. —Se volvió hacia Misty, que intentaba encontrar un encendedor para su cigarrillo—. ¿Cómo te va la vida, Misty? ¿Siempre triunfadora?

—Que te den. Como si no lo supieras.

—Saber ¿qué?

—Bazza y yo. —Encontró el encendedor—. El tío es un gilipollas.

Winter se esforzó por asumir una expresión de reproche. Hacía más de un año que todo el mundo sabía que Bazza Mackenzie había decidido dejar a Misty por una sustituta más joven; pero, de alguna manera, él suponía que la mujer sabría sobrellevarlo. Evidentemente, se equivocaba.

—La otra noche lo pillé en Clockwork con esa zorra italiana. La liamos allí mismo.

El Clockwork era el más popular de los clubes nocturnos que quedaban abiertos hasta altas horas de la madrugada en el muelle de South Parade, actualmente muy de moda entre los criminales de gran calado de la ciudad. Misty, que ya se había tomado una botella entera de Moët, vio a Bazza sentado a la barra con la hermosa Lucia y un grupito de sus mejores amigos. Incapaz de articular palabra, Misty pidió otra botella de Moët, la vació encima de Bazza y se fue sin pagar la cuenta.

—A sus colegas les encantó. —Una sonrisa asomó en su cara—. Me dijeron que debí haberlo hecho hacía meses.

Bazza, furioso, persiguió a Misty hasta el paseo marítimo. Lucia se encerró en los lavabos, y media ciudad se desternillaba de risa. ¿No sabía Misty que la vida sigue adelante? ¿No tenía una mínima noción de decoro? ¿Ningún sentido de la oportunidad? Ya no podía hacer esas jugadas. Y desde luego, no en público.

—El día siguiente me mandó al agente.

—¿Qué agente?

—El agente inmobiliario. Un tío que yo conocía, además. Me dijo que Baz había decidido vender el apartamento. Ese mismo día. Desocupado. ¿Te lo puedes creer? Después de toda la mierda que he tenido que tragar.

Winter hizo una mueca. Llegó el vino, y tuvo que sujetar la copa de Misty mientras el camarero hacía los honores. Viendo el estado de la mujer, calculó que quizá disponía de media hora para intentar sacarle algo que tuviera sentido. Media hora como máximo.

—Háblame de Trude, Mist.

—¿Qué quieres que te diga?

—Anoche la encontramos en una situación comprometida. Puede que te lo haya contado.

—Ella no me cuenta una mierda. Sólo me habla para llamarme vaca. ¿Te lo imaginas? ¿Hablarme así? ¿Mi propia hija?

Winter tendió la mano y la posó sobre la de Misty. Por una vez en su vida, habló en serio.

—Escucha, Mist. La encontramos en una casa de alquiler en Fratton. Alguien le había dado una paliza y la había atado a la cama. ¿No sabrías quién fue, por casualidad?

—¿Una paliza? —Misty intentaba encontrar el sentido de la expresión—. ¿A mi Trude?

—Eso es. —Winter vio como buscaba la copa—. ¿Qué sabes de Dave Pullen?

—Es un drogata. Siempre colgado. Un tipo repugnante.

—Lo sé. ¿Qué ha estado haciendo Trude con él? Ella es una chica guapa. Por dios, Misty, podría elegir entre tipos de su

127

edad, chicos decentes, hasta con cierta educación. ¿Qué ha podido ver en ese simio de Pullen?

Misty lo miraba parpadeando, en un débil esfuerzo por controlarse. Luego buscó de nuevo la copa y la vació.

—¿Mist…?

—No lo sé.

—Pero tenías que saber qué ocurría, tenías que preguntarte por qué.

—Sí, claro —asintió ella—. Claro que me lo preguntaba.

—¿Y cuál es la respuesta?

—Te digo que no lo sé. —Intentó centrar la vista en una de las mesas en el otro extremo del restaurante y luego reprimió un hipo—. Es un tío mayor —dijo al fin—. A veces, los tíos mayores saben escuchar. Son comprensivos, te dan el hombro para llorar. ¿Sabes a qué me refiero?

Winter la estaba observando atentamente y recordaba la actitud de Trudy en el salón Gumbo, a la hora de comer. Madre e hija habían tenido una discusión muy fea, y al parecer Trudy sabía exactamente a quién culpar.

Misty se estaba sirviendo más Mateus. Winter no había visto una botella vaciarse tan deprisa desde la última vez que se había reunido con ella.

—¿Qué pasó con ese buen vendedor de coches con quien vivía Trude? —preguntó al fin—. Mike Valentine, ¿verdad? Vivían en Waterlooville.

—Paso.

—¿Me estás diciendo que no lo sabes?

—Ni zorra idea. Ya te lo he dicho: a ella no le saco ni una palabra. Quién se la tira es un misterio para mí. Siempre fue así.

—Pero volvió para vivir contigo, Mist. Y lo hizo porque debió de pelearse con Valentine. Es imposible que no se lo preguntaras. No me lo creo.

—No le pregunté una mierda. Si conocieras a Trude, aunque fuera un poquito, sabrías que nunca habla de sus cosas. Es como vivir con una extraña, si quieres que te diga la verdad. Lástima que no tuviera otro sitio donde ir. Estar con ella resulta jodidamente deprimente.

—Está enfadada, Mist. Cabreada contigo. ¿Por qué será eso?

—Ni idea. Pregúntaselo a ella.

—Lo hice.

—¿Cuándo? —La expresión de alarma en los ojos de Misty le dijo a Winter que se estaba acercando.

—Hoy mismo, Mist. A la hora de comer.

—¿Qué te dijo?

—Nada. Y es lógico, mi amor, porque sabe cuidarse la lengua. A diferencia de su mamá.

Le sostuvo la mirada por encima de la mesa. La alarma cedió su lugar a una furia gélida. Misty se puso de pie, se agarró de la mesa para no caer y chilló al camarero. Quería un taxi. Ya no quería hablar más con este capullo. De hecho, ya no quería nada de nada.

Winter la seguía mirando, preguntándose hasta dónde llevar la conversación. Aqua conseguiría un taxi en pocos minutos. El tiempo suficiente para marcarse un par de tantos.

—Mike Valentine está metido hasta las cejas en los negocios de Bazza, Mist. —Le dedicó una sonrisa amistosa—. Puede que tirarse a alguien tan cercano a Baz no sea una buena idea.

—¿Te refieres a Trude?

—No, vida. —De nuevo, la sonrisa amistosa—. Me refiero a ti.

Eran las once pasadas cuando Sarah llegó al apartamento del Portsmouth Viejo. Había pasado el último par de horas en el local del sindicato de estudiantes, celebrando la conclusión del primer borrador de su discurso de graduación. Todavía le quedaba trabajo por delante, mucho trabajo, pero la cosa ya tenía forma, y el texto, de más de quince mil palabras, merecía un par de pintas de sidra.

Guardaba las llaves de recambio de Daniel en un bolsillo especial de su mochila. Abrió la puerta de la calle y empezó a subir las escaleras. Se detuvo delante del apartamento de Daniel y llamó a la puerta. A esas horas de la noche, si no había ocurrido un milagro, el chico estaría muerto para el mundo; pero, aun así, se sentía más cómoda anunciando su llegada.

Al no obtener respuesta, giró la llave en la cerradura y abrió la puerta. El apartamento estaba a oscuras, pero, en el momento de encender la luz, vio que alguien había cambiado los muebles de sitio. Supo en seguida que aquello confirmaba la visita del equipo de vídeo. La manera de colocar el sillón —obteniendo una interesante sensación de profundidad detrás del entrevistado— era exactamente la que habría elegido ella misma.

—¿Dan?

No hubo respuesta. Sarah vaciló por un momento, preguntándose si no sería mejor dejarlo solo. Ahora estaría en la cama, tenía que estarlo, y tal vez fuera mejor volver al día siguiente para averiguar cómo había ido la grabación. Con un poco de suerte, esta experiencia —esta novedad en su vida— podría servirle como incentivo. Hasta pudo haber ofrecido la imagen y la profundidad de análisis de las que ella lo sabía capaz. Por eso el caballo era una gran tragedia. El tipo tenía cerebro. El tipo era inteligente. Sarah nunca había conocido a nadie tan reflexivo y tan coherente.

Quiso darse la vuelta para marchar, pero se lo pensó mejor. El dormitorio de Daniel estaba al fondo del pasillo. Se detuvo delante de la puerta abierta. A la débil luz que llegaba del salón, podía distinguir apenas la forma de su cuerpo, que abultaba debajo de la colcha. Y también algo más. Un olor terrible.

—¿Dan?

Olía a vómito. Lo sabía.

—¿Dan? ¿Estás bien?

Nada. La mano de Sarah encontró el interruptor junto a la puerta. Daniel yacía boca arriba, con los ojos abiertos, clavados en el techo. Un grueso reguero de vómito había cuajado en su cara, en su cuello, en su hombro.

—¿Dan? —La voz de Sarah se quebró—. ¿Dan…?

7

Jueves, 20 de marzo de 2003, 04:40 h

El primer tren de mediados de marzo con destino a Londres sale de la estación de Portsmouth y Southsea a las 4:38 h. Esta mañana en concreto, entre los pocos viajeros madrugadores figuraba uno de los dos miembros del parlamento por Portsmouth, un demócrata liberal alegre y pertinaz que no se cansaba nunca de promocionar la nueva imagen de la ciudad como la atracción turística irresistible de la costa sur.

Pompey, según había asegurado recientemente a un periodista enviado por uno de los más importantes suplementos dominicales, por fin se había desprendido de su reputación posbélica de pobreza, errores de planificación urbanística y violencia descontrolada. Ésta ya no era la ciudad cuyo centro comercial Tricorn ganaba cada año la votación del edificio más feo de Europa. Y tampoco las noches de los viernes eran ya infames por las refriegas entre marineros y las grandes dosis de violencia recreativa. Bien al contrario, gracias a nuevas inversiones y a un consejo municipal con visión de futuro, la ciudad iba ganándose a marchas forzadas una merecida reputación de saber combinar lo viejo con lo nuevo. La zona histórica de los astilleros navales contenía una colección de primera de antiguos buques de guerra. Muchos millones de libras esterlinas se habían invertido en la remodelación del puerto. Y, dentro de pocos meses, bajo la forma de la torre Spinnaker, el área restaurada de Gunwharf dispondría del edificio más alto del sur de Inglaterra. Portsmouth, en pocas palabras, era una ciudad en alza.

El diputado, que ya llegaba tarde para el tren de las 4:38, se encontró atrapado entre un corrillo de pasajeros, detenidos en el vestíbulo de la estación por una cinta policial con las palabras ATENCIÓN: POLICÍA escritas encima. Mirando por encima del hombro de una agente, vio a dos auxiliares sanitarios inclinados sobre un cuerpo caído al pie de uno de los torniquetes de entrada. El joven llevaba tejanos y una camiseta roja de fútbol. Había manchas de sangre en torno a sus zapatillas desgastadas, y una fugaz visión de su cara reveló el tipo de heridas que puede producir la colisión con un coche veloz. Sólo cuando la agente se apartó, vio el diputado que una de las muñecas del joven estaba sujeta al torniquete con un par de esposas.

Cuando la presionó para averiguar más detalles, la agente le ofreció el mejor relato posible. Los bomberos estaban de camino para quitar las esposas. Los auxiliares sanitarios estaban seguros de que el joven sobreviviría al viaje hasta el hospital. Como suele suceder en los incidentes como éste, los daños parecían peores de lo que eran en realidad.

—¿Los incidentes como éste? —El diputado se había fijado en la funda de almohada empapada de sangre, junto a uno de los auxiliares sanitarios arrodillados al suelo—. ¿Qué incidentes?

—No sabría precisarlo, señor. —La agente adoptó una expresión de pesar—. Sólo que cada vez es peor.

Faraday se despertó en una cama vacía. Siguió allí tendido por un momento, mirando el techo, escuchando los gritos matutinos de las gaviotas. Viviendo en la casa del jefe de barcazas, junto al puerto de Langstone, podría dibujar el mapa del terreno que se expandía delante de su ventana guiándose por las llamadas de las diferentes aves. El gorjeo de los piesrojos y la llamada de una multitud de ostreros sugerían marea baja en los bancos de lodo, aunque el apartamento de Eadie, situado en el paseo marítimo, no disponía de esta variedad. En las mañanas como ésta, tienes que soportar los iracundos graznidos de las gaviotas de cabeza negra, que luchan entre sí por los residuos que las entregas de comida rápida de la noche dejan desparramados por las aceras.

Desde el punto de vista de un observador de pájaros, aquélla era una decepción significativa, aunque en este dormitorio Faraday había disfrutado de bastantes madrugadas para llegar a una conclusión más sutil. Como preludio de un día de trabajo policial, el clamor de batalla de las aves carroñeras resultaba casi perfecto.

El resquicio abierto entre las cortinas mostraba un alba incipiente. Se dio la vuelta para consultar el despertador de la mesilla: las 6:03. De la sala de estar contigua llegaba el murmullo apagado del televisor. «Otra vez BBCNews 24», pensó Faraday.

Pasada la medianoche, con Eadie todavía trabajando en su despacho, las noticias del Golfo acabaron por adormecerlo. Las fuerzas conjuntas de Estados Unidos y del Reino Unido bombardeaban el puerto iraquí de Um Qasir. Los pozos de petróleo ardían alrededor de la ciudad de Basora, y parecía casi seguro que las tropas de Sadam contraatacarían, empleando sus grandes reservas de armas químicas. A esas horas, que dios nos ampare, los norteamericanos ya debían de tener el dedo sobre el botón nuclear.

Faraday recogió la toalla de encima de la alfombra junto a la cama y se dirigió a la sala de estar. Eadie estaba arrodillada delante del televisor, enfundada en la bata de Faraday, y consultaba una libreta que tenía apoyada en el regazo. La imagen que trepidaba en la pantalla era de un rostro que Faraday no conocía. Decididamente, no era BBCNews 24.

—¿Té?

Eadie se volvió rápidamente.

—Mierda. —Estaba sonriendo—. Escucha esto.

Volvió a consultar la libreta y apretó el botón de avance rápido del vídeo. Segundos después, Faraday vio la misma figura avanzando por un pasillo mal iluminado. Desapareció por un momento tras una puerta al final del pasillo. Cuando la cámara lo volvió a alcanzar, se estaba metiendo en la cama. Eadie detuvo la imagen de nuevo.

—Mira eso.

—¿Dónde?

Faraday siguió la trayectoria de su dedo, que tocó la pantalla.

—Es una jeringa vacía —dijo ella—. El tipo está en otro planeta.

Faraday reconoció, al fin, el tubo de la jeringa que colgaba del brazo ensangrentado y, cuando Eadie volvió a pulsar el bo-

133

tón de avance, se encontró inmerso en la historia. La visión del joven que luchaba por recuperar la colcha del suelo era de una impotencia terrible. Una y otra vez se agachó para recogerla. Una y otra vez fracasó. Finalmente, alcanzó una esquina, tiró de ella con fuerzas agonizantes y, cuando estuvo apenas medio tapado, desistió.

—¿Ya tienes a tu yonqui?

—Y cómo.

—¿Contenta?

—Un poquito.

—Tuvisteis suerte, ¿verdad? —Faraday observaba los ojos del joven, que se iban cerrando lentamente—. Llegasteis justo a tiempo.

—Bromeas. —Eadie accionó el retroceso rápido del vídeo, hasta que la pantalla entera estuvo ocupada por la imagen de una vena hinchada, en la que se introducía lentamente la aguja. Eadie reprodujo la secuencia dos veces. Faraday nunca había visto nada tan gráfico.

—Estabas allí.

—Evidentemente.

—Y esto es auténtico.

—Por supuesto. Yo sólo grabo la verdad.

Faraday asintió con la cabeza, pendiente en todo momento de la pantalla.

—¿Qué pasó antes?

—Le hice una entrevista.

—¿Salió bien?

—Más que bien. Excelente. Ese tipo fue un regalo, coherente, tenso, hecho una mierda. Ningún chico en sus cabales que vea este vídeo querrá acercarse siquiera a las drogas. A ningún tipo de droga. Si lo ves, es muy probable que no vuelvas a probar ni la cerveza. ¿Estamos viendo resultados? ¿O sólo me lo parece a mí?

—Acabas de decirme que lo entrevistaste.

—Correcto. Yo, la pequeña Eadie.

—¿Quién manejaba la cámara?

—J.J.

—¿Y el resto? ¿Después?

—Yo. J.J. abandonó. No pudo soportarlo. Fue una gran decepción. Aun así —sus ojos retornaron a la pantalla—, creo que lo hice bien, ¿no?

Faraday no respondió. Sólo después de llenar el hervidor y buscar la leche, se sintió capaz de seguir la conversación. El enfado no los llevaría a ninguna parte. Primero, los hechos.

—¿Estamos hablando de heroína?

—Obviamente.

—¿Y sabes de dónde vino la mercancía?

—Federal Express. Un tipo llama a la puerta, firmas el recibo y el caramelo es tuyo.

—Hablo en serio.

—Vale. —Eadie se echó a reír—. No tienes que firmar un recibo.

—¿Me estás diciendo que estabais allí cuando se hizo la entrega?

—Por supuesto. Por eso la entrevista fue un exitazo. Esa gente tiene sus horarios. Cuatro horas entre dosis es un intervalo cómodo. Si las sobrepasas, empieza a notarse. Si pasan seis o siete horas, empiezas a largar por el pico. ¿Ves a ese tipo? —Señaló la pantalla con un gesto de la cabeza—. Largó hasta reventar. En el instante mismo en que sonó el timbre, ya estaba bajando las escaleras. ¿De veras crees que podría pasar por alto lo que vino después? No podría haber escrito un guión mejor. Dame un actor y un millón de dólares, y el resultado no sería tan bueno. La gente sabe cuándo algo es real. Presta atención y toma nota. De eso se trata. —Se lo quedó mirando por un momento, sin acabar de comprender—. ¿Cuál es el problema, Joe? ¿Esta historia te ofende?

Faraday negó con la cabeza. Era demasiado temprano para sentirse tan agobiado.

—¿Quieres saber cuál es el problema? El problema es que yo soy un poli.

—Ya lo sé. Vas detrás de los malos. Pero este tipo no es malo, es una víctima. Ahí está. Dale la oportunidad de aparecer, de contar su historia, de mostrar lo que hace de verdad esa mierda, y habrá menos víctimas. Confía en mí. He pasado un año entero ensayando este discursito. Y hay algo más.

—¿Qué?

—Que me lo creo. Y tú también deberías creértelo.

El enfado de Eadie estaba aderezado con decepción. Acababa de servir su bocado más suculento, el plato de sus sueños, y Faraday lo había tirado a la basura. «Te has lucido, macho, con este numerito», parecía estar diciéndole.

—Empecemos por considerar el lado legal —dijo Faraday suavemente.

—Claro.

—Estuvisteis implicados en una operación de venta. Fuisteis cómplices de posesión de estupefacientes. Ambas cosas constituyen delito.

—¿Venta? Menos lobos. Yo mantuve las luces encendidas, eso sí, mientras él corría abajo, pero no fui yo quien bajó a la calle. Es algo que habría ocurrido de todos modos. Así funciona ese rollo.

—Posesión de estupefacientes, entonces. Tenías la obligación de detenerlo.

—¿Detenerlo? Aunque lo hubiera atado a la silla, él habría encontrado la manera de ir a la cocina. Estamos hablando de química, Joe, no del bien y del mal. Ese hombre necesitaba un pico. Si no fuera así, todavía estaría haciendo vídeos sobre los jodidos veteranos de Dunkerke. Esta película va de la necesidad. Es la necesidad con lo que negocian estos tíos en la calle. Es la necesidad…

Faraday la interrumpió.

—¿Tíos? ¿En plural?

—Tío, tíos. No lo sé, coño. Deja de jugar a policías y ladrones conmigo, Joe. Creía que lo entendías. Creía que ya habíamos hablado de esto. Es un caso cerrado, mi amor. Va de los medios y de los fines. Allá fuera hay un problema, un problema tan grande que no te lo puedes imaginar, y mi pequeña aportación al rompecabezas (mi responsabilidad, si lo prefieres) es intentar grabarlo en vídeo. Éste es mi trabajo. Ésta es mi contribución. Si lo hago bien, hasta es posible que consiga resultados. Mejor esto que jugar a los abogados. —Hizo una pausa—. ¿Algún otro crimen que haya cometido?

—Ayuda e incitación.

—¿De qué modo? ¿Acaso crees que no podía hacerlo él solito? ¿Que no lo había hecho ya medio millón de veces antes?

—Podrías habérselo impedido, como acabo de decirte.

—¿Hablas en serio? —Eadie se puso de pie y avanzó hacia él—. ¿No has oído ni una palabra de lo que he dicho? Ya sé que sólo soy una fulana estúpida de las antípodas, pero hazme caso, amor mío. La esencia misma de este espectáculo, de esta pequeña aventura, es que nada puede detener a esos tipos. Si les propones un programa de desintoxicación, resulta que no hay camas suficientes. Si los metes en rehabilitación, la mayoría introducirá drogas. Métolos en la cárcel y tienes yonquis garantizados de por vida. ¿La pobrecita de mí? Yo los apunto con la cámara y los observo. ¿Por qué? Porque es posible que en algún lugar, en algún aula de colegio, algunos chicos lleguen a la conclusión de que esta mierda no merece la pena. —Siguió mirándolo furiosa—. ¿Hay alguien aquí? ¿O estoy perdiendo el tiempo?

Faraday se ocupó de la tetera. Ya había tenido ocasión de ver a Eadie fuera de sus casillas, aunque era la primera vez que se encontraba en el lugar del blanco. Su furia era realmente volcánica. Tenía un impacto casi físico. Si cayera al suelo, el apartamento estallaría en llamas.

Buscó el azucarero mientas la observaba caminar arriba y abajo. En dos ocasiones se agachó para coger el mando a distancia y luego cambió de opinión. Cuando lo tuvo finalmente en la mano, pulsó con rabia el botón de BBCNews 24. Otra andanada de misiles de crucero. Genial.

Faraday dejó el té y se le acercó. Cuando la mujer se dio la vuelta para volver a discutir con él, él señaló la pantalla con un movimiento de la cabeza.

—Déjame verlo todo —dijo—. Desde el principio.

En invierno, las nueve de la mañana es una hora demasiado temprana para la reunión en la atestada oficina de la primera planta de Kingston Crescent, que servía como base de operaciones de la Brigada contra el Crimen de Portsmouth. Acomodándose tras su escritorio junto a la ventana, Winter encendió el ordenador y tecleó su nombre de usuario. Un par de clics del ratón le llevaron al estado diario, un registro de incidentes que se actualizaba continuamente y sondeaba el pulso agitado de la ciudad. Entre las diversiones de la noche pasada

—un par de conductores borrachos, un robo en un almacén y una disputa entre vecinos—, había algo más que le llamó la atención.

Buscó el nombre del subcomisario al mando y descolgó el auricular del teléfono. A esas horas de la mañana, la oficina de la división del Departamento Central de Inteligencia de Highland Road debía de estar llena de gente.

—¿Bev? —Reconoció la voz en seguida—. Soy Paul. ¿No estará allí Dawn, por casualidad?

—Estuvo de servicio anoche, amigo. Se ha ido a casa.

—Saludos.

Winter colgó el teléfono. Dawn Ellis era una de las jóvenes subcomisarias de la división, una de las pocas detectives de la ciudad por las que Winter sentía cierto respeto. Recientemente, tras un inquietante encuentro con un granuja recién llegado de la metropolitana, había nacido en él una preocupación casi paternal por su bienestar.

Cuando al fin consiguió localizarla, fue evidente que la había despertado.

—No sé por qué tomo pastillas —farfulló la joven—. Ya podría ahorrarme el gasto.

—Lo siento, guapa. —Winter seguía mirando el parte nocturno—. ¿Te tocó a ti aquella sobredosis de heroína en el Portsmouth Viejo anoche?

—Sí.

—¿Qué pasó?

Se produjo una pausa mientras Dawn intentaba poner orden en sus pensamientos. Entretanto, Cathy Lamb apareció en la puerta del despacho. Parecía estar más tensa que de costumbre.

—Daniel Kelly, un estudiante —dijo Dawn—. Una amiga lo encontró muerto en la cama, con la aguja todavía en el brazo. Primero acudió una patrulla, y luego, yo.

—¿Y?

—Le tomé declaración. T-1 avisó a una funeraria. Estuve allí menos de una hora.

—¿Algo fuera de lo habitual?

—No vi nada. Según la chica, llevaba años chutándose. Un niño rico, no tuvo nada mejor que hacer con su dinero. Tendría que haber visto su apartamento. En comparación, el mío es una pocilga. —Hubo una nueva pausa—. ¿Qué sucede?

—Aquí mencionan a un equipo de vídeo.

—Correcto. La chica nos dijo que el joven había aparecido en un vídeo. Ella creía que el equipo pudo haber estado con él en algún momento de la noche pasada. Dejé el informe en la oficina. Hay que clasificarlo

—¿Tienes el nombre de esa gente? ¿Su número de teléfono?

—No me acuerdo. Es una especie de productora, el nombre empieza con A. Hable con Bev. —La joven reprimió un bostezo—. Buenas noches.

Winter alzó la vista y descubrió a Cathy Lamb delante de su escritorio. Por una vez, no parecía ni remotamente interesada en los datos que figuraban en la pantalla del ordenador de Winter.

—En mi despacho —le dijo—. Ahora mismo.

Jimmy Suttle y otro subcomisario de la brigada ya ocupaban gran parte del diminuto despacho de Cathy Lamb. Winter se les unió, cerró la puerta y se escurrió hasta la esquina. Cathy les informó de que acababa de pasar media hora embarazosa en compañía del superintendente en jefe. Se había tenido que acordonar la estación de ferrocarriles de la ciudad a las cuatro de la madrugada, mientras los auxiliares sanitarios y los bomberos se esforzaban por soltar a una víctima de agresión de uno de los torniquetes de entrada al vestíbulo central. El joven en cuestión estaba ahora en un cubículo del hospital Queen Alexandra, en la unidad de cuidados intensivos.

—Es uno de nuestros *scousers* —añadió Cathy con voz cansina—. Y Secretan ha llegado a la conclusión obvia. Lo que no ayuda es la presencia de un maldito diputado en la estación.

—¿A esas horas de la mañana?

—Iba a una conferencia en Birmingham. Sobre el comportamiento antisocial. Y si os parece divertido…

Secretan, prosiguió, se subía por las paredes. La guerra entre bandas ya se había hecho pública, y lo último que necesitaba era más presión de parte de Jefatura. Quería tener un infor-

139

me completo sobre su escritorio antes del mediodía, y un plan de acción en menos de veinticuatro horas.

—¿Un plan de acción?

—Tenemos que acabar con esto, atajarlo ahora que comienza. De momento, el diputado ha aceptado no hablar con la prensa, aunque allí había otros interesados que, sin duda, lo harán. Secretan ya está imaginándose los titulares.

—¿Por qué estamos tan seguros de que se trata de una guerra entre bandas? ¿Dejaron una nota? ¿Con sus nombres y direcciones?

—Casi. —Cathy logró esbozar una leve sonrisa—. Alguien se tomó la molestia de reajustar el reloj del chico y, luego, de romperlo de una patada. ¿Alguien lo adivina?

Jimmy Suttle se removió en su silla.

—¿El 6:57?

—Exacto.

Winter irradiaba aprobación. El chico aprendía rápido. Se volvió de nuevo hacia Cathy Lamb, que estaba enumerando la lista de medidas inmediatas. De momento, el *scouser* se negaba a prestar declaración. El registro de sus pertenencias había revelado un juego de llaves de coche, una papelina de heroína y una lista de números de teléfonos móviles. Un par de subcomisarios de la brigada esperaban en cuidados intensivos para tomarle declaración, pero la mandíbula fracturada y los dientes rotos no ofrecían unas perspectivas muy alentadoras. En cuanto a testigos, un cartero había telefoneado para dar la descripción de una furgoneta. Iba de camino al trabajo cuando vio la furgoneta que daba marcha atrás en la entrada lateral de la estación. Las puertas traseras estaban abiertas, y dentro había una especie de pelea. La furgoneta podría ser una Transit, vieja, posiblemente el coche de algún albañil.

—Hay una cámara de videovigilancia en el vestíbulo. —Cathy miraba a Winter—. Y otra fuera, del otro lado de la calle. Según el cartero, hablamos de las dos y media de la madrugada. ¿De acuerdo?

Winter asintió. La sala de control del circuito cerrado de televisión, ubicada en las entrañas del Civic Centre, no era su destino predilecto, aunque ya apostaba por unos resultados rápidos. Secretan tenía razón. Todo apuntaba al inicio de una guerra entre bandas muy seria. Eso iba de territorios, del grupo de jóvenes lunáticos que habían aterrizado en la ciudad, haciendo caso omiso de las reglas. Si eres de aquí y estás perdiendo la paciencia, hay maneras de enviar un mensaje. Darle una paliza a uno de los *scousers* y dejarlo tirado en la estación de ferrocarriles no deja demasiado margen para la ambigüedad. Os esfumáis, o…

Winter aún pensaba en el Transit cuando su mirada se cruzó con la de Suttle.

—¿Bazza?

—A la fuerza. —Winter se volvió hacia Cathy Lamb—. ¿Algo más, jefa?

Faraday, que ya llegaba tarde a la reunión convocada en el cuartel general de Volquete en la Isla de las Ballenas, quedó atrapado en un atasco de tráfico.

Avanzando palmo a palmo hacia los semáforos de la cuarta intersección, encendió la radio para enterarse de los acontecimientos de la mañana. La discusión con Eadie le había afectado más de lo que le gustaría reconocer, no solamente porque odiaba dejar que el trabajo se interpusiera entre ambos, sino porque —en algunos importantes aspectos— sospechaba que ella podría tener razón.

Su entrevista del yonqui era una revelación. Como detective inspector de la división, se topaba con el problema de la droga cada día de su vida laboral, en gran medida porque los drogatas necesitan robar en casas y comercios para financiar su hábito. Los mismos nombres aparecían una y otra vez en las listas de acusados, haciendo más profunda la mella del volumen mensual de delincuencia que recogían las estadísticas y, en términos de eficiencia, resultaba de gran ayuda saber dónde buscar los portátiles robados y los perfumes marca «sírvase usted mismo». Pero ver el tormento de aquel yonqui sudoroso de cara de pan, con su tímida y desesperada convicción de que la heroína le hacía una especie de favor, ayudó a Faraday a comprender por primera vez el verdadero poder de esa droga. Engancharse al caballo, como le hizo notar Eadie, significaba optar por vivir una especie de cadena perpetua. Sin cargos, sin juicio, sin jurado, sin posibilidad de apelación. Únicamente los tramos diarios de cuatro horas entre dosis, y la más poderosa motivación posible para echar mano de la siguiente papelina.

En este sentido, las imágenes del vídeo de Eadie hablaban por sí mismas, retrataban a la perfección la agonía de la adición a la heroína. Tenso y visiblemente angustiado, Daniel se había esforzado por racionalizar los efectos del caballo en él, por defender la droga como otro defendería a su mejor amigo; pero, incluso cuando se explicaba con mayor claridad, el espectador no podía dejar de ver la realidad física: las manos que se aferraban espasmódicamente a los brazos del sillón, el rascarse sin cesar, la desesperación fantasmal en los ojos. Si a eso añadimos la secuencia siguiente, Eadie podría tener razón: monta las imágenes en el orden correcto, déjalas que hablen por sí mismas, y nadie con dos dedos de frente deseará acercarse siquiera a esa sustancia. Ésa, al menos, era la idea.

Esta mañana habían empatado en la discusión. Desde el punto de vista de Faraday, el comportamiento de Eadie había sido temerario. Si la cosa llegaba alguna vez a los tribunales, un buen abogado tal vez pudiera mitigar el daño, pero ella se había arriesgado mucho y había arrastrado a J.J. consigo. Tarde o temprano, vería a su hijo y obtendría otro punto de vista de la pequeña aventura de anoche; pero, con los datos de los que disponía hasta el momento, Faraday estaba asombrado de que Eadie corriera un riesgo tan grande por un par de minutos de grabación en vídeo. Como le dijo, había cometido una locura.

Ella se limitó a reír. Había pasado media vida arriesgándose por lo que le había parecido importante en cada momento, y esta película suya, este vídeo, no era más que otro ejemplo de ello. Desde su punto de vista, era una cuestión de medios y de fines. Si la luz al final del túnel era importante, y lo era, le importaba un comino la oscuridad del trayecto. Por el bien de Daniel. Y por el bien de todos los chicos que podrían acabar perdiéndose por culpa del caballo.

En ese momento ella tuvo que atender una llamada de móvil y se retiró a la intimidad del dormitorio. Faraday pudo oír el nombre de Sarah, pero cuando Eadie volvió a aparecer, él ya se iba. Se dieron un beso furtivo en la puerta; Eadie estaba claramente preocupada, y Faraday tomó nota mental de telefo-

nearla más tarde. Pensaba que aún eran amigos, aunque algo
en la expresión de la mujer le hizo dudar.

Ahora, por fin de nuevo en marcha, ponderó la evidente
ironía de la situación. Eadie no sabía nada de la operación contra Bazza Mackenzie. Él raras veces le hablaba de su trabajo, y
jamás se le ocurriría manchar las conversaciones de almohada
con un tema tan delicado como Volquete. No obstante, a su
manera, aunque sólo fuera porque se lanzaba de cabeza en
aguas profundas, era probable que Eadie supiera más que él de
la realidad de las drogas.

Sonrió para sus adentros al recordar el recorrido turístico
que le ofreció Joyce de las dependencias de Volquete: estante
tras estante repleto de archivos; centenares de fotografías tomadas por los equipos de vigilancia; miles de documentos; discos duros llenos de balances comerciales y de los pormenores
de determinadas estructuras empresariales; incontables ladrillos probatorios que, con la ayuda de Dios, construirían un caso blindado contra el mayor traficante de drogas de la ciudad.
Sin duda, todo ese material era importante, y a lo largo de los
próximos días tendría que llegar a familiarizarse con él;, sin
embargo, ya estaba convencido de que ninguna prueba adqui-
rida era tan poderosa y vívida como el momento en que el joven yonqui de Eadie perdió la batalla con la colcha y también
la conciencia.

Detenido por enésima vez en medio del tráfico, Faraday
miró su móvil. Los semáforos seguían en rojo allá delante. Le
debía una llamada. Sabía que se la debía. Alcanzó el teléfono y
tecleó el número de Eadie.

Comunicaba.

Todavía en el apartamento, encaramada sobre uno de los
taburetes de la cocina, Eadie sabía que era importante permitir que el hombre expresara su dolor. Apenas hacía tres horas
que se había enterado de la muerte de su hijo. La policía de
Manchester, alertada por el Departamento Central de Inteligencia de Southsea, había enviado a un agente a primera hora
de la mañana. Eadie, enterada de lo ocurrido a través de una
larga conversación telefónica con Sarah, la amiga de Daniel,

fue franca a la hora de exponer las razones de su llamada. Quería dar sus condolencias. Y quería saber cómo se sentía el padre.

—¿Cómo me siento? —El hombre calló por un momento—. No lo sé. No puedo describirlo. Me hace esta pregunta, y yo no puedo darle ninguna respuesta. En cierto modo, no siento nada, absolutamente nada.

—¿Está anonadado? ¿Sería ésta la palabra adecuada?

—Anonadado suena correcto. Anonadado, sí. Disculpe... —Hizo una pausa, y Eadie se preguntó si el repentino quiebro de su voz había sido enteramente auténtico. Este hombre tenía cierta actitud de cara a la galería, algo que los resquicios de su acento de Lancashire no acababan de disimular. ¿Le importaba realmente la pérdida de su hijo? Eadie no estaba segura.

—¿Conocía bien a Daniel? —El hombre volvía a hablar.

—Casi nada. Nos conocimos ayer mismo.

—¿Ayer? ¿Cómo estaba?

—Muy mal. Quizá no tendría que decírselo, señor Kelly, pero estaba en un estado terrible. ¿Usted ya sabía que se drogaba desde hacía tiempo?

—Sí.

—Bien, pues creo que la droga pudo con él. Daniel era un hombre muy desdichado.

—¿Es usted amiga de uno de sus amigos?

—Me temo que no. Estaba grabando un vídeo.

—¿Un qué?

—Un vídeo.

—¿De Daniel?

—Sí.

—¿Sobre él?

—Resulta que... sí.

Empezó a hablarle del proyecto, de dónde había salido la idea, del apoyo que había conseguido de diferentes entidades de la ciudad y de cómo ese apoyo acabó convirtiéndose en financiación.

—Ésa fue la parte fácil. Lo difícil fue encontrar a Daniel.

—¿Qué quiere decir? —Ahora la interrogación era auténtica. El hombre le dedicaba su atención completa.

—Cualquiera preferiría no conocer a la mayoría de las personas que se encuentran en una situación similar. Daniel era la excepción. De un modo extraño, sabía exactamente lo que se hacía y tenía el valor y la inteligencia de comunicarlo.

—¿Valor?

—Era un hombre valiente, señor Kelly. No habría podido hacer el vídeo sin él. —Eadie calló, esperando algún tipo de reacción. Ante el silencio profundo, se dio cuenta de que ella podría ser la respuesta a las plegarias de este hombre, la pequeñísima esperanza de poder rescatar algo de aquel naufragio.

—¿Y qué es exactamente lo que hacía con Daniel? —preguntó él al fin—. Ese vídeo.

—Fue una entrevista. Y lo grabé cuando se inyectó la droga.

—¿Cuando se inyectó? ¿Se refiere a la dosis que lo mató?

—Me temo que sí. Lo habría hecho de todos modos. Nosotros estuvimos allí por casualidad.

—¿No le llevó usted la heroína?

—Por dios, claro que no.

—¿Y cuando lo dejó?

—Estaba dormido. —Eadie hizo una pequeña pausa—. Y sonreía. Si alguna vez desea ver la grabación… —Dejó la invitación sin terminar.

Hubo un prolongado silencio. Eadie frotó una mancha de grasa que había en el mostrador de la cocina, tomándose su tiempo. Finalmente, la voz sonó de nuevo; apenas era un susurro.

—No sé qué decir. De veras que no lo sé. Esto es muy extraño. Soy abogado. Me cruzo con todo tipo de gente y, créame, la mayoría no me cae bien. Pero esto es…, no sé… ¡Caramba! Usted no se anda con rodeos, ¿no es cierto?

—Me temo que no. Sé que esto le sonará muy poco considerado, pero habrá una autopsia. Daniel era conocido por utilizar jeringuillas intravenosas, de modo que harán varios análisis de sangre, para el VIH, la hepatitis B, la hepatitis C. Si está limpio, harán la autopsia mañana.

—¿Y?

—Quisiera su permiso para grabarla.

—¿La autopsia?

—Sí. También tengo que hablar con el forense, pero el permiso de usted facilitará mucho las cosas. Y cuando venga a la ciudad, me gustaría hacerle una entrevista.

—¿A mí?

—Sí.

—¿Por qué?

—Porque tenemos que llegar hasta el final. Tenemos que mostrar cómo termina todo esto. La autopsia forma parte de ello. A eso conduce la droga. Al depósito de cadáveres, a la mesa de disecciones, a todo eso. Y luego, por supuesto, habrá un funeral.

—¿También desea grabarlo?

—Desde luego.

—Acaba de decir «tenemos». ¿A quiénes se refiere?

—A usted y a mí, señor Kelly. Yo sólo soy la mensajera. Usted es su padre. Creo que ambos se lo debemos.

Hubo un nuevo silencio, aún más prolongado. Después Eadie se inclinó sobre el teléfono.

—El vídeo se venderá a los colegios —dijo con voz tranquila—. Me gustaría proponer que parte de los beneficios fueran a un fondo en memoria de Daniel. Ya sé que esto no es fácil para usted, señor Kelly, pero tenemos que dar un sentido a esta gran tragedia. No sólo por Daniel, sino también por los millones de chicos que podrían correr el mismo riesgo. Sé que lo entiende y no le pido que tome una decisión ahora mismo. ¿Puedo llamarlo dentro de un rato, cuando haya tenido la oportunidad de pensárselo?

La respuesta, cuando vino, fue afirmativa. Eadie sonrió.

—¿Sí puedo volver a llamarlo?

—Sí a la autopsia. Y sí a todo lo demás.

—¿Está seguro?

—Segurísimo. No quisiera mantener otra conversación como ésta en mi vida, pero la admiro por pedírmelo. ¿Lo puede entender?

—Perfectamente. —Eadie seguía sonriendo—. Y se lo agradezco.

8

Faraday no podía apartar los ojos de Martin Prebble. Por alguna razón, esperaba que el contable forense de Volquete fuera un hombre mayor, de cabello cano y, en conjunto, más acorde con el arduo trabajo de estructurar una acusación irrefutable a partir de un millón de trocitos de papel. En cambio, le presentaron a un joven exuberante que aún no habría cumplido los treinta, con el cabello engominado, tejanos de diseño y una camisa sin cuello de aspecto bastante caro. Lo más llamativo de todo era una mancha redonda de color púrpura y del tamaño de una moneda de cinco peniques en lo alto de su frente. Con los ojos entornados, casi parecería una marca de casta.

—Guerra de pintura —explicó Prebble en seguida—. Anoche estuve en una despedida de soltero. Al tío a quien me enfrentaba se le ocurrió tirarme a bocajarro. Trabaja en inversiones. Encefalograma plano, de nacimiento.

—¿Quieres decir que es indeleble, precioso? —dijo Joyce al llegar con un plato de galletas de chocolate y una clara preocupación por el percance de Prebble.

—Ni idea. Media hora con un paquete de guisantes congelados sugiere que no, aunque no descartaría la posibilidad de una operación estética… —Extendió una mano para coger una galleta—. No estuvo mal, por eso. Un tiro difícil, desde apenas un metro de distancia.

Brian Imber esperaba que la concurrencia se calmara. El espacio que había dejado libre en el centro de la mesa de reuniones de Volquete quedó ocupado en seguida por Joyce. Por su forma de inclinarse en exceso sobre Prebble para depositar la bandeja de cafés, Faraday supo que volvía a estar enamorada. Joven, guapo y divertido. Nunca falla.

—Disponemos de casi toda la mañana. —Imber miraba a Prebble—. Como te dije por teléfono, hay que poner a Joe al día.

—Ningún problema. —Las palabras apenas se oyeron a través del gran bocado de galletas—. Será un placer.

Faraday descubrió que, a lo largo de los primeros meses de su trabajo para Volquete, Prebble había estudiado todas y cada una de las pruebas contra Mackenzie, hasta que el tipo llegó a serle tan familiar como cualquier miembro de su propia familia. Únicamente cuando obtuvo una imagen de conjunto tan completa, le dijo a Faraday, se sintió autorizado para aplicar los protocolos financieros apropiados —seguir la pista de las auditorías, presionar a los notarios y a los tipos del registro catastral para obtener información sobre innumerables operaciones inmobiliarias, buscar facturas y comprobantes de transacciones bancarias—, en un esfuerzo por reconstruir el perfil cotidiano de los gastos de Mackenzie y, por ende, la medida de su verdadera fortuna.

Imber reconoció el talento de este joven para leer el pensamiento del principal objetivo de Volquete y decidió dejar la puesta al día enteramente en sus manos. Sólo si fuera absolutamente necesario, expresaría sus propios puntos de vista.

—¿Conoces a Mackenzie? —Faraday seguía observando a Prebble.

—No he tenido el placer. Lo conozco sobre el papel, especialmente las cifras, los informes de inteligencia de Brian, las fotos de vigilancia, los cotilleos; pero esto es todo.

—¿Informadores?

—Muy pocos. Brian dice que esto no es habitual, pero yo me imagino que esos tipos no abren fácilmente la boca; nunca lo han hecho. Son productos de este lugar. A mí me parece casi una estructura tribal.

Faraday sonrió. Aguda observación.

—¿Y te gusta lo que ves?

—En cierto modo, sí, me gusta. Soy contable. Sé cómo se comporta el dinero. Ese tipo ha tenido buenos consejeros y, lo que es más importante, les ha hecho caso. No siempre es así, créeme. He llevado auditorías legítimas de las finanzas de grandes corporaciones, donde los mandamases no hacen caso a nadie y acaban por echarlo todo a perder. Mackenzie no es así. Vigila casi cada penique de su economía. En el fondo, es un paleto, y esto le ha ayudado mucho. Y sé que puede ser cruel. Dos razones por las que es un hombre rico.

—¿Cuánto?

—¿La última vez que lo calculamos? ¿Incluidos los bienes nominatarios? —Juntó las cejas—. Nueve millones cuatrocientas mil, más o menos. Y eso, descontando los narcóticos en trámite, los que han sido encargados y los que aún no se han vendido.

—¿Estás diciendo que aún vende?

—¡Cielos, no! Eso quedó atrás. Aunque los análisis me dicen que financia a otros y se queda con una parte de los beneficios. Es una práctica normal, sucede en todas partes. Llegas a un punto en que ya no puedes molestarte con el ajetreo. Hace diez años pudo estar más cerca de la línea de fuego, pero ahora se ha replegado en su castillo. El noventa y cinco por ciento de sus actividades actuales son totalmente legítimas, como las de cualquier otro hombre de negocios. Lo cual, me imagino, explica mi presencia aquí.

Faraday desvió su atención a la gran ampliación en color de la mansión de Mackenzie en Craneswater, que estaba enganchada en la pared. Prebble tenía razón. Con un imperio multimillonario del que cuidar, Mackenzie estaba demasiado ocupado para rebajarse a la simple delincuencia. De ahí las contorsiones de Nick Hayder para tentarle con la trampa del fuerte Spit Bank. Sólo haciendo peligrar su apuesta por la notoriedad podría Volquete conseguir que Mackenzie se metiera en una situación comprometida.

Prebble dijo que valía la pena dedicar un par de horitas a Bazza y se disculpó de antemano por repetir, tal vez, información que Faraday ya conocía. Éste desestimó la disculpa con un gesto de la mano. No dejaba de ser un alivio encontrar a alguien que estuviera dispuesto a conducirlo, paso a paso, desde el principio hasta el fin de la historia.

Mackenzie, prosiguió Prebble, provenía de una familia de Copnor, un populoso barrio de calles terraplenadas en el extremo nororiental de la ciudad. Su padre fue soldador en los astilleros navales y había sudado para meter al joven Barry en Saint Joseph College.

Esto fue noticia para Faraday. El Saint Joseph era un internado católico de Southsea, con un alto nivel académico y una buena dosis de disciplina a cargo de los hermanos cristianos.

—¿Su padre podía permitirse la matrícula?

—De ninguna manera. El chico ganó una beca. Acabo de decirte que el tipo es listo. Descarriado pero listo.

Bazza, continuó, odiaba el colegio. Para empezar, allí jugaban a rugby, cuando a él le encantaba el fútbol. Por otra parte, no soportaba llevar el mismo uniforme que todos esos niños pijos. A los catorce años ya lo habían expulsado dos veces, una por fumador reincidente y otra por dirigir una rudimentaria mafia y cobrar en forma de lo que fuese, desde barras Bounty hasta álbumes de The Clash. Tras una discusión monumental con su padre, tiró la toalla en Saint Joseph y se juntó a sus colegas de Copnor en Isambard Brunel, el instituto local. Tres intentos frustrados de aprobar el título de Educación Secundaria provocaron una nueva riña familiar y, a la edad de dieciséis años, Bazza se fue de casa para vivir con su hermano mayor, Mark, que para entonces se ganaba la vida como pintor y decorador.

—¿Empezó a trabajar con él?

—Nada de eso. Nunca le ha gustado el trabajo físico. Ni entonces ni ahora. Buscó trabajo en una agencia inmobiliaria, donde se ocupaba, principalmente, de las promociones por teléfono.

Desde su escritorio en la agencia inmobiliaria, Bazza fue testigo de la aceleración de las ventas a principios de los ochenta. Se pasaba los fines de semana de juerga, tomando cantidades industriales de la droga que fuera y echando nuevas raíces sociales. Lo que Prebble calificó como un polvo pasajero con una tal Marie, una estudiante que acababa de abandonar el instituto, tuvo como consecuencia el nacimiento de un bebé, Esme, por la que Bazza nunca mostró gran interés. Para entonces ya jugaba al fútbol en serio, en un equipo que participaba en la liga dominical de Pompey y que se llamaba Blue Army. La temporada 1983-1984 llegaron al primer puesto de la liga y se ganaron una temible reputación de violencia dentro y fuera del campo.

—¿Qué hay del 6:57?

—Estuvo en él desde el principio. —Prebble miró a Imber—. ¿Me equivoco?

—En absoluto. —Imber asintió—. El 6:57 se formó en los pubs, media docena de grupos que se reunían para los partidos fuera de casa. No tenían un verdadero líder; al principio, no. Bazza y sus colegas iban de copas a un pub de Milton, el Duck and Feathers. Se juntaron a los hinchas para divertirse, como todos los demás, y la cosa fue creciendo.

A finales de los ochenta, cuando Pompey ascendió brevemente a primera división, la anarquía incontrolable que alimentaba la violencia en el fútbol abrió los ojos de Bazza a las oportunidades que le ofrecería una vida dedicada a la delincuencia. Para entonces ya había abandonado la agencia inmobiliaria después de que uno de los socios principales lo pillara en la cama con su segunda esposa, aunque los años que Bazza pasó vendiendo propiedades inmuebles le habían enseñado mucho acerca de la lógica comercial de la compraventa. Necesitaba dinero en efectivo para comprar propiedades baratas y lo encontró en los grandes clubes de Londres cuando acompañaba al equipo en sus partidos fuera de casa.

—Mil novecientos ochenta y nueve. —Prebble se estaba divirtiendo—. El verano del amor.

Las peleas cesaron por un breve período de tiempo. Bazza empezó a introducir miles de pastillas de éxtasis en la ciudad. Después del éxtasis vino la cocaína, una droga más fea aunque mucho más rentable. La violencia volvió a dispararse, pero Bazza ya estaba en camino. Primero, una casa en un terraplén de Fratton. Luego, tres más en una calle adyacente. Después, una ruina de pensión en el centro de Southsea. Todo con el dinero de la droga y gracias a una serie de fraudes hipotecarios.

—Hemos podido reunir algunos detalles. —Prebble señaló con la cabeza los preciosos archivos de Joyce—. Su contabilidad era prácticamente inexistente, y recortaba gastos por todas partes; pero la inflación había prendido fuego al mercado, y sabía que no podía perder. Ganaba dinero a cambio de nada. Robaba la mayoría de los materiales de construcción y pagaba a los obreros en parte con cocaína.

Para entonces, Mark, su hermano mayor, ya se había cansa-

151

do de Pompey. Loco por el mar, se fue a las Indias Occidentales para probar fortuna como miembro de la tripulación de yates en alquiler.

—¿Esto es relevante? —Faraday no podía ver la relación.

—Lo será —asintió Prebble—. Tú quédate con el nombre.

En Portsmouth, a sus veinte y pico años, Bazza decidió organizarse.

Más astuto y más ambicioso cada año que pasaba, se asoció con un joven contable. El nuevo socio puso orden en el caos de su contabilidad, compró una empresa que estaba en venta por cien libras, y juntos empezaron a trazar un camino hacia la pasta por todo lo alto.

—La empresa se llama Bellux, Sociedad Limitada. Era prácticamente un peldaño hacia futuras prospecciones en almacenes.

—¿Aún existe?

—Desde luego.

—¿Y el contable?

—Se discutieron hace un par de años. Nadie sabe exactamente por qué, pero Bazza le encontró un sustituto en cuestión de días. Una mujer que se llama Amanda Gregory. Una pieza caliente.

Hubo un susurro de papeles y, a los pocos segundos, una de las fotografías tomadas por los agentes de vigilancia apareció junto al codo de Faraday, gentileza de Joyce.

—Hace las compras cada viernes a la hora de comer, sheriff. Nos hizo este regalito.

Faraday estudió la fotografía. Habían retratado a Amanda Gregory junto a un BMW serie 7 mientras cargaba las compras del súper. Era una mujer menuda y compuesta, de cabello negro. Su traje de dos piezas, de corte elegante, llevaba en la solapa una pegatina que rezaba: SALVEMOS A LOS NIÑOS. Faraday podía imaginarse a la joven con el dinero y el tablón de anuncios a sus espaldas, picando el tique de entrada al aparcamiento del Waitrose.

La sonrisa que se insinuó en la cara de Faraday fue muy elocuente.

—Exacto —dijo Prebble—. Esta mujer podría ganar un pastón trabajando para cualquiera de los grandes: PricewaterhouseCoopers, Ernst & Young, el que se te ocurra. Y sin embargo, prefiere trabajar para Bazza. Estamos hablando del señor Respetabilidad en persona. Tan lejos ha llegado el tipo.

—¿Cuánto tiempo le costó llegar allí? —Faraday dio unos golpecitos con el dedo a la fotografía.

—Diez años. Máximo.

A principios de los noventa, dijo, Mackenzie era todavía un aprendiz de millonario. En esa época, según Imber, el mundo de la droga de Pompey estaba dominado por otro de los 6:57, un gamberro temible que se llamaba Marty Harrison. Bazza lo conocía desde hacía años, y no tenían problema a la hora de repartirse distintas partes del boyante negocio de la droga para beneficio propio. Mientras Harrison se especializaba en las anfetaminas y las pastillas de la felicidad para los juerguistas de fin de semana, Bazza se centró en la cocaína. A largo plazo, demostró ser una decisión acertada, pero en aquella época fue una pesadilla.

—¿Por qué?

—Había demasiado dinero en circulación. En cuanto el contable acababa de blanquear una partida, ya aparecía Bazza con otra. En cierta ocasión, él y sus amiguitos llevaron un camión a Cherburgo, compraron alcohol por valor de ocho mil libras para volver a venderlo y se bebieron la mitad en el camino de vuelta. Tenemos los recortes de prensa, si te apetece verlos. Cargos por disturbios y refriegas, y cartas al periódico local. Ese episodio marcó un hito en la historia de Bazza. Ya no podía jugar a lo salvaje. No, si quería llegar alto.

El contable de Bazza, continuó, impuso un límite. A partir de ese momento, tenían que blanquear el negocio. Una solución sería comprar más propiedades: casas, una decrépita residencia de ancianos junto al paseo marítimo y la casa de Craneswater, que decora la pared. Otra sería un local tapiado que el contable había visto en venta en Southsea. Había fracasado como tienda de moda. Bazza lo compró por una miseria, metió a los obreros y lo convirtió en un elegante café-bar.

—El café Blanc. —Faraday había pasado por delante con el coche un millón de veces. Lujosos interiores de cromo, y capuchinos londinenses a precios de Pompey.

—El establecimiento está siempre lleno.

—Exacto. Desde el punto de vista del contable, era perfecto.

Podría blanquear el dinero a golpe de caja registradora. Además de convenir a la vida amorosa de Bazza.

Para entonces, explicó Prebble, se había vuelto a juntar con Marie. Su hija, Esme, se había convertido en una encantadora señorita de doce años y, tras un par de meses de negociaciones, Marie accedió a irse a vivir con él en la mansión de Craneswater. El mes siguiente fueron a Hawai y se casaron. Uno de los regalos de boda que Bazza hizo a Marie fue un Mercedes cupé, comprado en un concesionario de Waterlooville, propiedad de un tal Mike Valentine. El otro regalo fue el café Blanc. El negocio, añadió Prebble, pasó a ser de ella.

—¿Y ahora?

—Sigue siéndolo. Junto con media docena más.

—¿Y ellos siguen juntos?

—Eso parece.

Hubo un silencio. Faraday oyó a Joyce trajinar con la cafetera. El aroma a café recién hecho le hizo recordar mañanas más felices, en compañía de Eadie Sykes.

—¿Quieres tomarte un descanso?

—No. —Faraday negó también con la cabeza—. Continúa.

—Vale. —Prebble cogió la última galleta antes de que Joyce se llevara el plato—. Desde mi punto de vista, el café Blanc marcó un cambio de orientación. Por un lado, era un negocio independiente, tenía sus propios beneficios y unos libros de contabilidad absolutamente legales. Bazza lo utilizaba para blanquear el dinero sucio, claro que sí, pero habría que invertir mucho tiempo en demostrarlo. En segundo lugar, permitió a Bazza saborear lo que puede significar un verdadero negocio. Según mi experiencia, esos tipos siempre buscan la cuadratura del círculo. Quieren un gran éxito legítimo y todo lo que lo acompaña. Al mismo tiempo, son incapaces de abandonar los viejos hábitos. El dinero fácil les resulta irresistible.

—Una vez ladrón…

—Exacto. El café Blanc fue decisivo para Bazza. Era perfecto: decoración moderna; buenas vibraciones; un gran perfil; además de la oportunidad de echar tierra sobre el botín comprometido. Eso significó el paraíso para Bazza. Lo único que tenía que hacer era repetir el mismo truco.

Otra oportunidad de ganar dinero, explicó Prebble, llegó en

la forma de su hermano, Mark. Después de casi diez años en el Caribe, volvió a casa para pasar unas breves vacaciones. Bazza y él, naturalmente, tenían muchas cosas que contarse, y una buena parte de la conversación tuvo que girar en torno a la coca. Mark, con sus conocimientos de primera mano del Caribe, tenía unos contactos muy interesantes en Colombia. Quería, además, fundar un negocio de alquiler de yates propio y necesitaba bastante dinero. Bazza, a su vez, estaba más ansioso que nunca por invertir sus crecientes ganancias del Reino Unido. El sueño de Mark de tener su propia empresa podría ser la respuesta.

—¿De qué modo?

Prebble echó una rápida mirada a Imber y se inclinó hacia delante. El hecho de no haber tenido que consultar ni una vez la carpeta que tenía junto al codo dijo mucho a Faraday de la fascinación que podía ejercer una investigación como Volquete. Bazza Mackenzie obsesionaba a este joven. No era extraño que Imber depositara tanta confianza en él.

—Bazza necesitaba sacar parte de su dinero fuera del país. El café Blanc le proporcionaba unos beneficios decentes, y tenía más negocios en mente. Esos beneficios los podía declarar en el Reino Unido sin problemas, pero el dinero que ganaba gracias a la venta de cocaína se volvía cada vez más embarazoso. Había un límite a las cantidades que podía blanquear a través del café Blanc. De alguna manera, tenía que encontrar otro escondrijo.

—Gibraltar —adivinó Faraday en seguida.

—Exacto. El lugar perfecto. Allí todos conocen a alguien que se dedica a montar empresas tapaderas. Los impuestos son mínimos y todo el mundo mantiene la boca cerrada. Y además de todo esto…, Bazza se sentiría como en casa.

—¿Qué quieres decir?

—El peñón es Pompey con palmeras. Tiene una gran base naval; montones de pubs; peleas cada fin de semana, cuando llegan los grupos de turistas. Por eso, te digo, es el lugar perfecto.

Faraday cruzó su mirada con la de Imber y sonrió. El año pasado había estado un par de días en Gibraltar, tratando de convencer a un sospechoso de asesinato que subiera a un avión con destino a Inglaterra. Gracias a la policía local, logró resultados, y desde entonces daba vueltas a la idea de volver al peñón. Puede que ésta fuera su oportunidad.

—¿Dónde entra Mark en todo esto? El hermano.

—Bazza le ayudó a establecerse en Gibraltar. Utilizó dinero de la cocaína para instalarlo en un piso y pagó el arrendamiento de un yate por un año, de un yate capaz de navegar el océano. El barco ya estaba atracado en la marina de los astilleros. Mark montó el negocio en un par de meses. Tengo sus datos de contabilidad en el despacho de al lado. Bazza no dio ni un paso en falso.

—¿Y Mark transportaba la mercancía en barco? ¿Es esto lo que me estás diciendo?

—En absoluto. Algunos de los contactos de Mark le ofrecieron mejores condiciones en el Caribe, pero él ya había establecido canales de circulación en los que confiaba y no vio la necesidad de cambiar las cosas. Transportar la mercancía en yates de alquiler es un cuento para niños. Ya entonces los americanos utilizaban satélites de vigilancia.

Bazza, prosiguió, siempre había confiado en los mensajeros. Utilizaba a los chicos de Pompey, les compraba un traje nuevo y les daba un billete de avión. La coca colombiana se podía comprar al por mayor en la isla de Aruba, a 18,5 kilómetros de la costa de Venezuela. Los mensajeros volvían con la coca a Amsterdam, donde se suponía que harían puente a Heathrow, aunque bajaban del avión en Schipol. Sus maletas, repletas de cocaína, las recuperaban mozos sobornados de la terminal tres.

—¿Y funcionaba? —Faraday miró a Imber. Éste era su territorio.

—Como un sueño. De vez en cuando, sufrían cierta merma de transporte, aunque eso era previsible.

—¿Qué pasó con Mark? —Faraday se dirigió a Prebble.

—Seguía en Gibraltar. Durante el primer año hizo rentable el negocio de los vuelos chárter. En realidad, era Bazza quien lo controlaba, y aquello le supuso una gran satisfacción.

—¿Tiene nombre el negocio?

—Middle Passage. Mark se especializó en niñatos que habían ganado dinero invirtiendo en empresas de Internet y que podían permitirse gastárselo. Los llevó a las Indias Occidentales y les enseñó los trucos. A la vuelta, ellos hicieron lo mismo. Fue una buena idea.

—Pero tenía que haber más.

—Claro que sí. Cuando te pones a investigar, Middle Passage no es más que otra tapadera. La empresa está registrada a nombre de dos abogados del peñón. Detrás de Middle Passage hay una compañía que le sirve de fachada, y luego otra, y otra más. Tienes que sortear un ejército de nominatarios antes de acercarte siquiera al nombre de Mackenzie.

—¿Y funciona?

—Demasiado bien. Actualmente, Middle Passage tiene cinco embarcaciones en alquiler. Es toda una flotilla. Como negocio legítimo, gana fortunas para el hermano; pero, desde el punto de vista de Bazza, la cosa es aún mejor. Todas esas empresas de Gibraltar le permiten reciclar el dinero exactamente como le conviene. No podría ser más fácil.

Durante la mayor parte de los últimos siete años, explicó Prebble, los chicos de Bazza —los llamados *smurfs*— habían transportado en maletines a Gibraltar grandes cantidades de dinero en efectivo con una regularidad casi mensual. Depositado en diversas cuentas, en cantidades que nunca excedían las diez mil libras esterlinas, no llamaba la atención. En la medida en que los huevos de oro se hacían cada vez más gordos, Bazza empezó a invertir en toda una serie de empresas de Portsmouth, desde una cadena de centros de bronceado hasta una compañía de taxis, pagando con transferencias autorizadas por sus nominatarios desde las cuentas de Gibraltar. El efectivo que había salido de Pompey en una bolsa deportiva de Nike regresaba a la ciudad meses después, recién lavadito y planchadito.

—¿Así de sencillo?

—Así de sencillo. Y la cosa no termina aquí. Puedo mostrarte un folio lleno de sus propiedades en el extranjero: Florida, Marbella, Dubai, el norte de Chipre, Francia…; donde tú quieras. Además, claro está, de Pompey Blau.

—¿También esto es de Mackenzie?

—Me temo que sí.

Asombrado con la gran extensión del imperio de Mackenzie, Faraday meneó la cabeza. Pompey Blau era un eminente concesionario de coches que vendía automóviles alemanes de lujo desde su sede en North End. A lo largo de los últimos cinco años, sus negocios habían ido viento en popa, y no sólo por-

157

que Pompey Blau superaba los beneficios de cualquier otro concesionario en al menos un veinte por ciento. Faraday ya había perdido la cuenta de los detectives locales que recorrían las calles de la ciudad en sus BMW casi nuevos.

—¿El negocio está a su nombre?

—Qué va. Es de un tipo que se llama Mike Valentine.

—He oído hablar de él. —Faraday frunció el entrecejo—. Tiene un concesionario en Waterlooville. Estuvo liado con la hija de Misty Gallagher. ¿No es así, Brian?

—Así es. Un hombre de su edad tendría que tener más cuidado.

Prebble proporcionó más detalles. A mediados de los noventa y empleando las ganancias de Gibraltar, Bazza financió los planes de Valentine para una operación de ventas que habría de convertirse en Pompey Blau. Valentine compraba vehículos alemanes legítimos en las grandes subastas londinenses, especialmente Mercedes y BMW. Después los vendía en cuestión de días y con gran descuento a los conductores de Pompey que deseaban un toque de distinción. El 75 por ciento de los beneficios era para Bazza; pero, aun así, Mike Valentine estaba feliz. El 25 por ciento de un volumen de negocios como ése representaba una gran cantidad de dinero.

—La cosa tampoco termina aquí —intervino Imber de nuevo—. Cuando nos pusimos a investigar en serio, vimos que Mackenzie había introducido una nueva cláusula en el contrato. Sabíamos que tenía que haber una ruta para el transporte de la mercancía que entraba en Heathrow. Ésa resultó ser responsabilidad de Mike Valentine.

Una vez comprados los vehículos en las subastas, los compartimentos destinados al airbag se llenaban de cantidades sustanciales de cocaína. Protegido de los controles rutinarios de carretera, Valentine había importado en la ciudad drogas por valor de centenares de miles de libras esterlinas.

—Reunimos toda esta información en secreto. Colocamos un transmisor en su despacho y obtuvimos una orden judicial de escucha para su teléfono fijo.

—¿Hablaba con Mackenzie?

—Nunca. Las cosas se hacían siempre a través de intermediarios, personas a las que podemos relacionar con Bazza.

—¿Y?

—Les dejamos hacer por un tiempo. Como te he dicho, con excepción de algunos detalles personales, las pistas nunca conducían al propio Mackenzie, ni siquiera se acercaban, y no teníamos nada que hacer. Entonces Willard empezó a recibir presiones para obtener resultados, y planeamos una intercepción. Así, para mantenerlos en vilo.

—¿Cuándo fue eso?

—Justo antes de Navidad. En Jefatura ultimaban los presupuestos del próximo año fiscal, y Willard supo que teníamos que presentar algo.

—¿Y qué pasó?

—Nada. Fue un Mercedes, un buen motor. Lo detuvimos justo al sur de Petersfield, tres coches patrulla y el que venía siguiéndolo desde Londres. El tipo al volante llevaba un año trabajando para Valentine. Afirmó que no sabía nada.

—¿Los compartimentos del airbag?

—Llenos de airbags. Todo un misterio. Nuestras informaciones eran válidas, eso lo sabíamos. La vigilancia seguía operativa. Conocíamos las fechas de llegada de la mercancía, los puntos de recogida, todo. Esperábamos interceptar un par de kilos, un alijo importante. Cuando los chicos de registro terminaron con él, el coche estaba reducido a piezas de recambio. No encontramos ni rastro de cocaína.

—¿Por qué salió mal la operación?

—Buena pregunta.

—¿La vigilancia siguió operativa después de eso?

—Por poco tiempo. Al día siguiente, Valentine llamó a Bazza por el fijo. Viejos amigos. Le contó toda la historia: cómo la poli había detenido uno de sus coches, cómo se lo llevó. Ni una sola vez pronunció la palabra «drogas».

—¿Y Mackenzie?

—Se desternilló de risa.

—Os enviaba un mensaje, entonces. A vosotros.

—Alto y claro. Tanto el transmisor como el interceptor dejaron de operar pocos minutos después. El gran golpe navideño se volvió contra nosotros.

Faraday estaba mirando por la ventana. Del otro lado de la terminal de transbordadores, una delgada columna de humo sucio subía de la chimenea de una fragata amarrada en el puerto. «Un percance como éste podía suponer un serio revés para una investigación —pensó—. No me extraña que Nick Hayder mantuviera totalmente en secreto la operación del fuerte Spit Bank.»

—¿Dónde estamos ahora? —preguntó con voz queda.

—Bazza ha llegado a donde quería estar. —Prebble resumía el relato—. Amanda Gregory dirige los negocios. Los ha organizado como cualquier mediana empresa. En lo que se refiere a las propiedades, tiene a un tipo que se encarga de cobrar los alquileres y a otro que se encarga de buscar nuevas adquisiciones. Los café-bar, los centros de bronceado y todo el resto corren a cargo de la mujer de Bazza. Llamemos a esas tres personas «jefes de producción». Ellos rinden cuentas a Gregory, y ella somete todas las decisiones importantes a la aprobación de Bazza. Como Mackenzie no es estúpido, aprueba prácticamente todo lo que ella sugiere, aunque sigue autorizando las propuestas y le concede una parte de los beneficios al final de cada año. En términos de estructura empresarial, es un ejercicio de escuela. Bazza mantiene su contabilidad y paga sus impuestos. Dale un par de años, y es probable que acabe dirigiendo el Rotary Club.

Faraday observaba el pabellón que ondeaba en la popa de la fragata. «Esto va de mal en peor», pensó.

—¿Alguna buena noticia?

—Hay nueva legislación. Según el Acta sobre Ganancias Ilícitas, podremos procesarlo por blanqueo de dinero. Esto ha sido siempre una opción; pero, hasta ahora, teníamos que poder relacionarlo con un delito específico de narcotráfico para que los mecanismos confiscatorios entraran en acción. Con el acta, podemos constituir una acusación, confiscar sus bienes y esperar que él demuestre la procedencia de sus ganancias.

—¿Y lo crees posible?

—Sin lugar a dudas. Y va mucho más allá de Mackenzie. Ha invertido millones en la compra de propiedades inmuebles, en otros negocios y en dios sabe qué más, y no podría haberlo hecho sin los intermediarios trajeados. Hace falta transporte. Hacen falta contratos vinculantes. Hacen falta las hipotecas que ellos nunca pagaron. Hay que meterse en todo ese rollo legal.

Créeme, en esta ciudad hay abogados que ya deberían estar haciendo las maletas.

—¿Hablas en serio?

—Totalmente. Si pillamos a Mackenzie con el Acta sobre Ganancias Ilícitas y le colgamos una acusación de blanqueo de dinero, los tipos trajeados, abogados y contables, tendrán que contestar algunas preguntas bastante difíciles. Se supone que deben informar de toda transacción sospechosa y, si no lo hacen, ellos también se pillan los dedos. Créeme, no hay dónde esconderse. —Prebble hizo una pausa—. El modo de perjudicar a la gente como Bazza es atacando su dinero. Si conseguimos colgarle una acusación de blanqueo de dinero y le quitamos la pasta, habremos obtenido resultados.

—¿Cuánto le podría caer por blanqueo de dinero? —Faraday miró a Imber.

—Depende, Joe. Tal vez catorce años. Sin embargo, Martin tiene razón. Lo que le importa es el dinero. ¿Por qué? Porque este hijo de puta se ha pasado la vida riéndose de nosotros. Por eso ha llegado donde está. Eso le ha dado la casa grande, los coches y el estilo de vida, y la reputación. Si se lo quitas, sólo te queda un matón de poca monta de los barrios bajos de Copnor. ¿Has oído hablar de la boda de su hija? ¿La bella Esme?

Faraday negó con la cabeza. «Tendría que salir más a la calle», pensó.

Joyce volvió a ponerse de pie. Otro fardo de fotografías. Faraday miró la primera instantánea. Un grupo enorme de hombres y mujeres, de pie bajo el sol. Mackenzie estaba en medio, una silueta baja y cuadrada, a punto de reventar el traje y la camisa que llevaba. A su lado, colgada de su brazo, la guapa novia de cabello rubio, con el velo echado atrás y una gran sonrisa hacia la cámara. Faraday reconoció la catedral al fondo.

Joyce se inclinó sobre Faraday para hacer las presentaciones, señalando con su uña tecnicolor los diversos rostros, uno tras otro: familiares; parientes más lejanos; colegas de los viejos tiempos; Mike Valentine; el propietario del mayor club nocturno de Gunwharf; dos abogados; Amanda Gregory; un arquitecto; dos jugadores del equipo más importante de Pompey; el director general del mayor hotel de la ciudad; un investigador del departamento de criminología de la universidad; un

161

periodista deportivo de *News*. La lista era interminable, un recuento de lo más selecto de Portsmouth.

Hubo un prolongado silencio. Prebble llevó la mano a la
mancha púrpura de la frente. Imber seguía observando la fotografía. Ambos hombres esperaban la reacción de Faraday. Finalmente, él levantó la vista a Joyce.

—¿Ningún poli? —preguntó secamente.

9

*É*sta era la primera visita del subcomisario Suttle a la sala de control de las cámaras de videovigilancia, un búnker sin ventanas y un tanto claustrofóbico en el Civic Centre. Esperaba de pie detrás del jefe del turno de guardia, observando las filas de monitores en color dispuestos uno al lado del otro, mientras Paul Winter encargaba dos tazas de café y una generosa ración de natillas.

—Ahí está. ¿Ve a qué me refiero?

El jefe de turno les hacía una demostración del alcance de la nueva lente zum de una de las cámaras de videovigilancia del distrito tendero de Commercial Road. Miembro de toda la vida de la Iglesia Adventista del Séptimo Día, estaba realmente obsesionado con el derrumbe de la moralidad en la ciudad. Portsmouth estaba lleno de madres adolescentes, y allí estaba la prueba viva de este hecho.

Suttle se encontró delante de la imagen de una joven núbil que empujaba un carrito de gemelos. Su camiseta ceñida al cuerpo terminaba cinco centímetros por encima de la cintura de sus tejanos; a la fría luz del sol de marzo, unos *piercings* brillaban sobre la redondez adolescente de su vientre.

—Muy bonito —murmuró Suttle—. ¿Dónde está su compañero?

Un desplazamiento a la izquierda de la cámara suscitó otra diatriba del jefe de turno. Si a Suttle le apetecía volver el viernes por la noche, cualquier viernes por la noche, tendría la oportunidad de ver a niños como éstos follando hasta el agotamiento en la playa, delante de los clubes de South Parade. Nin-

163

guno de los dos podía tener más de catorce años. Y eran sus impuestos los que financiaban toda esta maldita información. ¿Qué tipo de sociedad anima a sus colegialas a quedarse embarazadas?

—Por aquí.

Winter arrastró a Suttle hacia un escritorio más pequeño, colocado junto a la puerta. Al lado de los tazones de café había tres videocasetes. Winter consultó un mapa de la ciudad y luego metió una de las cintas en el reproductor de vídeo. Mientras hacía avanzar la imagen, tiró de una silla, enganchándola con el pie, e invitó a Suttle a sentarse. Por fin, la secuencia de imágenes desaceleró y acabó por detenerse.

—¿Lo ves?

Suttle se inclinó hacia delante, escudriñando la pantalla. Con el propósito de mantener el presupuesto dedicado a las cintas de vídeo bajo control, la cobertura se limitaba a registrar fotogramas individuales cada dos segundos. A las 02:31:47 h, la cámara colocada frente a la estación central había registrado la llegada de una furgoneta Transit de color blanco. Winter hizo avanzar la secuencia encuadre por encuadre; la furgoneta dio un giro de ciento ochenta grados en la esquina y volvió marcha atrás hacia la entrada lateral, que conducía al vestíbulo de la estación. Sobre el panel lateral de la furgoneta, claramente visible, aparecía el nombre de una empresa local de construcción.

—Amiguitos de Bazza —gruñó Winter—. El tío que la lleva aún va a jugar al fútbol los domingos. No está mal, para tener cuarenta y tres años.

—¿Te refieres al Blue Army?

—Gris más que azul, pero sí. —Avanzó más la cinta—. Los mismos tíos.

Un hombre corpulento con tejanos y una cazadora de cuero acababa de bajar del asiento del copiloto. Varios fotogramas más tarde, con la ayuda de una silueta más delgada, sacaba a alguien de la parte de atrás del vehículo. Luego, de pronto, ya no estaban allí.

—Este vídeo es de la policía de transporte.

La pantalla quedó en blanco mientras Winter cargaba la segunda cinta. Accionando el botón de avance, no dejó de consultar el reloj digital. La imagen mostró el vestíbulo central de la estación, gris y vacío, y una fila de tiendas en el otro extremo, cerradas y con las persianas bajadas. A las 02:32:35 h, los dos hombres reaparecieron, dando saltitos de fotograma en fotograma. Entre ambos sujetaban el cuerpo inerme del joven que habían sacado de la furgoneta, cuyos pies iban arrastrándose por el suelo. Al pasar por delante de la cámara, su rostro se vio con toda claridad.

—¿Qué es esto? —Suttle tocó la pantalla. La imagen monocromática mostraba unas manchas negras que cubrían la mitad inferior de la cara del joven.

—Sangre. El tío grande es Chris Talbot. Estuvo un par de veces en chirona en sus tiempos del 6:57. Al otro no lo había visto hasta ahora. Es demasiado joven para pertenecer al 6:57.

—¿También son colegas de Bazza?

—Talbot, sin lugar a dudas. Fueron al mismo colegio, a la misma clase, probablemente. Siempre ha estado cerca de Bazza. Famoso por meterse en peleas. Bazza solía utilizarlo para hacer los trabajos sucios cuando no le daba la gana ensuciarse las manos. No es mal tipo, una vez le quitas el envoltorio. Y es muy listo. En la vida ha perdido un concurso en los pubs.

Suttle seguía la evolución de la secuencia de imágenes. Cuando llegaron a los torniquetes de entrada, los dos hombres dejaron que el chico cayera desmoronado al suelo del vestíbulo. Mientras el más joven de los dos se limpiaba las manos en los tejanos y se alejaba hacia una de las máquinas expendedoras, Talbot buscó en el bolsillo y sacó una funda de almohada. Se agachó, enjugó con ella la cara del joven y lo colocó en posición sentada. Semiconsciente, el chico empezó a forcejear. Dos segundos después, su cabeza caía a un lado mientras el resto de su cuerpo seguía apoyado en la base del torniquete. Cuando los dos hombres se dieron la vuelta para marchar, la cara destrozada del chico había desaparecido en el interior de la funda de almohada.

—Esto es para que sus colegas pillen el mensaje. —Winter acercó la imagen hasta que los fantasmales contornos blancos de la cabeza del chico llenaron la pantalla—. ¿Te acuerdas de cómo encontramos a la joven Trudy? Bazza les ha devuelto el cumplido.

—Pero no fueron los *scousers*. ¿No fue ésta la conclusión? Trudy no los acusó.

—Exacto. Y esto puede complicar las cosas. Estos chicos no conocen el miedo. Recibir una paliza por algo que no hicieron no les resultará muy divertido.

Winter se puso de pie, dejando a Suttle el mando del vídeo. Mientras volvía a agacharse sobre el mapa para copiar en su libreta las ubicaciones de las distintas cámaras, Suttle reprodujo el resto de la secuencia.

—Mira… —Suttle se echó a reír.

Winter alzó la vista. De camino hacia la calle, Chris Talbot se había detenido debajo de la cámara y había mirado directamente al objetivo. Tras una reverencia elegante, levantó el dedo medio. Luego, su cara ancha dibujó una sonrisa desdentada. Tres fotogramas más tarde, ambos hombres habían desaparecido.

—¿Quieres volver a la furgoneta? ¿A ver qué pasó?

—No. —Winter ya se encaminaba hacia el supervisor de turno—. Esto es un rollo, pero veamos adónde nos conduce.

El supervisor rebuscó en el armario donde guardaba las grabaciones en vídeo. Las de la noche anterior se encontraban en el estante inferior, en espera de ser rebobinadas. Las comprobó de una en una, comparándolas con la lista de Winter, y extrajo cuatro.

—Primero, las de Edinburgh Road.

Edinburgh Road estaba a tiro de piedra de la estación. Winter rebobinó la cinta hasta que el reloj marcara las 02:31:00 h, y luego apoyó un dedo en la pantalla. Mientras las imágenes saltaban hacia atrás, Suttle vio la misma furgoneta blanca alejarse hacia unos semáforos.

—¿Luego, qué?

—Yo apostaría por Portsea. —Winter ya estaba cargando la cinta siguiente—. El joven *scouser* pudo estar allí anoche por trabajo, yendo después hasta Gunwharf con su fajo de billetes. Talbot va de copas al Forty Below. Puede que lo vieran allí y lo siguieran hasta el coche. El chico habría aparcado en la calle. En la vida pagaría los precios de aparcamiento de Gunwharf.

El Portsea era un área de un par de millas cuadradas de extensión, donde apartamentos de protección oficial y construcciones victorianas se arrimaban a los muros de la zona recién remodelada de Gunwharf. El área puntuaba alto en los índices de todo tipo de privaciones y ofrecía suculentos beneficios a los traficantes de drogas.

La primera de las tres cintas nuevas siguió la furgoneta hasta la mitad de Queen Road, la espina dorsal del cadáver esquelético de Portsea. En la segunda cinta, la furgoneta desaparecía en el laberinto de calles que conducían al oeste, hacia la zona del puerto. Winter hacía avanzar y retroceder la grabación, para no perder sus puntos de referencia. Finalmente, rebobinó la cinta entera, la sacó del aparato y se puso de pie. Suttle ya había aprendido a interpretar la multitud de sonrisas que aparecían en la cara de Winter. La de ahora denotaba una inmensa satisfacción.

—Southampton Row o Kent Street. —Consultó su reloj—. Apuesto diez libras a que encontraremos su coche.

Eran casi las 10:15 cuando Eadie Sykes llegó al fin a las oficinas de Producciones Ambrym. Entre los mensajes que la aguardaban en el contestador, había una breve llamada de un subcomisario llamado Rick Stapleton. Trabajaba en las oficinas del Departamento Central de Inteligencia en la comisaría de Southsea, y le agradecería que se pusiera en contacto con él con la mayor brevedad posible. Había dejado dos números de teléfono, un móvil y un fijo. Eadie anotó ambos números y luego reprodujo el mensaje. Stapleton hablaba en tono amistoso, incluso de disculpa, se podría decir; aunque un año de relación con Faraday había enseñado mucho a Eadie acerca de las actitudes de los del Departamento Central de Inteligencia.

Las grabaciones originales de la noche anterior estaban todavía en su bolso. Encendió la consola de edición que utilizaba para hacer copias y buscó un par de cintas vírgenes. Cuando volvió de la pequeña cocina al final del pasillo con un tazón de café en las manos, la primera cinta ya había avanzado cinco minutos.

Se acomodó en la silla giratoria que usaba para editar, de nuevo fascinada con su manera de obtener un extrañísimo tipo de verdad de boca de Daniel Kelly. Era consciente de que había sido afortunada al encontrarlo en ese estado. Las circunstancias se lo habían servido en bandeja, desesperado por ofrecer cualquier cosa a cambio de ese momento de éxtasis inigualable y, sin embargo, había un arrebato y un sentido de la injuria en su defensa de lo que había hecho con su vida. Estaba realmente convencido de que el caballo era su único amigo, su única fuente de consuelo en un mundo amargamente hostil, aunque los resultados físicos de aquella amistad saltaban a la vista: la mirada alocada; los temblores repentinos, como si tuviera mucha fiebre, que tanto se esforzaba por controlar; la desazón constante que se hacía pasar por vida. Daniel tenía un talento excepcional para formular frases coherentes, aunque su lenguaje corporal desmentía todos sus apasionados razonamientos. Si añadimos a esto las secuencias siguientes, Eadie estaba convencida de que no había joven en el mundo que no sacara la conclusión obvia: si te entregas a la heroína, acabarás en la ruina.

Terminada la entrevista, Eadie metió la segunda cinta en la consola y alcanzó el auricular. Mientras sonaba el teléfono, observó cómo Daniel preparaba el pico en la cocina. La desesperación se había mitigado. Su amante había vuelto. Se encontraba en territorio conocido, en un mundo que comprendía, vivía esos momentos previos que le garantizaban la desaparición del dolor.

Contestaron al teléfono. Eadie preguntó por el forense. Segundos después, lo tenía al otro lado de la línea.

—¿Martin? Aquí Eadie Sykes.

La mujer se inclinó hacia delante para bajar el volumen de la consola de edición. Hacía relativamente poco que Martin Eckersley estaba en la ciudad. Eadie lo había conocido hacía algunos meses y en él había encontrado a un poderoso aliado en sus esfuerzos por conseguir financiación para el vídeo. Como ella, Martin estaba muy preocupado por la inicua difusión de las drogas duras en la ciudad. Y también como ella, creía que había que contar a los chicos la verdad acerca de sus consecuencias reales. En estos momentos, investigaba una muerte sospechosa en Leigh Park. ¿Por qué no quedaban para picar algo juntos a la hora de comer? Mejor temprano que tarde.

Eckersley ocupaba un despacho en el centro de la ciudad.

Eadie le propuso encontrarse en un café-bar pocas puertas más allá, prometiéndole no malgastar su precioso tiempo.

—No hay problema. ¿La mesa de la esquina? Estaré allí a las doce y media.

La comunicación se interrumpió; Eadie levantó los ojos para ver a J.J. de pie en la puerta abierta. Estaba pálido y ojeroso, más demacrado que de costumbre; por un desquiciado instante, Eadie se preguntó si no habría echado mano de una de las papelinas de Daniel Kelly.

J.J. no podía apartar la vista de la pantalla. Al tercer intento, la aguja dio con la vena. Eadie lo observaba atentamente, sabiendo que tarde o temprano tendría que comunicarle la noticia. En lo emocional, J.J. era una de las personas más vulnerables que había conocido en su vida. En términos profesionales, Eadie había conseguido aprovechar esta característica para beneficio de ambos —los entrevistados en potencia se sentían reconfortados por la candidez de J.J., por su absoluta falta de alevosía—; aunque había, en ocasiones, momentos más comprometidos, cuando las situaciones le sobrepasaban. El de anoche había sido uno de esos momentos. La noticia de la muerte de Daniel sería otro, sin duda alguna.

169

En la pantalla, Daniel avanzaba a tropezones por el pasillo hacia su dormitorio. J.J. se puso rígido al ver al estudiante en el umbral de la puerta, mirando el caos de objetos en el suelo, tratando de abrirse camino alrededor de la colcha caída. La jeringa vacía que colgaba de su brazo resultaba claramente visible: la carne pálida estriada de un único hilo de color escarlata.

Eadie esperó hasta que terminara la secuencia, luego se agachó y apagó el aparato. El signo oficial de alguien que se muere es un movimiento descendente de ambas manos, con los dedos juntos, imitando el cañón de un revólver. En cambio, Eadie optó por trazar con un único dedo un movimiento horizontal sobre su cuello. Dadas las circunstancias, resultaba extrañamente apropiado para describir aquella especie de suicidio.

—¿Qué pasó? —J.J. seguía mirando la pantalla en blanco.

—Sarah lo encontró. Después de marchar nosotros.

—¿Cuánto después?

—Horas más tarde. —Eadie hizo una pausa—. No fue culpa nuestra.

Se levantó y se interpuso entre J.J. y el monitor; pero, en el momento mismo en que lo rodeó con los brazos, supo que había cometido un error. Pudo sentir la rigidez del chico, su hostilidad. No quería ser parte de aquello. No lo había querido la noche pasada y tampoco lo quería ahora. Eadie levantó la mirada, preguntándose qué más podría decirle para mitigar la terrible noticia; pero J.J. ya se había soltado de su abrazo.

—¿Te apetece un café? ¿Algo para comer?

J.J. negó con la cabeza y volvió la mirada a la pantalla.

—¿Dónde está Daniel ahora?

—En el depósito de cadáveres. En el Saint Mary.

El chico asintió con la cabeza, asimilando la noticia.

—¿Lo abrirán? —Su mano huesuda tocó un ojo y luego dibujó un círculo sobre el vientre—. ¿Lo examinarán por dentro?

—Sí.

—Y luego, ¿qué?

—No lo sé.

J.J. se desmoronó en la silla de edición. Luego alzó la vista a Eadie, y por primera vez desde que se conocían, la mujer vio una nueva expresión en sus ojos. No confiaba en ella. Sostuvo su mirada por un momento, con la cara pétrea; sentía una ira creciente en su interior, una chispa pequeña y ardiente que parecía agrandarse sin cesar.

Los números que había anotado antes estaban en un bloc junto a su bolso. Descolgó el teléfono, dando la espalda a J.J., y reconoció la voz que contestó del otro lado de la línea.

—¿Rick Stapleton? Soy Eadie Sykes.

El detective tardó un par de segundos en recordar el nombre. Después le dijo que le agradecería media hora de su tiempo. Según la información de la que disponía, ella había grabado una especie de vídeo de un tal Daniel Kelly. Necesitaba comprobar un par de cosas, tal vez una declaración.

—Por supuesto. —Eadie comprobó que las copias estuvieran completas y consultó su reloj—. ¿Esta mañana le va bien? ¿En mi despacho?

Le dio la dirección de Ambrym y quedaron para las once y media. Cuando colgó el teléfono y se dio la vuelta, J.J. se había ido.

Y

El subcomisario Suttle localizó el coche del joven *scouser* al final de Jallicoe Place, un lúgubre callejón sin salida al que se accedía desde Southampton Row. Era un Cavalier rojo, de bordes herrumbrosos y con una abolladura en el capó, aparcado en ángulo y con una de las ruedas traseras montada a la acera. Winter y él habían pasado más de una hora enviando por teléfono números de matrículas para que fueran comprobados, cubriendo poco a poco el área entera de Portsea. Para enorme satisfacción de Suttle, el M492XBK dio resultados por partida doble.

Winter se había apostado en la entrada del callejón, esperando información sobre un Sierra J Reg aparcado cerca de allí.

Suttle señaló el Cavalier.

—Fue robado el mes pasado de un aparcamiento de Birkenhead. Ya lo está buscando la Brigada de Crímenes Mayores.

A la mención de la brigada, Winter abandonó la conversación telefónica con el funcionario de la PNC. Como todos los detectives de Portsmouth, estaba al corriente del atropello y fuga que había mandado a Nick Hayder al hospital. Todos los agentes de la ciudad llevaban una copia del fragmento de matrícula que habían proporcionado las testigos, además de la información acerca de la marca probable del vehículo.

—El jodido Cavalier. —Silbó por lo bajo—. Bingo.

Suttle volvió junto al coche y escudriñó el interior por la ventanilla, con Winter a su lado. El interior estaba hecho un asco: un par de chándales, un ejemplar del *Daily Star*, una caja abierta de pañuelos de papel marca Shopper's Choice, latas vacías de Stella, una caja de pizza, un montón de discos compactos dispersos y —apoyada en el respaldo del asiento del conductor— una bolsa que parecía ser de lavandería. La radio no estaba en su soporte en el salpicadero, y la pegatina del impuesto de circulación llevaba ocho meses caducada.

—Aquí. —Suttle examinaba la calzada detrás del maletero.

Winter siguió la dirección a la que apuntaba con el dedo. Unas oscuras salpicaduras sobre el asfalto conducían hacia el bordillo de la acera.

—Lo machacaron. —Winter buscaba posibles cámaras de

171

videovigilancia en las cercanías—. Por eso lo dejaron en ese estado.

Suttle ya estaba hablando de nuevo por el móvil. El detective sargento de la Brigada contra el Crimen estaba fuera, investigando. La mención del nombre de Cathy Lamb llevó a Winter junto a Suttle.

—¿Vas a hablar con ella? ¿Con Cath?

—Sí.

—No menciones al chico que seguiste anoche, el hijo de Faraday. Al menos, todavía no.

—¿Por qué no? —Suttle lo miró desconcertado.

—No lo menciones, y ya está. ¿Ha visto la capitana tu libreta?

—No.

—Bien. Tengo que hacer un par de llamadas. Luego, todo estará arreglado.

—Pero…

—Tú hazlo. Digamos que es un favor. ¿Es pedir demasiado? —Dedicó una sonrisa a Suttle, volvió junto al coche y empezó a examinar los parachoques y la rejilla del radiador.

Suttle se inclinó de nuevo sobre el teléfono. Cuando por fin pudo contactar con Cathy Lamb, ella le ordenó que se quedara donde el vehículo mientras ella avisaba a la policía científica. Tendrían que revisarlo centímetro a centímetro para localizar al propietario.

Suttle mencionó el interés de Crímenes Mayores. Hubo un momento de silencio mientras Cathy Lamb calculaba las posibles implicaciones.

—¿Me estás diciendo que este vehículo podría tener que ver con el atropello de Nick Hayder?

—Sí. —Suttle observaba a Winter—. Tendría que ver el estado del capó.

—Excelente. Hablaré con Crímenes Mayores. Que no se acerquen al coche los chicos del barrio.

Cathy Lamb cortó la comunicación. Winter estaba de cuclillas delante del Cavalier. Con cuidado para no tocar nada, señaló el área que había debajo de uno de los faros. Hacía poco que alguien había arañado el metal con un estropajo de aluminio; las marcas circulares resultaban claramente visibles.

—¿Desde cuándo se preocupan por el estado de un coche unos tipejos como éstos? —Alzó la vista hacia Suttle—. Da que pensar, ¿no?

Eadie Sykes hablaba por teléfono con el depósito de cadáveres cuando Rick Stapleton llamó a la puerta de su despacho. Ella echó un vistazo a la tarjeta de autorización que le mostró el hombre y le invitó a entrar con un ademán, señalando una silla vacía con la cabeza mientras terminaba su conversación. El técnico del depósito de cadáveres se llamaba Jake. Ya había hablado con él por la mañana para establecer el lapso de tiempo que transcurriría entre los análisis de sangre y la autopsia inminente, y ahora quería asegurarse de poder tener acceso a las instalaciones al menos media hora antes de la primera disección.

—¿Por qué, exactamente?

—Para grabarla en vídeo.

—No puede hacer eso.

—Sí puedo, con las autorizaciones pertinentes.

—¿De quién?

—Del pariente más cercano. Y del forense.

—Imposible. —Eadie se imaginó el meneo de la cabeza—. Que yo sepa, no se puede hacer. En primer lugar, tendría que…

—Me temo que alguien me está esperando —lo interrumpió Eadie—. ¿Le importaría si le hago una pregunta? ¿Cuánto dura una autopsia? Se trata de la duración de la cinta. No me gustaría perder ni un detalle.

—Si es trabajo del Ministerio del Interior, son horas. Que yo sepa, éste es un asunto local. Cuarenta y cinco minutos, como máximo.

Eadie le dio las gracias y se guardó el móvil en el bolsillo antes de hacer algunas anotaciones. Luego alzó la vista. Rick Stapleton llevaba un jersey polo negro debajo de una preciosa cazadora de cuero. Emanaba un suave aroma a loción cara para después del afeitado, y estaba mucho más elegante y menos ansioso que los demás detectives que Eadie había tenido ocasión de conocer. El hombre le devolvió la sonrisa con interés. Le cayó bien al instante.

—¿Qué es Ambrym?

—Es una isla de las Nuevas Hébridas. Nací allí.

—¿No es de Australia?

—Me temo que sí. Mi padre era funcionario del Gobierno. Enseñaba inglés en la isla. Vivimos allí hasta que tuve once años.

—¿Eso es todo? —Stapleton se había puesto de pie y examinaba un póster maltrecho que Eadie se había traído del otro lado del mundo: una laguna de color azul intenso, rodeada de palmeras y llamaradas de *frangipani,* y cubierta de un túmulo de nubes tropicales—. Muy bonito.

—El jardín de Dios. El paraíso. Estuve llorando días enteros cuando nos fuimos de allí.

—¿Y esto? ¿Southsea?

—El paraíso perdido. ¿Le apetece un café? ¿La historia de mi vida? ¿De qué manera puedo ayudarle?

Stapleton declinó el café y sacó una libreta del bolsillo. Acabaría por tomarle declaración oficial, pero antes le haría un par de preguntas.

—Usted graba vídeos. ¿Correcto?

—Sí.

—Y anoche estuvo con cierto joven, Daniel Kelly.

—Correcto.

—¿A qué hora, aproximadamente?

—Alrededor de las cinco y media. Estuvimos allí un par de horas, como máximo. El chico es... era un yonqui. Nosotros...

—¿Era?

—Sé que ha muerto.

—¿Cómo lo sabe?

—Me lo dijo su amiga, Sarah. Me llamó esta mañana. Fue ella quien nos lo presentó. Anoche lo entrevistamos. Acerca de su adicción.

—¿Cómo fue?

—Muy bien. ¿Quiere verla?

Sin esperar una respuesta, Eadie se inclinó sobre el escritorio y apretó el botón del reproductor de vídeo. A estas alturas, ya tenía las palabras perfectas para describir los intentos de Daniel de hacer un repaso coherente de su vida.

—El chico fue un regalo del cielo. —Subió el volumen del vídeo—. Escuche esto.

Stapleton se volvió para mirar, aunque pronto desvió su atención.

—El tipo está desquiciado. —Reprimió un bostezo—. ¿Qué más grabó?

—Después de la entrevista, se metió un pico.

—¿Y lo grabó?

—Claro que sí.

—Y luego, ¿qué?

—Se fue a la cama.

—Donde murió.

—Eso fue más tarde. Después de habernos ido.

—¿Puede demostrarlo?

Eadie se lo quedó mirando indignada, consciente aún del murmullo de la voz de Daniel en el vídeo.

—¿Demostrarlo?

—Sí. —Stapleton sostuvo su mirada—. Nos enfrentamos a una muerte sospechosa. Puede que usted fuera la última en verlo con vida. Necesito saber adónde fue después. Y a qué hora.

Eadie por fin apartó la mirada, pensando que el hombre sólo hacía su trabajo. La autopsia seguramente fijaría la hora de la muerte. Después de irse del apartamento del Portsmouth Viejo, había vuelto a su despacho para ver la grabación y planificar el resto de la película.

—Estuve aquí desde las ocho, más o menos, hasta pasada la medianoche. —Señaló la pila de videocasetes junto al ordenador—. Hice cuatro o cinco llamadas desde el fijo. Quedarán registradas en la factura.

—¿Y después?

—Me fui a casa.

Stapleton asintió y anotó algo en su libreta. Luego la miró de nuevo.

—¿Fue caballo lo que se chutó?

—Sí.

—¿Cómo lo sabe?

—Ya lo había visto antes. Además, él me lo dijo… —Señaló la pantalla con un gesto de la cabeza.

Stapleton calló por un momento, escuchó la descripción de Daniel de sus días en Australia y se volvió de nuevo hacia Eadie. Quería saber la procedencia de la heroína. Cuando Eadie le contó cómo se hizo la entrega, la presionó para obtener más detalles.

—No los conozco. Estábamos sentados delante de la cámara, y al minuto siguiente corría escaleras abajo para buscar la mercancía. Después volvió a subir. Fin de la historia.

—Ya. —Stapleton anotó algo más—. Fin de la historia. —Alzó la vista—. Cuando se metió la dosis... ¿está en esta cinta?

—No, hay otra.

—Me temo que he de confiscar las dos. Le daremos un recibo, por supuesto, y la oficina del fiscal le devolverá las cintas cuando haya concluido la investigación. —Calló, y su mirada retornó a la pantalla—. Antes dijo «nosotros».

—Correcto. El cámara y yo.

—¿No tiene nombre ese cámara?

—J.J.

—¿J.J.? ¿Qué nombre es éste?

—No lo sé. Tendrá que preguntárselo a su padre. El chico es sordo.

A la mención de la sordera, Stapleton volvió la cabeza. Esta vez, su sonrisa era menos cálida.

—¿Y su apellido? —preguntó con delicadeza—. ¿Cómo se apellida este chico suyo?

J.J. pedaleó hasta la cima de la colina de Portsdown. Hacía poco que tenía la bicicleta, la primera de su vida, y tras una semana de trayectos bamboleantes por las calles de la ciudad, él y la vieja Ridgeback ya eran inseparables. Le encantaba la libertad de movimiento que le otorgaba la bicicleta. Le encantaba poder abrirse camino entre los grandiosos atascos de las horas punta. Y por encima de todo, en la medida en que iba adquiriendo la seguridad necesaria para atacar el gran plegamiento de piedra caliza al norte de la ciudad, le encantaba descubrir que su cuerpo tenía fuerza suficiente para seguir pedaleando por la larguísima cuesta arriba. Cuanto más se acercaba a la cima, más sentía los latidos de su propio pulso. Podía sentirlos en todos los rincones de su delgado cuerpo. Podía sentirlos en su cabeza. Por primera vez en su vida, creía poder entender qué es el sonido.

Hoy, sin embargo, era un día distinto. A media subida, tuvo que detenerse y bajar, exhausto, con la cabeza gacha, aislado del resto del tráfico de la arteria principal que conducía al norte. De vez en cuando, un gran camión pasaba casi rozándolo, aunque J.J. era ajeno a su paso. Lo único que ocupaba su mente, lo único que importaba, eran aquellas imágenes que había visto. Primero, a través del objetivo de la cámara. Luego, en el despacho de Eadie. La parte que él no había grabado —la cuchara, la jeringa, los tropezones de Daniel Kelly hasta la cama— se le había quedado incrustada en la mente, grande como una valla publicitaria, como la más pública de las acusaciones. «Tú contribuiste a la muerte de ese hombre tan triste. Contribuiste a su muerte, tan cierto como si hubieras cargado una pistola y se la hubieras ofrecido. Llevaste el dinero, concertaste la entrega, te aprovechaste de su agonía y te fuiste. ¿Qué traición podría ser tan condenable —y tan terminante— como ésta?»

Tendido en la hierba que coronaba la colina, J.J. no sabía responder. Al cabo de un rato, mientras luchaba por encontrar un sentido en lo acontecido durante las últimas veinticuatro horas, se incorporó sobre los codos y contempló la ciudad que se extendía delante de él: lugares familiares; la expansión titiladora del puerto; el bulto gris del astillero naval; coches diminutos como escarabajos que aceleraban a lo largo del cinturón de entrada a la ciudad. Había convivido con estas imágenes durante más tiempo del que era capaz de recordar, y sin embargo, en el día de hoy le parecían frías y ajenas, una visión repentina de la vida en un planeta distante. ¿Cómo puede ser que un par de tíos de Pennington Road hayan matado a Daniel Kelly? ¿Y cómo puede ser que él se permitiera formar parte de aquello?

Cuanto más pensaba en ello, más se daba cuenta de que era muy importante intentar tomar una decisión. Los acontecimientos lo habían atrapado, lo habían arrastrado hasta un lugar que odiaba, y había llegado el momento de volver a tomar las riendas. Tal vez debería hacerse la mochila, subir a un transbordador y probar de nuevo suerte en Francia. O tal vez debería sentarse con su padre, contarle lo ocurrido y ver adónde lo conducía la conversación. No le cabía duda de que su padre insistiría en saber toda la verdad. Que J.J., su precioso hijito de mierda, se había acercado a hurtadillas a un hombre que

177

estaba al borde de su propia tumba, le había dado una palmadita en el hombro y, luego, el empujón final.

J.J. se tendió de espaldas, con los ojos cerrados, empapándose del calor del primer sol primaveral, hasta que otra idea empezó a tomar forma en su cabeza, una ocurrencia tan osada que lo golpeó con un impacto casi físico. Hacía un par de años, había pasado un tiempo con un niño que se llamaba Doodie. Muchas cosas iban mal en el mundo de Doodie, en gran medida por culpa del propio chico; pero a J.J. siempre le había asombrado la rectitud de las líneas que aquel niño de diez años era capaz de trazar en sus decisiones. En una situación como ésta, lo último que haría sería esperar tendido en la colina de Portsdown, compadeciéndose de sí mismo. No. Si había deudas que saldar, errores que corregir, los actos hablarían más claro que las palabras. J.J. dio vueltas a esta frase y descubrió con intenso placer que esa noción había regido su vida entera. Actos, no palabras. Gestos, no lenguaje.

Contento de sí mismo, reflexionó un poco más sobre la idea. Luego se puso de pie, se sacudió el polvo, enderezó la bicicleta y puso rumbo colina abajo.

10

*F*araday se encontró solo en el cuartel general de Volquete en la Isla de las Ballenas. Finalizada la puesta al día sobre Mackenzie, Imber y el joven contable se habían ido a la ciudad para reunirse con un alto ejecutivo del banco central con acceso a las cinco cuentas bancarias de Mackenzie, mientras que Joyce se acercó al comedor de la fragata *Excellent* en busca de una jarra de leche.

Faraday estaba de pie delante de la ventana, observando a un pelotón de jóvenes reclutas que pasaba a la carrera. Detrás de ellos corría un monitor de instrucción básica, ocupado en reunir a los rezagados, y la visión del instructor que adaptaba el paso a los corredores más lentos le trajo un montón de recuerdos de su propio curso de formación.

Hacía veinticinco años, los agentes en período de prueba del reemplazo de Faraday se encontraron bajo los tiernos cuidados de un fornido instructor que juraba que el rugby era el camino más corto para llegar al cielo. A Faraday nunca le habían interesado mucho los deportes de equipo, aunque montaba mucho en bicicleta porque era barato y porque sabía que se le daba tan bien como a cualquier otro miembro del grupo. No quedarse rezagado nunca le había supuesto un problema; pero ahora, viendo al último ruborizarse con las palabras hostigadoras del instructor, le sorprendió recordar cuán sencillo le había parecido el mundo entonces.

A los veintitrés, no veía la hora de entrar en servicio. No sin cierta sorpresa, descubrió que la ley era un organismo vivo en continuo proceso de transformación; pero que, una vez comprendidos sus principios básicos y memorizado con todo detalle un centenar de páginas de legislación, la aplicación de todas aquellas cláusulas imponentes parecía algo bastante sencillo, al menos, a primera vista. Estaba allí para mantener la paz, para salvaguardar la vida y la propiedad, para proteger a las personas de sus propios instintos más viles. Poco de aquel optimismo sobrevivió a su primer año en uniforme —el trabajo policial raras veces se dibujaba en términos tan sencillos de blanco y negro como él se había imaginado—, pero ni una sola vez había previsto la posibilidad de acabar dirigiendo una operación tan compleja y confidencial como Volquete. ¿Qué justicia es ésta que requiere operaciones tan secretas y encubiertas como la que tenían entre manos? ¿A quién temía de verdad el puñado de oficiales superiores que estaba al corriente de todo?

Cuando terminó de dibujarle el perfil de Bazza Mackenzie, el joven contable entregó a Faraday una delgada libreta en espiral, con el resumen de los progresos hechos hasta la fecha. Con la ayuda de documentos confiscados —resguardos de ingresos, cuentas bancarias, instrucciones para transferencias financieras—, había elaborado una serie de análisis que reflejaban la vasta extensión del imperio comercial de Mackenzie. Comprobados y vueltos a comprobar, cada uno de esos análisis se ocupaba de un bien determinado —un coche, un inmueble, una cuenta bancaria, un negocio— y era capaz de demostrar a cualquier jurado que, detrás de mil transacciones financieras y de un pequeño ejército de familiares, amigos y consejeros profesionales, la auténtica propiedad de los bienes investigados seguía siendo de Mackenzie. De esa manera, artículo por artículo, página por página, Prebble alimentaba poco a poco la hoguera que acabaría por quemar la fortuna tan esmeradamente disimulada de Mackenzie, millones de libras esterlinas ganadas por medios ilícitos. Lo único que tenía que hacer Faraday era proporcionar la chispa, la prueba irrefutable de que Mackenzie había violado la ley, para que las llamas lo devoraran todo. «Es así —como Imber no dejaba de recordarles a todos— como podremos pillarlo de verdad.» Y no sólo a él, sino también al puñado de consejeros profesionales de altos vuelos que le habían pavimentado el camino hacia el triunfo.

180

Faraday se apartó de la ventana, plenamente consciente de las presiones que habían llevado a Nick Hayder al límite de su resistencia. Plantar a un agente secreto y poner la semilla de un encuentro cara a cara con Mackenzie era, sin duda, un procedimiento inteligente. Sin embargo, a Faraday la propia osadía de un golpe como aquél le olía a desesperación. Gracias a su gran éxito, Mackenzie se había convertido en un hombre casi invulnerable. Tenía amigos poderosos. Era dueño de empresas legítimas. Se había convertido, según una de las descripciones lacónicas de Prebble, en la prueba viviente de la eficacia del capitalismo. Hay quien amasa fortunas a partir de una serie de patentes; otros se hacen ricos gracias a una brillante idea de mercadotecnia. En el caso de Bazza Mackenzie, la base de sus riquezas era, casualmente, la cocaína. ¿Quién podía demostrarlo?

El móvil de Faraday empezó a sonar. No conocía el número de quien llamaba. Por un instante, sintió la tentación de rechazar la llamada; pero se lo pensó mejor.

—Paul Winter. ¿Interrumpo algo importante?

—No. ¿Qué puedo hacer por ti?

—Preferiría no hablar de ello por teléfono. ¿Qué tal si comemos juntos? ¿Una tarta y una cerveza?

—¿Ahora? ¿Hoy mismo? —Faraday miró la pila de expedientes que aguardaban su atención sobre la mesa del fondo.

—Sí. Disculpa que no te haya avisado antes, aunque verás que vale la pena.

—¿Por qué?

—Se trata de tu hijo.

—¿De J.J.?

—Exacto.

—¿Qué ha pasado?

—Nada… todavía. ¿Qué te parece Still y West? ¿A la una menos cuarto?

Faraday consultó su reloj. A las 14:30 tenía otra reunión con Willard e Imber. Hasta entonces, era dueño de su tiempo.

Se inclinó de nuevo sobre el teléfono. Sus tres años como detective inspector de la división le habían enseñado mucho acerca de Paul Winter. Regla número uno: jamás confiar en este hombre. Regla número dos: hacerle caso siempre. El Still y West era un pub del Portsmouth Viejo con vistas a los estrechos portuarios. La última vez que Faraday estuvo allí, el local estaba lleno de periodistas.

—Quedemos en el Pembroke. Estaré allí a la una menos cuarto.

Winter colgó, y Faraday se quedó contemplando su número en la pantalla del móvil. La mención de J.J. le había helado la sangre hasta la médula. Después de la conversación de la mañana con Eadie Sykes, había mil y una razones por las que el chico podría estar metido en un lío, pero ¿cómo exactamente se había cruzado en el camino de alguien como Paul Winter?

—¿Sheriff?

Faraday se volvió rápidamente. Joyce había vuelto. Había dejado un cartón de leche semidesnatada sobre el estante que había junto al hervidor, y ya buscaba su abrigo.

—Para ir al Pembroke, tienes que cruzar la ciudad. —Le dedicó una sonrisa—. ¿Te importaría acercar a esta señorita a su casa?

182   El Mondeo de Faraday estaba en el aparcamiento. Otros vehículos hacían cola para pasar por la barrera de seguridad, y el turismo tuvo que detenerse detrás de un minibús lleno de marineros. Faraday miró a Joyce de reojo. Lo último de lo que le apetecía hablar era de Volquete.

—¿Cómo está ese marido tuyo?

—Ya es historia. Me deshice de él hace un par de meses.

—¿De veras? —Lo último que sabía Faraday era que Joyce se había casado con un inspector uniformado de la Unidad Básica de Mando de Southampton, un austero hijo de Aberdeen de mirada andariega y amante del ejercicio físico—. ¿Qué pasó?

—La estudiante que colmó el vaso, supongo. Aparte de que, en esa época, no estaba demasiado dispuesta a perdonar el acoso de las novatas. Lo curioso del cáncer, sheriff, es que no se lleva bien con el sentido del humor. ¿Crees que fui demasiado ruda? ¿Cuando le dije «con viento fresco»?

Su marido, le contó, se había mostrado peor que inútil cuando los análisis confirmaron las sospechas de los oncólogos. El Royal South Hants le había encontrado una cama en cuestión de días, pero él apenas fue a visitarla un par de veces durante las dos semanas que pasó en el hospital. En esos momentos, se había creído sus excusas de tener demasiado trabajo. Fue más tarde cuando, gracias a una vecina, supo que su marido había instalado a su última conquista en el hogar marital. Estrictamente hablando, se trataba de un gesto de compasión.

—Una chica de diecinueve años que se llama Bethany. Necesitaba un lugar tranquilo donde estudiar para sus exámenes. Pobre niña. Pero oye —bajó la visera del coche y examinó el brillo de su lápiz de labios en el espejillo—, ¿quién necesita a los maridos?

Ya habían atravesado la barrera y cruzaban el puente junto a la terminal de transbordadores. Faraday quiso saber dónde vivía Joyce.

—En casa. Como siempre.

—¿Y Neil?

—Dímelo tú, precioso. Me llama por teléfono, me escribe cartas, me envía enormes ramos de flores, intenta explicarme el gran error que cometió. ¿Y yo? Le contesto que se vaya al infierno. La mayoría de las veces, la vida nos da una única oportunidad. A esta señorita le ha dado dos. ¿Crees que volveré a malgastarla con ese bastardo? Manda huevos.

Meneó la cabeza mirando el tráfico. A la altura de la rotonda que conducía de la autopista a la ciudad, un puñado de estudiantes caminaba en círculos bajo una gran pancarta escrita a mano, formando lo que parecía una manifestación espontánea. ¡NO A LA GUERRA! —rezaba la pancarta—. A LAS 6 EN GUILDHALL SQUARE.

—Y luego está ese gilipollas. —Joyce buscaba su barra de labios.

—¿Quién?

—Boy George. ¿Te lo puedes creer? ¿Puedes creer que los capullos de mis compatriotas hayan votado a este tipo? Y ni siquiera ganó, el so jodido.

Faraday sonrió para sí y encendió la radio del coche. Ésta era una Joyce nueva, más arisca que nunca; su recién renovado disfrute de la vida venía acompañado de algo parecido a la ira. Quizá tuviera razón. Puede que un atisbo de la muerte, el hecho de ver tu vida amenazada, quite el encanto a la apatía de los votantes.

Una lumbrera de Radio 4 especulaba acerca de lo que Sadam podría llegar a hacer en Irak. Los pozos de petróleo ardían ya alrededor de Basora. ¿Prendería también fuego a los campos de petróleo del norte?

—¿Estás conforme con todo esto? —Faraday señaló a los manifestantes.

—¿Con la guerra o con las protestas?

—Con la guerra.

—Demonios, claro que no. Pero ¿sabes una cosa? El problema no son los follones en los que nos meten las gentes como Bush. Ni siquiera lo son los niños que encontrarán entre los escombros después de arrasar el país a fuerza de bombas. No, el verdadero problema es que nosotros, los americanos, creemos de verdad toda esta basura. Lo hacemos por la independencia y la libertad. Asesinamos a los iraquíes para hacer de ellos seres humanos mejores. Créeme, sheriff, cuando llegue el fin del mundo, seremos los americanos quienes apretemos el gatillo. ¿Y sabes algo más? Será por el bien de todos. Soy la primera en reconocerlo, Joe. Hay que ser yanqui para entender a los yanquis. —Aplicó un último toque de polvos para la cara y cerró la polvera compacta de un golpe—. ¿Y tú?

—Odio todo esto.

—Me refería a tu vida sentimental.

—¿Qué? —Faraday volvió a detener el coche. La franqueza de esta mujer nunca dejaba de asombrarle. La propia Eadie Sykes parecería una novata si la comparaba con Joyce.

—Es pura curiosidad, cariño. La última vez que tuve el placer de tu compañía, andabas con una española. ¿Me equivoco?

—No. Supongo que no.

—¿Aún sales con ella?

—No.

—¿Hay otra?

—Sí.

—¿Va en serio?

—Va bien. Nos reímos mucho.

—¿La quieres?

—Ésas son palabras mayores.

—¿Vivís juntos?

—No.

—¿Está casada? ¿Tiene otro compromiso?

—En absoluto. —Faraday la miró—. ¿De qué va esto?

—De nada, precioso. Es pura curiosidad. ¿Quieres saber otra cosa del cáncer? Te da derecho a hacer preguntas comprometidas. —Hizo una pausa mientras miraba a los transeúntes que sorteaban los coches atascados, aprovechando la hora de comer para hacer sus compras—. ¿Puedo hacerte una más?

—Por supuesto.

—¿Estás seguro?

—Al ciento por ciento.

—Vale. —Se inclinó hacia delante y señaló el recibo que Faraday había dejado sobre el salpicadero—. ¿Por qué utilizas el servicio de habitaciones del hotel Sally Port si esta relación es tan genial?

Cuando Eadie Sykes llegó por fin al café Parisienne, encontró a Martin Eckersley inclinado sobre un ejemplar del *Independent*. Llegaba diez minutos tarde, y él ya iba por la página cuatro.

Retiró la silla y apenas echó un vistazo al menú.

—Una tortilla de tres huevos con patatas fritas. —Señaló la taza vacía junto al periódico con un ademán de la cabeza—. Y un capuchino, ya.

—Creí que estabas de régimen.

—Jamás. Camino seis kilómetros al día, y esto antes de empezar a sudar siquiera. Tengo que reponer combustible o caeré redonda. —Le sonrió—. ¿Cómo estás?

—Liado.

Empezó a hablarle de la muerte de Leigh Park, una mujer de cuarenta y pico con un historial de trastornos mentales y una gran predilección por el vodka barato. La habían encontrado muerta en su cama, con un frasco vacío de calmantes sobre la almohada y ni rastro de una nota de suicidio. Eadie le dejó ventilar su preocupación por la posible intervención de algún tercero, y luego se agachó sobre la mesa y le tocó suavemente la mano.

—¿Daniel Kelly? —dijo.

Eckersley se quedó con la palabra en la boca. Era un hombre de pequeña estatura, pulcro y atento, con dos ojos brillantes tras sus gafas sin montura y un bigote bien recortado. Abogado de profesión, había abandonado un lucrativo bufete de Birmingham después de trabajar un par de años como ayudante de fiscal. El mundo de las muertes repentinas, había confesado a Eadie en cierta ocasión, le había vuelto a poner en contacto con la vida real. No sólo como investigador que trata de establecer los hechos relacionados con determinadas circunstancias, sino también como ser humano que hace lo que puede para aliviar el dolor de los que quedan atrás.

—Leí el informe esta mañana —dijo—. Tal como está. Uno de mis hombres habló con un subcomisario a primera hora. ¿Qué sabemos del muchacho?

El uso de la primera persona del plural hizo aflorar una sonrisa en la cara de Eadie. Desde su primer encuentro, era consciente de representar algo novedoso y un tanto exótico en la vida de este hombre.

—Era listo, muy inteligente. Más que el estudiante típico, y estaba muy, muy solo.

Le contó la historia de Kelly, el naufragio del matrimonio de sus padres, cómo había vagado por el mundo gracias a su generosa asignación mensual; en fin, un solitario confuso en busca de algún tipo de orientación.

—O de propósito.

—Exacto.

—¿Y las drogas?

—Le proporcionaron este propósito.

—¿Hablas en serio?

—Del todo. Tendrías que oírlo, Martin. Hay un par de cintas de camino a tu despacho. Un detective muy amable las confiscó esta mañana. No dejó de hacer preguntas acerca del suministro de drogas duras. Me hizo sentir como si fuera una criminal.

—Estabas allí —señaló Eckersley—. De hecho, fuiste probablemente la última en verlo con vida. Esto te convierte en testigo.

—Es lo que él dijo, pero esto no significa que yo lo maté. ¿O sí? Aquí la palabra clave es «testigo». Yo fui el ángel grabador. Lo tengo todo en vídeo, la historia completa.

—¿Buen material? ¿Eficaz?

—Algo increíble. Podrás juzgar por ti mismo; pero, créeme, el tipo es asombroso. Lo que dice resulta bastante polémico y puede que no coincida con nuestra concepción de las drogas duras, aunque esto no le resta validez. Y, lo que es más importante, suena auténtico. Él estuvo allí. Él está allí. Cualquier chico que vea la cinta lo sabrá, lo intuirá y, en última instancia, puede que algunos presten realmente atención. Mira. —Eadie rebuscó en su bolso y sacó una fotocopia doblada apresuradamente—. Sé que tienes la mejor memoria del mundo, pero pensé que esto te podría ser útil.

Eckersley estudió la fotocopia. Hacía tres meses había participado en el proceso de revisión de la solicitud que Eadie había presentado a la Sociedad de Caminos de Portsmouth en busca de financiación para su proyecto. Su primer encuentro había tenido lugar en la oficina del forense, en la comisaría de Highland Road, una reunión de cerebros regados por un café abominable. De forma deliberada, Eadie había dejado espacio para modificaciones de último momento en el documento de veinticuatro páginas que presentara —convencida de que el apoyo de los mandamases no podía sino fortalecer su causa—, y en menos de una semana, tras algunas conversaciones telefónicas adicionales, ella y Eckersley acabaron por redactar el párrafo por excelencia que parecía condensar la importancia del vídeo propuesto.

Eadie esperó a que Eckersley terminara la lectura. Después recuperó la fotocopia, mirándolo a los ojos, y empezó a leer aquel párrafo en voz alta.

—El creador del documental tiene la obligación de allanar el terreno entre la audiencia de riesgo y la auténtica naturaleza del comportamiento ofensivo. El énfasis ha de ponerse sobre la realidad: personas reales, causas reales, consecuencias reales. No tendrían que ser necesarios discursos, ni dedos amenazadores, ni listas de lo que se debe y no se debe hacer. La causa contra las drogas tendría que poder defenderse a sí misma.

Alzó la vista.

—La palabra clave es «consecuencias», Martin. Como ya te he dicho, la entrevista es un puntazo; pero si quieres la verdad, el poder de las palabras tiene sus límites. Lo que necesitamos son imágenes, el resto de la historia, lo que realmente ocurre en casos como éste.

—Te refieres a la autopsia.

—Claro. Y al funeral. Y al padre. Y tal vez a ti. A todo eso.

—¿No te parece una intromisión?

—¿Una intromisión? Dios santo, claro que es una intromisión. Pero de esto se trata, precisamente, porque las propias drogas son unas entrometidas. De hecho, se entrometen tanto que acaban por matarte. Y aunque esto no ocurra, aunque puedas ir tirando más o menos de una pieza, aun así, te roban la vida. Si no fuera así, no estaríamos hablando del tema. Y yo tampoco pasaría la vida yendo detrás de los malditos yonquis. —Le hizo una seña para que se acercara, percatándose de los oídos atentos en las mesas vecinas—. Lo que digo es sencillo, Martin. Estoy hablando de las consecuencias. Plantéate esta pregunta: ¿Cuántos chicos querrán chutarse si ven cadáveres en las mesas de disección; si ven a Daniel Kelly cortado en pedazos, vaciado, con los órganos en la balanza? ¿Y todo lo que pasa durante una autopsia? ¿Es esto demasiado cuando se trata de las drogas duras?

188

—¿Has visto alguna vez una autopsia?

—Nunca.

—Son espantosas.

—Bien. —Eadie le sostuvo la mirada por un momento—. Porque de eso se trata, precisamente.

Llegó la camarera. Después de pensárselo un poco, Eckersley optó por una ensalada de jamón. Luego dobló el periódico y lo guardó en el maletín junto a su silla.

—Hay algo más que tendríamos que considerar —dijo al fin—. El efecto que esto tendrá en los demás patrocinadores.

—Todos han firmado —respondió Eadie sin dudarlo—. He sido completamente sincera desde el principio. Les dije exactamente qué tendrían que esperar, y en el vídeo no hay absolutamente nada que pudiera pillarlos por sorpresa. De hecho, de tener problemas con ellos, diría que serían del signo contrario.

—¿Qué quieres decir?

—En caso de que no fuera capaz de entregar lo prometido, acabaría con un batiburrillo de cabezas parlantes y con millones de alumnos cayéndose de sueño en miles de aulas de colegios. Gracias a Dan, esto no va a ocurrir.

—¿Das por sentado que autorizaré tu presencia durante la autopsia?

—Doy por sentado que tenemos las mismas aspiraciones en lo que al resultado final se refiere.

—No es necesariamente lo mismo.

—Martin, creo que en el fondo sabes que sí lo es. Esto te crea un problema. Lo comprendo. Es tu jurisdicción, la decisión depende de ti. ¡Caramba!, si no me equivoco, el propio Daniel Kelly te pertenece hasta que pronuncies un veredicto sobre este caso. Pero veamos las cosas en su conjunto. Puedo conseguir que el padre de Kelly te mande por fax su autorización esta misma tarde. Esto podría aliviar un poco la presión. Y luego tenemos el vídeo. Estoy convencida al ciento por ciento de lo que estoy haciendo, de la necesidad de disponer de un material como éste. Sé qué impresión causará en la pantalla. Sé que supondrá un punto de inflexión. No es fácil hacer algo así, sé que no lo es, pero lo único que pido es un voto de confianza. Créeme, Martin. Y ten fe en lo que intento hacer.

—Me siguen preocupando los demás patrocinadores.

—Deja de preocuparte.

—¿Y las autoridades policiales? ¿Realmente crees que estarán de acuerdo?

—Les encantará. Se pasan media vida tratando de conmover a la gente.

—¿Y el Ayuntamiento?

—Tendrán sus escrúpulos, aunque esto no les da la razón.

—Puede que no, pero más vale que estés preparada para afrontar todo esto. ¿Y qué hay de tus patrocinadores particulares? Habrá muchísima publicidad, titulares en los periódicos, cartas... ¿Realmente preveían una polémica de tal magnitud?

—La mayoría ha contribuido con unas doscientas libras por cabeza. Si prefieren retirar su nombre del proyecto, estaré encantada de complacerles.

—¿Y tu señor Hughes? Puso siete mil, si no me equivoco.

Eadie asintió, sorprendida con su dominio de las cifras. Doug Hughes era el primer marido de Eadie, un contable independiente de mucho éxito y con una reducida clientela de hombres de negocios en la ciudad. Él y Eadie se habían divorciado hacía seis años, aunque seguían siendo buenos amigos. Tanto el apartamento donde vivía como las oficinas de Ambrym pertenecían a la empresa de su ex marido, y él había brindado su apoyo al proyecto desde el principio.

—Las siete mil libras no son suyas. Él sólo actúa como intermediario. El auténtico donante prefiere mantener el anonimato.

—¿Anonimato?

—Total y absoluto. Ni siquiera yo conozco la procedencia del dinero. —Hizo una pausa para observar la camarera que se acercaba a la mesa contigua con una gran bandeja de pasta—. En cualquier caso, no va a causarnos problemas. ¿Crees que esto facilitará un poco las cosas?

Eckersley no respondió. Esperó a que la camarera terminara de servir y la llamó con un ademán.

—¿Vino blanco o tinto? —Miró a Eadie con una sonrisa repentina—. Invito yo.

Faraday aparcó el Mondeo delante de la catedral y recorrió a pie los últimos cincuenta metros que lo separaban del Pembroke. El pub se encontraba en la esquina de la arteria principal que conducía a Southsea, y se había ganado la reputación de tener buena cerveza, comidas caseras y una interesante clientela. Si acudías por la tarde, cabía la posibilidad de encontrarte tomando copas junto a media docena de barítonos del coro de la catedral. Por la noche, podías compartir la barra con un grupito de veteranos de narices rotas, ex operadores de los cañones de campaña de la Marina Británica.

El subcomisario Paul Winter estaba encaramado en un taburete en el extremo más lejano de la barra, inmerso en la lectura de la edición de mediodía del *News*. El pub estaba lleno, y para sorpresa de Faraday, Winter no parecía fuera de lugar entre los bebedores de la hora de comer, hombres de cierta edad que endulzaban el meridiano del día con un par de jarras de cerveza, antes de arrellanarse en el sillón para pasar la tarde viendo las carreras de caballos por la tele. «Dale un par de años —pensó Faraday—, y se podría dedicar a eso a jornada completa.»

—¿Jefe? —Winter lo había visto y le preguntaba con señas si le apetecía beber algo.

—No, gracias. —Faraday apenas tocó la mano que le tendió Winter—. Pensé que podríamos dar un paseo.

Winter lo observó por un momento, y luego se fijó en el periódico. En la portada aparecía destacada una foto granulosa del vestíbulo central de la estación de ferrocarriles de la ciudad. Un par de médicos y un bombero se inclinaban sobre un cuerpo caído a los pies de uno de los torniquetes de entrada, mientras que un puñado de pasajeros esperaba pacientemente la autorización de pasar. «Bienvenidos a Pompey», rezaba el titular.

—Uno de los viajeros llevaba una cámara digital en el maletín. —Winter empezó a abrocharse el abrigo—. Se ve que Secretan está en pie de guerra.

—¿Por qué?

—¿No sabes lo de esta mañana, lo de tu amiguito *scouser*?

—Cuéntamelo.

Winter bajó relajadamente del taburete, apuró el resto de su jarra de cerveza y condujo a Faraday hacia la puerta. Cuando llegaron al paseo marítimo, Faraday ya estaba al corriente.

—¿Me estás diciendo que el Cavalier pertenecía al chico de la estación?

—Apostaría diez libras a que sí.

—¿Y la matrícula coincide con la del coche que atropelló a Nick Hayder?

—La policía científica está en ello. Creen que puede haber restos de ADN alrededor del faro izquierdo. No estarán seguros hasta que se hayan llevado el vehículo para hacer sus pruebas, pero también apostaría a que la respuesta será afirmativa. Con esto, el *scouser* se encontrará hundido en la mierda. Hasta el cuello.

—¿Estamos hablando del ADN de Nick?

—Sí.

—¿Dónde está el *scouser* ahora?

—Que yo sepa, sigue en el hospital. Cathy Lamb intenta conseguirle protección.

—¿De quién?

Winter se lo quedó mirando. Habían llegado ya a la zona de las fortificaciones y caminaban a paso vivo hacia el parque de atracciones del muelle Clarence.

—¿Te suena el nombre de Bazza Mackenzie, jefe? Un tipo

191

de por aquí. Se ha ganado un par de libras vendiendo cocaína. Le importa un bledo que se sepa. Pues un pajarito me dice que Bazza no está contento con nuestros amiguetes los *scousers*. Quiere que se larguen de la ciudad. De ahí la gentileza de la estación.

—¿Puedes demostrarlo?

—Dame un par de días —asintió Winter—, y la respuesta será que sí. No fue Bazza en persona, por supuesto, aunque sí uno de sus colegas: Chris Talbot. Lo tenemos en vídeo, a él y a otro tipo, haciendo el trabajito de la estación. Es lo que pasa con Bazza últimamente. Le preocupan un poco las apariencias. No puede soportar la visión de la sangre. No deja de ser una lástima; solía ser todo un camorrista.

Los dos hombres se detuvieron sobre el puente de madera que comunicaba los restos del Spur Redoubt, la punta más extrema de las antiguas fortificaciones. A partir de este punto, la guarnición de Pompey se encontraría en una tierra de nadie, a la merced de los acontecimientos, y a Faraday no se le escapó la ironía de la situación.

192

—Mencionaste a J.J. por teléfono —dijo, midiendo sus palabras—. ¿Qué ha pasado?

Winter reflexionó acerca de la pregunta, con las manos apoyadas en la baranda de madera del puente. A ojos de Faraday, siempre había tenido cierta prestancia física, e inspiraba una especie de confianza seudoamistosa que le había servido mucho a lo largo de los años. Winter era el tipo de subcomisario que podías dejar entrar en las celdas de Bridewell un lunes por la mañana, sabiendo que saldría con nuevos reclutas para su siempre creciente ejército de informadores. Y Winter, metido en una investigación que le interesaba, era el detective con el ingenio y la experiencia necesarios para idear trucos que nunca se le ocurrirían a nadie más. En términos de truculencia, como Faraday había señalado a menudo a sus exasperados superiores, este hombre era un bien inapreciable para cualquier oficina del Departamento Central de Inteligencia.

Sin embargo, al mismo tiempo Winter era un elemento peligroso. No se casaba con nadie, y no le importaba que se supiera. Muéstrale una debilidad, cualquier debilidad, e indagaría hasta en tus propias entrañas. En cierta ocasión, hacía ya un par de años, se había presentado tarde por la noche en la casa del jefe de barcazas, confuso y angustiado por su mujer, que estaba moribunda. Joannie tenía un cáncer inoperable. Los médicos le calculaban pocas semanas de vida. En su rabia y desesperación, Winter se sentía totalmente perdido. Durante un par de horas, los dos hombres compartieron una botella de Bell's y, olvidándose de sus respectivos trabajos, se limitaron a hablar de la situación. Faraday conocía la experiencia de la viudez y tenía las cicatrices para demostrarlo. Winter, quien nunca había dejado de jugar cuando se le presentaba la ocasión, sencillamente no podía imaginarse la vida sin su preciosa Joannie. La había traicionado. Había dado su presencia por sentado. Y ahora, de forma inesperada, ya era demasiado tarde para remediar la situación.

Aquella noche, cuando Winter se marchó perdiéndose en la oscuridad, Faraday supo que se habían acercado tanto como pueden acercarse dos seres humanos necesitados de afecto. Desde entonces, una docena de pequeñas traiciones había desmentido aquellos momentos de intimidad. No obstante, aquí lo tenía, pisando territorio íntimo otra vez, y Faraday quería saber por qué.

Winter le estaba describiendo la metedura de pata de la Brigada contra el Crimen en Pennington Road. Se había ido todo a la mierda, dijo, y desde entonces no habían conseguido recuperar el terreno perdido.

—¿Qué tiene que ver esto con mi hijo?

Winter lo observó por un momento. Otra vez esa mirada, atenta, calculadora. Se había pasado media vida entrando y saliendo de las cabezas de los demás, sopesando lo que sabían y lo que no sabían, y Faraday era consciente de que hacía lo mismo en estos momentos.

—En nuestro trabajo, más vale no dejarse sorprender —dijo Winter al fin—. Nada de sorpresas. Toma nota. Que lo escriban en mi lápida.

—¿Y?

—No lo sabes, ¿verdad?

—¿Qué he de saber?

—Lo de tu chico.

—No. —Faraday negó también con la cabeza—. No sé a qué te refieres.

Winter asintió, como si le acabara de confirmar una sospecha muy profunda, y volvió la mirada hacia el mar. Mar adentro, contra la suave joroba de la isla de Wight, destacaba una pequeña vela de color pardo.

—De acuerdo, jefe —dijo—. Esto es extraoficial. Ayer por la tarde estábamos vigilando la casa de Pennington Road, con todo el equipo. Ya ni nos molestamos en obtener órdenes judiciales. Nuestro plan es obligar a esos animales a salir corriendo de la ciudad.

—¿Nuestro?

—Mío y de un muchacho nuevo, Jimmy Suttle. —Echó una mirada a Faraday—. Un chico del campo. Ningún problema.

—¿Y?

—Tu hijo apareció en el número treinta. Es la dirección que asaltamos la noche anterior.

—¿Me estás diciendo que fue allí para comprar?

—Pues de visita social no fue.

—¿Lo detuvisteis?

—No. Mandé a Suttle tras él. Ahora todo depende de la vigilancia, ¿no es cierto? Todos nos hemos convertido en mirones. En fin, Suttle lo siguió a través de media ciudad. Tú sabrás adónde fue.

—¿A Hampshire Terrace?

—Bingo. A Producciones Ambrym, donde la hermosa señora Sykes. Suttle estuvo por allí un rato, y luego pasé a recogerlo.

—¿Y eso fue todo? ¿No parasteis al chico? ¿No lo registrasteis?

—No, jefe. Pensé... —se encogió de hombros y se hundió un poco más en su anorak— que sería mejor llamarte antes.

—¿Por qué?

—Porque te debo una.

—No me digas.

—Sí. A veces eres un poco rarito, aunque creo que tienes más pelotas que la mayoría de los gilipollas que he conocido en tu trabajo. ¿Sabes a qué me refiero?

Faraday sintió una oleada de calidez. Le costó cierto esfuerzo reprimir la sonrisa de los labios.

—Para nada —respondió—. ¿Hemos terminado?

—Todavía no.

—¿Hay más?

—Me temo que sí. —Winter se apartó de la baranda y miró a Faraday a los ojos—. ¿Cómo es que tienes que enterarte por mí?

—¿Enterarme de qué?

—Lo de tu chico. Después de irnos, se fue al Portsmouth Viejo. Tu amiga está haciendo una especie de vídeo. J.J. debió de llevar la mercancía con él. Grabaron a un estudiante chutándose y se largaron. No deja de ser una lástima.

—¿Por qué?

—Porque el estudiante murió.

Durante un largo momento, Faraday perdió el hilo de la conversación. A partir de la mención de Hampshire Terrace, había seguido la secuencia de acontecimientos paso a paso, sin sorpresa alguna, contrastando el lacónico relato de Eadie con las imágenes que había visto en el monitor. Sabía que J.J. había estado detrás de la cámara. Ya había estudiado las posibles implicaciones delictivas de su presencia en el apartamento; pero ni por un momento se había imaginado esta bromita.

—¿Murió? —repitió con voz apagada.

195

—Se tragó su vómito. He visto el informe. La mercancía tuvo que ser muy especial.

—¿Quién descubrió el cuerpo?

—Una ex novia. Parece que fue ella quien ayudó a concertar la entrevista.

—¿Cuándo lo encontró?

—Alrededor de las once u once y media. Fue a darle un beso de buenas noches. Un poco tarde, según resultó.

—¿Tienes el nombre de la amiga?

—Sarah no sé qué. Bev lo averiguó de Dawn, que anoche estaba de servicio.

Sarah. Faraday cerró los ojos y empezó a balancearse sobre los talones. Recordó la imagen de Eadie dirigiéndose al dormitorio mientras él salía para ir al trabajo. Sarah había llamado a primera hora. Eadie, la mujer con la que dormía, en la que confiaba, a la que incluso amaba, se había guardado el terrible secreto toda la mañana y no le había dicho absolutamente nada. Ni una llamada. Ni un correo electrónico. Ni un toque de atención. Nada.

Faraday tragó saliva y luchó por organizar en su mente lo que habría de suceder a lo largo de las próximas horas. Conocía la maquinaria de investigación de memoria, cada una de sus partes: una sobredosis de heroína; una papelina sospechosa; una videocámara que seguía al futuro cadáver hasta la cama; y ahora, información de dos subcomisarios sobre la procedencia exacta de la dosis letal. Caso cerrado: complicidad en el suministro de drogas duras, además de una posible acusación de homicidio. Y su hijo, en el banquillo de acusados.

—¿Quién tiene el expediente?

—Bev Yates.

—¿Se ha enterado de… —Faraday señaló con un vago ademán el espacio entre ambos hombres— esto?

—No, jefe.

—De acuerdo. —Faraday hizo un gesto de asentimiento y dio un paso atrás—. Entonces díselo.

11

$\mathcal{F}$araday seguía esperando que sonara el teléfono cuando Willard entró en su despacho. Había dejado varios mensajes de voz en todos los teléfonos de Eadie y un breve mensaje de texto en el móvil de J.J. Ninguno de los dos le había devuelto las llamadas.

—Tenemos que hablar antes de que llegue Brian Imber. —Willard cerró la puerta—. ¿Tienes un minuto?

—Póngase cómodo. —Faraday señaló la silla vacía con la cabeza.

—Esta mañana estuve en Jefatura. Tenía una reunión con Terry Alcott. Quiere que apretemos el paso con Volquete. No me lo dijo explícitamente, pero creo que recibe presiones de arriba. Al menos, ésta fue mi impresión.

Faraday miraba el teléfono. Terry Alcott era el jefe de policía responsable del Departamento Central de Inteligencia, así como de Operaciones Especiales; un profesional extraordinario con un largo historial en la policía metropolitana. Voz respetada en muchos de los cuerpos nacionales de policía, era uno de los pocos oficiales de alto rango que conocía los entresijos de Volquete.

—¿Sigue apoyándonos?

—Del todo. Aunque creo que empieza a incomodarle la cuestión de los presupuestos. Quiere que rueden un par de cabezas, algo que poner sobre la mesa del gran jefe. Esa periodista de la unidad móvil acaba de hablar conmigo. Ha recibido llamadas de la prensa nacional acerca del incidente de la estación esta madrugada, y quería que le diera alguna pista. Le he dicho que hablar de una guerra entre bandas resulta totalmente inadecuado. Esto es Pompey, no el oeste de los Midlands.

—¿Lo cree así?

—Claro que no. Y Terry Alcott, tampoco. Por eso tienes que hablar con Graham Wallace.

Faraday reflexionó sobre la propuesta un par de minutos. Nick Hayder llevaba casi tres meses preparando cuidadosamente el anzuelo del fuerte Spit Bank. Hasta el momento, había funcionado de maravilla. ¿Por qué dejar que la atención pasajera de los medios de comunicación pusiera en peligro el resultado final?

—Ahora le toca a Mackenzie —dijo—. Así lo planeó Nick.

—Soy consciente de ello. Lo que te pido es volver a considerar las posibilidades, tener una charla con Wallace, ver si no podemos presionar un poco más a Mackenzie. De una manera u otra, se nos tiene que ver controlando los acontecimientos, capaces de adelantarnos a las jugadas. Son palabras de Terry Alcott, no mías.

Faraday se acercó una libreta e hizo una rápida anotación. Si a los medios de comunicación les interesaba el caso de un *scouser* esposado a un torniquete de billetes, ¿qué no dirían del hijo de un detective inspector acusado de homicidio?

—¿Te has enterado de lo del Cavalier? —Willard se permitió una de sus raras sonrisas—. ¿El que atropelló a Nick Haydee?

—Sí.

—No está mal, ¿eh? Es un puntazo para Cathy Lamb. Ahora sólo nos queda encontrar al otro bastardo que iba en el coche, para encerrarlos a ambos. Intento de asesinato, posesión de drogas con la intención de traficar; estamos hablando de unos cuantos años en chirona.

—¿Podemos probar la acusación de tráfico?

—La policía científica encontró media docena de papelinas en la guantera. ¿Quién ha dicho que los *scousers* son listos? —Willard rió entre dientes y se puso de pie—. A propósito, hay noticias del hospital. Nick vuelve a estar con nosotros; recuperó la conciencia ayer por la noche.

—¿Cómo está?

—Grogui. No recuerda nada de lo ocurrido y poco de lo anterior. Esta tarde le harán nuevos análisis.

—¿Sigue en cuidados intensivos?

—De momento. Aunque el tipo con quien hablé cree que seguramente lo trasladarán a una cama normal en cuanto les quede una libre. Puede que pase por allí a última hora de la tarde, a ver si se acuerda de mí. —Miró a Faraday—. ¿Te apetece venir?

—Por supuesto. —Faraday seguía pensando en J.J. Tarde o temprano, tendría que sincerarse con Willard, contarle lo ocurrido con todo detalle, aunque no tenía sentido hacerlo antes de poder hablar con Eadie o con su hijo.

—¿Qué es esto? —Willard señalaba una de las fotografías enganchadas en el tablero de corcho que estaba detrás del escritorio de Faraday. Mostraba un pájaro de plumaje pardo y moteado, casi invisible sobre el fondo de hojarasca y helechos secos. Faraday se levantó y se acercó a Willard. No alcanzaba a recordar ninguna ocasión anterior en que éste mostrara el menor interés en su vida privada.

—Un chotacabras —respondió—. Había toda una familia en los brezales del New Forest. Con un poco de suerte, volverán en mayo.

Willard asintió con la cabeza y siguió examinando el resto de las fotografías.

—Sigues con eso, entonces. Tú y tus amigos alados.

—Me temo que sí. Así evito meterme en líos.

—¿Tu chico todavía te acompaña? Creo recordar que le interesaban bastante los pájaros.

—No. —Faraday negó también con la cabeza—. J.J. ya ha volado del nido.

—¿Se te ha ido de las manos?

—Yo no diría tanto.

Willard consultó su reloj. La reunión con Brian Imber sobre el tema de Volquete tenía que empezar dentro de un par de minutos. Puede que Imber ya estuviera esperándolos. El detective superintendente señaló con la cabeza la libreta que había encima del escritorio de Faraday y extendió la mano hacia el pomo de la puerta.

—Ni palabra de Wallace, ¿entendido?

199

Aparcar en el corazón comercial de Southsea era una pesadilla. El subcomisario Jimmy Suttle decidió arriesgarse aparcando sobre una doble línea amarilla y dejó el Fiesta de la brigada sin identificar al final de una larga hilera de coches. Detrás de él, Paul Winter observaba una finca del otro lado de la calle: grandes ventanas de guillotina de estilo georgiano y un atisbo del elegante porche de entrada, detrás del muro de ocho pies de altura que rodeaba la propiedad. Los muros de las fincas colindantes, también altos, llevaban la fea huella de las pintadas. En el muro de la residencia de enfrente, ni una mácula.

—El cuartel general de Bazza. —Winter cogió otro Werther's Original—. Ya te dije que el chico tenía porvenir.

La última vez que había visitado aquel lugar, haría un par de años, había allí un club de caballeros, un eco triste y tenebroso de los últimos días del imperio. Deteriorado y prácticamente en desuso, Bazza lo había comprado de los administradores pagando en efectivo, con la intención de restaurar la gloria pasada de sus interiores. En el siglo XIX, allí había vivido una de las familias más prominentes de Southsea, el dueño de una destilería que se había hecho una fortuna saciando las gargantas sedientas de Pompey. Hombre de aspiraciones políticas, llegó a ocupar el cargo de alcalde de la ciudad, aportando su ceñuda y corpulenta impaciencia a las deliberaciones del consejo municipal. Evidentemente, Mackenzie había leído un par de panfletos sobre aquel hombre y, viendo cómo había utilizado su éxito empresarial para satisfacer otros fines, se le antojó dirigir su propio imperio comercial desde el interior de las mismas cuatro paredes. Craneswater está bien si buscas un lugar decente donde vivir, un sitio agradable para la señora y los niños, pero es en el centro de Southsea donde puedes dejar una huella que cause impresión.

Suttle empezó a abrir la puerta del coche. También Chris Talbot operaba desde la mansión de enfrente. Tendría que responder a algunas preguntas sobre el joven *scouser* que sacaron la noche pasada de la furgoneta y sobre el Cavalier abandonado en Portsea.

—Espera. —Suttle sintió la mano de Winter sobre el brazo.

Unas verjas de abertura electrónica separaban la propiedad de la calle. Al abrirse, Suttle reconoció la silueta robusta con cazadora de cuero que se detuvo junto a un Mercedes cabrío de chasis bajo. Era Chris Talbot.

—¿Cuál es el problema? —Suttle ya había abierto la puerta—. O lo pillamos ahora, o lo perdemos.

—Espera —repitió Winter.

Otra silueta apareció en el camino de entrada, junto al Mercedes. Era alta y rubia, con gafas de sol envolventes y el tipo de moreno que no se vende en los centros de bronceado. No era fácil estar seguro a cincuenta metros de distancia, pero no parecía estar sonriente.

—La bella Marie —murmuró Winter—. La señora de Bazza.

Talbot abrió el maletero. Marie le dio una bolsa y luego consultó su reloj. Estaba claro que tenía prisa.

—Vale. —Winter hizo un gesto de asentimiento a Suttle—. Vámonos.

Cruzaron la calle. Talbot los vio venir. Winter se plantó en medio del camino, bloqueando la salida del coche.

—Christopher —dijo en tono amistoso—. Pensé que podríamos charlar un poco.

Talbot echó una mirada a Marie y luego sorteó el coche. Su cabeza rapada estaba cubierta de cicatrices, y una diminuta cruz de plata colgaba del lóbulo de una de sus orejas. Sus ojos, entornados contra el fuerte resplandor del sol, tenían ojeras de agotamiento, y su cara, un color un tanto amarillento. «Este tipo pudo ser guapo hace tiempo», pensó Suttle.

—¿Y bien? —Winter esperaba una respuesta.

—Ni lo sueñes. —Talbot señaló el coche con un gesto de la cabeza—. Tengo que irme. Marie quiere dar un paseo hasta Chichester.

—¿Vamos de guardaespaldas? ¿Por si atacan los indios? —Winter echó una mirada a la casa, percatándose de un rostro que los observaba desde una de las ventanas de arriba—. Podemos hablar aquí o en la comisaría. Tú eliges. Cuanto antes aclaremos las cosas, antes podrás ir a Laura Ashley. ¿Qué decides?

Hubo un repentino movimiento detrás del coche. Marie acababa de sacar un juego de llaves. Al sentarse en el asiento del conductor, puso al descubierto toda le extensión de su bronceado.

—¿Adónde vas? —Talbot se inclinó sobre la ventanilla.

201

—A Chichester. ¿Qué coño pensabas? Si quieres hablar con estos tipos, tienes mis bendiciones.

—Oye, Baz ha dicho...

—Que le den por culo a Baz.

Pisó el acelerador; detrás del parabrisas y de las gafas de diseño, su rostro era del todo inexpresivo. Para sorpresa de Suttle, a pesar del vocabulario, no había ni rastro de Pompey en su acento.

Talbot volvió a inclinarse sobre la ventanilla del conductor, y luego se lo pensó mejor. Alzando la vista a la casa, llevó una mano a la boca. Una ventana se abrió al sonido agudo del silbido. Una cara más joven se agachó hacia fuera.

—A Chichester, hijo —gritó Talbot—. Marie necesita compañía.

—¿Has visto? —Winter sonreía abiertamente a Suttle—. Apaches por todas partes.

Cuando Marie y su nuevo acompañante se fueron, Winter y Suttle siguieron a Talbot al interior de la casa. Winter, que recordaba las telarañas de las ventanas y la moqueta raída, se detuvo impresionado al cruzar la reluciente puerta principal. Un suelo con aspecto de haber sido recién instalado se extendía hasta los confines del gigantesco vestíbulo. Una enorme luz de araña colgaba de una elaborada roseta que había en el techo. Hasta el aire olía a dinero.

—¿Bazza ha dejado el billar? —Winter señaló la bolsa dorada apoyada en la pared, detrás de la puerta.

Talbot no le hizo caso. Una elegante escalera subía en semicírculo hacia la primera planta. Winter se detuvo delante de la segunda fotografía enmarcada. En otros tiempos, de la pared colgaría una fila de retratos de familia, óleos encargados por el propietario, la dinastía entera del destilador mirando a los invitados desde su posición altiva. Ahora, cada una de las enormes ampliaciones fotográficas captaba un momento distinto de Fratton Park: Alan Knight parando la pelota por encima del palo; Paul Merson corriendo a toda máquina por el extremo; Todorov clavando la pelota en la red; el público estallando en el fondo. Hasta había una foto de Alan Ball el día en que Pompey ascendió por última vez a primera división, rodeando con el brazo al presidente, que resplandecía de felicidad.

—Esto no es una casa —farfulló Suttle—. Es un jodido templo.

Talbot los condujo a un despacho, al final del último rellano. El escritorio parecía nuevo, y se oía el zumbido apagado del ordenador. Dos grandes archivadores flanqueaban el marco de la ventana. Una cafetera borboteaba sobre la mesa colocada detrás del escritorio, y el calendario de la pared ya estaba repleto de citas hasta comienzos del próximo verano. A principios de junio, cinco días estaban tachados por los juegos de Wimbledon.

—¿Es tu despachito? —Winter abarcó toda la estancia con un gesto del brazo.

—De Bazza. Hoy no está aquí.

—¿Qué es esto? —preguntó Suttle. Había visto una gran bandera francesa, drapeada con esmero sobre la cara interior de la puerta. Era el único toque de color entre los pardos y los verdes apagados del despacho.

Talbot no quiso responder. Winter parecía divertirse.

—Vamos. Nuestro chico es forofo de los Saints. Díselo.

Talbot fulminó a Winter con la mirada, luego se arrellanó en el sillón detrás del escritorio y se sirvió una taza de café.

—Y un cuerno. Si queréis hablar de negocios, adelante. Cuando tenga ganas de una charla amistosa, buscaré mejor compañía.

Winter tenía los ojos puestos en la cafetera.

—Con una cucharada de azúcar, gracias.

—Sírvete tú mismo.

—Lo haré. ¿James?

Suttle todavía sentía curiosidad por la bandera. Al final, una vez servidos los cafés, Winter le contó los detalles. En los años ochenta, un grupo de hinchas había tomado el primer transbordador a Le Havre para ofrecer su apoyo en un partido amistoso de pretemporada que el equipo de Pompey jugaba del otro lado del canal. Alertada sobre los muchachos del 6:57, la policía francesa no permitió que el ejército azul bajara del barco. A media mañana, cabreados ya, docenas de hinchas saltaron por la borda y nadaron hasta el muelle. Poco más tarde, los gendarmes se rindieron y dejaron que bajara el resto. Fue un gran error.

—¿Por qué?

203

—Pillaje y rapiña. El partido no empezaba hasta la tarde, y Le Havre está lleno de bares. Peor aún, está lleno de franceses. No es culpa suya, no pretendo ofender a nadie, pero los de Pompey no estaban para bromas. Lo destrozaron todo. No dejaron piedra sobre piedra. Más tarde, pararon una flota de taxis y fueron a ver el partido. El campo, que se llama Harfleur, está costa abajo. Tenían unas buenas instalaciones, hasta que nuestros muchachos les dieron un repaso. Tuvieron que interrumpir el partido. Los godos no sabían nada del 6:57. ¿Verdad, Chris?

—¿Y esta cosa? —Suttle señaló la bandera con un gesto de la cabeza.

—Eso fue después, según me contaron. Bazza encontró un bar que se les había escapado en la primera ronda. El nombre del local fue lo que prendió la mecha.

—¿Cómo se llamaba?

—Café de Southampton. La bandera colgaba en la fachada y fue lo único que quedó intacto.

Winter rió por lo bajo y se sirvió más café. Al final, Talbot bostezó.

—¿Acabaremos con esto de una vez o no? Algunos tenemos que ganarnos la vida.

—Por supuesto.

Winter dejó la taza a un lado y sacó su bloc de notas. A Talbot y su amigo se los vio en la estación a las 2:30. ¿Qué había pasado antes?

Talbot empujó la silla lejos del escritorio y estiró las piernas. Luego enlazó los dedos detrás de la cabeza y levantó la mirada al techo.

—¿Quieres todos los detalles?

—Por favor.

—Vale. Estábamos en el Gunwharf. Habíamos tomado unas cervezas. El lugar estaba tranquilo, para ser miércoles.

—¿A qué hora?

—Tarde. El Forty Below cierra a las dos. Debió de ser a esa hora, más o menos. Después fuimos caminando hasta el coche, ya sabes.

—¿Fuisteis?

—Yo y Steve Pratchett.

—¿Trabaja para Bazza?

—Es enlucidor en los submarinos.

—¿Dónde podemos encontrarlo?

—Ni puta idea.

—¿No tiene dirección?

—Seguro que sí.

—¿Un móvil?

—Siempre los está tirando. Es un montaje, siempre detrás del último modelo. No soporta el color púrpura. Qué sé yo.

—¿Qué pasó, pues?

—La furgoneta estaba aparcada detrás de Kepel's Head. Volvíamos cruzando Portsea en mitad de la maldita noche cuando vimos ese bulto colgando medio fuera de un Cavalier. Primero pensé que estaba borracho. Después nos acercamos, paramos a su lado y, mierda, tendrías que ver en qué estado se encontraba.

—¿Daños previos?

—¿Cómo?

—Olvídalo. ¿Parasteis, pues?

—Claro que paramos. El tío estaba hecho papilla; tenía la cara llena de sangre, la camiseta llena de sangre, sangre por todas partes; le habían dado una paliza de cojones. Entonces volvió en sí, gimiendo y gruñendo, y debió de pensar que fuimos nosotros quienes le pegamos porque empezó a forcejear como un condenado.

—Bromeas... —Winter meneó la cabeza—. ¿Pegarle vosotros?

—Exacto. Steve y yo hicimos lo que pudimos para limpiarlo y le preguntamos adónde le gustaría que lo lleváramos.

—A casa sería una buena respuesta.

—Ya, pero no dijo eso. Quería ir a la estación de ferrocarriles. Ya tenía bastante de Pompey. Quería irse pitando.

—La estación estaba cerrada.

—Se lo dijimos. Le daba igual. Allí estaba, sangrando encima de nosotros, y de lo único que hablaba era de los jodidos horarios. —Talbot se frotó la cara y volvió a bostezar—. Al final, hicimos lo que quería: lo llevamos a la estación. No podíamos ir más allá de los torniquetes de entrada. Y ni siquiera nos dio las gracias.

—¿Y las esposas?

205

—¿Qué esposas?

—¿Pretendes decirme que no lo esposasteis al torniquete?

—No, tío. ¿Por qué íbamos a hacer algo así?

Winter sabía que no tenía sentido insistir. Mientras que no le cabía ninguna duda de que las esposas formaban parte de la historia, el duende de la cámara de vigilancia había vedado ese detalle.

—¿Qué me dices de las papelinas?

—¿Qué papelinas?

—Encontramos media docena de papelinas en el Cavalier. Caballo. —Winter tomó un sorbo de café—. ¿No las habrías dejado tú allí? Sería todo un detalle de tu parte.

—Un detalle ¿con quién?

—Con nosotros. Queremos que esos tipos se vayan de la ciudad tanto como tú.

—¿De veras? —Por fin había despertado el interés de Talbot—. Lástima que no los hayan trincado. Tanto que lo intentan con el resto de nosotros...

—¿Hablas en serio? —Winter parecía auténticamente ofendido—. Estás sentado aquí, encima de medio millón de libras, ¿y me dices que os hemos aguado la fiesta?

—Aún no. Pero os gustaría.

—¿De qué estamos hablando? ¿De detenciones? ¿De arrestos callejeros? ¿De media docena de colgados con un par de gramos entre todos? Bazza ni se daría cuenta de menudencias como éstas.

—Ya sabes de qué estoy hablando.

—¿De veras? —Winter parecía del todo confuso—. ¿Me lo puedes aclarar, Jimmy?

Suttle negó con la cabeza. Tomaba notas en su libreta. Más tarde, después de terminar Winter, tomaría una declaración formal.

Winter analizaba este último giro en el camino de la conversación. Como todos los detectives de la ciudad, había oído rumores acerca de una gran operación encubierta contra algunos de los peces gordos del mundillo clandestino de Pompey, aunque siempre los había atribuido a la propaganda de los tíos de Jefatura, que estaban preocupados por la moral del cuerpo. Si nadie había conseguido nunca echar el guante a Bazza Mackenzie, al menos, sería bonito pretender que alguien lo intentaba. Por otra parte, puede que los rumores fueran ciertos, por una vez.

—Cuéntame más —dijo al final—, y quizá te dejemos tranquilo.

—Estás de cachondeo. Yo ya he terminado.

—¿Te preocupa Bazza? ¿Tienes miedo de irte de la lengua?

—Jódete.

—Será un placer. —Winter sostuvo la mirada de Talbot por un instante y luego sacó una tarjeta del bolsillo—. ¿Cuándo vuelve el gran hombre?

—¿Baz? A última hora de la tarde.

—Bien. —Winter dejó la tarjeta encima del escritorio—. Aquí está el número de mi móvil. Dile que me llame, si le apetece. Esta noche iría bien. El programa de la tele es terrible.

A Faraday le llevó menos de diez minutos convertir la reunión sobre Volquete en un cara a cara con Willard. Brian Imber había regresado de su visita al banco de Mackenzie. Bazza, anunció ceñudo, había ordenado la venta de un ático en Gunwharf.

El apartamento, situado en un punto privilegiado del puerto, se vendía por 695.000 libras esterlinas.

—Tiene que haber una razón. —Imber se devanaba los sesos—. Tiene que haberla.

A Faraday le habría gustado explicársela, pero no podía. Con toda probabilidad, Mackenzie necesitaba dinero en efectivo para la compra del fuerte Spit Bank, lo cual era una prueba incontestable de que había mordido el anzuelo que Nick Hayder le echara con tanta maña; pero una mirada de consulta a Willard recibió una leve negación de la cabeza como respuesta. Cualquier mención de Graham Wallace y del fuerte quedaba prohibida en presencia de Brian Imber. Sólo podía saber lo estrictamente necesario. Al menos, de momento.

Willard condujo la conversación hacia un terreno más seguro. Quiso conocer el contenido de la información proporcionada por Prebble, los progresos que había hecho el contable, cuándo podría esperar Willard un informe completamente fiable de los bienes que controlaba Mackenzie. Faraday sabía que esta información era importante. El momento en que consiguieran relacionar a Mackenzie con un delito criminal concreto —y demostrarlo en los tribunales— sería el momento en que se pondrían en marcha los mecanismos de la confiscación. A partir de ese momento, Mackenzie tendría que demostrar la propiedad legítima de cada uno de los bienes en cuestión, desafío al que —bajo el punto de vista de Prebble— no podría hacer frente. En este sentido —Imber no dejaba de recordárselo—, Volquete había dado la vuelta al proceso de la investigación. Primero, Prebble calcularía cuántos bienes podrían confiscarle a Mackenzie. Luego, buscarían una acusación específica, capaz de aguantar en un juicio.

Esto último era el auténtico problema, hasta donde alcanzaba a comprender Faraday. Atrapar a un criminal tan bien protegido como Mackenzie rozaba lo imposible, y sólo a un detective tan imaginativo y empecinado como Nick Hayder podía ocurrírsele intentarlo siquiera. La compra del fuerte Spit Bank representaba un caramelo muy dulce que Mackenzie tal vez decidiera tragar; aunque, en opinión de Faraday, las probabilidades en contra de la operación seguían siendo muchas, y una de ellas, a pesar de los grandes esfuerzos de Hayder, era la vulnerabilidad del propio Volquete.

El sonido del teléfono atrajo a Willard hacia su escritorio. Cuando volvió a la mesa de reuniones, Faraday sacó el tema de la frustrada intercepción previa a Navidad. Se había detenido y registrado el Mercedes de Mike Valentine en el camino de vuelta de Londres. Se había concebido el plan, y el equipo de Volquete lo había supervisado, aunque con la ayuda sustancial de otras unidades policiales. Había indicios abrumadores que sugerían que el Mercedes transportaba grandes cantidades de cocaína. En el registro, sin embargo, no se había encontrado nada.

—¿Adónde quieres ir a parar? —Willard parecía molesto. Aquello era agua pasada.

—Yo creo que alguien dio el soplo. Alguien se chivó a Valentine. O se chivó a Mackenzie. No directamente, tal vez. Puede que la información corriera de boca en boca. En todo caso, al final llegó donde tenía que llegar. De ahí que nos quedásemos con las manos vacías.

—Eso ya lo sabemos. Y nos ocupamos de ello.

—¿Cómo?

Fue un desafío directo. Willard, a pesar de su evidente irritación, no podía esquivarlo.

—Escucha, Joe. Sabíamos desde el principio que Volquete era una operación básicamente fiscal. Se basa en documentos, en cifras. Hasta ahí llega el presupuesto, e incluso así, créeme, apenas nos alcanza. Si decidimos ampliar nuestra zona de investigaciones, montar una operación, detener a alguien, necesitaremos ampliar el círculo, llamar a los especialistas, los topos, los agentes de vigilancia, lo que sea. Salvo que el hada madrina nos ayude, es imposible hacer más de lo que hacemos.

—Por supuesto —asintió Faraday—. Pero ¿ha planteado alguien las preguntas realmente comprometedoras acerca de la intercepción? ¿Alguien se ha tomado la molestia de redactar una lista de nombres? ¿De personas conocidas? ¿De personas… —se encogió de hombros— que pudieron dar el soplo?

—Yo lo hice —intervino Imber.

—¿Y?

—¿Cuánto mide un trozo de cuerda? Necesitábamos a los de Operaciones Especiales para organizar el golpe. Allí hay un par de tipos, como mínimo. ¿En vigilancia? Puede que media docena más. Digamos que un total de diez. Es una cuestión de matemáticas, Joe. Cada uno de esos tipos tiene colegas. Cada uno de esos colegas tiene más colegas. Y de repente, estamos hablando de medio cuerpo. Ya es un milagro que esto siga siendo un secreto, al menos en lo que se refiere al papeleo. —Hizo una pausa—. ¿Tú habías oído hablar de la Isla de las Ballenas?

—No.

—Pues, entonces…

Faraday aceptó el argumento con un asentimiento breve de la cabeza. Todavía tenía curiosidad por saber qué había pasado exactamente antes de Navidad; pero, al menos, ahora comprendía la determinación de Willard de mantener a Wallace y la operación encubiertos. «Vete a saber cómo iba a reaccionar Imber cuando descubriera que lo habían mantenido al margen, aunque eso —se dijo a sí mismo— sería problema de Willard.»

—¿Piensas contestar? —Willard llamó la atención de Faraday respecto a su teléfono móvil. Consultó el número desde el que llamaban. Era Cathy Lamb.

—Con permiso.

—Adelante.

Faraday se levantó y se retiró hasta el extremo más alejado del despacho. A sus espaldas, Imber seguía presionando a Willard sobre el tema del apartamento de Gunwharf. Faraday se detuvo junto a la ventana y miró por un resquicio de las persianas venecianas. Por el tono de la voz de Cathy, supo en seguida que había malas noticias. Le informó de que habían detenido a J.J. en una gasolinera de North End. Hacía horas que circulaba una orden de arresto, pero fue a caer en sus brazos tras una llamada del encargado. J.J. se comportaba de modo sospechoso junto a uno de los surtidores. Había llenado un bidón de dos litros con gasolina sin plomo y no parecía tener la intención de pagar. Desde control, enviaron un coche patrulla que se encontraba a menos de un minuto de distancia y, tras una corta persecución, detuvieron a J.J.

Faraday cerró los ojos.

—¿Una persecución?

—Intentó huir, Joe. Y creo que hubo un poco de alboroto.

—¿El chico está bien?

—Está nervioso. He hablado con el sargento de la preventiva de la central, y está al corriente de la situación. Les quitamos el caso a los de la división por la implicación de los *scousers*, pero de la comisaría de Highland Road se han ofrecido Rick Stapleton y Alan Moffat para interrogarle. Winter me dijo que estás al tanto de las circunstancias. Daniel Nelly. El estudiante que murió anoche.

Faraday observaba una bandada de palomas que volaban por encima de los tejados. «Id al norte —pensó—, alejaos de este caos.»

Se inclinó sobre el teléfono.

—¿De qué lo acusan?

—De nada. Todavía no. Estamos pendientes del interrogatorio.

—¿Tenéis a alguien que se pueda comunicar con signos?

—El sargento de la preventiva está llamando a todos los intérpretes cualificados del listín. De momento, no ha conseguido nada. —Cathy Lamb hizo una pausa—. Quizá tengas que hacerlo tú, Joe. No podemos esperar indefinidamente.

—Genial. —Faraday consultó su reloj, consciente de que no tendría sentido prolongar la conversación. Le guste o no, Willard tenía que saberlo. Agradeció la llamada a Cathy y regresó junto a la mesa. Willard supo en seguida que algo iba mal.

—¿Estás bien?

—Me temo que no, señor. —Faraday le dirigió una débil sonrisa—. ¿Conoce a un buen abogado?

En menos de una hora, Faraday estaba llamando a la puerta de la comisaría central de policía. Un agente uniformado lo dejó entrar, y el inspector de guardia salió de un despacho al final del pasillo. De las entrañas del edificio llegaron el sonido de unos golpes metálicos y un grito desesperado de alguien que pedía un pitillo. Para alivio de Faraday, no parecía ser J.J.

—Su chico está en una celda. Me temo que sigue esposado.

—¿Es necesario?

—Me temo que sí. No se ha mostrado... —el inspector eligió sus palabras con sumo cuidado— muy colaborador.

Faraday asintió. Quiso saber si había llegado Hartley Crewdson. J.J. podía esperar, de momento.

—Está en una de las salas de interrogatorio. ¿Le apetece un té o algo?

—No, gracias.

Faraday siguió al inspector a la fila de salas de interrogatorio. Hartley Crewdson era un exitoso abogado criminalista, del sector norte de la ciudad. Se especializaba en defensa y representaba a un torrente inagotable de jóvenes descarriados de las fincas de Paulsgrove y de Leigh Park. Faraday nunca había tenido tratos personales con él antes, aunque conocía la reputación de ese hombre. La mitad de los subcomisarios de la ciudad veían una amenaza en Crewdson. La otra mitad lo consideraba un genio, el tipo capaz de detectar los puntos débiles de cualquier acusación fiscal. Si te encuentras en un auténtico aprieto, decían, es a Crewdson a quien has de llamar.

El inspector llamó suavemente a la puerta antes de entrar. Crewdson estaba sentado a la mesa, hojeando un expediente

211

voluminoso. Su gusto en cuestión de trajes y corbatas era, cuanto menos, ostentoso, y para ser un hombre que se acercaba a los cincuenta, se había ganado muchas seguidoras entre las jóvenes funcionarias de la corte de magistrados.

—Os dejo solos. —El inspector saludó a Faraday con un gesto de la cabeza y cerró la puerta tras de sí.

Crewdson se puso de pie. Faraday aceptó la mano que le tendió, curioso por saber por qué el abogado lo había telefoneado ofreciéndose a representar a J.J.

—Paul Winter me llamó —explicó lacónicamente—. Pensó que usted podría necesitar un poco de ayuda.

Faraday se permitió una leve sonrisa.

—Pues acertó. ¿No ha hablado con el chico?

—No, he preferido esperarlo a usted.

—Pero ha hablado con el oficial de la preventiva.

—Sí.

—¿Y?

—El asunto no es tan feo como pinta.

—¿De veras?

Faraday se quitó la chaqueta y se dejó caer en una de las cuatro sillas. En opinión de Crewdson, las pruebas contra J.J. eran, cuanto menos, débiles. Winter y Suttle lo habían fotografiado llegando a Pennington Road. No había pruebas de que se fuera de allí en posesión de drogas. Tampoco habían visto dinero que cambiara de manos. Eadie Sykes había testificado voluntariamente que no había drogas en el apartamento del estudiante y, juzgando por el contenido de las cintas de vídeo, parecía disponer de pruebas visuales que confirmaban su testimonio. Según Sykes, la droga fue entregada a última hora de la tarde. Ella misma había grabado la secuencia del chute y de todo lo que siguió. En lo que a suministro de drogas se refería, J.J. ya podía irse a casa.

—¿Qué hay de ese asunto de la gasolina?

—Es un misterio. Nadie lo entiende.

—De acuerdo. —Faraday se apoyó en el respaldo de la silla—. ¿Qué sabemos?

—Yo sugeriría que responda «sin comentarios».

—¿Por qué?

—Porque de ese modo no dejamos nada al azar. Lo último

que necesitamos es que el chico diga algo… —sonrió— estúpido. Estará nervioso, lógicamente ha de estarlo. Lo podremos utilizar más tarde, si tratan de sacar jugo de su respuesta.

—¿En un tribunal, quiere decir?

—Sí.

—¿Cree que podríamos llegar a eso?

—No. No, si somos sensatos.

Faraday calló por un momento, tratando de poner sus pensamientos en orden. La lógica de la defensa de Crewdson era obvia. J.J. estaba a punto de convertirse en uno más de esos interrogados esquivos y parcos en palabras.

—Esto significa que depende de nosotros hacer valer la acusación —dijo al final.

—Exacto. —Crewdson volvió a sonreír—. Aunque tendría que decir «de ellos», señor Faraday. No «de nosotros».

Minutos más tarde, una vez acordada la estrategia del interrogatorio, Faraday salió en busca del sargento de la preventiva. Para su alivio, resultó ser alguien a quien conocía. Ambos hombres disimularon su incomodidad con un brusco intercambio de saludos con la cabeza. Cuando Faraday preguntó quién sería el intérprete de J.J. durante el interrogatorio, el sargento confirmó que no había podido localizar a ninguno de los dos intérpretes cualificados del condado.

—Uno está de vacaciones en Egipto. El otro no contesta al móvil.

—¿Lo han intentado en otras áreas? ¿En West Susex? ¿En Surrey? ¿En Dorset?

—Para ser honesto, no, señor. Sé que las directrices favorecen a los que están catalogados en el registro, pero nos apremia el tiempo. El chico necesita ayuda para comunicarse, de eso no cabe duda, pero…

El sargento extendió los brazos. Se produjo un breve silencio, que interrumpió Faraday.

—¿Me sugiere que lo haga yo?

—Le pregunto si le importaría, señor.

—¿Lo cree apropiado?

—Creo que tendríamos que ponernos en marcha.

—Buena idea. —Faraday lo observó por un momento—. ¿Le importaría si hablo con él antes de empezar?

—Claro que no.

El sargento de la preventiva descolgó un teléfono y llamó a uno de los alguaciles. Una mujer corpulenta que lucía una blusa blanca apareció a los pocos minutos y condujo a Faraday a través de la comisaría, hasta el complejo de celdas que había en el otro extremo. Faraday ya había hecho este viaje en incontables ocasiones anteriores —como oficial de condicional, como joven ayudante en el Departamento Central de Inteligencia, como subcomisario en servicio—, pero jamás se le había ocurrido que un día podría encontrarse del lado que es objeto de dichas atenciones. Nunca antes había sido tan consciente de la desolación de aquel lugar: las duras luces de neón, los blancos y los verdes de rigor institucional, la forma en que resonaba por todas las esquinas el tintineo de las llaves de los calabozos.

J.J. ocupaba una celda hacia el final del corredor. Debajo de la ventana, una placa de cemento hacía las veces de camastro y, a través de la mirilla de la puerta de acero gris, Faraday pudo ver a su hijo estirado cuan largo era sobre el delgado colchón de espuma. Tenía los ojos cerrados, y sus delgadas muñecas descansaban, esposadas, sobre el borde arrugado de su camiseta. Faraday nunca había visto a nadie tan solitario, tan aislado, tan solo. En la corriente de aire que produjo la puerta al abrirla la alguacil, ya pudo percibir el penetrante olor a gasolina.

J.J., que no oía nada, ni se movió. Faraday miró a la alguacil.

—¿Le importaría avisar al señor Crewdson?

La mujer asintió y se marchó. Faraday oyó el ruido de la llave que giraba en la pesada cerradura de la puerta antes de que la alguacil se alejara corredor abajo. Extendió una mano y rozó con el revés la cara de J.J. El chico abrió los ojos y se lo quedó mirando como a un completo desconocido. Faraday se esforzó en arrancarle una sonrisa. Cuando vio que no lo conseguía, dirigió su atención a las muñecas de J.J. Las esposas llevaban doble cierre, y la piel del chico estaba roja e inflamada allí donde se rozaba con los bordes de acero. J.J. se incorporó con cierto esfuerzo y se sentó en el colchón, sosteniendo las manos delante del cuerpo como quien sostiene un objeto precioso.

—¿Te duelen? —preguntó Faraday con signos.

J.J. negó con la cabeza. Tenía la cara pálida y evitaba la mirada de su padre. Cuando Faraday le dio un abrazo, percibió el temblor que recorría su delgada silueta.

—¿Qué ha pasado?

Unos pasos que se acercaban por el pasillo se detuvieron delante de la celda. Una llave giró en la cerradura, y Faraday miró por encima del hombro a Hartley Crewdson, que en ese momento cruzaba el umbral. La alguacil se disponía a encerrarlos de nuevo.

—Hay que quitarle las esposas —le dijo Faraday—. Ya estará tranquilo.

—Hablaré con el sargento de la preventiva.

—Perfecto.

Crewdson, que era un hombre alto, miraba a J.J. desde arriba. «Debe de haberse encontrado en esta situación un millar de veces —pensó Faraday—. Otro joven más que choca de cabeza con el sistema judicial. Otro alegato más ante los magistrados.»

Faraday hizo las presentaciones. J.J. respondió con el más imperceptible asentimiento de la cabeza, aunque su padre no estaba seguro de que comprendiera del todo qué iba a ocurrir.

—Serás interrogado —le explicó—. Por dos policías, dos detectives. Te preguntarán qué ha pasado. Lo único que tienes que decirles es tu nombre y tu fecha de nacimiento. Todo lo demás… —Echó una mirada a Crewdson, en busca de apoyo—. Limítate a negar con la cabeza.

—Exacto —dijo Crewdson—. Ya sabemos qué pasó en realidad, y tenemos pruebas para demostrarlo. Los detectives que hablarán contigo quizá traten de confundirte, para que cometas equivocaciones. Mientras no les digas nada, esto no podrá ocurrir. Todo irá bien. Tú haz lo que te hemos dicho, ¿de acuerdo?

J.J. miraba fijamente a su padre, quien traducía las palabras de Crewdson al lenguaje de los signos. Después volvió la mirada al abogado. Fue como si aquel extraño intentara explicarle las reglas de un juego especialmente complicado. La cara de J.J. carecía de expresión.

—¿Entiendes lo que te estamos diciendo? —preguntó Faraday.

El lento gesto de asentimiento de J.J. hizo aflorar una sonrisa a los labios de Crewdson. Tendió la mano para dar unas

215

palmaditas al hombro de J.J.; luego se acercó a la puerta y llamó a la alguacil a través de la mirilla abierta. J.J. observaba cada uno de sus movimientos con una expresión distinta en la mirada, y Faraday sintió un peso en el corazón.

El interrogatorio empezó cuarenta minutos más tarde. Rick Stapleton había venido desde la comisaría de Highland Road, acompañado de otro detective, Alan Moffat. Faraday había estado al mando de ambos subcomisarios durante tres años en la división, y de nuevo quiso disipar lo embarazoso de la situación, esta vez con un brusco apretón de manos. Stapleton era un hombre delgado de treinta y tres años, declaradamente homosexual, un detective a quien Faraday siempre había valorado muchísimo. Moffat, un hombre algo mayor, había servido en la Unidad de Vigilancia del cuerpo antes de volver al desgaste de la gran delincuencia. Ninguno de los dos hombres devolvió la sonrisa a Faraday.

216

La sala de interrogatorios, desnuda y pintada de blanco, disponía de equipos de audio y de vídeo. Se había elegido la central para desarrollar la experiencia piloto de las grabaciones en vídeo de todos los interrogatorios, y un par de cámaras montadas en lo alto de la pared ofrecían plena cobertura de la mesa que dominaba en la estancia.

Stapleton y Moffat ocupaban un lado de la mesa; J.J. y su padre, el otro. Hartley Crewdson fue a buscar una silla en una de las salas adyacentes y se sentó a la izquierda de J.J.

Stapleton arqueó una ceja y miró a Faraday.

—¿Ya?

Faraday asintió y observó a Moffat, que se ocupaba de los aparatos de vídeo. Los de audio estaban colocados encima de la mesa, de espaldas a la pared. Moffat volvió a sentarse y dejó a Stapleton la tarea de sacar la lista impresa y repasar las declaraciones preliminares que preceden a todo interrogatorio. Stapleton hizo constar su propio nombre y el de Moffat, confirmó la hora del día y la fecha, declaró que el interrogatorio estaba siendo grabado y se volvió hacia J.J.

—Díganos su nombre completo y su fecha de nacimiento, por favor.

Faraday tradujo la petición en signos. J.J. pareció confuso por un momento, pero luego se encogió de hombros. ¿Acaso su padre no conocía la respuesta? Hubo un breve silencio antes de que Faraday proporcionara los datos solicitados. Stapleton miró a Moffat. Se encontraban en terreno desconocido.

—Se supone que su hijo debe hablar por sí mismo. —Frunció el entrecejo—. Supongo que me entiende.

Stapleton resumió el procedimiento establecido. Después de explicar qué pasaría con las cintas y los discos compactos grabados, levantó la cabeza y echó una rápida mirada a J.J. antes de agacharse de nuevo sobre los documentos.

—No está obligado a decir nada —leyó—. Pero si, al ser interrogado, no menciona algún detalle que más tarde le podría servir en el juicio, podría perjudicar su propia defensa. Cualquier declaración podría utilizarse en su contra. —Hizo una pausa y miró a Faraday—. ¿Quiere traducirle todo esto?

—Acabo de hacerlo.

—¿Y lo entiende?

—Claro que lo entiende.

—Bien. Empecemos por el día de ayer. Si no me equivoco, usted participó en la producción de un vídeo. ¿Quiere contarnos algo al respecto?

Faraday vaciló por un instante y luego transmitió la pregunta. Bastaría que J.J. meneara la cabeza para responder: «Sin comentarios». En cambio, J.J. se inclinó sobre la mesa, fijó la vista en los ojos de Rick Stapleton, invitándole a dar un paseo por su vida, y empezó a explicarle largo y tendido cómo exactamente había conocido a Eadie, cómo había tomado fotos fijas en blanco y negro para su documental sobre Dunkerke, cómo ella le había enseñado a manejar una cámara de vídeo, y cómo su colaboración con Ambrym había desembocado, poco a poco, en la responsabilidad de llevar la investigación para su nuevo proyecto sobre drogas. El trabajo, dijo con señas, fue brillante. Duro, pero brillante. Había conocido a montones de personas. Y Eadie tenía razón. Todo el mundo debería saber de qué van las drogas.

—¿Quién es Eadie?

—La novia de mi padre.

—¿Y la investigación dependía de usted?

—Sí. Yo tenía que encontrar a las personas que aceptaran

ser filmadas. —Extendió el brazo e imitó el gesto de inyectarse—. Los consumidores.

Para Faraday, que luchaba por seguir el ritmo trepidante de los signos de J.J., la experiencia se estaba convirtiendo rápidamente en algo surrealista. El último año de su propia vida quedaba grabado en discos compactos y cintas de audio. ¿Qué pasó con el «sin comentarios»?

Cuando Stapleton interrumpió el interrogatorio para tomar una nota, Faraday dirigió una rápida mirada a Crewdson. El abogado miraba a J.J., horrorizado.

Stapleton resumió la carrera. ¿Cuándo se encontraron J.J. y Daniel Kelly por primera vez?

—Hace un par de días. Está esa chica, Sarah. Creo que realmente quería formar parte del proyecto, ayudarnos a grabar el vídeo. Le parecía una idea genial. Ella conocía a Daniel y me habló de él.

—¿Usted fue a verlo?

—Sí.

—¿Qué le pareció?

—Perdido.

—¿Perdido?

—Confuso. Enfermo. —J.J. puso la mano sobre el corazón e hizo una mueca de dolor. Faraday buscó la palabra adecuada—. Herido —dijo al fin.

—¿Tenía amigos? —Stapleton no apartaba los ojos de la cara de J.J.

—No lo creo. Sólo a Sarah.

—¿Qué hay de su familia?

—Su madre vive en Australia. A su padre no lo veía nunca.

—¿Diría que era vulnerable?

—Sin duda.

—¿Un blanco fácil?

Crewdson se inclinó hacia delante y extendió una mano hacia J.J., en un esfuerzo por inmovilizar sus ajetreadas manos.

—Esto resulta totalmente inapropiado —le dijo a Stapleton—. Está conduciendo a mi cliente.

—¿Le parece? —La expresión de Stapleton era dura como la piedra—. Yo diría que sólo estamos estableciendo los hechos. ¿Señor Faraday?

A punto de sumarse a la protesta de Crewdson, Faraday cayó en la cuenta de que la pregunta iba dirigida a J.J. Cuando se la tradujo con señas, el chico se limitó a encogerse de hombros.

—No hay problema —indicó, mirando a Stapleton—. Puede preguntarme lo que quiera.

Faraday vaciló. Sentía la tentación de traducir estas respuestas con cierta vaguedad, aunque sólo fuera por el bien de J.J.

—Mi hijo preferiría que se ciñera al tema central —masculló al fin—. Está encantado de facilitarles los hechos.

—De acuerdo. —La mirada de Stapleton se demoró un par de instantes en la cara de Faraday, antes de volver a J.J.—. Dejemos clara la situación, señor Faraday. Su trabajo consistía en persuadir a Kelly para que apareciera en el vídeo. Kelly estaba hecho un lío. Por eso estaba usted allí, por eso fue a verlo. ¿Cree realmente que estaba en condiciones de tomar una decisión coherente? Sea sincero.

Hubo una breve pausa mientras J.J. reflexionaba acerca de la pregunta. Al final, negó con la cabeza.

—En nuestro segundo encuentro, estaba en un estado lamentable. —De nuevo el gesto de agarrarse el pecho y de introducir la jeringa en el brazo—. Necesitaba heroína y no tenía.

—¿En su segundo encuentro?

—Ayer. Antes de la entrevista.

—¿Él deseaba que le hicieran esa entrevista?

—Yo… —J.J. frunció el ceño— no lo sé.

Por segunda vez, Faraday se sintió tentado de pulir la respuesta, aunque el exasperante encogimiento de hombros de J.J. habló por sí mismo. Stapleton consultó sus notas, tomándose su tiempo.

—Sin embargo, la entrevista tuvo lugar, ¿no es cierto? —dijo al final.

—Sí.

—¿Por qué accedió Kelly? ¿Qué pudo convencerle?

Hartley Crewdson intervino por segunda vez. En su opinión, esa línea de preguntas era claramente perjudicial, sembraba sugerencias en el camino de J.J., lo inducía a autoinculparse. Faraday miraba el techo. Veinticinco años en la policía le decían que el abogado no tenía nada que hacer.

Stapleton apenas se dignó a echar una mirada a Crewdson.

En cambio, pidió a Faraday que transmitiera la protesta a su hijo. ¿Qué pensaba J.J.?

El chico respondió que estaba conforme con las preguntas de Stapleton. Estaba allí para explicar lo que había pasado, exactamente. No tenía ningún problema en absoluto.

—Responda a la pregunta, entonces. ¿Por qué accedió Kelly a que lo entrevistaran?

J.J. indicó con señas que había aceptado comprar droga para Kelly. Faraday se volvió a Stapleton.

—Dice que Kelly le pidió un favor.

—¿Qué favor?

Faraday miró de nuevo a J.J., lo vio imitar el gesto de inyectarse otra vez, y se dio cuenta de que sus esfuerzos paternales por proteger a su hijo de ese despiadado interrogatorio estaban condenados al fracaso. De la manera que fuera, J.J. estaba decidido a contar la verdad acerca de los acontecimientos del día anterior. Las posibles consecuencias no parecían preocuparle en absoluto.

Stapleton estaba mirando a Faraday. Quería que le aclarara la última respuesta. Faraday se enderezó en la silla y, de pronto, se dio cuenta de cómo debe de ser el sentimiento de culpa. Un poco más de eso, y él mismo correría el riesgo de que lo acusaran de obstrucción a la justicia.

—Le está diciendo que Kelly le pidió que le comprara droga.

—Esto no es lo que me acaba de traducir.

—Lo sé. Ha querido una aclaración, y yo se la he ofrecido. ¿Vale?

Por primera vez, Stapleton se permitió una pequeña y apretada sonrisa. Era —Faraday lo supo en seguida— una advertencia.

—Pregunte a su hijo si accedió a comprar la droga.

Faraday transmitió la pregunta con señas. J.J. asintió con la cabeza, empezó a gesticular más lentamente, a deletrear las palabras, para sacar a su padre del aprieto.

—¿Kelly le dijo dónde tenía que ir?

—Sí.

—¿Le dio dinero?

—Sí.

—¿Cuál fue la dirección?

J.J. leyó la pregunta en los labios de Stapleton e indicó con signos Pennington Road. Faraday proporcionó la traducción.

—¿Número?

—Treinta.

—¿Y usted compró la droga?

—Me quitaron el dinero.

—¿Quiénes?

—Dos tipos.

—¿Sus nombres?

—Uno se llamaba Terry.

—¿Cuánto dinero le quitaron?

—Noventa libras.

—¿Y le dieron la droga?

—No.

—¿Por qué no?

—No lo sé.

—Esto es un robo. ¿Por qué no acudió a nosotros?

Hubo un silencio mientras J.J. trataba de pensar en la respuesta. Faraday miró a Crewdson. Para su sorpresa, el abogado le indicó que no interviniera. Alan Moffat se movió en la silla y resumió el interrogatorio hasta donde Stapleton lo había dejado. Después de establecer que J.J. había regresado a Hampshire Terrace sin la droga, preguntó acerca de Eadie Sykes.

—Ella no sabía lo de la droga —indicó J.J.

—¿Conocía, no obstante, el estado de Kelly?

—Sí.

—¿Y aun así, tiró adelante con la entrevista?

—Sí.

—¿Usted estaba conforme con esto?

Se produjo un prolongado silencio. Después J.J. negó con la cabeza.

—¿Por qué no? —preguntó Stapleton.

—Porque me pareció una crueldad.

—¿En qué sentido?

—En el sentido de que nos aprovechábamos de él.

Stapleton asintió y tomó otra nota antes de levantar la cabeza de nuevo.

—¿En qué estado se encontraba Kelly cuando lo entrevistaron?

—Terrible, peor que antes. Se ve en el vídeo.

—Pero aún no había tomado la droga…

—No, llegó más tarde.

—¿Cómo?

—Alguien vino. Debieron de llamar al timbre. No lo sé.

—¿Eran las mismas personas que había visto por la tarde?

—No lo sé. No llegué a verlos.

Sin necesidad de más preguntas, J.J. describió con la ayuda de Faraday lo que ocurrió después. Eadie se hizo cargo de la cámara. Daniel se inyectó y se fue dando tumbos a la cama.

—Como si estuviera borracho —indicó J.J.—. Como un zombi.

Stapleton se inclinó hacia él.

—¿Y usted no tuvo parte en ello?

—Ninguna.

—¿Por qué?

—Porque me parecía mal.

—¿Y qué le parece ahora? ¿Ahora que Daniel ha muerto?

—Me sigue pareciendo mal.

—¿Se cree responsable de su muerte?

—No. Habría muerto de todas maneras.

—¿Por qué, entonces, le parece mal?

—Porque le robamos.

—¡Le robaron!

Stapleton miró a Faraday para asegurarse de la traducción. Faraday la confirmó con un asentimiento de la cabeza, ya resignado a dejar que el interrogatorio siguiera su curso. Stapleton se volvió hacia J.J.

—¿Cómo le robaron? ¿Qué le robaron?

J.J. se tomó su tiempo. Miró fijamente a su padre. Al final, formó un hueco con las palmas de las manos y esbozó un pequeño movimiento giratorio con el cuerpo.

Faraday esperó un momento, intentando comprender el significado. Luego miró a Stapleton.

—Creo que se refiere a la vida entera de Kelly —dijo quedamente—. Grabándola en vídeo, le despojaron de ella, se la robaron.

Υ

El interrogatorio terminó a las 17:05. Stapleton y Moffat repasaron el relato de J.J., confirmaron detalles, pidieron información adicional y dejaron claro que J.J. tenía que darse cuenta de la importancia de no olvidar absolutamente nada. Finalmente, casi como si se acabaran de acordar, le preguntaron acerca del incidente de la gasolinera. ¿Qué pensaba hacer, exactamente, con dos litros de gasolina súper sin plomo?

Faraday se preparó interiormente para la siguiente revelación y tradujo obedientemente la pregunta. En esta ocasión, para su alivio, J.J. se limitó a menear la cabeza.

—¿No lo sabe, o no quiere decírnoslo?

Un nuevo meneo de la cabeza. Stapleton miró a Faraday en busca de ayuda.

—Quiere decir «sin comentarios» —explicó Faraday.

Luego escoltaron a J.J. de vuelta a su celda, y el chico apenas miró a su padre por encima del hombro. Condujeron a Faraday y Crewdson al despacho vacío del inspector de servicio, mientras Stapleton y Moffat conversaban con el sargento de la preventiva. Durante la media hora siguiente, como Faraday sabía demasiado bien, se decidiría la suerte de J.J.

—¿Qué opina?

Crewdson abrió la ventana y encendió un pequeño puro.

—Opino que pude equivocarme. —Expulsó una delgada voluta de humo azul—. Su chico se ha portado de maravilla. En una sala de tribunal, se habría ganado una ronda de aplausos.

—No le entiendo.

—Ha confirmado todo lo que ellos ya sabían. Claro que intentó comprar droga para Kelly, pero lo hizo con la mejor de las intenciones. No cabe duda de que estuvo implicado en el suministro, aunque todo indica que las consecuencias le horrorizaron. Y hay algo más.

—¿Qué más?

—Usted trató de enmendar un par de respuestas... —Hizo una pausa—. ¿No es cierto?

Faraday asintió, sintiendo como la sangre subía a sus mejillas.

—Fue por puro instinto —masculló—. No pude evitarlo.

Crewdson lo observó por un momento y luego se le acercó. Faraday se sintió extrañamente agradecido por la mano que posó en su hombro.

—No le culpo ni por un instante —dijo Crewdson—. Cualquier padre habría hecho lo mismo. Menos mal que grabaron el interrogatorio en vídeo.

Faraday se lo quedó mirando. La última hora le había trastornado más de lo que hubiera creído posible. ¿A qué venía esa amplia sonrisa en la cara de Crewdson?

—¿Me está diciendo que todo esto es inadmisible? —preguntó al fin.

—Por completo. No tenían derecho de ponerlo en esta situación, en medio de un auténtico conflicto de intereses. Créame, este interrogatorio no se acercará siquiera a una sala de tribunal. —Dio una última palmadita al hombro de Faraday—. Por descontado, ellos no lo verán de la misma manera, pero así son los policías.

La llamada para acudir al despacho del sargento de la preventiva llegó poco después. Faraday siguió a Crewdson hasta la sala de cargos. En el pasillo se cruzaron con Stapleton y Moffat. Los dos subcomisarios iban de camino al aparcamiento. Ninguno de ellos dijo nada.

El sargento de la preventiva se encontraba de pie detrás de su escritorio, ordenando los papeles del arresto y el interrogatorio. Reconoció su presencia con un asentimiento de la cabeza, buscó un bolígrafo, consultó el reloj de la pared y empezó a escribir. Al final, cerró la carpeta y volvió a colocar la tapa del bolígrafo.

—He hablado con los subcomisarios Stapleton y Moffat. —Dio unos golpecitos con el dedo a la carpeta—. También he revisado las declaraciones de los subcomisarios Winter y Suttle. Dada la colaboración del chico, no tiene sentido retenerlo por más tiempo. Lo dejaremos en libertad bajo fianza durante dos semanas, mientras avanzan las investigaciones. Tiene que presentarse aquí de nuevo el 5 de abril. —Sacó un formulario, que tenía que ser firmado—. ¿Le importaría, señor Faraday?

12

Jueves, 20 de marzo de 2003, 17:30 h

*E*l último lugar que el subcomisario Jimmy Suttle habría elegido para una reunión discreta sería la azotea de los almacenes Debenhams de Southsea. La cafetería de Debenhams era un lugar para amas de casa aburridas y sus hordas de niños, o para pensionistas en busca de un tentempié barato. ¿Qué demonios hacía un prodigio como Trudy Gallagher en un sitio como éste?

—Es el Día de la Cruz Azul. Prácticamente, lo regalan todo. ¿Siempre eres tan quisquilloso? ¿Estás forrado o qué? Mira... —Se agachó para buscar su bolsa y sacó una colección de ropa interior: dos pares de braguitas de encaje negro; un bikini escarlata para el verano; y tres tangas de seda para el día en que conociera al hombre de sus sueños—. Todo esto, por menos de cuarenta libras. ¿Ya estás satisfecho?

—Mucho. —Suttle recordó el cuerpo que habían encontrado en el dormitorio de arriba de Bystock Road. El encaje azul le iría perfecto—. ¿También tienen cosas para tíos?

—Un gran surtido. Levis 501. Maine. Adidas. En cualquier otro sitio, los precios son un robo.

—¿Qué tal si me diera un paseo por la tienda mientras terminas esto? —Señaló el bol que la chica tenía delante: tres bolas de helado bañadas en jarabe de arce.

—No. Quédate conmigo.

Agachó la cabeza para ocultar una sonrisa y cargó la cucharilla de helado, que ya se estaba derritiendo. Había llamado a Suttle al número del móvil que le había dado en Gunwharf, el día en que se conocieron. Quería hablar con él de un asunto,

225

pero tenía que ser a solas, en privado. Si Suttle apareciera con el liante de Paul Winter, no habría manera de empezar siquiera la conversación.

Suttle, a quien divirtió que ella mostrara rechazo hacia Winter, inventó una cita urgente con el dentista y dejó en manos de Winter las indagaciones puerta a puerta que estaban realizando en Portsea. Lo había oído hablar por teléfono con el detective sargento de la Brigada contra el Crimen, diciéndole que ningún vecino de Portsea con dos dedos de frente aceptaría testificar nunca contra uno de los lugartenientes de Bazza; pero, al parecer, la detective inspectora Lamb recibía presiones para obtener resultados e insistía en probar suerte puerta a puerta. Suttle sabía muy bien que Winter no se había tragado el cuento del dentista; si bien, evidentemente, no le importaba en absoluto dar a su joven ayudante un poco de rienda suelta. «Sea quien sea ella —le había dicho—, échale uno de mi parte.»

Trudy perdió interés en el helado. Las mesas para fumadores estaban en el otro extremo de la cafetería, junto a los lavabos. Suttle retiró una silla para Trudy, y le llegó una exhalación de su aroma al sentarse. Su última novia también estaba loca por Ralph Lauren, aunque el nebulizador de 36 libras que le regaló en Navidad no hizo nada para salvar su relación.

—¿Dónde has aprendido eso? —Trudy sacó dos Marlboro Light de la cajetilla y dejó uno de ellos junto al vaso de 7 UP de Suttle, ya medio vacío.

—¿Qué es eso?

—Los buenos modales.

—Los llevo en la sangre. Nací cortés.

—Y un huevo. ¿Cómo es que te metiste en un trabajo como ése, un tío enrollado como tú?

—Pagan bien. Y conoces a personas interesantes.

—¿Como quién?

—Como tú, por ejemplo.

—No he venido para ligar contigo.

—Claro que sí. ¿Fuego? —Encendió una cerilla y, haciendo pantalla con la palma de la mano, la acercó a la chica y sintió el suave roce de su cabello al inclinarse ella sobre la mesa. Instantes después, la chica empezó a reír tras una nube de humo azulado.

—¿Sabes una cosa? Eres muy majo. Hablo en serio. La mayoría de los tíos de esta ciudad no se enteran de nada. Te tratan como si fueras un animal del zoológico. Zarandean un poco tu jaula. Te dan un empujón para ver si sigues respirando. Seguro que tú eres muy amable. ¿O no?

—Sí —asintió Suttle—. Lo soy.

—Esto me gusta en un hombre, de veras que sí. Y es algo que escasea.

—¿El qué?

—La amabilidad. —Calló cuando una mujer de mediana edad, enfundada en un abrigo que le llegaba a los tobillos, pasó junto a la mesa, camino de los lavabos.

Suttle percibió el olor a ambientador cuando abrió la puerta. Luego Trudy le hizo un ademán para que se acercara.

—Se trata de Dave Pullen —farfulló—. He hecho una cosa muy estúpida y estoy acojonada por las consecuencias. Hay como diez millones de personas con las que podría hablar del tema, aunque nadie sabría qué decirme.

—¿Por qué yo?

—Acabo de decírtelo. Eres majo. Y hasta puede que tengas un cerebro.

—También soy un poli.

—Ya, pero eso no es culpa tuya.

—Gracias.

—Hablo en serio. Si buscara a un poli, podría hablar con el tío Paul. Ya sé que puede ser un plasta, pero sabe lo que hace cuando se trata de su trabajo.

—¿Quién lo dice?

—Mi madre. Y ella sabe de qué habla.

Suttle asintió. Sabía que esto podría convertirse en una trampa, en una trampa cebada por él mismo. Sólo con mirar a la chica, sentía que decía la verdad. No sólo le gustaba, sino que le pedía consejo. ¿Era esperar demasiado? Le parecía que no.

—Háblame de Dave Pullen —dijo con absoluta tranquilidad—. Como si yo no supiera nada.

—¿Como si no supieras qué?

—Que fue él quien te hizo daño la otra noche.

—¿Y cómo mierda has sabido eso?

—Te escuché cuando nos encontramos en Gunwharf. Y te observé con atención.

—¿Me escuchaste? Esto sí que es nuevo. A pocas chicas se las escucha en esta ciudad. —Lo miró con el ceño arrugado—. ¿Por qué pensabais que eran los *scousers*, entonces?

—Pura suposición. Juntamos los datos que teníamos, formulamos una teoría e intentamos que todo encajara en ella. A veces, funciona. —Se encogió de hombros—. Y a veces, no.

—Muy cierto. Los *scousers* son legales.

—Te equivocas, preciosa. Los *scousers* son una mierda.

—¿Qué es Dave Pullen, entonces?

—Otra mierda. Y feo, por añadidura. ¿Qué eres tú, dadas las circunstancias?

—¿Quieres que te diga la verdad? Soy una fulana patética que ha perdido por completo la chaveta. ¿Sabes lo que he hecho con Dave? ¿Realmente quieres saber hasta dónde llega mi estupidez?

—Cuéntamelo.

—Hay un tipo que se llama Bazza Mackenzie. —Hizo una pausa—. ¿Vale?

—Vale.

—De acuerdo. Hace años que mi madre está liada con Bazza. Se la tira desde que tengo memoria. Es como de la familia, cuidó bien de mí y de mi madre. Últimamente han tenido sus diferencias, aunque esto a mí ni me va ni me viene. Si necesito hablar con alguien, hablar con alguien de verdad, sé que siempre puedo recurrir a él.

—¿Y le hablaste de Dave?

—Lo hice, sí.

—¿Y te preocupa lo que pueda pasar ahora?

—Ya sé lo que va a pasar ahora. Bazza lo matará. Y eso, si tiene suerte.

—¿Eso te preocupa?

—Claro que sí. Dave tiene su lado malo, como todos nosotros. Si no vuelvo a verlo en la vida, seré la chica más feliz de la tierra; pero no puedes estar con un tío un par de meses sin sentir algo por él. Es un capullo. A veces, puede ser realmente asqueroso. Pero yo no debí ir dando voces por ahí como lo hice. Porque será culpa mía cuando Bazza le rompa las piernas, ¿no es cierto?

La puerta de los lavabos se abrió. Una nueva ráfaga de ambientador los envolvió. Suttle esperó hasta que la mujer se alejara y luego se inclinó sobre la mesa.

—Hay algo que no entiendo.

—¿Qué?

—¿Por qué liarte con Dave Pullen, para empezar?

Trudy reflexionó un poco en la pregunta. Después consultó su reloj y aplastó el resto del cigarrillo en el cenicero.

—¿De verdad vives en Petersfield?

—Cerca de allí, sí.

—¿La casa es tuya?

—Alquilada a medias con otro tipo.

—Genial. —Se agachó para recoger la bolsa—. Conozco unos pubs muy enrollados en esa parte.

Cuando Eadie Sykes llegó a Guildhall Square, la manifestación ya había empezado. No se le daba bien calcular las multitudes, aunque un rápido recuento de cabezas en el área más próxima a las escalinatas de Guildhall sugería un impresionante total de mil personas. Desde su puesto en el escalón central, un joven en tejanos y camiseta, delgado y de semblante apasionado, usaba un altavoz portátil para expresar sus pensamientos sobre la guerra. Según parecía, él mismo se había ofrecido a ir a Bagdad como escudo humano, dispuesto a arriesgar el pellejo contra la furia de los capos fascistas de la guerra. La mención de la máquina asesina de Bush, que avanzaba a base de tragar billones de dólares, atrajo gritos de aprobación del pequeño ejército de escolares reunidos en las primeras filas de la concurrencia, y el voluntario a escudo humano se ganó una ronda de aplausos más generalizada al terminar su discurso con un grito de apelación a la solidaridad.

Eadie vio que el altavoz pasaba a manos de un hombre gigantesco, un oso de hombre, que lucía una barba larga. Se irguió sobre la masa de manifestantes, batallando contra la oleada creciente de cantos, tratando de imponer cierto orden al caos que imperaba en la plaza. Los manifestantes tenían que formar detrás de la pared de pancartas. El recorrido previsto los llevaría por delante de la estación de ferrocarriles y a través del sec-

229

tor de tiendas de Commercial Road. Con un poco de suerte, dijo el hombre, llegarían a cortar el tráfico de la hora punta al final de su trayecto. El plan preveía manifestarse ante las puertas de la fragata *Excellent* en la Isla de las Ballenas; aunque con tanta presencia policial, no había garantías de conseguir llegar tan lejos.

Eadie sabía a qué se refería. Antes de ir a la manifestación, se había puesto en contacto con los organizadores llamando al número de móvil que facilitaba la Coalición contra la Guerra, que aceptó de inmediato su ofrecimiento de grabar el proceso en vídeo. Su intención era reunir vídeos de todo el país y, tal vez, editar un documental de treinta minutos que intercalara las imágenes de las manifestaciones populares con los reportajes en directo de las primeras horas de la guerra. De ese modo, explicó la voz al otro extremo de la línea, quizá lograran avergonzar al Gobierno, obligándolo a retirarse de aquella locura. «Incluso ahora que las tropas británicas están invadiendo Irak —dijo la voz—, tenía que quedar alguien con un poco de conciencia en el Gobierno.»

Eadie dudaba seriamente de ello. Por alguna razón desconocida, había quedado claro que ésta era la guerra de Tony Blair, la consecuencia de un acuerdo logrado hacía meses con los neoconservadores de Washington. La razón precisa por la que un primer ministro de centro izquierda quisiera aliarse con un puñado de fascistas multibillonarios se le escapaba, aunque ya estaba claro que las fuerzas del orden se estaban preparando para actuar con contundencia. El hombre con el altavoz tenía razón. La multitud de manifestantes ya se arremolinaba entre los cordones formados por policías vestidos de amarillo, y corrían rumores de que docenas de furgones policiales esperaban aparcados en las inmediaciones de la plaza.

Eadie levantó la pequeña Sony y se lanzó a la caza de imágenes. Una toma general desde el escalón superior de Guildhall estableció las proporciones de la manifestación. Una breve entrevista al hombre que manejaba el altavoz suscitó un elocuente y desesperado discurso contra la última traición de los nuevos laboralistas. A continuación, bajó entre las filas de los manifestantes y se centró en las imágenes que sabía que causarían impresión: un niño que llevaba una camiseta con la inscripción

EL CAPITALISMO APESTA; una pareja de homosexuales con una pancarta que rezaba: JÓDETE, BOY GEORGE; un pensionista en silla de ruedas que intentaba regular su audífono.

Recorrer aquellos rostros con la cámara, grabarlos en vídeo, le producía una sensación de corriente casi física, un sentido de la camaradería íntimo a la vez que objetivo. Esta manera de emplear su talento, pensaba, representaba la contribución más práctica que pudiera hacer jamás a la causa contra la guerra. En el transcurso de la hora siguiente, el desarrollo de los acontecimientos podría proporcionar imágenes realmente significativas. En cierto modo, ésta era una versión más pública y de mayor envergadura de lo que intentaba conseguir con su proyecto contra las drogas. Era necesario cambiar las actitudes de la gente. Ellos se merecían conocer la verdad. Ya era hora de que la nación despertara.

Mientras se abría camino hacia la cabeza de la manifestación, sintió que la columna de manifestantes empezaba a moverse hacia delante. A la salida de la plaza, abandonó el grueso de la gente y se posicionó junto a uno de los edificios del Ayuntamiento, dejando que el río de caras inundara el objetivo. Luego encontró un hueco y se reincorporó en la marcha, entonando las consignas: «¡No iremos a la guerra! ¡No lucharemos por Texaco!», buscando los detalles que ayudarían a poner el evento en contexto. Había policías por todas partes. Los grabó vigilando por parejas y en grupos de tres, con los brazos cruzados, atentos, esperando, con sus pequeños auriculares informándoles de la situación general. Entonces, de repente, algo nuevo apareció en la pequeña pantalla plegable. Un cámara de la policía. Que la estaba grabando a ella.

La cama de Nick Hayder estaba detrás de una cortina cuando Faraday llegó, por fin, a la unidad de cuidados intensivos. Fue al hospital en coche, después de dar un rodeo para dejar a J.J. en casa. El trayecto hasta la casa del jefe de barcazas había sido tenso. J.J. estaba pálido, totalmente cerrado en sí mismo; cuando se detuvo para que el chico bajara del coche, Faraday tuvo la impresión de que era él, y no su hijo, el acusado. En un intento de romper el hielo, preguntó a J.J. qué pensaba hacer con la gasolina, y la frialdad de la respuesta lo dejó helado hasta la médula.

—Iba a prender fuego a su casa —dijo el chico con señas—. La de los tipos de la droga.

¿Estaría bromeando? ¿Sería ésta su reacción, su pequeña fantasía de venganza, a la vista de unos acontecimientos que, sin lugar a dudas, le habían sobrepasado? ¿O algo más profundo se cocía en las entrañas de su hijo sordo, una violencia nunca antes detectada? En realidad, Faraday no tenía la menor idea. Lo único que sabía a ciencia cierta era que estos mismos acontecimientos, añadidos a todo lo demás, amenazaban con hundir su pequeña barca.

La médico a cargo de la unidad de cuidados intensivos le informó de que el señor Nick Hayder se había estabilizado. Ya estaba plenamente consciente y capaz de respirar sin ayuda, y no había indicios de una infección torácica por culpa del ventilador. Pasaría algún tiempo hasta que empezara a recuperar recuerdos fiables de los acontecimientos recientes, y cabía la posibilidad de una amnesia permanente de lo ocurrido el martes por la noche; pero, por fortuna, no había indicios de daños neurológicos permanentes.

Cuando Faraday preguntó acerca de la lesión pélvica, el pronóstico fue menos alentador. Dentro de un par de días, trasladarían a Nick a un pabellón ortopédico. Lo operarían para colocarle una estructura metálica externa que estabilizara su cadera destrozada, y los huesos tardarían al menos tres meses en soldar. Se trataba de un proceso extremadamente doloroso, explicó la médico, y pasaría algún tiempo hasta que el señor Hayder pudiera estar de pie otra vez.

Mientras el equipo médico seguía afanándose en torno de la cama de Nick, Faraday se alejó pasillo abajo. Se había habilitado para los familiares una salita sin ventanas, bastante deprimente, al final del corredor, y se deslizó al interior. Allí había una mesa baja y unas sillas enfrentadas a ambos lados. La mesa estaba cubierta de vasos de plástico vacíos, y una familia de pandas se encontraba amontonada en la esquina. Faraday examinó los pandas durante un par de minutos, con la mente totalmente en blanco, y luego dirigió su atención al póster de Edward Hopper que había en la pared.

—¿Joe?

Una mujer rubia y delgada apareció en la puerta. Era Maggie, la compañera de Nick Hayder.

Faraday cruzó la salita y le dio un abrazo. Hacía al menos un mes desde la última vez que la había visto, e incluso entonces empezaba a ser evidente lo tenso de su relación con Nick. «Hay cosas peores en la vida que liarse con un detective inspector en activo —pensó—. Aunque no muchas.»

—¿Cómo está?

—Bastante bien, dadas las circunstancias. Estoy asombrada.

—Es porque corría.

—Es cierto. Los médicos dicen lo mismo.

La observó por un momento. Tenía la cara redonda, hoyuelos en las mejillas, pecas pálidas en la piel y ojos del color del aciano. La había visto una vez en uno de los bailes estivales del Departamento Central de Inteligencia, pocas semanas después de empezar a salir con Nick, y todas las cabezas se volvían para mirarla.

Maggie masculló algo acerca de un día difícil en el colegio y se dejó caer en una de las sillas. Faraday se ofreció a traerle un café de la máquina que había en el pasillo, pero ella negó con la cabeza.

—¿Crees que puede leer? —Faraday señaló la bolsa de Tesco que la mujer había dejado junto a la silla. Entre las uvas y los racimos de plátanos, había una novela policiaca de Scott Turow.

—Él dice que sí, aunque ya sabes cómo es Nick. Diría cualquier cosa para hacerme feliz. —Observaba a Faraday, y algo en su mirada le dijo que necesitaba hablar. Cerró la puerta y se sentó a su lado.

—¿Cómo ha ido?

—¿Quieres que te diga la verdad? Ha sido un alivio. Suena terrible, ¿no es cierto? Pero, al menos, ahora sé dónde está.

—¿Quieres decir que antes no lo sabías?

—Oh, no. —Meneó la cabeza—. Siempre sabía dónde localizarlo, en ese lugar suyo tan horrible, y cuando tenía un poco de tiempo, venía a pasar la noche en casa. No me refiero a eso. Es que él no estaba. No era el hombre que yo creía conocer. Algo se había perdido, Joe. Era como estar con un extraño. Hasta Euan se dio cuenta.

Euan era el hijo de Maggie, un adolescente de catorce años estudioso y gafotas, cuyo flirteo con las drogas blandas se había clavado como una cuña entre Nick y su madre.

—¿Y cómo está el chico?

—Contento de haber recuperado su casa. Nick no sabía cómo tratarlo. —Dirigió a Faraday una sonrisa cansina—. Como ya debes de saber.

—Tiene que ser duro.

—Lo era.

—También para Nick.

—¿Sí?

La pregunta quedó suspendida en el aire. Por primera vez, Faraday se dio cuenta de que la mujer no llevaba la sortija que le había regalado Nick, un gran ópalo engarzado en un sencillo anillo de plata que habían visto en la tienda de un joyero, en una de las callejuelas de la isla de Corfú.

Faraday se puso de pie y empezó a recoger los desperdicios de la mesa. Desearía decir algo en defensa de Nick, hablarle un poco de las presiones que suponía el trabajo que tenía entre manos, convencerla, de algún modo, de que había razones para la distancia que se había interpuesto entre ambos; pero la expresión de su cara le dijo que sería inútil. En cierto sentido, Maggie tenía razón. Si lo que uno desea es una relación como dios manda, entonces más vale buscar a alguien que sepa poner límites cuando aparecen monstruos como Volquete. Ella necesitaba a un hombre afectuoso y divertido en su vida, al viejo Nick que conociera en una cita a ciegas, no al corredor atormentado que terminaba todas sus imposibles jornadas corriendo detrás de sus propios demonios.

Se abrió la puerta. Era la jefa de unidad, con la que Faraday había conversado anteriormente. Los médicos habían terminado con el señor Hayder, ya podían visitarlo en la habitación.

Faraday miró a Maggie. Ella negó con la cabeza.

—Ve tú, Joe. Seguro que a mí ya me tiene muy vista.

Hayder vio a Faraday en el momento mismo de aparecer en el extremo de la sala. Las laceraciones que estriaban su mejilla y su mentón habían formado costras que prestaban a su sonrisa un aspecto torpe y torcido. Levantó un brazo para saludar e intentó incorporarse en la cama. Faraday lo volvió a recostar sobre la almohada, tomó la mano tendida y le dio un apretón. Hayder tardó un buen rato en soltarle la mano.

—Geoff Willard, ¿verdad? —fruncía el ceño en un esfuerzo por concentrarse—. ¿Cómo va la vida de los directivos?

Por un instante, Faraday pensó lo peor. Luego se dio cuenta de que Hayder le estaba tomando el pelo.

—Muy divertido —respondió—. ¿Cómo te encuentras?

—¿Cómo me encuentro? —Hayder señaló con un gesto impreciso a los monitores de cardiografía conectados a su pecho y a los tubos de plástico que goteaban líquidos en las venas de ambos brazos. Las heridas de la mandíbula le obligaban a hablar mascullando las palabras, pero todavía era capaz de mantener una conversación—. Estoy atado como un pavo de Navidad. —Hizo una pausa para tomar aliento—. Por lo demás, nunca he estado mejor. ¿Y tú?

Faraday sonrió. «Dice mucho de la vida de un poli —pensó—, cuando sólo una visita a la unidad de cuidados intensivos puede ponerte una sonrisa en la cara.»

235

—Estoy bien —respondió—. Maggie está aquí.

—Dile que entre. Daremos una fiesta.

—Está siendo discreta. Cree que necesitamos hablar a solas. Y te ha traído uvas, lo cual me convierte en un impresentable.

—¿No me has traído flores?

—Me temo que no.

—Gracias a dios. Cuando recuperé la conciencia, creí que estaba listo. Había tantos ramos que esto parecía una funeraria.

La idea provocó una mueca. Evidentemente, reír resultaba doloroso. Faraday volvió a tomarle la mano.

—Se te ve mejor de lo que esperaba —dijo.

—Corta el rollo, Joe. Se me ve hecho una mierda.

—¿Te sientes hecho una mierda? ¿En serio?

—¿En serio? —Su cara se contrajo con un nuevo espasmo de dolor. A Nick Hayder nunca le habían sobrado diez gramos de carne, pero ahora estaba más flaco que nunca. Al final, consiguió recuperar el aliento—. ¿Sabes qué hago para pasar el rato en este lugar?

—Cuéntamelo.

—Me imagino que salgo a correr. Todos creen que estoy durmiendo. Esta mañana corrí diez kilómetros, hasta el transbordador de Hayling.

Faraday le dio un nuevo apretón de mano. Pudo sentir los huesos entre sus dedos.

—Willard te manda recuerdos. Quería venir, pero surgió un imprevisto. —Hizo una pausa—. ¿Te suena la palabra Volquete?

—¿Volquete?

—Sí.

—¿Cómo coño…?

Hayder lo miraba con espanto. Por un instante, Faraday pensó que era otra broma, pero en seguida supo que la reacción era auténtica. Al margen de sus lesiones cerebrales, Hayder seguía siendo el mismo paranoico de siempre.

—Me he hecho cargo de Volquete —dijo Faraday en voz baja—. Pensé que te gustaría saberlo.

—¿En serio? ¿O me estás tomando el pelo?

—En serio. Desde ayer por la mañana.

—Pobre de ti. —Cerró los ojos e hizo otra mueca—. Es un puñetero incordio.

Faraday esperó a que remitiera el dolor. Una enfermera observaba a Hayder desde el otro extremo de la sala. Al final, Hayder señaló a Faraday que continuara.

—Ni hablar. —Éste negó con la cabeza—. Necesitas descansar, colega. Nada de tonterías.

—Cuéntame. —Hayder hablaba en serio.

Faraday vaciló y luego se encogió de hombros.

—Vale —dijo—. Tengo un despacho en la Isla de las Ballenas y medio millón de documentos que leer antes del fin de semana. Si haces caso a Willard, esto es un paseo.

—Willard es nuestro aliado. —El farfullo quedó reducido a un susurro—. Es nuestra protección. Sin él, estás jodido.

Faraday asintió, preguntándose hasta dónde llevaría la conversación. Hayder tuvo otro acceso de dolor. Por fin, pudo relajarse.

—¿Sabes cuál fue el verdadero problema? —Su voz sonó inesperadamente más fuerte—. Los demás.

—¿Los demás del trabajo?

—Sí. Comparado con los nuestros, Mackenzie no es nada. Puedo vérmelas con los criminales. Con los polis, no.

—¿Polis corruptos?

—Polis inquietos. Polis que no tienen suficiente con lo que hay en casa. Polis que creen que deberían dirigir el cuerpo entero. Cosas como Volquete les dan la oportunidad de quejarse. —Esbozó un asentimiento con la cabeza—. Por todo lo alto.

—¿Cómo es que nunca me enteré de nada?

—Porque estabas demasiado ocupado haciendo bien tu trabajo. —Cerró los ojos con fuerza por un instante—. ¿Me pasas la bebida?

En la mesilla había un tazón de plástico con una pajita. Faraday lo sostuvo para que Hayder pudiera tomar un sorbo. Luego volvió a apoyar la cabeza en la almohada; tenía la frente cubierta de una delgada película de sudor.

—Los de la Unidad Táctica contra el Crimen están que trinan. —Pasara lo que pasara, Hayder se proponía terminar la conversación—. Creen que les robamos el caramelo, y ¿sabes qué? Tienen razón.

—¿Los de la Unidad Táctica? ¿Te refieres a la gente de Harry Wayte?

—La misma.

—¿Me darías los nombres?

—No los tengo. Es un trabajo de equipo. No es mala gente, pero odian la competición.

—¿Y tú crees que esto… —Faraday buscó la palabra apropiada— no ayuda?

—Creo que es como un grano en el culo. —Calló para recuperar el aliento y volvió la cabeza sobre la almohada—. ¿Has visto esa hermosura allá, al fondo? —Su mirada señaló a Faraday a la enfermera que viera antes. Se había acercado y estaba distribuyendo pastillas del carrito de medicamentos—. Es ella quien suele cuidar de mí. Se llama Julie. No ve la hora de ponerme los pañales. ¿Verdad, Jules?

Faraday vio que la enfermera devolvía la sonrisa. Ya se daba cuenta de que había exigido mucho de Nick Hayder. Diez minutos más de Volquete, y volvería a la lista de pacientes críticos.

—Escucha, Nick. —Se inclinó sobre la almohada—. Sólo una cosa más.

237

—Adelante.

—¿Qué pasó para que llegaras aquí?

Hayder alzó la vista.

—Ni idea, colega —susurró al final.

—¿No puedes recordar nada? ¿Ningún incidente? ¿Ningún detalle? ¿Nada en absoluto?

—Nada. —Meneó la cabeza de forma casi imperceptible, pero llena de dolor—. Pensé que tal vez lo supieras tú.

Suttle llevó a Trudy Gallagher a un pub en Buriton, un pintoresco pueblo dormitorio construido bajo las laderas septentrionales de South Downs. Esa noche de un jueves a comienzos de la primavera, el pub estaba casi vacío. Suttle y Trudy se sentaron en un rincón, junto al fuego ardiente de la chimenea. Un par de jarras de cerveza y cuatro Bacardi Breezers dejaron su lugar a una cena, y Trudy insistió en comprar una botella de champán para acompañarla. Para entonces, para gran regocijo de Suttle, estaba totalmente borracha.

—¿Estamos de celebración? —Suttle le sirvió la segunda copa—. ¿O qué?

—Sí. —Trudy lo miró por encima de la vela—. Yo, al menos.

—¿Y qué celebras?

—No querrás saberlo… —Agachó la cabeza y empezó a reír.

—Ponme a prueba.

—Ni hablar. Pensarás que soy una estúpida. Una auténtica idiota. Hablemos de ti. Winter dijo que estás casado.

—Miente.

—¿Lo estuviste?

—En absoluto. ¿Quién quiere casarse a mi edad?

—¿Qué hay de tus padres?

Suttle parpadeó. Trudy estaba más borracha de lo que había pensado.

—¿Qué hay de ellos?

—¿Siguen casados?

—Sí. Mi padre está loco por mi madre. Siempre lo estuvo. Cuando ella está cerca, se comporta como un crío. No puede tener las manos quietas.

—Qué bonito. Tener padres como ésos.

—La verdad es que nunca lo había pensado. —Suttle cogió una patata—. ¿Y tú?

—Siempre he estado con mi madre.

—¿Siempre?

—Por lo que recuerdo, sí.

—¿Y tu padre?

—No lo conozco. Mamá ha tenido muchos hombres, pero nadie capaz de comprometerse.

—¿Con qué?

—Conmigo. —Hizo una mueca y levantó su copa—. Con nosotros.

La camarera recogió los platos vacíos y dio el menú a Suttle. En lugar de postre, Trudy pidió un ron con coca-cola e insistió en que Suttle tomara otra jarra de cerveza. El bistec y la crema de riñones parecían haber absorbido un poco el alcohol, y cuando Suttle preguntó con quién salía Trudy esos días, ella se tomó la pregunta en serio.

—Ha sido una locura. —Ladeó la cabeza y empezó a enroscar un mechón de pelo alrededor de su dedo—. Durante el último año, he vivido con ese tipo mayor. Se llama Mike. Lo conozco desde hace años, es amigo de mi madre. Ella y yo nunca nos hemos llevado muy bien, ya sabes, y llegó un momento en que tenía que irme, sencillamente tenía que largarme. Mike lo sabía. Andaba por nuestra casa en esa época. Un día me llamó por teléfono y me invitó a ir a vivir con él.

—¿Así, sin más?

—Pues sí. No supe qué decirle al principio. Él había estado casado, hace años de eso, pero se divorció, y tiene una casa muy bonita en Waterlooville, con *jacuzzi*, garaje de dos plazas, un gran jardín, la pesca. Así que… —se encogió de hombros— dije que sí.

Suttle ya conocía la historia de boca de Winter, no con tantos detalles pero con miga suficiente para pensar que Mike Valentine no sólo tenía suerte en el negocio de los coches.

—¿Te fuiste a vivir con él? ¿Con todas las de la ley?

—¿Quieres saber si me lo tiraba? —Negó con la cabeza—. No.

—¿A él no le importaba?

—En absoluto. De hecho, me importaba a mí. Pasado un tiempo, llegó a gustarme de veras. Más que eso, en realidad.

239

Me volvía loca. Tenía estilo, si sabes a qué me refiero. Y era divertido. Y no sólo eso, sino que era muy amable. Cuidaba de mí. Eso me gustaba.

—¿No... —Suttle se encogió de hombros— lo intentaste?

—Muchas veces. Se lo puse en bandeja. Pudo servirse en cualquier momento, de día o de noche. Yo era la única chica de Waterlooville que tomaba el sol desnuda en pleno mes de abril. Cualquier cosa. Hacía cualquier cosa para provocarle.

—Pero ¿no sucedió?

—Ni una vez. Después pensé que era gay, porque así me sentía mejor, aunque eso tampoco era cierto, porque resultó que se tiraba a mi madre.

—¿Cuándo fue eso?

—Quién coño lo sabe. Yo sólo me enteré hace un par de meses. Pasé por casa a recoger un disco compacto, y allí estaban, en la cama. No me lo podía creer, sencillamente, no me lo podía creer. Por eso fui llorando a Dave Pullen. Otro hombre mayor, ¿te das cuenta? Pensé que podría ayudarme, darme algún consejo. Y una mierda.

240

Suttle asintió y recordó a Trudy con Winter en el salón Gumbo, en el Gunwharf. Ahora entendía por qué había despotricado contra su madre.

—¿Dónde vives ahora?

—En casa.

—¿Con tu madre? ¿Después de todo eso?

—Sí.

—¿Por qué?

—No lo sé. —Su cara se iluminó de repente—. Aunque ahora la cosa va bien.

—¿Así, sin más?

—Sí. —Trudy chasqueó los dedos—. Así, sin más. A veces, una se desquicia, se sale de sus casillas, y luego descubre que lo había entendido todo mal. ¿Yo? Una tonta de remate.

Llegaron las bebidas. Trudy diluyó el ron con un chorrito de coca-cola y sostuvo la copa debajo de la nariz. Luego alzó la vista.

—¿Sabes lo que dice la gente de la vida? ¿Que a veces puede ser muy divertida? Yo apenas empiezo a aprender. —Llevó la copa a los labios y tomó un pequeño sorbo—. Y hay algo más.

—¿Qué?

—Eres muy, muy majo. —Hizo una pausa y consultó su reloj—. Con todo lo que hemos bebido, no puedes acompañarme a casa en coche.

—¿Quieres un taxi?

—No. —Buscó su mano encima de la mesa—. Te quiero a ti. ¿Dónde vives?

—Del otro lado del parque. La última casa a la izquierda.

—¿Y tu colega?

—Está pasando la semana en Londres. Un cursillo de formación.

—Mola. —Trudy se inclinó y lo besó en los labios—. ¿Crees que conseguirás echarme un polvo?

A las ocho, la manifestación empezó a disgregarse. La columna de manifestantes había atravesado el distrito de tiendas de Commercial Road, donde se le unieron más partidarios, y acabó en la rotonda que canalizaba el tráfico de la hora punta hacia la autopista. Ansiosa por mantener a los manifestantes en marcha, la policía había cerrado tres carriles a la circulación y conducía la columna hacia la Isla de las Ballenas. Para regocijo de los veteranos que encabezaban la marcha, el bosque de pancartas había suscitado algún que otro bocinazo de apoyo de los conductores parados, aunque Eadie —a la caza de imágenes entre los viajeros inexpresivos— sabía demasiado bien que la mayoría de esa gente sólo quería llegar a casa. Portsmouth, a fin de cuentas, era una ciudad naval —marcial por instinto—, y una vez comenzada la batalla, una protesta como aquélla apestaba a traición. Nuestros hijos corren peligro. Es el momento de darles respaldo.

La Isla de las Ballenas se encontraba a un kilómetro y medio al norte, detrás de la terminal continental de transbordadores. Los manifestantes seguían la marcha vociferando consignas con los puños en alto. George Bush es un loco. Blair es un perrito faldero. Las manos de los americanos están manchadas de sangre. Para entonces, Eadie sabía que ya había rendido homenaje a la marcha. Tenía media hora de grabación, e incluso más si incluía el puñado de entrevistas improvisadas; pero en el mo-

241

mento en que la columna tomó la última curva antes de llegar a la pasarela que conducía el tráfico naval hacia la Isla de las Ballenas, su corazón dio un vuelco. Una hilera de policías antidisturbios bloqueaba el camino. A sus espaldas, había media docena de furgones Transit con malla de alambre en las ventanillas y pantallas de metal grueso para proteger los parabrisas. En lo alto, se podía oír el constante zumbido de la avioneta de vigilancia de la policía, que se ladeó y voló en un amplio círculo por encima de la manifestación cuando ésta se detuvo.

Eadie corrió a lo largo del flanco de la columna, despertando la ira de un sargento uniformado, que le advirtió que no abandonara las filas. En la cabeza de la marcha, los policías y los manifestantes se miraban por encima de diez metros de asfalto ennegrecido por los neumáticos. El hombre de la barba se enzarzó en negociaciones con el oficial al mando. Eadie se esforzó por acercarse lo suficiente para grabar el diálogo, pero otro oficial la obligó a retroceder. A sus espaldas, las consignas empezaban a flaquear. Finalmente, el hombre de la barba se volvió hacia la masa de cuerpos y conectó el altavoz. Habría un par de discursos breves. A continuación, en lo que él llamó una muestra de solidaridad con el pueblo iraquí, regresarían a Guildhall Square.

Hubo murmullos entre el gentío. Un estudiante gritó una obscenidad. Eadie captó una sonrisa de sarcasmo en la cara de un poli vigilante. En cualquier otra parte del mundo, una situación como aquélla estaría a punto de estallar. Aquí, en cambio, en cuanto empezó el primer discurso, Eadie supo que todo había terminado. Habría más denuncias de la maldad del imperialismo yanqui, más gritos por la cabeza de Blair; pero, en esencia, la manifestación —esa columna de buenas intenciones— había llegado al final de su trayecto. La policía, compuesta de un par de centenares de hombres, había tirado el guante, sabiendo muy bien que había ganado.

¿Ganado? Media hora después, mientras la poli encauzaba a los últimos remolones hacia el centro de la ciudad, Eadie buscó a tientas su teléfono móvil. A unos doscientos metros de distancia, podía ver todavía la barrera de seguridad y la caseta que cerraba el paso a la Isla de las Ballenas y la fragata *Excellent*. Bañada en luz anaranjada, parecía simbolizar todo aque-

242

llo que los británicos —en su particular sentido del orden— no querían afrontar.

Se detuvo por un momento, haciendo caso omiso de las atenciones de un perro policía alsaciano. Cuando marcó el número del móvil de Faraday, no pasó del buzón de voz. Cuando volvió a intentarlo, sabiendo que él se fijaría en el número del que llamaba, oyó la misma grabación de voz. Al final, consciente de que necesitaba quitarse el peso del último par de horas, envió un mensaje de texto a J.J.: «X fvor dle a tu pdre k m llame. Bsos. E.». Esperó un momento, preguntándose si estarían los dos en casa. Luego, al ver que no pasaba nada, dirigió una última mirada a la caseta. La brisa nocturna le trajo el sonido muy leve de una risa.

Paul Winter llevaba media hora viendo el DVD de *The Dambusters* cuando su móvil empezó a sonar. La figura solitaria de Barnes Wallis se alejaba por los lodazales de Reculver, preguntándose por qué su bomba no rebotaba como debía. Winter apoyó la copa de Laphroaig en el regazo y cogió el teléfono.

—Paul Winter al habla.

Una voz que no reconoció al instante le preguntó qué estaba haciendo. Una voz desenfadada con acento de Pompey. Winter miró el número de quien llamaba. Ninguna pista.

—¿Quién es?

—Bazza Mackenzie. Me preguntaba si te apetecería charlar un rato.

—¿Ahora?

—Cuando sea. Esta noche me va bien. ¿Conoces un poco Craneswater? Sandown Road. La primera a la derecha desde el paseo marítimo. Focos verdes. El número trece. No tiene pérdida. —La comunicación se cortó, y Winter se quedó mirando la televisión. Barnes Wallis había vuelto a su estudio y diseñaba una bomba más potente.

13

Winter cogió un taxi a Southsea. El conductor lo dejó en mitad de la calle Sandown y le anotó un número de teléfono para pedir un taxi de vuelta. Del otro lado de la calle, una gran casa de dos plantas aparecía bañada en una tétrica luz verdosa que le prestaba un aspecto extrañamente ultramundano, como si acabara de llegar de otro planeta. «Si quieres anunciar tu llegada a este próspero y tranquilo enclave —pensó Winter—, ésta es, sin duda, la mejor manera de hacerlo.»

El taxista dirigió una rápida mirada a Winter y le entregó el recibo.

—Debería venir un lunes —dijo—. El rosa es aún peor.

Winter siguió con la mirada al taxi, que desapareció calle abajo. La casa estaba protegida por un sólido muro de ladrillo, bastante más alto que una persona y con un enrejado de madera nuevo en la parte superior. Unas puertas correderas de acero controlaban el acceso al camino de entrada, y había otra puerta un poco más abajo. La puerta, que estaba cerrada con llave, parecía nueva.

Winter posó el dedo sobre el botón del interfono y llamó dos veces.

—¿Quién es? —preguntó una voz femenina.

—Paul Winter.

—Espere un momento.

Hubo un silencio un tanto prolongado. A través del interfono llegó el sonido de un perro que empezó a ladrar en las profundidades de la casa.

—Dice que puede pasar.

La puerta se abrió automáticamente hacia dentro con un suave rumor electrónico. Por un momento, Winter sintió la tentación de aplaudir; luego vio la cámara de vigilancia montada en un poste junto al camino enladrillado que conducía a la casa. Los focos, con sus filtros verdes, se alzaban sobre pequeñas depresiones en el césped que rodeaba la construcción, y Winter empezó a sentirse un poco mareado. Al principio lo atribuyó a la tercera copa de Laphroaig, aunque un vistazo a la piel de sus manos, que lucían el color de la masilla, le dijo que no. «Un par de minutos aquí fuera, y te creerías en un parque de atracciones. En la sala de los horrores, probablemente. O en el tren fantasma.»

La cámara siguió a Winter a lo largo del camino. La puerta principal se abrió, y Winter se encontró cara a cara con la mujer de Mackenzie.

—¿Cómo le fue en Chichester? —preguntó afablemente—. ¿Encontró algo bonito?

Marie se hizo a un lado para dejarlo pasar, pero no dijo nada. Llevaba una bata atada en la cintura. Iba descalza y olía a ducha.

El interior de la casa había sido vaciado recientemente, habían eliminado paredes para crear un enorme espacio abierto. Un invernadero de cristal daba profundidad al área habitable, y las cortinas blancas relucían en tono verde-acuario contra la luz intensa del exterior. Un sofá de cuero en forma de media-luna estaba colocado frente a un televisor de pantalla ancha. El televisor sintonizaba un canal de noticias, donde aparecían imágenes de vehículos blindados rodando por el desierto. El plato de ensalada sobre la mesilla situada delante del sofá estaba prácticamente intacto.

—Está en su guarida. Dice que puede entrar. La segunda a la izquierda.

Marie señaló con la cabeza una puerta situada en el otro extremo de la sala. La puerta, maciza, también era nueva y se cerró sola en cuanto Winter atravesó el umbral. Un vestíbulo enmoquetado, flanqueado de más puertas. Después del vacío desangelado de la sala de estar, le pareció casi íntimo. De las paredes colgaban acuarelas decentes, paisajes portuarios. Un palo de golf y media docena de pelotas amarillas estaban esparcidos por la moqueta.

—Aquí dentro. —La llamada provenía de una de las puertas abiertas a la izquierda. Winter entró en una estancia iluminada con luces suaves y dominada por un gran escritorio, una pieza de anticuario. Pequeños monitores de televisión estaban alineados en la pared al lado del escritorio, y en uno de ellos Winter vio el camino que subía de la entrada de la calle.

—¿Esperas a alguien, Baz?

Mackenzie no hizo caso a la indirecta. Había comprado el software más moderno, sensible al movimiento. Sería el primero en ver cualquier cosa que se moviera en el jardín. Comprado en Internet por dos mil libras, este último juguete suyo le parecía una verdadera ganga.

—Tendrías que estar aquí cuando el viento mueve los árboles. —Señaló con la cabeza una de las pantallas—. El equipo se vuelve loco.

Winter se desabrochó el abrigo y se hundió en uno de los dos sillones. La última vez que había visto a Bazza Mackenzie fue hacía un par de años, en un encuentro de boxeo organizado por el Departamento Central de Inteligencia en el muelle de South Parade. Habían compartido una botella de champán mientras dos jóvenes aspirantes de Leigh Park se molían a palos.

—Has adelgazado, Baz. ¿Vas al gimnasio?

—Es el estrés, colega, y todo ese rollo de las ensaladas. Marie empezó a ir a un centro de salud el año pasado. Las tres mil libras peor invertidas de mi vida. ¿Sabes por qué nos mudamos aquí?

—Dímelo tú.

—Estamos cuanto menos a kilómetro y medio del chiringuito de comidas rápidas más cercano. Midió la distancia con el cuentakilómetros del Mercedes, me llamó y me dijo que pagara la fianza. Cualquiera diría que fue por las vistas. ¿Y la playa? ¿Y todos esos vecinos estirados? Olvídate. Vivimos en una zona libre de chiringuitos. Bienvenido al paraíso.

Winter rió. A diferencia de muchos otros detectives, siempre había sentido una admiración secreta por Bazza Mackenzie. Ese hombre tenía un toque especial, un ingenio, una capacidad de estar alerta que explicaba bastante su asombroso éxito comercial. Se le veía en la cara, en los ojos. Te observaba, lo observaba todo, siempre con una pulla, una oferta o un desplante a punto, inquieto, voraz, sin poder dejar de moverse.

Cuando estaba de mal humor, como podían testificar docenas de personas, Bazza Mackenzie podía inspirar verdadero terror. Nada lo intimidaba, y menos la violencia física, y Winter había visto testimonios fotográficos del daño que podía hacer a hombres que lo doblaban en talla. Si lo pillabas de buen humor, sin embargo, no había interlocutor más agradable que él. Bazza, como Winter dijera a Suttle recientemente, tenía un corazón tan grande como un planeta. Hiciera lo que hiciera, y por la razón que fuera, estaba en ello al ciento por ciento, plenamente comprometido.

—¿Y qué tenemos aquí? ¿Nuevos amigos?

Winter examinaba una mezcla colorida de instantáneas pegadas a un tablón de corcho; las imágenes se solapaban entre sí, como momentos fugaces de la caótica alegría de la vida social de Mackenzie. Una de las fotografías más recientes mostraba cuatro hombres de mediana edad posando en el *green* de un campo de golf. Todos parecían satisfechos de sí mismos, aunque era Mackenzie quien llevaba la bandera.

—Éste es Austen Bridger, ¿no? —Winter escudriñaba la silueta robusta y de rostro escarlata que llevaba pantalones y un jersey Pringle.

—Exacto. Capaz de jugar contra siete. Invencible en sus tiempos. Pero mira esto. Aquí… —Mackenzie rebuscó en un cajón, sacó un tanteador e insistió en que Winter le echara un vistazo—. Tres *birdies* y un *eagle*. Le costó una cena en Mon Plaisir. Paté, rodaballo, Chablis, la pesca. Marie me dio la lata durante semanas después de aquello.

Recuperó el tanteador y lo miró mientras Winter dirigía la mirada de nuevo al tablón de corcho. Austen Bridger era un abogado con un próspero bufete en las afueras de la ciudad, en Port Solent, en un edificio de oficinas recién construido. Se especializaba en contratos de propiedad y desarrollo, en negocios de lujo, y tenía los juguetes ejecutivos para demostrarlo. Cuando no estaba en el campo de golf, navegaba en un yate de carreras de 350.000 libras, que aparecía con frecuencia en las columnas del *News*. Otro ganador.

Mackenzie se había puesto de pie. Lucía un chándal de color gris ceniza y unas Reebok con aspecto de ser nuevas. Empezó a rastrear las fotos del tablón, buscando una en particular.

247

—Aquí. —La desenganchó—. Dubai en Navidad. Se mueren por complacerte. A Marie le encantó. ¿Ves esa especie de rampa en el fondo?

Winter se encontró delante de la foto de una playa. Mackenzie y su mujer posaban sobre el brillante fondo del mar azul. Marie medía unos cinco centímetros más que su marido y, para ser una mujer de mediana edad en bikini, se mantenía muy en forma.

—¿Qué rampa?

—Allí. Mira. —Mackenzie dio unos golpecitos con el dedo a la foto—. Es para hacer esquí acuático. El primer día aprendes a mantenerte de pie. El segundo, ya estás corriendo por toda la bahía. El tercer día te enseñan a saltar, a pasar por las rampas, etc., y el cuarto te lo pasas bomba. Una experiencia increíble. ¿Lo has hecho alguna vez?

—Nunca.

—Es fantástico. Hay tipos que lo hacen de espaldas. ¡De espaldas! ¿Te lo puedes creer? Estoy impaciente, colega. ¿Todavía te va el whisky?

Sin esperar una respuesta, se acercó a un archivador y sacó una botella de Glenfiddich del primer cajón. Sacó una copa de la mesilla de la esquina. A Winter le tocó servir.

—¿Y tú? —Winter miró la única copa.

—Yo no tomo.

—¿Por qué no?

—Lo he dejado.

—¿Hablas en serio?

—Sí, por un tiempo. Tengo curiosidad, si quieres saber la verdad. He pasado tanto tiempo borracho que todo esto es una novedad para mí. —Hizo un movimiento circular con la mano, un gesto que no parecía reconocer límites geográficos, y volvió a sentarse tras el escritorio; parecía un hombre con noticias importantes que comunicar—. ¿Sabes algo realmente curioso de esta ciudad? Tiene que ver con cómo la miras. Cuando eres un chaval, vas a lo tuyo, bajas la cabeza y tiras adelante. De adolescente, sigues la polla. Cuando creces un poco más, puede que te cases y todo eso. Entonces, si tienes suerte, una mañana te despiertas y allí está, a punto de caramelo.

—¿El qué?

—La ciudad. Pompey. ¿Y sabes por qué? Porque es peque-ña. Llegas a conocer a un par de docenas de tipos, el par de do-cenas apropiado, y no hay nada que no puedas hacer. Nada. No hablo de estafas, sino de simples acuerdos, de hombre a hom-bre. ¿Y sabes algo más? Es fácil. Más fácil de lo que te imagi-nas. Te percatas de cómo se hace, te buscas los amigos apropia-dos y empiezas a preguntarte por qué no hacen lo mismo todos los demás bastardos.

—¿En qué te convierte esto?

—En un tipo con suerte.

Cogió un clip y empezó a desdoblarlo mientras se explaya-ba sobre ese mundo nuevo de oportunidades sin límite: cómo un acuerdo llevaba al siguiente; cómo de los negocios podían nacer auténticas amistades; cuánto se había equivocado con respecto a algunos de los tipos de mediana edad que siempre había considerado unos gilipollas. Lo cierto es que muchos de éstos eran unos tíos duros, sabían arriesgar en la vida, sabían pasárselo bien. Al final, las corbatas y los cuellos duros no eran más que un disfraz.

—¿Sabes a qué me refiero?

Winter asintió y volvió la mirada al tablón de corcho. Lue-go tomó un largo sorbo de Glenfiddich, mientras poco a poco se empezaba a aclarar el sentido del inesperado estallido de Mackenzie. La ciudad, explicaba, se había convertido en su ju-guete, en el tren eléctrico de sus sueños. Podía cambiar la dis-posición del terreno, manipular las señales de tráfico, mover los puntos de referencia, jugar a ser Dios.

Una sonrisa iluminó la cara de Winter. «Bazza Mackenzie —pensó—. El Controlador Corrupto.»

Mackenzie volvió a ponerse de pie, incapaz de relajarse. Ha-bía encontrado otra foto, ésta enmarcada: una novia joven el día de su boda, radiante delante del mundo.

—¿Sabes lo de mi Esme? Está embarazada. Me lo dijo la se-mana pasada. Esto me convierte en abuelo. Qué tierno, ¿no?

—Supongo. No sabría decirlo.

—Mierda, se me había olvidado. —Calló, miró a Winter y le dio unas palmaditas en el hombro, como si quisiera recon-fortar a un perro enfermo—. Siento lo de tu señora, colega. Ya ha pasado un tiempo, ¿no?

249

—Hará dos años en septiembre. —Winter se quedó mirando su copa por un momento, preguntándose cómo pudo Bazza averiguar lo de Joannie. Luego volvió a levantar la cabeza—. Debes de estar orgulloso de ella.

—¿De quién?

—De Esme. No sólo por el niño, sino por todo.

—Sí, desde luego. La chica lo ha hecho bien. Casi todo gracias a Marie, si quieres que te diga la verdad, aunque esto no impide que se me caiga la baba. De hecho, me ha llamado esta noche. Este año termina la universidad y está buscando un bufete que la acepte. Resulta que unos importantes abogados le han ofrecido pupilaje si saca buena nota. Estaba impaciente por contárnoslo.

—¿Y el bebé?

—Qué sé yo. Lo apuntaré en Winchester nada más nacer.

—¿La cárcel?

—El colegio. —Mackenzie soltó una risa sonora—. La idea fue de Marie. Para dar un poco de clase a la familia. Hoy en día las mujeres están en todo, ¿no te parece?

Winter pensó en Misty Gallagher. Su papel en la vida de Mackenzie era un secreto a voces entre determinados sectores de la sociedad de Portsmouth. ¿Qué lugar le correspondía en el tablón de corcho?

Mackenzie descartó la pregunta con un encogimiento de hombros.

—Mist es una tonta. No sabe aceptar una broma. Es una pena, en realidad. —Por un momento, pareció pensativo; pero luego se animó visiblemente—. ¿No querrás un bonito apartamento en el paseo marítimo? Será tuyo por setecientas mil libras.

—¿Lo has puesto en venta? —Winter fingió estar sorprendido.

—Sí. Si dejas pasar una semana, costará setecientas cincuenta mil. Con las vistas que tiene, harán cola para comprarlo.

—¿Y Trudy?

—Trude estará bien. Esta muchacha es una superviviente. Tiene que serlo, viviendo con Mist.

—Creía que vivía con Mike Valentine.

—Ni hablar. Mike tiene algo de pasta y cuidó de ella; pero es viejo, ¿no crees? Trude es una niña. No quiere a un viejo arrugado como Mike.

—O como nosotros.

—Pues sí.

—O como Dave Pullen.

Mackenzie no respondió. Fue como si bajara la temperatura del despacho. Después de tanta broma, de tanto ponerse al día, Winter se había inclinado sobre el tren eléctrico de Mackenzie y había dado una patada a las vías.

Mackenzie lo miraba fijamente. Según su estado de ánimo, podía tener los ojos más negros que se hayan visto nunca.

—¿De eso se trata, entonces? ¿Del señor Dave Pullen de los cojones?

—En parte, sí.

—Pues no te preocupes por ese lameculos. Ya me he ocupado de él.

—¿Cuándo? —Winter estaba auténticamente sorprendido.

—Hace… —Mackenzie consultó su Rolex— más o menos una hora. ¿Qué más quieres saber?

Winter miraba la botella. El Glenfiddich no era su malta preferido; pero, dadas las circunstancias, sin duda serviría. Vertió una ración generosa en la copa y le dio vueltas. A veces, es rentable hacer esperar a la gente como Mackenzie.

—Mis jefes están obsesionados con la ley y el desorden —dijo al final—. Mantener la cosa discreta, fuera de la vista, es una cosa. Lo que Chris Talbot hizo en la estación de ferrocarriles es otra.

—¿Como qué?

—Como una estupidez. Además de innecesario.

—Según tú.

—Según ellos. Y no dejan de tener razón. Si no puedes llevar tus negocios sin recurrir a ese tipo de jugadas, quizá debas permitir que otra persona lo intente.

Mackenzie odiaba las críticas. Nadie le hablaba así, con la única excepción de su mujer. Se había puesto visiblemente rígido detrás del escritorio. El compañerismo y los alardes de ingenio habían desaparecido. Winter, consciente de que esa conversación tenía que llegar a algún tipo de tregua, intentó esbozar una sonrisa.

—Piensa que soy un don nadie en la tierra de nadie —dijo—. Estoy blandiendo el libro de las normas. Estoy aquí para decirte que te lo tomes con calma. Llama a tus perros, olvídate de los *scousers*, y tus negocios seguirán como siempre.

—Y una mierda las normas. —Mackenzie estaba cabreado—. Si a tus jefes les interesa que los negocios sigan como siempre, ¿por qué intentan encerrarme? ¿Por qué hablan con el banco y con mi contable? ¿Por qué plantan a sus hombres del otro lado de la calle en esos Fiesta destartalados? —Hizo una pausa lo suficientemente larga para que Winter arqueara una ceja—. ¿Crees que no sé lo de esa mierda? ¿La Operación Volquete? Tres hombres y un perro encerrados en la Isla de las Ballenas. Vuelve y diles que no tienen nada que hacer. Nada de nada. ¿Y sabes por qué? Porque puedo permitirme el tipo de consejeros que ellos sólo han visto en sueños. ¿Y sabes algo más? —Estampó el dedo en las fotografías del tablón de corcho—. Sus consejos son legales, legítimos, remunerados. El problema con vosotros es que estáis ciegos o miráis hacia el lado equivocado cuando caen los grandes negocios. —Se había sentado en el borde de la silla y se inclinó sobre el escritorio—. Un pequeño consejo para ti, amigo mío: cuidado con la prensa.

—¿La prensa local?

—La misma. Espera un par de días, y tal vez podamos recordar esta conversación bajo otra perspectiva. Gran anuncio. Gran adquisición. Centenares de miles de libras. —Asintió, mostrándose beligerante, orgulloso de sí mismo—. ¿Sabes qué es lo que más me jode de vosotros? Aparece un tipo que se deja el culo por la ciudad, hace entrar millones, una jodida agencia unipersonal de regeneración de la ilustre Osborne Road, y ¿qué recibe por sus molestias? La Operación Volquete de los cojones. ¿Qué te parece como muestra de gratitud? No me extraña que la ciudad se esté yendo al garete.

Winter trató de disimular la sonrisa. No sólo Mackenzie creía ese rollo, sino que, con toda probabilidad, casi era cierto del todo. Si añades la tienda de muebles de cocina que había comprado recientemente a su cadena de café-bares y de salas de bronceado, este hombre estaba transformando la cara de Osborne Road. Dinero de la droga o no, el corazón de Southsea sería menos vistoso si no fuera por tipos como Bazza Mackenzie.

—Tú piénsalo —dijo Winter con toda tranquilidad—. Es lo único que pedimos.

—¿Quiénes sois vosotros? ¿Te dijeron que vinieras aquí?

—¿Quiénes?

—Tus jodidos jefes.

—Claro que no. Se llama iniciativa. La tiraron por la ventana hace años.

—¿Y si supieran que estás aquí?

—Un lío de cojones. Eso u otro formulario que rellenar. Escucha, Baz, yo sólo te advierto, te lo digo claro. No vale la pena correr tras los *scousers* por la ciudad. A algunos les repele la visión de la sangre. Te sorprendería cuánto.

—No se trata de eso. ¿Qué se supone que debo hacer? ¿Llamar a la policía? ¿Ir corriendo a buscar vuestra ayuda? En mi trabajo, las cosas son de otra manera.

—¿Y cómo son?

—Si unos tipos intentan sacar tajada, les damos una zurra. Lo mismo con Pullen. Si un tipejo como él se mete con Trude, ya sabe lo que le espera. Así funcionamos nosotros. —De nuevo la risa, brusca, con aire de desafío—. No nos andamos con rodeos. Lo que ves es lo que hay.

Mackenzie señaló la puerta con un gesto de la cabeza. Winter tenía que irse. Se puso de pie, apuró el whisky y se abrochó el abrigo. Mackenzie salió de detrás del escritorio. Visto de cerca, Winter sospechó que había usado tinte rubio para el pelo.

—Una cosa más sobre la joven Trude. —Mackenzie no estaba sonriendo.

—¿Sí?

—Ni lo pienses. ¿De acuerdo?

—¿Yo?

—Ni ninguno de tus hombres.

Winter asintió con el debido respeto a la amenaza y se detuvo junto a la puerta.

—Hay una cosa que necesito saber, Baz. —Señaló la ventana oculta detrás de la cortina.

—¿De qué se trata?

—¿Por qué filtros verdes?

—Ah… —Mackenzie lo tocó suavemente en el hombro—. Es el color de la envidia, colega.

253

Υ

Trudy yacía de costado; tenía la cabeza apoyada en el hombro y el cabello desparramado sobre la cara de Suttle.

—¿Vas a quedarte dormido?

—Sí.

—Te lo permito. Has estado brillante.

—Gracias.

—Hablo en serio. —Humedeció el dedo índice y dibujó un corazón sobre el tórax desnudo del hombre—. ¿Y yo qué? ¿He estado bien?

—Las he conocido peores.

—Cabrón. —Se inclinó por encima de él y levantó del suelo un ejemplar de la *FHM*—. ¿Qué es esto?

Suttle abrió un ojo y se encontró delante de un póster de Jennifer Lopez.

—Olvídala —murmuró—. Tú follas mil veces mejor.

—¿Lo dices de verdad?

—Absolutamente. Aunque es ella la que tiene la pasta. —Le quitó la revista de un tirón y la lanzó al otro extremo del pequeño dormitorio—. Hay media botella de vino blanco en la nevera, si te apetece.

—Ve a buscarla.

—Tú estás más cerca.

Hubo una pequeña corriente de aire frío cuando la chica apartó las mantas. Suttle oyó el sonido amortiguado de sus pasos en la escalera y el característico ruido de la puerta de la nevera al abrirse. Segundos después, ella ya estaba en la cama con él. Su piel de gallina le recordó la noche en que la habían encontrado atada a la cama en Bystock Road.

—Tú primero. —Sólo había encontrado un vaso.

—No, tú.

La observó sorber el vino y se dio cuenta de que hacía meses que no se sentía tan feliz. «No puede ser tan sencillo —se repetía una y otra vez—. No puede ser tan fácil.»

La chica le ofreció el vaso. Cuando tendió la mano para cogerlo, ella negó con la cabeza y mojó un dedo en la bebida antes de metérselo en la boca.

Él lo chupó y pidió más. Trudy le sonrió a la media luz, y Suttle oyó el tintineo del vidrio cuando ella dejó el vaso junto a la botella, encima de la mesilla.

—Más vino, quería decir.

—Ya lo sé.

—Eres una viciosa.

—¿De veras? —Se sentó a horcajadas sobre él, y su aliento le calentó la cara—. Dime una cosa.

—¿Qué?

—Imagínate que tengo un montón de dinero. Que estoy forrada.

—¿Y?

—¿Te fugarías conmigo? En serio. ¿Lo harías?

—¿Fugarnos adónde?

—No lo sé. —Frotó la punta de la nariz contra su mejilla y luego empezó a lamerle la oreja—. A donde quisieras, en realidad. ¿Al extranjero? ¿A América? ¿A Tailandia? ¿A la tierra de Oz? Me da igual.

—¿Te refieres a ir de vacaciones?

—Lo que sea.

—¿No sería de vacaciones?

—No importa. Solos tú y yo.

Suttle la miró por un momento y luego intentó soltarse, pero Trudy era más fuerte de lo que parecía.

—Te tengo. —Se echó a reír—. Y todavía no has contestado a mi pregunta.

Faraday estaba de camino al apartamento de Eadie Sykes cuando su móvil empezó a sonar. Era Willard. Faraday detuvo el Mondeo en una plaza de aparcamiento en el paseo marítimo y apagó el motor.

—Tú me llamaste —gruñó Willard—. Si se trata de tu chico, olvídalo.

—¿Olvidar qué, señor?

—Lo que sea que ibas a decirme. Según parece, no han presentado cargos. Sale en libertad condicional, pendiente de nuevas investigaciones. ¿Correcto?

—Sí, pero la cuestión es…

—Te equivocas, Joe. No hay ninguna cuestión. No ha cambiado nada, salvo que quieras retirarte del asunto, e incluso así, necesitarías una excusa de puta madre. —Hizo una pausa—.

Según me dijeron, no hay pruebas contra el chico, no para presentar cargos en serio. ¿Algo más?

Faraday escudriñó las tinieblas más allá del paseo. Un transbordador nocturno salía rumbo a la isla de Wight, dejando atrás una larga estela de aguas blancas. ¿Cómo expresar las mil y una preguntas que J.J. había dejado en su propia estela? Preguntas sobre la credulidad; sobre la gente aprovechada; y, las más importantes de todas, preguntas sobre la brecha que se había abierto de repente entre el padre y el hijo. Ninguna de estas cuestiones tenía la más remota importancia para Volquete, y sin duda, Willard lo sabía.

—Nada más, señor.

—Bien. ¿Has tenido noticias de Wallace?

—No. Le dejé un mensaje.

—Avísame cuando te llame. No importa la hora.

—Desde luego.

Minutos después, entraba en el bloque de apartamentos donde vivía Eadie. En la tercera planta, la puerta de su piso estaba abierta, y ya desde las escaleras Faraday oyó la voz sin aliento del presentador de la BBC. Las fuerzas de la coalición atacaban el puerto iraquí de Um Qasir. Los informes iniciales del avance de las columnas blindadas sugerían que los defensores de la ciudad estaban a punto de rendirse. Entretanto, Tony Blair había regresado de la cumbre de la UE para fortalecer el pulso de la nación.

Faraday entró en el apartamento. Eadie estaba estirada en el sofá, absorta en el telediario, y los restos de una cena comprada fuera, en una bandeja en su regazo. Pasado un rato, Faraday entró en su campo de visión.

—Hola. —La mujer apenas desvió la mirada.

—Hola. —Faraday se la quedó mirando. Raras veces se había sentido tan enfadado como en esos momentos—. ¿Vamos a hablar, o vuelvo más tarde?

—Dame un minuto, ¿vale? —Eadie señaló la pantalla con un gesto de la cabeza—. Después, podrás quitarte el peso de encima.

—No. —Faraday negó también con la cabeza y buscó el mando a distancia. Al no poder encontrar el botón que quitaba la voz, apagó el televisor. Eadie estuvo a punto de reaccionar, pero se lo pensó mejor. Tenía un par de cervezas en la nevera.

Para el bien de la presión sanguínea de Faraday, una Stella fría no le iría mal.

Faraday pasó por alto la sugerencia.

—Lo sabías —dijo con voz grave—. Esta mañana lo sabías y no me dijiste nada.

—¿Qué sabía?

—Que el chico había muerto.

—Ah… El joven Daniel —asintió Eadie—. Mis disculpas. Mea culpa.

—¿Y eso es todo? —Faraday no daba crédito a sus oídos—. ¿Te metes en la vida del chico, arrastras a mi hijo contigo, grabas al chico mientras se mata y lo dejas morir? ¿Fin de la historia? ¿Finito? ¿Qué lástima?

—Te estás poniendo dramático.

—¡Dramático! El chico murió, Eadie. Esto es importante. A veces, en la poli lo llaman asesinato. De hecho, poco les faltó para hacerlo esta tarde.

—¿A quién acusaron?

—Gracias a ti, acabo de pasar un par de horas tratando de mantener a mi hijo fuera de la cárcel de Winchester. Puede que esto no signifique nada para ti, pero he de decirte que a mí me jodió el día.

—Lo sé.

—¿Lo sabes? ¿Cómo lo sabes?

—J.J. me lo dijo. No es fácil leer entre líneas, pero me hice una idea.

—¿Qué te dijo?

—Que intentasteis cerrarle la boca. Tú y un abogado.

—Es cierto. Lo intentamos.

—También dijo que le pareció una gilipollez. Por eso siguió adelante y se lo contó todo tal como sucedió.

—También es cierto. Una actitud absolutamente temeraria.

—¿De veras? —Eadie arqueó una ceja—. ¿Y cómo es que sigue en libertad?

—Dios sabe. He retenido a tipos en una celda durante treinta y seis horas por mucho menos. Ése podría haber sido el destino de J.J. Fácilmente. Gracias a ti.

Se produjo un largo silencio. Un coche solitario recorrió la calle. Al final, Eadie dejó la bandeja a un lado.

257

—Creí que hablábamos de Daniel Kelly —murmuró—. ¿O va segundo, después de J.J.?

—Ése es un golpe bajo.

—Claro, y tú te estás comportando de forma irracional. Escucha, Joe, tienes razón. El chico murió. Resulta que ocurrió anoche. Igualmente podría haber ocurrido la semana pasada, el mes pasado, mañana o quién sabe cuándo. Lo único que sé es que la cosa era inevitable. Era un funeral andante. Odio decirlo, pero no es ninguna sorpresa.

—¿Y eso lo legitima, cuando resulta que tú le proporcionaste los medios?

—Yo no le proporcioné los medios.

—No, lo hizo J.J. o, al menos, colaboró en ello. Y ¿sabes por qué? Porque, de otro modo, no habrías conseguido tu preciosa entrevista de mierda. Esto se llama presión. Y en última instancia, la presión vino de ti.

—De acuerdo. —Eadie admitió su punto de vista con un asentimiento—. Creo en lo que hago. ¿Esto me quita la razón cuando el chico se habría chutado de todos modos?

—Eso no lo sabes.

—¿Ah, no? ¿Crees que me lo estoy inventando todo? ¿Quieres ver su aspecto? ¿En qué estado se encontraba? Adelante. Volvamos a pasar las pruebas. Pruebas, Joe. Imágenes que no puedes discutir. Si J.J. no le hubiera hecho el recado, habría encontrado a otro que lo hiciera. Se llama dinero, amor mío, y te consigue lo que quieras.

—No seas condescendiente conmigo.

—No lo soy. Te estoy hablando de las realidades de la vida. ¿No me crees? Muy bien, aquí tienes algo más para tu pobre cabecita dolorida. Lo que me dice que tomamos la decisión adecuada, que hicimos lo correcto, es eso.

—¿El qué?

—Eso. —Eadie señalaba la pila de cintas de vídeo que había junto a la mesilla de la televisión—. Ya te lo he dicho. El pobre Daniel Kelly estaba acabado. Perdido. Ya no le importaba nada. Pero, tal como sucedieron las cosas, quizá podamos rescatar algo del naufragio, ofrecer algún tipo de ayuda para el futuro. El futuro de Daniel ya no, pero tal vez el de algún otro chico, el de muchos otros chicos. Cuando te hayas calmado, me preguntarás si lamento lo que pasó anoche. Te digo ya que la respuesta es que no. —Alzó la vista, cansada—. ¿No te das cuenta?

—No, no me doy cuenta. Pero no se trata de esto.

—¿No?

—No. La cuestión es que no me lo dijiste.

—Tienes razón. —Eadie asintió con la cabeza—. No te lo dije. Lo supe; tú estabas en el apartamento cuando recibí la llamada, y no te pasé el mensaje.

—Exacto. —Faraday aspiró profundamente—. Dime por qué.

—Hablas como un poli.

—Soy un poli. Es mi trabajo. Aunque esto complica las cosas, ¿no es cierto? Porque también soy padre. Y también... —vaciló y abarcó con un gesto el espacio que los separaba— soy parte de esto, sea lo que sea.

—¿De veras?

—Sí, de veras.

—¿Y qué es esto?

—Oh, por todos los demonios...

—No, en serio, si todo se reduce a lo de esta mañana, tendríamos que analizar las cosas, aclarar la situación. De acuerdo, debí decírtelo. Te lo debía, por mil razones. Pero mira, no te lo dije, qué le vamos a hacer. ¿Por qué no lo hice? Porque sabía que nos conduciría a esto. No esta noche, sino ya por la mañana. Y si quieres saber la verdad, la verdad de la buena, tenía cosas más importantes en las que pensar.

—¿Como qué?

—No quieres saberlo.

—Ponme a prueba.

—No tiene sentido.

—¿Que no tiene sentido? Mira, ya lo estás haciendo de nuevo.

—¿Qué estoy haciendo?

—Callarte las cosas. Mantenerme a distancia. Se supone que tenemos una relación. Ya sé que suena pasado de moda, pero esto implica un poquito de confianza. Ya he pasado por esto, amor mío. Si no me hablas de Daniel Kelly y de lo que pasó después, puede que empiece a replanteármelo.

—Hazlo.

—¿Seguro? —Faraday la miró largamente y luego apartó

la vista. Por primera vez, la vista desde la balconera no le decía nada: luces dispersas; mucha oscuridad. Entonces percibió un movimiento a sus espaldas y sintió una mano en el hombro.

—Escúchame, Joe... —Por una vez en la vida, Eadie no parecía segura de sí misma.

—¿Qué quieres que escuche?

—¿No nos lo hemos pasado bien?

—Claro que sí.

—¿Y eso no cuenta?

—Sí —asintió Faraday—. Pero pasárselo bien es la parte fácil. Sólo te pido que seas honesta conmigo.

—Lo siento. Te pido perdón.

Eadie se deslizó entre él y la panorámica; de pronto, se mostraba arrepentida. Por un momento, Faraday no estaba seguro de que no fuera una táctica, otra pequeña y desconcertante vuelta de tuerca; sin embargo, cuando Eadie señaló el sofá, aceptó sentarse. Parte de su enfado se había disipado, y se sintió agradecido cuando ella reapareció con una Stella de la nevera.

—Tómatela. —Tiró de la anilla de la lata—. Después te lo cuento.

—¿Contarme qué?

—Lo de mañana.

—¿Más buenas noticias? —Le dirigió un amago de sonrisa.

—Me temo que sí. Y ahora, dos tragos grandes. Buen chico.

Eadie esperó a que se sirviera la cerveza y se tomara un trago largo. Entonces le habló de la autopsia que iba a grabar en vídeo. El padre de Kelly había enviado su autorización por fax, y el juez de instrucción estaba de acuerdo. No había garantías de que pudiera usar las imágenes alguna vez, pero no era el tipo de secuencia que se puede reconstruir.

Faraday asimiló la noticia. Toda una vida de autopsias lo había dejado más o menos indiferente a la visión de la carne muerta. La imagen de Daniel Kelly abriéndose camino a la tumba había sido muchísimo peor.

Eadie lo observaba con evidente cautela.

—¿No vas a gritarme?

—No.

—Gracias a dios por Stella. —Se agachó y le dio un beso—. ¿Quieres el resto de la cena? J.J. casi no comió nada.

—¿J.J.?

—Sí.

—¿Ha estado aquí?

—Está durmiendo en la habitación de invitados.

—¿Lo dices en serio?

Eadie consideró la pregunta por un momento y luego frunció el entrecejo.

—¿Estamos hablando de ese chico alto y delgado? ¿El que habla poco?

Se puso de pie y volvió a la cocina, dejando que Faraday asimilara esta última revelación. El hombre oyó el siseo del gas cuando ella encendió el horno para calentar la cena. Momentos después, Eadie reapareció con tres muslos de pollo y un bol de salsa de cebolla. Dio un muslo a Faraday y le tomó de la mano.

—J.J. estuvo inflexible. Dormiría aquí o debajo de un puente. —Echó una rápida mirada hacia el dormitorio—. Vosotros dos tenéis que hablar.

261

14

*F*araday dormía aún cuando sonó el teléfono. Había dejado el móvil en la sala de estar, tirado en una esquina del sofá, y fue Eadie quien lo despertó zarandeándolo suavemente.

—Es para ti —le susurró al oído—. Podría ser importante.

Faraday se dirigió desnudo a la sala de estar. Una pálida luz grisácea entraba por la balconera, y vislumbró un techo de nubes sobre la isla de Wight. Vagamente recordó que su hijo dormía en la habitación de invitados. Salvo que hubiera pasado algo, naturalmente.

—Detective inspector Faraday. —No conocía el número del que llamaba—. De Crímenes Mayores.

—Soy Graham Wallace.

—¿Sí? —Faraday se frotó los ojos—. ¿Qué hay?

Wallace empezó a describir una llamada que acababa de recibir de alguien a quien se refirió como «nuestro colega». Deseaba un encuentro en el próximo par de días. Wallace le había prometido llamarlo en cuanto consultara su agenda, y ahora necesitaba consejo. Faraday seguía luchando con las implicaciones de este repentino desenlace cuando descubrió que Eadie estaba a su lado, junto al sofá. Llevaba una bata de algodón sin abrochar y quería saber si era demasiado pronto para tomar un té. Faraday dijo sí al té y se llevó el móvil al dormitorio.

Cuando Eadie se reunió con él, la conversación había terminado, y Faraday, sentado en el borde de la cama, estaba inmerso en sus pensamientos. La mujer lo observó, bandeja en mano.

—¿Puedes hablarme de ello? —preguntó secamente.

Υ

Paul Winter se había levantado al alba. Cuando no podía dormir por la noche —lo cual sucedía cada vez con más frecuencia—, se levantaba para caminar por el chalé, perseguía el insomnio de habitación en habitación, se detenía a menudo en el pequeño y ordenado salón para buscar uno de los manidos libros en rústica de Joannie y daba al primer par de páginas la oportunidad de devolverle el sueño. Para su gran sorpresa, a veces funcionaba. Medio capítulo de Jeffrey Archer tenía el poder somnífero de un Nembutal. Últimamente, sin embargo, hasta la prosa machacona de Archer lo dejaba alerta e inquieto; entonces encendía la radio, descorría las cortinas, escudriñaba las tinieblas con las que ese final de invierno envolvía el jardín, en busca de indicios de lo que traería la mañana.

El cartero pasó antes de lo habitual, dejando una cascada de correo-basura en el buzón. Con su segundo tazón de té en las manos, Winter se agachó sobre la alfombrilla. No sabía qué datos demográficos manejaba esa gente a la hora de elaborar sus listas de compradores potenciales; pero últimamente le deprimía un tanto la afluencia de publicidad de centros geriátricos. Ayuda a la tercera edad. Seguros Saga. A los cuarenta y cinco, se decía Winter, un hombre está en lo mejor de la vida; sin embargo, la visión de otra advertencia más sobre el cáncer de próstata mermó su confianza. ¿Cómo podían saber esos metesobres que se sentía tan abatido?

La más grande de las misivas de esta mañana era una novedad: perros lazarillo para invidentes. Se dirigió a la cocina con la intención de tirarlo todo a la basura, pero se lo pensó mejor. Hacía un par de meses que pensaba seriamente en comprarse un perro. Los vecinos de al lado tenían uno. Una guapa pelirroja con los tejanos más ceñidos que se pueden imaginar paseaba su galgo por la colina de Portsdown.

En Asda, cada sábado los que iban a comprar a pie ataban sus caniches a una barra especial junto a los carritos. Había observado a esa gente, preguntándose qué aportaba un perro a sus vidas, y había llegado a la conclusión de que la elección apropiada de la raza —nada extraordinario— podría ser el antídoto perfecto a su creciente sensación de aislamiento. Es-

263

taría bien tener a alguien con quien hablar a las tres de la mañana.

Winter se encaramó al taburete de la cocina y abrió el sobre. Una alegre colección de fotos en blanco y negro le llamó la atención: instantáneas domésticas de perros labrador y sus amos invidentes. Tan sólo cinco libras a la semana, según el impreso acompañante, marcarían una gran diferencia a la hora de entrenar a otro de esos animales milagrosos. ¿Es un precio demasiado alto por algo que le puede transformar la vida?

Winter volvió a fijarse en la fotografía más grande, la de un perro labrador de aspecto jovial que conducía a un elegante caballero con un largo impermeable por los pasillos de un concurrido centro comercial. Sin el perro, ese hombre estaría recluido en su casa, pendiente del servicio a domicilio de Tesco. Gracias a Rover y a trillones de atentos donantes, podía ir de tiendas siempre que le apetecía.

Winter asintió para sí, divertido. Le bastaba entornar los ojos para verse como el hombre de la foto, alguien tan solo y tan desvalido que sólo un perro-guía podía trazarle un camino por la vida. «Quizá sea esto lo que necesito —pensó Winter—. Quizá me haya vuelto tan viejo, tan retraído y tan ciego que algo tan sabroso como Volquete me ha dejado de lado.»

La noche pasada, sentado en la guarida de Mackenzie, no había delatado su desconocimiento de esa operación encubierta; pero cuanto más pensaba en ello, más molesto se sentía de su propia incapacidad de oler lo que estaba pasando. Desde luego, siempre existía la posibilidad de que Mackenzie se equivocara. Los grandes villanos eran notorios por su paranoia y a menudo confundían un interés pasajero con una operación a gran escala, con todas las de la ley. Basándose en lo de anoche, sin embargo, se inclinaba a pensar que Mackenzie no se engañaba. ¡Caramba, hasta conocía el nombre en clave de la operación!

¿La Operación Volquete? Winter meneó la cabeza. Había dedicado toda su carrera como agente del Departamento Central de Inteligencia al esclarecimiento intuitivo de los acontecimientos. Mantén la oreja pegada al suelo, aprende a distinguir las interferencias, y el sonido de una pisada al otro lado del mundo podía revelarte todo lo que querías saber. Y sin embargo, aquí estaba, tan en la inopia como cualquiera, sin saber que alguien de arriba había roto la hucha, se había arremangado y había decidido ir detrás de Bazza Mackenzie.

Incluso a estas alturas, la idea le hizo sonreír. Dado el éxito de la reciente transformación de Mackenzie —un barón de la droga convertido en millonario hombre de negocios—, fundamentar un caso contra él sería un trabajo de mil demonios. Cualquier intento en serio de perjudicarle se orientaría, a la fuerza, hacia el desmantelamiento de su vasto imperio comercial; pero Mackenzie no bromeaba cuando habló de las personas que pagaba para que le aconsejaran, y éstas ya debían de haber trazado un plan de supervivencia para millonarios corruptos.

La regla número uno consistía en mantenerse alejado de la droga: ni posesión ni venta, ninguna relación en absoluto con la cadena de distribución. La legislación contra el blanqueo de dinero parecía cobrar cada vez más fuerza; pero incluso bajo las leyes más recientes, Winter creía que aún se tenía que probar algún delito relacionado con la droga. En vistas de la montaña de privilegios que se arriesgaría a perder, lo último que querría Mackenzie sería atraerse una acusación criminal. Así no haría más que dar a los muchachos de Volquete la victoria con la que soñaban. ¿Cómo lo conseguirían, pues? ¿Y por qué ahora, cuando Bazza parecía tan bien atrincherado?

Winter se sirvió otra taza de té. La sucinta mención de Bazza de la Isla de las Ballenas le resultaba intrigante. A cierto nivel, parecía perfectamente sensato acallar una operación como ésta, mantenerla a salvo de los chismorreos de cantina. Por otra parte, era evidente que la estrategia había fracasado. Y si Bazza en persona estaba al tanto de Volquete, ¿quién más tenía acceso a los archivos? Winter buscó el azucarero. La conclusión, naturalmente, era que Bazza tenía polis en su nómina, cebones mansos —uniformados o no— con el hocico metido en el abrevadero de Bazza. Esto, en sí mismo, no sería ninguna sorpresa. Winter conocía a varios subcomisarios que habían estudiado en el mismo colegio que Mackenzie, habían ido de copas a los mismos pubs y, sin duda, considerarían la ocasional migaja caída de la mesa de Bazza como un gesto de compañerismo. Lo que daba a la revelación de anoche un carácter especial, no obstante, era el hecho de que Volquete no era del dominio público, ni mucho menos. Por una vez en su vida, los mandamases ha-

265

bían conseguido guardar un secreto. ¿Quién mantenía informado a Bazza, entonces?

Esta pregunta acompañó a Winter a lo largo de la hora siguiente de su jornada. Le dio vueltas en el baño. Redactó una lista mental de candidatos durante el desayuno. Finalmente, sentado en el inodoro, se dio cuenta de que había maneras más inteligentes de cortar un pedazo de Volquete para su plato. Estaba examinando la diana equivocada. No era la Isla de las Ballenas ni el equipo de la operación encubierta lo que importaba. Lo que contaba era el propio Bazza.

Había dejado el móvil en el alféizar de la ventana. Lo alcanzó y marcó un número de memoria. Ella tardó un rato en contestar, y cuando lo hizo, su voz sonó a resaca.

—Mist. —Winter sonreía—. Tenemos que hablar.

El subcomisario Jimmy Suttle jamás hacía promesas que no tuviera la intención de mantener. A las ocho y media de la mañana, dejaba a Trudy en la entrada a Gunwharf. La joven tenía cita con el médico y necesitaba pasar por casa para arreglarse. Metiendo la cabeza por la ventanilla del conductor, dio a Suttle un beso prolongado y le dijo que olvidara todo lo que le había contado sobre Dave Pullen.

—¿Ah, sí?

Suttle se miró en el espejo retrovisor y metió la primera. Más tarde, llamaría a Trudy para quedar por la noche. Podrían ir a Southsea a cenar o algo parecido. Se alejó con el coche.

Minutos después localizaba una plaza de aparcamiento en Ashburton Road. Había una reunión de brigada en Kingston Crescent a las 9:15, y la detective inspectora Lamb era despiadada con los rezagados; pero aún le quedaban cuarenta minutos para quitarse un par de pesos de encima. Toda una serie de agentes del Departamento Central de Inteligencia, colegas mayores y más sabios que él, le habían advertido de los peligros de mezclar la vida profesional con la privada. Excepto en casos de deseo de muerte, lo último que se hacía era dejar que el trabajo te jodiera los sesos. De pie en la acera, con la mirada puesta en el apartamento de Pullen en la última planta del edificio, Suttle se permitió una sonrisa taciturna. Estaban equivocados.

En lo alto de la escalera de incendios, intentó abrir la puerta de Pullen. Estaba cerrada con llave. Llamó dos veces, gritó el nombre de Pullen, agitó el pomo y jugueteó con la idea de abrirla de una patada. Volvió a bajar a la calle y, consciente de las cortinas que se movían en las ventanas vecinas, dio la vuelta a la esquina y llamó al timbre. Hacía dos días, la etiqueta contigua destinada al nombre estaba vacía. Ahora rezaba con gruesas letras mayúsculas: DAVE PULLEN.

La tercera llamada no suscitó más que silencio de parte del interfono. Suttle consultó su reloj y llamó al apartamento de la planta baja. Al final, una voz débil y quejumbrosa salió del interfono. Suttle se identificó y enseñó su placa cuando la puerta se abrió finalmente, al cabo de un par de minutos. La mujer debía de rondar los ochenta. Llevaba una rebeca con viejas manchas de sopa y, cuando Suttle repitió que era un agente del Departamento Central de Inteligencia, la mujer pensó que venía por la reciente oleada de robos de las botellas de leche que dejaban ante las puertas del vecindario.

—La semana pasada me robaron las dos botellas. —Alzó la mirada a la cara de Suttle—. Iría a comprar si pudiera llegar a las tiendas.

Suttle la dejó en el vestíbulo cavernoso. Subió tres tramos de escalera y se detuvo en el descansillo. El apartamento de Pullen era uno de los dos que había en la planta. Para su sorpresa, la puerta estaba abierta. Incluso a diez pasos de distancia, percibió el característico olor a mierda. Se detuvo junto a la puerta y llamó a Pullen. El olor era mucho más fuerte allí. Volvió a llamar, vaciló un par de segundos y entró.

La oscuridad del pequeño recibidor tenía una textura casi física, intensificada por el hedor. Suttle recordaba que la sala de estar de Pullen se encontraba tras la puerta a la derecha. La empujó con el pie; estaba alerta, consciente de los latidos de su propio corazón. En situaciones como ésta era mejor tener refuerzos, cuanto menos haber dejado un mensaje para que supieran dónde buscarlo. Entrando a solas como lo hacía, quedaba absolutamente expuesto. Otra regla quebrantada.

—¿Pullen?

Suttle escudriñó el caos de la sala de estar. Las cortinas estaban corridas contra la luz gris de esa mañana de marzo. Un ejemplar del *News* del día anterior estaba doblado sobre el respaldo de una silla, y allí estaba la colección de revistas de fútbol que Suttle recordaba de su última visita. Pullen debió de tropezar con la pila, porque estaban dispersas por todas partes: portadas grandes con las caras de Beckham y de Thierry Henry mirándolo desde lugares inesperados del suelo.

Sobre el mostrador de la pequeña cocina, Suttle encontró los restos de una brocheta con patatas en un nido de papel de periódico grasiento. A su lado, una lata abierta de Tennant's Super. Estudió los restos por un momento, sabedor de que aquella habitación abandonada cobraba visos de un escenario de crimen. Tenía que hacer algunas cosas, dar algunos pasos. Un poco más de iniciativa privada, y correría el riesgo de estropear las pruebas.

—¿Pullen? ¿Dónde demonios te has metido?

Oyó un leve quejido. Inmóvil en la media luz, Suttle tensó todos los nervios para sentir el menor movimiento. Volvió a sonar, esta vez más fuerte. Estaba cerca, pensó. Y era decididamente humano.

De vuelta al recibidor, la primera puerta que abrió daba a un cuarto de baño estrecho. La barra de la cortina colgaba del techo, y la arandela había ido a parar en uno de los grifos del lavabo. Retrocedió en el recibidor y dio un suave empujón a la única puerta que quedaba. Ya estaba abierta unos cincuenta centímetros, y en cuanto se agitó el aire del interior, lo engulló el olor, la fetidez espesa y caliente de la mierda.

La ventana de la habitación estaba tapada con una manta. La luz del día se colaba por los bordes; en la penumbra, Suttle apenas pudo distinguir una silueta tendida en la cama. Tanteó la pared de la estancia hasta que sus dedos dieron con el interruptor. Encendió la luz, preparándose para lo que pudiera ocurrir. Casi esperando una agresión física, se encontró mirando un cuerpo masculino desnudo, atado a los muelles desnudos de la cama, con brazos y piernas separados. Tenía las muñecas y los brazos atados con alambres al armazón del somier, y la piel estaba descarnada allí donde había rozado con el metal en su esfuerzo por librarse. La identificación definitiva era difícil porque la cabeza estaba dentro una funda de almohada mugrienta; pero no costaba trabajo averiguar el nombre. «*Déjàvu* —pensó Suttle—. Dave Pullen. No podía ser otro.»

Dio un paso adelante con la intención de retirar la funda de almohada, pero se detuvo en seco. Debajo de la cama, visible entre los muelles desnudos, había una de las revistas de fútbol abierta en el póster a doble página de un equipo con camisetas rojas y con el logotipo de Carlsberg impreso en el pecho. La foto estaba colocada en el centro de la diana, justo debajo del culo de Pullen. Michael Owen, en la primera fila, había recibido un impacto directo. Otro heroico proyectil de excrementos había eliminado la mitad inferior de Emil Heskey. Un tercero, un bollo gigantesco, salpicaba casi toda la segunda fila. La mitad del equipo de Liverpool estaba enterrado bajo el contenido de los intestinos de Pullen. Claro que el apartamento apestaba.

Por fin, Suttle quitó la funda de almohada. Pullen le clavó la mirada; los ojos eran unas manchas en su cara de pergamino. Una tira de cinta de embalar le sellaba la boca, y Suttle tuvo el inmenso placer de arrancársela. Pullen chilló de dolor, tragó saliva y empezó a lamerse los labios.

—Gracias a dios —empezó a decir—. Gracias a dios.

—Gracias a dios, ¿por qué?

—Por ti. Joder… —Cerró los ojos y meneó la cabeza—. Sácame de aquí.

El colchón y el cubrecama estaban tirados contra la pared de enfrente. Suttle cogió el cubrecama y envolvió el cuerpo desnudo de Pullen. Al hacerlo, se fijó en una serie de herramientas dispuestas en orden sobre la alfombra, junto a la cama. Con el taladro venían un rollo de cable de extensión y un enchufe. El cúter parecía nuevo, y también había un amplio surtido de hojas. Sírvase usted mismo.

—¿Qué es esto? ¿Herramientas de bricolaje?

—No preguntes.

—Acabo de hacerlo. Contéstame. ¿Qué pasó?

Pullen meneó la cabeza. Había sido un juego, una copa de más. No quería hablar del tema.

—¿De quién fue el juego?

—Ni lo sueñes. —Otro meneo de la cabeza, éste más enfático.

—Dímelo.

—No pienso hacerlo.

—¿Fueron los *scousers*?

—¿Los *scousers*? Joder, no. Ahí está la cosa. —Bajó la vista a las herramientas que había junto a la cama.

—¿Qué cosa? ¿La cosa de quién?

—No, por favor, tú sólo quítame estos alambres. Luego quizá podamos hablar.

Suttle lo observó. Hacía un par de noches, este hombre había dado con un taco de billar a Trudy Gallagher. Anoche, en la cama, después de hacerle prometer que lo mantendría en secreto, la chica se lo había contado todo, embiste por embiste. Pullen le dijo que le hacía un favor, que una buena zurra corregiría sus modales. Esta mañana, indignado, Suttle había decidido administrar un pequeño castigo correccional de cosecha propia. Y ahora, esto.

Pullen volvía a despotricar contra sus ataduras de alambre. Estaba tieso como un cadáver. Necesitaba darse un baño. Tenía muchas cosas que hacer, pero ningún interés en absoluto en prestar declaraciones, oficiales o no. ¿No era eso mejor para Suttle? ¿No le hacía un favor, ahorrándole todo el papeleo?

De forma confusa, Suttle empezaba a atar cabos: el nombre recién escrito junto al timbre de la calle, la puerta abierta, el escenario esmeradamente reproducido en el dormitorio, el reo atado y esperando, las cuchillas relucientes junto a la cama, la invitación abierta a una venganza hecha a la medida.

—¿No piensas hacer nada? ¿Te quedarás ahí, de pie?

—Me temo que no, Dave. —Suttle consultó su reloj de forma ostentosa—. Tengo una importante reunión a las nueve. Si llego tarde, la he cagado. Escucha… —empezó a retroceder hacia la puerta, lejos de la revista que apestaba—: intentaré volver más tarde, si tengo un momento. ¿De acuerdo?

—Que te den.

—Sí, a ti también. —Suttle le sonrió—. Hasta luego y, en fin… —levantó un pulgar burlón—, buena suerte.

Salió de la habitación y cerró la puerta tras de sí. No había dado más de dos pasos por el vestíbulo cuando Pullen empezó a gritar. Cualquier cosa, chillaba, haría cualquier cosa con tal de verse libre de los alambres. Dime qué quieres. Cualquier cosa. Suttle se detuvo, dejó que suplicara un rato más y volvió al dormitorio. Si respiras por la boca, el olor se nota menos.

—¿Cualquier cosa, Dave?

—Sí… Que te jodan… Sí.

—¿Fue Bazza quien te hizo esto? —Miró hacia la cama, con una sonrisa en los labios—. ¿O es demasiado preguntar?

La autopsia de Daniel Kelly estaba programada para poco después de las nueve, la primera en la lista de la mañana. Eadie Sykes llegó al hospital de Saint Mary media hora antes, ansiosa por robar un poco del tiempo del patólogo. Nunca había asistido a una autopsia, pero había filmado varias operaciones quirúrgicas y conocía la importancia de ir bien informada. Si pierdes la incisión crucial, la secuencia pierde su impacto.

Descubrió con sorpresa que el patólogo era una mujer. Martin Eckersley había mencionado un par de nombres el día anterior durante la comida, prometiendo hablar con ellos en cuanto recibiera la autorización del padre de Nelly; pero ambos eran nombres masculinos.

—Pauline Schreck. —Era una mujer menuda y bien arreglada, con la mirada danzarina y un apretón de manos seco y huidizo—. Disculpas de parte de mis colegas. Yo soy lo más parecido a un suplente.

—¿De cuerpos anónimos?

—Algo por el estilo.

Condujo a Eadie a un pequeño despacho desnudo y le ofreció un asiento. Eadie sacó una copia del fax del padre de Kelly. La patóloga apenas le echó un vistazo.

—Ya lo he visto —dijo—. Si no, no estaría usted aquí. Dígame… ¿En qué puedo ayudarla?

Eadie le habló un poco del vídeo. Necesitaba grabar la autopsia, con todo detalle. Cuanto más explícita y profesional fuera la información preliminar, mejor saldría el vídeo.

La patóloga asintió. Todo eso le parecía bien. El cuerpo en la nevera era ya un paquete, y a ella le correspondía la tarea de abrirlo. Se extraerían los órganos vitales —cerebro, corazón, pulmones, hígado, estómago, bazo, riñones, vejiga— para su inspección. Se analizarían diversos jugos corporales en cierta dirección de Kent. Más tarde, los chicos del depósito de cadáveres volverían a coser los trozos del señor Kelly.

—¿Fin de la historia?

271

—Desde mi punto de vista, sí. Es un procedimiento, como cualquier otra operación. Aprendes determinadas técnicas, como atar ambos extremos del estómago para conservar el contenido; pero las aprendes paso a paso. La única diferencia es que el señor Kelly no va a mejorar. —Señaló con la cabeza la carpeta de Eadie—. ¿Le sobra algún folio?

Eadie le ofreció el reverso de una octavilla de la Coalición contra la Guerra. La patóloga dibujó los contornos de un cuerpo y empezó a explicar la secuencia de incisiones: la larga incisión central desde el cuello hasta el pubis, los cortes costillares para retirar la caja torácica y llegar a la lengua y a los órganos del cuello, el bisturí más pequeño que se emplea para trazar una incisión de oreja a oreja pasando por la línea del pelo.

—¿Por qué por la línea del pelo?

—Hemos de echar un vistazo al cerebro. —Dio unos golpecitos con el lápiz al dibujo—. Siento decepcionarla, pero esto es todo, más o menos.

—¿Y lo que extraen? ¿Los órganos?

—Los pesamos, los medimos, los sellamos en una bolsa de plástico y los volvemos a colocar dentro del cuerpo.

—¿En qué parte del cuerpo?

—Aquí. —La médico tocó su estómago—. En la cavidad abdominal. Es importante sellar la bolsa, También llenamos el cuello y la boca con tisú. Lo último que queremos es un escape.

—¿Y eso es todo?

—Me temo que sí. Me encantaría decirle otra cosa, pero esto no es la ciencia del espacio. La muerte raras veces es complicada. En términos médicos, es el punto y final de una oración. Nada más.

Eadie anotó sus palabras. Tenían una fría cualidad desapasionada que encajaba a la perfección con el efecto que tenía en mente. Después del caos de los últimos meses de vida de Daniel Kelly y de los forcejeos en torno a su muerte, todo se reducía a esta mañana gris del mes de marzo en un depósito de cadáveres provincial, con una lista de cuerpos que desmembrar y una pila de formularios que rellenar. El punto y final de una oración. Perfecto.

Eadie alzó la vista.

—¿Le importaría que la entrevistara? Será muy breve.

—¿A mí?

—Sí.

—¿Sobre qué?

—Sobre Daniel Kelly. —Eadie señaló el cuerpo dibujado en la octavilla—. Y sobre esto.

—Sí que me importaría. —La patóloga se echó a reír—. ¿Cómo podría hablar de alguien que no conocía?

Suttle llamó al móvil de Winter. Estaba en la acera, delante de la entrada al bloque de apartamentos de Pullen y con la puerta principal dentro de su campo de visión. Pullen seguía en su habitación, atado al armazón de la cama.

Winter estaba en su despacho de la Brigada contra el Crimen, en Kingston Crescent. Le informó de que se había cancelado la reunión de las 9:15. Habían convocado a Cathy Lamb a un consejo de guerra en el despacho de Secretan, junto con todos los jugadores principales de la partida contra la droga. Con el *News* preparando un gran artículo sobre la incipiente guerra entre bandas, había llegado el momento de hacer un análisis a fondo.

—¿Un análisis a fondo? —Suttle no entendía.

—Limitación de daños. Caminos de avance. Todo ese rollo administrativo. —Winter reprimió un bostezo—. ¿Dónde estás tú?

Suttle le describió brevemente lo que le habían hecho a Dave Pullen. Resulta que Mackenzie se percató de que el responsable del estado de Trudy Gallagher era Pullen, y no los *scousers*. Lejos de sufrir en manos de un puñado de matones de Liverpool, su amante era quien la había maltratado.

—Nosotros ya lo sabíamos —señaló Winter.

—Sí, pero no Mackenzie. Él había creído a Pullen. Por eso ordenó la paliza del *scouser*. Y ahora resulta que Pullen le mintió desde el principio para salvar el culo, porque sabía que Mackenzie se pondría frenético si supiera que había puesto las manos sobre la chica. Y tenía razón.

—¿Qué hizo Bazza?

—No te lo vas a creer. —Suttle se echó a reír y luego relató a Winter la pequeña escena que había descubierto entre los destrozos de la habitación de Pullen—. Estaba allí atado —dijo al final—. Hecho un auténtico pincho moruno.

—¿Y las cuchillas Stanley?

—Mackenzie hizo correr la voz de que Pullen estaba indefenso. Dio su dirección. Instrucciones de cómo llegar a su casa. La pesca. Para los *scousers*. El tipo les ha causado muchos problemas, así que dejaron la puerta abierta, y el resto depende de los chicos. Por eso Pullen se cagó de miedo. Literalmente.

La descripción que hizo Suttle de la porquería debajo de la cama produjo un tenue silbido del otro lado de la línea. Hasta Winter había oído hablar de Michael Owen.

—¿Y sigue allí arriba? ¿De oferta?

—Sí.

—¿Y realmente espera una visita?

—Oh, sí. Se huele hasta en la manzana siguiente.

—Pero estarían locos si lo hicieran. Con media ciudad buscándolos. Una acusación de intento de asesinato regalada.

—Sí, están locos. Ahí está la cosa.

Hubo un momento de silencio. Suttle pudo imaginarse a Winter sentado tras su escritorio, calibrando las posibilidades. Se aclaró la garganta. «Ya es hora de que haga una sugerencia de cosecha propia», pensó.

—¿Por qué no lo dejamos allí? Montamos vigilancia. Esperamos a que vengan a por él.

—¿Y los pillamos?

—Sí. Mucho más fácil que seguir persiguiendo a un puñado de lunáticos.

Suttle oyó la risa de Winter. Luego el hombre puso el dedo sobre la llaga del evidente contratiempo.

—Nos crucificarían en los tribunales —dijo—. Imagínate qué diría cualquier abogaducho medio decente. Pusimos en peligro la vida de una víctima. Lo expusimos a daños mayores.

—Pero no es una víctima. Lo que le hizo a Trudy equivale a un delito.

—¿Podemos demostrarlo?

—Sí.

—¿Cómo?

—Ella me lo dijo.

—¿Quién te lo dijo?

—Trudy.

—¿Te lo dijo Trudy Gallagher? ¿Cuándo?

—Ayer.

—Ayer, ¿cuándo?

—Por la noche.

—Ah… —Winter se echó a reír de nuevo—. Ahora sí que tenemos un problema.

Convocaron a Faraday al despacho de Willard minutos antes de la gran reunión aclaratoria con Secretan. Había hecho una llamada al detective superintendente a primera hora, inmediatamente después de hablar con Graham Wallace, y ahora —un par de horas más tarde— Willard había tomado una decisión en firme.

—Tiramos adelante —dijo escuetamente—. No tenemos otra opción.

—Ya se lo dije a Wallace.

—¿De veras?

—Sí, señor; estaba pendiente de su aprobación. Wallace afirma que Mackenzie está definitivamente interesado en algún tipo de negociación, aunque todavía ha de llamar para proponer una hora y un lugar concretos.

—¿Crees que jugará con nosotros? ¿Que cambiará de lugar en el último momento? ¿Para destapar la vigilancia?

—Me imagino que sí. ¿Usted no?

—Sí. —Willard miraba un correo electrónico recién llegado a su ordenador—. Supongo que lo hará. —Garabateó una nota para sí mismo y se volvió de nuevo hacia Faraday—. ¿Estamos hablando del fin de semana?

—El sábado o el domingo.

—¿No puede Wallace concretarlo? ¿Intentar fijar la reunión?

—Yo sugeriría el domingo. Hay más gente en Southsea, será más fácil ocultarse. Wallace lo entendió, dijo que alegaría una cita previa para mañana.

—Pero insinúas que podría ser mañana, a pesar de todo.

—Yo apostaría por el domingo, aunque sí, mañana sigue

siendo una posibilidad. He hablado con el supervisor de Wallace en Operaciones Especiales. Wallace está dispuesto a llevar un micro.

—¿Grabador y transmisor?

—Sí.

—Vale, pero también nosotros tenemos que grabar. Si llevan a Wallace a los lavabos y le dan una paliza, descubrirán el micro y se echará todo a perder. Mientras esté transmitiendo, al menos tendremos algo de lo que agarrarnos. La gente que no tiene nada que ocultar no va por ahí sacudiendo a sus socios comerciales. Queda muy mal en el juicio.

—Bien. —Faraday asintió con la cabeza—. Se lo diré a Wallace.

—No suenas convencido, Joe.

—No lo estoy, señor. Estamos exponiendo demasiado a ese tío. Mackenzie podría aparecer con un ejército. ¿Qué pasa si se pone tonto?

—Intervenimos.

—¿Cómo?

La pregunta de Faraday quedó suspendida en el aire, enfrentándolos. Éste era el quid de la cuestión, y Willard lo sabía. Si enrolaban a media docena de tíos como equipo de apoyo, se crearían un problema enorme. Necesitarían tiempo para explicarles el trabajo detalladamente y tendrían que darles ese tipo de información que cualquier poli de Pompey relacionaría fácilmente con el nombre de Mackenzie. A partir de ese momento, y aunque fuera por poco tiempo, el propio Volquete quedaba en entredicho. Algo similar había ocurrido con la fracasada detención del vehículo antes de Navidad, con Valentine burlándose de su operación encubierta. Correr la voz acerca de Volquete podría significar otro desastre como aquél.

Willard miraba por la ventana, inmerso en sus pensamientos. Al final, pareció que tomaba una decisión.

—Nosotros mismos nos ocuparemos, Joe.

—¿Nosotros?

—Sí. —Willard asintió—. Tú y yo y ese supervisor de Operaciones Especiales.

Y

Minutos más tarde, Willard y Faraday bajaban al despacho de Secretan, en la planta inferior. La mayoría de los participantes esenciales ya habían llegado —rostros familiares reunidos alrededor de la mesa de conferencias del superintendente en jefe—, y Faraday se deslizó en la silla vacía al lado de Cathy Lamb. Ella estaba atareada repartiendo los cafés que llevaba en una bandeja; pero aun así, encontró tiempo para interesarse por J.J.

—¿Cómo está?

—Voló del nido. Abandonó el campamento.

—¿En serio? —Cathy dejó de servir—. ¿Cuándo?

—Anoche. Parece que se ha instalado en casa de Eadie.

—Pues ya sois dos.

—Sí. —Faraday le dedicó una sonrisa desganada—. De momento.

Mientras Cathy empezaba a repartir los cafés, Faraday apartó el pensamiento de J.J. e intentó concentrarse en la gente allí reunida. Él y Willard representaban a la Brigada de Crímenes Mayores. Len Curzon, el detective inspector a cargo de los detectives de la división municipal, venía de Highland Road. Cathy Lamb, por su parte, aportaría información acerca de la Brigada contra el Crimen de Portsmouth recién formada.

Sorprendió a Faraday la presencia de Harry Wayte, el detective inspector de la Unidad Táctica contra el Crimen. Su misión era parecida a la de Cathy Lamb: salir allí fuera, hablar con los malos, adivinar todos y cada uno de sus movimientos y convertir la información en detenciones. La palabra en boga para describir este tipo de trabajo policial era «proactivo», que ofrecía a los altos escalafones directivos cierto grado de tranquilidad. La convicción, por imaginaria que fuera, de que no estaban a merced de los acontecimientos obraba maravillas con los políticos más crédulos.

La mirada de Harry Wayte, sentado del otro lado de la mesa, se cruzó con la de Faraday. A éste, que no lo veía desde hacía bastante tiempo, le impresionó su aspecto envejecido. Desde sus días de suboficial en jefe de la marina, Harry nunca había ocultado su predilección por el buen whisky escocés. En el trabajo, a lo largo de los años, se había labrado una reputación de poli bueno y de confianza, y había capeado muchas cri-

277

sis sin que el alcohol se convirtiera en un problema. Ahora, sin embargo, con esos ojos azules lagrimosos y esa cara cruzada de venas parecía una auténtica ruina humana.

—¿Estás bien, Harry?

—Mejor que nunca, Joe. ¿Y tú?

—¿Quieres la respuesta abreviada? Mi chico está de mierda hasta el cuello. El trabajo es muy chungo. Y no he hecho ningún avistamiento alado decente desde hace dos semanas. Aparte de esto —Faraday extendió los brazos—, la vida es una joya.

—Oí lo de tu chico.

—¿De veras?

—Sí, yo y todos los polis que conozco. Es curioso cómo corren las malas noticias. ¿Qué tal una copa después? Arriba, a la hora de comer. Hoy es mi cumpleaños.

Faraday asintió con la cabeza; luego Secretan y el detective inspector en jefe que actuaba como administrador de delincuencia de la ciudad entraron en la sala, y el ruido empezó a desaparecer en torno a la mesa. Faraday nunca había visto antes al superintendente en jefe en acción, aunque ya estaba impresionado con las fotos en color enmarcadas que adornaban la pared detrás del escritorio de Secretan. Había oído decir que este hombre asistía a citas regulares con algunas de las montañas más recias del Reino Unido, que realizaba expediciones semanales a los Cuillins y a algunos de los picos más difíciles de Gales; pero si esas paredes de granito puro, empapadas de lluvia y envueltas en nubes, representaban muescas en su cinturón, ya merecía toda la atención de Faraday. Una cosa es buscar un escondite en alguna ladera para observar pájaros, y otra muy distinta, conquistar monstruos como los Cuillins.

Secretan empezó con una breve puesta al día sobre lo que llamó «la situación entre manos». Hablaba con el suave deje de los condados occidentales, que no lograba disimular su irritación por el reciente giro de los acontecimientos. Tras un período de relativa calma, unos forasteros habían decidido zarandear la pequeña embarcación de Pompey. Algunos, como todo el mundo sabía, venían de Merseyside. Todo intento de repatriación había fracasado por completo hasta el momento. Según los informes del Servicio de Inteligencia Metropolitano, otros habrían de llegar de Brixton y otras áreas del sur de Londres. Estos tipos, indios occidentales en su mayoría, eran atraídos por la perspectiva de ventas en un mercado amplio y en rápida expansión. La magnitud del desafío que esta situación planteaba a la policía, dijo Secretan, quedaría mejor expresada en simples cifras. Actualmente, treinta gramos de coca valían 1.700 libras en el mercado londinense. En Portsmouth, los traficantes podían obtener un 10 por ciento de bonificación. La ley de la oferta y la demanda. Evidente.

Hubo un murmullo de aprobación alrededor de la mesa. Nada de eso era nuevo; pero Secretan, a su manera sucinta, lo había resumido bastante bien. Se volvió hacia Willard. Todos eran hombres ocupados, y su tiempo era valioso; pero también era importante evitar el caos en las investigaciones —que las pesquisas policiales se superpusieran—, y a este efecto había pedido que el detective superintendente estableciera una clara demarcación en términos de operaciones en curso. Lo último que necesitaban en estos momentos eran docenas de agentes tropezándose por el camino.

Willard asintió con la cabeza. Faraday ya sabía que apreciaba a Secretan, un raro espaldarazo viniendo de alguien tan perseverante e inflexible como Willard, y Faraday supo en seguida que los dos hombres caminaban prácticamente codo a codo.

—Empezaremos con Nick Hayder —dijo—. Tenemos una buena idea de lo que le ocurrió, y no me cabe duda de que está relacionado con las drogas. Lo que Nick hacía allí esa noche sigue siendo un misterio y, francamente, puede que nunca logremos descifrarlo. Pudo ser una simple casualidad; aunque conociendo a Nick, lo dudo seriamente. En cualquier caso, hirieron de gravedad a un alto oficial de la policía, y esto es totalmente inaceptable. Gracias al gran trabajo investigador de la brigada de Cathy Lamb, hemos conseguido averiguar algunas cosas. ¿Cathy?

Cathy Lamb tomó la palabra. Un par de sus agentes habían localizado un Cavalier robado. Los primeros resultados de los análisis forenses del vehículo sugerían que bien pudo ser el coche que utilizaron para atropellar a Nick Hayden. Tras un análisis de ADN, se había relacionado con el coche a un joven de Merseyside, hospitalizado por otro incidente y que actualmente se encontraba bajo custodia armada en el hospital Queen Alexandra.

—¿En beneficio de quién? —preguntó Secretan.

—Nuestro —respondió Cathy en seguida—. Y también suyo.

—¿Podemos afirmar que el chico del hospital está detenido por el incidente de Nick Hayder?

—Sí, señor. Sin embargo, un testigo que presenció la llegada del coche sitúa a otro joven en el vehículo. Y aún no lo hemos encontrado.

—¿Hay pistas?

—Algunas. Nada que me convenza.

Secretan asintió al detective inspector en jefe sentado a su lado, quien tomó una nota. Luego miró a Willard.

—¿Quién lleva la investigación del caso Hayder? ¿La Brigada de Crímenes Mayores? ¿La de Cathy?

—La de Cathy. Bajo mi supervisión.

—¿Usted es el oficial mayor de la investigación?

—Correcto. Aunque la infantería es de Cathy.

—Bien. ¿Dónde deja esto a la Brigada de Crímenes Mayores? En lo que a nuestro tema se refiere.

Era una pregunta pertinente, y Faraday se inclinó hacia delante para oír mejor la respuesta de Willard. En realidad, Volquete era, desde luego, una operación de Crímenes Mayores, aunque fuera del alcance de la mayoría.

—En ningún sitio, señor. —Willard miraba a Secretan al otro lado de la mesa—. Si desea una lista de las operaciones en curso, estaré encantado de proporcionársela. Algunas tienen que ver con las drogas, aunque no es necesario que formen parte de este debate.

Faraday sonrió para sí. Era una respuesta consumada, de diplomacia perfecta, y Faraday se preguntó si Willard la recordaría para usos posteriores. En los dos años que llevaba en la Brigada de Crímenes Mayores, nunca había considerado a Willard como un político; pero ahora empezaba a planteárselo.

Secretan había vuelto su atención a Cathy Lamb. Respondiendo a su pregunta, ella confirmó el inicio de una preocupante guerra entre bandas. Conseguir ciertos resultados contra los dos *scousers* mermaría, sin duda, las filas de esta banda; aunque todas las informaciones sugerían que la certeza de grandes beneficios pesaba más que cualquier otra consideración. Sus hombres tenían las manos en la masa; pero, en última instancia, el mercado desbarataría sus mejores esfuerzos por contener el conflicto. Si no eran los *scousers*, serían los indios occidentales. Y si no eran éstos, sería cualquiera de otra media docena de tribus. Los albaneses, los turcos, los chinos o los rusos. En este juego, concluyó Cathy, había dónde elegir.

Una silueta se movió al extremo de la mesa. Era Harry Wayte.

—Cathy tiene razón —dijo suavemente—. Esta mañana supimos de un importante alijo de cocaína en las afueras de la ciudad. Con la mano en el corazón, reconozco que no sé dónde ha sido. Y si me lo preguntan, tampoco puedo decirles adónde ha ido. Pero la demanda rompe techos. Y donde hay demanda, hay oferta. —Hizo una pausa—. Ya sé que suena muy carca, pero solía comprender esta ciudad. Sabíamos a qué nos enfrentábamos. Los fines de semana eran movidos, y las drogas formaban parte de aquello, sin duda; pero conocíamos a los principales implicados, estábamos en contacto con ellos y controlábamos la situación. Ahora todo está hecho una mierda. Cualquier día de éstos, desearíamos que los del lugar siguieran al mando.

Willard se había inclinado hacia delante. Quería saber más de este último alijo de cocaína. ¿Qué validez daban a la información? ¿Cuál era la fuente? Secretan extendió la mano en un gesto de advertencia. Podrían hablar de todo eso dentro de un momento. Por ahora, prefería que Harry Wayte prosiguiera con su relato.

Harry se encogió de hombros.

—No tengo nada más que decir, señor. Sólo que, a veces, el diablo es mejor, si sabe a qué me refiero.

—¿Habla de Mackenzie?

—Por supuesto. Y de otros. Para seguir en el juego en estos días que corren, los tipos como él tienen que abusar de la violencia. Por eso se ha disparado la cosa. Pero antes no era así. Cuando eran los amos de la ciudad.

—¿Y le parece una lástima?

—Creo que facilitaba nuestro trabajo.

—¿Aunque se embolsaran millones de libras? ¿Y presumieran de ello?

—Aun así. Es el precio que se paga por la paz y la tranquilidad. Mírenos ahora. No estaríamos aquí, sentados a esta mesa, si todo aquello no se hubiera venido abajo. ¿Me pregunta qué podemos hacer al respecto? Sinceramente, no tengo la menor idea. Peor aún, no creo que nadie la tenga. Estamos persiguiendo nuestras propias colas. Lo siento, pero es así.

Todas las cabezas se volvieron hacia Secretan. Para sorpresa de Faraday, el jefe parecía muy satisfecho con el curso que acababa de tomar la reunión. Mientras que muchos hombres en su posición habrían descalificado a Harry Wayte sin pensárselo dos veces, él no parecía sentirlo como una amenaza a su autoridad. Bien al contrario, se diría que la opinión de Harry le parecía realmente valiosa.

—¿Geoff? —Secretan miraba a Willard—. ¿Qué piensas de todo esto?

—¿Yo? —Willard contempló por un momento su libreta vacía y luego dirigió la mirada a Harry Wayte—. Creo que es un auténtico rollo.

15

*E*l depósito de cadáveres del hospital de Saint Mary ocupaba un rincón remoto del extenso recinto urbano. A media mañana, el sol doraba el rectángulo de asfalto destinado al aparcamiento de los coches del personal y de las furgonetas de las funerarias. Eadie Sykes salió de una puerta lateral y se apoyó en la pared de ladrillo, agradecida por el calor templado.

Ninguna reunión previa podría prepararla para la realidad de una autopsia, esto ya lo sabía. Aun esperando ciertas variaciones con respecto a las operaciones a las que ya había asistido, se encontró ante una carnicería. Ya fueron bastante malos sus primeros planos del bisturí que cortaba la carne cerosa de Kelly, de los verdes biliares y los amarillos intensos de sus jugos intestinales, del chasquido crujiente con que las tijeras de acero partieron los huesos de la caja torácica. Lo que siguió una vez abiertas las cavidades torácica e intestinal había supuesto —para Eadie— un choque profundo.

A menudo se había reconocido una rara tolerancia a las sorpresas más desagradables de la vida. Era capaz de enfrentarse a los efectos de los choques múltiples en la autopista y a grabar imágenes cruentas en zonas de combate. Pero la esencia mortal de lo que acababa de presenciar, saber que cualquiera de nosotros podría convertirse algún día en una carcasa cuidadosamente vaciada sobre una mesa de acero inoxidable, la llenaba de horror.

Las salidas del aire acondicionado estaban en el tejado por encima de su cabeza, y una brisa de viento le trajo el enfermizo olor dulzón de la siguiente autopsia. «La gente como Pauli-

283

ne Schreck vive con este olor todos los días de su vida laboral —pensó—. Un olor como éste no te abandona, ni siquiera cuando te acuestas para dormir.» Con un escalofrío, se dirigió a su coche. Guardó la cámara en el maletero y sacó el móvil de la guantera. Entre los mensajes de su buzón había un número que no reconoció en seguida.

Impaciente por alejarse de aquel lugar cuanto antes posible, salió marcha atrás en ángulo cerrado y deshizo su recorrido de llegada entre el laberinto de edificios. Sólo cuando llegó a la carretera principal y tuvo que esperar en el semáforo, marcó el número de su buzón de voz.

Una voz masculina con acento del norte le deseó un muy buen día. Había llegado a última hora de la noche pasada. Se alojaba en el hotel Marriott y le agradecería media hora de su tiempo. ¿Tenía un hueco en su agenda para tomar un café? ¿A media mañana? Digamos que a las diez y media. Eadie consultó su reloj. El Marriott estaba a quince minutos de distancia, en lo más alto de la ciudad. El padre de David Kelly era la última persona con la que quisiera enfrentarse en estos momentos, aunque sabía que este encuentro podría ser muy importante.

Cuando cambió el semáforo, vaciló por un segundo. Luego torció a la izquierda, dirección norte.

Jimmy Suttle esperó en el coche mientras Winter echaba un vistazo por sí mismo. Un minuto después, volvía a la calle. El asco era algo que Suttle reconocía a los veinte metros.

—Este tío es un animal. —Winter cerró la puerta del coche y buscó un Werther's Original en el bolsillo—. Le dije que llamaría al RSPCA. Para poner fin a su miseria.

—¿Qué te ha dicho?

—Que le importa un bledo. Creo que está perdiendo las ganas de vivir.

—¿Qué hacemos?

—Lo desatamos. Lo limpiamos. Lo sacamos de aquí. Si Cathy quiere montar una operación, una especie de emboscada, no hay nada que se lo impida. Los *scousers* no sabrán que Pullen se ha ido.

—Vale. —Suttle trató de disimular su decepción. Señaló

con la cabeza los apartamentos del otro lado de la calle—. ¿Quieres que te eche una mano?

—Sí..., aunque antes deberíamos hablar de algo.

—¿De qué se trata?

—De ti y de Trudy... —Winter empujó el asiento del copiloto hacia atrás y se puso cómodo—. ¿Hay algo que quisieras compartir conmigo?

—¿Como qué?

—Como que ella fue tu ligue de anoche.

—Ya te lo dije.

—Te equivocas, hijo. Me dijiste que anoche la viste. Yo te pregunto si fue ella la razón por la que te escaqueaste de ir de casa en casa. Un «sí» bastaría. Para empezar.

Sutle empezó a darse cuenta de que Winter hablaba en serio. Y no sólo en serio; había algo más. ¿Estaba enfadado? No podía asegurarlo.

—De acuerdo —respondió lentamente—. Ella quiso verme.

—¿Fue ella?

—Exacto. Me llamó. Fijó la hora y el lugar. Como haces tú.

—¿Alguna idea de por qué lo hizo?

—Le gusto.

—Natural. ¿Alguna otra razón?

—Quería hablar de... —Suttle señaló la casa con la cabeza— ése, allí arriba.

Contó cómo ella había ido a ver a Bazza obedeciendo a un impulso, cómo se lo había contado todo y cómo temía las consecuencias.

—No me sorprende. —Winter señaló el teléfono móvil—. Llámala. Invítala a echar un vistazo. Podría resultar muy beneficioso para nuestro amigo. —Hizo una pausa—. ¿Qué más?

—Nada más.

—Sólo que te la tiraste.

—Sí, lo hice.

—¿Se te ocurrió en algún momento que podría no ser una gran idea? No, ¿verdad? Seguiste adelante y te diste el gusto. Mírame, hijo. —Suttle volvió la cabeza a regañadientes. Winter se comportaba como si fuera su padre—. Y ella lo deseaba, ¿no?

—Mucho.

—¿Tenéis planes para esta noche? ¿Para el fin de semana?

285

¿Ir a algún sitio bonito? En tu lugar, yo pensaría en el extranjero, bien lejos de aquí. La Patagonia es preciosa en esta época del año.

—¿Cuál es el problema? —Suttle quiso defenderse—. Simplemente, ocurrió. Estas cosas pasan. Tomamos un par de copas, nos enrollamos. ¿Qué hay de malo en ello?

—Mucho, amigo mío. Por si nadie te lo ha dicho hasta ahora, concédeme el honor. Tirarse a los clientes es una jugada muy sucia, y te lo dice alguien que lo sabe bien. Implicarse emocionalmente es aún peor.

—¿Quién dice que me he implicado emocionalmente?

—Fuiste a casa de Pullen a primera hora de la mañana. —Winter señaló con la cabeza el edificio del otro lado de la calle—. Una visita social, ¿verdad? Una oportunidad para comparar notas. ¿O tenías otra cosa en mente?

Hubo un largo silencio. Suttle se esforzaba al máximo por ocultar su turbación.

—Es una niña —dijo al final—. Vete a saber qué hacía con un tipejo com⸱ Pullen.

—O con Valentine, llegados a esto.

—No. —Suttle negó con la cabeza—. Aquello fue distinto. Resulta que el rollo con Valentine fue platónico. Nunca se lo montaron, para gran frustración de ella.

—¿Te lo contó Trudy? —Winter no se molestó en disimular su sorpresa.

—Sí, y me lo creo.

—¿Qué sacaba él de todo eso?

—No lo sé. Quizá sintiera lástima de ella. Puede que simplemente le gustara, que le gustara tenerla en casa. Si pasas por alto su actitud, es una chica bastante dulce, sí... —Asintió—. Muy dulce.

—¿Crees que Valentine es gay? ¿O que ha perdido la cabeza?

—Para nada. —Otra negación con la cabeza—. Trude dice que se ha estado tirando a su madre.

—¿A Misty? ¿Valentine se ha estado tirando a Misty?

Winter sonrió.

—Sí.

—¿Todavía se la tira?

—Sí. Que yo sepa.

—Excelente. —Winter celebró con otro Werther's la confirmación de su corazonada—. ¿Y qué pintas tú en todo esto?

Suttle rió.

—Bastante poco, si quieres saberlo.

—¿Y Trude?

—Habla de largarse. Probablemente es un sueño, aunque parece decirlo en serio. Anoche lo mencionó dos veces.

—Pobre de ti. Justo cuando las cosas…

—Ah, no. —Suttle le sonrió—. Quiere que vaya con ella.

—¿Adónde?

—Sabe dios.

—¿Cómo?

—Ni idea. Dijo que tiene dinero.

—¿Mucho dinero?

—Ni idea.

—¿Estamos hablando de unas vacaciones?

—Tal vez.

—¿Algo más permanente?

—Es posible.

—¿Y?

—Pues… es una broma, obviamente. Es muy maja y todo eso, pero no hay nada que hacer.

—Gracias a dios.

—No te entiendo.

—No, ni lo harás si sigues por este camino. —Winter se volvió para mirarlo—. Escúchame, hijo. Eres un chico listo, te lo montas bien. ¡Caramba!, hasta me caes bien; pero no eres de por aquí y, créeme, esto lo cambia todo. Aquí tenemos un código, hay cosas que simplemente no se tocan en esta ciudad, y una de ellas es Trudy Gallagher. ¿Por qué? Porque Bazza la considera como hija suya; siempre ha sido así, carne de su carne, sangre de su sangre, y la última persona que quiere que le toque el culo es uno de los nuestros. Se lo tomaría como una afrenta personal, créeme.

—¿Me estás diciendo que Trude es hija de Bazza? Seguro que ella no tiene ni idea.

—No te estoy diciendo nada. Yo sólo soy el mensajero.

—¿Te lo dijo él?

—Prácticamente.

—¿Cuándo?

Winter lo miró por un momento y luego meneó la cabeza. Había dicho lo que tenía que decir; ahora tenían que subir al apartamento y liberar a Dave Pullen. Antes, no obstante, debía informar a Cathy Lamb.

Tendió la mano. Suttle le dio un apretón. Winter suspiró desesperado.

—El móvil, capullo.

Faraday ya había vuelto a su despacho de la MCT cuando llamó Gisela Mendel. Reconoció su voz de inmediato, el brusco acento alemán, y buscó la libreta que guardaba junto al teléfono.

—Se trata de la venta de la fortaleza —dijo la mujer en seguida—. Vuestro señor Mackenzie ha vuelto a abordarme.

—¿Y?

—Dice que tenemos que reunirnos la semana que viene. Quiere llevar ı su abogado, y según él, yo he de llevar al mío.

—¿Qué hay de los otros interesados?

—No parece creer que supondrán un problema.

—¿En serio? —Faraday calculó las fechas. Mackenzie quería reunirse con Wallace el fin de semana. Según parecía, había hecho planes que le dejarían libre el camino que conducía al fuerte Spit Bank. Si Willard y Faraday buscaban pruebas de la convicción de Mackenzie, ésta era una de ellas.

—La última vez que nos vimos, mencionó un cambio de circunstancias —dijo Faraday, midiendo sus palabras—. Circunstancias personales.

—Correcto. Mi esposo ha iniciado un proceso de divorcio.

—¿O sea, que la venta será auténtica?

—Me temo que sí.

—¿Tiene alguna cifra en mente?

—Sí.

—¿Que pondrá sobre la mesa la semana que viene?

—Obviamente.

—¿Le importaría decirme cuál es esta cifra?

Hubo un largo silencio. Cuando Gisela contestó finalmente, su voz se había endurecido.

—Esto no es fácil, señor Faraday. Hasta ahora, como usted ya sabe, todo ha sido de mentira. No pido información adicional, no quiero saber por qué estoy en este juego, lo único que digo es que las reglas han cambiado. Tengo que vender de verdad. Tengo que convertir este lugar en dinero. Claro que me encantaría cobrar un millón doscientas mil libras, pero nadie va a pagar tanto dinero, no por Spit Bank. Estaría bien que lo hicieran, pero no lo harán. Francamente, dada la decisión de mi esposo, dependo en gran medida del señor Mackenzie.

—¿Aceptará lo que le ofrezca?

—Regatearé, por supuesto; pero... sí, no me queda otra alternativa.

Faraday se apoyó en el respaldo de la silla. Ni una vez había pensado en lo que pasaría después de la reunión inminente entre Mackenzie y Wallace. Éste era el punto crucial de Volquete, la bisagra de la investigación, el número exclusivo en el que habían apostado todas sus fichas. ¿Y si la operación fracasaba? ¿Qué pasaría si a finales de la próxima semana Mackenzie hubiera comprado ese trocito de Pompey por una miseria?

—¿Ha hablado de esto con el señor Willard?

—Lo intenté, pero estaba ocupado.

—Bien, déjemelo a mí. —Faraday calló de nuevo al ocurrírsele otra posibilidad—. ¿Qué pasará si Mackenzie no puede pujar?

—No entiendo.

—¿Qué pasará —Faraday ya sabía que nunca debió iniciar esta conversación— si de repente no le interesa comprar?

—¿Por qué demonios no iba a interesarle?

—No tengo la menor idea, pero respóndame. Imagínese la situación. No está Mackenzie. Y tampoco nadie más.

Se produjo un nuevo silencio, aún más prolongado.

—¿Lo dice en serio? —preguntó finalmente la mujer.

El padre de Daniel Kelly esperaba en la cafetería del hotel Marriott. Eadie lo vio en una mesa de la esquina nada más entrar en la sala: un hombre más pequeño de lo que se había imaginado, con traje negro, corbata escarlata y enormes gafas de montura azul. Él dobló un ejemplar de *Variety* y se puso de pie. Su apretón de manos fue cálido, aunque ligeramente húmedo.

Hizo señas a una camarera distante. Eadie vio restos de corteza de beicon en el borde de su plato vacío.

—He desayunado tarde. ¿Le apetece comer algo?

La sola idea de comer le dio arcadas.

—Un café será suficiente —dijo.

La camarera recogió el plato de Kelly y se alejó. El silencio que imperó habría sido embarazoso si Eadie no hubiera decidido ya que este hombre merecía conocer la verdad.

—Su hijo estaba hecho unos cirios —dijo con voz queda—. Lo estaba en vida y lo estuvo después de morir. No sé si usted comprende la magnitud de su desarreglo.

Kelly se recostó en el respaldo de la silla. Según su estado de ánimo, Eadie Sykes podía causar un impacto casi físico.

—Ya me lo dijo por teléfono —logró decir al fin el hombre.

—Lo sé. Pero creo que vale la pena repetirlo. Generalmente, no siento lástima de la gente, pero en el caso de Daniel haré una excepción. Usted le falló. Supongo que todos le fallamos. Pobre diablo.

—¿Por eso ha venido? ¿Para meterme la bronca?

—En absoluto. He venido porque me dejó un mensaje en el móvil. Supongo que sólo intento ayudar. Proporcionar las piezas que faltan del rompecabezas.

—Bien, claro; adelante, pues. ¿Cree realmente que no he pensado ya en todo esto? ¿En lo mucho que no sabía? ¿En lo mucho que debía saber? ¿En cómo no ayuda para nada que un extraño irrumpa en tu vida para decirte que tu hijo acaba de morir de una sobredosis?

—¿Se refiere a mí?

—No, me refiero a la policía. El tipo fue majo, no era su culpa, sólo hacía su trabajo. Aunque esto no ayuda, ¿no es cierto? Te llaman a la puerta. A las siete de la mañana. Ni te imaginas que tu mundo entero está a punto de venirse abajo. —Calló, tendió la mano hacia su taza vacía y luego cambió de opinión. Unas pequeñas manchas coloradas teñían sus pómulos—. La madre de Daniel era alcohólica —dijo de pronto—. ¿Lo sabía?

—¿Era?

—Es. Últimamente pienso en ella como si estuviera muerta.

Eadie apartó la mirada por un momento, preguntándose hasta dónde debía llevar la conversación. La ira era un sentimiento sobre el que tenía poco control. No le debía nada a este hombre. Qué demonios.

—¿Tiene más familia? —preguntó.

—No.

—Dos han caído, pues. Y no le queda nadie.

—¿Disculpe?

—Ya me ha oído.

La camarera volvió con una cafetera. Kelly evitó la mirada de Eadie mientras ésta servía el café. Luego cambió de tema.

—Habló de una especie de entrevista…

—Exacto.

—¿Todavía le interesa? Es que… —señaló la carpeta que descansaba junto a su taza— necesito saberlo.

—¿Para programarla?

—Lo que sea. Escuche. Intento ayudar. Tengo un montón de cosas que hacer, asuntos que he de solucionar: el apartamento de Daniel, la funeraria, el entierro; y tengo que estar de vuelta a casa esta noche. La escuché por teléfono. Lo cierto es que admiro su trabajo y no la culpo por estar tan… —frunció el entrecejo— tensa. Tiene razón. Comparado con mi hijo, soy basura. Yo me vendí hace años. Él, nunca. Ni una vez.

—¿Se vendió?

—Toda esa mierda del mundo del espectáculo. —Tocó la revista—. Lo crea o no, represento a puñados de celebridades de primer orden, nombres que ni se imagina. Deporte, cine, culebrones. Manchester es el lugar. ¿Y sabe cómo es esa gente? Todos le dan a la droga, por todo lo alto: alcohol, coca, caballo, todo. Dales un montón de pasta, y ¿qué hacen? Se la meten por la nariz. Ésta es la realidad. Dígame, pues, ¿cómo pueden salirse con la suya mientras que Daniel…?

—Quizá no salgan con la suya. ¿Se le ha ocurrido alguna vez?

—¿Ah, no? Entonces ¿cómo se explica que sigan vivos y coleando? ¿Paseándose por ahí? ¿Ricos y famosos?

—Porque hay gente como usted que cuida de ellos, se ocupa de sus asuntos.

—Precisamente. ¿Cree que esto me hace sentir mejor? ¿Sentado aquí con alguien como usted?

291

Eadie reflexionó por un momento. Había imágenes que, simplemente, necesitaba descargar. Alzó la vista.

—¿Dice que Daniel no se vendió nunca?

—Exacto.

—¿Y usted lo cree? ¿Realmente piensa que fue así?

—Lo creo.

—Pues se equivoca, señor Kelly. Yo no conocía a Daniel, no como es debido. Lo poco que sé de él me lo contó una de sus amigas, una chica que se llama Sarah.

—La mencionó.

—Ya lo creo que sí. Pienso que Sarah era lo único que se interponía entre Daniel y la maldita tumba. Nada de esto es culpa de la chica, no me interprete mal; pero cuando digo que Daniel se vendió, me refiero a esto. El chico, evidentemente, era inteligente. Tenía cerebro. Tenía planes, esperanzas, ambiciones. Quería escribir una novela, por el amor de dios. Pero ¿qué hizo antes de coger la pluma? Buscó compañía, buscó amor, como hacemos todos. Al no encontrarlo, buscó el mejor sustituto y se lo chutó en el brazo. Se supone que los amigos están para evitar estas cosas. Y la familia también.

—Daniel no tenía familia. Me tenía a mí.

—Ya lo sé. Y aquí está usted, para llevarlo al crematorio.

Eadie se recostó en la silla, ajena a la camarera que estaba a su lado. Lo último que quería en esos momentos era otra taza de café.

Kelly encendió un pequeño puro. «Sus manos son como las de su hijo —pensó Eadie—. Dedos cortos y chatos, uñas mordidas hasta la carne.»

—Dígame una cosa —murmuró Kelly.

—Adelante.

—¿Por qué está tan enfadada?

—¿Enfadada? —Era una pregunta razonable—. Porque he estado allí esta mañana, señor Kelly, y porque vi lo que pasó. ¿Ha visto alguna vez una autopsia? Es algo grotesco, algo realmente espeluznante. Al principio, no es tan malo. Tiene que haber una forma de llegar a las tuberías, así que, oye, te abren en canal. Y luego tienen que llegar a esas cosas dentro de la caja torácica, aunque esto tampoco es una gran sorpresa. Con las herramientas apropiadas, es un paseo. Crich-crich y se acabó.

Pero entonces le toca a la cabeza y, créame, ahí la cosa empieza a ser personal. ¿Sabe cómo lo hacen? Te cortan desde aquí hasta aquí. —Eadie trazó una línea de oreja a oreja—. Luego te levantan la jodida cara, que queda allí, colgando. Más tarde, te quitan la cabellera y la empujan hacia atrás, toda de una pieza, como en las películas del oeste. ¿Le parece feo? Espere un poco. Tienen una sierra. La llaman sierra oscilante. La pasan alrededor de la cabeza, y tú intentas mantener la imagen enfocada mientras te preguntas qué es este olor, este olor nuevo, y entonces te das cuenta de que huele a hueso quemado. Es una mierda, señor Nelly; pero se pone peor cuando levantan la tapa de la mermelada y te encuentras a treinta centímetros del cuerpo y, de repente, estás viendo los sesos de alguien. ¿Sabe qué pasa entonces? Es barra libre. Sacan el cerebro y se lo llevan junto a la ventana, donde está el resto del chico, y entonces empiezan a cortar la sustancia gris, pegajosa, como un flan, trocito a trocito. —Hizo una pausa para recuperar el aliento y asintió con la cabeza—. El cerebro de Daniel, señor Kelly. Sus recuerdos. Sus esperanzas. Sus temores. Sus sueños. Todo aquello que nunca tuvo la oportunidad de decir. Lo que nunca le dijo a usted. Allí, en la bandeja, hecho rebanadas.

Kelly había dejado el purito. Sus manos temblaban. Cuando al fin alzó la vista, había lágrimas en sus ojos.

—¿Ha terminado?

—No, no he terminado. —Eadie buscó un pañuelo—. Aún está en deuda con Daniel, una gran deuda. —Se sonó la nariz—. Y tengo una cámara en el coche.

Faraday llegó tarde a las copas de cumpleaños de Harry Wayte. El club social estaba en la última planta de Kingston Crescent, un espacio ancho con media docena de mesas y con vistas por encima de los tejados al distante folde calcáreo de la colina de Portsdown.

Harry estaba apoyado en la barra, con una jarra y media de cerveza junto al codo, entreteniendo a un apretado coro de asistentes con historias de guerra: la redada antidroga de madrugada, en mitad del invierno, cuando persiguieron a un traficante desnudo hasta Emsworth, con todo nevado; la operación encubierta cuando plantaron el micro transmisor en el sofá nuevo y la mujer lo envió de vuelta a la tienda porque no le gustaba el color. Cada cuento suscitaba risas colectivas y la narración de otra historia más, y Harry estaba en medio de todo eso, con una gran sonrisa en la cara enrojecida, flotando alegremente en el río de sus recuerdos. «Hay cosas peores en la vida —pensó Faraday— que ser como este hombre, un poli bueno y fiable, con casi treinta años de servicio, que sabe que ha encerrado a muchos más villanos de lo que se puede esperar de un solo hombre.»

Faraday pidió media jarra de Guinness y alzó la copa a modo de brindis cuando su mirada se cruzó con la de Harry. Momentos después, Harry abandonó su audiencia y cogió a Faraday del brazo. La banqueta semicircular junto a la ventana estaba desocupada. Harry ya estaba borracho.

—Lo de antes, hijo.

—¿El qué, Harry?

—Abajo. En la maldita reunión sobre drogas. No te ofendas.

—¿Ofenderme? ¿De qué estás hablando?

—De lo que dije. —Frunció el entrecejo—. Ya sé que no está bien, pero a veces estás hasta la coronilla de tanto rollo. ¿Sabes a qué me refiero?

Faraday asintió. Sabía exactamente a qué se refería Harry Wayte. Había drogas por todas partes, una mácula indeleble. Reventaban familias. Empujaron a Nick Hayder bajo las ruedas de un coche. Mandaron a J.J. a una misión que todavía podía llevarlo a la cárcel. No era de extrañar que los tipos como Harry, los enterados, perdieran la paciencia con la jerga administrativa.

Faraday le dio unas palmaditas en el brazo.

—Bien o mal, Harry, alguien tenía que decirlo.

—¿Hablas en serio?

—Sí. —Alzó la copa de nuevo—. Feliz cumpleaños.

—Salud. Brindemos por el siguiente. El mismo día en el mismo lugar, ¿eh?

—Creía que pensabas jubilarte.

—Así es. Son ya treinta años. Lo serán el 23 de septiembre. Estoy impaciente. —Hizo una seña a Faraday para que se acercara—. En serio, Joe, tú has estado allí, ya sabes de qué va. ¿Qué opinas? ¿Crees que vamos a alguna parte? Tanto *scouser*. Tanta banda. Tanto niño con porras y almádenas. —Siguió hablando mientras agitaba un dedo delante de la cara de Faraday, pintando una imagen aún más tétrica del caos urbano, un videoclip de horror en un televisor de pantalla ancha, grabado para adolescentes psicóticos con munición ilimitada—. Sucederá. —Dio unos golpecitos a un lado de su nariz llena de hoyos—. Créeme, Joe, sucederá y pronto.

—¿Lo crees de verdad?

—Lo sé. No será mi problema, aunque tengo que vivir aquí, pero puede que sea el tuyo. —Dio a Faraday un empujoncito, derramando de paso su bebida—. ¿Y sabes algo más?

—¿Qué, Harry?

—Deberíais legalizarlo todo. Olvidaos de drogas blandas, drogas duras y toda esa mierda. Legalizarlas todas y clavarles impuestos. Droga limpia y un millón de hospitales nuevos. Soy el primero en decírtelo.

—¿Crees que funcionaría?

—Creo dos cosas, Joe. Primero, que acabaría con todos los malditos traficantes de esta maldita ciudad de mierda, zas, así de fácil. Y segundo, que nunca ocurrirá. ¿Cómo se explica este detallito? Porque uno de cada dos tipos que conoces tiene las manos metidas en la masa. Es un gran negocio, Joe. Es una industria. Si legalizan la droga, la mitad del país (la mitad del planeta) se quedará sin trabajo. ¿Me equivoco?

Faraday esquivó la pregunta. Casi todas las semanas, los lectores que escribían a *Police Review* hacían sonar la misma campana, y últimamente había indicios de que cierta camarilla dentro de la ACPO —algunos de los más altos oficiales del país— empezaba a desesperar de las tácticas corrientes, aunque Faraday todavía no se había formado una opinión. Las noches de los viernes, empapadas en alcohol, ya eran bastante malas. ¿Qué pasaría si se legalizaba todo?

Harry Wayte seguía esperando una respuesta.

—No lo sé, Harry. Se supone que debo encerrar a los malos, y esto es lo que intento hacer.

—De esto se trata, Joe. Encerrar a los malos no resuelve una mierda cuando hablamos de drogas, porque hay malos por todas partes. Encierras a uno, y ya hay media docena luchando

295

por ocupar su lugar. Es una cuestión de números, Joe. Es la última batalla del general Custer. Es la batalla de Dien Bien Fu. Estamos librando la guerra equivocada.

Faraday tuvo la impresión de que Harry Wayte hablaba en serio. Su pasión por la historia militar —como su pasión por las maquetas de barcos— era bien conocida, y aunque no fuera por otra razón, su largo servicio bastaba para darle el derecho de cuestionar los fundamentos. Parte del problema era que actualmente apenas se hacía caso a los viejos jugadores como Harry Wayte. No todo en la vida se podía interpretar según gráficos y análisis de datos.

Faraday consultó furtivamente su reloj.

—Estoy de acuerdo contigo, Harry.

—¿En qué?

—En que es una mierda.

Faraday alzó la mirada y descubrió a Willard a su lado. No sonreía. Cuando Harry consiguió ponerse de pie y se ofreció a invitarle a una copa, Willard no le hizo caso.

—Me gustaría hablar contigo, Joe. —Willard señaló las escaleras con un gesto de la cabeza—. Si tienes un momento.

Willard cerró la puerta de su despacho. Había hablado con Gisela Mendel y quería saber qué cojones estaba pasando.

—Dice que se va a quedar con las manos vacías. ¿Quién le metió esa idea en la cabeza?

—¿Qué quiere decir con las manos vacías?

—Con un fuerte en las manos y nadie a quien vendérselo.

—No tengo la menor idea, señor.

—Dijo que estuvo hablando contigo.

—Es cierto.

—Y que tú le preguntaste qué pasaría si Mackenzie se borrara del mapa.

—No fue eso exactamente lo que dije.

—¿Ah, no? Pues no le costó demasiado adivinar que a eso te referías. Ésta es una operación encubierta, Joe. Una inversión de seis cifras, sabe dios de cuántos recursos, y tú acabas de desbaratarlo todo. Hasta el momento, Gisela se ha comportado muy bien, ha estado totalmente de nuestro lado. Ya sabe que hay gato encerrado. Ya sabe que Mackenzie está calentito. Y sabe que Wallace es un topo. Pero no sabe nada más. O no sabía.

—No le sigo —dijo Faraday suavemente.

—Está clarísimo que no.

—No. —Faraday meneó la cabeza y se acercó un paso—. No lo comprende. Desde mi punto de vista, la cosa es así. Usted o Hayder o quien fuera montó la operación. El fuerte es el anzuelo. Mackenzie muerde el anzuelo. ¿Está realmente el fuerte en venta? No. ¿Nuestra amiga alemana tiene que fingir que lo está? Sí. ¿Se le ha ocurrido que nuestro interés en Mackenzie podría ser profesional? Sí. ¿Podría, por lo tanto, sacar un par de conclusiones? Sí… Salvo que sea muy, pero que muy estúpida. —Hizo una pausa—. ¿Es tan estúpida?

—¿Cómo voy a saberlo?

—Ni idea. Aunque, de repente, su marido quiere el divorcio.

—¿Qué cojones se supone que significa esto?

—Significa que el juego ha cambiado. Significa que ella ya no quiere seguir jugando, al menos no con nuestras reglas. Démosle un comprador, Mackenzie mismo, y ella venderá. Esto me suena a peligro. Me dice que a ella le interesa que Mackenzie siga en libertad. —Hizo una pausa—. ¿Hasta qué punto la conoce? Éste podría ser el momento de hablar seriamente con ella.

Willard se apartó. De pie delante de la ventana, separó con los dedos la persiana veneciana y escudriñó el aparcamiento que había debajo.

—Wallace ha vuelto a llamar —dijo al fin—. Mackenzie le ha propuesto una hora y un lugar concretos para el domingo. Wallace quiere una entrevista para hablar del tema.

—¿Con los dos?

—Sólo contigo, Joe. A las dos y media, en el McDonald's que hay junto a la autopista. Probablemente acudirá con su supervisor. —Willard seguía mirando a través de las persianas—. ¿De acuerdo?

16

*Y*a en su coche, en el camino de vuelta del Marriott, Eadie Sykes se sentía extrañamente liviana. Tras la negrura de la autopsia y una conversación que jamás debió infligir a nadie que estuviera en el lugar de Kelly, terminó haciendo la entrevista de sus sueños: el retrato frontal de un padre destrozado por la culpa y decidido a compartir su ira y su dolor con la audiencia más amplia posible. Las muertes como la de Danny, murmuró al final, no te dejaban lugar a donde huir. Nadie debería encontrarse tan solo.

Después, en la intimidad de su habitación del hotel, Eadie le había dado un abrazo y se había disculpado. Nunca debió ser tan directa, tan brutal. Abajo, en la cafetería, el hombre habría estado en su derecho de dejarla plantada.

Kelly le devolvió una extraña sonrisa.

—Si la conociera mejor, diría que lo hizo a propósito —dijo—. Sería una gran abogada.

—¿Lo cree de veras?

—Sí. —Kelly asintió con la cabeza—. Lo creo.

Ahora, mientras conducía por las calles de la ciudad, Eadie se preguntaba si sería cierto. La manipulación era parte del juego, ya lo sabía; pero esta mañana, por una vez en su vida, sintió que perdía totalmente el control. Había momentos en que no tenía sentido negar la verdad, y el encuentro con Kelly en la cafetería era uno de ellos. La pervivencia de cierta relación era un regalo que no tenía derecho de esperar, como lo era el contenido de la cinta digital que llevaba en el bolso.

De vuelta al despacho de Ambrym y con el ánimo infinitamente más alegre, encontró a J.J. encorvado sobre el ordenador. Bajo la barba de un día, su cara parecía pálida y ensimismada. Su mirada tenía una inquietud, una intensidad que nunca le había visto antes; cuando intentó entablar conversación con él, quedó claro que el chico no estaba interesado. Normalmente, J.J. llenaba la habitación entera con su entusiasmo y su calidez, prácticamente ensordecía con sus gestos y sus señales explosivas. Hoy, sin embargo, resultaba casi invisible.

Anoche, en el apartamento, antes de que apareciera Joe, habían discutido largamente el proyecto de Daniel Kelly. Profundamente desasosegado con su propio papel en la muerte del estudiante, J.J. no quería tener nada más que ver con la producción. Le habían parecido bien la investigación y las lecturas, había estado encantado de hacer amigos con la gente que pretendían ayudar; pero lo ocurrido durante la sesión de grabación le había conmocionado. Hay presiones que no se pueden ejercer en las personas, dijo con signos, atajos que no se deben tomar. En su opinión, Eadie había pasado por alto todo eso, y él se avergonzaba de haber tomado parte en lo que siguió. Lo mismo ocurrió en la comisaría. Era una especie de juego. Había reglas y muchas cosas de las que no debía hablar, y nadie parecía darse cuenta de que alguien acababa de morir. Le resultaba inexplicable que su padre formara parte de esa pantomima. De nuevo se sentía avergonzado.

Eadie, que conservaba un lugar muy pequeño para la vergüenza en su vida, se había defendido a sí misma y a Faraday con bastante vigor. En su mundo, le dijo con complicada mímica, J.J. jamás haría una tortilla por resultarle imposible romper un huevo. A veces, lo correcto es lo más difícil. J.J., a quien encantaban las tortillas, se quedó intrigado. ¿Qué tenían que ver los huevos con Daniel Kelly?

Llegados a ese punto, por fortuna, J.J. se echó a reír. Eadie cimentó la delicada tregua con la propuesta de encargar pollo con curry por teléfono, y estaban esperando la cena cuando sonó el interfono. En lugar del repartidor de Indian Cottage, subió jadeando las escaleras un menudo y rotundo emisario de la Coalición Contra la Guerra. Tenía entendido que Eadie había grabado en vídeo secuencias de la manifestación de la tarde. También le habían dicho que ella tenía acceso a software de edición de calidad profesional. Eadie respondió que sí a ambas preguntas y se encontró frente a una propuesta que le pareció irresistible al instante.

Unos compañeros de Londres, dijo el hombre, grababan los programas de Al Jazira, la emisora de noticias árabe con sede en Qatar. Veinticuatro horas después del comienzo de la guerra, sus reportajes de las zonas bombardeadas en Bagdad y Basora ya resultaban muy elocuentes. Era el tipo de material que nunca aparecería en los noticieros occidentales, sobre todo porque podría impulsar a la audiencia a hacer algo contra aquella aventura obscena, aunque sólo fuera por vergüenza. La Coalición Contra la Guerra se planteaba la posibilidad de divulgar, de alguna manera, las peores imágenes que proporcionaba Al Jazira.

Eadie se le adelantó.

—Tres elementos. —Contó con los dedos—. Los reportajes árabes. Las secuencias de las protestas en el Reino Unido. Y todo ese rollo patatero que nos muestra BBCNews 24.

—¿Qué rollo patatero?

—El lanzamiento de misiles de crucero. Los tíos que cargan las bombas en los aviones. Los grupos de combate en los portaaviones. Los comandantes de acorazados entrando en batalla. La artillería Apache.

—¿*Top Gun*?

—Exacto.

Al activista le encantó la idea. Una llamada a Londres confirmó que al día siguiente les enviarían por FedEx el primer paquete de Al Jazira. Seguramente, las imágenes de BBCNews 24 se podrían grabar directamente de los telediarios. De momento, Eadie tendría que conformarse con su propio reportaje de la manifestación de Pompey; aunque pronto dispondrían de las grabaciones de otras protestas por todo el país.

Eadie dijo que no hacía falta recurrir a Federal Express. Disponía de una conexión de banda ancha capaz de recibir el vídeo.

—¿Y el dinero?

—Olvídate de eso.

—¿No cobras nada?

—Ni un penique.

—¿Derechos?

—Déjalo correr. Estamos en guerra.

—¿Tienes a alguien que revise el material?

—Desde luego. —Eadie dirigió la mirada a J.J.—. Conozco al tipo perfecto.

Ahora, quince horas más tarde, J.J. repasaba la grabación de la tarde anterior en busca de las mejores imágenes. Ella se inclinó sobre su hombro mientras el chico visionaba los fragmentos: jóvenes que salían corriendo de HMV en el distrito comercial para unirse a la manifestación, dos ancianas que aplaudían al paso de la protesta, un pitbull que meaba sobre la fotografía pisoteada de George Bush.

Mientras pasaban las imágenes, Eadie se dio cuenta de que J.J. tenía un auténtico talento para discernir la importancia de acontecimientos como aquél. Quizá porque nunca le distraían los ruidos de la banda sonora. Puede que los gurús mediáticos tuvieran razón cuando afirmaban que la televisión y el cine funcionaban de acuerdo a una lógica eminentemente visual. En realidad, la explicación no tenía importancia, porque Eadie ya presentía que un reportaje como ése, intercalado con otros materiales, conmovería a cualquier audiencia en el mundo. Allí estaba un auténtico esperanto de la indignación moral, un torrente de imágenes viscerales capaz de resituar el negocio de la guerra en el terreno que realmente le correspondía. Ya no era una cruzada anodina dirigida a los votantes a lomos de informaciones parcialmente manipuladas; aquí se trataba de bebés reales, de la carne y el hueso de cualquiera, desmembrados en nombre de la libertad.

J.J. llegó al final de las secuencias de la manifestación. Pareció que Eadie le había contagiado parte de su pasión, porque el chico le sonrió cuando le dio un abrazo. «Curioso —pensó ella—. Muestra a J.J. una tragedia real, que tiene lugar delante de sus ojos, y no quiere saber nada. Multiplica esa muerte única por mil, y no ve la hora de meterse de lleno en la historia.»

—¿Al Jazira? —le preguntó con señas.

—Todavía nada. —J.J. señaló su reloj y se encogió de hombros.

A primera hora de la tarde, el McDonald's situado en la salida de la M27 estaba abarrotado. Faraday localizó a Wallace con su supervisor en la esquina más lejana, junto a la ventana. Wallace se había hecho con una mesa para cuatro y devoraba una hamburguesa de queso triple acompañada de un cono repleto de patatas fritas.

El supervisor era Terry McNaughton, un detective sargento que había servido a las órdenes de Faraday durante seis meses en Highland Road, un hombre de treinta años, alto, de aspecto relajado y con una sonrisa capaz de abrir cualquier puerta. Pasados dos años, había cambiado el traje por unos tejanos y una camisa de color azul marino.

En cuanto vio a Faraday, se puso de pie y abandonó la mesa. Wallace lo siguió, dejando la hamburguesa pero llevándose las patatas fritas.

—Hagámoslo en el coche. —McNaughton señaló las puertas de salida—. Esto es una locura.

El Golf de McNaughton estaba aparcado junto a la tapia. Faraday entró en la parte de atrás y se hizo espacio entre un montón de revistas dedicadas al submarinismo. Un folleto de viajes le llamó la atención; era de una empresa especializada de la que nunca había oído hablar.

—Las Galápagos, jefe. —McNaughton se había dado la vuelta en el asiento del conductor—. Tres semanas en mayo por dos mil quinientas libras. Incluidos diez días de submarinismo. El paraíso de las tortugas. —Hizo una pausa—. ¿Se encuentra bien, señor?

—¿Yo? —Faraday lo miró sorprendido.

—Sí… Es que parece… —Meneó la cabeza, avergonzado—. Olvídelo. —Miró a Wallace—. Su hombre, aquí, tiene algunas noticias.

Wallace ofreció una patata a Faraday.

—Llamó a primera hora de la mañana. Mackenzie. Me dio el nombre de un hotel, el Solent Palace.

—¿Cuándo?

—El domingo. Quiere invitarme a comer. Cree que bajaré de Londres.

—¿A qué hora?

—A las doce y media en el bar Vanguard.

—¿Seguro que van a comer?

—Es lo que él dijo. Parece que este mes hay una oferta de

dos por uno. Es un asador. Cree que me encantará. Comida de verdad, gachas. Nada de *nouvelle porquerie*. —El acento de Pompey provocó la sonrisa de McNaughton.

Faraday tomó nota. El Solent Palace era uno de los hoteles más grandes del paseo marítimo, un edificio victoriano de ladrillo rojo y con una vista sensacional sobre la bahía y la isla de Wight. Faraday había estado allí por última vez hacía un año, en una cena formal en honor de un jefe de policía y su equipo de Caen. La comida había sido espantosa, aunque los franceses, para no perder toda credibilidad, no movieron ni una pestaña.

—El restaurante da a la fachada principal en la primera planta —dijo Faraday—. ¿Cómo piensas llevar esto?

—Depende de ti, es tu jugada. —Wallace terminó las patatas y se limpió los dedos en una toalla que encontró a sus pies—. Este coche está hecho un asco, Terry. ¿Qué haces, duermes dentro?

—Sólo cuando tengo suerte. —McNaughton seguía mirando a Faraday—. ¿Quién le dará apoyo, señor?

—Nadie. O casi nadie.

—¿Habla en serio? —McNaughton era responsable de la seguridad física de Wallace.

—Sí. —Faraday asintió—. Mi jefe está paranoico con el tema de la seguridad. No quiere arriesgarlo.

—¿Qué no quiere arriesgar?

—Comprometer la operación. Cree que casi ya nos han descubierto, y probablemente tenga razón.

—¿Se refiere a lo de mañana? ¿Al encuentro con Mackenzie?

—No. Al resto. Según parece, los chicos organizaron una detención antes de Navidad. Debían pillar un montón de cocaína, pero no encontraron nada. Por eso es tan secreto lo de mañana.

—Gracias a dios.

—Exacto. El inconveniente es el grupo de apoyo. Creo que piensa en sí mismo, en ti y y en mí.

—¿En el hotel?

—Probablemente, no. Echaré un vistazo mañana, aunque Mackenzie no lo habría elegido si no conociera a la dirección; es decir, no habrá manera de instalar cámaras. Mackenzie está metido en todas partes, como sabes. —Faraday dibujaba un diagrama en su libreta—. Yo diría que nos apostaremos en un par de coches delante del hotel, con el restaurante en nuestra línea de visión, a no más de cien metros si llegamos pronto.

—¿Quiere un transmisor?

—Y una grabadora. A ambos extremos.

—Eso no es problema. Tenemos una bonita Nagra pendiente de aprobación, grabadora-transmisora, todo en uno. También una receptora-grabadora para uno de los coches, la Olympus para las fotos, y ya está todo. —Frunció el entrecejo—. Aunque esto no soluciona el problema del apoyo.

—No te preocupes. —Wallace observaba a una joven madre guapa que conducía a su niña hacia un coche deportivo aparcado cerca de ellos—. Lo peor que puede pasar es que me zarandee un poco. Soy Jack el Fiable, no voy a ninguna parte sin un cable.

—¿Crees que se lo tragará?

—Ni idea, pero seguimos hablando, ¿no? —La joven madre se agachó para atar a su hija en el asiento de niños—. ¿Qué pasará si cambia de opinión con respecto al hotel? ¿Si me cambia la cita un par de minutos antes del encuentro previsto?

—Nos llamas.

—¿Y si nos encontramos en el hotel y luego me lleva a otra parte?

—Os seguimos. Y tú sigues hablando.

—Vale. —Se encogió de hombros—. Me suena bien.

La madre subió al coche deportivo y se alisó la falda al tiempo que dirigía una sonrisa a Wallace. Faraday quiso saber qué más había dicho Mackenzie por teléfono.

—Se mostró comunicativo. Dijo que no me estaba enredando.

—¿Qué significa eso?

—Que valía la pena hacer el viaje. Y se ofreció a enseñarme la ciudad, si me apetecía.

—¿Qué hay que enseñar? —McNaughton se echó a reír.

—No lo especificó. —Wallace no prestó mucha atención a McNaughton—. En lo que a mí se refiere, la cosa es sencilla. Tengo mil negocios entre manos, y lo último que quiero es perder media tarde admirando el Victory. Él ya lo sabe. Se lo dije. Baz, le dije, nos tomamos un bocado y me cuentas lo tuyo.

Luego vuelvo a la ciudad. Es una de las razones por las que no tenemos que movernos del hotel. Si pretende enredarme, me largo.

—¿Ahora lo llamas Baz?

—Sí, desde el último par de llamadas. Somos colegas de toda la vida. Jugamos a lo mismo.

—¿Hablas en serio? —Por fin, Faraday sintió que se le aligeraba el ánimo.

—Del todo. El tipo es listo, se nota. Y divertido. No se tragó ni por un instante todo ese rollo del centro comercial en el Golfo. En lo que a él se refiere, yo soy la oposición. Y no hablo sólo de Spit Bank.

—¿Crees que te hará una oferta?

—Sí.

—¿Dinero?

—Tal vez, aunque lo dudo. Esos tipos odian soltar la pasta. Si hay mejor manera, él la encontrará.

—¿Amenazas?

—No, prefiere considerarse demasiado fino para esto.

—¿Qué, entonces?

—No lo sé. —Dirigió a Faraday una inesperada sonrisa—. No nos perdamos, ¿vale?

305

Fue decisión de Cathy Lamb trasladar a Dave Pullen a lo que ella calificó de «un lugar seguro». Entre los dos, Winter y Suttle cortaron los alambres de acero, tiraron a Pullen una camiseta y unos tejanos sucios, y lo empujaron hacia el cuarto de baño para que se lavara. En cuanto otros dos miembros de la brigada vinieran de Kingston Crescent para vigilar el piso por si aparecían los *scousers*, Winter y Suttle escoltarían a Pullen a la comisaría central, donde, según explicó Winter, el sargento de la preventiva le ofrecía una celda libre.

Los dos subcomisarios aparecieron poco después de las dos. Winter les informó en el salón con las cortinas corridas. Al poco, mientras él y Suttle conducían a Pullen a la oscuridad del rellano superior, Winter oyó el grito de uno de los subcomisarios. Cinco segundos en la habitación de Pullen le habían arruinado la tarde entera.

—Hay lejía en el armario de la cocina —gritó a su vez Winter—. Puede que nos retrasemos un poco.

Ya en la calle, a Pullen se le ocurrió que Winter hablaba en serio de ir a la central.

—Ni hablar —dijo y quiso soltarse.

Winter lo miró y le dijo que era por su propio bien. Hasta que los *scousers* desaparecieran del escenario, debería resignarse a la custodia preventiva. Cuando Pullen se negó a entrar en el coche, Winter lo arrestó.

—¿Por qué?

—Sospecha de secuestro y agresión. Haz lo que te digo.

Ordenó a Suttle que sacara las esposas de la guantera, empujó a Pullen en el asiento de atrás y puso el seguro de las puertas.

La comisaría central está al lado de la corte de magistrados de la ciudad. Winter encontró una plaza en el aparcamiento público, apagó el motor y bajó su ventanilla dos o tres centímetros.

—¿Te has lavado bien, Dave? —Miró a Pullen en el espejo retrovisor—. Algunos de los chicos en comisaría son muy quisquillosos.

—Vete a la mierda.

Un grupo de estudiantes universitarios pasó dando patadas a una lata vacía. Suttle los observó sin decir nada, consciente de no tener la menor idea de lo que iba a pasar después. En situaciones como ésta, como empezaba a descubrir, Winter inventaba las reglas sobre la marcha.

Winter buscó la palanca de su asiento y empujó éste hacia atrás, poniéndose cómodo. Pullen chilló cuando la base del asiento le dio en los tobillos, y se sentó de lado.

—Esto duele, tío.

—¿Sí? —Winter tendió la mano y ajustó el espejo hasta volver a centrar la cara desfigurada de Pullen—. Éste es el trato, Dave. —Señaló con la cabeza la comisaría que tenían cerca—. O te llevamos adentro, hacemos el papeleo, te encerramos, te buscamos un abogado y todo ese rollo; o tenemos una pequeña charla aquí fuera, nosotros tres.

—No he hecho nada.

—Te equivocas, Dave. Hiciste lo de Trudy.

—¿Quién lo dice?

—Trude lo dice. Como bien sabes.

—¿Cómo voy a saberlo?

—Porque Bazza te lo dijo. Quizá no a la cara, pero da lo mismo. ¿Es que tengo que deletreártelo, Dave? ¿O los amigos de Bazza pasaron por tu casa para charlar de fútbol?

Pullen pensó durante un momento.

—No tienes pruebas —dijo al fin.

—Te equivocas de nuevo, Dave. Tenemos una declaración.

—¿De quién?

—De la joven Trudy. ¿No es así, James?

Suttle asintió. Empezaba a entender la jugada.

—Y tanto, colega. —Suttle miró a Pullen por encima del hombro—. Se acabaron los favores de Trude, Dave. La has retirado del juego de por vida.

—¿Qué os dijo?

—Dijo que estaba charlando tranquilamente con unos *scousers* en el Gunwharf. Dijo que a ti te jorobó y la llevaste a rastras. Dijo que le diste algunas bofetadas en el coche y luego echaste mano de un taco de billar, cuando ella no tenía manera de defenderse. También dijo que estabas totalmente ido, aunque esto ya empieza a parecernos obvio.

—¿De acuerdo, Dave? —dijo Winter—. ¿Nos vamos entendiendo?

Pullen no dijo nada. Volvió a cambiar de posición en un esfuerzo por ponerse cómodo y apoyó la cabeza en el asiento. Al final, cerró los ojos y masculló algo incomprensible. Winter esperó a que volviera a abrir sus ojos amarillentos y le sonrió.

—Como te he dicho, Dave, o te tomamos un par de declaraciones y te encerramos para el fin de semana con un cargo pendiente de secuestro, o... —Acarició con un dedo el volante.

—¿O qué? ¿Cuál es el trato?

—Nos cuentas un par de cosas sobre Bazza.

—¿Como qué?

—Como por qué está tan sensible cuando se trata de la joven Trude.

—Ni hablar.

—¿En serio? —Winter le sostuvo la mirada en el espejo por un par de segundos. Luego suspiró—. El secuestro es una ofensa grave, Dave. Te podemos llevar ante los magistrados el lunes mismo, y apostaría a que rechazarán la fianza. ¿Conoces el ala de detenciones preventivas de Winchester? Los amiguetes de Bazza prácticamente la dirigen. Yo te daría un par de días, máximo.

—Un par de días ¿para qué?

—Usa la imaginación, Dave. ¿Has visto esas ollas enormes que utilizan para hervir el agua en la cantina? Les echan azúcar, así enganchan más sus argumentos. Aunque supongo que ya lo sabes, ya has estado en chirona.

Pullen meneó la cabeza; no quería escuchar. Un camión de la basura pasó rugiendo con dos globos de color rosa atados en la parte de atrás. Finalmente, Pullen se movió. Parecía haber llegado a algún tipo de conclusión.

—¿Qué ganaría yo con esto?

—Te llevamos al Queen Alexandra para una revisión como dios manda y te buscamos un bonito hotel para el próximo par de noches. Con una botella de whisky en la nevera.

—¿Y después?

—Vuelves a casa. Sacas la aspiradora. Si los *scousers* piensan pasar, lo harán durante las próximas veinticuatro horas.

—¿Va en serio lo de vigilar la casa?

—Me temo que sí, Dave. Es parte de nuestra Iniciativa de Seguridad Ciudadana. Bien… Háblame de Bazza. Supón que no sabemos nada.

—¿De Bazza y Trude?

—Exacto.

Pullen asintió sin estar aún totalmente convencido; luego, un meneo resignado de la cabeza indicó a Winter que lo tenía en el bolsillo. Gracias a Cathy Lamb, ya habían reservado una habitación en el Travel Inn, en el paseo marítimo. Lo único que tenía que hacer Pullen era ganársela.

—Trude es hija de Bazza —masculló.

—¿Cómo lo sabes?

—Bazza me lo dijo. Hace años.

—¿Por qué no lo sabe ella?

—Nunca llegó a contárselo. Cree que podría complicar las cosas. La quiere y todo eso, cuida de ella; pero no quiere líos legales. Ya tiene una hija.

—¿Te refieres a Esme?

—Sí.

—¿Y la señora? Marie. ¿Sabe ella lo de Trude?

—Ni zorra.

—¿Y Trude? —preguntó esta vez Suttle—. ¿Qué pinta en todo esto?

—Trude está en otro planeta. Tiene una lista de padres posibles más larga que tu brazo. Con una madre como Mist, hay donde elegir. Por eso me dio lástima.

—¿Trude? ¿Ella te dio lástima? Joder, no me gustaría ser alguien que te cae mal.

—No lo entiendes, hijo.

—Tienes toda la razón, no lo entiendo. Eres un capullo, Pullen. ¿Por qué no te metes con alguien de tu talla? Conmigo, por ejemplo. —Suttle se lanzó contra él, haciendo caso omiso de la mano de Winter que trató de contenerlo. Pullen reculó hasta el rincón.

—¿Lo ves, Dave? —Winter se reía—. ¿Ves qué efecto tienes en las personas? Jimmy, mi colega, cree que te pasaste con Trude. Y te diré algo más: también Bazza lo cree. Lo único que no entiendo es por qué Bazza te dejó acercarte a su preciosa hijita en primer lugar. ¿Está ciego o qué? ¿No sabe que eres basura?

—Fuimos buenos amigos, Baz y yo.

—Sí, me acuerdo. Estuvisteis en el mismo equipo. Aunque aquello fue cuando todavía podías poner un pie delante del otro.

—Era útil, joder.

—Sé que lo eras, Dave. Hasta te vi jugar un par de domingos cuando no tenía nada mejor que hacer. Estabas en otra clase. Si hubieras jugado bien tus cartas, si hubieras dejado la coca y el alcohol, podrías haber sido profesional. Pero no fue así, ¿verdad, Dave? ¿Y sabes en qué te convierte eso? En un triste capullo. Tienes razón, hace un par de años Bazza te apreciaba mucho. Ahora te ha soltado los perros.

—Sí. —Suttle asintió con la cabeza—. Y ya era hora.

Pullen no quería saber. Se retorcía en el asiento trasero, tratando de librarse del apretón de las esposas. Winter lo observó un par de minutos sin hacer ningún esfuerzo por disimular su repulsión. Luego reajustó la posición de su asiento y empezó a jugar con las llaves del coche.

—Una última pregunta, Dave. ¿Qué hay de Bazza y Valentine?

—Son colegas.

—Esto ya lo sé. Me refiero a Trudy. ¿Bazza sabía que Trude vivía con Valentine?

—Claro que lo sabía.

—¿Y creía que Valentine se la tiraba?

—Para nada.

—¿Para nada? ¿Cómo puede ser?

Los ojos de Pullen se encontraron con los de Winter en el retrovisor; era la mirada de un hombre que sabe que ha ido demasiado lejos, pero ya no puede remediarlo.

—Le advirtió —dijo al fin—. Le dijo que le rompería las piernas si le ponía la mano encima.

—¿Se lo tomó de forma tan personal?

—Sí. —Pullen volvió a cerrar los ojos—. Ya sabes cómo es Bazza, joder.

310

Sentado tras su escritorio de las oficinas de Crímenes Mayores, Willard esperaba que Prebble levantara su extensión. Según Joyce, que había contestado a la llamada de Willard al cuartel general de Volquete, el joven contable estaba ocupado fotocopiando otro millar de documentos. Lo llamó a gritos y le dijo que el jefe estaba al teléfono y que la llamada era de alta prioridad. El chico respondía bien a las presiones, comentó, y sin duda aparecería en cuestión de segundos.

Willard, a quien le había costado un poco sintonizarse con el sentido del humor de Joyce, escribió para sí una nota sobre una ampliación del contrato de Prebble. En cuanto hubieran echado el guante a Mackenzie, el contable tendría que trabajar a todo gas para ultimar los documentos para el informe del Servicio Fiscal de la Corona. Willard también preveía negociaciones interminables con la Agencia de Recuperación de Activos, el nuevo organismo gubernamental encargado de despojar a los grandes criminales de sus ganancias mal adquiridas. Ésta sería la auténtica cosecha de Volquete: la confiscación de propiedades, empresas, vehículos y otras golosinas apetitosas que Mackenzie había acumulado a lo largo de la última década y que valían millones de libras esterlinas. Prebble había pasado la mayor parte del año desenredando el caos imaginativo que Mackenzie había creado en torno a su persona, y sería un placer para Willard ver caer el crepúsculo sobre el imperio del mayor criminal de la ciudad. «Lo que sube como un cohete —pensó—, baja como una piedra.»

—Mis disculpas, señor Willard —dijo Prebble—. Se me terminó el virador.

—¿Cómo va todo?

—Bien.

Willard ya le había llamado esa misma mañana para decirle que necesitaría un resumen sucinto de las mayores inversiones de Mackenzie para mediados de la próxima semana. Ahora tenía que adelantar la fecha límite.

—El lunes por la mañana —dijo—. Ha de estar encima de mi escritorio.

El silencio de Prebble sugirió que eso podía resultar problemático. Cuando quiso saber por qué, el contable le contestó con otra pregunta.

—¿Para qué necesita el material? —inquirió—. Me sería útil saberlo.

—¿Por qué?

—Porque hay maneras de presentar las cosas.

—No las quiero adornadas. Sólo quiero un informe sencillo: cuánto tiene ese tipo, de dónde lo ha sacado, en qué está metido.

—¿Como un plano de instalación eléctrica?

—Sí. —A Willard le gustó la comparación—. Exacto.

—¿Lo va a usar en algún tipo de presentación?

—No importa en qué lo voy a usar. Basta con que sea claro. Si podemos seguir las pistas, entender cómo se relaciona todo, tanto mejor. ¿Sabe a qué me refiero? Lo comentamos esta mañana.

—Por supuesto, señor.

—El lunes por la mañana —repitió Willard—. ¿De acuerdo?

Colgó el teléfono y se recostó en la silla durante un momento. Prebble tenía razón en lo que dijo de la presentación. Si el encuentro del domingo proporcionaba las pruebas necesarias —idealmente, una acusación relacionada con la venta de drogas—, entonces Willard usaría las grabaciones y el análisis de bienes de Prebble para encerrar a su propio jefe durante las siguientes fases de la operación.

Para asegurarse un resultado cuando Volquete llegara finalmente a los tribunales, Mackenzie tenía que comportarse como uno de los grandes capos de la droga. Con el viento a su favor, este domingo podría proporcionarles las pruebas. También cabía la posibilidad de que Mackenzie solicitara una segunda reunión para el intercambio físico de drogas o dinero. En cualquier caso, las cintas, las fotografías y el testimonio personal de Wallace resultarían mucho más persuasivos si contaban con el respaldo de la impresionante investigación de Prebble. El contable dibujaba el mapa de hasta el último rincón del imperio de Mackenzie, una información vital si los muchachos de la recuperación de activos decidían organizar una batida propia.

Willard empujó el escritorio con el pie y dejó que el peso de su cuerpo hiciera girar lentamente la silla. En el último par de meses, había ganado tres o cuatro kilos y lo lamentaba; aunque también había empezado a invertir en trajes hechos a medida y sabía que el peso extra seguía siendo un secreto entre él y su espejo del cuarto de baño.

Juntó los dedos y miró la lluvia a través de la ventana. Tras el horizonte de la próxima semana, aguardaban las ruedas de prensa y los titulares, los momentos gloriosos en que, por fin, Volquete saldría a la superficie para ofrecer el relato decente de sí mismo. Willard ya estaba redactando mentalmente el informe para la Unidad de Prensa del cuartel general, una presentación esquemática de la violencia y las intimidaciones de las que se había valido Mackenzie para allanar su camino a la riqueza. Ésta, insistiría, es la realidad que subyace a los café-bares deslumbrantes y al estilo de vida soberbio. Los chicos de la Unidad de Prensa redactarían un informe, y Willard sonrió al pensar en las subsiguientes conversaciones informales que él mismo mantendría con los periodistas más selectos de la ciudad. Ése sería el momento de quejarse sutilmente de los abogados deshonestos y los contables corruptos, de la balsa de pericia pequeñoburguesa que condujo a Mackenzie y a su tribu hasta la gloria. Esa gente sabía con quién trataba, diría, y también ellos tendrían que empezar a pensar en las explicaciones que habrían de dar ante un juez y un jurado. «Ya es hora de hacerles sudar —pensó—. Ya es hora de que estos bastardos comprendan que no todos estamos en venta.»

Dio una vuelta completa con la silla y se encontró de nuevo frente al teléfono. Consultó su reloj y marcó un número de memoria. A esa hora de la tarde, ella solía estar en la parte residencial del fuerte, ocupándose del papeleo de la jornada. Faraday tenía razón. Aquí había arrugas que tenían que alisar.

Descolgaron el auricular a la segunda llamada.

—¿Gisela?

Eadie pasó la tarde en las oficinas de Ambrym, ordenando las primeras pruebas de su proyecto sobre las drogas. Con J.J. atareadísimo al ordenador, se retiró a la sala contigua, un despacho pequeño y desnudo con una pequeña mesa, una silla plegable de director y vistas al pequeño patio trasero que usaban como aparcamiento. J.J. había traído un saco de dormir, previendo tener que trabajar toda la noche; con su bendición, antes de encender el portátil y poner manos a la obra, Eadie abrió el saco y lo colgó delante de la ventana para tamizar la intensidad de la luz.

Ya había revisado la entrevista de Daniel Kelly, seleccionando los fragmentos que sabía que causarían más impresión, y ahora hizo lo mismo con la entrevista de esta mañana en el hotel Marriott, buscando los momentos en que el padre de Daniel respondía sin reservas a las preguntas más difíciles. El software de edición de Adobe Premiere proporcionaba papeleras en pantalla en las que guardar los fragmentos más selectos; con el paso de la tarde, Eadie se fue dando cuenta, incluso en forma de borrador —demasiado largo—, de que el impacto del vídeo sería enorme.

Tras una pausa para tomar café y un dónut en el café Parisienne de la esquina, se preparó mentalmente para visionar las imágenes de la autopsia. Aquello ya parecía historia, algo ocurrido hacía semanas, y le sorprendió descubrirse tan profesional y desapasionada. De vez en cuando, oía en la banda sonora su propia voz preguntando a la patóloga o a su ayudante qué iba a pasar después exactamente, y no había en su tono ni rastro de la amargura que impregnaba su garganta al hacer las preguntas.

313

Cuando la ayudante empezó a envolver el contenido del cráneo de Daniel en pañuelos de papel, Eadie se apartó de la pantalla con la sensación renovada de estar haciendo algo único. Las entrevistas tenían una fuerza extraordinaria. Con un reportaje como éste y las imágenes de Daniel chutándose, ya podía escribir los titulares.

Alborozada, buscó el móvil en su bolso. Recientemente, Doug, su ex marido, se había mostrado tan amable como para preguntar cómo iba su proyecto. No sólo le había alquilado estas oficinas, sino que había conseguido las donaciones particulares más cuantiosas, que le permitieron buscar financiación decisiva. Todavía no sabía de dónde vinieron las 7.000 libras, pero se sentía profundamente agradecida. Lo mínimo que le debía a Doug era una llamada.

Mientras marcaba el número, trató de calcular cuándo podría tener una primera presentación en bruto. Esta misma noche haría un buen comienzo. Mañana se había comprometido a grabar otra manifestación en Londres. Una protesta multitudinaria ampliamente anunciada, para la que *The Guardian* calculaba una asistencia de cien mil personas. Con un poco de suerte, no obstante, podría estar de vuelta a última hora de la tarde.

Doug respondió a la primera llamada. Resultó que se encontraba a bordo del yate de un amigo. Hacía un viento desfavorable y empezaba a llover. Eadie se levantó y miró por la ventana. Doug tenía razón. Unas gotas pesadas manchaban las losas del patio.

—Oye —dijo ella—. ¿Qué haces mañana por la tarde?

—¿Por qué?

—Tengo algo que enseñarte. —Sonrió, imaginándose el momento—. Te caerás de culo.

Eran casi las cinco cuando Faraday llegó a la Isla de las Ballenas. Para su sorpresa, Prebble seguía tras su escritorio. Que él supiera, el contable nunca se quedaba más tarde de las cuatro. Los trenes de la hora punta con destino a Londres eran una pesadilla.

—Hola. —Prebble no levantó los ojos de su portátil—. Quizá debas echar un vistazo a esto.

—¿Qué es?

—Un regalito para el señor W. Quiere la versión simplificada para el lunes.

—La versión ¿de qué?

—Mira.

Prebble se recostó en el asiento y señaló la pantalla. Una pequeña montaña de documentos cubría el resto del escritorio, algunos decorados con manchas de café. Escrituras de traspaso. Alquileres de propiedades. Fideicomisos. Facturas de subastas de vehículos. Información financiera fotocopiada: básicamente, valores de acciones bursátiles arrancados de periódicos, algunos resaltados con rotulador amarillo. Faraday dirigió su atención a la pantalla. Bajo «Propiedades en Europa», Mackenzie aparecía como inversor o propietario de una granja en el norte de Chipre, un bloque de apartamentos en Marbella, un viñedo en el valle del Lot y fincas varias en Gibraltar.

—¿Para cuándo es esto?

—Para el lunes.

—Ah… —Faraday se permitió una sonrisa.

Prebble empezó a recorrer el texto, pero una llamada telefónica obligó a Faraday a alejarse. Disculpándose por la interrupción, cruzó el despacho hacia la puerta abierta que conducía a los preciosos archivos de Joyce.

—Te tengo. —Era Eadie.

—Es bueno oírte.

—A ti también. Escucha. ¿A qué hora volverás esta noche? Si sólo…

—No pensaba ir. Pronto, no.

—¿Ah, no?

—Pensé que podríamos ir al cine.

—¡Al cine! ¿Es Joe Faraday quien habla?

—Dan una película afgana. Dirigida por una mujer, en versión original. Pensé que sería interesante. Luego podríamos ir a cenar.

—Joe, eres un encanto…

—Pero no puedes…

—Me temo que no. Mira, ha de venir un tipo a arreglar el calentador. Quedé para las siete. Si me tomo otra ducha fría, me quedaré tiesa.

315

—¿Dónde está J.J.?

—Aquí al lado. Trabajando como un poseso.

A regañadientes, Faraday aceptó vérselas con el mecánico. Prebble, en el otro extremo, recogía sus cosas con cierta premura. Cuando alcanzó su abrigo y colgó el portátil del hombro, Eadie ya se había despedido. Faraday siguió con la mirada a Prebble, que se dirigía a la puerta, y se preguntó vagamente qué otros fragmentos de Europa poseía Mackenzie.

Un movimiento en el archivo rompió el silencio. Era Joyce.

—No he podido evitar oírte. —Le sonrió—. Soy una forofa integral de las feministas afganas.

17

Caía el crepúsculo cuando Winter pudo por fin llegar a Gunwharf. Dejó el Subaru en el aparcamiento subterráneo y subió por las escaleras mecánicas hasta la plaza que había en el centro del complejo comercial. Desde allí hasta la parte residencial del nuevo complejo había un paseo de cinco minutos, cruzando la depresión central. Ya había estado en el apartamento con vistas al puerto en varias ocasiones anteriores —algunas de índole social, aunque la mayoría, no—, y siempre le había divertido apreciar cómo una mujer atractiva como Misty Gallagher conseguía siempre aterrizar de pie. «Si te tiras a los tíos adecuados en esta ciudad —pensó—, acabas con una cocina de diseño y con unas vistas valoradas en setecientas mil libras.»

Un camino público bordeaba el lado marino de Casa Aretusa. Winter se detuvo junto a la baranda y miró hacia el mar. Había oído a recién llegados parlotear de las grandes vistas de otras ciudades. El puerto de Portsmouth, decían, era como Hong Kong y San Francisco: lleno de misterio y de romance, y de la promesa de lugares exóticos. Basta con entornar los ojos, decían, y ya parece que te has hecho a la mar. Para Winter ésas eran bobadas, las tonterías que esperas oír de un agente inmobiliario o del consejo de turismo. El puerto de Pompey era lo que siempre había sido: concurrido, diligente, un lugar de trabajo. Los buques de guerra se alejaban de sus atracaderos y desaparecían mar adentro. Los transbordadores iban y venían. Los barcos pesqueros cabeceaban contra la marea. Y un par de veces al mes unos yates arrimaban furtivamente a una de las dos marinas comerciales, cargados de droga. Legalmente o no, era así como Pompey se ganaba la vida.

Winter se volvió y recorrió con la mirada la fachada pulcramente escalonada de Casa Aretusa. El apartamento de Misty se encontraba en la última planta, un ático que Bazza enganchó antes de que saliera siquiera al mercado. Las cortinas estaban parcialmente corridas contra el crepúsculo creciente, pero las luces estaban encendidas y, de tanto en tanto, Winter percibía el movimiento de una sombra en el interior. Había tomado la precaución de no avisar de su visita y sabía que Misty podría tener compañía, aunque, a esas horas del día, tenía una probabilidad razonable de encontrarla sola.

La mujer contestó por el interfono a la segunda llamada.

—¿Mist? Soy Paul…

—¿Qué quieres? Estoy ocupada.

—Sólo charlar un poco. ¿Tienes whisky?

A los pocos segundos, Winter oyó el pestillo que se abría. Un ascensor lo llevó del vestíbulo al último piso. Nunca dejaba de impresionarle que la puerta del ascensor diera entrada directamente al piso de Misty.

Ella estaba en medio del amplio salón, rodeada de cajas de cartón, y Winter no necesitó ver la botella medio vacía de Bacardi en el armario acristalado para saber que la mujer estaba otra vez borracha. Tenía los ojos lagrimosos, y cuando intentó moverse, quedó claro que le costaba esfuerzo mantenerse de pie.

—¿Lo ves? —Abarcó con un gesto la estancia entera—. No me creías, ¿verdad?

—¿Qué es lo que no creía, Mist?

—Que nos ha echado. Nos ha dado dos semanas. Dos semanas a partir de… —Frunció el entrecejo, tratando de recordar.

Winter entró en el salón. La caja de cartón más próxima, mayor que las demás, se había convertido en refugio para la colección de animales de peluche de Misty. Winter contó dos osos panda, un chimpancé, un ualabí y un tigre de aspecto deprimido, con un corte en las costillas.

—¿Está Trude?

—Ha salido. Con un tipo que conoció hace poco.

—¿Quién es?

—Ni puta idea. ¿Crees que me lo diría? —Dio un pequeño paso atrás y se desmoronó en el sofá. Llevaba pantalones blancos con la raya marcada y ajustados en las caderas, y una blusa

318

transparente de color malva que no dejaba absolutamente nada a la imaginación. «Llegar a los cuarenta y no necesitar sujetador —pensó Winter— es realmente admirable.»

—Al lado. —Misty señaló la cocina con un gesto vago—. Donde siempre.

Winter se sirvió un whisky, llenando el vaso con cubitos de la nevera. El gran compartimento del congelador estaba prácticamente vacío.

—¿Adónde irás, Mist? —Se sentó a su lado en el sofá con actitud amistosa. Incomprensiblemente, Misty olía a tabaco de puro.

—No lo sé. —La mujer se encogió de hombros—. ¿A Victoria Park? ¿A la playa? A él qué más le da. —Miró hacia la ventana, que tenía una panorámica preciosa—. ¿Has visto alguna vez su casa? Un tipo que conozco me dijo que él y Marie organizan cenas formales, de corbata negra y todo. Invitan a medio Craneswater y pasan la velada hablando de Waitrose y de la educación de sus jodidos niños. ¿Quién se lo hubiera imaginado? Bazza codeándose con esos estirados.

—Habladurías, Mist. No hagas caso.

—Nunca hice caso antes. Y ahora míranos. De patitas a la calle.

—¿En serio?

Ella captó el imperceptible cambio de tono, la inflexión de voz que le dijo que no creía ni una palabra. Lo miró indignada.

—No tenías la menor idea, ¿verdad? Los tíos siempre sois iguales. Son las mujeres las que llevan la cosa, las que solucionan los problemas. ¡Hombres! Cuando les conviene, mojan la colita. Antes le encantaba. No podía quitármelo de encima. «Olvídate del dormitorio. Aquí mismo, Mist. Aquí mismo, en el sofá, encima de la silla. ¿A quién le importa el dormitorio?» Follar y olvidar. Ahora tengo que irme. Portazo. Se ha ido. Adiós.

Winter tomó un gran sorbo de whisky escocés e inspeccionó el caos que lo rodeaba. Junto a otra caja de cartón, había una montaña de ropa sin planchar y una enorme pila de discos compactos. Coldplay. White Stripes. Blur.

—¿Y qué hay de Trude? ¿Dormiréis las dos en la playa?

—Trude saldrá adelante. Trude siempre sale adelante.

—Oí decir que vuelve a vivir contigo.

—Sí. Ya ves el bien que le hace.

—¿Qué pasa con Valentine?

—¿Qué pasa con él?

—¿No funcionó la cosa? Entre él y Trude…

—Ni zorra. —Misty bajó la cabeza con cautela; su cerebro empezaba a sintonizarse con el ritmo moroso de las preguntas de Winter—. ¿Por qué no se lo preguntas a ella?

—Puede que ya lo haya hecho.

—¿Ah, sí? —Misty levantó la cabeza—. ¿Cómo fue eso?

—Alguien le dio una paliza. Creo que lo mencioné. Cuando pasan esas cosas, hacemos preguntas, Mist. Es parte del trabajo.

—¿Y?

—Estaba enfadada. Con Valentine. Porque Valentine no se la quería tirar. Curioso, ¿verdad? Una muchacha tan guapa como Trude… No tiene sentido, ¿no crees? Salvo que Valentine tuviera otros compromisos.

Misty meneó la cabeza y no dijo nada. Cuando Winter se levantó para buscar la botella de Bacardi, ella cubrió primero su copa vacía con la mano y luego se encogió de hombros y dejó que Winter se la llenara. Su cuerpo entero había quedado flácido. Cualquiera que fuera su trinchera, la posición que quería defender, se la acababa de asaltar. Al final, Misty buscó un cigarrillo.

—¿Qué más te dijo Trudy?

—No mucho. Es una chica fuerte.

—Tienes toda la jodida razón. Si la pillas de buen humor, hasta puede ser agradable.

—Brindo por ello. —Winter chocó copas y se arrellanó en el sofá, poniéndose cómodo—. ¿Quién es su padre?

La pregunta, ese brusco cambio de dirección, pilló a Misty por sorpresa. Incluso en aquel momento, después de haber trago media botella de Bacardi, había cosas que no quería tocar.

—¿Qué te hace pensar que lo sé? —logró decir al final—. Y suponiendo que lo supiera, ¿qué te hace pensar que te lo diría?

Era una pregunta razonable. Winter inclinó la cabeza hacia atrás y se quedó mirando el techo.

—Bazza cree que es su hija —murmuró al final—. ¿No es cierto?

Misty asintió, pero no dijo nada.

—¿Lo ha creído siempre? ¿Desde el principio?

—Puede ser.

—¿Y tiene razón?

Winter supo que Misty lo miraba. La niebla se había dispersado un poco. Parecía casi sobria.

—Hay una cosa que has de saber de Bazza —dijo con voz queda.

—¿Qué cosa?

—Que puede ser un jodido loco. Un lunático.

—¿Quieres decir que se vuelve loco?

—Sí. Quizá nunca lo hayas visto, pero es verdad. Si le das al botón equivocado, se le va la olla, se vuelve realmente loco. Un colega suyo me dijo una vez que ésta es su fuerza, lo que le convirtió en lo que es, lo que le dio todo: los negocios, los coches, Marie, todo esto... —Abarcó el salón con un gesto—. No sé si esto es verdad o no, pero lo de lunático da en el clavo. Cuando a Bazza se le gira la olla, mejor no estar cerca. Créeme. Lo he visto. Sé de qué hablo.

—¿Y esto lo convierte en padre de Trude?

Misty apartó la mirada. Cuando Winter reiteró la pregunta, se encogió de hombros.

—¿Estás diciendo que no lo sabes?

—No lo sabía. Durante años, no lo sabía.

—¿Y ahora?

—Ahora lo sé.

—¿Y Trude?

—Sí —asintió, con expresión de tristeza—. Ella también lo sabe. Hicimos una de esas pruebas de ADN. Ciento cincuenta libras. Tomas un par de muestras de saliva y las envías. Un par de días después... —Sonrió para sí—. ¡Bingo!

—Un par de muestras, has dicho.

—Exacto.

—Trude y ¿quién más?

—Escucha, debes prometerme una cosa. —Las uñas de Misty empezaron a trazar un dibujo en el revés de la mano de Winter—. Es verdad lo que has dicho de Bazza. Siempre ha creído que Trude era su hija, desde el primer día. Nunca le ha dicho nada a ella, sólo a mí, pero me consta que lo cree. Por eso

321

hemos estado tanto tiempo juntos. Por eso nos dio este piso. De acuerdo, en parte fue para que Baz y yo pudiéramos seguir enrollándonos, pero también estaba lo de Trude. Ella es parte de su vida. La quiere como a una hija. Sé que es así.

—Claro. —Winter le sostuvo la mirada—. ¿Y Bazza necesita protección? ¿Cierta vigilancia? ¿Es esto lo que intentas decirme?

—Protección ¿respecto de qué?

—De la verdad. Sobre la joven Trude.

—Has dado en el clavo —asintió Misty—. Y no sólo Bazza. Si alguna vez sospechara… —Meneó la cabeza y se estremeció.

Winter le dio un apretón en el brazo.

—Es Valentine, ¿verdad?

Hubo un largo silencio, seguido de tras prolongados bocinazos de un trasbordador que abandonaba el puerto.

—Sí. —Los ojos de Misty nadaban en lágrimas—. Trude es de Mike.

—Por eso nunca le puso la mano encima.

—Sí.

—¿Porque lo sabía?

—Porque creía saberlo. Hicimos la prueba la semana pasada. Trude y yo nos discutimos sobre Mike. Llegó inesperadamente y nos pilló en la cama. Al final, no había manera de evitar decírselo. La prueba fue idea suya.

—¿Está contenta con el resultado?

—Está en el séptimo cielo. No sólo tiene una mamá y un papá, sino que su mamá y su papá —señaló el dormitorio con la cabeza— siguen enrollados.

—¿Y Bazza?

—No sabe nada. Nunca ha sabido nada. ¿Quieres saber cuánto tiempo llevo con Mike? ¿Con algunas interrupciones? —Alcanzó una caja de pañuelos—. Dieciocho años.

Trudy quiso saber por qué Jimmy Suttle no tomaba alcohol. El coche que dejaran en el aparcamiento más cercano era una excusa razonable, pero el resto la hizo reír. ¿A quién se le ocurre jugar a squash un viernes a la noche?

—A mí, para empezar.

Estaban sentados en un concurrido bar del paseo marítimo en Port Solent, una marina construida en el rincón nororiental del puerto de Portsmouth. Trudy había venido en taxi desde el Gunwharf y se sintió amargamente decepcionada de no poder pasar la noche juntos.

—¿Y después? —volvió a preguntar—. Podríamos ir a dar un paseo, hacer cualquier cosa. Luego podríamos ir a algún sitio. Como anoche.

—No puedo, Trude.

—Has quedado con alguien.

—Pues sí. Se llama Richard. La última vez le gané, y hoy hemos apostado diez libras en la partida. Jugamos. Vamos al pub. Nos ponemos ciegos.

—Iré yo también.

—No puedes, preciosa. Es un rollo de tíos.

—¿Ah, sí? ¿En qué me convierte esto? ¿En una putilla que te tiras cuando estás de humor?

—Nunca he dicho esto.

—No, pero es lo que piensas. ¿Me equivoco? Anoche pensé que eras un tipo medio decente, te lo juro. Debo de tener el encefalograma plano. ¿Por qué los tíos sois todos iguales?

—No somos todos iguales. Es viernes noche. Hace una semana que acordamos la partida. Y esto es todo.

—¿Y qué hago yo?

Lo miró fijamente por un momento. Suttle se agachó para darle un beso, pero ella apartó la cara. Dos chicos en la mesa de al lado intercambiaron sonrisas.

—Escucha, Trude…

—Que te den. Te odio.

—No me odias.

—Oh, sí. Vas de sincero, de considerado, y mira lo que pasa cuando has conseguido lo que querías.

—Lo de anoche fue idea tuya.

—¡No me digas! Te obligué, ¿es eso? ¿O fue otro quien me dio por culo?

—Oye, tal vez…

—Olvídate.

—¿Qué?

—He dicho que te olvides. —Trudy se agachó para recoger

su bolso. Se sabía el número de memoria. Empezó a pulsar las teclas, pero se detuvo—. Sabes lo que te pierdes, ¿verdad?

—¿Qué me pierdo?

—La semana que viene me voy. Me largo. —Le dirigió una sonrisa gélida—. Si juegas bien tus cartas, podríamos pasar otra noche juntos.

—¿Cuándo?

—Esta noche, bobo. Pero te es más importante jugar al squash con tu amiguito. Será verdad lo que dicen de la pasma. Siempre van de dos en dos. Pero —se encogió de hombros— me importa un bledo.

Suttle tendió la mano y agarró el móvil.

—Mañana por la noche —dijo—. Lo prometo.

Ella lo miró y se echó a reír.

—¿Qué pasará mañana por la noche?

—Lo que sea. Lo que tú quieras.

Lo observó por un momento.

—¿En Gunwharf? ¿En Forty Below? ¿Y luego a pasárnoslo bien?

Forty Below era el club de la movida. Los chicos de la edad de Trude nunca se cansaban de aquel lugar. Tampoco algunos de los amigos de Bazza.

Suttle consideró la propuesta por un momento y luego asintió con la cabeza.

—¿Estamos? —Trudy le sonrió, recuperó el móvil, le mandó un beso y volvió a marcar el número.

Faraday, sentado en la penumbra titiladora, no entendía nada. Una mujer en burka hacía una especie de viaje. Tenía que localizar a su prima en Kabul. Recorriendo el paisaje abrasado, rozó algunas vidas, se detuvo reiteradas veces para mantener largas conversaciones, reflexionó acerca de los problemas del Afganistán contemporáneo. Había niños por todas partes. Muchos hombres habían perdido piernas y brazos por culpa de las minas. En una secuencia que mantuvo a Faraday hechizado, centenares de afganos se lanzaron cojeando al desierto mientras una maraña de piernas ortopédicas bajaba del cielo en paracaídas. Extraña manera, pensó Faraday, de presentar una de las tragedias indiscutibles de este mundo: loca, surrealista, divertida. Luego recordó el caos incomprensible de su propia vida y reconoció que la joven directora no dejaba de tener razón. Surrealista era un calificativo bastante apropiado.

Despertó más tarde para encontrar las luces de la sala encendidas y a Joyce inclinada sobre él.

—¿Estás bien, sheriff? Diría que quieren que nos vayamos.

Fuera había empezado a llover. La película se proyectaba en una sala de arte y ensayo, en la marina de Southampton. Habían venido en coche desde Portsmouth, y Faraday se sintió aliviado de poder abandonar la ciudad. Junto al coche, se detuvo para buscar las llaves. Joyce de nuevo, su mano en el hombro esta vez. Señaló con la cabeza un restaurante lejano, al otro lado del aparcamiento. La lluvia había empapado el mechón de rizos oscuros que le caía sobre la frente.

—Invito yo —dijo escuetamente.

«¿Qué te parece?» Era un signo que Eadie Sykes había llegado a conocer bien. La mano tendida, la palma hacia arriba, un pequeño giro interrogativo de la muñeca.

Alcanzó el ratón del ordenador por encima del hombro de J.J. y volvió al principio de la secuencia. Una fila de pancartas que reconoció de la manifestación del día anterior oscilaban acercándose a la cámara. Los clientes más rezagados del recinto comercial se detenían para mirar. En la banda sonora, fuera del alcance de J.J., vibraba un cántico a voz en grito: «¡Al infierno las guerras y las grandes petroleras!».

La cabeza de la manifestación rompió como una ola alrededor de la cámara, y en este momento un fundido lento disolvió a los manifestantes en una escena distinta. Eadie se inclinó hacia la pantalla, donde una multitud árabe se reunía alrededor de una ambulancia. Era de noche. En el fondo, más allá del caos callejero, un edificio ardía. Los auxiliares sanitarios, hombres desesperados que luchaban por abrirse camino entre el gentío, subieron un pequeño cuerpo a la parte de atrás de la ambulancia.

Después, sin previo aviso, la cámara recorría el interior embaldosado de una casa vacía. Docenas de hombres y mujeres yacían en el suelo, echados de cualquier manera. Un par de ellos estaban inconscientes. El resto tenía la mirada perdida a media distancia o contemplaba la cámara sin comprender. Había sangre por todas partes, heridas abiertas, vendajes improvisados, la presencia encorvada de una enfermera con una botella de líquidos en una mano y un tubo intravenoso en la otra. Entonces se produjo un movimiento en uno de los rincones más lejanos, y la cámara se alzó y escudriñó la penumbra en busca de nuevas imágenes.

Un bebé yacía inerme en el regazo ensangrentado de su madre. Cuando ella notó la presencia de la cámara, dio la vuelta delicadamente al cuerpo. La parte posterior de la cabeza del bebé había desaparecido. La imagen tembló por un momento, y el operador forcejeó con el mando de enfoque para acercarse al diminuto cadáver.

Rostros de nuevo, caras de Pompey, puños en alto mientras la columna de manifestantes atravesaba una calle de doble sentido. Tras el volante de uno de los coches, inmovilizado en la caravana, un joven trajeado leía la contraportada del *News*, ajeno a todo lo que sucedía.

—Increíble.

Eadie se apartó de la pantalla y dio un apretón al hombro de J.J. La primera entrega de los reportajes de Al Jazira había llegado de Londres hacía media hora, deslizándose por las líneas de la banda ancha. J.J. había metido la cabeza por la puerta de Eadie para anunciar su llegada, pero ella estaba demasiado ocupada con sus propias grabaciones para dedicarle tiempo. Ahora, mientras J.J. le mostraba el resto del reportaje, se dio cuenta del valor incalculable de las imágenes. Aquí estaba la experiencia árabe de la guerra, las decenas de millones de hombres y mujeres que recibían los embistes tecnológicos de Bush. Esas personas estaban prácticamente indefensas ante la artillería Apache y los misiles de crucero. Lo único que podían hacer era aguantar y rezar. Los norteamericanos y los británicos les habían prometido una guerra sin sangre, una liberación sin lágrimas, y allí la tenían.

J.J., de pie, estiró los brazos hacia atrás para relajar la tensión muscular. Pensaba seguir trabajando a lo largo de la noche; ya echaría un sueñecito en el saco de dormir cuando se sintiera demasiado cansado. Lo que buscaba eran cinco minutos de imágenes compactas, algo que Eadie pudiera llevar a

Londres para la gente de la Coalición Contra la Guerra, un material que les permitiera vislumbrar las posibilidades de este tipo de documental. Eadie asintió con los pulgares en alto. Dentro de un par de días, encontraría un momento para repasar las grabaciones en audio de Bush y Blair —conferencias de prensa en la Casa Blanca, discursos en la Cámara de los Comunes—, toda la cháchara acerca de las armas de destrucción masiva y la amenaza inminente, el compromiso enfervorizado de los aliados con una cruzada moral. «A veces, la decisión correcta es la más difícil», recordó que dijo Blair. ¿Cuánto te pueden reconfortar estas palabras cuando tu hijo acaba de quedar hecho pedazos?

Joyce ya había estado en este restaurante. Los viernes noche, el lugar quedaba atestado; pero un camarero que conocía les encontró una mesa reservada en el fondo. Los que habían hecho la reserva llevaban media hora de retraso. Si aparecían ahora, peor para ellos.

—El *tagine* de pollo es un asco. —Joyce entregó su impermeable, que chorreaba—. No sé qué opinas de la comida norteafricana, pero el cuscús está de muerte. ¿Sheriff?

Faraday seguía de pie, mirando el mar de rostros. Parejas jóvenes, grupos de cuatro, conversaciones aderezadas con risas y el tintineo de las copas en alto. Le parecía tan irreal como la película que acababa de ver, tan misterioso, inexplicable, remoto. Meneó la cabeza como si estuviera delante de un televisor mal sintonizado. Esta sensación de alejamiento, de ir a la deriva, empezaba a molestarle.

—¿Sheriff?

Volvió su atención a Joyce y por fin se sentó. Ella le ofreció un bol de pequeños bocados fritos apoyados en un nido de hojas de menta. Se preguntó qué serían.

—Llámame Joe —murmuró—. ¿Te importa?

Probó uno de los bocados. Era picante.

—Falafel —se ofreció a explicar Joyce—. No puedo creer que nunca lo hayas probado. Siento lo de la película.

—Era buena. Diferente.

—¿Sí? ¿Por qué te has dormido, entonces?

Faraday respondió que no lo sabía. Es más, aunque nunca lo admitiría, no le importaba demasiado. Durante el último par de días, tenía la creciente sensación de que la vida lo dejaba de lado, cual obra de teatro para la que no se acordara de comprar entrada. La impresión de alejamiento podía ser maravillosa, como si nada tuviera demasiada importancia, aunque también —como en estos momentos— le producía un sentimiento parecido al pánico. ¿Qué estaba haciendo aquí? ¿Por qué no estaba en el apartamento de Eadie arreglando el calentador? ¿Qué le estaba pasando, por el amor de dios?

—¿Tinto o blanco? —Joyce consultaba la carta de vinos.

—Ni uno ni lo otro. Sólo agua.

—Podemos coger un taxi de vuelta. Dejar el coche aquí.

—Agua. —Su voz sonó perentoria, casi como una orden, en absoluto como había pretendido decirlo. Joyce dejó de lado la carta de vinos. Parecía sinceramente preocupada.

—¿Joe? ¿Qué te pasa?

—Nada. Lo siento.

—Háblame, cariño. Finge que no sé nada de toda esta mierda. Finge que soy alguien que acabas de conocer. Estamos en Casablanca, ¿vale? Nos alojamos en el mismo hotel. Yo estoy felizmente casada. Tú estás con una tipa espectacular. No hay presiones. Sólo estamos conversando.

—¿Qué es «toda esta mierda»?

—Volquete. La oficina. Nuestro pequeño y alegre club. Ya sé que es viernes noche, Joe, pero Volquete es como el reuma. ¿No te parece? Lo llevas en los huesos. No te suelta.

—¿Es lo que piensas?

—Todo el tiempo. Es como una neuralgia constante. No responde a la medicación. ¿No me crees? Date una vuelta por el Queen Alexandra. El guapo de Nick me daría la razón, si sólo pudiera recordar.

—¿Has ido a verlo?

—A la hora de comer. El tipo está en otro mundo.

—No fue por culpa de Volquete.

—¿No? —Joyce se inclinó sobre la mesa; su jersey de cachemira con el cuello en uve dejaba parcialmente a la vista unos senos enormes que clamaban atención—. Debiste verlo el último par de semanas. Quien lo atropelló le hizo un favor. A mi modo de ver, Nick era un colapso nervioso a punto de producirse, el auténtico colapso, la enajenación total. No podía concentrarse, no podía mantener una conversación, no podía tomar decisiones. Cuando le hablabas, antes tenías que comprobar que pudiera oírte. —Calló y cerró la mano sobre la de Faraday—. ¿Me recibes?

Por primera vez, Faraday oyó algo familiar, algo que conocía, en este torrente de ruido del que intentaba zafarse a toda costa.

—Lo mismo dijo su compañera. ¿Conoces a Maggie?

—Claro. —Joyce cogió un falafel—. Chica guapa. Maestra. La he visto un par de veces. Loca de remate. Eso pega con su trabajo. —Alzó la vista—. ¿Cómo es que te cargaron el muerto de Volquete? Desde mi punto de vista, no fue nada amable de su parte.

—¿Crees que me lo estoy cargando?

—Es al revés, sheriff.

—¿Tan obvio resulta?

—¿No acabo de decírtelo? —Le dio un apretón en la mano y buscó la servilleta—. Háblame de tu hijo. He oído que se metió en un lío.

—¿Quién te lo ha dicho?

—No importa. En nuestro trabajo, Joe, los secretos no existen. Si el hijo de mi detective inspector favorito se vuelve majara, empieza una nueva carrera y se convierte en barón de la droga, el mundo entero conoce la noticia en cuestión de segundos. Estas cosas nos chiflan. Nos encantan. Marty Prebble dice que es irónico. Marty sabe mucho de ironías. —Hizo una pausa—. ¿Cómo está tu hijo?

Faraday consideró la pregunta. En poca cosa más había pensado a lo largo del último día y medio.

—¿Quieres que te diga la verdad? No tengo la menor idea. Nos hemos visto un par de veces, nos topamos por casualidad; pero él no me habla, no se comunica, ni siquiera me mira.

—Hablar no debe de ser fácil. Para un chico como él.

—Ya sabes a qué me refiero. Lo conociste hace algún tiempo. Desde entonces no ha cambiado nada. Normalmente, es muy expansivo; pero ahora… —Faraday se encogió de hombros y deseó haber aceptado el vino—. Sencillamente, no está allí.

—No está en casa, no te abre la puerta. A ti, al menos, no.

—Exacto. —Faraday la miró, sorprendido y dolido por la mordacidad de la metáfora—. Desde luego, a mí, no.

—¿Qué me dices de tu amiga? ¿Puede ayudar en algo?

—Está más cerca de él que yo. Lo ha estado durante meses.

—Suena a robo. Detenla.

A pesar de sí mismo, Faraday se rió. Cuando Joyce insistió un poco más, se encontró hablándole de Eadie, de Ambrym, de la manifestación de protesta en la que habían participado en febrero, de la dedicación de Eadie a su trabajo con los vídeos, del abanico de posibilidades que parecía haber abierto en su vida.

—¿Qué posibilidades? No te entiendo.

—Ella es diferente. Es difícil de explicar. Lo aborda todo con esa increíble… —frunció el entrecejo, tratando de encontrar la palabra precisa— convicción.

—Se conoce a sí misma.

—Exacto.

—Y tú, no.

—¿Es una pregunta?

—No, cariño, es una de esas pequeñas verdades de la vida. No te importará que te la cuente, porque resulta que es cierta. De hecho, lo pienso desde que nos conocimos. ¿Recuerdas lo que pasó después de Vanessa? ¿Lo duro que te resultó relacionarte con aquella mujerona yanqui que entró en tu vida? A veces, me quedaba mirándote y me preguntaba qué hacías en un trabajo como éste. No me interpretes mal, Joe. Eras un poli realmente bueno, aún lo eres (me doy cuenta porque estuve casada con uno de los otros); pero, a veces, ser realmente bueno no es suficiente. ¿Sabes a qué me refiero?

—No.

—Eres vulnerable, Joe, y se nota. Por eso a las mujeres como yo nos gusta hacerte de mamás. ¿Es así tu Eadie?

—No. Aunque de esto se trata. Es lo que me encanta de ella. Lo tiene claro, Joyce. Sabe exactamente qué quiere hacer. Se enfada, no conmigo, no es personal, sino con la situación en general, y en lugar de quedarse con los brazos cruzados, quejándose como hacemos todos, ella sale allá fuera y hace algo al respecto.

—Una megalómana. No me extraña que estés K.O.

—No lo entiendes.

—¿Hablas en serio? ¿Realmente crees que no lo entiendo? Aquí me tienes, sentada contigo. Mirándote. Viendo a un hombre que admiro hundido en la mierda hasta el cuello. Puede que esté un poco pirada, Joe, y hasta puede que sea un poquito megalómana también, pero sé lo que veo. Andas perdido, cariño. Y esa Eadie es el tipo de mujer que debería echarte una mano. —Le apuntó con una uña perfecta y acusatoria—. ¿Dónde está esta noche? ¿Por qué no está aquí, en mi lugar?

—Tiene trabajo.

—Ya. Apuesto a que siempre tiene trabajo. ¿Sabes una cosa, Joe? El trabajo es una mierda, por muchas películas que hagas. ¿Por qué? Porque el mundo no cambiará nunca. Boy George, nuestro amigo Blair, esa gente está allí para sacar tajada. Si votas en contra, te enfrentas a otro montón de bastardos. De hecho, lo mismo ocurre con la droga. Volquete es una idea genial. Gastamos un par de trillones de libras, analizamos los documentos y tal vez consigamos encerrar a Bazza Mackenzie. ¿Crees realmente que esto cambiará algo? ¿Allí fuera, en la calle, donde realmente importa? Y un cuerno.

—¿Qué deberíamos hacer, pues?

—¿Sobre las drogas?

—Sobre… —Faraday abarcó con un gesto desvalido el espacio entre ambos— todo.

—¿Cómo deberíamos comportarnos? ¿Los hombres y las mujeres? ¿Los padres y los hijos? ¿Cuál sería la mejor manera de tratarnos?

—Sí.

—Joder, no lo sé. —Alcanzó un panecillo y lo partió en dos—. Supongo que, en última instancia, depende de cada uno. Tengo algunas ideas al respecto, especialmente sobre la sinceridad, sobre ser uno mismo, dedicarnos un poco de tiempo y correr algunos riesgos. ¿Y tu Eadie? ¿Cómo lo ve ella? Dímelo tú.

—Ella corre riesgos enormes. Es lo que mejor se le da. Eso intento decirte.

—¿Y a ti te hace sentir bien?

—Sentirse bien es irrelevante. Ella hace lo que debe hacer. La admiro por eso.

—Claro. ¿Y qué pintas tú en todo esto? Tú o vosotros. No

331

le importa, Joe. Si le importara, no estarías sentado aquí, conmigo.

—Eres injusta. No la conoces.

—No necesito conocerla. Me basta con verte a ti. —Dejó que sus palabras calaran y luego le hizo un gesto para que se acercara, como quien quiere compartir un secreto con un niño—. Eres un buen hombre, Joe Faraday. Eres honesto. Te importan las cosas. Das la cara. Y esto, de parte de alguien que no tiene tiempo para ironías.

Faraday se apoyó en el respaldo de la silla, reconfortado con su generosidad. Luego miró las caras a su alrededor, escuchó los retazos de conversaciones —gente que vivía su vida, gente que se esforzaba, gente relajada— y sintió que la oleada de pánico lo invadía de nuevo.

—Todo esto está muy bien —murmuró—. Pero no basta, ¿no es cierto?

18

Sábado, 22 de marzo de 2003, 07:15 h

El primer tren de la mañana a Londres estaba lleno de forofos de Pompey. Iban de vagón en vagón, cargados de bocadillos de beicon y de latas de Stella, sobrios todavía. De tanto en tanto, metida en su ejemplar de *The Guardian*, Eadie oía el nombre de «Preston North End». Un par de puntos más, según un chico gordo con abrigo de Burberry, y ya será nuestro.

—¿Qué será nuestro? —preguntó Eadie a la señora mayor sentada a su lado.

—El fútbol, querida —susurró la mujer—. Hasta mi Len empieza a apasionarse.

Minutos después, Eadie intentó llamar a Faraday por segunda vez. La noche pasada la había sorprendido un poco descubrir que no estaba en el piso; aunque, pensándolo bien, no era algo tan inusual. Los sábados solía salir temprano para observar pájaros, y dormía en la casa del capitán de barcazas para no molestarla.

El móvil de Faraday seguía desconectado. Llamó al fijo de la casa del capitán de barcazas por si estaba durmiendo allí. En este último par de días, lo había notado tenso, con un nerviosismo que la conversación no hacía más que alimentar. Quería preguntarle al respecto, dedicarle el tiempo que intuía que él necesitaba; pero los acontecimientos la apremiaban, como siempre.

No hubo respuesta en la casa del capitán de barcazas, y Eadie consultó su reloj, al tiempo que el convoy entraba en la estación de Woking. Su primera suposición había sido acertada. Joe ya debía de llevar horas en el camino, con su chaqueta de algodón impermeabilizado, sus paquetes de sopa en polvo y sus termos llenos de agua caliente. Jamás había conocido a nadie tan organizado, tan determinado, tan autosuficiente. Bastaba oír un rumor sobre algo exótico, un pájaro que no había visto en un par de años, y se pasaba el día entero a la intemperie. «Ya está», pensó con cierto alivio.

Faraday estaba sentado delante de la ventana de su estudio en el primer piso; había abandonado los prismáticos y tenía sin tocar la libreta donde anotaba los pájaros del día. Más allá del puerto, una sombra gris flotaba lentamente hacia el sur, a lomos de la marea. «Probablemente, serán gansos», pensó, aunque sin ganas de comprobarlo. Lo había abandonado el impulso permanente de buscar y encontrar, de anotar y clasificar, de mantener el dedo sobre el pulso de la vida más allá de su ventana. Había perdido la curiosidad. Ni siquiera los timbrazos del teléfono lograron movilizarlo.

Desganado, contempló el panorama y se planteó volver a la cama. Incapaz de dormir, se había sentado delante de la ventana ya antes del alba. La noche pasada, en contra de los dictados de su sentido común, había permitido que Joyce le invitara a entrar cuando la condujo hasta su casa. Vivía en una casa semiadosada y sin carácter de una urbanización al este de Southampton, de la que había borrado diligentemente todo rastro de su marido errante.

Puso un disco de Peggy Lee en el reproductor de discos compactos y se fue a la cocina para hacer café, dejando a Faraday en el pequeño salón-comedor, rodeado de pequeñas colonias de Beanie Babies. Él no alcanzaba a comprender cómo se podía vivir entre paredes de ese tono de fucsia, y su corazón dio un vuelco cuando Joyce subió a la carrera las escaleras que conducían al dormitorio. Minutos después, volvió a bajar vestida en un camisón de color turquesa y saqueó las existencias de alcohol libre de impuestos que había dejado su ex. Alegremente desvergonzada, le dio a elegir entre cinco licores para acompañar el café y le dijo que sería una buena idea meter el Mondeo en la entrada del garaje.

Faraday dijo que no a todo, tragó el café y se dirigió a la

puerta. En el umbral, sin el menor indicio de sentirse incómoda, Joyce le dio un gran abrazo y le deseó que durmiera bien. Faraday sonrió y respondió que lo intentaría. Condujo hasta el final de la calle para poder dar la vuelta y, al pasar de nuevo delante de la casa, la vio a través de las cortinas de punto de red del salón; era un enorme torbellino turquesa que bailaba a solas al son de la música.

Ya en casa, Faraday bajó a la planta baja y puso el hervidor, obligándose a hacer planes para el día. Si encontraba la energía necesaria, se pondría el abrigo y caminaría las tres millas que le separaban de la reserva de aves de las marismas de Farlington. Había leído en la web de Birdline que se habían avistado lechuzas de orejas cortas, y sabía que la visión de una de esas cazadoras diurnas le levantaría los ánimos. Si volvía a media mañana, estaría a tiempo para acercarse al hotel Solent Palace. Puede que se quedara a comer, a ver si la cocina había mejorado. Fingir que era Graham Wallace, comprobar las vistas desde el restaurante, las salidas que daban al aparcamiento y todos los detalles que requería la preparación de un encuentro como aquél. La idea le deprimió por completo, no porque hubiera perdido la fe en la operación, sino porque la perspectiva de tener que tomar cualquier decisión le parecía una tortura.

El agua echó a hervir y se acercó para apagar el fuego. La tetera estaba en la bandeja. J.J. había sido el último en utilizarla, y en el interior todavía quedaban un par de bolsitas de té usadas. Faraday se quedó inmóvil, mirándolas con perplejidad. Su cerebro acababa de bloquearse. Por mucho que lo intentaba, no sabía qué hacer después.

Paul Winter fue el primer cliente de la mañana de Pompey Blau. Aparcó su precioso Subaru y cruzó lentamente la calle hacia el antepatio. El desayuno de 2,99 libras que acababa de tomar a la vuelta de la esquina le había alegrado un día que ya prometía, y la vista de la hilera de relucientes BMW levantó aún más su espíritu. Hacía años que no se sentía tan contento.

Las operaciones de venta se realizaban en una caseta al final del antepatio. «Ésta —pensó Winter— es la cara más hermosa de Pompey. Ingeniería alemana por valor de medio millón de libras expuesta a la vista pública, y un cobertizo cualquiera para ultimar el papeleo.»

Un joven con gorra de béisbol y una camiseta de los Saints estaba repantigado detrás de un escritorio. Un ejemplar de *The Sun* del domingo estaba abierto en la página de los deportes.

—Eres un valiente. —Winter señaló la camiseta—. ¿Tienes ganas de morir o qué?

Sin pronunciar palabra, el joven hizo girar la silla. En la espalda llevaba la inscripción «Los Scummers apestan».

—Bien dicho. ¿Está Mike Valentine?

—No.

—¿Tienes idea de dónde puedo encontrarlo?

—No, tío.

—¿No lo habrás visto últimamente?

El joven negó con la cabeza. No había apartado los ojos del periódico. Winter se plantó delante del escritorio y se inclinó mucho, hasta acercar la boca al oído del chico.

—¿Y si quisiera comprar uno de esos coches tan bonitos? —susurró.

Por fin, el chico levantó la cabeza.

—No puedes.

—¿No puedo? ¿De qué va esto? Creía que era un garaje.

—Están todos vendidos.

—¿Todos? ¿Por qué no lo pone?

—Se me han terminado los rótulos, colega. Y mis letras son un asco. —Volvió al periódico—. Valentine debe de estar en Waterlooville. ¿Por qué no lo buscas allí?

Waterlooville estaba a quince minutos por autopista. El que había sido un tranquilo pueblo rural recientemente se había expandido con la construcción febril de áreas comerciales y de urbanizaciones de alta representación que amenazaban con engullir el campo circundante.

Mike Valentine Autos ocupaba un local en la esquina del área comercial que se abría al oeste del centro urbano. Winter dejó el Subaru junto a la acera y se dirigió a paso lento hacia las amplias oficinas acristaladas del concesionario. Un sofá azul en forma de media luna estaba cubierto de revistas automovilísticas, y un refrigerador de agua borboteaba sobre su base en el rincón. Un pendón colgaba de la pared detrás del mostrador de recepción, que estaba vacío. «Más por menos —decía—. Conducirlo para creerlo.»

Winter se demoró junto al mostrador por un momento. Veinticinco años de experiencia laboral le habían regalado la facultad de leer documentos al revés, pero tuvo que leer dos veces antes de creer la cifra que aparecía en la factura de venta. ¿Un BMW de dos años por 9.500 libras? No podía ser.

Debajo había docenas de otras facturas. Dio la vuelta al mostrador y las hojeó. Un modelo de la serie 5 matriculado en 2002, por 14.950 libras. Un Mercedes serie S, por 11.750 libras. Ahora entendía por qué todos sus colegas enfilaban el camino que conducía a la puerta de Mike Valentine. Éstas no eran operaciones de venta, sino actos de caridad.

—¿En qué puedo servirle?

Una mujer salió de un cuarto trasero. Era joven, alta y rubia, y llevaba un top ceñido y tejanos de cintura baja que enmarcaban su *piercing* en el ombligo. Winter le dedicó una alegre sonrisa. Si la mujer no se llamaba Sharon, le habían equivocado el nombre.

337

—¿Mike Valentine?

—Hoy no está. —Miró las facturas—. ¿Es de Hacienda o qué?

—Sólo un curioso. Un amigo me ha dicho que éste es el lugar donde encontrar un chollo.

—¿Quiere un coche? —La mujer pareció asombrada.

—Exacto. ¿Quién no, con unos precios como éstos?

—Sí, ya. —Frunció el entrecejo y empezó a limpiarse una uña—. Entonces, tiene que hablar con Mike. No hay nadie más ahora.

—¿Cómo es eso?

—No lo sé. —Se encogió de hombros—. Pregúnteselo a él.

—Bien. Me encantaría. ¿Dónde está?

—Fuera.

—¿Dónde es fuera?

—En Londres.

—¿Y los coches de al lado?

—La mayoría ya están vendidos. Un tipo vino esta mañana

y canceló su encargo de un descapotable azul de la serie 3. Puede mirarlo, si quiere.

—¿Por allí? —Winter señaló con la cabeza la puerta que conducía al salón de exposición—. ¿Tiene su historial mecánico?

—Mire en el taller, en la parte de atrás. El tipo se llama Barry. —Se hundió en la silla detrás del escritorio y removió el contenido del cajón en busca de una lima. Evidentemente, la conversación había terminado.

Winter se dirigió a la sala de exposición. El descapotable azul estaba entre media docena de otros coches. Winter le hizo una inspección acelerada, dio una patada a una de las ruedas delanteras, se fijó en la pegatina que rezaba «Arriba Pompey» en el parabrisas trasero y volvió a salir al aire libre.

El taller, que no se podía ver desde la calle, era una construcción de cemento y polvo de coque con puertas metálicas plegables. Dos cámaras de videovigilancia estaban orientadas hacia el asfalto manchado de grasas que había delante del taller, y un rótulo prominente amenazaba a los coches mal aparcados con el cepo. Una de las dos puertas estaba abierta; Winter entró en la penumbra, mirando a su alrededor.

El taller era más grande de lo que esperaba. Un par de fosos de inspección ocupaban uno de los lados, y una grúa de cadena eléctrica colgaba de una de las vigas del techo. Como todos los detectives de la ciudad, Winter había oído el cotilleo después de que Valentine se librara de la cuidadosamente preparada intercepción en la A3, poco antes de Navidad. Juzgando por los recursos que habían empleado en aquella operación —vigilancia, coches patrulla, avioneta exploradora—, se diría que los resultados tendrían que ser sustanciales, y sin embargo, ni siquiera los raqueros de la científica habían podido encontrar ni rastro de algo ilegal.

La relación de Valentine con Bazza Mackenzie era de dominio público, pero fue en Navidad cuando Winter pensó seriamente en su asociación por primera vez. «Quizá los chicos que organizaron la intercepción tuvieran razón —pensó—. Puede que los muchachos de Valentine bajaran cargamentos enteros de coca de Londres. De ser así, un taller como éste sería exactamente el tipo de lugar que necesitarían para descargarlos.»

El garaje estaba vacío, a excepción de un cuidado BMW X5.

Winter se acercó morosamente al coche y echó un vistazo. Alguien había estado trabajando en el coche hacía poco, porque había aceite sucio en un recipiente de plástico colocado entre las ruedas delanteras. Los neumáticos eran nuevos; pequeños hilos de caucho sobresalían de la llanta. Lleno de curiosidad, Winter escudriñó el interior. La documentación del BMW estaba en una funda de plástico en el salpicadero. En el asiento del copiloto había un mapa de carreteras de Europa con aspecto de ser nuevo. Winter volvió a la parte delantera del vehículo y memorizó la matrícula. Entonces se fijó en los pequeños trozos de cinta negra aplicados con cuidado a los faros. También ellos parecían nuevos. «Preparativos para un viaje al extranjero», pensó.

Oyó un portazo y, a continuación, el sonido de pasos. Winter se dio la vuelta y se encontró delante de un hombre delgado y bajito, con un mono de trabajo cubierto de manchas. Por un instante, la cara le pareció familiar: entradas en la frente, cráneo huesudo, ojos pequeños y muy hundidos. Había visto a este hombre hacía poco, tal vez en una de las fotos del ala preventiva que decoraban el tablero de corcho en las oficinas del Departamento Central de Investigaciones, en Highland Road.

—¿Qué quieres? —El hombre se limpiaba las manos con un trapo cubierto de grasa. Su cutis agradecería dormir bien una noche entera.

Winter le habló del descapotable azul y le pidió detalles. El mecánico le dijo que el coche no valía nada.

—Le dieron por detrás en un accidente múltiple en la autopista. Se torció el chasis. No podemos hacer nada.

—Es una lástima. —Winter señaló la sala de exposición con un gesto de la cabeza—. ¿Y los demás?

—Hay un par de motores decentes. La serie 7 es un chollo. Con estos precios, puedes hacer una fortuna si tienes paciencia. Compras el coche, pones un anuncio en el periódico, lo vuelves a vender y sacas quince mil fácilmente.

—¿Cuánto pedís vosotros?

—Once mil trescientas. Y vuelan, por si tienes dudas.

Winter asintió y hundió las manos en los bolsillos. Se olía la amargura en cuestión de segundos, y este hombre tenía mucha.

—¿Cómo es que todo se vende tan rápido? —preguntó.

—Siempre ha sido así. Se amontonan y se venden por cuatro chavos. Mueve los motores, hazlo rápido, y nadie sabrá cómo lo has hecho. Como hacen los prestidigitadores. —Imitó el gesto de barajar con las manos, unas cartas invisibles en cualquier acera, luego se aclaró la garganta y volvió la cabeza para escupir en la penumbra.

—Entonces, ¿no quedan coches? ¿Excepto el BMW jodido?

—Así es, colega, todo vendido.

—¿Cuándo crees que tendría que volver?

—Yo, en tu lugar, no volvería. Está liquidando.

—¿Quién está liquidando?

—El jefe. Liquida y se va. Dentro de un par de semanas, aquí venderán baños. Genial, si te mola pasar el resto de tu vida vendiendo bañeras.

El hotel Solent Palace ocupaba un lugar privilegiado en el paseo marítimo. A un lado, la larga línea de la milla de las Damas cruzaba el municipio hacia el castillo de Southsea. Al otro, la larga perspectiva del paseo dirigía la vista al este, hacia la concurrida boca del puerto de Portsmouth. En un día despejado, desde las plantas superiores del hotel se podía ver quince millas mar adentro, más allá de la isla de Wight, hasta la suave joroba azulada de Tennyson Down. Faraday, que en cierta ocasión había pasado media mañana en uno de los dormitorios del último piso tratando de llegar al fondo de una supuesta violación, recordaba haber quedado fascinado con las vistas. Tennyson Down era el paisaje de su juventud, kilómetros y kilómetros de hierba segada que todavía le llegaban al alma, a pesar de los años transcurridos. En estos momentos, no se le ocurría nada más entrañable que estar de vuelta allí, encaramado a la cima del acantilado, escuchando los gritos de las alondras, invisibles contra el resplandor del cielo.

El restaurante se encontraba en la primera planta del hotel, un salón largo y soleado, provisto de altos ventanales con pesadas cortinas de intrincados brocados. Aunque sólo faltaban un par de minutos para el mediodía, estaba prácticamente vacío. Una pareja de ancianos en una mesa cercana se afanaba con el crucigrama del Daily Telegraph. En la esquina del otro extremo un camarero sacaba brillo a los vasos.

Faraday se buscó una mesa junto a uno de los ventanales. Podía ver el sol a través del cristal y cambió de asiento para sentir su suave calidez en la cara. Cerró los ojos por un momento y se obligó a relajarse. Algo en la atmósfera de ese lugar le recordaba un sanatorio. «Este vacío tendría que estar poblado de enfermos», pensó, tentado de incluirse a sí mismo en el recuento de cuerpos achacosos. Se sentía exhausto, físicamente vapuleado, un superviviente de la primera línea de fuego que había sido evacuado de una guerra lejana; al abrir los ojos de nuevo, casi esperaba que apareciera una enfermera con una silla de ruedas para llevarlo a tomar un poco de aire fresco.

—¿Qué tomará el señor? —preguntó el camarero.

Faraday lo miró con cierta sorpresa.

—¿Tienen comida?

—Aquí está el menú, señor. Volveré en seguida.

Faraday estudió el menú, de nuevo enfrentado a la imposibilidad de tomar cualquier tipo de decisión. ¿Salmón ligeramente ahumado sobre un lecho de berros? ¿Pechuga de pollo a la italiana? No tenía la menor idea.

Dejó el menú a un lado y miró por la ventana. El asunto de mañana, pensó, podía muy bien cuidar de sí mismo. Si Willard estaba tan resuelto a mantener este último episodio de la historia de Volquete en secreto —ni siquiera Brian Imber estaba al corriente—, muy poco podría hacer Faraday para prepararlo. Ya había conseguido una autorización RIPA para la operación, para proteger a las fuentes encubiertas cuando el asunto llegara a los tribunales. Mañana, si dios quiere, Wallace y Mackenzie se reunirían allí, y Mackenzie elegiría una mesa. Entretanto, Faraday y Willard estarían aparcados en la acera de enfrente, ávidamente sintonizados a los acontecimientos. Faraday se puso de pie y echó un vistazo previsor al otro lado de la cortina, confirmando que incluso ahora, en un bullicioso mediodía de sábado, había plazas de aparcamiento libres en la calle. Mañana, McNaughton, el supervisor de Wallace, ocuparía otra más, y el resto dependería del milagro de las ondas de radio.

Faraday volvió a ocupar su asiento, preguntándose cuánto capital político habría invertido Willard en el resultado del día siguiente. La otra noche en el hospital, Nick Hayder había descrito al detective superintendente como un aliado crucial, su protección vital contra los depredadores al acecho de las instancias superiores de la cadena de poder. Faraday sabía que la apreciación era cierta y se sentía agradecido de saber que la feroz lealtad de Willard no flaquearía en caso de tener que defender las trincheras. No obstante, Faraday se había sentido bastante incómodo al encontrarse en medio del fuego cruzado en el consejo de guerra de Secretan y, cuanto más reflexionaba sobre el tema de las drogas, menos convencido se sentía de sus propias opiniones.

¿Tenía razón Harry Wayte cuando vociferaba a favor de la legalización total? ¿Tenía razón Eadie Sykes al quebrantar todas las reglas en su batalla por ganar las mentes y los corazones? ¿Se convertiría J.J. —su propio hijo, por el amor de dios— en víctima involuntaria de la guerra en curso? Faraday no tenía la respuesta a ninguna de estas preguntas y era consciente de que, en términos de autoridad policial, su ignorancia lo convertía en una práctica nulidad.

Personas como Willard y Brian Imber no tenían ni una sombra de duda cuando se trataba de Volquete. Bazza Mackenzie se había vuelto gordo y demasiado visible gracias a su participación en el negocio de la coca y, bajo su punto de vista, se merecía el castigo que le infligirían un juez y un jurado debidamente convencidos por pruebas irrefutables. El hecho de que otros hombres, con toda seguridad venidos de fuera, ocuparían su lugar en cuestión de semanas no era relevante. La mejor manera de servir a la justicia, diría Willard, es enfrentarse a los malos y encerrarlos donde no puedan hacer daño.

Hasta aquí, todo bien. Pero ¿qué hay de los *yardies** de Brixton, que hacen cola a las puertas de Pompey buscando un resquicio en el mercado? ¿Qué hay de los *scousers* lunáticos, con sus cúters y sus papelinas de saldo? Y sin necesidad de alejarse de casa, ¿qué hay de las envidias y los resentimientos que los rumores de una operación encubierta como Volquete inevitablemente despiertan entre los demás policías? Brian Imber ya lo había prevenido contra los más antiguos, los detectives curtidos como Harry Wayte. Pero ¿qué pensará el propio Im-

* *Yardies* es el nombre en argot de los jamaicanos. (*N. de la T.*)

ber cuando sepa que a él también lo habían mantenido en la ignorancia sobre la pequeña aventura del día siguiente?

—¿Ha elegido ya el señor? —El camarero reapareció con el bloc de notas en la mano.

—Sí. —Faraday siguió mirando la calle soleada—. Creo que tomaré un whisky doble.

Una llamada al empleado de la PNC en Kingston Crescent había proporcionado a Winter todos los detalles que necesitaba del BMW que había visto en el taller de Valentine. No le sorprendió que la DVLA de Swansea diera el nombre del propio Valentine como propietario del vehículo, lo cual podría apuntar a un cambio temporal de nombre con vistas a una venta posterior. Por otra parte, el BMW estaba a nombre de Valentine desde hacía más de un año, y Winter pensaba que podría ser su coche particular.

Una segunda llamada, ésta a la sala de control del cuerpo, le facilitó las direcciones y los números de teléfono de los tres Valentine registrados en el área de Waterlooville. Sólo uno de ellos figuraba como M. Valentine y, basándose en esta información, Winter se acercó en coche a su casa para echar un vistazo. El número cuatro de Avondale Gardens resultó ser una residencia de lujo de cuatro dormitorios, en un terreno selecto de la parte más elegante de la ciudad. Había un rótulo de EN VENTA en el jardín y ninguna señal de vida en el interior.

Winter marcó el número de Valentine para estar seguro y luego llamó a la agencia inmobiliaria. Venía de Londres y le quedaban un par de horas libres. Necesitaba urgentemente comprar una propiedad a toca teja, y la del número cuatro le gustaba bastante. ¿Alguna posibilidad de echarle un vistazo? La mujer del otro extremo de la línea dijo que estaba de trabajo hasta las cejas, pero que algún otro agente podría atenderle, seguramente. Minutos después, le devolvió la llamada. Había muchos compradores potenciales a la espera, le dijo, aunque le parecía que aún quedaba margen para lo que calificó de «oferta competitiva».

Aburrido de las noticias de la gran manifestación londinense contra la guerra, Winter apagó la radio del coche y miró la casa. Si Valentine ponía realmente pies en polvorosa, desde luego no se preocupaba de cubrir sus huellas. Cerrar el concesionario y poner su casa en venta equivalía a una declaración pública de sus intenciones de marchar, y era inconcebible que Bazza Mackenzie no lo supiera. En opinión de Winter, Misty Gallagher y, probablemente, también Trudy tenían todos los números de acompañarlo, y era aquí donde se complicaba la previsión de un posible desenlace.

Anoche, Misty había descartado tajantemente la posibilidad de que Bazza conociera su relación intermitente con Valentine. Demasiado conscientes de las probables consecuencias de tal descubrimiento, ella y Mike habían tenido un cuidado exquisito en ocultar su relación de las miradas inquisidoras. Evidentemente, todos eran amigos. Valentine, Bazza y Misty salían juntos a menudo. Jamás, sin embargo, insistía la mujer, había sospechado Bazza que ella y Valentine se enrollaban de vez en cuando ni que desaparecían juntos para pasar largos fines de semana en diferentes hoteles discretos del oeste. En lo que a Bazza se refería, Mike *el Cursi*, como llamaba a Valentine, era un colega y un socio comercial.

¿Y Trudy? Misty volvió a negar con la cabeza. Hacía mucho tiempo que Baz había decidido que Trudy era su hija. Misty jamás se había preocupado de sacarlo de su error, en gran medida porque le garantizaba una generosa pensión mensual, y la suposición acabó convirtiéndose en convicción para Bazza. En el momento de descubrir que Trudy pertenecía a otro hombre, y no sólo a otro hombre sino al mismísimo Mike Valentine *el Cursi*, la mierda tocaría techo.

¿Sería por eso que se largaban todos? ¿Para escapar de la aterradora perspectiva de la cólera de Bazza?

La mujer de la inmobiliaria conducía un Toyota blanco. Delante de la puerta de entrada, recién pintada, y mientras buscaba la llave en su bolso, volvió a mencionar el precio. Nada estaba decidido. Un par de miles por encima del precio y los dueños se avendrían a la oferta.

—¿Tiene el nombre del propietario?

—Valentine, creo. —La mujer hojeó rápidamente su carpeta—. Sí. Un tal Michael Valentine.

Winter la siguió al interior de la casa. El suelo de madera

empezaba a desteñirse por el sol, y Winter percibió restos de olor a cigarros puros. La puerta del salón estaba abierta, los rayos del sol jugueteaban en la alfombra, y Winter se encontró ante una estancia grande y amueblada por alguien a quien no le faltaba el buen gusto. Mientras la agente alababa la reciente renovación del sistema de calefacción central y las alarmas antirrobo de última generación, Winter recorrió la sala inspeccionando una colección de acuarelas que parecían originales. Una de las cualidades de Valentine que siempre había atraído a Misty era su educación. Había sido alumno de Saint Joseph, dijo ella, compañero de clase de Bazza antes de que a éste lo expulsaran. Hablaba francés. Sabía elegir un menú decente. Iba al teatro. Hasta leía libros.

La agente, obviamente apresurada, se dirigía ya a la cocina, pero Winter se detuvo junto a un aparador acristalado que contenía una muy manoseada colección de novelas. Los gustos literarios de Winter no iban mucho más allá de Tom Clancy y Clive Cussler, pero los autores que figuraban en aquellos estantes le impresionaron. Las obras completas de D. H. Lawrence. Una edición encuadernada de *Middlemarch*. Una larga fila de novelas de Graham Greene. Misty tenía razón. Después de los placeres huracanados de Bazza Mackenzie, una velada con Mike Valentine constituiría una experiencia mucho más delicada.

Winter examinaba un escritorio de tapa corrediza en la esquina cuando oyó el sonido de un móvil. La agente asomó la cabeza por la puerta de la cocina y se disculpó por tener que atender la llamada. Winter le dirigió una sonrisa, dijo que no había problema y esperó a que volviera a meterse en la cocina antes de abrir el escritorio. Para su gran decepción, ya estaba vacío. Estaba a punto de explorar el comedor contiguo cuando se acordó del teléfono en el recibidor. Un aparato con estilo que había visto recientemente en un catálogo. Incluía un contestador automático.

Volvió al recibidor, descolgó el auricular y pulsó el botón de los mensajes. Había tres en espera. El primero era de Misty. Se le hacía tarde. Estaría en Waterloo a las doce, en el lugar de siempre. Si hablaba en serio de pasar la noche en Londres, no había problema, siempre que fueran otra vez al Lanesborough. El siguiente mensaje era de un hombre, que dejó su nombre y número de teléfono y colgó.

345

Winter alzó la vista. La agente seguía hablando por el móvil, la oyó reír. Se inclinó sobre el teléfono, esperando el último mensaje. En esta ocasión, de una mujer que llamaba de una agencia de viajes. Ya habían llegado los billetes de transbordador del señor Valentine. Le había podido reservar una buena cabina exterior de cuatro literas, como le había pedido. El señor Valentine podía pasar a recoger los billetes o, si lo prefería, se los enviaban a casa. Que no se olvidara de estar en la terminal media hora antes del embarque. El contestador quedó silencioso, dejando a Winter inmerso en la contemplación de otra acuarela.

Faraday había decidido sincerarse con Willard. A fin de cuentas, el detective superintendente merecía conocer la verdad. Había muchas reputaciones en juego además del montón de dinero y, si Faraday se sentía incapaz de responder, lo más honrado sería decirlo.

Willard vivía en el Portsmouth Viejo. Faraday nunca había estado en su casa antes, aunque Willard se la había descrito en más de una ocasión —una panadería reconvertida de Warblington Street—, y Faraday sabía exactamente dónde estaba. Agradecido por la brisa de aire limpio, salió del hotel y enfiló el camino hacia el Portsmouth Viejo. Para ser un hombre que raras veces bebía alcohol a la hora de comer, le sorprendió agradablemente descubrir que el tercer whisky le había endulzado el ánimo. Por primera vez en muchos días, corrió el riesgo de sonreír.

El camino que conducía a la casa de Willard pasaba por delante de la catedral anglicana. Enfrente de la catedral había un pub, el Dolphin, que a Faraday siempre le había gustado. El interior era umbroso, enmaderado y de techo bajo, y no sufría la contaminación de música gaitera ni de la reforma del mes. Hacía años, había preguntado al mesonero acerca de la historia del lugar, desde cuándo existía, y no le había sorprendido saber que el propio Nelson pudo haberse detenido allí antes de embarcar a la caza de franceses. En medio del clamor que actualmente se hace pasar por sociedad, el Dolphin representaba la paz.

El pub estaba vacío. Faraday, que había comprado *The Guardian* en el quiosco de la esquina, se buscó una silla junto al fuego. La primera jarra de cerveza, de London Pride, bajó admirablemente bien. Faraday recorrió con el pulgar la sección de noticias del periódico, tratando de comprender el caos del avance aliado por Irak. ¿Um Qasir se había rendido o no? ¿Sería Basora la siguiente breva en caer del árbol de Sadam? Terminada la segunda jarra, a Faraday ya no le importaba. Dobló el periódico y salió a la calle.

Mientras cruzaba la calle para reanudar el trayecto, llegó a sus oídos el canto a capela de un coro. Venía de la catedral, un sonido como nada que hubiera escuchado antes. Incluso allí, a plena luz del día, poseía una cualidad sobria y fascinante que hablaba de algo indefinidamente precioso. La puerta de la esquina occidental estaba abierta. Cruzó el umbral, inmediatamente contento de haberlo hecho. Sobre una tarima, debajo del triforio que alojaba el órgano, una docena aproximada de hombres hacían una especie de ensayo. Delante de ellos estaba el director del coro, un hombre regio con camisa a cuadros rojos. Dirigía con una mano, con gestos circulares fluidos y expresivamente hermosos, y la música subía y bajaba en consonancia.

Faraday se deslizó en un asiento en el fondo de la nave, hechizado por la música. Siempre le había encantado esta catedral. De proporciones domésticas, no pretendía intimidar ni impresionar. Bien al contrario, con su piedra color de miel y sus nichos suavemente iluminados, ofrecía la más íntima de las bienvenidas.

Faraday dejó que su cabeza se recostara en las nervaduras del pilar de piedra cercano. Le pareció que el canto se tornaba más lento. Cerró los ojos y se dejó llevar, sintió el calor repentino del sol en la cara y vislumbró algo grande, un quebrantahuesos, tal vez, que volaba sobre las corrientes cálidas de los Pirineos. El vuelo circular del ave concordaba a la perfección con la música. Lejos, tras el friso de picos montañosos, el sol empezó a hundirse hacia el horizonte. Más tarde, pensó, volvería sobre sus pasos, bajaría al valle, buscaría una bodega en el pueblo y se regalaría con un chorizo, un guiso catalán de judías y una buena botella de Rioja. Hasta podría arriesgarse a emplear su español malo para hablar con un par de lugareños, contarles su día en la montaña y después, en la cálida penumbra, buscaría su camino a la cama.

Con la boca seca por el alcohol, se puso a roncar. Poco después, el cántico cesó. Alguien zarandeó a Faraday, sacándolo de su sueño profundo. Sobre él se cernía una silueta que vestía una sotana negra. Un rostro que reconocía, un rostro del pasado. Tendió la mano y tocó la del hombre, agradecido de ese pequeño milagro.

—¿Nigel? —preguntó.

La manifestación fue un fracaso. Tras la inolvidable marcha del febrero pasado, millón y medio de personas paralizando el centro de la ciudad, Eadie supo en seguida que ésta sería infinitamente más pequeña. También las caras eran distintas. No estaban las filas de la Inglaterra central, ni los funcionarios venidos de Haslemere, ni las madres jóvenes de las comarcas. En su lugar, Eadie se encontró grabando las pancartas de una organización que se hacía llamar Trabajadores Sexuales del Mundo Unidos. Sabía que los grupos estrafalarios como éste serían un regalo para los indecisos que no sabían si cerrar filas detrás de las primeras líneas de la marcha. La consigna «Lloremos con las viudas de Irak» podría sensibilizar a algunos; pero, indudablemente, la actitud del público estaba cambiando.

Mientras un orador del Partido Socialista de los Trabajadores se hacía con el micrófono en la tarima delante de la concurrencia, Eadie buscó por última vez imágenes que pudieran proporcionar a J.J. la munición que necesitaba. Un joven vicario negro con un niño a hombros. Dos mujeres musulmanas, con los ojos maquillados en negro. Espectadores distantes, colgados del balcón de un hotel que daba a Park Lane. Fría y hambrienta después del sol de primera hora de la tarde, Eadie guardó por fin la cámara en la mochila y sacó el móvil. Hasta el momento, ninguna de sus tres llamadas a Joe había tenido respuesta. Lo intentó de nuevo.

Nada.

19

Winter se sorprendió de encontrar a Cathy Lamb en su despacho, siendo sábado. El escondrijo de la detective inspectora se encontraba al lado de la oficina mayor de la brigada, y Winter la vio a través de la puerta entreabierta al pasar.

—Paul. —Cathy respondió a su saludo—. ¿Qué haces aquí?

Winter quiso esquivarla con una queja sobre el papeleo. Si no se ponía al día, pasaría el resto de la semana encadenado a su mesa de trabajo. Cathy no se tragó la excusa.

—El día que desperdicies un sábado para ocuparte del papeleo será el día en que los cerdos echen a volar. —Resopló—. ¿Qué pasa?

Winter fingió solicitud y se sentó delante de su escritorio. Cathy Lamb era una mujer fornida y de esqueleto recio, que vestía y se maquillaba un poco a lo marimacho. Winter la conocía desde hacía años y siempre había mostrado gran interés en su carrera. Como capitana suya en la división de Southsea, había sido dura a la vez que perspicaz, y le concedía el beneficio de la duda, siempre que las cabelleras cortadas pesaran más que sus transgresiones a la hora de conseguirlas. Como detective inspectora amarrada a una mesa, tendía a ser menos comprensiva.

—¿Conoces a un tipo que se llama Barry? —preguntó Winter a la ligera—. Cara de rata, treinta y pocos, mecánico de coches cualificado.

—No me suena. ¿Tiene apellido?

—Sí. Por eso pregunto. Lo he visto antes en alguna parte, pero no puedo recordar dónde.

—¿Por qué te interesa?

—Trabaja para Mike Valentine.

—¿El vendedor de coches? ¿El amigo de Bazza?

—Sí. Sólo que Valentine está liquidando, se va de aquí.

—¿Quién lo dice?

—Yo. Estuve en su concesionario esta mañana.

—¿Por qué?

Winter veía venir la pregunta desde que empezara la conversación.

—¿Por qué se va? —Quiso aclarar—. ¿O por qué fui allí?

—Lo segundo.

—Necesito un coche, Cath, algo medio decente. El Subaru se ha portado muy bien, pero ya sabes cómo son estas cosas… —Hizo un gesto de resignación—. Nada es eterno.

—Pero ¿por qué Valentine?

—Porque es barato. En realidad, está regalado. Quema los precios.

—Pero no hay fuego.

—Exacto.

Sostuvo la mirada de Cathy. Sabía que no se había creído la historia de querer comprarse un coche, pero allí había algo más.

—En la calle se habla de una gran cantidad de cocaína —dijo la mujer al final—. ¿Has oído algo al respecto?

—No. —El interés de Winter se agudizó—. ¿Cómo de grande?

—Un par de kilos, como mínimo.

Winter quedó impresionado. Dos kilos de coca mezclada y embolsada pueden alcanzar las 120.000 libras esterlinas.

—¿Cuándo fue eso?

—Nadie lo sabe con certeza.

—¿Recientemente?

—Esta semana.

—¿Y no sabemos qué nombre figura en la factura?

—No…, aunque tiene que ver con Mackenzie. Directamente, no, por supuesto; pero apostaría a que está detrás, dada la cantidad. —Se inclinó hacia delante—. ¿Qué harías tú si te acosaran los *scousers*, los jamaicanos y dios sabe quién más?

Winter reflexionó unos segundos sobre la pregunta y luego sonrió.

—Inundar el mercado —dijo—. Bajar los precios.

—Exacto. ¿Un par de kilos de coca? Paga la mutua. —Hizo un gesto de asentimiento—. Mackenzie está metido en ello. Claro que sí.

Winter pensó en el taller detrás del concesionario, en Barry haciendo su aparición, indiscutiblemente sulfurado.

—Se supone que la droga de Bazza llega oculta en los coches de Valentine. —Winter empezaba a divertirse—. ¿Lo sabías?

—Es lo que dicen todos. ¿Me lo estás confirmando?

—No tengo la menor idea. Pero se necesita un mecánico para sacarla cuando llega. —Winter se puso de pie—. ¿Estarás aquí un rato, Cath?

—¿Por qué lo preguntas?

—Sólo necesito hacer una llamada. Vuelvo en seguida.

Winter llamó a la sala del Departamento Central de Investigaciones de Highland Road y pilló a Dawn Ellis poniendo los toques finales a una ficha del Servicio Fiscal de la Corona sobre un ladrón reincidente. Como subcomisaria de guardia de tarde, había ido pronto al despacho para evitar ir de compras.

—Mi extracto de la visa llegó esta mañana —le dijo a Winter—. Decir que he excedido el límite es un eufemismo.

—¿Aún tenéis ese tablero de corcho donde el hervidor? ¿El de los sospechosos?

—Sí. —Dawn parecía perpleja—. ¿Por qué?

—Hay un tipo que se llama Barry. Tiene pinta de corruptor de menores. Cabello ralo, ojos que dan miedo. —Hizo una pausa—. ¿Me haces el favor?

—Barry Leggat. —No le hizo falta consultar el tablero—. Salió en libertad hace un par de meses. Cumplió dos años por trucar coches robados.

—¿De por aquí?

—De Leigh Park. Se supone que vive con una tipa que se llama Jackie no sé qué. Ella también da miedo. ¿Quieres la dirección?

Winter gruñó en asentimiento y esperó mientras Dawn ojeaba un par de fichas. Oakmount Road. El jardín de la casa está lleno de enanitos.

351

—¿Qué más puedo hacer por ti? —Dawn rió—. ¿Un capuchino? ¿Una tarta de zanahoria? ¿Unas croquetas picantes?

Colgó el teléfono, dejando a Winter con la dirección. Momentos más tarde, estaba de vuelta en el despacho de Cathy Lamb.

—Tengo una idea, Cath. ¿Te interesa?

—Adelante. —La mujer lo miró con cautela.

Winter le habló del taller que había detrás del concesionario de Mike Valentine. Sospechaba que Barry Leggat podría ser el tipo que sacaba la mercancía cuando los coches llegaban de Londres. Sin duda, se ganaría un par de copas en el proceso, y con Valentine a punto de cerrar el negocio, su fuente de ingresos sufriría una repentina merma. Si éste era el caso y la última partida había sido tan grande como sugerían las habladurías de la calle, ¿qué habría de malo en guardarse unos cincuenta gramos de coca?

—¿Qué me sugieres?

—Conseguimos una orden de registro para su casa. Lo hacemos cuanto antes posible. Si encontramos droga, puede que le interese contarnos un par de cosas.

—¿Con qué motivo solicitamos la orden?

—Buena pregunta. —Winter miró el techo por un momento. Necesitaba un informante, alguien que pudiera proporcionarle información fidedigna—. Dave Pullen. —Sonrió—. Esta mañana le salvé el culo, y él lo sabe. Además, Valentine no es su mejor amigo.

—¿Respaldará la información?

—Lo suficiente para el magistrado; no habrá problema alguno.

Cathy todavía no estaba convencida.

—¿Qué hay del tal Leggat? —preguntó—. ¿Crees que será tan tonto para esconder la coca en su casa? Suponiendo que tengas razón.

—Acaba de cumplir dos años, Cath. —Winter puso cara de ofendido—. Los tipos listos nunca se dejan pillar.

Faraday aceptó encantado la invitación de Nigel Phillimore a tomar el té por la tarde. Mortificado por su comportamiento en la catedral aunque todavía arrullado por sus tres horas de alcohol, acompañó a Phillimore High Street arriba, hasta la pequeña casa que venía con el puesto de canónigo.

Él y Phillimore se habían conocido hacía un par de años. Faraday estaba investigando la muerte de una muchacha de catorce años en el Portsmouth Viejo, y le había sorprendido descubrir la relación entre la madre de la chica muerta y este hombre de hábitos. La investigación había requerido un par de conversaciones largas en casa de Phillimore, y Faraday recordaba ambas con todo detalle, no sólo por su importancia vital en cuanto a datos, sino también porque raras veces había conocido a nadie tan simpático y abierto. Ese hombre, había pensado entonces, ofrecía algo extraordinario: el don de la amistad inmediata e incondicional. A ojos de un detective acostumbrado a una cultura basada en la sospecha instintiva, era un pájaro realmente muy extraño.

Cuando Phillimore abrió la puerta y se hizo a un lado, Faraday descubrió que su casa conservaba el mismo olor, la misma especie de pebete exótico y picante que hizo aflorar con ímpetu el recuerdo de sus encuentros anteriores. Faraday enfiló el largo y estrecho pasillo, buscando apoyo cada vez que la bebida amenazaba con tumbarlo, reconociendo las fotografías en color de Angola que colgaban enmarcadas de la pared. El propio Phillimore las había tomado durante un viaje con los de Comercio Justo, y Faraday lo recordó hablando de aquel país con una intensidad tranquila que resultaba tanto más impresionante por ser totalmente natural.

Poco parecía haber cambiado también en la primera planta. El saloncito acogedor, con sus libros y su raída alfombra oriental, daba a High Street, y Faraday reconoció el bol de popurrí chino en el alféizar. Se arrellanó en un viejo sillón junto a la ventana mientras Phillimore le preguntaba acerca de sus preferencias en materia de té. Tenía Earl Grey, Lapsang y un descubrimiento nuevo que había hecho la semana pasada: Munnar Premium. Faraday lo miró radiante y le dijo que daba igual. De estatura media y con un poco de encorvadura, Phillimore había ganado algo de peso desde su último encuentro, aunque la sonrisa en su cara era siempre la misma. Una cara hecha para la risa y el compañerismo. Sólo con sentarse allí, Faraday se sintió inmediatamente más despejado.

353

—¿Y tu gata? —preguntó.

—Me la están cuidando. He estado fuera por un tiempo; volví anoche.

Desapareció en la cocina mientras Faraday inspeccionaba las postales clavadas en las esquinas de las estanterías. A juzgar por ellas, Phillimore tenía amigos en Salzburgo, Bombay, París y una ciudad que recordaba a Río. Un hombre de Pompey que se atrevía a mirar hacia fuera.

Minutos después, reapareció con una bandeja de té. Tras una nueva incursión en la cocina, trajo una tarta de limón y un plato de mostachones.

—Me lo trajo una de las mujeres del coro a la hora de comer. —Sostuvo el cuchillo por encima de la tarta—. Basta con irse un par de semanas para olvidar qué bien vivimos aquí.

Cortó dos trozos generosos y ofreció uno a Faraday. Acababa de pasar tres semanas en Querala. Esa parte de la India siempre le había fascinado, la sola idea de ese lugar, y le había encantado descubrir que el comunismo puede realmente ir mano a mano con la igualdad y con cierta equiparación de los ingresos.

—¿El comunismo? —Faraday no entendía.

—El gobierno de la provincia es comunista, y se nota. La educación es excelente. El dominio del inglés, exquisito. Y es la gente más encantadora del mundo. —Hizo una pausa y pasó sin esfuerzo a otro tema—. ¿Te importaría si te dijera algo?

—En absoluto.

—Se te ve agotado.

—Borracho, me temo.

—No. —Phillimore agitó su té—. Es más que esto. —Alzó la mirada—. ¿Qué te ha parecido el coro?

—Me parecieron estupendos.

—Son estonios. Vienen de Talin. Cantarán mañana a las siete y media de la tarde. Tendrías que venir. Hablo en serio.

—Iré.

—Bien. Creo recordar que la última vez eras tú quien hacía todas las preguntas. —Sonrió—. ¿Cómo te van las cosas?

Faraday lo miró largamente. Era una pregunta inocente, de un medio extraño que expresaba un interés pasajero en su bienestar; pero había algo en el tono de su voz, en la inclinación de la cabeza, que denotaba una preocupación sincera. «A este hombre le importa de veras», pensó Faraday.

—Es un asco —respondió con voz queda—. Si quieres saber la verdad.

—Un asco... ¿en qué sentido?

—Un asco de vida. Simplemente... —abrió los brazos en un gesto de impotencia— un asco.

Le habló a Phillimore del último par de años, del fracaso de su relación tras el caso de la chica de catorce años, de su traslado subsiguiente a Crímenes Mayores, de la enorme cantidad de casos que tenía que soportar desde entonces.

—¿Crímenes Mayores representa una promoción?

—Así lo presentan, sí.

—¿Y tú? ¿Qué opinas?

—Creo que tienen razón. En mi trabajo, se habla de las cualidades de un crimen. Te concentras en una cosa cada vez: una violación, un asesinato, en ocasiones ambas cosas. Después de ser agente del Departamento Central de Investigaciones de la división, créeme, es un alivio.

—¿Te sentiste privilegiado? —Phillimore sonrió de nuevo.

—Por supuesto. Aunque también es un cumplido. Significa que confían en ti. Hay aspectos complicados en este trabajo, de perfil elevado. No puedes defraudarles.

—¿A las familias?

—Desde luego. Y a los jefes, tampoco.

—¿Quién es más importante?

Era una buena pregunta, y Faraday lo reconoció agachando la cabeza y buscando un trozo de tarta. Eadie Sykes respondería que lo importante era Daniel Kelly, lo sabía. ¿Qué opinaba él?

—Cada caso es distinto —dijo al fin—. Ahora mismo tengo que decirte que no lo sé.

—¿No quieres hablar de ello?

—Me temo que no puedo. En lo que a la operación se refiere... —dirigió a Phillimore una sonrisa melancólica—, es imposible.

—¿Seguro que éste es el problema?

—No te entiendo.

—Esta operación..., pesquisa..., investigación...; lo que sea.

Todos nos escondemos detrás de nuestros trabajos. ¿Estás seguro de que no hay nada más?

Faraday pareció sorprendido. El discernimiento de este hombre era infalible. Pero ¿cómo empezar a separar a J.J., a Eadie Sykes y el naufragio de su vida del monstruo de Volquete?

—Los policías tenemos la mala costumbre de llevar trabajo a casa —dijo sin convicción.

—Nosotros, también. No siempre ayuda, ¿verdad que no?

—No, para nada. Pero ¿qué podemos hacer?

—Buscamos una relación y nos mantenemos fieles a ella. En mi caso, la relación es con Dios. Si esto me convierte en un afortunado, sólo los demás podrán decirlo. La mayoría tenemos que tratar con otros seres humanos.

—Ya lo he intentado.

—¿Y?

—Se está viniendo abajo.

—¿Por culpa del trabajo?

—En parte, sí. Hay… —se encogió de hombros— un conflicto de intereses. De intereses, en plural. Mi compañera cree que puede cambiar el mundo. Mi hijo piensa lo mismo. Yo los admiro por intentarlo, pero sé que van a fracasar.

—¿Por qué?

—Porque soy policía. Sé cómo es la gente. Los delincuentes. Los jefes. Los colegas. Lo veo a diario. Por otra parte… —Frunció el entrecejo en un esfuerzo por concentrarse, por expresar la esencia de lo que quería decir—. Soy el primero en respaldar a mi pareja, a mi hijo. Es vital que alguien lo intente. Aunque tengan que fracasar.

Habló brevemente del compromiso de Eadie con Ambrym, de la confianza puesta en J.J., del vídeo que estaban montando sobre las drogas. Habló con dureza, sin concesiones, con un realismo brutal.

—¿Se te ha ocurrido que podrían no fracasar?

—Fracasarán. Lo sé. Las drogas son como la lluvia, como la gravedad. Hagamos lo que hagamos, seguirán estando allí. Así funciona el mundo. Sangre y riquezas. Codicia. Poder. Engaño. Por eso las personas como yo tenemos un trabajo adonde ir cada mañana.

—Deberías estar contento, agradecido.

—Lo sé. Y, normalmente, lo estoy.

—¿Cuál es el problema, entonces?

—El problema es que estoy pillado en medio. —Faraday rió, sorprendido por su propia expresión.

—¿Y esto es incómodo?

—Imposible, a veces. Te convierte en alguien que no eres. Sabes que está ocurriendo, lo sientes en tu interior. Y antes de darte cuenta, estás sentado en el Dolphin pidiendo la segunda jarra de cerveza, perdiendo el pulso.

—¿El pulso es importante?

—El pulso es esencial. Donde estoy yo, el pulso lo es todo. Si no hay pulso, no hay trabajo.

—De acuerdo —reconoció Phillimore—. ¿Y si no hay trabajo?

—No hay nada. —Faraday parpadeó, asombrado con esa pequeña verdad. ¿Tanto le importaba el trabajo? ¿Era cierto lo que se decía de los polis? Una vez policía, siempre policía.

—No hay nada —repitió—. Quizá sea tan simple como esto.

Winter estaba en su coche delante del piso de la jueza de guardia en el Portsmouth Viejo cuando, por fin, pudo localizar a Jimmy Suttle. Conseguir la orden de registro había sido más difícil de lo que esperaba. Incluso con la información facilitada por Dave Pullen, la magistrada había señalado la falta de pruebas sólidas contra Barry Leggat, y fue sólo la insistencia de Winter en que el registro de su casa podría tener un impacto significativo sobre la explosión actual del consumo de drogas lo que se ganó, finalmente, la aprobación a regañadientes de la mujer. Cualquier cosa, dijo, con tal de atajar la marea de drogatas cada vez más jóvenes que pasaban por la sala de su tribunal.

Ahora Winter requería la atención completa de Suttle.

—La dirección es el diecisiete de Oakmount Road —dijo—. Tengo que buscar a un perro. Hay un bar a la vuelta de la esquina. Nos vemos allí a las siete.

—No puedo.

—¿Qué? —Winter se quedó mirando el móvil.

—Prometí a Trude que nos veríamos a las nueve. Iremos al

Forty Below. ¿Por qué no llamas a un detective casado? Le encantará hacer horas extra.

Winter estaba a punto de sermonear a Suttle acerca de la insensatez de dejarse ver con Trudy Gallagher en el mismísimo terreno de Bazza cuando se detuvo, impactado por otra idea.

—¿Estaréis allí mucho rato?

—¿Dónde?

—En el Forty Below.

—Ni idea. Depende de Trude. Un par de horas, como mínimo. ¿Por qué?

Winter no respondió. A su lado, en el asiento del copiloto, estaba la orden de la magistrada. Un registro bien hecho tardaría un par de horas, quizá menos con un buen perro. Si encontraban algo, tendría que llevar a Leggat a Bridewell para encerrarlo. El papeleo tardaría media hora más como mucho, y si encontraban una cantidad interesante de droga, no necesitaría empezar el interrogatorio hasta el día siguiente. Misty Gallagher estaba en Londres. Esto le dejaba tiempo suficiente para ir al Forty Below y tener una charla con el joven Jimmy antes de que el chaval se llevara a Trudy a la cama.

—¿Sigues allí? —preguntó Suttle.

—Sí. —Winter asintió—. Olvídate del registro.

Cuando Eadie regresó de Londres, Faraday estaba en el apartamento del paseo marítimo viendo la televisión. Ella había venido en taxi desde la estación y, agotada, se inclinó sobre él en el largo sofá. Le dio un beso en la mejilla y se apartó.

—Has estado bebiendo —dijo.

—Es cierto.

—Estás borracho. —Miró la botella del tinto sudafricano que estaba en el suelo, junto al pie de Faraday.

—También es cierto.

—¿Por qué? —La sonrisa divertida que afloró en la cara de Eadie impulsó a Faraday a buscarla. Ella se hundió en el sofá a su lado.

—He venido para disculparme. —La sonrisa de Faraday se ensanchó.

—¿Quién quiere disculparse?

—Yo.

—¿Por qué?

—Te lo contaré. —Señaló la pantalla con la cabeza—. ¿Cómo ha ido la mani?

—Regular. ¿Has comido algo? Estoy famélica.

Faraday asintió y la observó mientras abandonaba el sofá y se dirigía a la cocina. Devolvió su atención al televisor, que ahora mostraba el bombardeo nocturno de Bagdad. Un par de minutos más tarde, Eadie regresó junto al sofá con un sándwich enorme en la mano. Lo engulló, hablando a Faraday del reportaje de Al Jazira entre bocado y bocado. J.J. no se separaba del ordenador en Ambrym, completamente inmerso en el montaje. Debería estar orgulloso de su hijo. Tenía buen ojo para las imágenes elocuentes.

—¿Al Jazira?

Eadie lo miró y se echó a reír. Los acontecimientos se habían precipitado tanto el último par de días que se le había olvidado hablarle de la propuesta de la Coalición Contra la Guerra. J.J. y ella estaban montando un vídeo para devolver la sensatez al mundo. Un reportaje de impacto.

—¿De veras?

—Sí.

—¿Y la historia sobre las drogas?

—El borrador estará listo mañana. Te contaré el resto cuando estés sobrio. —Consultó su reloj y señaló la botella con la cabeza—. Yo, en tu lugar, no esperaría levantado. Será otra noche larga.

Faraday la miró perplejo.

—¿Ya te vas?

—Me temo que sí. —Se agachó y le dio un beso furtivo en la mejilla—. En el armario del baño hay paracetamol. Te veré por la mañana.

Ya anochecía cuando Winter estuvo listo para iniciar el registro de la casa de Leggat. Cathy Lamb había destacado a Danny French, uno de los subcomisarios más antiguos de la brigada, para el encuentro de Leigh Park, y el adiestrador de perros apareció en una furgoneta Escort de color blanco. El perro, un pastor alemán, se llamaba *Pepys*. El animal todavía era novato y, en ocasiones, se mostraba demasiado ansioso.

Se dirigieron en caravana a la casa de Leggat. El número 17 era una antigua casa de protección oficial totalmente reformada. Los cristales dobles parecían nuevos, y la puerta de entrada estaba protegida por un porche reluciente de P.V.C. blanco. A Winter le divirtió descubrir que Dawn no bromeaba cuando le habló de los gnomos. Se detuvo delante de la casa para contarlos, mientras el adiestrador de perros preparaba a *Pepys* para la búsqueda.

—¿Listo?

El porche se encontraba a dos pasos de la puerta principal. Winter llamó dos veces al timbre y esperó. De una esquina del diminuto jardín delantero venía el rumor de una fuente de agua. Según French, el más distante de los gnomos tenía problemas de incontinencia. Al final, abrieron la puerta.

—¿La señora Leggat? —Winter le enseñó la orden de registro.

—¿Qué es esto? —La mujer miraba al perro, que jadeaba.

Winter tendió la orden y empezó a explicar, pero ella lo interrumpió bruscamente.

—Este bicho no entra aquí. Con *Treacle* en la casa, no.

Treacle era su gato, un macho enorme que acechaba en el vestíbulo, bufando con el lomo arqueado. Winter sugirió que *Treacle* se diera un paseo por el jardín. Gato o no, ellos iban a entrar.

La mujer lo miró por un momento, luego se dio la vuelta y mandó al gato hacia una puerta en la parte de atrás. Era una mujer corpulenta, a la que no quedaban bien los tejanos.

Winter y French entraron en la casa. Llamarían al perro más tarde.

—¿Está Barry?

—Está en el baño.

—Sáquelo de allí, ¿quiere? Dígale que no tire de la cadena ni vacíe la bañera. Pensándolo mejor, se lo diré yo.

La expresión de la mujer mandó a Winter escaleras arriba. La casa estaba impecable. A Winter no le gustaban los papeles pintados estilo Regencia ni las lámparas Tiffany, pero estaba claro que aquél era un hogar mimado. La puerta del cuarto de baño estaba al final del descansillo del primer piso. Winter oyó el chapoteo del agua y el estruendo de una radio con el volumen muy alto. Los oyentes de un programa radiofónico comentaban por teléfono el último partido de Portsmouth. «Preston fue un inútil —dijo el oyente—. Pompey debió haberles machacado.»

Winter entró en el baño y descolgó una toalla del colgador de detrás de la puerta. Leggat estaba sentado en la bañera, lavándose el pelo.

—Fuera de aquí. —Winter le tiró la toalla y señaló con la cabeza la puerta abierta—. Ya.

—¿Quién coño eres tú? —Leggat tenía jabón en los ojos. Pasaron varios segundos antes de que consiguiera reconocer la cara del hombre que lo miraba.

—Subcomisario Winter. Nos conocimos esta mañana.

—¿Eres de la pasma? —Leggat se quedó estupefacto y luego se enfureció—. ¿Cómo diablos…?

Winter le obligó a ponerse de pie dentro de la bañera.

—Empezaremos por el piso de arriba —dijo escuetamente—. Será mejor que estés presente.

De vuelta al descansillo, la mujer les cerró el paso al dormitorio de delante. Era más corpulenta de lo que le había parecido a Winter a primera vista.

—¿Señora…? —Winter le sonrió.

—Confort. Y es señorita. —Miraba a Leggat—. Si esto es lo que creo que es… —La advertencia resultó tanto más eficaz por no ser verbalizada. Leggat, que goteaba espuma de jabón sobre la alfombra, ató la toalla alrededor de su cintura y empezó a protestar.

—Tenemos una orden —lo interrumpió Winter—. Ya se la he mostrado a tu señora.

—¿Tu señora? —intervino de nuevo la mujer—. ¿Desde cuándo soy tu señora?

—A mí no me preguntes. Sólo me estaba dando un baño.

Winter lo tomó del codo y lo condujo más allá de la mujer, que dio un paso atrás tratando de evitar el contacto físico.

—Si busca su habitación —dijo—, es la del otro extremo.

La habitación de Leggat debió de pertenecer hacía poco a una chica adolescente. Había estrellas fosforescentes en el techo, y nadie se había preocupado de quitar las fotos recortadas de Robbie Williams y Jude Law del papel pintado de las paredes. «Comparada con el resto de la casa —pensó Winter—, esta habitación es un cuchitril.»

—¿Quieres echarnos una mano? —Winter miraba a Leggat—. Será mejor dejar las tablas del suelo de una pieza.

—No se atreverá. —La mujer estaba de pie en la puerta abierta.

—Póngame a prueba. —Winter señaló con la cabeza el pasillo a sus espaldas. French acababa de hacer su aparición en el rellano. Era un hombre alto, ex paracaidista, y sostenía la palanca con cierta autoridad.

Leggat, entretanto, se había puesto un jersey y unos pantalones de chándal. Se sentó en la cama y no quiso decir ni una palabra más. Tras su estallido de cólera en el baño, parecía abatido.

—Mire en el armario. —La mujer cruzó sus enormes brazos—. Siempre está hurgando allí dentro.

Winter se acercó al armario MFI de la esquina. Varias prendas de ropa estaban apiladas en los estantes a un lado. El traje de terciopelo que colgaba de la primera percha había sufrido en manos del tintorero.

—En el cajón de abajo. Allí guarda sus juguetes —dijo de nuevo la mujer.

Winter se arrodilló en la alfombra. El cajón se encallaba, y el armario entero se agitó cuando consiguió abrirlo. En el interior, para su sorpresa, encontró media docena de vagones de tren, maquetas de hierro fundido apoyadas en una base rectangular amorosamente recubierta de felpa verde. Cada una de las locomotoras estaba montada en un fragmento individual de rail. «Ancho de vía reglamentario», pensó Winter y sacó una maqueta del cajón.

—¿Tú haces esto?

Leggat asintió. Había encontrado una cerilla usada y limpiaba sus uñas con ella.

—Clase Marina Mercante. —Winter dio la vuelta a la maqueta—. Muy bien pintadas, realmente impresionante. ¿Tienen motores?

—No.

—¿Son sólo para mirar?

—Sí.

French se había acercado a Winter delante del armario ropero.

—Mire. —Señaló un juego de herramientas de joyero en un estuche de plástico.

Winter echó un vistazo al destornillador que le mostraba el adiestrador y dio la vuelta a la locomotora. Por debajo, una fila de tornillos diminutos fijaba el cuerpo al chasis. Si mirabas con atención, podías ver los minúsculos arañazos en torno a la cabeza de cada uno de los tornillos. Winter se llevó la locomotora al oído y la agitó. Nada.

Volvió a mirar a Leggat.

—Debiste empaquetarla a presión. —Winter le tendió el destornillador—. Será mejor que hagas los honores.

A las nueve, Faraday pidió un taxi por teléfono. Media taza de café y un par de minutos debajo de la ducha fría en el cuarto de baño de Eadie habían sido suficientes para devolverle su equilibrio, y más que eso. Cuando llegó el taxi, dejó las luces y el televisor encendidos, cerró la puerta tras de sí y bajó las escaleras. Durante el trayecto hasta la casa del capitán de barcazas, quedó sentado en silencio en el asiento de atrás, aprobando con la cabeza la elección de música del taxista. «Neil Young —pensaba—. Muy bien.»

Por fin en casa, cerró la puerta a sus espaldas, comprobó si había mensajes en el contestador y acortó el tiempo de respuesta a las tres llamadas. En la cocina, con agilidad reconfortante, limpió los restos de desorden que había dejado J.J. y tiró a la basura lo que quedaba de un sándwich de beicon antes de prepararse una tortilla de queso. Dándose cuenta de su hambre voraz, cortó cuatro gruesas rebanadas de pan y puso dos en la tostadora. Había una jarra de lima-limón en la nevera, una lata de judías cocidas en el armario sobre el fregadero y media bolsa de jaramago marchito en el cajón de las verduras. Se sentó en el salón con las cortinas descorridas y devoró la cena en cuestión de minutos. En la negrura del puerto observó las luces de un barco pesquero o de un yate, tal vez, que se alejaba lentamente hacia los estrechos portuarios y el mar abierto.

Cuando sonó el teléfono, no hizo caso. Se preparó una tete-

363

ra y añadió una cucharada adicional de azúcar al tazón. Saciado ya, y sorprendentemente contento, encendió la radio y recorrió las emisoras preseleccionadas hasta encontrar un concierto de música. Berlioz. *Romeo y Julieta*. Se rió de la ironía, sinceramente divertido, y acercó su sillón favorito a la ventana. Se recostó en el respaldo, se quitó los zapatos y apoyó los pies en la mesilla donde solía guardar sus revistas sobre pájaros.

Ya le parecía que los acontecimientos de la jornada le habían sucedido a otra persona. Demasiada introspección, pensó. Demasiado tiempo malgastado esperando de la vida más de lo que razonablemente puede dar. Lo cierto es que los tipos como él —los polis, los detectives— no podían permitirse el lujo de pensar demasiado, de preocuparse demasiado; no, si querían llegar al final de una pieza. La pequeña verdad que Nigel Phillimore había desenterrado daba en el clavo. El pulso era más importante que cualquier otra cosa.

Alzó el segundo tazón de té en un brindis callado en homenaje al clérigo, en reconocimiento de su hábil manejo del encuentro de esta tarde. Los mejores consejeros, como los mejores detectives, nunca te acosan con demasiadas preguntas. Por el contrario, como los buenos timoneles, sugieren una idea de vez en cuando y aplican diminutas modificaciones al rumbo, hasta que, de repente, te encuentras verbalizando una verdad que no habías podido ver antes por culpa de las presiones. «El pulso», se dijo de nuevo.

Más tarde, cuando terminó el concierto, comprobó el contestador. Quien había llamado era Willard. Quería asegurarse de que todo estaba listo para el día siguiente. «Nada de sorpresas» era una de sus expresiones favoritas.

Faraday consultó su reloj y lo telefoneó, contento de no haber llegado a la casa de Willard en el Portsmouth Viejo por la tarde. Molestarlo con la tontería de hoy habría sido una auténtica pesadez.

—¿Eres tú, Joe? —Estaba claro que Willard estaba durmiendo.

—Sólo he querido devolverle la llamada, señor.

—¿Alguna novedad?

—Nada.

—¿Todo bien, entonces? ¿Mañana a las doce?

—Allí estaré.

—¿Algo más?

—No, señor.

—Gracias a dios.

Willard colgó el teléfono, dejando a Faraday al pie de las escaleras. Se quedó inmóvil durante un minuto entero, escuchando la casa respirar a su alrededor. Se había levantado el viento, y se oía el golpeteo de las drizas en el cercano amarradero de pequeñas embarcaciones. Al final, llegó del puerto el distante piar de una bandada de ostreros que se disputaban una cena tardía. «Aves de actitud resuelta —se dijo Faraday—, y con cierto sentido de la finalidad.» Sonrió a la ocurrencia y comenzó a subir las escaleras.

El Forty Below estaba atestado de gente cuando Winter llegó a Gunwharf. Encerrar a Leggat en Bridewell le había llevado más tiempo de lo que esperaba. A las ocho y media de la tarde, ya había una cola de otros cinco delante del despacho del sargento de la preventiva, y ni siquiera el descubrimiento de una cantidad apreciable de coca colombiana pura —el contenido de cuatro locomotoras clase Marina Mercante, cada parte envuelta en su correspondiente bolsa de plástico— logró adelantarlos en la fila.

Winter había amenizado la espera con una segunda llamada a Cathy Lamb. La detective no entendía su petición de que hablara con la compañía naviera P&O por la mañana, aunque anotó el nombre que Winter mencionó. Gracias a Pete, su marido, tenía línea directa con una mujer que se llamaba Penny y que dirigía el departamento de billetes y reservas de la naviera. Pete y ella alquilaban Lasers del club Lee-on-the-Solent y, si alguien era capaz de confirmar el número de una cabina exterior reservada a nombre de Valentine, Penny era este alguien.

—¿Y ahora, qué? —preguntó Cathy.

—Me voy a casa, jefa. Ha sido un día largo.

Ahora, mientras observaba a la masa de asiduos que esperaban entrar en el Forty Below, Winter calculó sus posibilidades de entrar sin pagar. La entrada valía 15 libras, un precio exorbitante, aunque lo último que quería era emplear su placa para pasar. Ser de mediana edad y con un traje de Marks &

Spencer ya cantaba bastante. ¿Por qué ponérselo aún más fácil a esos bastardos?

Ya delante de la puerta, se vio inesperadamente engullido por un grupo de cuarentones marchosos que acababan de salir de una celebración de cumpleaños en un restaurante cercano. Habían reservado mesas en la sala VIP del club; por segunda vez esa noche, Winter supo que la suerte le sonreía.

—Salud, tío. —Dio unas palmaditas en el hombro del portero, fingiendo estar tan borracho como el resto del grupo—. Esto sí que mola, ¿eh?

En el interior, el ruido era ensordecedor. Winter se quedó junto a sus nuevos amigos hasta haberse alejado bastante de la puerta y luego se separó. El club era cavernoso, tan grande como un hangar de aviación. Cuerpos humanos giraban en círculos, un caos borroso de brazos y de piernas, y Winter se encontró bajo explosiones regulares de luces intensas, cataratas de color verde y malva. «Media hora de esto —pensó—, y ya estarás pidiendo clemencia.»

Una disputa sobre una bebida derramada interrumpió brevemente la música. Los de seguridad se acercaron contoneándose y pillaron a un joven borracho con el pelo engominado a lo mohicano, llevándoselo hacia la puerta. Luego el pinchadiscos volvió a inclinarse sobre sus platos y emitió algo aún más fuerte, un bajo atronador que suscitó aullidos de aprobación.

Winter ya estaba escudriñando la sala, a los bailarines de doce en doce, buscando a Suttle. Vio a Trudy primero. Estaba cerca del semicírculo de metal pulido de la barra, bailando con otra chica de su edad, con los brazos en alto, los dedos abiertos, los ojos cerrados. Winter se coló lentamente por su lado, mirando de derecha a izquierda hasta que, al fin, reconoció la silueta delgada de Suttle, que se abría camino hacia Trudy entre los bailarines.

Winter lo paró. Por un momento, Suttle no supo quién era.

—Invito yo. —Winter lo condujo hacia la barra—. ¿Qué quieres tomar?

—¿Qué haces aquí?

—Un favor.

—¿Qué dices?

—¡Un favor! —gritó Winter.

Se apartó de la barra y señaló los lavabos, que no estaban

lejos. Suttle le dirigió una mirada fulminante, pero lo siguió, a pesar de todo. Allí dentro se estaba más tranquilo. Una fila de jóvenes se engominaba el pelo mirándose en los espejos de los lavabos. Winter le dio la mala noticia junto a la máquina de preservativos de la entrada.

—La joven Trudy —dijo—. Necesito su llave.

—¿Qué llave?

—La de ese apartamento al otro lado de la calle. El piso de Misty.

Suttle se lo quedó mirando con perplejidad.

—¿Por qué me la pides a mí?

—Quiero que se la quites del bolso.

—Estás loco. Has perdido la cabeza. ¿Por qué iba a hacer eso?

—Porque acabo de pedírtelo.

Suttle empezó a darse cuenta de que Winter hablaba en serio.

—¿Para qué la necesitas?

—No puedo decírtelo. Aún no. —Winter contuvo el aliento para dejar pasar a un adolescente enorme con camiseta del Liverpool—. Digamos que es para el bien de Trudy. Y el tuyo.

—¡El mío! ¿De qué estás hablando?

—Tú coge la llave, hijo. —Winter consultó su reloj—. Dame cuarenta y cinco minutos. Después te la devuelvo. ¿De acuerdo?

—No, no estoy de acuerdo. Esto es pasarse de la raya. No puedes...

Winter lo agarró del brazo y apretó con fuerza.

—Hace una hora, encerré a un tipo con coca por valor de doce mil libras —murmuró—. Haz lo que te digo, ¿vale?

La mención de la cocaína confundió todavía más a Suttle. ¿Estaba trabajando, o era un sábado noche?

—Vale —dijo al final—. Espérame aquí.

Reapareció a los pocos minutos. Las llaves de Trudy colgaban de un pequeño llavero en forma de osito de peluche, de color rosa caramelo. Winter se las guardó en el bolsillo y volvió a consultar su reloj.

—A las once y media, ¿vale?

Ya fuera del club, Winter se dirigió al puente que conducía a la parte residencial del área. Delante de Casa Aretusa, se detuvo por un instante para observar el apartamento de Misty.

367

Las cortinas de los grandes ventanales estaban descorridas, y no había rastros de luz en el interior.

Se detuvo delante de la puerta de la calle para examinar las llaves de Trudy. La tercera abrió la cerradura. El ascensor esperaba en el otro extremo del vestíbulo, con la puerta ya abierta. «Esto cada vez pinta mejor», pensó Winter.

El ascensor se detuvo con un suspiro en el último piso, y Winter entró en el apartamento de Misty. Esta vez reconoció los restos de olor a cigarro. Valentine había estado allí.

Winter atravesó el salón a oscuras, sorteó a tientas las cajas de cartón y corrió las cortinas. Con un cuchillo que fue a buscar en la cocina, volvió al ascensor y trabó la puerta. Cualquiera que quisiera subir tendría que hacerlo por las escaleras.

De vuelta al apartamento, encendió las luces, ajustó el regulador de voltaje y vaciló un momento. No sabía por dónde empezar. Sabía qué buscaba, pero no se imaginaba encontrándolo en ninguna de las cajas de cartón. ¿Dónde, se preguntó, podría guardar Misty su documentación, los papeles que le abrirían el camino de salida de Pompey?

Se dirigió al dormitorio, bajó las cortinas de encaje y encendió otras luces. La cama enorme estaba sin hacer: sábanas azul marino, una bata de seda abandonada, un paquete de Marlboro Lites y una edición en rústica de Barbara Taylor Bradford sobre la almohada.

Winter inició el registro, empezando por la cómoda que había debajo de la ventana. El primer cajón que abrió estaba lleno de productos cosméticos y de una selección juguetona de artilugios sexuales. El siguiente estaba repleto de medias y braguitas tanga. Ni rastro de ningún impreso.

Winter dejó la cómoda y empezó con el armario ropero, una enorme pieza de anticuario con aspecto francés y un espejo de cuerpo entero que reflejaba la cama. Abrió la puerta y empezó a rebuscar entre el montón de zapatos que había en el suelo del armario, metió la mano dentro de un par de botas altas hasta los muslos, se agachó para inspeccionar el hueco debajo del mueble. Nada.

Docenas de vestidos colgaban de la barra en la parte superior. Una chaqueta de cuero pareció prometer, pero lo único que Winter encontró en los bolsillos fue una moneda de veinte peniques, el resguardo de una entrada a un partido de Pompey y un envoltorio de chicle de menta. Finalmente, caminó alrededor de la cama, tanteando con la mano debajo del colchón, por si acaso.

A punto de abandonar el dormitorio y regresar al salón, se detuvo. La banqueta que había delante del tocador parecía bastante resistente. La plantó delante del armario y la sostuvo con una mano antes de encaramarse sobre ella. El armario estaba rematado con una talla de roble en forma de volutas decorativas, un frontón de madera que llegaba a pocos centímetros del techo. Detrás de la talla, invisible desde el suelo, podría haber alguna especie de escondrijo.

Winter alargó el brazo y tanteó el espacio, luchando por conservar el equilibrio. Sus dedos rozaron un objeto. Parecía de cuero. Intentó asirlo, arrastrarlo con la mano hacia sí. Finalmente, encontró un asa. Supo entonces que se trataba de alguna especie de maletín. Con esfuerzo, atrapando el antebrazo entre el armario y el techo, consiguió sacarlo de detrás del frontón. Parecía nuevo, era de color sangre de toro y pesaba bastante. Buena señal.

El teléfono empezó a sonar en el salón. Winter se quedó petrificado encima de la banqueta. Saltó el contestador, y se oyó una voz masculina, ligera, nítida, con acento de Pompey. «Mist —decía la voz—. Un colega acaba de decirme que Trude está fallando. Niña tonta. Mira que buscar compañías así.» La comunicación se interrumpió bruscamente. Winter miró hacia la puerta abierta. No cabía duda. Era Bazza.

Bajó con cuidado de la banqueta y se acercó a la ventana. Descorriendo un poquito la cortina, podía ver el paseo marítimo a la altura de Gunwharf. Una de las Transit de orden público de la central acababa de llegar a la plaza; la luz azul intermitente se reflejaba en mil ventanas distintas. De la parte de atrás salían cantidad de uniformes en tropel que intentaban contener a los juerguistas que escapaban del Forty Below. Momentos después, otra luz azul, ésta de una ambulancia.

Winter observó el desarrollo del drama. Los tipos de la Transit se ocuparon de un par de peleas. A su alrededor se arremolinaban los jóvenes, mirando, bebiendo, riéndose, haciendo cortes de manga a todo aquel que iba de uniforme. Entonces los auxiliares sanitarios regresaron a la ambulancia con un cuerpo en la camilla. Los jóvenes cerraron el círculo, llamando a sus colegas. Los auxiliares sanitarios abrieron la puerta trasera de la ambulancia, levantaron la camilla y la metieron dentro. Winter estaba demasiado lejos para hacer una identificación, aunque la experiencia le decía que jamás debía desestimar las coincidencias. Los amigos de Bazza habían visto a Trudy. Y Suttle había pagado el precio.

Winter se apartó de la ventana, puso el maletín sobre la cama y lo abrió. Dentro, encima de un montón de sobres A4 de papel marrón, había dos pasaportes, un carné de conducir, un formulario E111 y un ejemplar de la *Guía breve de Croacia*. A su lado, dentro de una funda de Thomas Cook, un grueso fajo de billetes extranjeros. Formularios para la transferencia de divisas. La documentación de un coche. Hacia el final de la pila, encontró un sobre nuevo marcado con una T grande en medio de un círculo en rojo. Palpó el contenido y sacó cuatro copias de un documento de aspecto oficial. En la parte superior, con letras en gran relieve, estaba escrito: «Confirmación de paternidad». Debajo estaban impresos los resultados que le había comentado Misty. Trudy Gallagher era realmente hija de Mike Valentine, y aquí estaba la prueba.

Winter volvió a leer el certificado. Luego separó una de las copias, la dobló esmeradamente y se la metió en el bolsillo de la chaqueta. Guardó las tres restantes en el sobre. Volvió a dejar el maletín encima del armario, colocó la banqueta en su sitio, apagó la luz y descorrió las cortinas. Hizo lo mismo en el salón y puso rumbo al ascensor. De vuelta al paseo marítimo, echó un vistazo a la plaza. La ambulancia se había ido, y los uniformes hacían lo que podían para volver a meter a todo el mundo dentro del club nocturno.

Winter se volvió, miró por un momento el apartamento a oscuras y se acercó a la barandilla del paseo. Las aguas negras del puerto lamían los pilares allí abajo, y las llaves de Trudy produjeron el más suave de los chapoteos cuando las dejó caer en la oscuridad. Siguió el cuchillo de la cocina que había utilizado para atrancar la puerta del ascensor, pero él no hizo gesto alguno de marchar.

Pasado un rato, volvió a levantar los ojos hacia el apartamento. ¿Por qué Croacia?

20

$\mathcal{A}$nchas bandas de luz solar sobre la pared junto a la ventana del dormitorio. Una cortina se agita con el soplo de brisa que viene del puerto. Olor a algas, barro seco, cuerdas alquitranadas y —casi imperceptible— pescado podrido. Subrayándolo todo, el graznido de las gaviotas de cabeza negra, que se disputan el botín de la marea alta de la mañana.

Faraday se dio la vuelta y buscó la radio. Otro sonido, mucho más cercano. El de unos pasos en el interior de la casa. Se tendió en la cama por un momento y luego se incorporó y bajó los pies al suelo. Desnudo debajo de la bata que solía colgar detrás de la puerta, salió al descansillo a tiempo para ver una silueta alta y desgarbada desaparecer en el cuarto de baño. El misterioso intruso corrió el cerrojo y se encerró en el baño, donde sonó el ruido de un chorro de agua. J.J.

En la planta baja, Faraday encontró una pila de ropa sucia amontonada en el suelo de la cocina, alrededor de la lavadora, y un tazón de té frío sobre el armario bajo del salón, donde guardaba sus discos compactos. El televisor estaba encendido con el sonido bajo, y se fijó en el piloto rojo de grabación que parpadeaba en el vídeo, debajo del televisor.

Se detuvo por un instante, luego buscó un mando y subió el volumen. Media docena de soldados británicos habían muerto en una especie de colisión en el aire. Bagdad había soportado su cuarta noche consecutiva de pesados bombardeos aéreos. Las fuerzas de la coalición se enfrentaban a una resistencia cada vez mayor.

Faraday fue sorbiendo el té mientras el comentarista de la

emisora analizaba las implicaciones de estos últimos acontecimientos. Luego las noticias se centraron en el frente doméstico.
La manifestación de anoche en Londres, dijo el comentarista,
no había estado a la altura de las protestas del mes anterior. La
opinión pública británica viraba en apoyo a la guerra, mientras
el resto de Europa agitaba un puño colectivo a Washington y
Westminster. Siguieron imágenes de Tony Blair bajando de un
Jaguar en Downing Street. Se lo veía cansado pero decidido, y
no prestó atención a la jauría de reporteros apostados en la acera de enfrente. La puerta negra de la residencia se abrió justo
cuando él cruzó la acera. Desapareció en el interior.

Faraday apuró el té y apagó el televisor. Ésa era una guerra
próxima, decidió, una aventura cada vez más surrealista, entregada a los hogares del país por el canal televisivo que uno pre-
firiese. No le cabía en la cabeza que imágenes como ésas pudieran empañar un agradable fin de semana primaveral. Hacía un
mes, un millón y medio de personas se había preocupado lo suficiente para llenar miles de autocares y paralizar la ciudad de
Londres. Otros varios millones habían suplicado al Gobierno
que no fuera a la guerra. Y sin embargo, aquí estamos todos,
apoltronados delante de BBCNews 24, de Skynews o de la CNN,
viendo cómo una nación soberana se esfuerza por defender su
territorio. Es un allanamiento de morada a escala internacional. En cualquier tribunal, Bush y Blair se verían enfrentados
a una sentencia de cinco años. Como mínimo.

Faraday volvió a la cocina mientras de arriba llegaba el gor-
goteo del agua de la bañera que se vaciaba. Momentos después,
se oyeron pasos en las escaleras, seguidos de un breve silencio.
Luego J.J. apareció en la puerta de la cocina. Cuando estaba
muy enfadado, sus labios dibujaban una línea delgada. En estos momentos, la línea era tan fina que casi no se la podía ver.

Quería saber por qué Faraday había apagado el televisor.

—¿Té? —señaló Faraday pacíficamente.

—La encendí a propósito. Necesitamos las imágenes.

—No lo pongo en duda. ¿Te apetece un poco más de té?

—La has apagado. Deliberadamente.

—¿Por qué haría algo así?

—Porque no te importa.

—¿En serio? —La sonrisa divertida de Faraday mandó a J.J.

de vuelta al salón. Encendió de nuevo el televisor, esta vez con el volumen alto. Cuando se dio la vuelta para recuperar la toalla que acababa de tirar encima del sofá, vio a su padre apoyado en el marco de la puerta de la cocina, observándolo.

—El vídeo seguía grabando —dijo Faraday—. No lo apagué.

J.J. vaciló por un segundo, demasiado enfadado para llegar a la conclusión obvia. Su padre sólo había apagado el televisor. En lo que a sus preciadas imágenes se refería, no había perdido ninguna. Al final, rechazó la oferta de más té y anunció que tal vez tuviera que pasar unos días en Londres. Eadie había encontrado un lugar donde podría seguir montando los reportajes de la guerra. Mejor en el Soho, indicó con señas, que en Hampshire Terrace.

Faraday se encogió de hombros. Que así sea. J.J. miraba la ropa sucia en el suelo de la cocina. Su padre le cerró el camino a la lavadora.

—¿Cuánto crees que durará esta historia? —Faraday señaló el televisor con un gesto de la cabeza.

—Meses. Los iraquíes se están defendiendo.

—¿Y tú?

—Haré lo que pueda. —Imitó el movimiento de unas tijeras con los dedos.

—¿Editando imágenes?

—Claro.

—Bien. —Faraday le dio unas palmaditas en el hombro—. Pero no olvides que estás en libertad condicional, ¿de acuerdo? Ya sé que resulta aburrido, pero te sorprendería lo mucho que nos cabrearíamos si no te presentases cuando toca.

Paul Winter se aplicó unas gotas más de loción para después del afeitado antes de bajar del Subaru. Había llamado por teléfono al sargento de la preventiva antes de dirigirse a la comisaría central. Leggat cantaría.

Winter compartiría el interrogatorio con Danny French, el subcomisario que lo había acompañado en el registro de la casa de Leggat. Winter lo encontró en la diminuta cocina, luchando con la tapa de una gran lata de Nescafé. Su señora le estaba incordiando para que fueran a comer a casa de su suegra, en Gosport. La vieja bruja había comprado una paletilla de cerdo a propósito. Con un poco de suerte, el interrogatorio duraría todo el día.

—¿Café?

—Solo. —Winter consultó su reloj—. Dos terrones de azúcar.

—¿Cómo está el muchacho? Suttle.

—No lo sé, colega. Pensaba preguntar más tarde.

—Le dieron una paliza, ¿no es cierto? En Gunwharf.

—Sí. ¿Sabes cuál es el problema con los jóvenes de hoy en día? —Winter alcanzó el café—. Nunca te hacen caso.

El abogado de oficio resultó ser una asistente legal de uno de los bufetes más importantes de la ciudad. Era una joven de Portsmouth, sin diploma universitario, pero con la determinación inquebrantable de abrirse camino hasta la plena cualificación. Winter ya la había visto actuar en varias ocasiones anteriores, y lo había dejado impresionado.

La joven estaba esperando en el pasillo, junto a la nueva terminal de huellas dactilares: elegante traje color gris plomo, bonitas piernas, un leve bronceado de algún lugar exótico. Leggat ya estaba en una de las salas de interrogatorio, esperando su llegada.

—Ya sabe que está hasta el cuello, ¿no? Doscientos gramos de coca prácticamente pura. No se trata de consumo personal.

—Mi cliente…

—Ya, pero en serio.

—Lo sé, señor Winter, y él, también. —La joven sonrió—. En serio.

—Bien. —Winter se encogió de hombros y echó una mirada a French—. Puede que estés de suerte, Danny.

—¿A qué se refiere?

—A la comida en casa de tu suegra.

Entraron todos en la sala de interrogatorios. Leggat estaba sentado a la mesa, de cara a la puerta. Ya había adoptado la actitud de defensa resignada —el cuerpo encorvado, los ojos inexpresivos— que caracteriza a los reclusos.

—Buenas. —Winter tiró de una silla y se sentó—. Un día precioso, allí fuera.

Leggat no se movió ni respondió. French cargó las grabadoras de audio y vídeo antes de que Winter diera la señal de entrada y repasara los preliminares. Luego dirigió una breve mirada a French y se inclinó hacia delante. En los cursillos de formación, a esta fase del interrogatorio la llamaban «cuenta abierta», porque ofrecía al interrogado la oportunidad de establecer lo ocurrido con toda exactitud. Menuda oportunidad.

—Háblanos de aquellas preciosas locomotoras, Barry. Como si no supiéramos nada.

Leggat seguía mirando la nada. Tenía los ojos inyectados en sangre y necesitaba afeitarse.

—Las compré del maletero de un coche —masculló al final—. Hace un par de domingos.

—¿El maletero de qué coche? —Winter no se molestó en ocultar su recelo.

—No me acuerdo bien. Pudo ser en Havant, en Wecock Farm, en Pompey o en Clarence Field. Voy a todos esos sitios.

—Seguro. ¿Cuánto pagaste por ellas?

—Cinco por cada una. Él quería diez, pero le dije que ni hablar.

—¿Quién es él?

—El tipo que me las vendió.

—¿No tiene nombre?

—Supongo. Todo el mundo tiene nombre.

—Pero no lo recuerdas.

—Nunca se lo pregunté.

—¿Qué aspecto tiene?

—Ninguno en particular. Es un tipo corriente, si sabe a qué me refiero.

—¿Edad?

—Difícil de calcular. ¿Unos cuarenta? Ni idea.

—¿Qué más vendía?

—Cosas. La mayoría no valía nada.

—¿Lo reconocerías si lo volvieras a ver?

—Claro.

—Pero no lo has vuelto a ver. A ese tipo. Que vende cosas. En cualquier parte. ¿Lo digo bien? ¿Es una descripción precisa?

—Sí. —Leggat bostezó—. Ha dado en el clavo.

Winter se apoyó en el respaldo, al tiempo que French abordaba a Leggat desde otro ángulo. Por una captura de este volumen, le advirtió, registrarían todos los maleteros de la ciudad, llevarían consigo las fotos de las locomotoras, emplearían to-

375

dos sus recursos para comprobar la coartada de Leggat. Si resultaba que estaba mintiendo, tendría serios problemas durante el par de meses siguientes.

—No me diga. —Leggat no parecía estar preocupado.

—Sí —asintió French —. Te caerán un par de años adicionales. Habrás pringado por completo.

—Escucha, Barry —intervino Winter—. Supongamos por un momento que nos tragamos la historia del maletero. Fue como has dicho que fue. Viste las locomotoras, las compraste y te las llevaste a casa. Luego, ¿qué?

—Las guardé en el armario.

—¿Y las dejaste allí?

—Sí. Las sacaba de vez en cuando, ya sabe, como hizo usted.

—¿No las abriste? ¿No las desmontaste?

—Nunca. ¿Por qué iba a hacerlo?

—¿Por qué tienes las herramientas, entonces? Las de joyero.

—Se me estropeó el reloj.

—¿Y lo arreglaste tú mismo?

—Sí.

—¿Dónde está?

—¿El reloj? Lo tiré.

—¿Por qué, Barry?

—Volvió a estropearse.

—Qué sorpresa.

—No tanto. Soy malo reparando.

—Pero eres mecánico. Reparar cosas es tu trabajo. Así te ganas la vida, Barry. Eso dice tu licencia: mecánico, reparador.

—Los coches son grandes. Los relojes no son BMW.

—Bien. —Winter era la personificación de la paciencia—. Veamos si lo entiendo bien. Te acercas al maletero del coche. Gastas veinte libras en cuatro maquetas de locomotoras. Un par de semanas después aparecemos nosotros, y ¡sorpresa! Descubrimos cocaína por valor de veinte mil libras. ¿Es así?

—Sí, más o menos.

—¿Qué hay de más y qué hay de menos?

—Se ha dejado la parte de cuando las presto a un amigo.

—¿Cuándo fue eso?

—La semana pasada.

—¿Quién es este amigo?

—Se llama John. No sé su apellido.

—¿Dónde vive este John?

—No lo sé. Se fue al extranjero. Lo conocí en el pub.

—¿Y hablaba de maquetas de trenes? ¿Como tú?

—Sí, él mismo es una maqueta de chiflado. Se las dejé un par de días. Le hice un favor.

—¿Qué hizo con ellas? ¿Las acarició? ¿Les habló? ¿Las desmontó y las llenó de coca? Estás diciendo tonterías, Barry. Te estás pitorreando. Si tuviera un bolígrafo, ni me molestaría en anotar tu declaración. ¿Crees que somos estúpidos?

Intervino la asistente legal. En su opinión, no era parte del trabajo de Winter acosar a su cliente con preguntas como ésas.

French no le hizo caso. El rollo de Leggat le daba pie para intervenir.

—Hemos enviado las herramientas al laboratorio —dijo—. El estuche, los destornilladores, todo. Hoy en día podemos descubrir restos de pintura que ni siquiera se ven. ¿Por qué no nos ayudas, Barry, antes de que lo hagan los chicos del laboratorio?

—¿Cómo puedo ayudarles?

—Diciéndonos de dónde proviene la cocaína.

Leggat se encogió de hombros. Esa presión no le asustaba en lo más mínimo. Winter resumió el interrogatorio. Una de las sorpresas en casa de Leggat había sido la total ausencia de indicios de venta: ni papelinas preparadas, ni balanzas, ni lista de clientes, ni pasta amontonada. Hasta la lista de nombres de su teléfono móvil se limitaba a un puñado de amigos y parientes. Ahora, Winter quería saber desde cuándo trabajaba para Valentine.

—Seis semanas, más o menos.

Leggat se encogió de hombros.

—¿Lo conoces bien?

—Hace años que conozco a Mike.

—¿Y él confía en ti?

—¿Qué quiere decir?

—Si confía en ti para descargar toda esa coca que trae de Londres. Sólo pregunto por curiosidad. ¿Ya sabe que te quedas con un pellizco? ¿O eso forma parte de vuestro acuerdo? Coca en lugar de horas extra. Según lo veo, Barry, no te ha ido nada mal. Te has sacado una pensión. Doscientos gramos de pensión.

377

La palabra «pensión» suscitó, al fin, una respuesta de parte de Leggat. Por primera vez, pareció casi animado. Cuando la asistente legal expresó su objeción a esta nueva línea de interrogatorio, Leggat le puso una mano en el brazo.

—¿Pensión? —repitió—. Se ha equivocado de tipo.

—¿Te importaría darnos el nombre del tipo correcto?

—Coño, sí. —Se apoyó en el respaldo, divertido—. ¿Me cree tan estúpido?

Eadie Sykes llevaba un par de horas en Ambrym trabajando en el vídeo sobre las drogas, antes de terminar la edición final del borrador.

La noche pasada había trabajado hasta tarde, llegando a ver el final. En ocasiones, pensó, el proceso de edición alcanza un punto en que la historia cobra vida propia, las decisiones acerca del siguiente entrevistado o la siguiente secuencia de acción se toman solas y el papel del editor se vuelve secundario, sigue el camino que marca la historia. Llegados a ese punto, te encuentras navegando sobre la ola que el propio vídeo ha levantado, y tu única responsabilidad se limita a pulsar las teclas adecuadas según el orden correcto. Esta experiencia, esta entrega creativa y gozosa, sólo le había ocurrido una vez en el pasado. En aquella ocasión, un vídeo que trataba de la evacuación aliada de Creta en 1941 estuvo a punto de ganar un premio. Ahora, intuía que no se repetiría la decepción.

Se acercó a la ventana, la abrió de par en par y se llenó los pulmones de aire. Cincuenta metros más allá, un hombre amontonaba los deshechos del invierno en un fuego que había encendido en su jardín. «El apasionamiento —pensó Eadie— tiene cierto sabor a humo.»

Volvió al portátil y se quedó inmóvil durante casi treinta minutos, tratando de fingir que nunca antes había visto esas imágenes, que nunca antes había oído esas voces. Deliberadamente, había optado por dejar que la historia de Daniel apareciera cotejada con los acontecimientos que rodearon su muerte. Por lo tanto, cuando él describía su primer encuentro con la heroína, los espectadores ya sabían que las papelinas de polvo marrón acabarían por matarlo. En la medida en que se intensificaba su historia de amor con el caballo, repentinos incisos de la autopsia ofrecían una perspectiva muy distinta, una nota brutal que subrayaba la profundidad de su autoengaño.

En un pasaje especialmente llamativo, el chico hablaba con auténtica pasión de uno de sus primeros colocones. Llevaba días sin la droga. Se alimentaba con tostadas y tragos de vodka. Después, gracias a un nuevo amigo, pudo conseguir una dosis particularmente pura, y describía la repentina oleada de dulzura incondicional que despojó al mundo del dolor y del espanto. Aquélla fue, aseguraba, una visión de la eternidad, una experiencia que guardaría en el corazón durante el resto de su vida.

La primera vez que Eadie había oído esa historia, casi estuvo tentada de probar también ella el caballo. Ahora, mientras veía el brillo del bisturí de la patóloga que preparaba el estómago de Daniel para la cubeta de disecciones, sólo sentía repulsión.

Hacia el final de la grabación, había dejado espacio para el funeral de Daniel Nelly; pero la secuencia final —una repetición cuidadosamente reconstruida de sus últimos pasos desde la cocina de su apartamento del Portsmouth Viejo hasta la cama donde habría de morir— resultaba insoportablemente dolorosa. A estas alturas, la historia de Daniel ya no debía reservarnos sorpresas. Sabíamos que el chico era brillante. Nos hacíamos cargo de su desesperación, de su sensación de estar perdido. Comprendíamos que el dinero y la heroína le habían ofrecido una promesa de salvación. Y sabíamos hasta qué punto esa promesa era falsa. No obstante, viéndolo tambalearse por el oscuro pasillo, Eadie comprendió por fin la magnitud de la mentira que aquel joven atormentado había creído. Había entregado su vida a los tipos de Pennington Road. Y esa vida se le había escapado con las burbujas del vómito que acabó por ahogarlo.

Eadie todavía trataba de decidir en qué momento pasar los créditos finales cuando empezó a sonar su móvil. Reconoció el número de quien llamaba.

—Doug. —Sonrió—. Pásate por aquí cuando quieras. ¿Has comido?

—No.

—Mejor que mejor.

Por una vez en la vida, Willard se había saltado el desayuno. Ahora, cuando faltaban dos minutos para el mediodía, sentado al volante de su Jaguar, observaba a Faraday devorar una baguette de huevo con berros.

Estaban aparcados en Clarence Parade, a setenta metros del hotel Solent Palace. Detrás de ellos, la amplia y verde extensión de Southsea Common albergaba un festival primaveral de cometas, y docenas de ellas cabeceaban y flotaban en el azul del cielo. «Si entornas los ojos —pensó Faraday—, esas formas que bailan al viento podrían ser aves exóticas, intrusas de un continente lejano que han quedado momentáneamente amarradas al suelo.» Una de ellas le llamó la atención de manera especial. Su forma de danzar arriba y abajo, seguida de una larga cola negra, le recordó unas chovas que había visto en España, elevándose sobre las corrientes de aire cálido que subían de las estrechas gargantas montañosas.

—Se retrasa. —Willard consultó su reloj—. Wallace ya tendría que estar aquí.

McNaughton, el supervisor de Operaciones Especiales de Wallace, estaba sentado en su Golf tres coches más allá, inmerso en su ejemplar del *Mail on Sunday*. Hacía pocos minutos, se había deslizado en el asiento trasero del Jaguar para informarles sobre la pequeña grabadora-receptora Nagra que ya estaba sintonizada con la longitud de línea del transmisor que llevaba Wallace. No hacía falta empezar a grabar hasta que Mackenzie y su hombre se encontraran en el interior del hotel.

Faraday devolvió su atención a las cometas, al tiempo que se preguntaba si a Willard le gustaba este breve retorno al servicio callejero. Era raro que un detective superintendente se implicara hasta tal extremo en una operación encubierta; aunque, dadas las circunstancias, Faraday entendía que no le quedaba más remedio. Una de las pruebas que evidenciaban el grado de dificultad de una operación como Volquete era la paranoia que despertaba en los implicados. El día en que no puedes confiar en un círculo de más de cuatro personas —Faraday, McNaughton, Wallace y el propio Willard— es el día en que la labor policial está en apuros.

Faraday dejó la baguette a un lado y se limpió los dedos con un pañuelo de papel que sacó de la guantera de Willard. Todavía le preocupaba la situación de Gisela Mendel. La sospecha de perder al comprador «seguro» de Spit Bank podría derribar los muros que habían construido en torno a Volquete.

Willard no estaba de acuerdo.

—Hablé con ella anoche. Aclaramos un par de cosas.

—¿Qué cosas?

—El posible desenlace de hoy, por ejemplo.

—¡Se lo dijo!

—Claro que no. Sólo dije que nuestro amigo podría desaparecer de la escena por un tiempo.

—O sea, que se lo dijo.

—No, simplemente le dije que había muchas probabilidades de que Mackenzie estuviera explorando nuevos horizontes. En lo que a ella se refiere, la queremos ahuyentar de la ciudad.

—De modo que el fuerte no se va a vender.

—Exacto, al menos, no a Mackenzie. Le dije que la ayudaríamos en todo lo posible para encontrar a otro comprador, ya sabes, pero que no sería Mackenzie.

—¿Cómo se lo tomó?

—Sin problemas. Es una buena chica, muy sensata, muy razonable, está enteramente de nuestra parte… —Dejó la frase inacabada y asintió para sí.

Faraday se preguntaba en qué dirección haría su aparición Wallace. Según McNaughton, llegaría en un Porsche Carrera. Afortunado hijo de puta.

—¿Por qué se divorcian? —musitó Faraday.

—No tengo la menor idea, Joe. ¿Qué te hace pensar que podría saberlo?

—Nada, señor. Sólo se me ocurrió que podrían haberlo comentado, esto es todo. —Faraday vislumbró algo bajo y plateado que daba la vuelta a una rotonda distante. Medio minuto después, un Toyota MR2 pasó rugiendo con una mujer de mediana edad al volante.

Faraday miró a Willard. Por una vez, se lo veía preocupado.

—¿Le importa que le haga una pregunta personal, señor?

—¿Sobre Gisela?

—Sobre el trabajo. Sobre Volquete.

—En absoluto. —Willard se permitió una sonrisa parca y sin optimismo—. ¿Si creo que es un fastidio? Sí. ¿Si creo que ha valido la pena? Pregúntamelo dentro de media hora, y te responderé. —Echó una mirada a Faraday—. ¿Iba por ahí?

—En buena medida, sí. Sólo que no entiendo por qué nos aislamos tanto. —Contempló el bulto del hotel eduardiano en la acera de enfrente—. Tenemos que sortear la roca para llegar a un lugar terrible. Es la impresión que tengo.

—Las rocas, en plural. —La risa brusca de Willard pilló a Faraday por sorpresa—. Y el lugar es tan terrible que no te gustaría volver en tu vida. No, si tienes dos dedos de frente. ¿Has ido a ver a Nick Hayder últimamente?

—No.

—Empieza a recordar retazos de los últimos dos meses. Aún no tiene idea de lo que le ocurrió el martes, y es probable que nunca la llegue a tener; pero Volquete le ha venido a la memoria como un mazazo. ¿Sabes qué me dijo? «Gracias a Dios que estoy en el hospital.» ¿Te lo puedes creer? ¿De boca de Nick? Ese hombre no es de los que abandonan, nunca lo ha sido. Y tú tampoco, gracias a dios. Pero este tipo de situaciones… —Meneó la cabeza—. Nunca sabes en quién confiar.

—¿Esto convierte a Mackenzie en un tipo listo?

—En absoluto. Pero el tipo tiene fuerza, tiene medios. Lo sabemos desde hace años. Es lo que tiene la droga. Monta una operación a esa escala y te metes a todo el mundo en el bolsillo. Es irónico, ¿no te parece? Si él no fuera tan poderoso, nosotros no estaríamos aquí. Y precisamente porque es tan poderoso, nuestro trabajo es casi imposible. Si esto fracasa… —Dejó la frase sin terminar.

Hubo un largo silencio. Gritos de entusiasmo de los lanzadores de cometas de Southsea Common.

—¿Qué dicen en Jefatura? —preguntó Faraday al final.

—Están muy recelosos. En cierto modo, no puedo culparles. El Ministerio del Interior no quiere un trabajo policial, no como solíamos entenderlo, sino que quiere milagros. Aquí tenéis doscientos gramos de margarina y aquí dos mil barras de pan de molde. A ver qué sois capaces de hacer. —Recorrió con un dedo el volante revestido de cuero—. Volquete ha excedido sus límites de tiempo. Los excedió hace bastante.

—Pero ¿usted cree…?

—No creo nada, Joe. Soy un poli, un detective. Me muestran a Mackenzie, me dicen que he de atraparlo, y esto es lo que intento hacer.

—Creía que la idea fue suya. La iniciativa...

—Te equivocas. Fue de Nick. Y mira qué le pasó.

De repente, del Nagra salió un crujido y luego el sonido de la voz de Wallace. Estaba a menos de un kilómetro calle abajo, haciendo una llamada de prueba a McNaughton. Éste confirmó la recepción y le deseó buena suerte. Cuando Faraday miró la hilera de coches aparcados, McNaughton seguía inmerso en la lectura del periódico y sólo respondió a la mirada de Faraday con un asentimiento casi imperceptible.

El dedo de Willard buscó el mando de la ventanilla.

—Hace calor aquí dentro —masculló.

Winter, sentado en el despacho de Cathy Lamb en Kingston Crescent, trataba de imaginar cuánto necesitaría un hombre como Mike Valentine para empezar una nueva vida.

—Pongamos que le quedan doscientas mil limpias de la venta de la casa después de cancelar la hipoteca. Y pongamos otras doscientas mil por la venta del negocio. Medio millón, si incluimos otras cosas varias. Todavía no es suficiente, ¿no crees? No, si quieres vivir con cierto estilo.

—¿Adónde irá?

—Ni idea. Sólo sé que su primera escala es Le Havre.

—¿Estás absolutamente seguro?

—Del todo. Lo sé de su agencia de viajes. ¿Cómo te ha ido con P&O?

—Estoy esperando a que me llamen. Me han prometido algo para esta tarde. —Hizo una pausa—. ¿Estás diciendo que se llevará la coca con él? ¿Por qué iba a correr el riesgo?

—¿Qué riesgo? Va en sentido contrario, Cath. Nada contra la corriente. ¿Cuánta gente vuelve a exportar la droga? Lo último que esperan las aduanas francesas es que la coca baje de un barco que viene de Pompey. Y una vez pasado Le Havre, es hombre libre. Con la cantidad que probablemente llevará, se podrá establecer en cualquier parte. Es lo que siempre se dice, Cath. Los mejores trucos son los más sencillos.

Cathy sonrió. Había venido directamente de su parcela en

Alverstoke: tejanos remendados, camiseta manchada de sudor y las uñas sucias de haber pasado la mañana desbrozando. También había traído una bolsa de verduras varias por si a Winter le apetecía un poco de comida sana; aunque, de momento, no parecía estar interesado.

—¿De qué estamos hablando? —Cathy buscó un bloc de notas—. El tipo se va mañana por la noche. Le dejamos subir a bordo. Confiscamos el BMW en el barco. Le obligamos a dar la vuelta y volver a tierra. No entiendo por qué no nos ahorramos las molestias y lo pillamos aquí y ahora.

—Puede que todavía no haya cargado la coca.

—Claro. Mañana, entonces, camino a la terminal de transbordadores. En la propia terminal. Lo que sea.

—No, Cath. —Winter fue enfático—. Imagínate que tengo razón. El tipo lleva droga por valor de centenares de miles de libras esterlinas. Está relacionado con Mackenzie. Tú lo sabes. Yo lo sé. Todo el mundo lo sabe. Esto es muy astuto de su parte, Cath.

—¿Me estás diciendo que se la birla? ¿A Mackenzie?

—Sí.

—¿Crees que tiene ganas de palmarla?

—Ni idea. Pero si le dejamos subir a bordo, apuesto diez libras a que lo averiguaremos.

Cathy asintió. Empezaba a comprender por dónde iba Winter.

—¿Registramos la cabina?

—Exacto. Hablamos con P&O, conseguimos su número de cabina, esta noche apostamos a un par de técnicos en el barco. Que pongan un micro, también una cámara. Cerramos las cabinas a ambos lados, nos ponemos cómodos y a ver qué pasa. Puede que el tipo intente largarse con un centenar de kilos de la coca de otro. Será una juerga.

—¿Y si Mackenzie está al corriente? ¿Qué pasa si esto forma parte de un plan más amplio?

—Da lo mismo. De todas formas, se larga. Estamos hablando de pruebas, Cath. Puede que así también perjudiquemos un poco a Mackenzie.

Cathy no dijo nada. Se lo estaba pensando.

—¿Por qué estás tan seguro de que Valentine tendrá compañía?

—Es una cabina para cuatro. Si viajara solo, habría reservado una doble.

—¿Con quién viaja, pues?

—No tengo la menor idea, Cath.

—¿Y crees de veras que será para siempre? ¿Que Valentine no piensa volver?

—Sí. —Winter asintió—. Eso es exactamente lo que creo.

Cathy seguía dudando si conceder a Winter el beneficio de la duda. Había estado en situaciones parecidas con él decenas de veces en la división, y sabía que valía la pena escucharlo. También sabía que era mejor no hacer demasiadas preguntas. El instinto de Winter no se parecía al de nadie más, y él no compartía sus secretos con nadie.

—Necesitaremos una autorización. —Ahora pensaba en voz alta—. Y alguien tiene que hablar con Operaciones Especiales. Luego está P&O. Estas cosas son para Willard, no para mí.

—Willard se haría con el mando. Sería bonito quedárnoslo para nosotros. Pondríamos la brigada en el mapa.

—No puede ser, Paul. Willard tiene que enterarse. No puedo autorizar algo así. Va mucho más allá de mis atribuciones.

—Vale. —Winter aceptó la lógica—. ¿Ya le has hablado a Willard de Leggat?

—No. —Cathy señaló el teléfono con la cabeza—. Acabo de intentarlo, pero no hay respuesta. También he de informarle sobre Jimmy Suttle. ¿Has oído lo de anoche? ¿En el Gunwharf?

Winter sostuvo su mirada por un instante y luego asintió con la cabeza.

—Me lo dijeron esta mañana en la central. —Asumió una expresión dolida—. Parece que hubo una pelea.

21

—*M*ira, Joe. —Willard no daba crédito a su suerte—. La segunda ventana a la derecha. Perfecto.

Tenía razón. Hacía quince minutos que Mackenzie había llegado al hotel Solent Palace; lo había llevado su mujer. Después de tomar una copa con Wallace en el bar Vanguard, que estaba en el otro lado del edificio y prácticamente fuera del alcance del receptor, ahora acababan de trasladarse al restaurante de la primera planta. Mackenzie insistió en que ocuparan una mesa junto al ventanal. Un retazo de conversación mientras se sentaban bastó para confirmar la buena relación que se había establecido entre ambos. «Ya son viejos amigos —pensó Faraday—. El espectáculo de Graham y Bazza.»

Faraday los observó acomodándose junto a la ventana, a plena vista, y se preguntó si sería la misma mesa que él había ocupado el día anterior. Bonitas vistas de la fiesta de las cometas y de los tres tipos que escuchaban sus palabras desde el interior de dos coches. Estrafalario. Faraday miró de reojo a McNaughton, sentado en el Golf. Tarde o temprano, cuando le pareciera seguro, tomaría un par de fotos con el teleobjetivo para los archivos de la central. Oficial encubierto encandila a todo un nivel tres. La prueba irrefutable.

Bazza preguntaba a Wallace dónde vivía. Cuando éste respondió que tenía una casita en Chiswick, resultó que una prima de Bazza vivía a dos manzanas de allí.

—Una chica delgada. Se tiñe el pelo de rosa. Lo hace todo a mil por hora. Frecuenta un pub que se llama Waterman. No pasa desapercibida —se rió—, ni siquiera en una noche sin luna.

Wallace dijo que mantendría los ojos abiertos. Últimamente, se dejaba ver mucho por la ciudad.

—¿Clientes? —preguntó Mackenzie.

—Sí. Mi novia trabaja para el agregado militar de Arabia Saudí. Un lugar enorme en South Ken. Tiene su propia casa a la vuelta de la esquina, en los jardines de Queen's Gate. Habitaciones enormes. No quiero ofender a nadie, colega, pero este garito no es nada en comparación.

—¿En serio? ¿Cómo se llama?

—Sam, aunque todos la llaman Boysie. Nunca he sabido por qué.

—¿También trabaja contigo? ¿O sólo es una relación de placer?

—Ambas cosas. Pero, sobre todo, de placer.

—Parece que tiene buenos contactos. Todos esos árabes… ¿Te trae muchos compradores?

—¿Compradores? —Faraday percibió el sutil cambio de tono de la voz de Wallace. Willard, absorto, tenía los ojos cerrados. El oficial encubierto (ya estaba claro) se tiraba un farol.

—Llamémoslos negocios —dijo Bazza—. Sólo soy curioso.

—Curioso ¿sobre qué?

—Sobre tu línea de trabajo. Hoy en día, ya sabes, lees la etiqueta y resulta que significa una mierda. ¿Me sigues, Gray?

—No, en realidad, no.

—Vale. Tú eres promotor de proyectos en el extranjero. Centros comerciales, ¿verdad?

—Ladrillos y cemento. Cualquier cosa que dé beneficios. Si un cliente quiere un circuito de Fórmula Uno y tiene el dinero para respaldarlo, yo busco a las personas que lo hacen realidad.

—Un intermediario, entonces. El señor Diez por Ciento.

—Quince. Si no, ni me levanto de la cama.

—¿Hablas en serio? —Mackenzie sonó auténticamente impresionado—. Quince por ciento ¿de qué?

—Del presupuesto del proyecto. —Wallace rió—. Una frase maravillosa.

—¿De cuánto estamos hablando?

—¿Del último negocio? Cinco.

—¿Cinco cifras?

—Sí. ¿Recuerdas aquel sitio en Gloucestershire que mencioné por teléfono? ¿La residencia Tudor que el tipo quiere convertir en centro de salud? Hasta ahora, he hecho un par de llamadas, he elegido a las personas con las que debe hablar, le he enviado la factura. Catorce mil libras dicen que soy un conejito feliz.

—¿Y él? ¿Ese tipo?

—En el séptimo cielo.

Faraday miró a Willard. Ambos sabían que Mackenzie ya había hecho una llamada de comprobación a ese cliente en particular, un topo que con mucho gusto había desmentido la pequeña ficción de Wallace. Sin embargo, nadie lo diría por el tono de voz de Mackenzie.

—¿Hay otros como él? —preguntó.

—Bastantes, si sabes dónde buscar. La economía de algunos sectores está en quiebra. Por eso los árabes lo están comprando todo. Casas, tierras, negocios, franquicias, todo. Tienen a Francia y Alemania en el bolsillo. ¿Aquí? El mismísimo El Dorado.

—¿Qué más compran?

—No te sigo, colega.

—¿En qué más les ayudas? Ladrillos y cemento, genial. Un negocio de vez en cuando, sin problemas. Pero a veces tendrás que divertirte…, ¿o me estoy perdiendo algo?

—¿Te refieres a las tías?

—Claro…, y a todo lo que va con ellas.

Faraday seguía con la mirada puesta en los dos hombres de la ventana. Era difícil estar seguro desde la distancia, pero le parecía que Wallace se mostraba exageradamente reticente a dejarse tentar hacia la dirección a la que apuntaba Mackenzie. En esta curiosa charada, era importante no precipitarse, aunque Wallace llevaba la timidez demasiado lejos.

Mackenzie decidió claramente prescindir de más preliminares. El tiempo pasaba.

—Algo me dice que estás faroleando, colega —dijo amistosamente.

—¿Sí? ¿Y eso por qué?

—Ese tipo de Gloucestershire, para empezar. Es mentira. Lo sé porque lo he llamado por teléfono.

—¿Lo has llamado?

—Sí. Apenas ha oído hablar de ti. Un par de llamadas a finales del año pasado, cuando buscabas trabajo… Te mandó a la mierda, ¿no es cierto?

—No, exactamente.

—Ya, pero aún así. —Faraday vio que la silueta más pequeña se inclinaba sobre la mesa—. ¿A qué te dedicas, en realidad?

Faraday oyó el sonido ahogado de una risa. ¿Quién se reía, Wallace o Mackenzie? No lo sabía.

—No serás del fisco, ¿verdad? —preguntó Wallace al final—. Ya me la jugaron una vez.

Hubo un prolongado silencio. Willard ya sonreía, y hasta Faraday consiguió esbozar una sonrisa. «Un golpe maestro —pensó—, la jugada doble perfecta.» Y entonces volvió a sonar la risa, esta vez más fuerte. Mackenzie.

—No, no soy del fisco. Aunque nunca se sabe, ¿verdad? A veces, pueden ser bastante listos.

—Muy cierto.

—No estás convencido.

—Me lo estoy pensando.

—¿Quieres que cancelemos la comida? Lo dejamos correr. Sólo que…

—No. Es un viaje demasiado largo para tomar un agua mineral y bajar el telón.

—¿Quién dice que hemos de bajar el telón? Ya sabes por qué te he pedido que vinieras, Gray. Lo comentamos por teléfono. ¿Yo? Sólo soy un fisgón que se pregunta qué hace falta para hacerse con ese fuerte de allá fuera.

—Quieres el camino libre.

—Exacto.

—Y crees que mi presencia complica las cosas.

—Creo dos cosas, amigo mío. Una, que tu oferta es demasiado alta. Y dos, si tu oferta es demasiado alta, quiere decir que te sobra la pasta. ¿La has ganado como promotor de centros comerciales? ¿De mansiones Tudor? Y una mierda. Algo me dice que la cosa es mucho más sencilla. Esos árabes prácticamente se alimentan de coca. Como tú ya sabes, no me cabe duda.

—¿Coca? —Wallace pronunció la palabra como si apenas le resultara familiar—. ¿Realmente crees…?

—Sí, realmente lo creo. Y Graham, por muy simpático que seas, esto podría representar un problema.

—¿Por qué?

—Porque... —Mackenzie se interrumpió, y Willard renegó por lo bajo. Tenía mejor vista que Faraday.

—Maldito camarero —murmuró—. ¿Te lo puedes creer?

Mackenzie quería un chuletón y un budín de riñones. Wallace pidió langostinos à la Creole. Willard apenas conseguía contenerse. «Esto se está convirtiendo en un culebrón —pensó Faraday—, suspense tras suspense.»

Wallace, sutil como siempre, cambió el tema de conversación. Quería saber qué pensaba hacer Mackenzie con el fuerte.

—¿Por qué?

—Porque podría tener importancia.

—¿Cómo?

—No lo sé. —Faraday se imaginó a Wallace encogiéndose de hombros—. Quizá pudiéramos llegar a un acuerdo, compartir gastos y beneficios. Así limitaríamos nuestros riesgos. —Hizo una pausa—. Un casino, ¿no es cierto?

—¿Quién te lo ha dicho?

—Gisela Mendel.

—¿Qué más te dijo?

—Que eres el tipo menos británico que ha conocido nunca.

—¿Qué significa esto?

—Que la haces reír mucho. Y que dices lo que piensas. Has jugado bien tus cartas, me da la impresión...

Faraday echó una mirada de soslayo a Willard. No parecía estar impresionado.

—¿Has llegado a conocerla? ¿Cara a cara? —preguntó Mackenzie.

—Sí.

—No está nada mal, ¿verdad? Y no es estúpida.

—¿Qué quieres decir?

—Hay muchas cosas que no nos ha dicho, lo supe desde el principio. ¿Sabes a qué me refiero?

—Claro. —Wallace estaba en la misma onda—. Tanta pasta...

El comentario pareció sorprender hasta al propio Mackenzie. Faraday sintió por Wallace una admiración sin límites.

—Exacto —admitió Mackenzie—. Tanta pasta.

Alguien se acercó a la mesa, un viejo amigo de Mackenzie. Mientras ellos charlaban del partido del día anterior en Preston, Faraday observaba el gran Toyota SUV negro. Ya había pasado dos veces; una, calle arriba, y otra, calle abajo. Dentro había dos hombres con gorras de béisbol.

—Sigue, por dios. —Willard se impacientaba escuchando la grabación.

Finalmente, el amigo de Mackenzie se marchó. Wallace quiso saber cuáles eran las perspectivas de Pompey, si lograría ascender a primera y, por un momento, Faraday sintió que la conversación había perdido el rumbo. Entonces Mackenzie volvió a atizar el fuego.

—Ese hotel que tienes en mente —dijo—. Con helipuerto. Vuelos de conexión con Heathrow. Un casino. Por todo lo alto. Algo me dice que blanqueas dinero negro.

—Mierda. —Le tocó el turno a Wallace de reír—. Por un momento, creí que me ibas a acusar de robarte la idea.

—Quizá lo esté haciendo.

—¿La misma idea? ¿Mucha pasta? ¿Lavandería de lujo?

Hubo un silencio. Muy de repente y sin aviso previo, habían llegado al momento decisivo. Esperando la respuesta de Mackenzie, Willard apretó el volante con las manos. Un «sí» representaría un paso agigantado hacia los tribunales. Finalmente, Faraday oyó la risa baja de Mackenzie.

—No —respondió con voz suave—. Me refería al helipuerto. Es una buena idea. Puede que ponga a mis muchachos a trabajarla. ¿Te apetece vino, colega, o nos quedamos con el agua mineral?

Wallace aceptó una botella de Sancerre. Cuando se ofreció a pagar la mitad de la cuenta, Mackenzie le dijo que se olvidara.

—No es necesario —dijo.

—¿Por qué?

—Voy a comprar este lugar.

—¿Esto? ¿El hotel?

—Pues sí. Qué divertido. —La risa subió de tono—. Pensé que alguien pudo habértelo contado.

Doug Hughes vio el documental entero de pie. Era un hombre alto y desgarbado, con cara juvenil y sin arrugas y un gusto por la ropa informal de navegante, comprada en las tiendas más

caras del sector. A lo largo de los once años que duró su matrimonio, muchos lo confundían con el hermano menor de Eadie
Sykes.

—Esto es increíble —dijo—. En mi vida había visto nada
parecido.

—Espero que no. De eso se trata.

—¿Y tienes autorización para todo esto? —Señaló el portátil con un gesto de la mano—. ¿No has colado nada?

—Por favor, Doug. ¿Una chica buena como yo?

—¿Cómo lo conseguiste? Lo de la autopsia, por ejemplo.

—Con mi encanto. Y no aceptando un «no» por respuesta.
A veces, va bien ser de Australia, somos un poco tozudos. —Sos-
tuvo el índice y el pulgar a varios centímetros de distancia.
Hughes seguía mirando la pequeña pantalla.

—¿Qué viene después?

—Grabo el funeral y añado algunas imágenes más. Fotos
fijas que me deje el padre de Daniel, por ejemplo. Ha estado
bien, ¿no te parece?

—Increíble. Sencillamente, perfecto. Ningún actor en el
mundo podría haberlo hecho mejor.

—Claro. Si los pillas en el momento adecuado y eres dura
con ellos, nunca falla.

—No te menosprecies.

—No lo hago, sólo te digo cómo se hace. En este juego,
mientras sepas hacia dónde vas y por qué…

—¿Sí?

—Nada. Es una cuestión de medios y objetivos, amor mío.
Siempre lo ha sido y siempre lo será. —Alcanzó el ordenador.
Cuando el vídeo estuviera completo, tenía una lista de perso-
nas que necesitaba que lo vieran. La lista incluía al contribui-
dor misterioso de quien su ex había conseguido siete mil libras.
Como mínimo, tenía que ver lo que su dinero había costeado.

—¿Tiene nombre el tipo ese? —preguntó.

—Claro que tiene nombre. —Hughes seguía observando a
Eadie, que sacaba la cinta de vídeo del reproductor—. ¿Todavía
piensas proyectarlo en los colegios?

—Por supuesto. Y en las facultades, y en las asociaciones de
jóvenes, y en cualquier sitio donde estén interesados.

—¿Cobrando, o gratuitamente?

—Depende. ¿Por qué lo preguntas?

—Porque mi generoso amigo —Doug sonrió— podría tener algunas ideas al respecto.

Cuando llegó la comida, los ánimos habían cambiado. Mackenzie y Wallace parecían haber acordado intentar algún tipo de asociación. No se habló más de cocaína ni de la necesidad de blanquear beneficios. En lo que a ambos hombres se refería, aquélla era una comida de negocios legítimos.

Willard estaba decepcionado, Faraday lo sabía. Mackenzie y Wallace sólo se habían tomado la primera copa de vino, y todavía quedaba mucho margen para un desenlace apasionante; pero persistía la sensación de que el momento clave había pasado. Wallace había conducido hábilmente a Mackenzie hasta el borde mismo de una confesión; pero cuando prácticamente tenía las palabras en la boca, Bazza se alejó del precipicio. Ahora, mientras la silueta baja y fornida de la ventana pedía más salsa de rábano picante para su chuletón con riñones, Wallace retomó el tema del fútbol.

—¿Has pensado alguna vez en comprar el club? —preguntó—. Aunque tal como van las cosas…

—Tienes razón, colega. En agosto seguro que subimos a primera.

—¿No se merece un esfuerzo?

—Ya lo intenté una vez, me hacía mucha ilusión. Fratton Park es parte de mi vida.

—¿Y qué pasó?

—Pujé por el once por ciento. No me aceptaron.

—¿Por qué no?

—Ni idea. Nunca me lo dijeron. Gracias, colega. —Faraday oyó el comentario susurrado del camarero al llegar la salsa de rábano picante. Luego Mackenzie volvió al tema del club. En sus días del 6:57, habría dado la vida por Pompey. Casi lo hizo, en un par de ocasiones.

—¿El 6:57?

—Hinchas agresivos. Cabezas locas. Chicos de Paulsgrove. Cabezas rapadas de Havelock. Majaderos de todos lados. Tomábamos el primer tren de la mañana cuando jugábamos fuera de

393

casa, íbamos a cualquier parte para liarla, montábamos un buen cirio. Éramos los de Pompey, y nos importaba un pimiento. Los de Millwall en Waterloo. Los de Chelsea, Leeds, los tipos de Cardiff Soul, los Zulus de Brummie. Nos peleábamos con todos, nos tirábamos de cabeza y no importaba contra quién, y ¿sabes una cosa? Nunca pudieron con nosotros. Casi siempre estábamos borrachos. Un partido en Derby casi termina en una reyerta. Si les hubiésemos dado la oportunidad, aquellos tíos nos habrían comido vivos.

—¿Qué pasó?

—Les ganamos, realmente les dimos por el culo. En situaciones tan sabrosas como aquélla, algunos tipos se cagan encima. Puedes olerlo, el miedo. ¿Sabes a qué me refiero?

Fue una pregunta inocente, una pequeña ola más en la marea de la conversación; pero Faraday percibió en la voz de Mackenzie un tono que antes no estaba. Willard también lo notó. El sol calentaba a través de las ventanillas. Willard empezaba a sudar.

Wallace permaneció tan relajado y tranquilo como siempre. El 6:57 sonaba muy divertido. Cada ciudad debería tener uno.

—Sí, aunque de eso se trata, ¿no es cierto? Ésta no es una ciudad cualquiera, y nosotros no éramos una pandilla cualquiera. Si hubieras vivido aquí, si hubieras crecido aquí, si formaras parte de este lugar, lo entenderías. Pompey es especial. Y algo más, colega. Es mía. ¿Estamos?

Willard y Faraday intercambiaron miradas. La transformación había sido repentina y completa. Por la razón que fuera, una sonrisa irónica, un gesto fuera de lugar, Wallace parecía haber encendido una mecha en el culo de Mackenzie. Su voz se había endurecido. A través de la ventana, se lo veía totalmente inclinado sobre la mesa, con la comida olvidada. Aquélla ya no era una entrevista de negocios pacífica, de dos amigos que se reúnen sobre una pila de granito victoriano. A partir de ese momento, la política de Mackenzie cambiaba por completo.

—¿Sabes qué, colega? La gente como tú me pone enfermo. Crees que es pan comido, ¿verdad? Que yo soy un mierda, un matón de poca monta de los barrios bajos de Copnor. Crees que me puedes quitar de en medio. Bien, pues esto no va a ocurrir. Ni ahora ni nunca. ¿Lo captas? ¡Nunca! ¿Y por qué? Porque no soy tan cretino ni tan poca monta como creéis todos.

¿Todos? Willard alzó la vista al cielo.

—Estamos hablando de un fuerte —dijo Wallace—. No de la tercera guerra mundial.

—El fuerte, y una mierda. Yo te diré de qué estamos hablando. Estamos hablando del Volquete de los cojones. Estamos hablando de un puñado de tíos que se pasan casi todo el año calentando sillas en la Isla de las Ballenas, tratando de pillarme. Esto cuesta millones. A la fuerza. ¿Y sabes quién te paga el sueldo, señor Encubierto? ¿Sabes quién paga el equipito sofisticado que llevas debajo de la camisa? ¿Y a los tíos que escuchan, estén donde estén? La gente como yo, tipos que salen cada día a la calle para dejarse las suelas de los zapatos. Deberíais estar en la calle, vigilando a los críos, pillando a los pedófilos, haciendo esta ciudad segura por las noches. Y no perder el tiempo con gilipolleces como ésta.

Faraday trataba de pensar en el apoyo. Estaba claro que Wallace había sido descubierto. En cualquier momento, dada la presencia más que probable de los amigos de Mackenzie en las inmediaciones, aquello podría terminar en un baño de sangre. Faraday miró a donde estaba McNaughton. Siendo responsable de Wallace, pensaría exactamente lo mismo.

Faraday buscó el manillar de la puerta. Mackenzie ya desvariaba, acusaba a Wallace de acoso. Con las cosas que había tenido que aguantar a lo largo del último año, con la pasma husmeando en sus cuentas, dando por culo a sus abogados, cualquier otro habría reaccionado. Estuvo a punto de hacerlo un par de veces. Como ahora.

—¿Adónde vas? —Willard puso la mano en el brazo de Faraday, sujetándolo.

—Allí dentro. —Faraday señaló el hotel con la cabeza.

—Olvídalo.

—¡¿Qué?!

—He dicho que lo olvides. Lo último que va a hacer es hundirse en la mierda. Esto es para nosotros, Joe. Nos está hablando a nosotros.

Willard se arrellanó en el asiento del conductor y apoyó la cabeza en el cuero mullido. El Toyota negro había vuelto. Se detuvo junto al Jaguar, cerrándole la salida. Dos hombres bajaron del coche. El mayor llevaba tejanos y una chaqueta de cuero. Se plantó junto a la puerta del conductor y se quedó mirando a Willard. Él no le hizo caso.

Faraday salió del coche.

—¿Qué pasa?

—Se ha estropeado el arranque. —El hombre con la chaqueta de cuero señaló el Toyota—. Pensé que ustedes, caballeros, podrían empujar un poco. Hacernos un favor. Ya que no tienen nada mejor que hacer.

Faraday lo observó durante un momento, consciente de que McNaughton estaba bajando del Golf. Luego metió la cabeza en el Jaguar. Willard tenía los ojos cerrados.

—Dile que se vaya a la mierda —dijo suavemente.

Fue la segunda visita de Paul Winter al Queen Alexandra en una semana. Para su alivio, la cara en recepción de urgencias había cambiado. Winter mostró su placa y preguntó por un chaval que se llamaba Jimmy Suttle.

—Lo trajeron anoche —explicó—. De una riña en el Gunwharf.

La recepcionista recorrió la página de ingresos y localizó a Suttle entre dos heridos que habían llegado por su propio pie tras una pelea doméstica en Stamshaw y a un joven que había estampado su Vespa en la valla de un jardín.

—Lo atendieron por heridas leves —dijo la mujer—. Fue dado de alta a las 3:44.

—¿Estaba solo?

—Aquí no lo dice.

—¿Adónde fue?

—A casa, me imagino.

—¿Downside Cottage? —Winter tendió la mano y giró la pantalla del ordenador para ver mejor—. ¿En Buriton?

Eran casi las dos cuando Winter llegó a Buriton. El Astra de Suttle estaba aparcado delante de una casa que hacía esquina, a un cuarto de milla del pub. Una entrada lateral daba acceso a un camino estrecho.

Pasando de costado junto a un cubo de la basura lleno a rebosar, Winter empujó la puerta de madera que había al final del camino. Ya se podía oír la música y el sonido de la risa de una muchacha. Se le hundió el ánimo. Trudy.

Estaba sentada encima de un gran tapete extendido sobre un trocito de césped pisoteado. No había ni una nube en el cielo —era un día primaveral perfecto—, y Suttle estaba tendido en el tapete, con la cabeza apoyada en el regazo de Trudy. A su lado, una botella de vodka flanqueada por dos copas. La música provenía de una pequeña radio a los pies de Suttle, y Winter vio los restos de una pizza de masa gruesa en el parterre cercano. Un mirlo picoteaba con avidez un trozo de queso.

—Te he traído esto, hijo. —Winter tendió a Suttle una bolsa marrón—. ¿Qué pasó?

—Es peor de lo que parece —respondió Suttle en seguida—. Sólo llamaron a la ambulancia porque me golpeé la cabeza al caer. —El ojo izquierdo de Suttle, hinchado y morado, estaba casi cerrado. Tenía marcas en la frente y un verdugón escarlata en la mejilla.

—¿Y qué pasó? —repitió Winter.

—El Chris Talbot de los huevos, eso es lo que pasó —dijo Trudy—. El tipo se pasó de la raya.

—¿Hiciste algo para provocarle? —Winter seguía mirando a Suttle.

—Sí lo hizo. Estaba conmigo. Típico de esta ciudad. Deberían encerrar a Talbot en el zoológico. —Trudy buscó la botella—. ¿Un trago?

Winter rechazó el vodka. El sol calentaba más de lo que pensaba. Se quitó la chaqueta y se sentó en una esquina del tapete. Suttle se había incorporado en un codo.

—¿Quiere una silla? Sólo…

—Estoy bien. ¿Piensas tomar represalias?

—No. —Suttle negó con la cabeza—. No le daría esta satisfacción.

—¿Hubo testigos?

—¿Contra Talbot? —Trudy se echó a reír—. Vamos. Se supone que sois tipos listos. ¿Quién va a chivarse contra alguien como ése?

Suttle miraba la bolsa que le había traído Winter.

—¿Qué hay dentro?

—Uvas. Pensé que necesitarías un poco de energía.

—Ya me tiene a mí. —Trudy rió de nuevo—. Soy toda energía, ¿no es cierto, Jimmy? ¿Sabes a qué hora nos levantamos? Díselo, guapo.

El estado de la cara de Suttle no pudo ocultar su turbación. Cuando pidió a Trudy que pusiera el hervidor en el fuego, ella se levantó con reticencia y desapareció en el interior de la casa.

Suttle se volvió hacia Winter.

—¿Y qué demonios le pasó a usted?

—Justo volvía.

—¿Dónde están las llaves?

—Hubo un accidente. Las dejé dentro del piso, por error.

—Genial. Me podría haber ayudado en el pub. Resulta que el tipo me había estado siguiendo desde el principio. Trudy... —Se interrumpió y meneó la cabeza.

—Trudy ¿qué?

—Se puso como una fiera. Tomó prestado el zapato de una amiga y quiso clavar el tacón en la cabeza de Talbot. Si él no estuviera aún pegándome, habría resultado divertido.

Winter miraba la parte de atrás de la casa. A través de la ventana de la planta baja, pudo ver a Trudy moviéndose por la cocina, buscando las bolsitas de té.

—Sigue interesada.

—¿Interesada? Joder, usted tendría que haber estado aquí hace un par de horas. —Señaló la ventana del dormitorio—. Más apasionada que cuando se lanzó contra Talbot. Su manera de entender la convalecencia te puede mandar al hospital.

—Un chico con suerte.

—¿Le parece? Iba a marcharse la semana que viene. ¿Sabe qué ha pasado?

—Dímelo tú.

—Lo ha cancelado. Dice que no me puede dejar en este estado. Que va a instalarse aquí para cuidar de mí. —Hizo una pausa—. ¿Qué ocurre?

—Nada. —Winter observó a Trudy salir al jardín con una bandeja de té—. Yo, en tu lugar, lo disfrutaría.

—Mientras dure, querrá decir.

—Sí. —Winter dejó un espacio libre sobre el tapete—. Eso es exactamente lo que quiero decir.

ϒ

Faraday nunca había visto a Willard tan enfadado. No era sólo el chasco de Volquete. Ni el espectacular fracaso de la trampa del fuerte Spit Bank, ni el trabajo de todo un año que acababa de irse al garete, ni tampoco el hecho de que lo considerarían personalmente responsable de malgastar centenares de miles de libras esterlinas en preciosos recursos. No, era la humillación.

Atrapado dentro de su propio coche, obligado a escuchar los devaneos de Bazza Mackenzie, lo que quería era sangre.

—¿Dónde están?

—Brian Imber ha llevado a un par de sus muchachos a Londres. El móvil de Joyce no contesta. Prebble está pasando el fin de semana en Milán.

—Sigue intentándolo. Los quiero a todos aquí cuanto antes.

—Es domingo —señaló Faraday—. Y no fueron invitados, en primer lugar.

—Claro, aunque esto no deja de ser académico. No soy matemático, Joe, pero sé contar. Si dejamos a Hayder a un lado, somos cinco en Volquete, cinco responsables. Ya he escuchado dos veces el final de esta cinta de mierda, y está clarísimo.

—¿Qué es lo que está clarísimo?

—Que Mackenzie lo sabe. Lo sabe todo. Probablemente lo ha sabido desde que nos instalamos en la Isla de las Ballenas. De hecho, no me sorprendería que el hijo de puta lo supiera antes que se nos ocurriera la idea, siquiera. Esto es una locura, Joe. Si no reaccionamos, acabaremos todos en el Saint James.

El Saint James era el psiquiátrico local, una extensa mansión victoriana a ochocientos kilómetros tierra adentro desde la casa del capitán de barcazas.

«El pulso», pensó Faraday.

—Estamos hablando de la operación encubierta —dijo lentamente—. Y somos cuatro, no cinco.

—¿Cuatro? —Willard lo miró sin comprender.

—Usted, señor. Yo. Wallace, Y McNaughton. —Hizo una pausa—. Además de Gisela Mendel.

—Gisela es legal —repuso Willard de inmediato.

—También McNaughton. Y Wallace. Y también yo. Gisela

quiere realmente vender el fuerte. Esto a mí me suena a motivo. —Dirigió a Willard una sonrisa gélida—. No es más que una idea, señor.

El teléfono de Willard empezó a sonar. Era Cathy Lamb. Estaba abajo. Necesitaba hablar con Willard urgentemente.

—Sube —gruñó él—. Únete a la fiesta.

Cathy tardó menos de un minuto en aparecer a la puerta. La presencia de Faraday pareció pillarlo por sorpresa. Lo saludó con un asentimiento y se disculpó ante Willard por su atuendo de jardinera.

—Estaba en mi parcela —explicó.

—No te culpo. Se me ocurren maneras peores de pasar un domingo. ¿Cuál es el problema?

Cathy le contó la detención de Barry Leggat. Winter lo había pillado con una cantidad respetable de cocaína. Leggat trabajaba para Valentine, y Winter tenía razones para creer que el vendedor de coches pensaba largarse con el resto de la coca.

—¿La coca de quién?

—Winter no lo sabe. Piensa que está probablemente relacionada con Mackenzie, aunque no sabe cómo.

—¿Hay pruebas?

Cathy resumió la historia. Casi todo era circunstancial o mera suposición. Lo único seguro era que Valentine vendía su casa, vendía su negocio y había reservado un pasaje en el transbordador nocturno del día siguiente a Le Havre. P&O por fin había contestado, confirmando un billete para un vehículo y una cabina de cuatro literas a nombre del señor M. Valentine.

—¿Tienen el número de la cabina?

—Sí, señor.

—¿Crees que les apetecería participar en una operación encubierta? A nosotros se nos da de maravilla. Para alivio de Cathy, Willard se adelantaba a la jugada.

—No lo sé, señor. Pensé que usted podría llamarlos. Por eso he venido.

—Bien. Dame un nombre y un número de teléfono.

—Es el director de la división. Está en casa en estos momentos, pero espera la llamada.

—Ningún problema. —Willard le dedicó una parca sonrisa—. Ha sido un placer.

Cathy desapareció escaleras abajo para buscar el número. Willard miró a Faraday.

—¿Crees que Mackenzie se está pitorreando otra vez? —Frunció el entrecejo—. ¿O Winter ha dado con algo?

22

Domingo, 23 de marzo de 2003, 17:40 h

*H*acía un par de días que Paul Winter trataba de localizar a Harry Wayte. Finalmente, dio con él a última hora de la tarde del domingo.

—He estado fuera —explicó Wayte—. ¿A qué se debe el placer?

—Me preguntaba si te apetecería tomar una cerveza.

—¿Por qué?

Winter conocía a Harry Wayte desde hacía años y siempre lo había admirado. Su franqueza e impaciencia lo habían convertido en uno de los detectives inspectores más eficaces del cuerpo. Hubo un tiempo en que Winter casi había conseguido un traslado a la Unidad Táctica contra el Crimen de Wayte, pero Harry se olía a los artistas como Winter, y al final fue un subcomisario más joven quien ocupó la vacante. Winter se había sentido decepcionado, aunque Wayte seguía representando una luz en la oscuridad para él. Si pasabas una hora charlando con Harry, llegabas a la conclusión de estar hablando con un verdadero policía.

—Me gustaría comentar un par de cosas —dijo Winter en tono despreocupado.

—Es domingo. ¿No puede esperar?

—La semana que viene será complicada. —Winter consultó su reloj—. ¿Todavía vives en Havant?

Wayte le dijo que un encuentro estaba fuera de discusión. Esta misma tarde se iba al fuerte Nelson para reunirse con unos amigos. Era una reunión regular, se producía mensualmente, y ni siquiera un Paul Winter conseguiría romper la tradición.

Wayte hizo una pausa.

—¿De qué se trata? —preguntó al final.

—Mike Valentine.

Se produjo un largo silencio. Luego Wayte volvió al teléfono. La reunión en Nelson empezaba a las siete y media, con un puñado de tíos de la Sociedad Palmerston Forts. La primera media hora solía ser más aburrida que un muerto, pero esta tarde iban a ver una pequeña obra, un entretenimiento, y se admitían invitados. ¿Por qué no lo acompañaba Winter? Verían la obra y luego podrían hablar.

—Encantado. A las siete y media, entonces.

Faraday había decidido ir hasta la catedral caminando. La distancia entre la casa del capitán de barcazas y el Portsmouth Viejo era apreciable —con el desvío hasta el paseo marítimo, diez kilómetros como mínimo—, pero él sabía que necesitaba respirar aire limpio. Volquete había petado delante de sus propias narices, un acontecimiento tan violento e inesperado como cualquier explosión de un coche bomba, y todavía le silbaban los oídos de la detonación.

403

Willard había pasado la mayor parte de la tarde con Terry Alcott, el subcondestable en jefe a cargo del Departamento Central de Investigaciones y de Operaciones Especiales. Alcott tenía una casa en Meon Valley y, evidentemente, había renunciado a un día de pesca para inspeccionar las ruinas humeantes de Volquete.

Willard había llamado a Faraday poco después de las cuatro de la tarde para comunicarle una serie de decisiones preliminares. Quería una declaración completa sobre la comida de negocios en el Solent de parte de Wallace, McNaughton y el propio Faraday. Se sellarían y custodiarían las oficinas de la Isla de las Ballenas, no se permitiría la entrada absolutamente a nadie. Faraday tenía que ocuparse de arreglarlo con la policía portuaria, además de asegurar que el equipo de Volquete —Imber, Prebble y Joyce— no pasaría de la caseta de los guardias cuando llegara a la Isla de las Ballenas el día siguiente. Willard quería verlos a los tres en su despacho de Kingston Crescent a las nueve y media de la mañana.

Willard se había mostrado profesional, casi abrupto, por teléfono. Pasara lo que pasase después, las consecuencias de la comida de negocios en el hotel Solent Palace estaban brutalmente claras. Esta investigación ya no tenía como objetivo a Bazza, sino al propio Volquete.

Para su gran sorpresa, Faraday casi se sentía aliviado. Desde el principio, hacía menos de una semana, se había visto precipitado en ese mundo aislado donde nada era exactamente lo que parecía ser. Todas y cada una de las conversaciones se regían por la incómoda necesidad de calibrar quién sabía qué. Todas y cada una de las llamadas telefónicas se convertían en otra pieza del rompecabezas; se tenían que apartar y valorar antes de que otros pudieran escucharlas. Según la experiencia de Faraday, la mayoría de las investigaciones dependían del trabajo en equipo. Sin el apoyo de los otros colegas, cualquier indagación de importancia acababa en vía muerta. Volquete había dado al traste con este tipo de compañerismo automático, casi instintivo. En el breve curso de cuatro días, la confianza se había convertido en una moneda de empleo extraordinariamente roñoso.

Faraday lo odiaba. Hasta cierto punto, comprendía las razones por las que Willard había erigido un muro en torno a Volquete, para luego abrir cortafuegos dentro de la propia operación. La necesidad de saber era la norma número uno de todos los servicios de seguridad del mundo, y había polis honrados, gente como Nick Hayder, que vivían de ella. A ojos de Faraday, sin embargo, ese tipo de operación —fría, calculadora, agresiva— alimentaba una paranoia que terminaba por impregnarlo todo. No sabías en quién confiar ni de quién protegerte. Tenías las manos atadas por culpa del incesante temor a pronunciar una palabra o a hacer un gesto que daría al traste con el trabajo de todo un año. Hace falta gente muy especial para soportar este tipo de presión, y Faraday ya se daba cuenta de por qué el propio Nick Hayder había empezado a quebrarse durante las semanas previas a su accidente.

¿Qué pasaría ahora? Los letrados del Servicio Fiscal de la Corona tendrían algo que decir, obviamente, y esto encauzaría, con toda probabilidad, los acontecimientos de los próximos días, pero más allá del Servicio Fiscal había problemas domésticos más profundos que el cuerpo tendría que afrontar. Willard tenía razón. Alguien había dado el soplo sobre Volquete. Alguien del círculo interior había estado pasando información a Mackenzie. Quizá por dinero. Quizá por privilegios. Puede que por vengar alguna ofensa personal. Fuera cual fuese el motivo, representaba la herida más profunda posible para una organización que dependía en cierta medida de la confianza mutua, por pequeña que fuera.

Lo más probable, pensó Faraday, sería que se llevara a cabo alguna forma de investigación interna. Algún oficial superior del Departamento de Ética Profesional sería el encargado de reunir los trozos de Volquete y determinar quién exactamente había encendido la mecha. Aunque también este ejercicio suponía nuevos problemas. Los rumores de la existencia de Volquete ya habían crispado algunos ánimos, especialmente en el Departamento Central de Investigaciones, y la confirmación de la existencia de esta operación ultrasecreta acabaría por enemistar a los que ya se sentían parias, no merecedores de la confianza de la alta dirección.

La autopsia de Volquete probablemente duraría meses. La gente hablaría. El picor de unos cuantos se convertiría en una herida abierta. ¿Por qué esos tipos consiguen medio millón para su madriguera cuando a nosotros nos cuesta cobrar las horas extra? ¿Y cómo es que esos bastardos tan listos lo han mandado todo a la mierda? Faraday se podía imaginar los comentarios irónicos y amargados de los oficiales del Departamento Central de Investigaciones en todo el cuerpo. Hasta los otros detectives inspectores, los soldados de a pie en la guerra contra el crimen organizado, meterían alguna pulla.

La perspectiva, más que probable, llenó a Faraday de pesadumbre y, mientras la luz se iba apagando en el Solent, se detuvo en las sombras alargadas de la feria para reconsiderar la situación. Hasta el momento, su contribución a Volquete había sido menos que distinguida. Quizás ahora, pensó, había llegado el momento de hacer un poco de trabajo policial serio.

El fuerte Nelson, que coronaba la cresta de la colina de Portsdown, era una de la serie de fortificaciones de ladrillo rojo que rodeaban el gran arsenal victoriano de los muelles de Portsmouth. Desde aquí arriba, en la cima de la colina, resulta-

405

ba más fácil comprender las realidades geográficas que habían determinado el turbulento pasado de Pompey. La ajetreada extensión de la ciudad allí abajo quedaba punteada por mil semáforos de tráfico, y la prolongación meridional de la isla quedaba acotada por la negrura del mar circundante. Saliendo del coche y escrutando el agua, Winter pudo visualizar los tres fuertes marinos que habían protegido Spithead y las inmediaciones del puerto de la amenaza de una invasión francesa. Si alguien necesitaba una explicación de la insularidad de Pompey, de su determinación a dar la espalda al mundo, aquí la tenía. «Un lugar aparte —pensó Winter—. La excusa perfecta para toda una vida libertina y siglos de endogamia recreativa.»

Localizó a Harry Wayte en el interior de la Sala de Artillería, un museo cavernoso de centenares de años de chatarra militar. El detective inspector estaba de pie junto a un cañón de aspecto impresionante, conversando con un hombre mayor que llevaba una chaqueta de Barbour. La madera del cañón y su armón estaban incrustados con elementos decorativos de bronce. Winter aún leía el rótulo explicativo cuando, por fin, Harry se le acercó.

—Un recuerdo de las guerras contra los sijs. —Señaló el cañón con un gesto de la cabeza—. ¿Dónde estaríamos sin la India?

—Comiendo comida sosa. —Winter tendió la mano—. ¿Por qué no había venido aquí antes?

—Dímelo tú. Hay un recorrido turístico después de la obra. Yo, en tu lugar, lo seguiría.

Una modesta audiencia estaba ya sentada en el otro extremo de la sala. Harry Wayte condujo a Winter a los asientos reservados de primera fila. Hacía frío en la sala, y Winter se preguntaba si volver al coche para buscar su abrigo cuando un actor joven subió al semicírculo de tablas que hacía las veces de escenario improvisado. Llevaba pantalones hasta la rodilla y una camisa sin cuello. Se dejó caer en una silla solitaria, miró a su alrededor y sacó una carta.

—¿Dónde están los otros? —Winter hizo un gesto a Harry para que se acercara.

—Es un monólogo. Sólo está él.

—¿Habla solo?

—Así es. —Harry sonrió—. ¿Te suena familiar?

La obra duró aproximadamente media hora. Winter, cuyo gusto por el teatro raras veces se extendía más allá de las reposiciones de *Heartbeat*, se sintió curiosamente fascinado. Corría el año 1870. El joven pertenecía a la guarnición del fuerte Nelson, era empleado de un banco en Southsea y soldado voluntario a tiempo parcial. Pasaba tres semanas de verano aquí, en servicio de guardia, protegiendo Portsmouth de una amenaza francesa que menguaba rápidamente bajo la furia de una invasión prusiana.

La noticia de esa conflagración repentina había llegado al fuerte Nelson a través de las páginas del *Noticiero ilustrado de Londres*, y el joven había leído los partes de la guerra con inmensa envidia. Los franceses, escribía a su prometida, defendían la madre patria con su habitual bravura y se acercaban al objetivo contraataque tras contraataque de caballería, sable y bayoneta. Los prusianos, había que admitirlo, lo hacían bastante bien, a su manera metódica y deslustrada; pero el mundo entero aplaudía a los audaces coraceros franceses, con su empuje y su coraje de locos. Es mejor combatir así, concluía, que vivir como un topo durante semanas enteras, sacando la nariz de vez en cuando para comprobar si algún franchute ocioso había cruzado el canal de la Mancha por despiste.

Mientras duró la representación, Winter miró dos veces de reojo a Harry Wayte. El detective inspector parecía hechizado por el pequeño drama y asentía de vez en cuando, como para expresar su acuerdo. Un largo aparte sobre el avance imparable de la guardia prusiana en Saint Privat hizo aflorar una sonrisa muy especial a su cara asolada. «El prusiano está entrenado para ser un tanto lanzado cuando avanza —decía la prensa militar—. Acaba desarrollando un hondo aprecio por la música de las balas.»

—¿La música de las balas? —La obra había terminado, y Winter se levantó y empezó a patear el suelo para calentarse los pies.

—Es una cita de la época —explicó Harry—, sacada directamente de los despachos militares. En Saint Privat cayó el telón para los franceses. Los alemanes llegaron a París en pocas semanas.

Winter admitió su ignorancia, sorprendido. Que él supiera, los alemanes no se habían movido antes de 1914.

—No es así, colega. El año 1870 fue el ensayo general. Echaron un vistazo a los franceses y unos cuarenta años después se pusieron de nuevo en marcha. El soldado tuvo suerte de encontrarse en el lado bueno del canal de la Mancha. Con su actitud, hubiera sido un blanco fácil para los prusianos. Los tiempos cambian, Paul. —Señaló un obús de la primera guerra mundial que estaba cerca de ellos—. La tecnología ha avanzado, y ahora todos somos topos. ¿Te apetece ver el resto del fuerte? —Señaló a un grupo de invitados que salían ordenadamente por la puerta—. Me iría bien pasar un rato con los colegas antes de buscar un pub.

Con cierta reticencia, Winter aceptó hacer la visita turística. Un par de docenas de espectadores siguió al guía en tropel, cruzando el fuerte de cabo a rabo, atravesando estrechos túneles subterráneos, deteniéndose para entrar en un polvorín mientras el guía explicaba la importancia de resguardarse de explosiones accidentales. Bastaría una chispa involuntaria, dijo, para que el fuerte entero volara por los aires. Con tantas toneladas de pólvora en estos anchos sótanos abovedados, habría trocitos de soldadesca por toda la ciudad.

Ya pensativo, Winter siguió al grupo en su camino ascendente hasta emerger al aire frío de la noche. Minutos más tarde, se detuvieron en las almenas. El guía quería saber si deseaban preguntar algo.

Winter alzó la mano. Cerca de ellos se vislumbraban los bultos negros de los cañones.

—¿Por qué todos los cañones apuntan al norte? —preguntó.

—Porque es del norte de donde puede venir el peligro. Tenemos que protegernos de posibles desembarcos costa arriba. Un par de días de marcha, y la ciudad sería suya. —El guía sonrió y se tocó la nariz—. Esto es lo raro de Pompey. Son los peligros de tierra adentro los que deben preocuparnos.

Winter se quedó mirando la oscuridad ventosa. Por fin, empezaba a comprender.

—Tienes toda la razón —murmuró.

Faraday estaba sentado en el fondo de la catedral, dejándose envolver por el canto llano, desnudo y sin acompañamiento. Cantaban en estonio, y no entendía en absoluto el significado litúrgico de lo que escuchaba, si el mundo estaba abocado al infierno o al paraíso; pero en esos momentos no parecía que le importara. «Es mejor —pensaba taciturno— mantener mis opciones abiertas y no descartar absolutamente nada.»

Más temprano ese día, en una conversación con Willard, había trazado un círculo alrededor de los nombres de las cinco personas que conocían los secretos más íntimos de Volquete. Cuatro de ellas eran policías —Willard, Wallace, McNaughton y el propio Faraday—, y era prueba de su desgaire que dirigiera su atención precisamente a quien no pertenecía al cuerpo policial.

Bien era cierto que Gisela Mendel tenía razones sobradas para consolidar su relación con Mackenzie. El deseo de este último de comprar el fuerte era auténtico, suponía Faraday, y si Gisela se había dado cuenta de que Wallace no era más que un topo cuya sola función consistía en atrapar al único comprador verdadero, se habría sentido muy tentada de apoyar el juego de Mackenzie. Willard, por otra parte, habría estado loco en no prever —y prevenir— esta posibilidad. ¿Cuál era exactamente la auténtica naturaleza de su relación con esa mujer? ¿Estaba colado por ella, como le había parecido a Faraday la primera vez que los vio juntos? ¿Había sido Willard la razón del fracaso de su matrimonio?

Este tipo de preguntas apuntaban a temas muy delicados, y Faraday lo sabía. En el mejor de los casos, Willard era culpable de haber permitido que Gisela se acercara demasiado a la trama para la captura de Mackenzie. Esto indicaría ingenuidad de parte de él e interés calculador de parte de ella. En el peor de los casos, una eventualidad casi impensable, el propio Willard podría tener que ver con Mackenzie a través de Gisela Mendel. Era de suponer que Mackenzie estaría dispuesto a pagar una suma apreciable, no sólo para asegurar la adquisición del fuerte, sino también su propia evasión de las garras de la Operación Volquete. ¿Qué solución más sencilla que, supongamos, 100.000 libras en el bolsillo de atrás de su principal perseguidor?

Faraday sonrió a la ocurrencia y se reacomodó en el duro asiento de la catedral, consciente ya de que este tipo de especulaciones no lo llevarían a ninguna parte. Willard era un auténtico obseso del control. No era capaz de prepararse una taza de té sin hacerse con el control absoluto de toda la cocina. Si aceptara dinero de un tipo como Mackenzie, sería como entregarle una pistola cargada. ¿Por qué pasaría Willard el resto de su vida a manos del hombre que había jurado meter entre rejas?

Faraday descartó la idea y se dedicó a repasar la reunión crucial del día anterior en el hotel Solent Palace. Ante la insistencia de Willard, había vuelto a escuchar la grabación, centrándose en el momento cuando la conversación tras el ventanal tomó un repentino rumbo hacia lo peor. Entre las conversaciones subsiguientes podría ocultarse alguna pista, una pequeña marca de tiza sobre el árbol, algo que abriera el camino a la investigación. Había escuchado la grabación un total de tres veces, percibiendo la ira en la voz de Mackenzie, el resentimiento por saber que le estaban tendiendo una trampa, su convicción —del todo verdadera— de que sus días de manejo activo de la cocaína pertenecían al pasado y de que se merecía algo de crédito por la transformación que había conseguido y que afectaba a su propio destino y el de Pompey. En última instancia, era una cuestión de estatus. La mariposa había salido de su crisálida y ya no era un gusano. Era el rey de la ciudad.

Faraday sintió una punzada de reconocimiento. Se enderezó en el asiento y se obligó a repasar lo que recordaba de la grabación, a identificar aquella frase que se le había escapado a Mackenzie. Estaba allí. Lo sabía. Podía sentir su ritmo en la cabeza, su metro delator, la onda de ira incandescente que incriminaba a Mackenzie. Algo nimio. Algo relacionado con sus raíces. Algo sobre Copnor. Entonces, al tiempo que el pasaje final del canto empezaba a desvanecerse, Faraday supo. «Un matón de poca monta de los barrios bajos de Copnor.» Esto fue lo que dijo.

Mientras la audiencia empezaba a aplaudir y los cantores hacían su reverencia, Faraday se apoyó en el respaldo de su asiento, asombrado con las implicaciones de su descubrimiento. Un matón de poca monta de los barrios bajos de Copnor. Ni más ni menos.

Instantes después, alguien le tocó levemente el hombro. Faraday se dio la vuelta. Nigel Phillimore estaba de pie detrás de él. Al día siguiente habría una modesta recepción en honor de los estonios en el hotel Sally Port. El coro tenía que volver a Talin, y la catedral quería agradecerles su trabajo. Si a Faraday le apetecía estar presente en la despedida, sería más que bienvenido. A las siete de la tarde.

Faraday lo miraba sin apenas comprender lo que le decía.

—Claro —sonrió—. Haré lo que pueda.

Un par de millas al este del fuerte Nelson, con una vista aún mejor de la ciudad, había en la cima de la colina un pub que se llamaba Churchillian. Winter y Harry Wayte llegaron hasta allí cada uno en su coche. Ahora estaban sentados a la misma mesa junto a la ventana, ya casi habían terminado su primera jarra de cerveza y comentaban el papel de Pompey en la defensa del territorio.

—Sangre y tesoros —gruñó Wayte—. Mientras sonaban las trompetas y redoblaban los tambores, no había ciudad más rica en el reino entero. En el instante mismo de terminar la guerra, volvían todos a la carretera, corriendo desbocados hacia Londres. Por eso los tipos de Pompey son tan pillos. Por eso los jóvenes están casi siempre enloquecidos. Lo llevan en los genes, colega. —Asintió con énfasis—. Sangre y tesoros.

—¿La sangre de quién?

—La nuestra.

—¿Y el tesoro?

—Del rey. —Wayte alzó su jarra—. Por septiembre.

Wayte pensaba jubilarse en septiembre. Oyéndolo hablar, viéndolo con sus colegas de paisano en el fuerte Nelson, Winter sentía unas pequeñas punzadas de envidia. En lo que a él mismo se refería, no le importaba admitir que la perspectiva de dejar de trabajar le aterrorizaba. No tendría la menor idea de qué hacer con los días vacíos que lo esperarían en adelante. Harry, en cambio, estaba impaciente.

Winter lo vio apurar la jarra y se fue a la barra a repostar. Cuando volvió a la mesa, Wayte estaba inmerso en la lectura de un ejemplar abandonado del *Sunday Telegraph*.

—¿Qué vas a hacer, pues?

—¿Cuándo? —Wayte alzó la vista y dobló el periódico.

—Después de septiembre.

—Ah… —Sonrió—. ¿Quieres una lista?

En primer lugar, se dedicaría al mantenimiento largamente

411

aplazado de su pequeña flota de maquetas de buques de guerra. El Día de Trafalgar habría una gran batalla en las aguas del lago Canoe, y necesitaba que sus fragatas estuvieran en plena forma para el combate. A continuación, después de llevar a su señora al viaje prometido a Venecia, se uniría al proyecto de Hilsea Lines.

—¿De qué se trata?

—Allí abajo. —Wayte señaló la oscuridad con la cabeza—. Unos tíos que se han unido para llevar a cabo un proyecto de restauración. El sitio permanecía salvaje, y algunas partes siguen siéndolo. Han abierto caminos, han arreglado algunas de las casamatas, han hecho un poco de investigación. Conozco a un par de tipos del trabajo que están metidos en ello. ¿Yo? Estoy impaciente. Salud. Por los días felices.

Cerró su enorme mano en torno a la jarra. Hilsea Lines era el círculo interior de las obras de defensa que protegían la costa septentrional de la isla de Portsea, una confirmación más del estado de alerta permanente de la ciudad de Pompey. Cualquiera que estuviera seriamente interesado en esta pequeña urbe marcial tendría que luchar por ella.

—¿Qué pasa con Valentine? —Wayte se había cansado de la cháchara social.

—Estoy pensando en comprar uno de sus coches.

—¿Y por eso querías verme? —preguntó Wayte estupefacto—. ¿Para hablar de los coches de Valentine?

—Sí. —Winter le sonrió—. ¿Por qué otra razón podría interesarme?

La pregunta era un desafío directo, y Wayte lo sabía. Se apoyó en el respaldo de la silla, observando a Winter y tratando de calibrar las verdaderas causas de su interés.

—Valentine se va —dijo al fin—. Lo vende todo. Se larga. ¿Lo sabías?

—Sí. Y me preguntaba por qué.

—Porque ya ha tenido suficiente.

—Suficiente ¿de qué?

—De esta ciudad de mierda. El tipo ha ganado mucha pasta, no le ha ido mal con los coches. Tiene… ¿qué? Cuarenta, cuarenta y cinco años… A esa edad, aún te queda mucho tiempo que aprovechar. No se lo puedes tener en cuenta.

—¿Adónde va?

412

—A España, que yo sepa.

—¿Marbella?

—Puede ser. Parece que medio Pompey vive allí abajo. Que le vaya bien, es lo único que puedo decir.

—¿Por qué no te vas tú también? Si ésta es una ciudad de mierda…

—Porque a mí no me molesta, no de la manera en que molesta a los tipos como Valentine. He vivido aquí toda la vida, como hizo mi padre, como hizo mi abuelo. En aquellos tiempos, te procurabas una buena educación, aprendías a valerte por ti mismo, te hacías al mar y luego buscabas un empleo decente. ¿Yo? Hasta hace poco estaba encantado con todo, aunque esto es culpa del trabajo, no mía. Pompey es mi casa, Paul. Y mi señora no soporta el sol español.

Winter asintió. Sabía exactamente a qué se refería Harry.

—Cathy Lamb mencionó cierta información que conseguiste hace un par de días —dijo con cuidado—. Sobre un gran cargamento de coca. ¿No tendrás más detalles, por casualidad?

—Me temo que no.

—¿No tienes detalles, o no quieres compartirlos conmigo?

—No tengo más detalles. Hay un par de agentes con las orejas pegadas al suelo. Los precios de la calle han bajado. Esto indica que es algo más que un rumor.

—¿No aparecen nombres?

—No. —Wayte buscó la jarra—. ¿Por qué preguntas?

—Estaba pensando en Bazza.

—No. —Wayte negó con la cabeza—. Decididamente, no. Bazza ya no está en primera línea, se ha metido en otras cosas, está demasiado ocupado haciéndose pasar por hombre de negocios.

—¿No crees que sigue interesado en el asunto?

—Esto es diferente. No sé cómo coño se podría demostrar, pero me extrañaría que no ayudara a otros, para que todo quede en familia. ¿De dónde, si no, podría sacar tanto dinero? Es una simple cuestión de aritmética, colega. Dame un papel y te demostraré cómo funciona. Enormes beneficios. Riesgo cero. —Tomó un largo sorbo de cerveza—. ¿Cómo es posible que no estés al tanto? Creí que pertenecías a la brigada de Cathy.

—Y así es.

—¿De qué va esto, entonces?

Winter había previsto la pregunta. Por una vez, apenas había probado la segunda jarra de cerveza.

—¿Significa algo para ti la palabra Volquete?

—Claro que sí. Es una operación encubierta para ineptos. Salió de Crímenes Mayores, ¿no es así?

—Dímelo tú. Yo sólo oigo cotilleos.

—Yo también, pero me parecen acertados. El problema es que una cosa así no puede funcionar.

—¿Estamos hablando de Bazza?

—Sí. El objetivo es correcto, pero esos tipos han llegado con cinco años de retraso. El momento de trincar a Mackenzie era cuando estaba en las trincheras, corriendo sus riesgos. Ahora ni te puedes acercar. Sería mejor recorrer la cadena de mando y buscar a los Bazzas en ciernes. Es a ellos a los que hay que apuntar.

—¿Crees que esto serviría de algo?

—En absoluto. Vosotros estuvisteis corriendo tras los *scousers*, ¿verdad? Es una cuestión de oferta y demanda, colega, no de ciencia espacial. Quita a los lugareños de la escena, y lo único que consigues es abrir la puerta a esos chiflados. Como en Irak. Imagínate que ganamos la guerra. Imagínate que matamos a Sadam. Y que después el país se viene abajo. ¿Qué pasaría dentro de un año? Todo el mundo buscará como loco a un hombre fuerte, a alguien capaz de controlar a los iraquíes, capaz de imponer un poco de orden.

—¿Un Bazza?

—Un Bazza, sí. Él tenía la ciudad controlada hasta que aparecieron los *scousers*. Ahora reina el caos.

—¿Es por culpa de Volquete? ¿Por intentar derribarlo?

—Ni idea, colega. Quién sabe, hasta podrían obtener resultados, a pesar de todo lo que digo. Aunque esto no resolverá el problema. No, cuando los jóvenes no quieren otra cosa que colocarse. Es muy sencillo, Paul, te lo digo yo. Oferta y demanda. La magia del capitalismo. Gracias a dios, pronto lo dejaré todo atrás.

—¿O sea, que no tiene ningún sentido intentarlo siquiera?

—No tiene ningún sentido pensar que se puede resolver el problema. Intentarlo es otra cosa. Es lo que hacemos. El problema con los tipos como yo es que lo hemos intentado tanto a lo largo de toda nuestra vida, que las conversaciones como ésta ya nos resultan dolorosas. —Asintió con beligerancia y con los ojos húmedos—. A tu edad, Paul, las cosas pueden ser diferentes. Aún eres lo suficientemente joven para engañarte y pensar que conseguirás algo.

—En mi vida he pensado eso.

—¿No? ¿Por qué te molestas, entonces?

—Porque me divierte.

—Pues esto te convierte en un bicho raro. Los tipos como yo acabamos quemados, porque nos creímos capaces de conseguir resultados y luego, un día, nos despertamos por la mañana y supimos que no había absolutamente nada que hacer. Para empezar, el problema es demasiado amplio. Luego, no tenemos la menor idea de qué hacer al respecto. Somos como los militares, siempre estamos librando la guerra equivocada.

—¿Y cuál es la respuesta?

—¿A mí me lo preguntas?

—Sí.

—Guardar la navaja.

—¿Y el resto de nosotros?

—Ni idea, colega. —Alcanzó la jarra—. ¿Y sabes algo más? Me importa un bledo.

Faraday cogió un taxi de vuelta a la casa del capitán de barcazas. Lo esperaba un mensaje de Eadie en el contestador automático. Sonaba entusiasmada, quería decirle algo; por un momento, se sintió tentado de llamarla. Luego cambió de opinión y se sirvió un par de plátanos del frutero.

Fuera, en el recuadro de césped que había entre la casa y el camino de sirga, devoró el segundo plátano antes de cruzar la puerta que chirriaba y enfilar el camino hacia el norte. La marea alta lamía las paredes del mar, y en la medida en que se alejaba el golpeteo de las drizas en el puerto, empezó a percibir el graznido de los gansos mar adentro. Para mayo, pensó, esas aves ya se habrían marchado para volver a sus criaderos de Siberia. En octubre estarían de vuelta en el puerto con sus crías, una parte del lento pulso de los meses en el que Faraday encontraba un consuelo cada vez mayor. Por muy mal que fuera el trabajo, esos gansos volverían al puerto.

A un kilómetro y medio de la casa del capitán de barcazas, el camino de sirga se dirigía tierra adentro, rodeando la escollera donde las dragas descargaban arena y grava, y Faraday se detuvo en la noche ventosa. Ya estaba seguro de la frase de Mackenzie que se le había quedado grabada en la mente. Hasta podía recordar el momento en que la oyó por primera vez. No ayer, sentado en el Jaguar de Willard delante del hotel, sino días atrás, en el cuartel general de Volquete en la Isla de las Ballenas.

Para ayudar a Faraday, Prebble había dedicado buena parte de la mañana a dibujar un perfil de Mackenzie. El joven contable había llevado al joven detective inspector de la mano por la vida del sujeto, explorando los atajos que había tomado, explicando cómo había convertido el consumo ocasional de drogas en una fortuna multimillonaria, presentando a los amigos profesionales que se había hecho en el camino. Luego, casi al final de su impresionante exposición, hubo una inesperada intervención de Imber. Algo le había irritado. Quizá las agallas de ese hombre. Quizá la gran magnitud de su éxito. Por la razón que fuera, dejó bien claro que era tarea de Volquete despojar a Mackenzie de sus tesoros. Así, dijo Imber, volvería a ser lo que era: un matón de poca monta de los barrios bajos de Copnor.

Segundos más tarde y gracias a Joyce, Faraday se encontró repasando un montón de fotos de boda, en las que la hija de Mackenzie aparecía rodeada de docenas de ciudadanos selectos de Pompey. Aún podía recordar los rostros flácidos y adinerados que sonreían a la cámara delante de la catedral, aunque era esa frase la que quedó grabada en su memoria: «Un matón de poca monta de los barrios bajos de Copnor».

Faraday se dio la vuelta y enfiló el camino hacia las luces distantes de la casa del capitán de barcazas, preguntándose quién había pasado la información. Visualizó las tres caras en torno a la mesa: Prebble, Imber y Joyce. ¿Por qué demonios cualquiera de ellos delataría Volquete a Mackenzie?

23

$\mathcal{F}$araday llegó tarde a Kingston Crescent, retrasado por un accidente que se había producido en Milton. Llamó a la puerta de Willard y entró en el despacho del detective superintendente, donde Brian Imber y Martin Prebble ya estaban sentados a la mesa de reuniones. Willard seguía sentado tras su escritorio, inmerso en una conversación telefónica especialmente complicada, y Joyce se afanaba en la cocina adyacente.

—¿Sheriff? —Se le acercó por detrás.

Faraday la dejó pasar con la bandeja de los cafés y se sentó a la mesa. Imber quería saber qué estaba pasando. A los tres se les había denegado la entrada en la caseta de guardia de la Isla de las Ballenas. Y lo que era más preocupante: habían tenido que entregar sus pases de seguridad.

—Todo a su tiempo, Brian. —Willard se les unió, al fin. Ocupó el asiento a la cabeza de la mesa e hizo una mueca al probar el café. Joyce raras veces empleaba menos de dos cucharadas de instantáneo.

Imber seguía mirando a Faraday. Éste ya podía sentir las sospechas que se cernían tras la tensa sonrisa. El colapso de Volquete, pensó, había hecho estragos. Y una de las víctimas bien podría ser su amistad con este hombre.

Willard inició la reunión con un resumen sorprendentemente caótico de la manera en que habían intentado atrapar a Mackenzie.

Faraday no sabía si era por turbación o por puro agotamiento, pero la verdadera forma de la trampa se fue dibujando con enorme lentitud. Una vez concluido el preámbulo de

Willard, fue Imber —inevitablemente— quien solicitó aclaraciones.

—¿Mackenzie iba detrás del fuerte?

—Y tanto.

—Que estaba en venta. ¿O no?

—Lo estaba, en lo que a él se refería.

—Y después lo estuvo de veras. Por las circunstancias de la mujer.

—Exacto.

—¿Y qué pasó?

Ahora Willard se mostró brusco. La reunión se había planeado para el día anterior, a la hora de comer. El apoyo mínimo garantizaba el secreto de los detalles. Wallace y Mackenzie se encontraron en el bar y fueron al restaurante. La conversación subsiguiente fue escuchada y grabada. Media hora después de empezar a comer, quedó claro que Wallace había sido descubierto. No sólo Wallace, sino el propio Volquete. Juego, set y partido para el señor Mackenzie.

—Acabo de hablar con Jefatura. —Willard señaló con la cabeza el teléfono que había encima de su escritorio—. Quieren interrumpir la operación. A partir de este momento, Volquete se ha echado a perder, en lo que a ellos se refiere.

—¿Echado a perder? —Faraday nunca había visto a Imber tan enfadado—. ¿Por eso nos impidieron la entrada esta mañana? ¿Porque vosotros la cagasteis con la operación?

—Tranquilo, Brian —dijo Willard—. Esto no es fácil para ninguno de nosotros.

—Seguro que no, señor. Pero tengo curiosidad. Llegamos al trabajo. Nos deniegan el acceso. El tipo de la puerta dice que la oficina ha sido sellada, que han apostado guardias y han cambiado las cerraduras. Esto lo convierte en el escenario de un crimen. ¿O me equivoco?

—Sí —asintió Willard—. Así es.

—Genial. El viernes por la noche me fui a casa pensando que, por fin, llegábamos a alguna parte. Vi el material que ha preparado Martin, el balance de las cuentas de Mackenzie, y pensé que la cosa pintaba bien. Tan bien que ayer llevé a mis chicos a Londres y ni me acordé de Volquete un solo momento. Esto es raro, créame. Y esta mañana descubro que todo está por tierra. ¡Bum!, año cero, no queda nada. Y no sólo esto, sino que somos todos sospechosos de dar el soplo sobre una trampa de la que no sabíamos absolutamente nada.

—¿Qué te hace pensar eso?

—Discúlpeme, señor, pero no creo que se lo haya pensado bien. Investigarán nuestros expedientes, nuestros correos electrónicos, nuestros teléfonos, todo. ¿Pretende decirme que se trata de una especie de ejercicio?

—En absoluto. Podemos limitar mejor los daños.

—Los daños ¿para qué? ¿Para quién?

—Para Volquete. Para todos nosotros. Para el cuerpo policial en su totalidad. Repito: Mackenzie está enterado de todo. Esto significa que alguien se lo dijo. Y esto significa que debemos descubrir quién fue.

Imber quedó callado por un momento. Tenía demasiada experiencia como policía para dudar por un instante acerca del curso que seguirían los acontecimientos a lo largo de las próximas semanas. Con tanto lodo en la cara de Volquete, alguien tenía que empezar a limpiarla.

—¿Estamos suspendidos? —preguntó al fin—. Sería interesante saberlo.

—No. —Willard negó con la cabeza—. El señor Alcott y yo lo consideramos, pero pensamos que no es necesario, de momento.

—¿Quién dirige la investigación? —Imber miró a Faraday.

—A mí no me preguntes, Brian. —Faraday se sentía impotente—. Estoy tan pringado como tú.

—Aún más, señor, con todos los respetos. Usted estaba allí ayer. Es de suponer que conocía la trampa.

Willard se movió.

—También yo, Brian, si te sirve de consuelo. Esto no nos lleva a ninguna parte.

—Señor Willard. —Prebble levantó la mano—. Ya sé que no es asunto mío, pero no está claro dónde ha quedado la operación.

—En ningún sitio. Acabo de decirlo. Jefatura ha firmado su acta de defunción.

—O sea que… —Prebble frunció el entrecejo, en un esfuerzo por seguir la lógica de sus palabras—. ¿Nunca actuaremos contra Mackenzie?

—Exacto.

—¿Ni contra sus abogados? ¿Sus contables? ¿Todos esos beneficiarios?

—Correcto. Salvo que cambien de opinión en Jefatura.

—Esto no tiene sentido. ¡El trabajo de más de un año! Es una locura.

—Estoy de acuerdo.

Prebble miró de reojo a Imber, en un esfuerzo mudo por conseguir su apoyo, pero Imber parecía estar en estado de choque. Su rostro, siempre relajado, se había desmoronado. «Aquí hay un hombre —pensó Faraday— que acaba de presenciar la demolición de la obra de su vida en menos tiempo del que le llevó afeitarse por la mañana.» Trincar a Mackenzie, había dicho Imber, era lo más parecido a arrancar el mal de raíz. Y ahora, el objetivo principal de Volquete estaba fuera de su alcance.

Willard estaba describiendo el camino a seguir. Dadas las implicaciones potenciales de Volquete, el jefe había ordenado que el Departamento de Ética Profesional llevara a cabo una investigación a fondo. Todos los miembros del equipo de Volquete, incluido el propio Willard, deberían en su momento presentarse para ser interrogados. Entretanto, a todos —con excepción de Prebble— les serían asignadas otras tareas.

Esta vez fue Joyce quien levantó la mano.

—Voto por un velatorio. —Miraba a Faraday—. Es lo mínimo que nos debe Volquete.

Finalizada la reunión, Faraday fue el último en abandonar la mesa. Había llegado a la puerta cuando Willard lo llamó. Estaba de pie delante de su escritorio, poniendo en marcha su portátil. Al final, tecleó el nombre de un archivo.

—Prebble me lo envió por correo electrónico ayer noche, ya tarde. Hay algo que deberías ver.

Faraday reconoció el análisis de bienes que Prebble había compilado el viernes por la tarde. Si el contable no se hubiera marchado tan aprisa para la estación de trenes, lo habría leído antes.

—Aquí. —Willard había saltado a la última página. Bajo «Activos varios», Prebble había incluido un pago de 7.000 libras esterlinas de Bellux Ltd. a una empresa local llamada Ambrym. Faraday sintió que la sangre se le helaba en las venas. Bellux Ltd. era la más activa de las numerosas empresas de Mackenzie, la máquina que tiraba de su imperio comercial. Una nota explicativa aclaraba que el dinero correspondía a una contribución única a un vídeo de educación sanitaria.

—¿Ambrym? —Willard miró a Faraday.

—Es la empresa de Eadie.

—¿Y el vídeo?

—Es el mismo en el que ha estado trabajando J.J.

—¿De qué trata, exactamente?

—De la heroína.

—¿Auspiciado por el tipo que se ha pasado la vida vendiendo drogas? Si no fuera lunes, diría que se trata de una broma. ¿Qué coño está pasando aquí?

—No tengo la menor idea, señor. —Faraday no podía apartar los ojos de la pantalla. Producciones Ambrym. Cinco de noviembre de 2002. Siete mil libras esterlinas. «El pulso», pensó.

Willard se apartó del escritorio. El día anterior había dejado sus huellas en él: ojeras de fatiga y una arruga ensangrentada debajo del mentón, donde debió escapársele la cuchilla de afeitar.

421

—No deberíamos mantener esta conversación, Joe, pero permíteme que te recuerde lo evidente. Los oficiales de la investigación están buscando móviles. Tú vives con esta mujer. Quieres lo mejor para ella. Quieres que tenga éxito. Siete mil no es un móvil muy grande, pero sirve para empezar. ¿Me captas?

Faraday asintió con la cabeza. No tenía nada que decir. Vagamente, oyó que Willard le pedía que redactara una lista del personal de la Isla de las Ballenas que pudo tener acceso a las oficinas de Volquete: el equipo de la limpieza, los proveedores de comida, los técnicos de la fotocopiadora, etc. Quería una lista completa encima de su escritorio la mañana siguiente.

—¿De acuerdo?

—Sí, señor. —Faraday se acercó de nuevo a la puerta—. Ese pequeño trabajo de Cathy Lamb… —empezó a decir.

—¿Lo de esta noche? ¿Mike Valentine? ¿El transbordador? —Willard miró largamente a Faraday y luego meneó la cabeza—. Lo último que Cathy necesita es nuestra ayuda, Joe. Le he dicho que se haga cargo de todo.

Υ

Ya era media mañana cuando Secretan llamó a Cathy Lamb a su despacho. El superintendente en jefe había recibido el informe completo de la operación a bordo de *El orgullo de Portsmouth* y le había dado su aprobación. Aunque comprendía que la operación era meramente especulativa, que se basaba en pruebas poco consistentes, necesitaba urgentemente un par de titulares a su favor en la guerra mediática que tan rápidamente cobraba intensidad. La semana pasada, el *News* había encabezado dos veces su edición vespertina con reportajes sobre la droga, amenizados con generosas narraciones de extrema violencia. «Aunque la ciudad haya sobrevivido al bombardeo —le dijo a Cathy—, a este paso, la mitad de la población ya estará pensando en evacuar.»

A la hora de comer, esperaba una visita oficial del condestable en jefe y un séquito de eminencias varias. Portsmouth había sido elegido como ejemplo representativo de una Unidad Básica de Mando dirigida con eficacia y que realizaba serios progresos según el organigrama contra el crimen del Ministerio del Interior. Sería bueno disponer de las últimas cifras de víctimas antes de la llegada de los distinguidísimos.

A Cathy le caía bien Secretan. Irradiaba ese tipo de exasperación callada que ella había convertido en un modo de vida. No tenía sentido decirle nada más que la verdad, pensó.

—Buenas noticias para empezar, señor. ¿Se acuerda del *scouser* que detuvimos en la estación? ¿El que relacionamos con Nick Hayder tras el análisis de ADN? Los de la científica creen que a Hayder pudieron arrastrarlo antes de dejarlo tirado. Luego el chico que conducía puso marcha atrás y lo atropelló.

—Bonito. —Secretan miraba fijamente por la ventana—. ¿Ya le habéis acusado?

—Anoche, señor. Sigue en el hospital, bajo vigilancia. No tiene coartada para la noche del martes. Dice que se fue de la ciudad, pero no recuerda adónde.

—¿El móvil?

—No estamos seguros. Yo creo que Nick se topó con él por casualidad cuando salió a correr, juntó cabos y lo desafió. El resto ya lo sabemos.

—Creí que eran dos.

—Probablemente, sí. Hace días que intentamos pillar al otro, le hemos tendido una pequeña trampa, pero sin resultado. Si quiere mi opinión, creo que los *scousers* han puesto pies en polvorosa.

—¿Por qué?

—Nuevos horizontes, señor. Además de la llegada de los *yardies*. Como usted ya sabe.

Secretan parecía deprimido. Tras meses de acoso de una unidad especializada de la metropolitana, los traficantes jamaicanos abandonaban Londres para buscar beneficios en otra parte. La Operación Tridente pudo constituir un éxito clamoroso, un golpe contra el crimen armado de negros contra negros; pero, en opinión de Secretan, en lugar de resolver el problema, lo habían desplazado. La pesadilla más terrorífica de todo superintendente en jefe incluía a las bandas de *yardies* y, en el caso de Pompey, la pesadilla estaba a punto de hacerse realidad.

Secretan apartó la silla del escritorio y se puso de pie. En los días despejados, desde la ventana de su despacho se podía divisar la distante línea de fuertes que coronaban la colina de Portsdown. Se quedó inmóvil delante de la ventana, inmerso en sus pensamientos, y luego se volvió hacia Cathy Lamb.

—¿Garitos de crack? —preguntó con voz débil—. ¿Machetes? ¿Mamporros? ¿Dónde terminará todo esto?

Faraday llegó a Hampshire Terrace a media tarde. Encontró a J.J. sentado delante del ordenador, visionando fragmentos de vídeos de Al Jazira. En la pantalla, algunos soldados estadounidenses, prisioneros de los iraquíes, desfilaban con aspecto receloso delante de las cámaras de la prensa internacional. Observando sus expresiones, Faraday se dio cuenta de la indefensión de ambos ejércitos ante unas decisiones políticas tomadas en el otro lado del mundo. Aquellos jóvenes apenas habían salido de la adolescencia. Con toda su armadura de alta tecnología y sus cascos provistos de chismes electrónicos, no entendían nada del pueblo que habían ido a liberar. Ahora, como prisioneros de guerra, estaba claro que esperaban lo peor.

Faraday puso la mano en el hombro de J.J., sobresaltándole.

423

—Necesitamos un mundo sin políticos —indicó con señas—. ¿Puedes poner esto en tu vídeo?

J.J. reflexionó sobre el desafío por un momento. Luego, para el inmenso alivio de Faraday, sonrió.

—Eadie te ha estado buscando —respondió el chico con señas—. Creo que se ha ido a casa.

—¿A casa?

—Al apartamento.

Faraday vio el Suzuki maltrecho de Eadie aparcado en el paseo marítimo, enfrente del hotel reconvertido donde estaba su apartamento. Metió el Mondeo en una plaza contigua y se quedó tras el volante por un momento, pensando en cómo manejar lo que inevitablemente habría de suceder.

Willard le había dejado absolutamente claro que lo consideraba implicado en la aceptación de Ambrym del dinero de Mackenzie. Cualquier oficial superior de la investigación, cualquier tribunal, afrontaría la relación con profundo recelo. Por otra parte, los últimos días habían conmocionado a Faraday hasta la médula y ya se daba cuenta de lo mucho que echaba a Eadie de menos, incluso de maneras que no dejaban de sorprenderle. Siendo ella como era, probablemente no tenía conciencia de una crisis entre ambos; aunque en cierto modo, de esto se trataba. Eadie era una de las grandes optimistas de este mundo. Su fe en sus propias capacidades era ilimitada y tenía agallas para enfrentarse a cualquier desafío. El resto, como ella tan a menudo afirmaba, eran palabras.

La encontró en el piso, encaramada en un taburete junto al teléfono. En el momento de verlo, le mandó un beso y señaló el hervidor. Quería —necesitaba— una taza de té. Faraday se ocupó del Earl Grey y consiguió encontrar un paquete de obleas de jengibre en la lata donde Eadie solía guardar galletas.

La conversación telefónica se estaba acalorando. No, no tenía la menor intención de ganar dinero con este asunto. La película se ofrecería a los colegios a precio de coste. De haber demanda alguna, podría duplicar las cintas a cincuenta peniques la unidad. Incluidos los gastos de correo, no había colegio en el país que no pudiera afrontar un gasto de dos libras para tener una visión de la verdad. Cuando la voz en el otro extremo volvió a argumentar, lo cortó en seco.

—Me importa un huevo lo que piensa —dijo—. Si es tan importante, le enviaré un cheque. —Colgó el teléfono y meneó la cabeza—. ¡Capullo!

—¿Quién era?

—Un tipo que se llama Mackenzie. Resulta que subvencionó mi película. Ahora quiere el cincuenta por ciento de los beneficios. ¡Beneficios! ¡Qué grosería!

—¿Qué más te ha dicho?

—Que quería ver el vídeo. Le dije que encantada. Entonces empezó con esas chorradas de la mercadotecnia, los derechos de autor y las ventas por un tubo.

—¿La frase fue de él, o es tuya?

—Por favor, Joe. ¿Cuándo hablo yo así?

—Cuando estás de determinado humor.

—¿De veras? ¿Tan horrible soy?

—Cuéntame más. —Faraday señaló el teléfono.

—Eso es todo. —Eadie cogió una galleta—. Evidentemente, Doug le vendió el vídeo por teléfono, y no podía esperar para convertirlo en un gran beneficio. Le he dicho que se vaya a la mierda. Lo habrás oído.

Faraday asintió. Sólo había visto a Doug Hughes en una ocasión. Eadie lo vio en uno de los pubs que frecuentaban e insistió en hacer las presentaciones. Hughes iba acompañado de una rubia bastante impresionante, y tras cinco minutos de conversación, Faraday decidió que le caía bien.

—¿Cómo es que Doug conoce a Mackenzie?

—Ni idea. Ese hombre debe de estar forrado. A Doug siempre le ha impresionado el dinero. No lo puede evitar, es como la llama para la mariposa.

—¿Tienes alguna idea de cómo se gana la vida Mackenzie?

—No. Aparte de desplumar productoras de Australia.

—Es traficante de droga. —Faraday ya no veía razón alguna para mantener el secreto.

—¿Mackenzie? ¿Hablas en serio?

—Muy en serio. ¿De veras no lo sabías?

—No tenía la menor idea. Lo único que vi fue el cheque. Sin las siete mil, esto no habría podido ser. —Se lo quedó mirando por un momento—. ¿Quieres ver la versión definitiva?

Tenía un VHS con la grabación en la mochila. Mientras Faraday servía el té, Eadie se arrodilló delante del reproductor y encendió la televisión. Instantes después, Faraday se dio la vuelta y se encontró ante el primer plano de una aguja que buscaba la vena. Eadie se sentó en la alfombra, completamente absorta en el vídeo. Cuando Faraday se acercó con el té, se recostó para apoyarse en él.

—Lo que viene es increíble —murmuró—. No te lo pierdas.

Winter había pasado la mayor parte del día calculando cuándo llamar a Mackenzie. Si lo hacía demasiado pronto, le daría tiempo para hacer averiguaciones por su parte. Si lo hacía demasiado tarde, perdería el barco.

El transbordador zarpaba a las once de la noche. Según Jimmy Suttle, Trudy, su madre y Valentine celebrarían una cena temprana de despedida en un restaurante que les gustaba, en Chichester. Después llevarían a Trudy de vuelta a Buriton. Una última visita a la casa de Waterlooville para recoger algunas cosas y luego enfilarían la A3 dirección a la terminal de transbordadores.

«Sobre las seis será perfecto», pensó Winter. Ahora, después de oír en la radio del coche la noticia de la muerte en acción de otro brigadista británico, hizo la llamada. Mackenzie contestó en seguida.

—Señor Winter. —Se reía.

Debió de haber guardado el número en su directorio.

—Es la segunda vez en menos de una semana.

—Tenemos que vernos.

—¿Por qué?

—Quiero quitarme un peso de encima. Un encuentro informal sería mejor, si sabes a qué me refiero. ¿Dónde estás?

—En mi despacho.

—¿En Kent Road?

—Correcto.

—Espérame allí. Llegaré en diez minutos.

Winter no esperó confirmación. Del otro lado de la calle veía la gran mansión que Mackenzie había convertido en sede central de sus negocios. Desde su última visita, los muros de las propiedades colindantes habían sido el blanco de nuevas pintadas. Aún no había ninguno en las almenas pulcramente enlucidas de Bazza.

Medio esperando que Mackenzie se marchara, Winter acabó de escuchar las noticias antes de cruzar la calle. Mackenzie en persona abrió la puerta. Llevaba tejanos de corte elegante y una camiseta blanca. La risa había desaparecido de su cara.

—Más vale que esto sea importante —dijo—. He tenido que cancelar una reunión por tu culpa.

—¿Subimos?

Winter pasó por su lado y empezó a subir la escalera. En el descansillo, Mackenzie se adelantó. Las luces estaban encendidas en el despacho al final del pasillo. Winter no esperó a que le invitaran para sentarse.

—Estoy enfadado contigo —dijo suavemente—. Mucho.

—¿Ah, sí? ¿Y por qué?

—Por lo que le pasó a Suttle.

—Se pasó de la raya.

—Te equivocas, Baz. Tú te pasaste de la raya. Pudiste hacerle mucho daño.

—Lástima que no fue así. Chris me dijo que cayó como un saco. ¿Qué problema tenéis estos días? ¿No encontráis tipos decentes a los que reclutar? Oye, si sólo has venido para decirme esto, ya puedes largarte. Lo que pasó el domingo fue culpa de tu amiguete. Tuya, incluso.

—¿Mía? ¿Cómo se entiende esto?

—¿Acaso no te lo advertí? ¿No te dije que dejaras a mi Trude en paz?

—¿Tu Trude? —Winter se rió.

—Sí, mi Trude. ¿Tienes algún problema con esto?

—Para nada. —Winter se apoyó en el respaldo y consultó su reloj—. Parece que Mike Valentine se larga.

—Exacto. Con el barco de esta noche. A Fuengirola. Es un hijo de puta con suerte.

—¿Qué hay de bueno en ello? Que yo sepa, el lugar está plagado del hampa. Traficantes. Expatriados. Hombres con mucho dinero y poco gusto.

—¿De veras? El dinero te toca las narices, parece. No me

sorprende, con la miseria que cobráis vosotros. No, Mike estará muy bien. Hasta habla español. ¿Te lo puedes creer? Un chaval de Pompey.

—¿Os mantendréis en contacto, entonces?

—Desde luego.

—¿Por negocios o por los viejos tiempos?

—Por ambas cosas. Mike es auténtico. El tipo tiene clase. Se ve, sabe tratar a las personas. Las hechiza. Puede ganar dinero sólo con sonreírles.

—Es cierto. Y no sólo dinero. —Winter sacó un A4 doblado con esmero y lo tiró encima del escritorio de Mackenzie—. Léelo.

—¿Qué es esto?

—Échale un vistazo y lo sabrás.

Receloso, Mackenzie alcanzó el documento. Winter observó cómo lo alisaba en la superficie del escritorio. El encabezamiento ya le dio una pista. Una vez leída media página, alzó los ojos.

—¿De dónde has sacado esto?

—Del apartamento de Mist.

—¡Ella te lo dio!

—Se lo robé. —Winter le sonrió.

—Estás diciendo gilipolleces. Ella estuvo allí toda la semana.

—El sábado, no.

—Me estás liando.

—En absoluto. El Lanesborough, en la ciudad. Coge el teléfono, aquí tienes el número. Suite catorce. Reservada a nombre del señor y la señora Valentine.

—¿Mike? —Todavía no se lo creía.

—El mismísimo.

—Coño. —Su voz apenas fue audible. Volvió su atención al certificado de paternidad. Finalmente, alzó la vista con un brillo extraño en la mirada—. Más vale que esto sea una broma, si no… —Señaló la puerta con un ademán de la cabeza para despedir a Winter y tendió la mano hacia el teléfono.

Eadie y Faraday llevaban casi dos horas hablando del vídeo. Faraday lo vio dos veces para asegurarse de que sus primeras impresiones eran acertadas. El material original ya era impac-

tante —imágenes que le resultaban realmente conmovedo-
ras—, y el montaje de Eadie las había reunido de una forma
que hacía su impacto colectivo irresistible.

La fuerza pura de la grabación iba, según Faraday, más allá
de toda explicación racional. Tenía un pulso y una pasión que
te agarraban del cuello y no te soltaban ni por un momento. Al
final, se sentía enfadado, entristecido y decidido a hacer algo
al respecto. Compartir la historia de Daniel Kelly con la más
amplia audiencia posible sería un muy buen comienzo. Llamar
a puertas. Propagar el mensaje. Obligar a los chicos a ver el vídeo.
Lo que sea.

—No sé cómo has podido hacerlo —le dijo—. Me excede
por completo.

—¿Crees que está bien? ¿Que da en el clavo?

—Creo que es horrible. Y decididamente, da en el clavo.

—¿Y todas esas normas que quebranté…?

—Un grano en el culo. Sin duda.

—¿Y Mackenzie?

—Le birlaste siete mil libras. Te felicito.

—¿Somos amigos? —Eadie se levantó del sofá y le dio un beso en la boca. Luego se detuvo—. ¿Cómo se llama ese jefe tuyo?

—Willard.

—No. —Eadie negó con la cabeza—. El que va de uniforme.

—Secretan. Es el superintendente en jefe.

—¿Nombre de pila?

—Andy. —La miró con atención—. ¿Por qué?

24

Lunes, 24 de marzo de 2003, 19:45 h

*F*araday llegó tarde al hotel Sally Port. Entró en el vestíbulo y se quitó el abrigo, consciente ya del cálido zumbido de conversaciones que provenía del bar cercano. Había clérigos por todas partes, vestidos de negro. Al final del pasillo, Faraday encontró una pequeña sala de recepciones. Un joven con chaleco escarlata circulaba con una bandeja de canapés, y una camarera que Faraday creyó reconocer se abría camino entre los cuerpos apretujados, llenando las copas de vino. La catedral entera se había vaciado, pensó Faraday, para mudarse a la acera de enfrente.

—¿Cómo estás?

Faraday se dio la vuelta y se encontró cara a cara con Nigel Phillimore.

—Bien.

—¿Mejor?

—Sí. —Faraday se sintió vagamente incómodo—. Gracias.

—Bien. —Phillimore le tomó la mano y le dio un pequeño apretón—. Ven a conocer a nuestros invitados.

Faraday pasó la media hora siguiente tratando de disimular su ignorancia del canto llano. La cortesía le instó a felicitar a esos hombres en su actuación de la tarde anterior; pero en cuanto tuvo la oportunidad, desvió la conversación hacia temas menos arriesgados. Quiso que le hablaran de Talin, de Estonia, de cómo era la vida allá arriba, junto al mar Báltico, de las aves indígenas. También quiso sondear su opinión de Portsmouth —qué les había parecido la ciudad, qué contarían a sus amigos cuando volvieran a casa— y, cuando la segunda copa de Cotes du Rhône se asentó apaciblemente sobre los excelentes sándwiches de buey, Faraday descubrió que se estaba divirtiendo.

Su música había sido austera, gélida casi, pero los estonios poseían una calidez humana y una curiosidad que facilitaban la comunicación instantánea. Portsmouth les había gustado. Uno de ellos llegó a llamarla Pompey, como si se refiriera a un hijo querido. «Este lugar tiene espíritu —dijo— y es muy travieso.» Muchas cosas habían sucedido allí. Se podía sentir en las calles estrechas y los pasajes del Portsmouth Viejo, en las fotografías en sepia que colgaban de las paredes del café que había calle abajo. Había comprado un par de libros y algún día volvería, sin duda, para conocer mejor la ciudad. Tenía unos amigos rusos que vivían en San Petersburgo y sabía que a ellos también les encantaría. «Todos los rusos —dijo— tienen corazón de pirata y en Pompey se sentirían como en casa.»

A Faraday la idea le pareció divertida, y cuando otro de los estonios le preguntó en qué trabajaba, no vio razón alguna por la que mantenerlo en secreto.

—¿Un poli? —dijo uno, alzando los ojos al cielo.

—¿Un detective? —preguntó otro.

Faraday asintió, tratando de esquivar su demanda de historias de guerra, pero el entusiasmo de los estonios le desató la lengua y estuvo encantado de dejarles su tarjeta cuando llegó el momento de marchar.

—Llámenme si alguna vez vuelven. —Apretó las manos tendidas una tras otra—. Será un placer enseñarles la ciudad.

De nuevo en el vestíbulo, buscó su abrigo. No había nadie en recepción, pero vio a la camarera con los canapés que avanzaba hacia él con la bandeja vacía. Esa cara. Sabía que la había visto antes.

La mujer lo condujo al guardarropa, le abrió la puerta y se apartó para dejarle recuperar su abrigo. Habitación seis, pensó él. La tarde en que conoció a Wallace, cuando llamó al servicio de habitaciones. Mientras se ponía el abrigo, Faraday la vio desaparecer camino de la cocina. Entonces se le ocurrió otra idea y la llamó de nuevo.

—¿Está el director del hotel, por casualidad? —preguntó.

—Sí. Creo que está en su despacho.

431

—¿Podría hablar con él? —Sonrió y sacó una tarjeta del bolsillo—. Detective inspector Faraday. Brigada de Crímenes Mayores.

Winter encontró al técnico de Operaciones Especiales esperándolo en el muelle. Lo había telefoneado hacía media hora desde Kingston Crescent, justo después de salir de una reunión con Cathy Lamb, y el hombre le había asegurado que todo estaba a punto. Se llamaba Gulliver. Gracias a P&O, había tomado el transbordador diurno a Le Havre y de vuelta a Portsmouth, y en el trayecto tuvo tiempo de sobra para instalar micrófonos y una diminuta videocámara que transmitía a la cabina contigua. Lo único que tenían que hacer Winter y sus amigos era ponerse cómodos y esperar a que empezara la función.

Ahora Gulliver condujo a Winter apresuradamente hacia la pasarela que ofrecía a los pasajeros acceso al transbordador. El barco se alzaba delante de ellos, alto como un bloque de apartamentos, imponente a la luz de los focos que iluminaban el muelle. El último de los camiones trepaba la rampa de entrada en la popa, aunque el horario apremiaba y pronto empezarían a embarcar los turismos que hacían cola en la plataforma de embarque.

Dentro del transbordador, los equipos de limpieza pasaban sus aspiradoras alrededor de la mesa de recepción. Gulliver ya se había congraciado con la contadora de a bordo, una mujer de mediana edad con piernas bonitas y aspecto atareado. Apretó la mano que le tendió Winter y consultó su reloj. Evidentemente, el tiempo corría.

—No sé exactamente cuántos de ustedes subirán a bordo.

—Seis. Yo y cinco más.

—¿Llegarán pronto?

—Dos ya están aquí, vestidos de paisano —dijo Gulliver—. Los llevé a la cabina.

—¿De veras? ¿Y el resto?

Winter tomó el mando. Danny French, el otro subcomisario de la brigada, llegaría de un momento a otro. Winter lo había dejado en Kingston Crescent, buscando su pasaporte.

—No necesita pasaporte. Salvo que piensen bajar a tierra. —Es una contingencia, nada más. —Winter hablaba como una seda—. Los otros dos tipos son de la científica.

—¿Son ellos los que necesitan acceso a las cubiertas de vehículos?

—Sí, por favor. —Winter miró a Gulliver—. ¿Has arreglado lo del motor del coche de Valentine?

—Lo hice esta tarde, de camino aquí. El oficial de carga tiene los detalles. Nos comunicará el número de vía y la puerta de acceso en cuanto hayan entrado en el barco.

La contadora volvió a consultar su reloj.

—¿Esa gente de la científica va de uniforme? Nuestros pasajeros podrían sentirse un poco…

—No. —Winter negó con la cabeza—. Los dos van de paisano. Me llamaron hace media hora. Vienen en una furgoneta blanca. Ya está registrada. En realidad, es muy probable que ya estén en la plataforma de embarque.

—¿Se pondrán en contacto con usted?

—Sí —asintió Winter—. En cuanto calemos a Valentine, los llamaré y bajarán a la cabina. Necesitarán las llaves de su coche antes de empezar a trabajar en el motor.

La contadora asintió. Tenía un aspecto pensativo.

—¿Qué quiere decir «calemos»? —preguntó al fin.

433

El tráfico iba ligero en la autopista de salida de la ciudad. La lluvia había cesado hacía horas, y Faraday veía una luna ancha y amarilla alzarse en el este. El viento entraba frío por la ventanilla abierta, y jirones de nubes coronaban las sombras distantes del castillo de Portchester.

En las inmediaciones del puerto, Faraday tomó el desvío de Southampton, enfilando el carril lento que seguía el largo descenso de la colina de Portsdown. No podía estar seguro, no al ciento por ciento, aunque su instinto le decía que era una pista demasiado importante para pasarla por alto. Su carrera entera estaba edificada sobre momentos como éste, un fragmento de recuerdo perdido en la memoria y, de repente, recuperado. Sabía que, cuanto menos, necesitaba encontrar la explicación. E intuía, más allá de las explicaciones, la posibilidad

de que esta pista significara el término de todo ese triste episodio. Pensó que «término» era una palabra demasiado precisa, el tipo de expresión que emplearía un psiquiatra. Y al imaginarse lo que podría ocurrir a lo largo de las dos próximas
horas, le recorrió un escalofrío.

Veinte minutos después, tomó la salida de los suburbios
orientales de Southampton, metiéndose en una maraña de ro-
tondas y parcelas comerciales. Condujo de aquí para allá durante un rato, buscando algún lugar conocido, hasta que encontró un pub que se llamaba Battle of Britain. Desde allí, una
suave pendiente conducía a la urbanización. La calle de entrada estaba a la derecha. Un par de esquinas más y encontraría la
casa con el Datsun de Joyce delante del garaje. A partir de ese
momento, y suponiendo que estuviera en lo cierto, ya no habría vuelta atrás.

Joyce abrió la puerta a la segunda llamada. Llevaba unos
pantalones de chándal anchos y una blusa rosa con cuello en
barca. La puerta de la cocina estaba abierta al final del pequeño
corredor, y Faraday percibió el olor a ajo frito.

—Sheriff... —Joyce le sonrió—. Oye, qué sorpresa más
agradable. Pasa. ¿Has cenado? Es que... —Frunció el entrecejo—. ¿Qué coño es esto?

—Es mi placa, Joyce.

—¿Crees que no sé quién eres? —Alzó los ojos a su cara—.
¿Qué es esto?

—Trabajo, Joyce. Podemos hacerlo de dos maneras. Charla-
mos un poco, y tú me cuentas lo que sabes. O... —señaló con
la cabeza el interior de la casa— tiro adelante con las formalidades.

—¿Qué formalidades?

—El registro de tu casa.

—Opto por la charla. —La mujer se apartó para dejarlo pasar—. ¿Te apetece una copa? A mí, desde luego, sí.

Faraday aceptó una taza de té. Joyce abrió una botella nueva de Bailey's. Ya iba por la segunda copa cuando el té estuvo
preparado.

—Aún no lo entiendo. —Buscó la jarra de leche—. Dices
que tienes una lista. ¿Y yo estoy en la cabeza? ¿Es esto?

—Me temo que sí.

434

—Pero ¿por qué? ¿Qué ha pasado? ¿Por qué piensas que me interesa hablar con Mackenzie cuando acabo de pasar un año entero tratando de pillarlo?

—Nadie ha dicho que hayas hablado con Mackenzie. No es necesario que funcione así.

—¿No, eh? —La mano de Joyce temblaba. Unas gotas de leche se derramaron en el platillo—. Hazme un favor, sheriff, dime exactamente cómo funciona.

Faraday nunca antes se había imaginado a Joyce enfadada. Incluso cuando las presiones de Highland Road hacían perder la cabeza a todo el mundo, ella conservaba la calma, era la personificación de la quietud en el corazón de la tormenta. Ahora, a duras penas conseguía contenerse.

—¿Me permites que te diga una cosa? Creía que éramos amigos.

—Y lo somos, Joyce.

—Sí, pero amigos de verdad, amigos que cuidan uno del otro, amigos que se preocupan. Esta mierda… ¿De dónde viene toda esta mierda?

—Es mi trabajo, Joyce. Me pagan por hacerlo. Cuanto antes lo resolvamos, antes… —se encogió de hombros— volveremos a la normalidad.

—¿Crees que esto es posible? Mírate, Joe Faraday. Hay formas mejores de manejar esto. ¿Se te ha ocurrido siquiera llamar? ¿Una llamadita para aclarar las cosas? Por los viejos tiempos.

—No funciona así.

—Claro. Ya lo veo. Adelante. Es el momento del interrogatorio. ¿Quieres que corra las cortinas? ¿Quieres ver un poco de sangre? Será una fiesta.

Se apoyó en el respaldo, con la copa vacía entre las manos. Aparte del grupito de Beanie Babies, parecía ocupar el sofá entero.

—Empecemos por tu marido.

—¿Qué hay de él?

—Te dejó, ¿no es así? ¿Se fue con ésa que estaba en libertad condicional?

—Pues sí. La bella Bethany. Una auténtica dulzura.

—¿Y ahora?

435

—Quiere volver a casa. Te da qué pensar, ¿no te parece? Los tipos como él piensan que sólo las jóvenes entienden de sexo. Lástima que haya tardado tanto en darse cuenta de lo que ha perdido. Pobre chico.

—¿No es posible que vuelva algún día?

—No, señor. —Joyce le sonrió y abrió los brazos—. Estoy disponible, sheriff. Tienes delante a una chica que sabe un par de cosas acerca de la hospitalidad.

Faraday bajó la cabeza. Sabía que lo que venía después sería arriesgado.

—¿No hay nadie más? —preguntó.

—¿Como quién?

—Ni idea. Por eso te lo pregunto.

—¿Crees que no puedo vivir sin un hombre? Tienes razón. No puedo. ¿Que si es fácil encontrar uno? ¿El tipo de hombre que conviene a una chica como yo? ¿El tipo de hombre que sabe algunas cosas? Tienes razón de nuevo. No es fácil.

—¿Qué haces, pues?

—Busco, Joe. Salgo a la calle, cruzo los dedos y, a veces, hasta rezo un poco. Oh, Dios, envíame a un hombre. ¿Eres religioso, Joe? La verdad es que a veces ayuda.

—¿Has encontrado a un hombre?

—Lo he encontrado. Y es un encanto. De hecho, es de lo más encantador que me puedo imaginar.

—¿Quién es?

—Ni hablar. —Joyce negó con la cabeza.

—¿No vas a decírmelo?

—No.

Por un momento, Faraday pensó que la mujer podía estar fantaseando. Las conversaciones como ésta podían durar toda una noche.

—¿Y si echara un vistazo?

—Tú mismo. Yo creo que no lo harás, aunque podrías.

—¿Por qué no iba a hacerlo?

—Porque eres un hombre decente. Y porque no tienes una orden judicial.

—Puedo conseguir una. Y sabes que ni siquiera tendría que irme para hacerlo. Bastaría una llamada telefónica.

—Claro. Y sería mediodía antes de que llegara el papel.

¿Piensas quedarte tanto, Joe? ¿Nos replanteamos lo de la cena?

Faraday sabía que intentaba confundirlo, despertar los recuerdos, aquellas viejas deudas de gratitud que, sin duda, todavía no le había pagado. Como ayudante de dirección suplente, había sido infatigable y generosa. Después de la muerte de Vanessa en el accidente de coche, Joyce había llenado más de un agujero.

Faraday buscó el móvil en el bolsillo.

—¿Qué haces, sheriff?

—Eres una hija de puta insensible. Me estás enredando… Ah, mierda, ¿por qué no? Adelante. Haz lo que quieras.

Joyce subió las piernas al sofá, luego cambió de opinión y buscó la botella. Llenó la copa y se la llevó a la boca, mirándolo por encima del borde del cristal. Faraday no se había movido.

—Sin pistas, Joe. —Tomó un sorbo de Bailey's—. Estás solo en esto.

El transbordador a Le Havre zarpó con diez minutos de retraso. A medianoche, mientras las luces de la costa desaparecían rápidamente del ojo de buey, Winter empezaba a pensar que se había equivocado.

Valentine y Misty Gallagher habían bajado directamente a la cabina con una bolsa de viaje como único equipaje. A continuación, Valentine desapareció, para reaparecer pocos minutos después con dos botellas de champán y un litro de Bacardi. No se veía bien en el pequeño monitor en blanco y negro, pero parecía que el champán era Krug.

Mientras los otros tres subcomisarios se sentaban encorvados en las literas de abajo, Winter observó a Misty quitarse la ropa y deslizarse entre las sábanas, al tiempo que Valentine sacaba dos copas de cristal de la bolsa de viaje y abría una botella de champán. Era un hombre alto, bien conservado, con el cabello rizado encanecido, y cuando se quitó la camisa, quedó claro que hacía ejercicio. Dio las copas llenas a Misty y se metió en la cama, a su lado. Ya habían terminado la primera botella cuando el transbordador se alejó del muelle y hacían el amor cuando *El orgullo de Portsmouth* salió de los estrechos portuarios.

Los subcomisarios observaban sus actividades con interés. Valentine era claramente un enamorado del sexo oral, y fue evidente que la creatividad de Misty había sobrevivido a los años de polvos brutos con Bazza Mackenzie. Según murmuró uno de los subcomisarios, era un poco como ver una vieja película porno: en blanco y negro y algo desenfocada.

Ahora, cuarenta minutos más tarde, Misty y Valentine parecían estar durmiendo. Las luces de la cabina estaban encendidas, pero ellos tenían los ojos cerrados, y Misty apoyaba la cabeza en el pecho de Valentine.

—¿Qué opinas? —Danny French inspeccionaba la botella de whisky escocés. Gulliver la había dejado encima de la mesilla colocada bajo el ojo de buey, un regalo de despedida de Operaciones Especiales. Todos convinieron en que era un gesto muy amable, y en que sería una lástima no aprovecharlo.

Como subcomisario con mayor antigüedad, la decisión dependía de Winter.

—Démosles media hora más. —Consultó su reloj.

—Sí, pero ¿quién dice que Mackenzie ha subido a bordo? ¿No tenían que avisarlo si aparecía para comprar un billete?

Winter no respondió. Una de las empleadas de P&O que trabajaba en las taquillas de la terminal de transbordadores le había prometido llamarlo, pero había un millón de razones por las que no lo habría podido avisar. Quizá la hubieran despistado con señuelos. Quizá Mackenzie se colara de algún modo. Tal vez hubiera pagado en efectivo, sin necesidad de dar su nombre. Y puede que ella hubiera perdido el número de Winter. Quién coño podría saberlo.

Diez minutos transcurrieron lentamente. Misty se movió entre sueños y se abrazó con más fuerza al cuerpo de Valentine. Su conversación inicial nada le había revelado a Winter de Mackenzie ni del contenido del BMW X5 aparcado en las bodegas. Según las apariencias, eran una pareja de mediana edad, con una vida sexual muy activa y en viaje de vacaciones al extranjero. Sólo el «hasta nunca» que Misty murmuró cuando el muelle de Gunwharf desfiló debajo de su ojo de buey indicó un arreglo más permanente.

El cabeceo constante del transbordador dijo a Winter que ya estaban en alta mar. Uno de los subcomisarios había trepado a una litera superior y tenía los ojos cerrados. Los otros dos jugaban a las cartas, previa sugerencia de French. De repente y de forma inesperada, alguien aporreó la puerta de la cabina de Valentine. Winter se puso de pie, con los ojos fijos en la pantalla del monitor, y zarandeó al subcomisario, que dormitaba.

—Levántate —siseó—. Ya empieza.

French trató de reprimir una risa. Valentine había bajado de la litera y estaba de pie en medio de la cabina, mirando la puerta con ojos nublados. Sin duda, acababan de interrumpirle un sueño agradable, porque tenía una erección considerable.

—¿Quién es? —llamó.

Misty se estaba apoyando en un codo y se tapaba con la sábana hasta la barbilla. Sonó un nuevo golpe a la puerta y luego una voz. La de Mackenzie. Ningún intento de disimularla.

—Abre la puerta de los cojones.

Valentine y Misty se miraron.

—¿Quién es?

—Baz.

—¿Qué quieres?

—A ti, colega. Abre la puerta, o la abriré de una patada.

Valentine buscó una toalla. La erección empezaba a menguar. Cuando dirigió una mirada de impotencia a Misty, ella se limitó a encogerse de hombros. Valentine descorrió el cerrojo y se apartó elegantemente para dejar paso a Mackenzie. La maniobra recordó a Winter una corrida de toros que había visto en Segovia hacía tiempo, en la que el animal herido embestía a ciegas, de forma impredecible, inmensamente peligrosa. En la jaula que era la cabina, pensó Winter, Mackenzie sólo podía ponerse peor.

—Estás cabreado, Baz. —Valentine había vuelto a cerrar la puerta.

—¿Te parece?

Mackenzie tiró de la toalla y se quedó inmóvil, desviando lentamente la mirada de Valentine a la litera. Misty se echó a reír.

—Debiste decirnos que vendrías —dijo alegremente—. Al menos, estaríamos presentables.

Por fin, Faraday terminó de buscar en la planta baja. No había nada en la cocina, ninguna carta, ninguna nota en el calendario, ningún recordatorio escrito. Marcando el 1471, había conseguido un número de Londres, que Faraday anotó, mientras que el botón de rellamada lo remitió a un mensaje grabado que anunciaba que Gas Británico volvería a atender al público a partir de las ocho de la mañana. Cuando Faraday escuchó los mensajes del contestador, una voz femenina recordó a Joyce que la partida de bolos había pasado al viernes, a las siete y media de la tarde, en el lugar de siempre.

—Juego mejor de lo que crees —anunció Joyce desde el sofá—. Debe de ser mi maldita adolescencia en las praderas. La copa de la reina de las Grand Islands. En el invierno del setenta y ocho. —Ya estaba borracha y lo saludó con la copa vacía mientras Faraday volvía su atención a los cajones del aparador. Al cabo, Joyce se levantó tambaleándose del sofá y se abrió camino hasta el reproductor de discos compactos. Esta vez no sonó Peggy Lee, sino Sarah Vaughan.

Faraday miró las escaleras. Sabía que no tenía alternativa si quería llegar al fondo de este asunto, pero empezaba a sentir las primeras punzadas de duda. Alguien iba a salir herido, al margen del resultado, y esta relación que tanto valoraba sería una de las víctimas.

—Arriba, precioso. Sé que no puedes esperar.

A Joyce ya le daba igual. Volvió a acurrucarse en el sofá y se quedó mirando el vacío, dejándose llevar por la música. Faraday le echó una última mirada de reojo.

—Junto al armario —dijo ella con voz inexpresiva—. Del lado de la ventana. Qué cojones. —No lo quiso mirar.

El dormitorio se encontraba en la parte delantera de la casa. La pared de detrás de la puerta estaba recubierta de espejos que iban desde el suelo hasta el techo. Una cama enorme dominaba el resto de la habitación. El pequeño armario a su lado era una pieza de encapsulado plano recientemente pintada, y encima había una vela medio consumida, plantada en un charco de cera.

En el cajón superior, debajo de una bolsa de Boots, Faraday encontró un fajo de cartas. Se sentó en la cama y hojeó rápidamente los sobres. El mismo tipo de letra. El mismo lugar de procedencia. Fechas que se remontaban a diciembre del año pasado. Volvió a tomar la carta más reciente, sabiendo que había encontrado lo que venía a buscar. «Aquí —pensó— está la relación que puso de rodillas a Volquete.»

Vaciló por un momento, curiosamente reticente a leer la carta. Tenía mucho afecto a Joyce. Había sido una amiga de verdad, estuvo allí cuando la necesitaba, no sólo como sustituta de Vanesa, sino también más recientemente, hacía tan sólo unos días, cuando se había sentido hundido. El viernes por la noche, en el restaurante, Joyce había conseguido mantener a flote su pequeña embarcación.

—Adelante, sheriff.

Faraday se volvió, sintiendo el movimiento del aire. Joyce estaba de pie en el umbral, mirándolo fijamente.

—¿Te importa…? —Le mostró el sobre. Se sentía mezquino, ensuciado por la tarea que él mismo se había impuesto.

—En absoluto. —Joyce negó con la cabeza—. Estás en tu casa.

Faraday sacó la carta del sobre. Había tres hojas escritas por ambas caras con tinta negra.

—Léeme el primer párrafo —dijo Joyce—. Es precioso.

—Escúchame, Joyce. No sé si esto…

—Me lo debes, sheriff. Tú hazlo.

—De acuerdo. —Faraday se encogió de hombros y se encorvó sobre la carta, tratando de descifrar la escritura apresurada—. «Ángel mío —empezaba—, has hecho de este viejo un hombre muy, muy feliz. No sólo por el sexo. No sólo por la noche pasada y la anterior, y yo hecho tan polvo que luego ni podía conducir el coche. No sólo por el perfume y los diez dientes de ajo que tuve que explicar. No sólo por despertarme esta mañana preguntándome dónde demonios estabas. Sino por todo lo que ha pasado desde Navidad, y antes de Navidad, y ahora y, si dios quiere, siempre. Los tipos como yo renunciamos a los milagros hace años. Y ahora, esto.»

—¿Ves? —Joyce sonreía—. Te lo dije.

Faraday asintió, impresionado.

—Es hermoso —admitió.

—Sí. Y no sólo sobre el papel. ¿Quieres decirme qué ley hemos infringido? ¿O haces esto para divertirte?

Faraday no respondió. Sólo quedaba una pregunta por hacer, y ambos lo sabían. Al final, Joyce avanzó cuidadosamente

441

hacia él. El colchón suspiró debajo de su cuerpo, y se quedaron inmóviles, uno al lado del otro. Faraday percibía el calor de su cuerpo, oía el sonido constante de su respiración. Finalmente, volvió a guardar la carta en el sobre, concediéndole el pequeño placer de revelar el nombre de esta nueva presencia en su vida.

—Es Harry, sheriff. —Lo miró radiante, orgullosa; tenía el rostro a pocos centímetros de la cara de él—. Aunque, probablemente, ya lo habías adivinado. Siendo detective…

—Se está volviendo loco —dijo Danny French, agazapado delante de la pantalla del monitor. Tenía razón.

Mackenzie, cuyas anchas espaldas enmarcaba perfectamente la cámara oculta, estaba de pie entre las literas de la cabina contigua, mirando a Valentine a los ojos. Hasta el momento, no había habido violencia. Mackenzie había dicho lo que tenía que decir, había mostrado las pruebas de las que disponía y, simplemente, exigía saber la verdad. ¿Era cierto que Valentine, uno de sus mejores amigos, uno de sus socios más afines, el hombre en quien había confiado casi toda la vida, llevaba años tirándose a Misty Gallagher? ¿O todos eran víctimas de alguna jodida trampa de los cojones? Y en caso de ser esto cierto, ¿qué se supone que debía hacer con el maldito certificado que afirmaba que Trudy no le pertenecía a él, sino a Valentine?

Valentine no parecía tener una respuesta convincente a ninguna de estas preguntas. «Estás cabreado —le repetía a Mackenzie—. Estás cabreado y estás molesto, nada que un par de horas de buen sueño no pueda remediar.» Sí, Misty y él salían juntos. Eso ya era evidente. ¿Qué esperaba que hiciera una mujer hermosa si el hombre de su vida la dejaba para largarse con una golfa italiana? Misty saludó sus palabras con una ronda de aplausos. Bazza acababa de dejarla en la calle. ¿Qué gratitud era ésa, después de todo lo que había hecho por él?

Mackenzie parecía desconcertado. Su voz, liviana como siempre, empezaba a quebrarse, y no paraba de sacudir la cabeza como si se le hubiera soltado algo dentro. Tenía que averiguar la verdad, repetía una y otra vez. Sin embargo, lo último a lo que parecía capaz de enfrentarse era la verdad.

—¿Lo hacías? —no dejaba de preguntar a Valentine—. ¿Lo hiciste?

—¿El qué?

—Tirártela. Entonces. Antes de Trudy. —Sus ojos iban alocados de uno a otro; quería una desmentida a prueba de bombas, quería conservar el orden de preferencias en su vida. Esta repentina posibilidad de haberse equivocado durante años, de haberse comido las migajas del festín que era Misty Gallagher, obviamente le hacía daño. Necesitaba apoyo, pruebas inquebrantables, cualquier cosa que lo devolviera donde pertenecía. A la posición de mando.

Sin aviso previo, alargó la mano hacia la litera superior y agarró la bolsa de viaje de Valentine. Era grande, de cuero azul y llevaba las iniciales de BMW. Le dio la vuelta y vació el contenido a los pies de Valentine. Luego se puso a gatas y empezó a registrar el lío de ropa. Winter reconoció el libro que había visto en el apartamento de Misty. La *Guía breve de Croacia*.

—¿Qué es esto? —Mackenzie miraba a Valentine con el libro en la mano—. Creí que ibais a España.

Valentine no dijo nada. Misty se había tendido de espaldas, con la sábana aún hasta la barbilla, mirando fijamente la superficie inferior de la litera de arriba.

Mackenzie volvió al contenido de la bolsa, lo tanteó con las manos, buscó nuevas pistas, nuevos documentos, cualquier cosa que pusiera fin a su sufrimiento. Al final, extrajo un largo sobre blanco.

—Yo le habría dado mientras aún se puede. —Winter asentía delante de la pantalla—. Bazza ha perdido la chaveta.

—De pruebas, nada —dijo French—. Si todavía pensamos en las drogas.

—Las drogas serán lo de menos. Créeme.

Mackenzie abrió el sobre. Volvió a ponerse de pie, oscilando con el cabeceo del barco. Desdobló un par de folios y dio un pequeño paso atrás para colocarse directamente debajo de la luz. Su boca empezó a moverse, dando forma al contenido de la carta. Había una segunda hoja. Apenas le echó un vistazo.

—¿Senj? —Miraba a Valentine.

—Está en la costa, Baz. Una casita de vacaciones. Nueva, sin estrenar. Con un camino que baja hasta la playa. Con un terrenito en la parte de atrás. Los lugareños son amistosos. Te encantará.

—Y una mierda. Os mudáis allí, ¿no es cierto? ¿Vosotros dos? Mira. —Plantó la carta delante de las narices de Valentine—. Cinco dormitorios, garaje de dos plazas. Trude también irá, ¿verdad? Trude y ese detective de los huevos con quien se ha liado. ¡Mierda, soy un estúpido! Estúpido, estúpido, estúpido. —Se agachó de nuevo al suelo, removió algunas prendas y sacó uno de los corpiños de Misty.

—Sabes pescar, Baz. —Valentine aún intentaba ver el lado divertido.

—Y una mierda. ¿Es lo único que se te ocurre? ¿Después de todo lo que hemos pasado juntos? ¿Todo lo que hemos hecho juntos? ¿Sólo se te ocurre decirme que sé pescar?

El bramido de furia atravesó el tabique que los separaba de la cabina contigua. Era Mackenzie. Había agarrado la botella de Bacardi. La estrelló con violencia contra el montante de la litera. El vidrio se hizo añicos, y Mackenzie se quedó con el cuello de la botella en la mano. Valentine retrocedió, aplastándose contra el ojo de buey.

—No, Baz —decía una y otra vez—. Escúchame.

Mackenzie miraba a Misty. Tenía aspecto de hombre que, de repente, se encuentra en un lugar desconocido. Nada tenía sentido. Nada encajaba. Parte del Bacardi se había derramado encima de sus tejanos. El resto había caído encima del montón de ropa que yacía esparcida a sus pies. Se arrodilló de nuevo, abandonó la botella y empezó a manosear las prendas como un ciego. Levantó una camiseta de Misty y hundió la cara en ella, respiró su olor, hizo una bola con la prenda y la dejó caer al suelo. Miró a la mujer por última vez y metió la mano en el bolsillo de sus tejanos. Winter vio la llama del encendedor y supo lo que iba a pasar.

—Prenderá fuego a la cabina. —Abrió la puerta de un golpe—. La madre que lo parió.

La puerta de la cabina de Valentine no estaba cerrada con llave. Winter fue el primero en entrar. Mackenzie había prendido fuego a la carta que había encontrado en la bolsa de viaje y la sostenía lejos de sí. De un momento a otro, iba a dejarla caer encima de la pila de ropa empapada de alcohol que tenía a sus pies.

Valentine, todavía junto al ojo de buey, parecía hipnotizado. Misty chillaba. Winter tiró de Mackenzie hacia atrás, tratando de sujetarle la mano, pero éste dejó caer la carta en llamas. Se oyó un ligero frotamiento, y hubo una pequeña llamarada azul cuando Winter tiró de una manta de la litera superior y empezó a apagar el fuego. Los otros subcomisarios entraron en la pequeña cabina. Una alarma contraincendios empezó a aullar.

—Detenedlo —gritó Winter por encima del hombro—. Ponedle las esposas.

—¿Con qué cargo?

Winter seguía saltando encima de la manta; los vidrios rotos crujían debajo de sus zapatos.

—Incendio premeditado. —Se estaba quedando sin aliento—. ¿O qué os creéis?

Faraday estaba en el salón, esperando a que Joyce saliera del cuarto de baño. Al final, la mujer bajó con cuidado las escaleras. El agua fría parecía haberle levantado los ánimos.

—¿Te importa si te hago un par de preguntas? —dijo Faraday.

—Claro, adelante. Que sea la noche completa.

—¿Cuánto hace que salís juntos? Tú y Harry Wayte.

Joyce lo observó por un momento.

—¿Esto es oficial? ¿Intentas advertirme?

—No. Sólo es una pregunta.

—Bien. —Asintió con la cabeza—. Casi un año.

—Esto es prácticamente lo que ha durado Volquete.

—Tienes razón. Pero lo de Harry viene de antes. —Sonrió—. Siempre.

Dijo que lo había conocido en el bar de Kingston Crescent. Él estaba celebrando los resultados de un juicio contra una conspiración de contrabando. Tomaron algunas copas, y Harry se ofreció a llevarla a casa.

—¿Aquí? ¿En Southampton?

—Claro. Es un caballero. Pensó que me merecía un detalle.

Volvieron a verse un par de veces a lo largo de las semanas siguientes, en pubs y café-bares alejados del camino, a menudo en el propio Southampton. Pronto Harry apareció una noche con un par de botellas. No era necesario gastarse el dinero en el alcohol de otros.

—¿Y...? —Faraday señaló las escaleras con la cabeza.

—Claro. Él lo deseaba. Yo lo deseaba. La sorpresa fue descubrir que encajábamos tan bien. ¿Te ha pasado alguna vez, sheriff? ¿Con esa Eadie tuya?

La relación se tornó más seria en otoño. Harry estaba casado, aunque su mujer casi nunca estaba en casa por las noches, salía en pos de mil proyectos distintos. Sus hijos se habían marchado. La casa estaba vacía. Y Joyce, encantada, hizo espacio para otro en su vida. Sin compromisos formales. Sin hablar de divorcios, ni de nuevas bodas, ni de rollos por el estilo. Sólo ellos dos, tres o cuatro veces por semana. Sexo genial, conversaciones geniales, la oportunidad de cocinar para dos.

—¿De qué hablabais?

—De todo. De mí, de él, del gilipollas de mi marido, de la capulla de su mujer, de los lugares donde hemos estado, de los lugares donde nos gustaría ir.

—¿Juntos?

—Claro.

—¿Dónde, por ejemplo?

—¿Yo? Tenía esa cosa con Marrakech. De hecho, aún la tengo. ¿Y Harry? Quiere llevarme a Rusia.

—¿A Moscú?

—A Vologrado. Parece que allí hubo una batalla.

—¿Crees que lo podréis hacer?

—Seguro. Si quieres algo de verdad, acabas consiguiéndolo.

Faraday asintió. «Marta —pensó—. Y un año de fines de semana robados.»

—Has dicho que hablabais. ¿De qué otros temas?

—De todo. ¿Es esto importante?

—Podría serlo. —Hizo una pausa—. Cuando dices «de todo», ¿incluyes el trabajo?

—Desde luego. Harry está muy cabreado, y por lo que me cuenta, no le puedo culpar.

—¿De Volquete?

Por un momento, Joyce no dijo nada. Ambos sabían que habían llegado al punto donde la amistad se desmarcaba de otra cosa, infinitamente menos elástica.

—Lo mencioné alguna vez —dijo midiendo sus palabras—. Demonios, es imposible evitarlo.

—¿Entonces sabe lo de la operación?

—Claro. Aunque no hice más que confirmar un rumor. A Harry nada lo pilla por sorpresa.

—¿Te dijo que ya lo sabía?

—Claro.

—¿Y le creíste?

—Por supuesto. ¿Por qué no iba a creerle?

—Porque es un detective, Joyce. Y uno muy bueno. Los detectives mienten todo el tiempo. Ya lo sabes. Es parte del trabajo.

—¿Me estás diciendo que debí mantener la boca cerrada?

—Te estoy diciendo que hubiera sido mejor hablar de Marrakech. Ahora estás con la mierda hasta el cuello. Y Harry, también.

—¿Hablarás con él?

—Alguien lo hará.

—¿Oficialmente?

—Me temo que sí.

—¿Quieres que lo llame? ¿Que lo avise?

—Lo harás de todos modos.

—Y tanto que lo haré. —Joyce le sonrió—. ¿Te importa si te hago yo una pregunta?

—En absoluto.

—¿Por qué has venido aquí esta noche? ¿Por qué yo?

Faraday la contempló un largo momento. Después le habló de la frase que Mackenzie había utilizado en su conversación con Wallace, una frase que únicamente podría haber salido de una reunión anterior en la Isla de las Ballenas. «Un matón de poca monta de los barrios bajos de Copnor.»

—¿No puede ser una coincidencia, sheriff?

—Nunca lo es. No, en la vida real. Si parece un soplo, lo más probable es que sea un soplo.

—Había cuatro personas en aquella reunión. Aún puedo verlas. Estoy contándolas. ¿Por qué yo?

Faraday hizo una nueva pausa. Ningún detective en su sano juicio respondería a una pregunta como ésta.

—La semana pasada te llevé en el coche —dijo al fin—. Te dejé en la ciudad. ¿Lo recuerdas?

—Claro... Vi aquel recibo en el salpicadero. Hotel Sally Port. Habitación seis. ¿Sabes qué le dije a Harry aquella noche? Harry, le dije, Joe Faraday se tira a una tipa en un hotel del Portsmouth Viejo. ¿Y sabes qué me contestó Harry? Que le vaya bien, dijo.

—¿Le diste el número de la habitación? ¿La fecha?

—Probablemente. Me pierden los detalles. Es parte de mi encanto. —Hizo una pausa. La sonrisa reapareció en su cara, esta vez más cálida. Puso la mano en el brazo de Faraday—. Dime algo, sheriff.

—¿Qué quieres saber?

—¿Era cierto lo de esa mujer? ¿La de la habitación seis?

25

Martes, 25 de marzo de 2003, 07:58 h

*F*araday despertó un par de minutos antes de las ocho y descubrió que Eadie ya se había marchado. Una nota en la almohada le informaba de que salía en una misión. Seguía una invitación a comer en un restaurante de Southsea, sellada con un beso flameante.

Por una vez, Faraday resistió la tentación de encender la radio que había en la mesilla de noche. La guerra, hasta donde llegaba su entendimiento, se había convertido en una exhibición de la tecnología estadounidense, bombas perfectas que caían sobre la diana después de haber sido disparadas desde centenares de millas de distancia, gracias a los milagros de la calibración láser y de los GPS. Más temprano que tarde, las columnas blindadas estadounidenses marcharían sobre Bagdad, Bush declararía la paz y entonces, con toda probabilidad, empezaría la auténtica guerra.

La amplia sala de estar con sus pocos muebles ya estaba bañada en la luz del sol. Faraday estaba en la cocina, buscando una caja de bolsas de té, cuando oyó el trino de su teléfono móvil.

—¿Faraday? —Era Harry Wayte—. ¿Qué coño está pasando?

Harry no perdió el tiempo con menudencias. Había recibido una llamada de Joyce. La visita de anoche había estado completamente fuera de lugar. ¿Qué poli se aprovechaba de una amistad para meter las narices en la vida privada de los demás?

Faraday intentó dos veces interrumpirlo, darle explicaciones, ponerlo todo en algún tipo de contexto, aunque sabía que no lo conseguiría.

—¿Quieres que nos veamos? —pudo decir al final.

—Desde luego que quiero. Y bien lejos de la comisaría.

—¿Qué tal en el aparcamiento de las marismas de Farlington? A las diez y media.

—Allí estaré.

Wayte colgó, dejando a Faraday absorto en la contemplación de su móvil. Sabía con toda certeza que Harry Wayte había dado al traste con Volquete, no sólo con una parte, sino con la operación al completo.

Se acercó a la ventana y miró al exterior. «Marea alta», pensó aturdido y observó el agua que lamía el embarcadero del fuerte Spit Bank. Permaneció inmóvil un par de minutos, preguntándose si Gisela Mendel estaría en su casa, si también ella estaría levantada y a medio vestir, contemplando el nacimiento de un día engañoso.

Faraday volvió a la cocina y cogió el móvil. Willard respondió a la segunda llamada. Aún estaba en su casa, en Portsmouth, aunque a punto de salir para Winchester. Faraday fue breve. Disponía de pruebas importantes que demostraban que el desastre de Volquete se podía atribuir a Harry Wayte. Y ahora Harry quería un encuentro.

—¿Con quién?

—Conmigo.

—¿A solas?

—Sí.

—¿Cuándo?

—A las diez y media.

—Quédate donde estás. Tengo que hablar con alguien.

Willard le devolvió la llamada a los pocos minutos. Faraday estaba encaramado en uno de los taburetes de la barra, con una taza de té en las manos.

—¿Dónde estás ahora?

—En casa de Eadie. South Parade. —Dio la dirección a Willard.

Hubo una breve pausa. Luego Willard reapareció en la línea.

—Alguien pasará a buscarte antes de una hora. Ya lo reconocerás.

—¿De quién se trata?

—De Graham Wallace.

—¡Wallace! ¿Por qué?

—Quiero que lleves un micro cuando hables con Harry.
—Willard no estaba para objeciones—. Voy a pillar a ese bastardo aunque sea lo último que haga. Enrédale, Joe. Búscale las
cosquillas. Quiero pruebas. Quiero que la cosa esté terminada
antes de la hora de comer. ¿Me has oído?

Eadie Sykes tardó casi media hora en duplicar la cinta de vídeo que necesitaba en Ambrym. Mientras se hacía la copia,
consultó su reloj, preguntándose si era demasiado temprano
para arriesgar una llamada a Kingston Crescent. De una manera u otra, estaba decidida a librar a J.J. de la amenaza de nuevas
acciones policiales contra él. Dadas las buenas perspectivas del
vídeo, era lo mínimo que podía hacer por él.

El nombre de Secretan puso a Eadie al habla con una mujer
que parecía estar a cargo de la agenda del superintendente en
jefe. Tenía un ligero acento de Ulster y quería saber si Eadie
necesitaba hablar con el jefe con urgencia.

—Es muy urgente —respondió Eadie—. Si está en su despacho, dígale un nombre.

—¿El de usted?

—El de Daniel Kelly. He hecho un vídeo sobre él y creo que
el señor Secretan debería verlo.

La ayudante pidió a Eadie que esperara. Luego, de pronto,
Secretan en persona apareció en la línea.

—¿Eadie Sykes?

—La misma. Me preguntaba…

—¿Dónde está?

—Cerca de la central.

—Puedo dedicarle un par de minutos. Ahora sería un buen
momento.

La comisaría de Kingston Crescent estaba a menos de una
milla de distancia. Eadie dejó el Suzuki en el aparcamiento de
un supermercado situado frente a la comisaría y encontró a un
agente uniformado esperándola en recepción. El despacho de
Secretan estaba en el primer piso. La mujer con el acento de Ulster le ofreció una taza de té o café.

—Café, por favor. Sin leche.

Secretan apareció en la puerta de su despacho y se hizo a un lado para dejar pasar a Eadie. Señaló la silla delante de su escritorio y abrió la ventana.

—Un día precioso. Demasiado bonito para estar encerrados aquí dentro. —Se volvió hacia el interior de la estancia—. ¿Qué puedo hacer por usted?

Eadie le habló del vídeo. Cuando mencionó el nombre de J.J. y su contribución como operador de cámara e investigador, el hombre asintió.

—¿Se refiere al hijo de Joe Faraday?

—Sí. —Eadie vaciló—. Joe y yo somos buenos amigos.

—¿Es esto algo que yo deba saber? ¿Está... —Secretan le sonrió— relacionado con el caso?

—No tengo la menor idea. Sólo pensé que más valía decírselo. —Metió la mano en la mochila y sacó la cinta de vídeo—. Es la versión definitiva, menos el funeral.

—¿Cómo lo hace? ¿Deja un espacio al final?

—Sí.

—Un poco como en la vida real, pues.

—Exacto. —A Eadie empezaba a caerle bien este hombre. Tenía los pies en la tierra, era realista y tenía un sentido del humor desenfadado—. ¿Quiere verla?

—¿Ahora?

—¿Por qué no?

Secretan consultó su reloj y salió del despacho. Eadie se esforzó por oír la breve conversación que hubo en la antesala; luego Secretan reapareció.

—Tenemos cuarenta minutos, como máximo —dijo—. El vídeo está en la esquina. Será mejor que se ocupe usted.

Eadie cargó la cinta y volvió a ocupar su asiento. Ya había visto la grabación varias docenas de veces; aunque vista en compañía, siempre constituía una experiencia sutilmente distinta. Secretan guardó silencio mientras duró la cinta. En dos ocasiones, buscó un bolígrafo y tomó algunas notas. Al final, asintió.

—Potente —murmuró—. ¿Tiene permisos para todo eso?

—Hasta el último encuadre.

—¿Qué pasará ahora?

Eadie le habló de la distribución. La cinta iría a los colegios, a las asociaciones de jóvenes, a las facultades, a todos los sitios donde el público pudiera dedicarle veinticinco minutos de sus tan atareadas vidas.

—Estarían locos si no lo hicieran.

—Es lo que pienso. —Eadie se arrodilló delante del vídeo y sacó la cinta—. Todavía no me ha preguntado acerca de la financiación.

—¿Debería?

—Pues sí. Tal como son las cosas, tuve que reunir la mitad del dinero con mi esfuerzo personal. Eso significó centenares de cartas, llamadas telefónicas, berrinches, lo que quiera imaginar. Al final, conseguí cinco mil libras de las autoridades policiales, siete mil de un hombre de negocios con la mediación de un conocido y unas dos mil de otras fuentes.

—¿Un conocido?

—Mi ex marido. Es contable. El señor Abundancia no quería inmiscuirse. —Sonrió y guardó la cinta en la caja de plástico—. Me presenté con mis catorce mil a la sociedad local. Ellos pusieron otro tanto. Es dinero del Gobierno, como usted ya sabe.

Secretan asintió. Eadie veía que no tenía la menor idea de dónde los podía conducir todo eso.

—¿Y?

—Y termino con veintiocho mil libras, que está muy bien, y grabo lo que usted acaba de ver. ¿Cree que dará resultado?

—Creo que es extremadamente eficaz. De hecho, aún diría más. Es excelente.

—Bien. Por desgracia, hay un problema.

—¿En qué sentido?

—Resulta que el tipo que ofreció las siete mil se llama Bazza Mackenzie.

Secretan se permitió una discreta sonrisa. Desde luego, había un problema.

—¿Mackenzie es uno de los promotores del vídeo?

—Correcto. Y está en buena compañía. —Eadie sonrió—. Como usted puede ver.

—¿Por qué Mackenzie? ¿Qué ganaba con esto?

—Mucho, parece. Por eso le dije que no.

—¿Cuándo fue eso?

—Ayer. Quería un porcentaje de los beneficios. Le expliqué que no habría beneficios.

453

Secretan frunció el ceño.

—¿Sabe cómo se gana la vida Mackenzie?

—Ahora sí lo sé.

—¿Y sabe que acaban de arrestarlo por provocar un incendio premeditado? ¿En uno de los transbordadores que cruzan el canal?

Eadie reflexionó sobre el acontecimiento un par de segundos. En esencia, no cambiaba nada.

—Sigue siendo un hecho que pagó por el vídeo. O que contribuyó a hacerlo.

—Desde luego. —Secretan asintió. Apartó la silla del escritorio y volvió a acercarse a la ventana—. Estamos hablando de J.J., ¿no es cierto?

—Sí. Está en libertad provisional, pendiente de nuevas investigaciones.

Secretan no dijo nada. Eadie lo observó delante de la ventana, inmerso en sus pensamientos. Al final, se volvió hacia ella.

—Una obra estupenda —dijo, tendiéndole la mano—, y un excelente trabajo de cámara.

Eadie se puso de pie y le dio la mano. Secretan se echó a reír.

—Me refería al vídeo. —Seguía con la mano tendida—. Hay un par de personas más que deberían verlo.

La entrada a la reserva de aves de las marismas de Farlington estaba en el extremo de un camino de grava que corría paralelo a la autopista este-oeste en la parte alta de la ciudad. La mayoría de las aves huían hacia el sur del incesante zumbido del tráfico y se alimentaban en los ricos bancos de arena que rodeaban la lengua de marisma salina que se adentraba en profundidad en el puerto de Langstone. Un trozo de tierra junto a la salida de la autopista servía como área de aparcamiento para los que deseaban visitar la reserva. Faraday llegó con cinco minutos de adelanto.

Al final, ansioso por encontrar algo que desviara sus pensamientos del encuentro inminente, bajó del Mondeo y miró a su alrededor. La grava estaba cubierta de los vidrios de otra ventanilla de coche rota, y Faraday apartó los fragmentos más grandes con el pie antes de sacar los prismáticos Leica de su funda y apoyar los codos en el techo del vehículo.

A la segunda pasada, vio un par de avefrías volando en círculos por encima de las salinas. Ya las había visto antes desde la autopista, mientras bajaba hacia el puerto, y allí estaban ahora, en un primer plano perfecto. Absorto en el espectáculo de su vuelo, no oyó la llegada de Harry Wayte. Sólo se dio la vuelta cuando el detective inspector bajó de su coche y se le acercó sobre la grava sonora.

—¿Damos un paseo? —Wayte echó a andar camino abajo, hacia la puerta de madera del final, sin mirar atrás.

Consciente del pequeño Nagra que estaba sujeto con esparadrapos a su zona lumbar, Faraday lo siguió. Por segunda vez en doce horas, se sentía desgraciado. Incluso ahora que estaba en ruinas, Volquete tenía el poder de abrumarle.

Era una mañana hermosa, de un cielo azul sin sombra alguna de nube, y con un soplo de brisa que apenas rizaba la superficie del agua. Lejos hacia el sur, casi invisible sobre el horizonte, estaba la mancha blanca de la casa del capitán de barcazas.

Wayte atravesó la puerta al final del camino. Desde allí, un camino que seguía la cresta del acantilado daba la vuelta a la periferia de la reserva. Los dos hombres todavía no habían roto el silencio.

—¿Por qué la has molestado, Joe? —preguntó Wayte al final, con un tono de reproche en la voz.

—Porque acabamos de perder un año de trabajo y sabe dios cuánto dinero. Aunque tú ya lo sabes, Harry.

—¿Lo sé?

—Claro que sí.

—¿Cómo es eso?

Faraday obligó a Harry Wayte a detenerse. La turbación había dejado su lugar a la ira. Ese hombre acababa de destruir el trabajo de un año. «No tiene sentido —pensó— evitar lo que resulta obvio.»

—¿No negarás que tú y Joyce…?

—¿Nos acostamos juntos? ¡Caray, no! Todo lo contrario.

—Y supongo que habéis hablado de Volquete.

—¿Eso te dijo ella?

—Sí. —Faraday lo observaba, esperando algún tipo de co-

455

mentario. Wayte no dijo ni una palabra—. ¿Estás insinuando que no sabías nada de Volquete?

—Nada que no supiera también todo quisqui en el cuerpo. Habéis estado persiguiendo vuestras sombras. Si intentas cargarme el muerto, o cargárselo a Joyce, más vale que lo pienses mejor.

—¿Nunca hablasteis de la operación?

—¿De Volquete? ¿Haciendo el amor? ¡Por favor!

—Vale. —Faraday nunca había pensado que esto sería fácil—. Supongamos que has tenido un lapsus de memoria. Imaginemos que te pasa lo mismo que a Nick Haydee: tienes un gran agujero en lugar de una memoria perfecta. Y supongamos que tengo razón, que sí hablasteis de Volquete; de hecho, que lo sabías todo al respecto. ¿Me sigues? —La pregunta suscitó un asentimiento de recelo por parte de Wayte—. De acuerdo, pues, has tenido tratos con Mackenzie en el pasado. Consulté los archivos esta mañana. Te pasaron por encima cuando tocaba un ascenso a detective inspector en jefe. El trabajo te toca las narices, y estás impaciente por largarte del cuerpo. Además, como todos sabemos, piensas que Volquete es una pérdida total de tiempo. ¿Por qué? Porque, a tu modo de ver las cosas, Mackenzie contribuye a mantener la paz. Puede que no andes desencaminado, Harry. Hasta puede que tengas razón. Aunque no se trata de eso, ¿no crees? Porque lo último que hace un policía es ir contando historias al enemigo.

—¿El enemigo? —Wayte echó la cabeza atrás y empezó a reír—. ¿Estamos hablando del mismo tipo? ¿Del gamberro que detuve hace veinte años por perturbar el orden público?

—Sí. —Faraday asintió—. Un gamberro que vale nueve millones de libras, si quieres la cifra exacta.

—¿Y realmente crees que he estado largándole información? ¿Jugando sus cartas?

—Sí.

—¿Puedes demostrarlo?

La pregunta largamente demorada. Faraday tomó a Wayte del brazo, pero éste se soltó bruscamente. Los dos hombres echaron a caminar de nuevo.

—El Departamento de Ética Profesional está organizando una investigación a gran escala —dijo Faraday—. Pasarán meses, Harry. Nos pondrán a todos del revés: a mí, a ti, a Joyce, a todos.

—También a Willard. Él era el oficial al mando, ¿no es así?

—Sí.

—¿Por qué crees que me pueden relacionar con todo esto?

—Porque has sido descuidado, Harry, además de codicioso. Habrá pistas. Siempre las hay. Y tarde o temprano, en algún momento, las encontrarán.

—¿Qué me propones?

—Te pido que reflexiones, Harry. Para que conste, te considero un policía excelente. No estoy de acuerdo con todo lo que has dicho últimamente, aunque tampoco puedes esperar que lo estuviera.

Wayte asintió y miró hacia el puerto. Los ánimos se habían calmado. Para sorpresa de Faraday, esto se estaba convirtiendo en una negociación.

—¿Sabes que me jubilo en septiembre? —preguntó Wayte al final—. ¿Te lo dijo Joyce?

—Ella no, me lo dijiste tú, Harry. Hace un par de días. En el bar de Kingston Crescent.

—¿Te lo dije? Mierda… —Hizo una mueca sin incomodarse en absoluto—. ¿También te dije que no veo la hora?

—Eso también.

—Que me aspen… Me estoy haciendo viejo.

—Suele ocurrir, Harry.

Faraday interrumpió la caminata de nuevo. A pocos metros del acantilado, un par de alondras de mar merodeaban buscando entre las algas de la costa. Faraday las observó durante un momento, luego metió la mano debajo de su anorak y apagó la grabadora.

Wayte había seguido todos sus movimientos. La sonrisa apesadumbrada desapareció.

—Hijo de puta —dijo suavemente.

—Lo acabo de apagar, Harry, no de encender. ¿Quieres comprobarlo?

—Hijo de puta —repitió él.

Faraday lo miró por un momento y luego se encogió de hombros. Hacía un gran favor a este hombre. Que quisiera reconocerlo o no, ése era su problema.

—La otra noche bajé al Sally Port y tuve una pequeña charla con el director. Recuerda haberte visto el sábado, Harry. Preguntaste quién había ocupado la habitación número seis el viernes anterior. Te presentaste como policía, y él te informó. Un tipo que se llama Graham Wallace, dijo. Te dio la dirección de su casa, la matrícula de su coche, el número de su tarjeta de crédito. Te pasaste un poco, Harry. Lo único que necesitaba Mackenzie era el nombre y el hecho de que yo fui a verlo. —Faraday echó una última mirada a la alondra y dio unos golpecitos al brazo de Wayte—. Tienes el número de mi móvil, Harry. Llámame.

Faraday estaba de vuelta en su despacho de Kingston Crescent, esperando una oportunidad de ver a Willard, cuando sonó su móvil. Consultó el número de quien llamaba. Era Harry Wayte.

—¿Harry?

—Soy yo. ¿Estás solo?

—Sí.

—He pensado un poco en lo de esta mañana. Lo cierto es, colega, que estoy hasta las narices.

—¿Con qué?

—Con este maldito trabajo. Lo dejo. Jubilación anticipada. Esta tarde haré el papeleo.

—Harry... —Faraday apartó la silla del escritorio— ¿Seguro que te lo has pensado bien?

—Sí. Pero escúchame, Joe, yo lo veo así. —Empezó a hablar del enorme volumen de casos, de los pocos progresos que se hacían, y mientras hablaba, Faraday iba haciendo números. Wayte y él, detectives inspectores ambos, cobraban el mismo sueldo. Solicitando la jubilación con seis meses de antelación, Wayte tendría que despedirse de 20.000 libras en conmutación. Cuando Harry calló para tomar aliento, Faraday repasó las cifras con él. Para ser justos, era lo menos que podía hacer.

Wayte lo escuchó y luego lo interrumpió:

—Joe, no estoy sordo. Oí lo que dijiste esta mañana. ¿Veinte mil? ¿Qué te hace pensar que no puedo conseguirlas de otra parte?

Faraday se quedó mirando el móvil.

—¿Qué acabas de decir?

—Ya me has oído. Nunca hemos tenido esta conversación; pero en algunos círculos, veinte mil no es nada. —Se echó a reír. Luego cortó la comunicación.

El despacho de Willard estaba del otro lado del pasillo.

—Joe. —El detective superintendente apenas apartó la vista de su ordenador—. ¿Has hablado con Wayte?

—Sí, señor.

—Bien. Estoy contigo en un minuto.

Faraday se sentó a la mesa de reuniones. Willard al fin lo acompañó. Para ser un hombre corpulento, pensó Faraday, parecía extrañamente empequeñecido, incluso abandonado.

—¿Cómo fue?

—Nada que nos permita actuar. Luchará contra la investigación hasta el final.

—¿Nada? —Willard frunció el entrecejo—. Creí que me dijiste que él se cargó Volquete.

—Lo hizo. Eso es exactamente lo que hizo.

—¿Soplándole a Mackenzie?

—Supongo que sí.

—¿Lo supones? ¿Qué gilipolleces son éstas?

Willard raras veces se rebajaba a emplear un lenguaje de cantina. Evidentemente, se encontraba bajo una gran presión.

Faraday se inclinó hacia delante y aprovechó la oportunidad para explicar qué había pasado exactamente a lo largo de las últimas veinticuatro horas. Cómo había aislado esa frase única de la grabación del Solent Palace. Cómo la frase no podía más que proceder de una reunión del equipo de Volquete. Cómo había reducido la lista de sospechosos a tan sólo cuatro nombres. Y lo que había surgido del encuentro de la noche anterior con Joyce.

—¿Ella se tira a Harry Wayte?

—Sí.

—¡Maldita sea! ¿Y le pasa todos nuestros secretos?

—Hablan. Follar no es un crimen. Hablar, tampoco.

—Sí es un crimen cuando llega directo a oídos de Mackenzie.

—Esto no es culpa de Joyce.

—Claro que sí, Joe. Firmó un compromiso con respecto a Volquete. Hablando con Harry, lo rompió. O es estúpida, o es culpable. ¿Me estás diciendo que confía en ese hombre?

—Está enamorada de él. A menudo, viene a ser lo mismo… Como todos sabemos.

—¿Qué coño significa esto?

—Nada, señor. Pero usted lo sabe, y yo lo sé. Si nos relacionamos en serio con alguien, el resto salta por la ventana.

—¿Y el resto es Volquete?

—Sí.

—¿Qué me dices de Wayte? ¿Qué quiere?

—Quiere jubilarse por anticipado. De hecho, insiste en ello.

—¿Se va?

—Sí. Es su bandera blanca. Guarda la navaja.

Willard reflexionó sobre la noticia un momento. Luego volvió a mirar a Faraday.

—¿Qué dice sobre Mackenzie?

—Nada. Lo niega todo. Insiste en que nunca le ha dicho una palabra y que depende del Departamento de Ética Profesional demostrar lo contrario. Luchará hasta el final.

—¿No tenemos pruebas consistentes que lo relacionen con Mackenzie?

—Ninguna. Joyce admite haberle hablado de Volquete.

—¿De qué, concretamente?

—De una reserva en el hotel Sally Port. Habitación seis. A nombre de Graham Wallace.

—¿Te refieres a la semana pasada?

—Sí.

—¿Cómo coño sabía eso?

—Yo… —Faraday vaciló— dejé un recibo del servicio de habitaciones en el coche. Un recibo de la tarde que me reuní con Wallace. Joyce lo vio por casualidad. Pensó que tenía una aventura y lo comentó, como un cotilleo. Como haría usted.

—Genial. Estupendo. ¿El recibo llevaba el nombre de Wallace?

—No, señor, sólo el número de la habitación.

—¿Cómo es que Joyce lo relacionó con Wallace?

—Wayte fue al hotel. Habló con el director y le sacó la información.

—¿Como policía?

—Como detective inspector. Le mostró la placa y todo.

—¿Cómo lo sabes?

—Anoche hablé con el director.

—¿Hizo una declaración?

—No..., pero está a nuestra disposición.

—Gracias a dios. ¿Algo más?

—No, señor.

—¿La grabación de esta mañana?

—No sirve de nada. Se interrumpió a mitad de la conversación. Un fallo técnico.

Willard asintió. Volvió a su escritorio e hizo una llamada al superintendente en jefe del Departamento de Ética Profesional. Escuetamente, le transmitió la noticia sobre el director del hotel Sally Port. El DEP debería enviar a alguien en seguida. En su opinión, Harry Wayte estaba señalado. También Joyce. Terminada la conversación, se volvió de nuevo hacia Faraday.

—Ese Harry Wayte —dijo suavemente— es hombre muerto.

461

El restaurante que Eadie había elegido para comer estaba en pleno centro de Southsea. Sur-la-Mer ofrecía una decente cocina francesa a precios razonables, con una carta de vinos respetable para acompañar los platos. Eadie eligió un Rioja del noventa y cinco, señal tácita de que todo marchaba bien en su relación con Faraday. Para él, que el último par de horas había dejado deprimido, fue la más dulce de las noticias.

Después de salir de Kingston Crescent, se puso en contacto con ella la gente de la Sociedad de Caminos de Portsmouth. Habían visto su copia del vídeo, y aunque no esperaban nada tan impresionante, el primer visionado indicaba que podría causar impacto.

—¿Impacto? —Faraday rió, ya relajado—. ¡Caramba!

—Hablé con una de las chicas que trabajan allí. De manera extraoficial, me dijo que quizás estuvieran dispuestos a pagar los gastos de distribución.

—Creí que esto ya estaba resuelto.

—No. —Eadie partió una barrita de pan—. Sólo tenía presupuesto para Hampshire. Con esto, se distribuiría a nivel nacional.

—Brillante. —Faraday alzó su copa—. Te felicito. Te lo has ganado.

—¿De verdad lo crees?

—Sí. He tenido mis dudas, pero... —Chocaron las copas—. Resulta que estaba equivocado.

—¿Cómo es eso? —Eadie no daba crédito a sus oídos.

—Bueno... —Faraday se puso serio—. Si piensas que hay un problema, un verdadero problema, tienes que afrontarlo. Es lo que intentamos hacer en nuestro trabajo, aunque se vuelve cada vez más difícil.

—¿Ah, sí?

—Sí. —Faraday asintió—. Puedo darte una lista más larga que tu brazo. Las leyes cambian, los objetivos se mueven, la moral está por los suelos, un lío. Como poli, empiezas con la ilusión de cambiar las cosas; pero al final la situación te corroe. En tu trabajo no es lo mismo. No tienes que responder a nadie. Percibes un problema, sales y lo grabas en vídeo. Si las cosas se complican, capeas el temporal. Y al final, puesto que no aceptas un «no» por respuesta, consigues resultados. Está bien. —Alzó su copa—. Te aplaudo.

—Mierda.

—¿Qué pasa?

—Nada. —Eadie apartó la cara. Por una vez en su vida, estaba al borde de las lágrimas.

Llegó el camarero. Faraday pidió pierna de cordero. Eadie trató de concentrarse en la carta y acabó pidiendo una tortilla de queso. Faraday se sirvió más vino. Había llegado el momento de cambiar de tema.

—¿Por qué me preguntabas por el nombre de Secretan anoche?

—He ido a la central. —Eadie se sonó la nariz—. Quería hablar con él, mostrarle lo que hemos hecho.

—Necesitas concertar una cita con semanas de antelación. Para abril, si tienes suerte.

—Nada de eso. Me recibió en seguida. Hasta le mostré el vídeo.

—¿Y? —Faraday estaba asombrado.

—Le encantó o, al menos, eso dijo. —Eadie había recobrado la compostura—. A propósito, sabe lo de J.J.

—Claro que lo sabe.

—No me refiero a eso, no a los problemas. Le hablé de la contribución de J.J. al vídeo. Quedó impresionado.

Faraday empezó a entender. «Es notable —pensó—. Ni un aspecto sin cubrir.»

—¿Qué dijo del chico?

—Nada. Pero tuve la impresión de que..., ya sabes..., lo comprendió.

—¿Qué comprendió?

—Que J.J. hizo algo importante. —Le hizo un gesto para que se acercara, se inclinó sobre la mesa y le dio un beso en los labios—. ¿Atenuación? ¿Es ésta la palabra?

Llegó la comida, acompañada de una enorme bandeja de verduras, y empezaron a hablar de la posibilidad de tomarse un descanso. Quizás el mes siguiente, finalizadas las presiones de Volquete, Faraday pudiera tomarse unos días libres. Quizá pudieran coger el barco a Bilbao y de allí bajar en coche hasta Extremadura. En esa época del año, dijo Faraday, las flores estarían sensacionales en las dehesas. Podría enseñarle los búhos y los buitres reales, y en Trujillo había una pequeña bodega donde servían el mejor jamón ahumado del mundo.

—Suena genial. Sólo hay un problema.

—¿Cuál?

—La audiencia de Daniel. Probablemente será a finales de abril. Se supone que tengo que ir como testigo.

—Por supuesto. Claro que tienes que ir.

—¿Qué tal si nos vamos después? En mayo, por ejemplo.

—Cuando sea. Saber que nos iremos me basta, de momento.

—¿Lo dices en serio? —Sus ojos se empañaron de nuevo.

—Sí. —Faraday alcanzó la botella—. Triste de mí.

A última hora de la tarde, Winter empezaba a sospechar lo peor. Un coche patrulla había recogido a Mackenzie del transbordador de vuelta a Portsmouth y lo había conducido a la comisaría central de policía, a dos kilómetros y medio del puerto. Otro coche patrulla había llevado a Mike Valentine y Misty Gallagher a la prisión de Waterlooville, mientras la policía científica y un equipo de mecánicos desmontaban el BMW X5.

463

En la central, para alarma de Winter, Mackenzie había solicitado a Hartley Crewdson como abogado. Crewdson, que llegó antes de media hora, escuchó el relato de su cliente de los acontecimientos del transbordador y luego pidió a Winter que le permitiera ver los fragmentos cruciales de la grabación de la noche pasada. De acuerdo con las disposiciones, estaba en su derecho, pero Winter, previendo su petición, había procurado hacer desaparecer el vídeo.

Crewdson, que conocía bien a Winter, señaló que el incendio premeditado era una ofensa extremadamente grave. Sabía ya que ni Valentine ni Misty Gallagher estaban dispuestos a declarar en contra de Mackenzie. Cuando les pidieron una explicación del incidente, dijeron que había sido de guasa, una broma privada entre los tres, pero que se les fue de la mano. ¿Cuánta credibilidad podía adjudicar Crewdson a la versión de los acontecimientos que presentaba Winter?

El sargento de la preventiva admitió que la respuesta estaba en el vídeo. Un par de minutos en un despacho vacío fueron suficientes para que Winter presentara la grabación. Un cuarto de hora más tarde, Crewdson salió de una sala privada con una sonrisa en la cara.

La secuencia crucial, le dijo a Winter, no demostraba absolutamente nada. Habiéndose grabado desde detrás de sus espaldas, los cuerpos de Mackenzie y de Winter ocultaban la acción. Su cliente insistía en que fue el propio Winter quien le obligó a tirar la carta en llamas, y no había ni rastro de pruebas que demostraran lo contrario. La intervención tosca e injustificada del Departamento Central de Investigaciones casi acabó por prender fuego al barco.

Ahora, tras hora y media de ese interrogatorio que supuestamente tenía que meter al principal criminal de Pompey entre rejas, Winter no tenía nada en que apoyarse. Hacía noventa minutos, Mackenzie había declarado su nombre, su fecha de nacimiento y su dirección. Después, con una falta de interés premeditada, había respondido a todas las preguntas con un «sin comentarios».

Por segunda vez en tres días, el subcomisario Danny French compartía un interrogatorio con Winter. Era evidente que también él había perdido toda esperanza de conseguir cualquier tipo de resultado. ¿Cómo quebrar esa negativa rotunda a empezar una conversación?

Desesperado, Winter decidió ir a por todas. Con una rápida mirada a Danny French, se inclinó lentamente sobre la mesa hasta quedarse a pocos centímetros de la cara de Mackenzie. Winter raras veces levantaba la voz en un interrogatorio, pues sabía que la suavidad abría muchas más puertas que la agresión; pero ahora bajó la voz hasta hablar en un susurro.

—Bazza, para ser sincero contigo, lo que me preocupa es el vídeo. Ya hemos hablado de la botella y de la carta a la que prendiste fuego. La grabación no demuestra nada al respecto, lo reconozco. Has dicho a tu abogado que te obligué a tirarla. Yo ya sé que no fue así, aunque esto queda entre nosotros. No, Baz, son las secuencias anteriores las que me preocupan. Quizá tendríamos que hablar de ellas.

Crewdson miró a Mackenzie. El propio Danny French parecía estar desconcertado.

—¿Sí? —Era la primera vez que Mackenzie se dignaba a dar una respuesta—. ¿Qué hay de ellas?

—Bueno... —Winter se tomaba su tiempo—. Veamos. Tuvo que ser bastante al principio. Acabábamos de empezar. De hecho, aún no habíamos salido del puerto.

—¿Y?

—Se lo montaron, colega, como un par de conejos, los dos. No es fácil en esas literas tan pequeñas, pero hubo mucha acción. Esa Misty... —Winter meneó la cabeza—. Te lo mostramos, si quieres, Baz. Será un placer.

Crewdson levantó una mano en señal de precaución.

—Subcomisario Winter. —Su voz sonó llena de decepción—. Esto es un ultraje, y usted lo sabe.

—¿Un ultraje?

—Mi cliente ha sido arrestado por incendio premeditado. No alcanzo a entender qué sentido tiene esta línea de interrogatorio. Y ley aparte, la encuentro profundamente ofensiva.

—¿De veras?

—Desde luego. Como también mi cliente, supongo.

Winter parecía confuso.

—¿No nos interesa buscar el móvil?

—El móvil ¿de qué?

465

—Del incendio premeditado.

—Mi cliente niega la acusación. Lo que con anterioridad contenga su grabación nada tiene que ver con el asunto que nos concierne.

—¿Qué tal si vemos la grabación entera, entonces? Que el señor Mackenzie la conozca. Que vea lo sucedido con anterioridad. Para poner el incidente en un contexto. —Miró a su alrededor—. ¿No?

Hubo un prolongado silencio. Hasta Danny French se dedicó a examinar sus manos. Finalmente, Mackenzie se apoyó en el respaldo de la silla. Por primera vez desde que empezara el interrogatorio, sonreía.

—¿Sabes una cosa? —dijo, mirando a Winter—. Has perdido la chaveta.

El interrogatorio terminó veinte minutos más tarde. Tras una breve consulta con Winter y French, el sargento de la preventiva llamó a Crewdson y le dijo que, de momento, el señor Mackenzie no sería acusado. Le concedía la libertad condicional hasta que se llevaran a cabo nuevas investigaciones. Entretanto, era libre para marcharse.

Mientras Crewdson y Mackenzie se dirigían a la salida, el sargento de la preventiva llamó a Winter a su escritorio.

—Un mensaje de la científica. —Se puso las gafas y leyó la nota garabateada—. Han desmontado el BMW y no han encontrado nada. —Alzó la vista—. Se ha puesto en libertad a las partes implicadas.

Winter y French salieron de la central pocos minutos después. Ya estaba anocheciendo, y Winter tardó un par de segundos en reconocer la silueta que esperaba de pie junto a la rotonda.

Era Mackenzie.

—Esperará a que pasen a recogerlo —gruñó French—. Seguro que sí.

Winter no dijo nada. Acompañó a French hasta el Subaru, mirando por encima del hombro para ver qué hacía Mackenzie. Cuando ambos subieron al coche, el hombre seguía en el borde de la acera, esperando.

Winter permaneció inmóvil tras el volante durante un minuto completo. French quería volver a Kingston Crescent.

—¿Y bien? ¿Vamos a pasar aquí la noche o qué?

—Espera.

—¿Por qué?

—Porque yo lo digo. ¿Vale? —Winter lo fulminó con la mirada y luego devolvió su atención a Mackenzie. French quiso discutir, pero luego se rindió y buscó el manillar de la puerta. Mejor coger un taxi que participar en esta farsa.

—Mira. —Winter lo paró.

Un elegante Mercedes descapotable se detuvo delante de Mackenzie. La silueta fornida detrás del volante se agachó para abrir la puerta del copiloto.

—Es Talbot. —Winter puso el motor en marcha y empezó a salir del aparcamiento.

—¿Y ahora qué? —French parecía alarmado.

—Los seguimos.

—Estás de broma. ¿Otro coñazo de persecución? El año pasado casi mataste a Dawn Ellis, ¿no es cierto?

—¿Quién habla de una persecución? —Por fin, Winter se divertía, estaba en una situación que le resultaba comprensible—. Apuesto veinte libras a que van a Waterlooville.

—¡A Waterlooville! ¿Por qué demonios irían allí?

—Por Valentine. Un asunto pendiente. Bazza tiene que ocuparse de ciertas cosas.

—¿Y nosotros estaremos allí? ¿Observándolo? Genial.

French se apoyó en el respaldo y cerró los ojos, resignándose a lo que pudiera ocurrir.

El Mercedes tomó el camino de salida de la ciudad. En la vía de doble sentido que canalizaba el tráfico de las horas punta hacia la autopista, Talbot puso de pronto el intermitente de la izquierda y enfiló la salida que conducía a la terminal de trasbordadores y los suburbios septentrionales de la ciudad.

—Se ha dado el piro —dijo French secamente cuando redujeron la velocidad para entrar en la rotonda—. Yo me bajo aquí. Prefiero ir andando al despacho.

Winter vio un hueco entre los coches que se acercaban y ace-

leró bruscamente. Momentos después, se encontraron de nuevo
a la cola del Mercedes.

—Muy sutil —murmuró French—. Debes de haberlo hecho antes.

Ochocientos metros más adelante, el Mercedes volvió a indicar un giro a la izquierda y enfiló una calle sin salida que conducía a un terreno industrial. Pronto estuvieron recorriendo un
camino lleno de baches, con la parte posterior del estadio municipal a un lado y un almacén de materiales de construcción al
otro. En el fondo, las últimas luces del día perfilaban una línea
de viejos vehículos militares en espera de ser desguazados.

—El cementerio de coches. —Winter hablaba solo—. Puede que ya tengan a Valentine. Atadito y esperando. —Miró a
French—. ¿Me sigues?

French estaba buscando un pitillo. No quería saber nada de
todo aquello.

El Mercedes desapareció en el cementerio. Winter se detuvo a la sombra del estadio y apagó el motor. En el silencio repentino, se oyó el suspiro del viento que venía del puerto cercano.

—¿Y ahora qué? —preguntó French. No conseguía dar con
su encendedor.

—Salimos. Echamos un vistazo.

—¿Sin refuerzos?

—No los necesitamos. ¿Te atreves, o no? —Winter no se
molestó en esperar una respuesta.

Con cierta vacilación, French lo acompañó en el frío crepúsculo. Se abrieron camino hasta el cementerio de coches, mante-
niéndose pegados a la valla de la izquierda. Tras una hilera de
tanques desechados, Winter distinguió la silueta alargada de un
submarino abandonado junto al muelle del cementerio: oxida-
do, medio sumergido, la reliquia de una guerra olvidada desde
hacía mucho.

—¿Hay otra salida? —French buscaba el Mercedes.

Sin aviso previo, dos faros los iluminaron contra la valla. El
Mercedes estaba aparcado veinte metros más allá, detrás del
tanque más cercano. Muy listos. Un motor se puso en marcha.
El coche empezó a avanzar hacia ellos.

—¿Y ahora qué? —French se había detenido.

—Ni idea. —Winter siguió caminando.

El Mercedes giró en círculo cerrado y se detuvo junto a Winter. La ventanilla del copiloto bajó, y apareció la cara de Mackenzie, sombreada por las luces del salpicadero. Winter lo miró y dio un paso atrás cuando Mackenzie abrió la puerta. Por un momento, ninguno de los dos dijo nada. Luego Mackenzie le hizo un gesto para que se acercara.

—Muchachos, me estáis matando —dijo—. Me creéis muy estúpido, parece. Muy necio.

Winter pudo oler el chicle que llevaba en la boca. Sabor a menta verde.

—Seguramente ya está en casa, Baz. En camita. Celebrándolo.

—¿Desmontasteis el coche?

—Desde luego.

—¿Y?

—Limpio como una patena.

—Qué sorpresa. ¿Es que no vais a aprender nunca?

Hubo un largo silencio y luego un breve resplandor en la oscuridad, junto a la valla. Obviamente, Danny French acababa de encontrar su encendedor.

Mackenzie no había terminado. Necesitaba quitarse un peso de encima, un peso importante, y éste era el momento de hacerlo.

—¿Sabes en qué queda todo al final? —preguntó—. En un negocio. Eso es lo que es. Un negocio. Me dices que Valentine se ha pasado veinte años tirándose a Mist, y te creo. Si piensas que tiene alguna importancia, estás loco. ¿Y sabes por qué? Porque no he llegado hasta aquí para mandarlo todo a hacer puñetas por una fulana como Mist. Valentine es historia, pasma. Lo voy a jubilar. Es libre de quedarse con Mist. Menudo problema. —Hizo una pausa—. ¿Lo has entendido? Quizá sea el momento de que tus amiguetes de Volquete se den cuenta. Este juego es más grande de lo que piensas. En realidad, es más grande de lo que todos piensan. —Dirigió a Winter una sonrisa inesperada—. Llámame alguna vez si estás desesperado. A ver si lo solucionamos…, ¿eh?

469

Epílogo

Jueves, 24 de abril de 2003

*L*a audiencia sobre la muerte de Daniel Kelly tuvo lugar a finales de abril. Avisando con tres semanas de antelación y con Volquete descansando en paz, Eadie y Faraday se tomaron unas breves vacaciones en el norte de España y regresaron un par de días antes de la fecha acordada para la audiencia.

Martin Eckersley, el forense, se reunió con Eadie en la corte de magistrados.

—Estás espectacular —le dijo—. Pareces más joven.

—Gracias, Martin.

—Lo digo en serio. —Sacó una cinta de vídeo de su maletín—. La vi hace un par de noches. Ahora lo comprendo.

—¿El qué?

—El revuelo en la prensa. No escatimas detalles, ¿verdad?

—Nunca. ¿Aún piensas utilizar algunos fragmentos allí dentro? —Eadie señaló con la cabeza el corredor que conducía a la corte forense.

—Desde luego. Usaré la secuencia que enviaste con el vídeo terminado: el chico que se chuta y luego va tambaleándose a la cama.

—¿Seguro que será suficiente?

—Es lo que está relacionado. Estamos aquí para establecer los hechos, Eadie. —Le dio unas palmaditas en el brazo—. Las genialidades son cosa tuya.

Eadie fue a buscar un café para matar el tiempo hasta que empezara la audiencia. Había dado una copia del vídeo al *News* y descubrió encantada que habían recogido la polémica resultante en un artículo a doble página. Los educadores sanitarios estaban indignados, como muchas de las agencias especializadas en el mundo de las drogas. Imágenes tan cruentas como ésas, decían, podían fácilmente perjudicar a los jóvenes que las veían. Muchos padres y maestros, por otra parte, se impacientaban por plantar a sus cargos delante de un televisor. Por fin tenían un atisbo de la verdad sin paliativos.

Afortunadamente, el artículo del *News* no mencionaba el nombre de Bazza Mackenzie. Eadie mantuvo en secreto la contribución financiera de Mackenzie a su proyecto, y ella y Faraday celebraron el carpetazo en la ficha de J.J. cuando Jefatura declaró inadmisible el interrogatorio conducido en la central. Libre y sin condicional, J.J. decidió aceptar la invitación de Eadie de incorporarse a Ambrym a jornada completa para crear una pequeña videoteca de documentales sociales descarados, en palabras de Eadie. El trabajo de edición de J.J. en el vídeo contra la guerra tenía visos de abrirle muchas puertas en los estudios de posproducción de Londres; pero al final el chico decidió quedarse en Portsmouth.

¿Y Bazza? Eadie llenó un vaso de plástico con café de la máquina y enfiló el camino de vuelta a la corte forense. Según Faraday, Mackenzie estaba ampliando sus intereses en el extranjero, principalmente en Dubai y en la Costa del Sol. Había presentado una solicitud de ampliación de su residencia familiar en Craneswater, y en algunos círculos de la ciudad se rumoreaba que Bazza estaba interesado en uno de los fuertes marinos frente a la playa de Southsea. Este último rumor, dijo Faraday, demostró ser infundado, pero el equipo directivo que Mackenzie nombró para el hotel Solent Palace lo estaba restaurando de manera muy ambiciosa. Para celebrar la reapertura oficial, presentarían una solicitud muy competitiva para albergar el baile de verano del Departamento Central de Investigaciones.

471

La audiencia comenzó a las once de la mañana con una serie de testigos que trataron de perfilar las últimas horas de la vida de Daniel Kelly. La propia Eadie describió la entrevista y el desconsuelo creciente de Daniel al ver que los minutos pasaban y no se producía la entrega ansiada. Cuando llegó al momento en que, por fin, el joven se retiró a la cocina para prepararse la dosis, Eadie no se explayó en los detalles, sabiendo que Eckersley pensaba mostrar la secuencia de vídeo.

La siguiente en subir al estrado fue la antigua novia y compañera de piso de Daniel, Sarah, la que había descubierto el cuerpo. A continuación, el auxiliar sanitario que acudió a la llamada, seguido de un agente uniformado y de la oficial de guardia del Departamento Central de Investigaciones, Dawn Ellis. La patóloga leyó su informe del resultado de la autopsia, destacando las cantidades de heroína excepcionalmente pura que se encontraron en el estómago de Daniel Kelly. La muerte, afirmó, la causó una asfixia causada por la ingestión de vómito.

En su calidad de forense, Eckersley puso fin al procedimiento con un resumen presentado con esmero. El grueso de sus comentarios, pronunciados con simpatía más que con intención de juzgar, iban dirigidos al padre de Daniel Kelly, que permaneció inmóvil a lo largo de la audiencia, encorvado en su elegante abrigo de cachemira. La muerte de Daniel, dijo Eckersley, fue una tragedia y una advertencia para todos. Lo habían matado las drogas y la desesperación. Había malgastado su vida, en el sentido más preciso de la expresión. Daniel había calculado mal la fuerza de su última dosis, y Eckersley no dudó en pronunciar un veredicto de muerte accidental.

Para concluir, con unas breves palabras de gratitud a Eadie, Eckersley anunció su intención de mostrar los momentos finales de la vida de Daniel Kelly, recogidos en un vídeo destinado a las aulas de todo el país. «Aquí —dijo— tenemos un atisbo de esperanza al final de una historia muy, muy triste.»

Bajaron las luces de la sala. Empezaron a pasar las imágenes. Una aguja temblorosa que buscaba una vena. En la penumbra, Eadie vio al padre de Daniel mirando fijamente la pantalla con expresión pétrea. El émbolo empujó el turbio líquido marrón en el brazo de Daniel. Segundos después, el chico aflojaba el torniquete con la barbilla caída, los labios húmedos y la expresión feliz, tanteaba el camino de salida de la cocina y cruzaba el salón. Sólo quería olvidar.

Con la cámara fija en la puerta del dormitorio del chico, Eadie siguió mirando al padre de Daniel. El joven cayó redondo en la cama e intentó tirar de la colcha. El enfoque se acercó lenta-

472

mente al rostro apoyado en la almohada. Hubo un leve movimiento, el temblor de un nervio debajo de un párpado. Luego la cara se venció hacia la izquierda, directamente hacia la cámara. Eadie vio que el padre inclinaba la cabeza hacia atrás en un gesto de desesperación. Cerró los ojos y respiró profundamente. La imagen terminó con un fundido en negro.

Ese mismo día, a última hora de la tarde, Faraday se encontró en la sucursal de Southsea de Waitrose. Se colocó al final de la cola más pequeña, preguntándose si le daría tiempo a hacerle una visita a Nick Hayder en el Queen Alexandra. A punto de descargar su cesta en el torniquete, sintió que alguien le tiraba del brazo. Era Harry Wayte.

—Joe —dijo en tono amistoso—. Cuánto tiempo.

—Harry. —Faraday respondió con un asentimiento—. ¿Cómo te va?

—Bien. Por fin me fui la semana pasada.

—¿De dónde te fuiste?

—Del trabajo. Tomé unas copas con unos colegas en Fareham para celebrarlo. Te habría invitado, pero... No te ofendas.

Faraday observó a Wayte por un momento. Que él supiera, el Departamento de Ética Profesional aún quería llevar a cabo una investigación, aunque desconocía los detalles.

—Mi abogado dice que pierden el tiempo. —Wayte le había leído el pensamiento—. No encuentran nada que me relacione con Bazza. Ni un jirón de prueba, Joe. Ni una llamada. Ni un correo electrónico. Ni un penique que no pueda justificar. Ni un jodido contacto de mierda. Mira. —Señaló con la cabeza la empleada que esperaba en la salida—. La estás cabreando.

Minutos después, en el aparcamiento, mientras Faraday terminaba una llamada que había recibido en el móvil, vio que Wayte salía del supermercado. Con su impermeable flameando al viento y sus abultadas bolsas de compras, ya parecía un hombre viejo. Cruzó el asfalto y se detuvo detrás de un BMW descapotable nuevo, buscando la llave.

Faraday guardó el móvil en el bolsillo y arrancó el motor del Mondeo. Soltó el freno de mano y empezó a avanzar. Wayte llenaba el maletero del BMW con botellas de un litro de cerveza alemana. Faraday se detuvo a su lado. El coche era azul y llevaba una pegatina de ARRIBA POMPEY en la parte de atrás.

Wayte alzó la vista. Faraday seguía mirando la pegatina.

—Bonito coche, Harry. Debió de costar lo suyo.

Wayte lo observó, saboreando su pequeño momento de la verdad.

—Es cierto —dijo al fin—. Costó lo suyo.

Mis agradecimientos a Glen Barham, Alan Betts, Caroline Cawkill, Roly Dumont, Jason Goodwin, Norman Feerick, David Horsley, Andy Harrington, Dave Hunter, Michelle Jacolow, Richard John, Gary Linton, Tim Lucas, Andy Marker, Bridget Munro, John Molyneux, Julie Mortimer, Laurie Mullen, Simon Paine, Tim Robinson, Jane Shuttlewood, Colin Smith, Paul Thatcher y Martin Youngs. Otros, con quienes tengo una deuda similar de gratitud, han preferido mantenerse discretamente en la sombra. Los que deseen conocer mejor la pintoresca historia de la ayuda a Pompey deberían comprar un ejemplar de *Rolling with the 6:57 Crew*, de Cass Pennant y Rob Silvestre. Disfrutarán de su lectura. Simon Spanton, mi editor de Orion, desde el principio mostró su entusiasmo con este proyecto y lo defendió contra viento y marea. Asimismo, mi esposa, Lin, se encargó de mantener nuestros estómagos llenos, nuestros corazones cálidos y nuestras cabezas detrás del parapeto. Pompey hasta la muerte...

475

Este libro utiliza el tipo Aldus, que toma su nombre
del vanguardista impresor del Renacimiento
italiano, Aldus Manutius. Hermann Zapf
diseñó el tipo Aldus para la imprenta
Stempel en 1954, como una réplica
más ligera y elegante del
popular tipo
Palatino

* * *

* *

*

El traficante se acabó de imprimir en
un día de verano de 2005, en los
talleres de Industria Gráfica
Domingo, calle Industria, 1
Sant Joan Despí
(Barcelona)

* * *

* *

*